ROBERT

MUSIL

Frühe Prosa und aus dem Nachlaß zu Lebzeiten

ROWOHLT

Einbandgestaltung Peter Wippermann
unter Verwendung des Porträts Françoise Gilot
von Pablo Picasso, 1946, aus
«Je suis le cahier.
Die Skizzenbücher Pablo Picassos»

1.–99. Tausend
Februar 1968 bis März 1983
100.–103. Tausend März 1988

Gesamtherstellung Clausen & Bosse, Leck
Printed in Germany
ISBN 3 498 09288 x

INHALT

DIE VERWIRRUNGEN DES ZÖGLINGS TÖRLESS

DIE VERWIRRUNGEN DES ZÖGLINGS TÖRLESS
[1906]

«Sobald wir etwas aussprechen, entwerten wir es seltsam. Wir glauben in die Tiefe der Abgründe hinabgetaucht zu sein, und wenn wir wieder an die Oberfläche kommen, gleicht der Wassertropfen an unseren bleichen Fingerspitzen nicht mehr dem Meere, dem er entstammt. Wir wähnen eine Schatzgrube wunderbarer Schätze entdeckt zu haben, und wenn wir wieder ans Tageslicht kommen, haben wir nur falsche Steine und Glasscherben mitgebracht; und trotzdem schimmert der Schatz im Finstern unverändert.»

Maeterlinck

Eine kleine Station an der Strecke, welche nach Rußland führt.

Endlos gerade liefen vier parallele Eisenstränge nach beiden Seiten zwischen dem gelben Kies des breiten Fahrdammes; neben jedem wie ein schmutziger Schatten der dunkle, von dem Abdampfe in den Boden gebrannte Strich.

Hinter dem niederen, ölgestrichenen Stationsgebäude führte eine breite, ausgefahrene Straße zur Bahnhofsrampe herauf. Ihre Ränder verloren sich in dem ringsum zertretenen Boden und waren nur an zwei Reihen Akazienbäumen kenntlich, die traurig mit verdursteten, von Staub und Ruß erdrosselten Blättern zu beiden Seiten standen.

Machten es diese traurigen Farben, machte es das bleiche, kraftlose, durch den Dunst ermüdete Licht der Nachmittagssonne: Gegenstände und Menschen hatten etwas Gleichgültiges, Lebloses, Mechanisches an sich, als seien sie aus der Szene eines Puppentheaters genommen. Von Zeit zu Zeit, in gleichen Intervallen, trat der Bahnhofsvorstand aus seinem Amtszimmer heraus, sah mit der gleichen Wendung des Kopfes die weite Strecke hinauf nach den Signalen der Wächterhäuschen, die immer noch nicht das Nahen des Eilzuges anzeigen wollten, der an der Grenze große Verspätung erlitten hatte; mit ein und derselben Bewegung des Armes zog er sodann seine Taschenuhr hervor, schüttelte den Kopf und verschwand wieder; so wie die Figuren kommen und gehen, die aus alten Turmuhren treten, wenn die Stunde voll ist.

Auf dem breiten, festgestampften Streifen zwischen Schienenstrang und Gebäude promenierte eine heitere Gesellschaft junger Leute, links und rechts eines älteren Ehepaares schreitend, das den

Mittelpunkt der etwas lauten Unterhaltung bildete. Aber auch die Fröhlichkeit dieser Gruppe war keine rechte; der Lärm des lustigen Lachens schien schon auf wenige Schritte zu verstummen, gleichsam an einem zähen, unsichtbaren Widerstande zu Boden zu sinken.

Frau Hofrat Törleß, dies war die Dame von vielleicht vierzig Jahren, verbarg hinter ihrem dichten Schleier traurige, vom Weinen ein wenig gerötete Augen. Es galt Abschied zu nehmen. Und es fiel ihr schwer, ihr einziges Kind nun wieder auf so lange Zeit unter fremden Leuten lassen zu müssen, ohne Möglichkeit, selbst schützend über ihren Liebling zu wachen.

Denn die kleine Stadt lag weitab von der Residenz, im Osten des Reiches, in spärlich besiedeltem, trockenem Ackerland.

Der Grund, dessentwegen Frau Törleß es dulden mußte, ihren Jungen in so ferner, unwirtlicher Fremde zu wissen, war, daß sich in dieser Stadt ein berühmtes Konvikt befand, welches man schon seit dem vorigen Jahrhunderte, wo es auf dem Boden einer frommen Stiftung errichtet worden war, da draußen beließ, wohl um die aufwachsende Jugend vor den verderblichen Einflüssen einer Großstadt zu bewahren.

Denn hier erhielten die Söhne der besten Familien des Landes ihre Ausbildung, um nach Verlassen des Institutes die Hochschule zu beziehen oder in den Militär- oder Staatsdienst einzutreten, und in allen diesen Fällen sowie für den Verkehr in den Kreisen der guten Gesellschaft galt es als besondere Empfehlung, im Konvikte zu W. aufgewachsen zu sein.

Vor vier Jahren hatte dies das Elternpaar Törleß bewogen, dem ehrgeizigen Drängen seines Knaben nachzugeben und seine Aufnahme in das Institut zu erwirken.

Dieser Entschluß hatte später viele Tränen gekostet. Denn fast seit dem Augenblicke, da sich das Tor des Institutes unwiderruflich hinter ihm geschlossen hatte, litt der kleine Törleß an fürchterlichem, leidenschaftlichem Heimweh. Weder die Unterrichtsstunden, noch die Spiele auf den großen üppigen Wiesen des Parkes, noch die anderen Zerstreuungen, die das Konvikt seinen Zöglingen bot, vermochten ihn zu fesseln; er beteiligte sich kaum an ihnen. Er sah alles nur wie durch einen Schleier und hatte selbst untertags häufig Mühe, ein hartnäckiges Schluchzen hinabzuwürgen; des Abends schlief er aber stets unter Tränen ein.

Er schrieb Briefe nach Hause, beinahe täglich, und er lebte nur in diesen Briefen; alles andere, was er tat, schien ihm nur ein schattenhaftes, bedeutungsloses Geschehen zu sein, gleichgültige Stationen wie die Stundenziffern eines Uhrblattes. Wenn er aber schrieb, fühlte er etwas Auszeichnendes, Exklusives in sich; wie eine Insel voll wunderbarer Sonnen und Farben hob sich etwas in ihm aus dem Meere grauer Empfindungen heraus, das ihn Tag um Tag kalt und gleichgültig umdrängte. Und wenn er untertags, bei den Spielen oder im Unterrichte, daran dachte, daß er abends seinen Brief schreiben werde, so war ihm, als trüge er an unsichtbarer Kette einen goldenen Schlüssel verborgen, mit dem er, wenn es niemand sieht, das Tor von wunderbaren Gärten öffnen werde.

Das Merkwürdige daran war, daß diese jähe, verzehrende Hinneigung zu seinen Eltern für ihn selbst etwas Neues und Befremdendes hatte. Er hatte sie vorher nicht geahnt, er war gern und freiwillig ins Institut gegangen, ja er hatte gelacht, als sich seine Mutter beim ersten Abschied vor Tränen nicht fassen konnte, und dann erst, nachdem er schon einige Tage allein gewesen war und sich verhältnismäßig wohl befunden hatte, brach es plötzlich und elementar in ihm empor.

Er hielt es für Heimweh, für Verlangen nach seinen Eltern. In Wirklichkeit war es aber etwas viel Unbestimmteres und Zusammengesetzteres. Denn der «Gegenstand dieser Sehnsucht», das Bild seiner Eltern, war darin eigentlich gar nicht mehr enthalten. Ich meine diese gewisse plastische, nicht bloß gedächtnismäßige, sondern körperliche Erinnerung an eine geliebte Person, die zu allen Sinnen spricht und in allen Sinnen bewahrt wird, so daß man nichts tun kann, ohne schweigend und unsichtbar den anderen zur Seite zu fühlen. Diese verklang bald wie eine Resonanz, die nur noch eine Weile fortgezittert hatte. Törleß konnte sich damals beispielsweise nicht mehr das Bild seiner «lieben, lieben Eltern» – dermaßen sprach er es meist vor sich hin – vor Augen zaubern. Versuchte er es, so kam an dessen Stelle der grenzenlose Schmerz in ihm empor, dessen Sehnsucht ihn züchtigte und ihn doch eigenwillig festhielt, weil ihre heißen Flammen ihn zugleich schmerzten und entzückten. Der Gedanke an seine Eltern wurde ihm hiebei mehr und mehr zu einer bloßen Gelegenheitsursache, dieses egoistische Leiden in sich zu erzeugen, das ihn in seinen wollüstigen Stolz einschloß wie in die Abgeschiedenheit einer Kapelle, in der von hundert flammenden Kerzen und von hundert Augen heiliger Bilder Weihrauch zwischen die Schmerzen der sich selbst Geißelnden gestreut wird. – – –

Als dann sein «Heimweh» weniger heftig wurde und sich allgemach verlor, zeigte sich diese seine Art auch ziemlich deutlich. Sein Verschwinden führte nicht eine endlich erwartete Zufriedenheit nach sich, sondern ließ in der Seele des jungen Törleß eine Leere zurück. Und an diesem Nichts, an diesem Unausgefüllten in sich erkannte er, daß es nicht eine bloße Sehnsucht gewesen war, die ihm abhanden kam, sondern etwas Positives, eine seelische Kraft, etwas, das sich in ihm unter dem Vorwand des Schmerzes ausgeblüht hatte.

Nun aber war es vorbei, und diese Quelle einer ersten höheren Seligkeit hatte sich ihm erst durch ihr Versiegen fühlbar gemacht.

Zu dieser Zeit verloren sich die leidenschaftlichen Spuren der im Erwachen gewesenen Seele wieder aus seinen Briefen, und an ihre Stelle traten ausführliche Beschreibungen des Lebens im Institute und der neugewonnenen Freunde.

Er selbst fühlte sich dabei verarmt und kahl, wie ein Bäumchen, das nach der noch fruchtlosen Blüte den ersten Winter erlebt.

Seine Eltern aber waren es zufrieden. Sie liebten ihn mit einer starken, gedankenlosen, tierischen Zärtlichkeit. Jedesmal, wenn er vom Konvikte Ferien bekommen hatte, erschien der Hofrätin nachher ihr Haus von neuem leer und ausgestorben, und noch einige Tage nach jedem solchen Besuche ging sie mit Tränen in den Augen durch die Zimmer, da und dort einen Gegenstand liebkosend berührend, auf dem das Auge des Knaben geruht oder den seine Finger gehalten hatten. Und beide hätten sie sich für ihn in Stücke reißen lassen.

Die unbeholfene Rührung und leidenschaftliche, trotzige Trauer seiner Briefe beschäftigte sie schmerzlich und versetzte sie in einen Zustand hochgespannter Empfindsamkeit; der heitere, zufriedene Leichtsinn, der darauf folgte, machte auch sie wieder froh, und in dem Gefühle, daß dadurch eine Krise überwunden worden sei, unterstützten sie ihn nach Kräften.

Weder in dem einen noch in dem andern erkannten sie das Symptom einer bestimmten seelischen Entwicklung, vielmehr hatten sie Schmerz und Beruhigung gleichermaßen als eine natürliche Folge der gegebenen Verhältnisse hingenommen. Daß es der erste, mißglückte Versuch des jungen, auf sich selbst gestellten Menschen gewesen war, die Kräfte des Inneren zu entfalten, entging ihnen.

Törleß fühlte sich nun sehr unzufrieden und tastete da und dort vergeblich nach etwas Neuem, das ihm als Stütze hätte dienen können.

Eine Episode dieser Zeit war für das charakteristisch, was sich damals in Törleß zu späterer Entwicklung vorbereitete.

Eines Tages war nämlich der junge Fürst H. ins Institut eingetreten, der aus einem der einflußreichsten, ältesten und konservativsten Adelsgeschlechter des Reiches stammte.

Alle anderen fanden seine sanften Augen fad und affektiert; die Art und Weise, wie er im Stehen die eine Hüfte herausdrückte und beim Sprechen langsam mit den Fingern spielte, verlachten sie als weibisch. Besonders aber spotteten sie darüber, daß er nicht von seinen Eltern ins Konvikt gebracht worden war, sondern von seinem bisherigen Erzieher, einem doctor theologiae und Ordensgeistlichen.

Törleß aber hatte vom ersten Augenblicke an einen starken Eindruck empfangen. Vielleicht wirkte dabei der Umstand mit, daß es ein hoffähiger Prinz war, jedenfalls war es aber auch eine andere Art Mensch, die er da kennen lernte.

Das Schweigen eines alten Landedelschlosses und frommer Übungen schien irgendwie noch an ihm zu haften. Wenn er ging, so geschah es mit weichen, geschmeidigen Bewegungen, mit diesem etwas schüchternen Sichzusammenziehen und Schmalmachen, das der Gewohnheit eigen ist, aufrecht durch die Flucht leerer Säle zu schreiten, wo ein anderer an unsichtbaren Ecken des leeren Raumes schwer anzurennen scheint.

Der Umgang mit dem Prinzen wurde so zur Quelle eines feinen psychologischen Genusses für Törleß. Er bahnte in ihm jene Art Menschenkenntnis an, die es lehrt, einen anderen nach dem Fall der Stimme, nach der Art, wie er etwas in die Hand nimmt, ja selbst nach dem Timbre seines Schweigens und dem Ausdruck der körperlichen Haltung, mit der er sich in einen Raum fügt, kurz nach dieser beweglichen, kaum greifbaren und doch erst eigentlichen, vollen Art etwas Seelisch-Menschliches zu sein, die um den Kern, das Greif- und Besprechbare, wie um ein bloßes Skelett herumgelagert ist, so zu erkennen und zu genießen, daß man die geistige Persönlichkeit dabei vorwegnimmt.

Törleß lebte während dieser kurzen Zeit wie in einer Idylle. Er stieß sich nicht an der Religiosität seines neuen Freundes, die ihm, der aus einem bürgerlich-freidenkenden Hause stammte, eigentlich etwas ganz Fremdes war. Er nahm sie vielmehr ohne alles Bedenken hin, ja sie bildete in seinen Augen sogar einen besonderen Vorzug des Prinzen, denn sie steigerte das Wesen dieses Menschen, das er dem seinen völlig unähnlich, aber auch ganz unvergleichlich fühlte.

In der Gesellschaft dieses Prinzen fühlte er sich etwa wie in einer abseits des Weges liegenden Kapelle, so daß der Gedanke, daß er eigentlich nicht dorthin gehöre, ganz gegen den Genuß verschwand, das Tageslicht einmal durch Kirchenfenster anzusehen und das Auge so lange über den nutzlosen, vergoldeten Zierat gleiten zu lassen, der in der Seele dieses Menschen aufgehäuft war, bis er von dieser selbst ein undeutliches Bild empfing, so, als ob er, ohne sich Gedanken darüber machen zu können, mit dem Finger eine schöne, aber nach seltsamen Gesetzen verschlungene Arabeske nachzöge.

Dann kam es plötzlich zum Bruche zwischen beiden.

Wegen einer Dummheit, wie sich Törleß selbst hinterher sagen mußte.

Sie waren nämlich doch einmal ins Streiten über religiöse Dinge gekommen. Und in diesem Augenblicke war es eigentlich schon um alles geschehen. Denn wie von Törleß unabhängig, schlug nun der Verstand in ihm unaufhaltsam auf den zarten Prinzen los. Er überschüttete ihn mit dem Spotte des Vernünftigen, zerstörte barbarisch das filigrane Gebäude, in dem dessen Seele heimisch war, und sie gingen im Zorne auseinander.

Seit der Zeit hatten sie auch kein Wort wieder zueinander gesprochen. Törleß war sich wohl dunkel bewußt, daß er etwas Sinnloses getan hatte, und eine unklare, gefühlsmäßige Einsicht sagte ihm, daß da dieser hölzerne Zollstab des Verstandes zu ganz unrechter Zeit etwas Feines und Genußreiches zerschlagen habe. Aber dies war etwas, das ganz außer seiner Macht lag. Eine Art Sehnsucht nach dem Früheren war wohl für immer in ihm zurückgeblieben, aber er schien in einen anderen Strom geraten zu sein, der ihn immer weiter davon entfernte.

Nach einiger Zeit trat dann auch der Prinz, der sich im Konvikte nicht wohl befunden hatte, wieder aus.

Nun wurde es ganz leer und langweilig um Törleß. Aber er war einstweilen älter geworden, und die beginnende Geschlechtsreife fing an, sich dunkel und allmählich in ihm emporzuheben. In diesem Abschnitt seiner Entwicklung schloß er einige neue, dementsprechende Freundschaften, die für ihn später von größter Wichtigkeit wurden. So mit Beineberg und Reiting, mit Moté und Hofmeier, eben jenen jungen Leuten, in deren Gesellschaft er heute seine Eltern zur Bahn begleitete.

Merkwürdigerweise waren dies gerade die übelsten seines Jahrganges, zwar talentiert und selbstverständlich auch von guter Herkunft, aber bisweilen bis zur Roheit wild und ungebärdig. Und daß gerade ihre Gesellschaft Törleß nun fesselte, lag wohl an seiner eigenen Unselbständigkeit, die, seitdem es ihn von dem Prinzen wieder fortgetrieben hatte, sehr arg war. Es lag sogar in der geradlinigen Verlängerung dieses Abschwenkens, denn es bedeutete wie dieses eine Angst vor allzu subtilen Empfindeleien, gegen die das Wesen der anderen Kameraden gesund, kernig und lebensgerecht abstach.

Törleß überließ sich gänzlich ihrem Einflusse, denn seine geistige Situation war nun ungefähr diese: In seinem Alter hat man am Gymnasium Goethe, Schiller, Shakespeare, vielleicht sogar schon die Modernen gelesen. Das schreibt sich dann halbverdaut aus den Fingerspitzen wieder heraus. Römertragödien entstehen oder sensitivste Lyrik, die im Gewande seitenlanger Interpunktionen wie in der Zartheit durchbrochener Spitzenarbeit einherschreitet: Dinge, die an und für sich lächerlich sind, für die Sicherheit der Entwicklung aber einen unschätzbaren Wert bedeuten. Denn diese von außen kommenden Assoziationen und erborgten Gefühle tragen die jungen Leute über den gefährlich weichen seelischen Boden dieser Jahre hinweg, wo man sich selbst etwas bedeuten muß und doch noch zu unfertig ist, um wirklich etwas zu bedeuten. Ob für später bei dem einen etwas davon zurückbleibt oder bei dem andern nichts, ist gleichgültig; dann findet sich schon jeder mit sich ab, und die Gefahr besteht nur in dem Alter des Überganges. Wenn man da solch einem jungen Menschen das Lächerliche seiner Person zur Einsicht bringen könnte, so würde der Boden unter ihm einbrechen, oder er würde wie ein erwachter Nachtwandler herabstürzen, der plötzlich nichts als Leere sieht.

Diese Illusion, dieser Trick zugunsten der Entwicklung fehlte im Institute. Denn dort waren in der Büchersammlung wohl die Klassiker enthalten, aber diese galten als langweilig, und sonst fanden sich nur sentimentale Novellenbände und witzlose Militärhumoresken.

Der kleine Törleß hatte sie wohl alle förmlich in einer Gier nach Büchern durchgelesen, irgendeine banal zärtliche Vorstellung aus ein oder der anderen Novelle wirkte manchmal auch noch eine Weile nach, allein einen Einfluß, einen wirklichen Einfluß, nahm dies auf seinen Charakter nicht.

Es schien damals, daß er überhaupt keinen Charakter habe.

Er schrieb zum Beispiel unter dem Einflusse dieser Lektüre selbst hie und da eine kleine Erzählung oder begann ein romantisches Epos zu dichten. In der Erregung über die Liebesleiden seiner Helden röteten sich dann seine Wangen, seine Pulse beschleunigten sich und seine Augen glänzten.

Wie er aber die Feder aus der Hand legte, war alles vorbei; gewissermaßen nur in der Bewegung lebte sein Geist. Daher war es ihm auch möglich, ein Gedicht oder eine Erzählung wann immer, auf jede Aufforderung hin, niederzuschreiben. Er regte sich dabei auf, aber trotzdem nahm er es nie ganz ernst, und die Tätigkeit erschien ihm nicht wichtig. Es ging von ihr nichts auf seine Person über, und sie ging nicht von seiner Person aus. Er hatte nur unter irgendeinem äußeren Zwang Empfindungen, die über das Gleichgültige hinausgingen, wie ein Schauspieler dazu des Zwanges einer Rolle bedarf.

Es waren Reaktionen des Gehirns. Das aber, was man als Charakter oder Seele, Linie oder Klangfarbe eines Menschen fühlt, jedenfalls dasjenige, wogegen die Gedanken, Entschlüsse und Handlungen wenig bezeichnend, zufällig und auswechselbar erscheinen, dasjenige, was beispielsweise Törleß an den Prinzen jenseits alles verstandlichen Beurteilens geknüpft hatte, dieser letzte, unbewegliche Hintergrund, war zu jener Zeit in Törleß gänzlich verloren gegangen.

In seinen Kameraden war es die Freude am Sport, das Animalische, welches sie eines solchen gar nicht bedürfen ließ, so wie am Gymnasium das Spiel mit der Literatur dafür sorgt.

Törleß war aber für das eine zu geistig angelegt und dem anderen brachte er jene scharfe Feinfühligkeit für das Lächerliche solcher erborgter Sentiments entgegen, die das Leben im Institute durch seine Nötigung steter Bereitschaft zu Streitigkeiten und Faustkämpfen erzeugt. So erhielt sein Wesen etwas Unbestimmtes, eine innere Hilflosigkeit, die ihn nicht zu sich selbst finden ließ.

Er schloß sich seinen neuen Freunden an, weil ihm ihre Wildheit imponierte. Da er ehrgeizig war, versuchte er hie und da, es ihnen darin sogar zuvorzutun. Aber jedesmal blieb er wieder auf halbem Wege stehen und hatte nicht wenig Spott deswegen zu erleiden. Dies verschüchterte ihn dann wieder. Sein ganzes Leben bestand in dieser kritischen Periode eigentlich nur in diesem immer erneuten Bemühen, seinen rauhen, männlicheren Freunden nachzueifern, und in einer tief innerlichen Gleichgültigkeit gegen dieses Bestreben.

Besuchten ihn jetzt seine Eltern, so war er, solange sie allein waren, still und scheu. Den zärtlichen Berührungen seiner Mutter entzog er sich jedesmal unter einem anderen Vorwande. In Wahrheit hätte er ihnen gern nachgegeben, aber er schämte sich, als seien die Augen seiner Kameraden auf ihn gerichtet.

Seine Eltern nahmen es als die Ungelenkigkeit der Entwicklungsjahre hin.

Nachmittags kam dann die ganze laute Schar. Man spielte Karten, aß, trank, erzählte Anekdoten über die Lehrer und rauchte die Zigaretten, die der Hofrat aus der Residenz mitgebracht hatte.

Diese Heiterkeit erfreute und beruhigte das Ehepaar.

Daß für Törleß mitunter auch andere Stunden kamen, wußten sie nicht. Und in der letzten Zeit immer zahlreichere. Er hatte Augenblicke, wo ihm das Leben im Institute völlig gleichgültig wurde. Der Kitt seiner täglichen Sorgen löste sich da, und die Stunden seines Lebens fielen ohne innerlichen Zusammenhang auseinander.

Er saß oft lange – in finsterem Nachdenken – gleichsam über sich selbst gebeugt.

Zwei Besuchstage waren es auch diesmal gewesen. Man hatte gespeist, geraucht, eine Spazierfahrt unternommen, und nun sollte der Eilzug das Ehepaar wieder in die Residenz zurückführen.

Ein leises Rollen in den Schienen kündigte sein Nahen an, und die Signale der Glocke am Dache des Stationsgebäudes klangen der Hofrätin unerbittlich ins Ohr.

«Also nicht wahr, lieber Beineberg, Sie geben mir auf meinen Buben acht?» wandte sich Hofrat Törleß an den jungen Baron Beineberg, einen langen, knochigen Burschen mit mächtig abstehenden Ohren, aber ausdrucksvollen, gescheiten Augen.

Der kleine Törleß schnitt ob dieser Bevormundung ein mißmutiges Gesicht, und Beineberg grinste geschmeichelt und ein wenig schadenfroh.

«Überhaupt» – wandte sich der Hofrat an die übrigen – «möchte ich Sie alle gebeten haben, falls meinem Sohne irgend etwas sein sollte, mich gleich davon zu verständigen.»

Dies entlockte nun doch dem jungen Törleß ein unendlich gelangweiltes: «Aber Papa, was soll mir denn passieren?!» obwohl er schon daran gewöhnt war, bei jedem Abschiede diese allzu große Sorgsamkeit über sich ergehen lassen zu müssen.

Die anderen schlugen indessen die Hacken zusammen, wobei sie die zierlichen Degen straff an die Seite zogen, und der Hofrat fügte noch hinzu: «Man kann nie wissen, was vorkommt, und der Gedanke, sofort von allem verständigt zu werden, bereitet mir eine große Beruhigung; schließlich könntest du doch auch am Schreiben behindert sein.»

Dann fuhr der Zug ein. Hofrat Törleß umarmte seinen Sohn, Frau von Törleß drückte den Schleier fester ans Gesicht, um ihre Tränen zu verbergen, die Freunde bedankten sich der Reihe nach, dann schloß der Schaffner die Wagentür.

Noch einmal sah das Ehepaar die hohe, kahle Rückfront des Institutsgebäudes, – die mächtige, langgestreckte Mauer, welche den Park umschloß, dann kamen rechts und links nur mehr graubraune Felder und vereinzelte Obstbäume.

Die jungen Leute hatten unterdessen den Bahnhof verlassen und gingen in zwei Reihen hintereinander auf den beiden Rändern der Straße – so wenigstens dem dicksten und zähesten Staube ausweichend – der Stadt zu, ohne viel miteinander zu reden.

Es war fünf Uhr vorbei, und über die Felder kam es ernst und kalt, wie ein Vorbote des Abends.

Törleß wurde sehr traurig.

Vielleicht war daran die Abreise seiner Eltern schuld, vielleicht war es jedoch nur die abweisende, stumpfe Melancholie, die jetzt auf der ganzen Natur ringsumher lastete und schon auf wenige Schritte die Formen der Gegenstände mit schweren glanzlosen Farben verwischte.

Dieselbe furchtbare Gleichgültigkeit, die schon den ganzen Nachmittag über allerorts gelegen war, kroch nun über die Ebene heran, und hinter ihr her wie eine schleimige Fährte der Nebel, der über den Sturzäckern und bleigrauen Rübenfeldern klebte.

Törleß sah nicht rechts noch links, aber er fühlte es. Schritt für Schritt trat er in die Spuren, die soeben erst vom Fuße des Vordermanns in dem Staube aufklafften, – und so fühlte er es: als ob es so sein müßte: als einen steinernen Zwang, der sein ganzes Leben in diese Bewegung – Schritt für Schritt – auf dieser einen Linie, auf diesem einen schmalen Streifen, der sich durch den Staub zog, einfing und zusammenpreßte.

Als sie an einer Kreuzung stehen blieben, wo ein zweiter Weg mit dem ihren in einen runden, ausgetretenen Fleck zusammenfloß, und als dort ein morschgewordener Wegweiser schief in die Luft hineinragte, wirkte diese, zu ihrer Umgebung in Widerspruch stehende, Linie wie ein verzweifelter Schrei auf Törleß.

Wieder gingen sie weiter. Törleß dachte an seine Eltern, an Bekannte, an das Leben. Um diese Stunde kleidet man sich für eine Gesellschaft an oder beschließt ins Theater zu fahren. Und nachher geht man ins Restaurant, hört eine Kapelle, besucht das Kaffeehaus. Man macht eine interessante Bekanntschaft. Ein galantes Abenteuer hält bis zum Morgen in Erwartung. Das Leben rollt wie ein wunderbares Rad immer Neues, Unerwartetes aus sich heraus . . .

Törleß seufzte unter diesen Gedanken, und bei jedem Schritte, der ihn der Enge des Institutes nähertrug, schnürte sich etwas immer fester in ihm zusammen.

Jetzt schon klang ihm das Glockenzeichen in den Ohren. Nichts fürchtete er nämlich so sehr wie dieses Glockenzeichen, das unwiderruflich das Ende des Tages bestimmte – wie ein brutaler Messerschnitt.

Er erlebte ja nichts, und sein Leben dämmerte in steter Gleichgültigkeit dahin, aber dieses Glockenzeichen fügte dem auch noch den Hohn hinzu und ließ ihn in ohnmächtiger Wut über sich selbst, über sein Schicksal, über den begrabenen Tag erzittern.

Nun kannst du gar nichts mehr erleben, während zwölf Stunden kannst du nichts mehr erleben, für zwölf Stunden bist du tot . . .: das war der Sinn dieses Glockenzeichens.

Als die Gesellschaft junger Leute zwischen die ersten niedrigen, hüttenartigen Häuser kam, wich dieses dumpfe Brüten von Törleß. Wie von einem plötzlichen Interesse erfaßt, hob er den Kopf und blickte angestrengt in das dunstige Innere der kleinen, schmutzigen Gebäude, an denen sie vorübergingen.

Vor den Türen der meisten standen die Weiber, in Kitteln und groben Hemden, mit breiten, beschmutzten Füßen und nackten, braunen Armen.

Waren sie jung und drall, so flog ihnen manches derbe slawische Scherzwort zu. Sie stießen sich an und kicherten über die «jungen Herren»; manchmal schrie eine auch auf, wenn im Vorübergehen allzu hart ihre Brüste gestreift wurden, oder erwiderte mit einem lachenden Schimpfwort einen Schlag auf die Schenkel. Manche sah auch bloß mit zornigem Ernste hinter den Eilenden drein; und der Bauer lächelte verlegen, – halb unsicher, halb gutmütig, – wenn er zufällig hinzugekommen war.

Törleß beteiligte sich nicht an dieser übermütigen, frühreifen Männlichkeit seiner Freunde.

Der Grund hiezu lag wohl teilweise in einer gewissen Schüchternheit in geschlechtlichen Sachen, wie sie fast allen einzigen Kindern eigentümlich ist, zum größeren Teile jedoch in der ihm besonderen Art der sinnlichen Veranlagung, welche verborgener, mächtiger und dunkler gefärbt war als die seiner Freunde und sich schwerer äußerte.

Während die anderen mit den Weibern schamlos – taten, beinahe mehr um «fesch» zu sein, als aus Begierde, war die Seele des schweigsamen, kleinen Törleß aufgewühlt und von wirklicher Schamlosigkeit gepeitscht.

Er blickte mit so brennenden Augen durch die kleinen Fenster und winkligen, schmalen Torwege in das Innere der Häuser, daß es ihm beständig wie ein feines Netz vor den Augen tanzte.

Fast nackte Kinder wälzten sich in dem Kot der Höfe, da und dort gab der Rock eines arbeitenden Weibes die Kniekehlen frei oder drückte sich eine schwere Brust straff in die Falten der Leinwand. Und als ob all dies sogar unter einer ganz anderen, tierischen, drückenden Atmosphäre sich abspielte, floß aus dem Flur der Häuser eine träge, schwere Luft, die Törleß begierig einatmete.

Er dachte an alte Malereien, die er in Museen gesehen hatte, ohne sie recht zu verstehen. Er wartete auf irgend etwas, so wie er vor diesen Bildern immer auf etwas gewartet hatte, das sich nie ereignete. Worauf . . .? . . . Auf etwas Überraschendes, noch nie Gesehenes; auf einen ungeheuerlichen Anblick, von dem er sich nicht die geringste Vorstellung machen konnte; auf irgend etwas von fürchterlicher, tierischer Sinnlichkeit; das ihn wie mit Krallen packe und von den Augen aus zerreiße; auf ein Erlebnis, das in irgendeiner noch ganz unklaren Weise mit den schmutzigen Kitteln der Weiber, mit ihren rauhen Händen, mit der Niedrigkeit ihrer Stuben, mit ... mit einer Beschmutzung an dem Kot der Höfe ... zusammenhängen müsse .... Nein, nein; ... er fühlte jetzt nur mehr das feurige Netz vor den Augen; die Worte sagten es nicht; so arg, wie es die Worte machen, ist es gar nicht; es ist etwas ganz Stummes, – ein Würgen in der Kehle, ein kaum merkbarer Gedanke, und nur dann, wenn man es durchaus mit Worten sagen wollte, käme es so heraus; aber dann ist es auch nur mehr entfernt ähnlich, wie in einer riesigen Vergrößerung, wo man nicht nur alles deutlicher sieht, sondern auch Dinge, die gar nicht da sind .... Dennoch war es zum Schämen.

«Hat das Bubi Heimweh?» fragte ihn plötzlich spöttisch der lange und um zwei Jahre ältere v. Reiting, welchem Törleß' Schweigsamkeit und die verdunkelten Augen aufgefallen waren. Törleß lächelte gemacht und verlegen, und ihm war, als hätte der boshafte Reiting die Vorgänge in seinem Innern belauscht.

Er gab keine Antwort. Aber sie waren mittlerweile auf den Kirchplatz des Städtchens gelangt, der die Form eines Quadrates hatte und mit Katzenköpfen gepflastert war, und trennten sich nun voneinander.

Törleß und Beineberg wollten noch nicht ins Institut zurück, während die andern keine Erlaubnis zu längerem Ausbleiben hatten und nach Hause gingen.

Die beiden waren in der Konditorei eingekehrt.

Dort saßen sie an einem kleinen Tische mit runder Platte, neben einem Fenster, das auf den Garten hinausging, unter einer Gaskrone, deren Lichter hinter den milchigen Glaskugeln leise summten.

Sie hatten es sich bequem gemacht, ließen sich die Gläschen mit wechselnden Schnäpsen füllen, rauchten Zigaretten, aßen dazwischen etwas Bäckerei und genossen das Behagen, die einzigen Gäste zu sein. Denn höchstens in den hinteren Räumen saß noch ein vereinzelter Besucher vor seinem Glase Wein; vorne war es still, und selbst die feiste, angejährte Konditorin schien hinter ihrem Ladentische zu schlafen.

Törleß sah – nur so ganz unbestimmt – durch das Fenster – in den leeren Garten hinaus, der allgemach verdunkelte.

Beineberg erzählte. Von Indien. Wie gewöhnlich. Denn sein Vater, der General war, war dort als junger Offizier in englischen Diensten gestanden. Und nicht nur hatte er wie sonstige Europäer Schnitzereien, Gewebe und kleine Industriegötzen mit herübergebracht, sondern auch etwas von dem geheimnisvollen, bizarren Dämmern des esoterischen Buddhismus gefühlt und sich bewahrt. Auf seinen Sohn hatte er das, was er von da her wußte und später noch hinzulas, schon von dessen Kindheit an übertragen.

Mit dem Lesen war es übrigens bei ihm ganz eigen. Er war Reiteroffizier und liebte durchaus nicht die Bücher im allgemeinen. Romane und Philosophie verachtete er gleichermaßen. Wenn er las, wollte er nicht über Meinungen und Streitfragen nachdenken, sondern schon beim Aufschlagen der Bücher wie durch eine heimliche Pforte in die Mitte auserlesener Erkenntnisse treten. Es mußten Bücher sein, deren Besitz allein schon wie ein geheimes Ordenszeichen war und wie eine Gewährleistung überirdischer Offenbarungen. Und solches fand er nur in den Büchern der indischen Philosophie, die für ihn eben nicht bloß Bücher zu sein schienen, sondern Offenbarungen, Wirkliches, – Schlüsselwerke wie die alchimistischen und Zauberbücher des Mittelalters.

Mit ihnen schloß sich dieser gesunde, tatkräftige Mann, der strenge seinen Dienst versah und überdies seine drei Pferde fast täglich selber ritt, meist gegen Abend ein.

Dann griff er aufs Geratewohl eine Stelle heraus und sann, ob sich ihr geheimster Sinn ihm nicht heute erschlösse. Und nie war er enttäuscht, so oft er auch einsehen mußte, daß er noch nicht weiter als zum Vorhof des geheiligten Tempels gelangt sei.

So schwebte um diesen nervigen, gebräunten Freiluftmenschen etwas wie ein weihevolles Geheimnis. Seine Überzeugung, täglich am Vorabend einer niederschmetternd großen Enthüllung zu stehen, gab ihm eine verschlossene Überlegenheit. Seine Augen waren nicht träumerisch, sondern ruhig und hart. Die Gewohnheit, in Büchern zu lesen, in denen kein Wort von seinem Platze gerückt werden durfte, ohne den geheimen Sinn zu stören, das vorsichtige, achtungsvolle Abwägen eines jeden Satzes nach Sinn und Doppelsinn, hatte ihren Ausdruck geformt.

Nur mitunter verloren sich seine Gedanken in ein Dämmern von wohliger Melancholie. Das geschah, wenn er an den geheimen Kult dachte, der sich an die Originale der vor ihm liegenden Schriften knüpfte, an die Wunder, die von ihnen ausgegangen waren und Tausende ergriffen hatten, Tausende von Menschen, die ihm wegen der großen Entfernung, die ihn von ihnen trennte, nun wie Brüder erschienen, während er doch die Menschen seiner Umgebung, die er mit allen ihren Details sah, verachtete. In diesen Stunden wurde er mißmutig. Der Gedanke, daß sein Leben verurteilt sei, ferne von den Quellen der heiligen Kräfte zu verlaufen, seine Anstrengungen verurteilt, an der Ungunst der Verhältnisse vielleicht doch zu erlahmen, drückte ihn nieder. Wenn er aber dann eine Weile betrübt vor seinen Büchern gesessen war, wurde ihm eigentümlich zumute. Seine Melancholie verlor zwar nichts von ihrer Schwere, im Gegenteil, ihre Traurigkeit steigerte sich noch, aber sie drückte ihn nicht mehr. Er fühlte sich mehr denn je verlassen und auf verlornem Posten, aber in dieser Wehmut lag ein feines Vergnügen, ein Stolz, etwas Fremdes zu tun, einer unverstandenen Gottheit zu dienen. Und dann konnte wohl auch vorübergehend in seinen Augen etwas aufleuchten, das an den Aberwitz religiöser Ekstase gemahnte.

Beineberg hatte sich müde gesprochen. In ihm lebte das Bild seines wunderlichen Vaters in einer Art verzerrender Vergrößerung weiter. Jeder Zug war zwar bewahrt; aber das, was bei jenem ursprünglich vielleicht nur eine Laune gewesen war, die ihrer Exklusivität halber konserviert und gesteigert wurde, hatte sich in ihm zu einer phantastischen Hoffnung ausgewachsen. Jene Eigenheit seines Vaters, die für diesen im Grunde genommen vielleicht doch nur den gewissen letzten Schlupfwinkel der Individualität bedeutete, den sich jeder Mensch – und sei es auch nur durch die Wahl seiner Kleider – schaffen muß, um etwas zu haben, das ihn vor anderen auszeichne, war in ihm zu dem festen Glauben geworden, sich mittels ungewöhnlicher seelischer Kräfte eine Herrschaft sichern zu können.

Törleß kannte diese Gespräche zur Genüge. Sie gingen an ihm vorbei und berührten ihn kaum.

Er hatte sich jetzt halb vom Fenster abgewandt und beobachtete Beineberg, der sich eine Zigarette drehte. Und er fühlte wieder jenen merkwürdigen Widerwillen gegen diesen, der zuzeiten in ihm aufstieg. Diese schmalen dunklen Hände, die eben geschickt den Tabak in das Papier rollten, waren doch eigentlich schön. Magere Finger, ovale, schön gewölbte Nägel: es lag eine gewisse Vornehmheit in ihnen. Auch in den dunkelbraunen Augen. Auch in der gestreckten Magerkeit des ganzen Körpers lag eine solche. Freilich, – die Ohren standen mächtig ab, das Gesicht war klein und unregelmäßig, und der Gesamteindruck des Kopfes erinnerte an den einer Fledermaus. Dennoch – das fühlte Törleß, indem er die Einzelheiten gegeneinander abwog, ganz deutlich – waren es nicht die häßlichen, sondern gerade die vorzüglicheren derselben, die ihn so eigentümlich beunruhigten.

Die Magerkeit des Körpers – Beineberg selbst pflegte die stahlschlanken Beine homerischer Wettläufer als sein Vorbild zu preisen – wirkte auf ihn durchaus nicht in dieser Weise. Törleß hatte sich darüber bisher noch nicht Rechenschaft gegeben, und nun fiel ihm im Augenblicke kein befriedigender Vergleich ein. Er hätte Beineberg gern scharf ins Auge gefaßt, aber dann hätte es dieser gemerkt, und er hätte irgendein Gespräch beginnen müssen. Aber gerade so – da er ihn nur halb ansah und halb in der Phantasie das Bild ergänzte – fiel ihm der Unterschied auf. Wenn er sich die Kleider von dem Körper wegdachte, so war es ihm ganz unmöglich, die Vorstellung einer ruhigen Schlankheit festzuhalten, vielmehr traten ihm augenblicklich unruhige, sich windende Bewegungen vor das Auge, ein Verdrehen der Gliedmaßen und Verkrümmen der Wirbelsäule, wie man es in allen Darstellungen des Martyriums oder in den grotesken Schaubietungen der Jahrmarktsartisten finden kann.

Auch die Hände, die er ja gewiß ebensogut in dem Eindrucke irgendeiner formvollen Geste hätte festhalten können, dachte er nicht anders als in einer fingernden Beweglichkeit. Und gerade an ihnen, die doch eigentlich das Schönste an Beineberg waren, konzentrierte sich der größte Widerwille. Sie hatten etwas Unzüchtiges an sich. Das war wohl der richtige Vergleich. Und etwas Unzüchtiges lag auch in dem Eindrucke verrenkter Bewegungen, den der Körper machte. In den Händen schien es sich nur gewissermaßen anzusammeln und schien von ihnen wie das Vorgefühl einer Berührung auszustrahlen, das Törleß einen ekligen Schauer über die Haut jagte. Er war selbst über seinen Einfall verwundert und ein wenig erschrocken. Denn schon zum zweitenmal an diesem Tage geschah es, daß sich etwas Geschlechtliches unvermutet und ohne rechten Zusammenhang zwischen seine Gedanken drängte.

Beineberg hatte sich eine Zeitung genommen, und Törleß konnte ihn jetzt genau betrachten.

Da war tatsächlich kaum etwas zu finden, das dem plötzlichen Auftauchen einer solchen Ideenverknüpfung auch nur einigermaßen hätte zur Entschuldigung dienen können.

Und doch wurde das Mißbehagen aller Unbegründung zu Trotz immer lebhafter. Es waren noch keine zehn Minuten des Schweigens zwischen den beiden verstrichen, und dennoch fühlte Törleß seinen Widerwillen bereits auf das äußerste gesteigert. Eine Grundstimmung, Grundbeziehung zwischen ihm und Beineberg schien sich darin zum ersten Male zu äußern, ein immer schon lauernd dagewesenes Mißtrauen schien mit einem Male in das bewußte Empfinden aufgestiegen zu sein.

Die Situation zwischen den beiden spitzte sich immer mehr zu. Beleidigungen, für die er keine Worte wußte, drängten sich Törleß auf. Eine Art Scham, so als ob zwischen ihm und Beineberg wirklich etwas vorgefallen wäre, versetzte ihn in Unruhe. Seine Finger begannen unruhig auf der Tischplatte zu trommeln.

Endlich sah er, um diesen sonderbaren Zustand loszuwerden, wieder zum Fenster hinaus.

Beineberg blickte jetzt von der Zeitung auf; dann las er irgendeine Stelle vor, legte das Blatt weg und gähnte.

Mit dem Schweigen war auch der Zwang gebrochen, der auf Törleß gelastet hatte. Belanglose Worte rannen nun vollends über diesen Augenblick hinweg und verlöschten ihn. Es war ein plötzliches Aufhorchen gewesen, dem nun wieder die alte Gleichgültigkeit folgte . . .

«Wie lange haben wir noch Zeit?» fragte Törleß.

«Zweieinhalb Stunden.»

Dann zog er fröstelnd die Schultern hoch. Er fühlte wieder die lähmende Gewalt der Enge, der es entgegenging. Der Stundenplan, der tägliche Umgang mit den Freunden. Selbst jener Widerwille gegen Beineberg wird nicht mehr sein, der für einen Augenblick eine neue Situation geschaffen zu haben schien.

«. . . Was gibt es heute zum Abendessen?»

«Ich weiß nicht.»

«Was für Gegenstände haben wir morgen?»

«Mathematik.»

«Oh? Haben wir etwas auf?»

«Ja, ein paar neue Sätze aus der Trigonometrie; doch du wirst sie treffen, es ist nichts Besonderes an ihnen.»

«Und dann?»

«Religion.»

«Religion? Ach ja. Das wird wieder etwas werden. . . . Ich glaube, wenn ich so recht im Zug bin, könnte ich gerade so gut beweisen, daß zweimal zwei fünf ist, wie daß es nur einen Gott geben kann. . . .»

Beineberg blickte spöttisch zu Törleß auf. «Du bist darin überhaupt komisch; mir scheint fast, daß es dir selbst Vergnügen bereitet; wenigstens glänzt der Eifer nur so aus den Augen . . . .»

«Warum nicht?! Ist es nicht hübsch? Es gibt immer einen Punkt dabei, wo man dann nicht mehr weiß, ob man lügt oder ob das, was man erfunden hat, wahrer ist als man selber.»

«Wieso?»

«Nun, ich meine es ja nicht wörtlich. Man weiß ja gewiß immer, daß man schwindelt; aber trotzdem erscheint einem selbst die Sache mitunter so glaubwürdig, daß man gewissermaßen, von seinen eigenen Gedanken gefangengenommen, stillsteht.»

«Ja, aber was bereitet dir denn daran Vergnügen?»

«Eben dies. Es geht einem so ein Ruck durch den Kopf, ein Schwindel, ein Erschrecken ....»

«Ach hör auf, das sind Spielereien.»

«Ich habe ja nicht das Gegenteil behauptet. Aber jedenfalls ist mir dies in der ganzen Schule noch das Interessanteste.»

«Es ist so eine Art, mit dem Gehirn zu turnen; aber es hat doch keinen rechten Zweck.»

«Nein», sagte Törleß und sah wieder in den Garten hinaus. In seinem Rücken – ferne – hörte er die Gasflammen summen. Er verfolgte ein Gefühl, das melancholisch, wie ein Nebel, in ihm aufstieg.

«Es hat keinen Zweck. Du hast recht. Aber man darf sich das gar nicht sagen. Von alldem, was wir den ganzen Tag lang in der Schule tun, – was davon hat eigentlich einen Zweck? Wovon hat man etwas? Ich meine etwas für sich haben, – du verstehst? Man weiß am Abend, daß man wieder einen Tag gelebt hat, daß man so und so viel gelernt hat, man hat dem Stundenplan genügt, aber man ist dabei leer geblieben, – innerlich meine ich, man hat sozusagen einen ganz innerlichen Hunger ....»

Beineberg brummte etwas von Üben, Geist vorbereiten, – noch nichts anfangen können, – später ....

«Vorbereiten? Üben? Wofür denn? Weißt du etwas Bestimmtes? Du hoffst vielleicht auf etwas, aber auch dir ist es ganz ungewiß. Es ist so: Ein ewiges Warten auf etwas, von dem man nichts anderes weiß, als daß man darauf wartet .... Das ist so langweilig ....»

«Langweilig ...» dehnte Beineberg nach und wiegte mit dem Kopfe.

Törleß sah noch immer in den Garten. Er glaubte das Rascheln der welken Blätter zu hören, die der Wind zusammentrug. Dann kam jener Augenblick intensivster Stille, der stets dem völligen Dunkelwerden kurz vorangeht. Die Formen, welche sich immer tiefer in die Dämmerung gebettet hatten, und die Farben, welche zerflossen, schienen für Sekunden still zu stehen, den Atem anzuhalten ....

«Höre, Beineberg,» sprach Törleß, ohne sich zurückzuwenden, «es muß während des Dämmerns immer einige Augenblicke geben, die ganz eigener Art sind. So oft ich es beobachte, kehrt mir dieselbe Erinnerung wieder. Ich war noch sehr klein, als ich um diese Stunde einmal im Walde spielte. Das Dienstmädchen hatte sich entfernt; ich wußte das nicht und glaubte es noch in meiner Nähe zu empfinden. Plötzlich zwang mich etwas aufzusehen. Ich fühlte, daß ich allein sei. Es war plötzlich so still. Und als ich um mich blickte, war mir, als stünden die Bäume schweigend im Kreise und sähen mir zu. Ich weinte; ich fühlte mich so verlassen von den Großen, den leblosen Geschöpfen preisgegeben .... Was ist das? Ich fühle es oft wieder. Dieses plötzliche Schweigen, das wie eine Sprache ist, die wir nicht hören?»

«Ich kenne das nicht, was du meinst; aber warum sollten nicht die Dinge eine Sprache haben? Können wir doch nicht einmal mit Bestimmtheit behaupten, daß ihnen keine Seele zukommt!»

Törleß gab keine Antwort. Beinebergs spekulative Auffassung behagte ihm nicht.

Nach einer Weile begann aber dieser: «Warum siehst du noch fortwährend zum Fenster hinaus? Was findest denn du daran?»

«Ich denke noch immer nach, was das sein mag?» In Wahrheit hatte er aber bereits an etwas Weiteres gedacht, was er nur nicht eingestehen wollte. Die hohe Anspannung, das Lauschen auf ein ernstes Geheimnis und die Verantwortung, mitten in noch unbeschriebene Beziehungen des Lebens zu blicken, hatte er nur für einen Augenblick aushalten können. Dann war wieder jenes Gefühl des Allein- und Verlassenseins über ihn gekommen, das stets dieser zu hohen Anforderung folgte. Er fühlte: hierin liegt etwas, das jetzt noch zu schwer für mich ist, und seine Gedanken flüchteten zu etwas anderem, das auch darin lag, aber gewissermaßen nur im Hintergrunde und auf der Lauer: Die Einsamkeit.

Aus dem verlassenen Garten tanzte hie und da ein Blatt an das erleuchtete Fenster und riß auf seinem Rücken einen hellen Streifen in das Dunkel hinein. Dieses schien auszuweichen, sich zurückzuziehen, um im nächsten Augenblicke wieder vorzurücken und unbeweglich wie eine Mauer vor den Fenstern zu stehen. Es war eine Welt für sich, dieses Dunkel. Wie ein Schwarm schwarzer Feinde war es über die Erde gekommen und hatte die Menschen erschlagen oder vertrieben oder was immer getan, das jede Spur von ihnen auslöschte.

Und Törleß schien es, daß er sich darüber freue. Er mochte in diesem Augenblick die Menschen nicht, die Großen und Erwachsenen. Er mochte sie nie, wenn es dunkel war. Er war gewöhnt, sich dann die Menschen wegzudenken. Die Welt erschien ihm danach wie ein leeres, finsteres Haus, und in seiner Brust war ein Schauer, als sollte er nun von Zimmer zu Zimmer suchen, – dunkle Zimmer, von denen man nicht wußte, was ihre Ecken bargen, – tastend über die Schwellen schreiten, die keines Menschen Fuß außer dem seinen mehr betreten sollte, bis – in einem Zimmer sich die Türen plötzlich vor und hinter ihm schlössen und er der Herrin selbst der schwarzen Scharen gegenüberstünde. Und in diesem Augenblicke würden auch die Schlösser aller anderen Türen zufallen, durch die er gekommen, und nur weit vor den Mauern würden die Schatten der Dunkelheit wie schwarze Eunuchen auf Wache stehen und die Nähe der Menschen fernhalten.

Das war seine Art der Einsamkeit, seit man ihn damals im Stiche gelassen hatte – im Walde, wo er so weinte. Sie hatte für ihn den Reiz eines Weibes und einer Unmenschlichkeit. Er fühlte sie als eine Frau, aber ihr Atem war nur ein Würgen in seiner Brust, ihr Gesicht ein wirbelndes Vergessen aller menschlichen Gesichter und die Bewegungen ihrer Hände Schauer, die ihm über den Leib jagten . . . .

Er fürchtete diese Phantasie, denn er war sich ihrer ausschweifenden Heimlichkeit bewußt, und der Gedanke, daß solche Vorstellungen immer mehr Herrschaft über ihn gewinnen könnten, beunruhigte ihn. Aber gerade dann, wenn er sich am ernstesten und reinsten glaubte, überkamen sie ihn. Man könnte sagen, als eine Reaktion auf diese Augenblicke, wo er empfindsame Erkenntnisse ahnte, die sich zwar in ihm schon vorbereiteten, aber seinem Alter noch nicht entsprachen. Denn in der Entwicklung einer jeden feinen moralischen Kraft gibt es einen solchen frühen Punkt, wo sie die Seele schwächt, deren kühnste Erfahrung sie einst vielleicht sein wird, – so als ob sich ihre Wurzeln erst suchend senken und den Boden zerwühlen müßten, den sie nachher zu stützen bestimmt sind, – weswegen Jünglinge mit großer Zukunft meist eine an Demütigungen reiche Vergangenheit besitzen.

Törleß' Vorliebe für gewisse Stimmungen war die erste Andeutung einer seelischen Entwicklung, die sich später als ein Talent des Staunens äußerte. Späterhin wurde er nämlich von einer eigentümlichen Fähigkeit geradezu beherrscht. Er war dann gezwungen, Ereignisse, Menschen, Dinge, ja sich selbst häufig so zu empfinden, daß er dabei das Gefühl sowohl einer unauflöslichen Unverständlichkeit als einer unerklärlichen, nie völlig zu rechtfertigenden Verwandtschaft hatte. Sie schienen ihm zum Greifen verständlich zu sein und sich doch nie restlos in Worte und Gedanken auflösen zu lassen. Zwischen den Ereignissen und seinem Ich, ja zwischen seinen eigenen Gefühlen und irgendeinem innersten Ich, das nach ihrem Verständnis begehrte, blieb immer eine Scheidelinie, die wie ein Horizont vor seinem Verlangen zurückwich, je näher er ihr kam. Ja, je genauer er seine Empfindungen mit den Gedanken umfaßte, je bekannter sie ihm wurden, desto fremder und unverständlicher schienen sie ihm gleichzeitig zu werden, so daß es nicht einmal mehr schien, als ob sie vor ihm zurückwichen, sondern als ob er selbst sich von ihnen entfernen würde, und doch die Einbildung, sich ihnen zu nähern, nicht abschütteln könnte.

Dieser merkwürdige, schwer zugängliche Widerspruch füllte später eine weite Strecke seiner geistigen Entwicklung, er schien seine Seele zerreißen zu wollen und bedrohte sie lange als ihr oberstes Problem.

Vorläufig kündigte sich die Schwere dieser Kämpfe aber nur in einer häufigen plötzlichen Ermüdung an und schreckte Törleß gleichsam schon von ferne, sobald ihm aus irgendeiner fragwürdigen sonderbaren Stimmung – wie vorhin – eine Ahnung davon wurde. Er kam sich dann so kraftlos vor wie ein Gefangener und Aufgegebener, gleichermaßen von sich wie von den anderen Abgeschlossener; er hätte schreien mögen vor Leere und Verzweiflung, und statt dessen wandte er sich gleichsam von diesem ernsten und erwartungsvollen, gepeinigten und ermüdeten Menschen in sich ab und lauschte – noch geschreckt von diesem jähen Verzichten und schon entzückt von ihrem warmen, sündigen Atem – auf die flüsternden Stimmen, welche die Einsamkeit für ihn hatte. – – –

Törleß machte plötzlich den Vorschlag zu zahlen. In Beinebergs Augen blitzte ein Verstehen auf; er kannte die Stimmung. Törleß war dieses Einverständnis zuwider; seine Abneigung gegen Beineberg wurde wieder lebendig, und er fühlte sich durch die Gemeinschaft mit ihm geschändet.

Aber das gehörte fast schon mit dazu. Das Schändliche ist eine Einsamkeit mehr und eine neue finstere Mauer.

Und ohne miteinander zu sprechen, schlugen sie einen bestimmten Weg ein.

Es mußte in den letzten Minuten ein leichter Regen gefallen sein, – die Luft war feucht und schwer, um die Laternen zitterte ein bunter Nebel und die Bürgersteige glänzten stellenweise auf.

Törleß nahm den Degen, der aufs Pflaster schlug, eng an den Leib, allein selbst das Geräusch der aufklappernden Absätze überrieselte ihn eigentümlich.

Nach einer Weile hatten sie weichen Boden unter den Füßen, sie entfernten sich von der inneren Stadt und schritten durch breite Dorfstraßen dem Flusse zu.

Dieser wälzte sich schwarz und träge, mit tiefen, glucksenden Lauten unter der hölzernen Brücke. Eine einzige Laterne, mit verstaubten und zerschlagenen Scheiben, stand da. Der Schein des unruhig vor den Windstößen sich duckenden Lichtes fiel dann und wann auf eine treibende Welle und zerfloß auf ihrem Rücken. Die runden Streuhölzer gaben unter jedem Schritte nach . . . rollten vor und wieder zurück . . . .

Beineberg stand still. Das jenseitige Ufer war mit dichten Bäumen bestanden, welche, da die Straße rechtwinklig abbog und längs des Wassers weiterführte, wie eine schwarze, undurchdringliche Mauer drohten. Erst nach vorsichtigem Suchen fand sich ein schmaler, versteckter Weg, der geradeaus hineinführte. Von dem dichten, üppig wuchernden Unterholze, an das die Kleider streiften, ging jedesmal ein Schauer von Tropfen nieder. Nach einer Weile mußten sie wieder stehenbleiben und ein Streichholz anreiben. Es war ganz still, sogar das Gurgeln des Flusses war nicht mehr zu hören. Plötzlich kam von ferne ein unbestimmter, gebrochener Ton zu ihnen. Er hörte sich wie ein Schrei oder eine Warnung an. Oder auch wie der bloße Zuruf eines unverständlichen Geschöpfes, das irgendwo gleich ihnen durch die Büsche brach. Sie schritten auf den Ton zu, blieben stehen, schritten wieder weiter. Im ganzen mochte es wohl eine Viertelstunde gedauert haben, als sie aufatmend laute Stimmen und die Klänge einer Ziehharmonika unterschieden.

Zwischen den Bäumen wurde es nun lichter, und nach wenigen Schritten standen sie am Rande einer Blöße, in deren Mitte ein quadratisches, zwei Stock hohes Gebäude massig aufgebaut war.

Es war das alte Badhaus. Seinerzeit von den Bürgern des Städtchens und den Bauern der Umgegend als Heilstätte benützt, stand es jetzt schon seit Jahren fast leer. Nur in seinem Erdgeschosse bot es einem verrufenen Wirtshause Unterkunft.

Die beiden standen einen Augenblick still und horchten hinüber.

Eben setzte Törleß den Fuß vor, um aus dem Gebüsch herauszutreten, als drüben schwere Stiefel auf der Diele des Flures knarrten und ein Betrunkener mit unsicheren Schritten ins Freie trat. Hinter ihm, in dem Schatten des Flurs, stand ein Weib, und man hörte es mit hastender, zorniger Stimme etwas flüstern, so als ob es etwas von ihm forderte. Der Mann lachte dazu und wiegte sich in den Beinen. Dann kam es wie ein Bitten herüber. Aber auch das konnte man nicht verstehen. Nur der schmeichelnde, zuredende Klang der Stimme war fühlbar. Das Weib trat jetzt weiter heraus und legte dem Manne eine Hand auf die Schulter. Der Mond beleuchtete sie, – ihren Unterrock, ihre Jacke, ihr bittendes Lächeln. Der Mann sah geradeaus, schüttelte mit dem Kopfe und hielt die Hände fest in den Taschen. Dann spuckte er aus und stieß das Weib weg. Es mochte wohl irgend etwas gesagt haben. Nun konnte man auch ihre Stimmen verstehen, die lauter geworden waren.

«. . . Du willst also nichts geben? Du . . .!»

«Schau, daß du hinaufkommst, du Dreckfink!»

«Was? So ein Bauernlümmel!»

Zur Antwort klaubte der Trunkene mit schwerfälliger Bewegung einen Stein auf: «Wenn du nicht gleich abfahrst, du dummes Mensch, so schlag' ich dir den Buckel ein!» und er holte zum Wurfe aus. Törleß hörte das Weib mit einem letzten Schimpfworte die Stiege hinaufflüchten.

Der Mann stand eine Weile still und hielt unschlüssig den Stein in der Hand. Er lachte; sah nach dem Himmel, wo zwischen schwarzen Wolken weingelb der Mond schwamm; dann glotzte er die dunkle Hecke der Gebüsche an, als überlege er darauf loszugehen. Törleß zog vorsichtig den Fuß zurück, er fühlte sein Herz bis zum Halse hinauf schlagen. Endlich schien sich der Trunkene doch besonnen zu haben. Seine Hand ließ den Stein fallen. Mit rohem, triumphierendem Lachen rief er eine grobe Unanständigkeit zu dem Fenster hinauf, dann drückte er sich um die Ecke.

Die beiden standen noch immer bewegungslos. «Hast du sie erkannt?» flüsterte Beineberg; «es war Božena.» Törleß gab keine Antwort; er horchte, ob der Betrunkene nicht wiederkehre. Dann wurde er von Beineberg vorwärts geschoben. Mit raschen, vorsichtigen Sätzen waren sie – an dem Lichtschein, der keilförmig durch die Fenster des Erdgeschosses fiel, vorbei – in dem dunklen Hausflur. Eine hölzerne Treppe führte in engen Windungen in das erste Stockwerk hinauf. Hier mußte man ihre Schritte auf den knarrenden Stufen gehört haben, oder hatte ein Degen gegen das Holz geschlagen: – die Türe der Schankstube wurde geöffnet und jemand kam nachsehen, wer im Hause sei, während die Ziehharmonika plötzlich schwieg und das Gewirr der Stimmen einen Augenblick wartend aussetzte.

Törleß preßte sich erschrocken um die Windung der Stiege. Aber man schien ihn trotz des Dunkels bemerkt zu haben, denn er hörte die spöttische Stimme der Kellnerin, während die Türe wieder geschlossen wurde, irgend etwas sagen, worauf ein unbändiges Gelächter folgte.

Auf dem Treppenabsatz des ersten Stockwerkes war es völlig finster. Weder Törleß noch Beineberg trauten sich einen Schritt vorwärts zu tun, ungewiß, ob sie nicht etwas umwerfen und dadurch Lärm verursachen würden. Von der Aufregung angetrieben, suchten sie mit hastenden Fingern nach der Türklinke.

Božena war als Bauernmädchen in die Großstadt gekommen, wo sie in Dienst trat und später Kammerzofe wurde.

Es ging ihr anfangs ganz gut. Die bäurische Art, welche sie so wenig ganz abstreifte wie ihren breiten, festen Gang, sicherte ihr das Vertrauen ihrer Herrinnen, welche an diesem Kuhstalldufte ihres Wesens seine Einfalt liebten, und die Liebe ihrer Herren, welche daran das Parfum schätzten. Wohl nur aus Laune, vielleicht auch aus Unzufriedenheit und dumpfer Sehnsucht nach Leidenschaft gab sie dieses bequeme Leben auf. Sie wurde Kellnerin, erkrankte, fand in einem eleganten öffentlichen Hause Unterkommen und wurde allgemach, in dem Maße, wie das Lotterleben sie verbrauchte, wieder – und immer weiter – in die Provinz hinausgespült.

Hier endlich, wo sie nun schon seit mehreren Jahren wohnte, nicht weit von ihrem Heimatsdorfe, half sie untertags in der Wirtschaft und las des Abends billige Romane, rauchte Zigaretten und empfing hie und da den Besuch eines Mannes.

Sie war noch nicht geradezu häßlich geworden, aber ihr Gesicht entbehrte in auffallender Weise jeglicher Anmut, und sie gab sich förmlich Mühe, dies durch ihr Wesen noch mehr zur Geltung zu bringen. Sie ließ mit Vorliebe durchblicken, daß sie die Eleganz und das Getriebe der vornehmen Welt sehr wohl kenne, jetzt aber schon darüber hinaus sei. Sie äußerte gerne, daß sie darauf, wie auf sich selbst, wie überhaupt auf alles pfeife. Trotz ihrer Verwahrlosung genoß sie deswegen ein gewisses Ansehen bei den Bauernsöhnen der Umgebung. Sie spuckten zwar aus, wenn sie von ihr sprachen, und fühlten sich verpflichtet, mehr noch als gegen andere Mädchen grob gegen sie zu sein, im Grunde waren sie aber doch ganz gewaltig stolz auf dieses «verfluchte Mensch», das aus ihnen hervorgegangen war und der Welt so durch den Lack geguckt hatte. Einzeln zwar und verstohlen, aber doch immer wieder kamen sie, sich mit ihr zu unterhalten. Dadurch fand Božena einen Rest von Stolz und Rechtfertigung in ihrem Leben. Vielleicht eine noch größere Genugtuung bereiteten ihr aber die jungen Herren aus dem Institute. Gegen diese kehrte sie absichtlich ihre rohesten und häßlichsten Eigenschaften heraus, weil sie – wie die Frau sich auszudrücken pflegte – ja trotzdem gerade so zu ihr gekrochen kommen würden.

Als die beiden Freunde eintraten, lag sie wie gewöhnlich rauchend und lesend auf ihrem Bette.

Törleß sog, noch in der Türe stehend, mit begierigen Augen ihr Bild in sich ein.

«Gott, was für süße Buben kommen denn da?» rief sie spöttisch den Eintretenden entgegen, die sie ein wenig verächtlich musterte. «Je, du Baron? Was wird denn die Mama dazu sagen?!» – Das war solch ein Anfang nach ihrer Art.

«Aber halt's . . .!» brummte Beineberg und setzte sich zu ihr aufs Bett. Törleß setzte sich abseits; er ärgerte sich, weil Božena sich nicht um ihn bekümmerte und tat, als ob sie ihn nicht kennte.

Die Besuche bei diesem Weib waren in der letzten Zeit zu seiner einzigen und geheimen Freude geworden. Gegen Ende der Woche wurde er schon unruhig und konnte den Sonntag nicht erwarten, wo er am Abend zu ihr schlich. Hauptsächlich dieses Sicheinschleichenmüssen beschäftigte ihn. Wenn es zum Beispiel vorhin den trunkenen Burschen in der Schankstube eingefallen wäre, auf ihn Jagd zu machen? Aus bloßer Lust, dem lasterhaften jungen Herrchen eins auszuwischen? Er war nicht feig, aber er wußte, daß er hier wehrlos sei. Der zierliche Degen kam ihm entgegen diesen groben Fäusten wie ein Spott vor. Außerdem die Schande und die Strafe, die er zu gewärtigen hätte! Es bliebe ihm nur übrig zu fliehen oder sich aufs Bitten zu verlegen. Oder sich von Božena schützen zu lassen. Der Gedanke durchrieselte ihn. Aber das war es! Nur das! Nichts anderes! Diese Angst, dieses Sichaufgeben lockte ihn jedesmal von neuem. Dieses Heraustreten aus seiner bevorzugten Stellung unter die gemeinen Leute; unter sie, – tiefer als sie!

Er war nicht lasterhaft. Bei der Ausführung überwogen stets der Widerwille gegen sein Beginnen und die Angst vor den möglichen Folgen. Nur seine Phantasie war in eine ungesunde Richtung gebracht. Wenn sich die Tage der Woche bleiern einer nach dem andern über sein Leben legten, fingen diese beizenden Reize an, ihn zu locken. Aus den Erinnerungen an seine Besuche bildete sich eine eigenartige Verführung heraus. Božena erschien ihm als ein Geschöpf von ungeheuerlicher Niedrigkeit und sein Verhältnis zu ihr, die Empfindungen, die er dabei zu durchlaufen hatte, als ein grausamer Kultus der Selbstaufopferung. Es reizte ihn, alles zurücklassen zu müssen, worin er sonst eingeschlossen war, seine bevorzugte Stellung, die Gedanken und Gefühle, die man ihm einimpfte, all das, was ihm nichts gab und ihn erdrückte. Es reizte ihn, nackt, von allem entblößt, in rasendem Laufe zu diesem Weibe zu flüchten.

Das war nicht anders als bei jungen Leuten überhaupt. Wäre Božena rein und schön gewesen und hätte er damals lieben können, so hätte er sie vielleicht gebissen, ihr und sich die Wollust bis zum Schmerz gesteigert. Denn die erste Leidenschaft des erwachsenden Menschen ist nicht Liebe zu der einen, sondern Haß gegen alle. Das sich unverstanden Fühlen und das die Welt nicht Verstehen begleitet nicht die erste Leidenschaft, sondern ist ihre einzige nicht zufällige Ursache. Und sie selbst ist eine Flucht, auf der das Zuzweiensein nur eine verdoppelte Einsamkeit bedeutet.

Fast jede erste Leidenschaft dauert nicht lange und hinterläßt einen bitteren Nachgeschmack. Sie ist ein Irrtum, eine Enttäuschung. Man versteht sich hinterher nicht und weiß nicht, was man beschuldigen soll. Dies kommt, weil die Menschen in diesem Drama einander zum größeren Teile zufällig sind: Zufallsgefährten auf einer Flucht. Nach der Beruhigung erkennen sie sich nicht mehr. Sie bemerken aneinander Gegensätze, weil sie das Gemeinsame nicht mehr bemerken.

Bei Törleß war es nur darum anders, daß er allein war. Die alternde, erniedrigte Prostituierte vermochte nicht alles in ihm auszulösen. Doch war sie soweit Weib, daß sie Teile seines Inneren, die wie reifende Keime noch auf den befruchtenden Augenblick warteten, gleichsam frühzeitig an die Oberfläche riß.

Das waren dann seine sonderbaren Vorstellungen und phantastischen Verführungen. Fast ebenso nahe lag es ihm aber manchmal, sich auf die Erde zu werfen und vor Verzweiflung zu schreien.

Božena bekümmerte sich noch immer nicht um Törleß. Sie schien es aus Bosheit zu tun, bloß um ihn zu ärgern. Plötzlich unterbrach sie ihr Gespräch: «Gebt mir Geld, ich werde Tee und Schnaps holen.»

Törleß gab ihr eines der Silberstücke, die er am Nachmittage von seiner Mutter erhalten hatte.

Sie holte vom Fensterbrett einen zerbeulten Schnellsieder und zündete den Spiritus an; dann stieg sie langsam und schlürfend die Treppe hinunter.

Beineberg stieß Törleß an. «Warum bist du denn so fad? Sie wird denken, du traust dich nicht.»

«Laß mich aus dem Spiel», bat Törleß, «ich bin nicht aufgelegt. Unterhalte nur du dich mit ihr. Was will sie übrigens fortwährend mit deiner Mutter?»

«Seit sie weiß, wie ich heiße, behauptet sie, einmal bei meiner Tante in Dienst gewesen zu sein und meine Mutter gekannt zu haben. Zum Teil scheint es wohl wahr zu sein, zum Teil lügt sie aber sicher – rein zum Vergnügen; obwohl ich nicht verstehe, was ihr daran Spaß macht.»

Törleß wurde rot; ein merkwürdiger Gedanke war ihm eingefallen. – Da kam aber Božena mit dem Schnaps zurück und setzte sich wieder neben Beineberg aufs Bett. Sie griff auch gleich wieder das frühere Gespräch auf.

«... Ja, deine Mama war ein schönes Mädchen. Du siehst ihr eigentlich gar nicht ähnlich mit deinen abstehenden Ohren. Auch lustig war sie. Mehr als einer wird sie sich wohl in den Kopf gesetzt haben. Recht hat sie gehabt.»

Nach einer Pause schien ihr etwas besonders Lustiges eingefallen zu sein: «Dein Onkel, der Dragoneroffizier, weißt du? Karl hat er glaube ich geheißen, er war ein Cousin deiner Mutter, der hat ihr damals den Hof gemacht! Aber Sonntags, wenn die Damen in der Kirche waren, ist er mir nachgestiegen. Alle Augenblicke habe ich ihm etwas anderes aufs Zimmer bringen müssen. Fesch war er, das weiß ich heute noch, nur hat er sich so gar nicht geniert . . . .» Sie begleitete diese Worte mit einem vielsagenden Lachen. Dann verbreitete sie sich weiter über dieses Thema, das ihr augenscheinlich besonderes Vergnügen bereitete. Ihre Worte waren familiär, und sie brachte sie mit einem Ausdruck vor, der jedes einzelne beschmutzen zu wollen schien. «. . . Ich meine, er hat auch deiner Mutter gefallen. Wenn sie das nun gewußt hätte! Ich glaube, deine Tante hätte mich und ihn aus dem Hause schmeißen müssen. So sind nun einmal die feinen Damen, gar wenn sie noch keinen Mann haben. Liebe Božena das und liebe Božena jenes – so ist es den ganzen Tag gegangen. Als aber die Köchin in die Hoffnung kam, da hättest du's hören sollen! Ich glaube gar, sie meinten, daß sich unsereins nur einmal im Jahre die Füße wasche. Der Köchin sagten sie zwar nichts, aber ich konnte es hören, wenn ich im Zimmer bediente und sie gerade davon sprachen. Deine Mutter machte ein Gesicht, als möchte sie am liebsten nur Kölnerwasser trinken. Dabei hatte deine Tante gar nicht lange danach selbst einen Bauch bis zur Nase . . . .»

Während Božena sprach, fühlte sich Törleß ihren gemeinen Anspielungen fast wehrlos preisgegeben.

Was sie schilderte, sah er lebendig vor sich. Beinebergs Mutter wurde zu seiner eigenen. Er erinnerte sich der hellen Räume der elterlichen Wohnung. Der gepflegten, reinen, unnahbaren Gesichter, die ihm zu Hause bei den Diners oft eine gewisse Ehrfurcht eingeflößt hatten. Der vornehmen, kühlen Hände, die sich selbst beim Essen nichts zu vergeben schienen. Eine Menge solcher Einzelheiten fiel ihm ein, und er schämte sich, hier in einem kleinen, übelriechenden Zimmer zu sein und mit einem Zittern auf die demütigenden Worte einer Dirne zu antworten. Die Erinnerung an die vollendete Manier dieser nie formvergessenen Gesellschaft wirkte stärker auf ihn als alle moralische Überlegung. Das Wühlen seiner dunklen Leidenschaften kam ihm lächerlich vor. Mit visionärer Eindringlichkeit sah er eine kühle, abwehrende Handbewegung, ein chokiertes Lächeln, mit dem man ihn wie ein kleines unsauberes Tier von sich weisen würde. Trotzdem blieb er wie festgebunden auf seinem Platze sitzen.

Mit jeder Einzelheit, deren er sich erinnerte, wuchs nämlich neben der Scham auch eine Kette häßlicher Gedanken in ihm groß. Sie hatte begonnen, als Beineberg die Erläuterung zu Boženas Gespräch gab, worauf Törleß errötet war.

Er hatte damals plötzlich an seine eigene Mutter denken müssen, und dies hielt nun fest und war nicht loszubekommen. Es war ihm nur so durch die Grenzen des Bewußtseins geschossen – blitzschnell oder undeutlich weit – am Rande – nur wie im Fluge gesehen – kaum ein Gedanke zu nennen. Und hastig war darauf eine Reihe von Fragen gefolgt, die es verdecken sollten: «Was ist es, das es ermöglicht, daß diese Božena ihre niedrige Existenz an die meiner Mutter heranrücken kann? Daß sie sich in der Enge desselben Gedankens an jene herandrängt? Warum berührt sie nicht mit der Stirne die Erde, wenn sie schon von ihr sprechen muß? Warum ist es nicht wie durch einen Abgrund zum Ausdruck gebracht, daß hier gar keine Gemeinsamkeit besteht? Denn, wie ist es doch? Dieses Weib ist für mich ein Knäuel aller geschlechtlichen Begehrlichkeiten; und meine Mutter ein Geschöpf, das bisher in wolkenloser Entfernung, klar und ohne Tiefen, wie ein Gestirn jenseits alles Begehrens durch mein Leben wandelte . . . .»

Aber alle diese Fragen waren nicht das Eigentliche. Berührten es kaum. Sie waren etwas Sekundäres; etwas, das Törleß erst nachträglich eingefallen war. Sie vervielfältigten sich nur, weil keine das Rechte bezeichnete. Sie waren nur Ausflüchte, Umschreibungen der Tatsache, daß vorbewußt, plötzlich, instinktiv ein seelischer Zusammenhang gegeben war, der sie vor ihrem Entstehen schon in bösem Sinne beantwortet hatte. Törleß sättigte sich mit den Augen an Božena und konnte dabei seiner Mutter nicht vergessen; durch ihn hindurch verkettete die beiden ein Zusammenhang: Alles andere war nur ein sich Winden unter dieser Ideenverschlingung. Diese war die einzige Tatsache. Aber durch die Vergeblichkeit, ihren Zwang abzuschütteln, gewann sie eine fürchterliche, unklare Bedeutung, die wie ein perfides Lächeln alle Anstrengungen begleitete.

Törleß sah im Zimmer umher, um dies loszuwerden. Aber alles hatte nun schon diese eine Beziehung angenommen. Der kleine eiserne Ofen mit den Rostflecken auf der Platte, das Bett mit den wackligen Pfosten und der gestrichenen Lade, von der die Farbe an vielen Stellen abblätterte, das Bettzeug, das schmutzig durch die Löcher des abgenutzten Lakens sah; Božena, ihr Hemd, das von der einen Schulter geglitten war, das gemeine, wüste Rot ihres Unterrockes, ihr breites, schwatzendes Lachen; endlich Beineberg, dessen Benehmen ihm im Vergleich zu sonst wie das eines unzüchtigen Priesters vorkam, der, toll geworden, zweideutige Worte in die ernsten Formen eines Gebetes flicht . . .: all das stieß nach der einen Richtung, drängte auf ihn ein und bog seine Gedanken gewaltsam immer wieder zurück.

Nur an einer Stelle fanden seine Blicke, die geschreckt von einem zum andern flüchteten, Frieden. Das war oberhalb der kleinen

Gardine. Dort sahen die Wolken vom Himmel herein und reglos der Mond.

Das war, als ob er plötzlich in die frische, ruhige Nachtluft hinausgetreten wäre. Eine Weile wurden alle Gedanken ganz still. Dann kam ihm eine angenehme Erinnerung. Das Landhaus, das sie letzten Sommer bewohnt hatten. Nächte im schweigenden Park. Ein sternzitterndes, samtdunkles Firmament. Die Stimme seiner Mutter aus der Tiefe des Gartens, wo sie mit Papa auf den schwach schimmernden Kieswegen spazierenging. Lieder, die sie halblaut vor sich hinsang. Aber da, ... es fuhr ihm kalt durch den Leib, ... war auch wieder dieses quälende Vergleichen. Was mochten die beiden dabei gefühlt haben? Liebe? Nein, der Gedanke kam ihm jetzt zum erstenmal. Überhaupt war das etwas ganz anderes. Nichts für große und erwachsene Menschen; gar für seine Eltern. Nachts am offenen Fenster sitzen und sich verlassen fühlen, sich anders fühlen als die Großen, von jedem Lachen und von jedem spöttischen Blick mißverstanden, niemandem erklären können, was man schon bedeute, und sich nach einer sehnen, die das verstünde, ... das ist Liebe! Aber dazu muß man jung und einsam sein. Bei ihnen mußte es etwas anderes gewesen sein; etwas Ruhiges und Gleichmütiges. Mama sang einfach am Abend in dem dunklen Garten und war heiter ....

Aber gerade das war es, was Törleß nicht verstand. Die geduldigen Pläne, welche für den Erwachsenen, ohne daß er es merkt, die Tage zu Monaten und Jahren zusammenketten, waren ihm noch fremd. Und ebenso jenes Abgestumpftsein, für das es nicht einmal mehr eine Frage bedeutet, wenn wieder ein Tag zu Ende geht. Sein Leben war auf jeden Tag gerichtet. Jede Nacht bedeutete für ihn ein Nichts, ein Grab, ein Ausgelöschtwerden. Das Vermögen, sich jeden Tag sterben zu legen, ohne sich darüber Gedanken zu machen, hatte er noch nicht erlernt.

Deswegen hatte er immer etwas dahinter vermutet, das man ihm verberge. Die Nächte erschienen ihm wie dunkle Tore zu geheimnisvollen Freuden, die man ihm verheimlicht hatte, so daß sein Leben leer und unglücklich blieb.

Er erinnerte sich an ein eigentümliches Lachen seiner Mutter und sich wie scherzhaft fester an den Arm ihres Mannes Drücken, das er an einem jener Abende beobachtet hatte. Es schien jeden Zweifel auszuschließen. Auch aus der Welt jener Unantastbaren und Ruhigen mußte eine Pforte herüberführen. Und nun, da er wußte, konnte er nur mit jenem gewissen Lächeln daran denken, gegen dessen böses Mißtrauen er sich vergeblich wehrte – – – –

Božena erzählte unterdessen weiter. Törleß hörte mit halber Aufmerksamkeit hin. Sie sprach von einem, der auch fast jeden Sonntag kam .... «Wie heißt er nur? Er ist aus deinem Jahrgang.»

«Reiting?»

«Nein.»

«Wie sieht er aus?»

«Er ist ungefähr so groß wie der da», Božena wies auf Törleß, «nur hat er einen etwas zu großen Kopf.»

«Ah, Basini?»

«Ja, ja, so nannte er sich. Er ist sehr komisch. Und nobel; er trinkt nur Wein. Aber dumm ist er. Es kostet ihm eine Menge Geld, und er tut nichts, als mir erzählen. Er renommiert mit den Liebschaften, die er zu Hause haben will; was er nur davon hat? Ich sehe ja doch, daß er zum erstenmal in seinem Leben bei einem Frauenzimmer ist. Du bist ja auch noch ein Bub, aber du bist frech; er dagegen ist ungeschickt und hat Angst davor, deswegen erzählt er mir lang und breit, wie man als Genußmensch – ja, so hat er gesagt – mit Frauen umgehen müsse. Er sagt, alle Weiber seien nichts anderes wert; woher wollt ihr denn das schon wissen?!»

Beineberg grinste sie zur Antwort spöttisch an.

«Ja lach nur!» herrschte ihn Božena belustigt an, «ich habe ihn einmal gefragt, ob er sich denn nicht vor seiner Mutter schämen würde. ‹Mutter? ... Mutter?› sagt er drauf, ‹was ist das? Das existiert jetzt nicht. Das habe ich zu Hause gelassen, bevor ich zu dir ging ....› Ja, mach nur deine langen Ohren auf, so seid ihr! Nette Söhnchen, ihr feinen jungen Herren; eure Mütter könnten mir beinahe leid tun! ...»

Bei diesen Worten bekam Törleß wieder die frühere Vorstellung von sich selbst. Wie er alles hinter sich ließ und das Bild seiner Eltern verriet. Und nun mußte er sehen, daß er damit nicht einmal etwas fürchterlich Einsames, sondern nur etwas ganz Gewöhnliches tat. Er schämte sich. Aber auch die anderen Gedanken waren wieder da. Sie tuen es auch! Sie verraten dich! Du hast geheime Mitspieler! Vielleicht ist es bei ihnen irgendwie anders, aber das muß bei ihnen das gleiche sein: eine geheime, fürchterliche Freude. Etwas, in dem man sich mit all seiner Angst vor dem Gleichmaß der Tage ertränken kann .... Vielleicht wissen sie sogar mehr ...?! ... Etwas ganz Ungewöhnliches? Denn sie sind am Tage so beruhigt; ... und dieses Lachen seiner Mutter? ... als ob sie mit ruhigem Schritte ginge, alle Türen zu schließen. ––––

In diesem Widerstreite kam ein Augenblick, wo Törleß sich aufgab und sich mit erwürgtem Herzen dem Sturm überließ.

Und gerade in diesem Augenblicke stand Božena auf und trat zu ihm hin.

«Warum spricht denn der Kleine nichts? Hat er Kummer?»

Beineberg flüsterte etwas und lächelte boshaft.

«Was, Heimweh? Ist wohl die Mama weggefahren? Und der garstige Bub läuft gleich zu so einer!»

Božena vergrub zärtlich ihre Hand mit gespreizten Fingern in sein Haar. «Geh, sei nicht dumm. Da gib mir einen Kuß. Die feinen Menschen sind auch nicht von Zuckerwerk,» und sie bog ihm den Kopf zurück.

Törleß wollte etwas sagen, sich zu einem derben Scherze aufraffen, er fühlte, daß jetzt alles davon abhänge, ein gleichgültiges, beziehungsloses Wort zu sagen, aber er brachte keinen Laut heraus. Er starrte mit einem versteinten Lächeln in das wüste Gesicht über dem seinen, in diese unbestimmten Augen, dann begann die Außenwelt klein zu werden . . ., sich immer weiter zurückzuziehen . . . . Für einen Augenblick tauchte das Bild jenes Bauernburschen auf, der den Stein gehoben hatte, und schien ihn zu höhnen . . ., dann war er ganz allein. – – – –

«Du, ich hab' ihn», flüsterte Reiting.

«Wen?»

«Den Spielladendieb.»

Törleß war eben mit Beineberg zurückgekommen. Es war knapp vor der Zeit des Nachtmahls, und das diensthabende Aufsichtsorgan war schon weggegangen. Zwischen den grünen Tischen hatten sich plaudernde Gruppen gebildet, und ein warmes Leben summte und surrte durch den Saal.

Es war das gewöhnliche Schulzimmer mit weißgetünchten Wänden, einem großen schwarzen Kruzifix und den Bildnissen des Herrscherpaares zu seiten der Tafel. Neben dem großen eisernen Ofen, der noch nicht geheizt war, saßen, teils auf dem Podium, teils auf umgelegten Stühlen, die jungen Leute, welche nachmittags das Ehepaar Törleß zur Bahn begleitet hatten. Außer Reiting waren es der lange Hofmeier und Dschjusch, unter welchem Spitznamen ein kleiner polnischer Graf verstanden wurde.

Törleß war einigermaßen neugierig.

Die Spielladen standen im Hintergrunde des Zimmers und waren lange Kästen mit vielen versperrbaren Schubfächern, in denen die Pfleglinge des Institutes ihre Briefe, Bücher, Geld und allen möglichen kleinen Kram aufbewahrten.

Und bereits seit geraumer Zeit klagten einzelne, daß ihnen kleinere Geldbeträge fehlten, ohne daß sie jedoch bestimmte Vermutungen hätten aussprechen können.

Beineberg war der erste, der mit Gewißheit sagen konnte, daß ihm – in der Vorwoche – ein größerer Betrag gestohlen worden sei. Aber nur Reiting und Törleß wußten darum.

Sie hatten die Diener im Verdachte.

«So erzähl doch!» bat Törleß, aber Reiting machte ihm rasch ein Zeichen: «Pst! Später. Es weiß noch niemand davon.»

«Ein Diener?» flüsterte Törleß.

«Nein.»

«So deute doch wenigstens an, wer?»

Reiting wandte sich von den übrigen ab und sagte leise: «B.» Niemand außer Törleß hatte etwas von diesem vorsichtig geführten Gespräche verstanden. Aber auf diesen wirkte die Mitteilung wie ein Überfall. B.? – das konnte nur Basini sein. Und das war doch nicht möglich! Seine Mutter war eine vermögende Dame, sein Vormund Exzellenz. Törleß wollte es nicht glauben, und dazwischen schnitt der Gedanke an Boženas Erzählung hindurch.

Er konnte kaum den Augenblick erwarten, da die anderen zum Speisen gingen. Beineberg und Reiting blieben zurück, indem sie vorgaben, noch vom Nachmittage her übersättigt zu sein.

Reiting machte den Vorschlag, doch lieber vorerst «hinauf» zu gehen.

Sie traten auf den Gang hinaus, der sich endlos lang vor dem Lehrsaale dehnte. Die flackernden Gasflammen erhellten ihn nur auf kurze Strecken, und die Schritte hallten von Nische zu Nische, wenn man auch noch so leise auftrat ....

Vielleicht fünfzig Meter von der Türe entfernt, führte eine Stiege in das zweite Stockwerk, in welchem sich das Naturalienkabinett, noch andere Lehrmittelsammlungen und eine Menge leerstehender Zimmer befanden.

Von hier aus wurde die Treppe schmal und stieg in kurzen, rechtwinklig aneinander stoßenden Absätzen zum Dachboden empor. Und – wie alte Gebäude oft unlogisch, mit einer Verschwendung von Winkeln und unmotivierten Stufen gebaut sind – führte sie noch um ein beträchtliches über das Niveau des Bodens hinaus, so daß es jenseits der schweren, eisernen, versperrten Türe, durch welche sie abgeschlossen war, eigens einer Holzstiege bedurfte, um zu ihm hinab zu gelangen.

Diesseits aber entstand auf diese Weise ein mehrere Meter hoher verlorener Raum, der bis zum Gebälke hinaufreichte. In diesem, der wohl niemals betreten wurde, hatte man alte Kulissen gelagert, die von unvordenklichen Theateraufführungen herrührten.

Das Tageslicht erstickte selbst an hellen Mittagen auf dieser Treppe in einer Dämmerung, die von altem Staube gesättigt war, denn dieser Bodenaufgang, der gegen den Flügel des mächtigen Gebäudes zu lag, wurde fast nie benützt.

Von dem letzten Absatze der Stiege schwang sich Beineberg über das Geländer und ließ sich, indem er sich an dessen Gitterstäben festhielt, zwischen die Kulissen hinunter, welchem Beispiele Reiting und Törleß folgten. Dort konnten sie auf einer Kiste, welche eigens zu diesem Zwecke hingeschafft worden war, festen Fuß fassen und gelangten von ihr mit einem Sprunge auf den Fußboden.

Selbst wenn sich das Auge eines auf der Stiege Stehenden an das Dunkel gewöhnt gehabt hätte, so wäre es ihm doch unmöglich gewesen, von dort aus mehr als ein regelloses Durcheinander zackiger, mannigfach ineinander geschobener Kulissen zu unterscheiden.

Als jedoch Beineberg eine von ihnen ein wenig zur Seite rückte, öffnete sich den unten Stehenden ein schmaler, schlauchartiger Durchgang.

Sie versteckten die Kiste, welche ihnen beim Abstiege gedient hatte, und drangen zwischen die Kulissen ein.

Hier wurde es vollständig dunkel, und es bedurfte einer sehr genauen Kenntnis des Ortes, um weiterzufinden. Hie und da raschelte eine der großen leinenen Wände, wenn sie gestreift wurde, es rieselte über den Fußboden wie von aufgescheuchten Mäusen, und ein modriger Alter-Truhen-Geruch stäubte auf.

Die drei dieses Weges Gewohnten tasteten sich unendlich vorsichtig, Schritt für Schritt bedacht, nicht an eine der als Fallstrick und Warnsignal über den Boden gespannten Schnüre zu stoßen, vorwärts.

Es verging geraume Zeit, bis sie zu einer kleinen Türe gelangten, welche rechter Hand, knapp vor der den Boden abtrennenden Mauer, angebracht war.

Als Beineberg diese öffnete, befanden sie sich in einem schmalen Raume unterhalb des obersten Stiegenabsatzes, der bei dem Lichte einer kleinen, flackernden Öllampe, welche Beineberg angezündet hatte, abenteuerlich genug aussah.

Die Decke war nur in jenem Teile wagrecht, der unmittelbar unter dem Treppenabsatze lag, und auch hier nur so hoch, daß man knapp aufrecht stehen konnte. Nach hinten zu schrägte sie sich aber, dem Profile der Stiege folgend, ab und endigte in einem spitzen Winkel. Mit der diesem gegenüberliegenden Stirnseite stieß der kleine Raum an die dünne Zwischenmauer, welche den Dachboden von dem Stiegenhause trennte, und erhielt eine längsseitige natürliche Begrenzung durch das Gemäuer, an dem die Stiege hochgeführt war. Bloß die zweite Seitenwand, in welcher die Türe angebracht war, schien erst eigens hinzugekommen zu sein. Sie verdankte wohl der Absicht ihr Entstehen, hier eine kleine Kammer für Geräte zu schaffen, vielleicht auch nur einer Laune des Baumeisters, dem beim Anblicke dieses finsteren Winkels der mittelalterliche Einfall gekommen sein mochte, ihn zu einem Versteck vermauern zu lassen.

Jedenfalls gab es außer den Dreien kaum einen Menschen im ganzen Institute, der von dem Bestehen dieses Raumes wußte, geschweige denn daran dachte, ihm irgendeine Bestimmung zu geben.

So konnten sie sich denselben ganz nach ihrem abenteuerlichen Sinne ausstatten.

Die Wände waren vollständig mit einem blutroten Fahnenstoff ausgekleidet, den Reiting und Beineberg aus einem der Bodenräume entwendet hatten, und der Fußboden war mit einer doppelten Lage dicker, wolliger Kotzen bedeckt, wie solche im Winter in den Schlafsälen als zweite Decken dienten. In dem vorderen Teile der Kammer standen niedere, mit Stoff überzogene Kistchen, die als Sitze verwendet wurden; hinten, wo Fußboden und Decke in den spitzen Winkel ausliefen, war eine Schlafstätte hergerichtet. Sie bot ein Lager für drei bis vier Personen, das sich durch einen Vorhang verdunkeln und von dem vorderen Teile der Kammer abtrennen ließ.

An der Wand hing neben der Türe ein geladener Revolver.

Törleß liebte diese Kammer nicht. Ihre Enge und dieses Alleinsein gefielen ihm wohl, man war wie tief in dem Inneren eines Berges, und der Geruch der alten, verstaubten Kulissen durchzog ihn mit unbestimmten Empfindungen. Aber die Verstecktheit, diese Alarmschnüre, dieser Revolver, der eine äußerste Illusion von Trotz und Heimlichkeit geben sollte, kamen ihm lächerlich vor. Es war, als wollte man sich einreden, ein Räuberleben zu führen.

Törleß tat dabei eigentlich nur mit, weil er hinter den beiden anderen nicht zurückstehen wollte. Beineberg und Reiting aber nahmen diese Dinge furchtbar ernst. Das wußte Törleß. Er wußte, daß Beineberg zu allen Keller- und Bodenräumen des Institutes Nachschlüssel besaß. Wußte, daß dieser oft für mehrere Stunden von der Klasse verschwand, um irgendwo – hoch oben in den Sparren des Dachstuhles oder unter der Erde in einem der vielen verzweigten, verfallenden Gewölbe – zu sitzen und bei dem Scheine einer kleinen Laterne, die er stets bei sich trug, abenteuerliche Geschichten zu lesen oder sich Gedanken über die übernatürlichen Dinge eingeben zu lassen.

Ähnliches wußte er auch von Reiting. Dieser hatte gleichfalls seine versteckten Winkel, in denen er geheime Tagebücher aufbewahrte; nur waren diese mit verwogenen Plänen für die Zukunft ausgefüllt und mit genauen Aufzeichnungen über Ursache, Inszenesetzung und Verlauf der zahlreichen Intrigen, die er unter seinen Kameraden anstiftete. Denn Reiting kannte kein größeres Vergnügen, als Menschen gegeneinander zu hetzen, den einen mit Hilfe des anderen unterzukriegen und sich an abgezwungenen Gefälligkeiten und Schmeicheleien zu weiden, hinter deren Hülle er noch das Widerstreben des Hasses fühlen konnte.

«Ich übe mich dabei», war die einzige Entschuldigung, und er gab sie mit liebenswürdigem Lachen. Zur Übung sollte ihm auch gereichen, daß er fast täglich an irgendeinem entlegenen Orte, sei es gegen eine Wand, sei es gegen einen Baum oder einen Tisch, boxte, um seine Arme zu stärken und seine Hände durch Schwielen abzuhärten.

Törleß wußte um all dies, aber er verstand es nur bis zu einem gewissen Punkte. Er war einige Male sowohl Reiting als Beineberg auf ihren eigenwilligen Wegen gefolgt. Das Ungewöhnliche daran hatte ihm ja gefallen. Und auch das liebte er, hernach in die Tageshelle zu treten, unter alle Kameraden, mitten in die Heiterkeit hinein, während er in sich, in seinen Augen und Ohren, noch die Erregungen der Einsamkeit und die Halluzinationen der Dunkelheit zittern fühlte. Wenn ihm aber Beineberg oder Reiting bei solcher Gelegenheit, um jemanden zu haben, vor dem sie von sich sprechen konnten, auseinandersetzten, was sie bei all dem bewegte, versagte sein Verständnis. Er fand Reiting sogar überspannt. Dieser sprach nämlich mit Vorliebe davon, daß sein Vater eine merkwürdig unstete, später verschollene Person gewesen sei. Sein Name sollte überhaupt nur ein Inkognito für den eines sehr hohen Geschlechtes sein. Er dachte von seiner Mutter noch einmal in weitgehnde Ansprüche eingeweiht zu werden, rechnete mit Staatsstreichen und großer Politik und wollte demzufolge Offizier werden.

Solche Absichten konnte sich Törleß ernstlich gar nicht vorstellen. Die Jahrhunderte der Revolutionen schienen ihm ein für alle Male vorbei. Dennoch verstand Reiting Ernst zu machen. Vorläufig freilich nur im kleinen. Er war ein Tyrann und unnachsichtig gegen den, der sich ihm widersetzte. Sein Anhang wechselte von Tag zu Tag, aber immer war die Majorität auf seiner Seite. Darin bestand sein Talent. – Gegen Beineberg hatte er vor ein oder zwei Jahren einen großen Krieg geführt, der mit dessen Niederlage endete. Beineberg war zum Schlusse ziemlich isoliert dagestanden, obwohl er in der Beurteilung der Personen, an Kaltblütigkeit und dem Vermögen, Antipathien gegen ihm Mißliebige zu erregen, kaum hinter seinem Gegner zurückstand. Aber ihm fehlte das Liebenswürdige und Gewinnende desselben. Seine Gelassenheit und seine philosophische Salbung flößten fast allen Mißtrauen ein. Man vermutete garstige Exzesse irgendwelcher Art am Grunde seines Wesens. Dennoch hatte er Reiting große Schwierigkeiten bereitet, und dessen Sieg war fast nur ein zufälliger gewesen. Seit der Zeit hielten sie aus gemeinschaftlichem Interesse zusammen.

Törleß hingegen wurde von diesen Dingen gleichgültig gelassen. Er besaß daher auch kein Geschick in ihnen. Dennoch war er mit in diese Welt eingeschlossen und konnte täglich vor Augen sehen, was es bedeute, in einem Staate – denn jede Klasse ist in einem solchen Institute ein kleiner Staat für sich – die erste Rolle innezuhaben. Deswegen hatte er einen gewissen scheuen Respekt vor seinen beiden Freunden. Die Anwandlungen, die er manchmal hatte, es ihnen gleichzutun, blieben in dilettantischen Versuchen stecken. Dadurch geriet er, der ohnedies jünger war, in das Verhältnis eines Schülers oder Gehilfen zu ihnen. Er genoß ihren Schutz, sie aber hörten gerne seinen Rat. Denn Törleß' Geist war der beweglichste. Einmal auf eine Fährte gesetzt, war er im Ausdenken der winkelzügigsten Kombinationen überaus fruchtbar. Es vermochte auch keiner so genau wie er die verschiedenen, von dem Verhalten eines Menschen in einer gegebenen Lage zu erwartenden Möglichkeiten vorauszusagen. Nur wo es sich darum handelte, einen Entschluß zu fassen, von den vorhandenen psychologischen Möglichkeiten eine auf eigene Gefahr als bestimmt anzunehmen und danach zu handeln, versagte er, verlor das Interesse und hatte keine Energie. Seine Rolle als geheimer Generalstabschef machte ihm aber Spaß. Um so mehr, als sie so ziemlich das einzige war, das in seine tiefinnerliche Langweile einige Bewegung brachte.

Manchmal kam ihm aber doch zu Bewußtsein, was er durch diese innerliche Abhängigkeit einbüßte. Er fühlte, daß ihm alles, was er tat, nur ein Spiel war. Nur etwas, das ihm half, über die Zeit dieser Larvenexistenz im Institute hinwegzukommen. Ohne Bezug auf sein eigentliches Wesen, das erst dahinter, in noch unbestimmter zeitlicher Entfernung kommen werde.

Wenn er nämlich bei gewissen Gelegenheiten sah, wie sehr seine beiden Freunde diese Dinge ernstnahmen, fühlte er sein Verständnis versagen. Er hätte sich gerne über sie lustig gemacht, hatte aber doch Angst, daß hinter ihren Phantastereien mehr Wahres stecken könnte, als er einzusehen vermochte. Er fühlte sich gewissermaßen zwischen zwei Welten zerrissen: Einer solid bürgerlichen, in der schließlich doch alles geregelt und vernünftig zuging, wie er es von zu Hause her gewohnt war, und einer abenteuerlichen, voll Dunkelheit, Geheimnis, Blut und ungeahnter Überraschungen. Die eine schien dann die andere auszuschließen. Ein spöttisches Lächeln, das er gerne auf seinen Lippen festgehalten hätte, und ein Schauer, der ihm über den Rücken fuhr, kreuzten sich. Ein Flimmern der Gedanken entstand . . .

Dann sehnte er sich danach, endlich etwas Bestimmtes in sich zu fühlen; feste Bedürfnisse, die zwischen Gutem und Schlechtem, Brauchbarem und Unbrauchbarem schieden; sich wählen zu wissen, wenn auch falsch – besser doch, als überempfänglich alles in sich aufzunehmen . . .

Als er in die Kammer getreten war, hatte sich diese innere Zwiespältigkeit, wie stets an diesem Orte, wieder seiner bemächtigt.

Reiting hatte unterdessen zu erzählen angefangen:

Basini war ihm Geld schuldig gewesen, hatte ihn von einem Termin zum andern vertröstet; jedesmal unter Ehrenwort. «Ich hatte ja soweit nichts dagegen», meinte Reiting, «je länger es so ging, desto mehr wurde er von mir abhängig. Ein drei- oder vierfach gebrochenes Ehrenwort ist am Ende doch keine Kleinigkeit? Aber schließlich brauchte ich mein Geld selbst. Ich machte ihn darauf aufmerksam, und er schwor hoch und heilig. Hielt natürlich wieder nicht Wort. Da erklärte ich ihm, daß ich ihn anzeigen würde. Er bat um zwei Tage Zeit, weil er eine Sendung von seinem Vormunde erwarte. Ich aber erkundigte mich einstweilen ein wenig um seine Verhältnisse. Wollte wissen, von wem er etwa noch abhängig sei; – man muß doch damit rechnen können.

Was ich erfuhr, war mir nicht gerade angenehm. Er hatte bei Dschjusch Schulden und noch bei einigen anderen. Einen Teil davon hatte er schon gezahlt, natürlich von dem Gelde, das er mir schuldig blieb. Die anderen brannten ihm unter den Nägeln. Mich ärgerte das. Hielt er mich für den Gutmütigsten? Das wäre mir kaum sympathisch gewesen. Aber ich dachte mir: «Abwarten. Es wird sich schon Gelegenheit finden, ihm solche Irrtümer auszutreiben.» Gesprächsweise hatte er mir einmal die Summe des erwarteten Betrags genannt, um mich zu beruhigen, daß diese größer sei als mein Guthaben. Ich fragte nun genau herum und brachte heraus, daß für die Gesamtsumme der Schulden der Betrag beiweitem nicht ausreiche. «Aha,» dachte ich mir, «jetzt wird er es wohl noch einmal probieren.»

Und richtig kam er ganz vertraulich zu mir und bat, weil die andern so sehr drängten, um ein wenig Nachsicht. Ich blieb aber diesmal ganz kalt. «Bettel die andern,» sagte ich ihm, «ich bin nicht gewohnt, nach ihnen zu kommen.» «Dich kenne ich besser, zu dir habe ich mehr Vertrauen», versuchte er. «Mein letztes Wort: Du bringst mir morgen das Geld oder ich lege dir meine Bedingungen auf.» «Was für Bedingungen?» erkundigte er sich. Das hättet ihr hören sollen! Als ob er bereit wäre, seine Seele zu verkaufen. «Was für Bedingungen? Oho! Du mußt mir in allem, was ich unternehme, Gefolgschaft leisten.» «Wenn es weiter nichts ist? Das tue ich gewiß, ich halte von selbst gerne zu dir.» «Oh, nicht nur wenn es *dir* Vergnügen macht; du mußt ausführen, was immer ich will, – in blindem Gehorsam!» Jetzt sah er mich so schief, halb grinsend und halb verlegen, an. Er wußte nicht, wie weit er sich einlassen könne, wie weit es mir Ernst sei. Er hätte mir wahrscheinlich gerne alles versprochen, aber er mußte wohl fürchten, daß ich ihn nur auf die Probe stelle. Schließlich sagte er daher und wurde rot: «Ich werde dir das Geld bringen.» Mir machte er Spaß, das war so ein Mensch, den ich bisher unter den fünfzig anderen gar nicht beachtet hatte. Er zählte doch nie mit, nicht? Und nun war er mir plötzlich so ganz nahe getreten, daß ich ihn bis ins kleinste sah. Ich wußte gewiß, daß der bereit sei, sich zu verkaufen; ohne viel Aufhebens, wenn nur niemand darum wußte. Es war wirklich eine Überraschung, und es gibt gar nichts Schöneres, als wenn einem ein Mensch plötzlich auf solche Weise offenbar wird, seine bisher unbeachtete Art zu leben plötzlich vor einem liegt wie die Gänge eines Wurms, wenn das Holz entzwei springt ....

Am nächsten Tage brachte er mir richtig das Geld. Ja mehr als das, er lud mich ein, mit ihm im Kasino etwas zu trinken. Er bestellte Wein, Torte, Zigaretten und bat mich, mir aufwarten zu dürfen – aus «Dankbarkeit», weil ich so geduldig gewesen sei. Mir war nur unangenehm, daß er dabei so furchtbar harmlos tat. So als ob nie zwischen uns ein verletzendes Wort gefallen wäre. Ich deutete darauf hin; er wurde nur noch herzlicher. Es war so, als ob er sich mir entwinden, sich mir wieder gleichsetzen wollte. Er machte sich von nichts mehr wissen, mit jedem zweiten Worte drängte er mir eine Beteuerung seiner Freundschaft auf; nur in seinen Augen war etwas, das sich an mich klammerte, als ob er sich fürchte, das künstlich geschaffene Gefühl der Nähe wieder zu verlieren. Schließlich wurde er mir zuwider. Ich dachte: «glaubt er denn, ich müsse mir das gefallen lassen?» und sann nach, wie ich ihm eins moralisch vor den Kopf geben könnte. Nach etwas recht Verletzendem suchte ich. Dabei fiel mir ein, daß mir Beineberg am Morgen erzählt hatte, ihm sei Geld gestohlen worden. Ganz nebenbei fiel es mir ein. Aber es kehrte wieder. Und es schnürte mir förmlich den Hals zusammen. ‹Es käme doch wunderbar gelegen›, dachte ich mir und fragte ihn beiläufig, wieviel Geld er denn noch besitze. Die Rechnung, die ich daraufhin anstellte, stimmte. «Wer war denn so dumm, dir trotz allem noch Geld zu borgen?» fragte ich lachend. «Hofmeier.»

Ich glaube, ich zitterte vor Freude. Hofmeier war nämlich zwei Stunden vorher bei mir gewesen, um sich selbst etwas Geld zu entleihen. So war das, was mir vor ein paar Minuten durch den Kopf gefahren war, plötzlich Wirklichkeit geworden. Nicht anders, als wenn du zufällig, scherzend denkst: Dieses Haus sollte jetzt brennen, und im nächsten Augenblick schießt das Feuer schon meterhoch empor....

Ich überschlug rasch noch einmal alle Möglichkeiten; freilich, Gewißheit war ja nicht zu gewinnen, aber mein Gefühl genügte mir. So neigte ich mich denn zu ihm hin und sagte in wirklich liebenswürdigster Weise, so als ob ich ihm ganz sanft ein schlankes, spitzes Stäbchen ins Gehirn hineintriebe: «Schau doch, lieber Basini, warum willst du mich anlügen?» Wie ich das sagte, schienen seine Augen ängstlich im Kopfe zu schwimmen, ich aber fuhr fort: «Du kannst ja vielleicht bald jemandem etwas vormachen, aber gerade ich bin nicht der Richtige. Du weißt doch, Beineberg....» Er wurde nicht rot und nicht bleich, es schien, als warte er auf Lösung eines Mißverständnisses. «Na, um es kurz zu machen,» sagte ich da, «das Geld, wovon du mir deine Schuld bezahltest, hast du heute nacht aus Beinebergs Schublade genommen!»

Ich lehnte mich zurück, um den Eindruck zu beobachten. Er war kirschrot geworden; die Worte, an denen er würgte, trieben ihm den Speichel auf die Lippen; endlich vermochte er zu sprechen. Es war ein ganzer Guß von Beschuldigungen gegen mich: wie ich mich unterstehen könne, so etwas zu behaupten; was denn eine solche schimpfliche Vermutung auch nur im entferntesten rechtfertige; daß ich nur Streit mit ihm suche, weil er der Schwächere sei; daß ich es nur aus Ärger tue, weil er nach Zahlung seiner Schulden von mir erlöst sei; daß er aber die Klasse anrufen werde, ... den Präfekten, ... den Direktor; daß Gott seine Unschuld bezeugen möge, und so weiter ins Unendliche. Mir wurde wirklich schon bange, daß ich ihm unrecht getan und ihn unnötig verletzt habe, so hübsch stand ihm die Röte im Gesicht; ... wie ein gequältes, wehrloses, kleines Tierchen sah er aus. Aber es litt mich doch nicht, so ohne weiteres beizugeben. So hielt ich denn ein spöttisches Lächeln fest, – eigentlich fast nur aus Verlegenheit, – mit dem ich alle seine Reden anhörte. Hie und da nickte ich dazu und sagte ruhig: «Aber ich weiß es doch.»

Nach einer Weile wurde auch er ruhig. Ich lächelte weiter. Ich hatte ein Gefühl, als ob ich ihn durch dieses Lächeln allein zum Diebe machen könnte, selbst wenn er es noch nicht gewesen wäre. «Und zum Gutmachen», dachte ich mir, «ist auch später immer noch Zeit.»

Wieder nach einer Weile, während deren er mich von Zeit zu Zeit heimlich angesehen hatte, wurde er plötzlich bleich. Eine merkwürdige Veränderung ging mit seinem Gesichte vor. Die förmlich unschuldige Anmut, die es vorher verschönt hatte, schwand; wie es schien, mit der Farbe. Es sah nun grünlich aus, käsig, verquollen. Ich hatte so etwas vorher nur ein einziges Mal gesehen, – als ich auf der Straße hinzukam, wie man einen Mörder arretierte. Der war auch unter den anderen Leuten umhergegangen, ohne daß man ihm das geringste hätte anmerken können. Als ihm aber der Schutzmann die Hand auf die Schulter legte, war er plötzlich ein anderer Mensch geworden. Sein Gesicht hatte sich verwandelt, und seine Augen starrten erschrocken und nach einem Ausweg suchend aus einer wahren Galgenphysiognomie.

Daran wurde ich durch den Wechsel in Basinis Ausdruck erinnert; ich wußte nun alles und wartete nur noch . . . .

Und es kam auch so. Ohne daß ich etwas gesagt hätte, fing Basini – von dem Schweigen erschöpft – zu weinen an und bat mich um Gnade. Er habe das Geld ja nur in der Not genommen; wenn ich nicht daraufgekommen wäre, hätte er es so bald wieder zurückgegeben, daß niemand darum gewußt hätte. Ich solle doch nicht sagen, er habe gestohlen; er habe es sich ja nur heimlich ausgeliehen . . .; weiter kam er nicht vor Tränen.

Danach aber bettelte er mich von neuem. Er wolle mir gehorsam sein, alles tun, was überhaupt ich wünsche, nur solle ich niemandem davon erzählen. Um diesen Preis bot er sich mir förmlich zum Sklaven an, und die Mischung von List und gieriger Angst, die sich dabei in seinen Augen krümmte, war widerwärtig. Ich versprach ihm daher auch nur kurz, mir noch überlegen zu wollen, was mit ihm geschehen werde, sagte aber, daß dies in erster Linie Beinebergs Sache sei. «Was sollen wir nun eurer Meinung nach mit ihm anfangen?»

Während Reiting erzählte, hatte Törleß wortlos, mit geschlossenen Augen zugehört. Von Zeit zu Zeit war ihm ein Frösteln bis in die Fingerspitzen gelaufen, und in seinem Kopfe stießen die Gedanken wild und ungeordnet in die Höhe wie Blasen in siedendem Wasser. Man sagt, daß es so dem ergehe, der zum ersten Male das Weib sehe, welches bestimmt ist, ihn in eine vernichtende Leidenschaft zu verwickeln. Man behauptet, daß es einen solchen Augenblick des Sichbückens, Kräfteheraufholens, Atemanhaltens, einen Augenblick äußeren Schweigens über gespanntester Innerlichkeit zwischen zwei Menschen gebe. Keinesfalls ist zu sagen, was in diesem Augenblicke vorgeht. Er ist gleichsam der Schatten, den die Leidenschaft vorauswirft. Ein organischer Schatten; eine Lockerung aller früheren Spannungen und zugleich ein Zustand plötzlicher, neuer Gebundenheit, in dem schon die ganze Zukunft enthalten ist; eine auf die Schärfe eines Nadelstichs konzentrierte Inkubation .... Und er ist andrerseits ein Nichts, ein dumpfes, unbestimmtes Gefühl, eine Schwäche, eine Angst ....

So fühlte es Törleß. Was Reiting von sich und Basini erzählte, schien ihm, wenn er sich darüber befragte, ohne Belang zu sein. Ein leichtsinniges Vergehen und eine feige Schlechtigkeit von seiten Basinis, worauf nun sicher irgendeine grausame Laune Reitings folgen werde. Andrerseits aber fühlte er wie in einer bangen Ahnung, daß die Ereignisse nun eine ganz persönliche Wendung gegen ihn genommen hatten, und in dem Zwischenfalle lag etwas, das ihn wie mit einer scharfen Spitze bedrohte.

Er mußte sich Basini bei Božena vorstellen, und er sah in der Kammer umher. Ihre Wände schienen ihm zu drohen, sich auf ihn zu senken, wie mit blutigen Händen nach ihm zu greifen, der Revolver rückte auf seinem Platze hin und her ....

Da war nun etwas zum ersten Male wie ein Stein in die unbestimmte Einsamkeit seiner Träumereien gefallen; es war da; da ließ sich nichts machen; es war Wirklichkeit. Gestern war Basini noch genau so wie er selbst gewesen; eine Falltüre hatte sich geöffnet, und Basini war gestürzt. Genau so, wie es Reiting schilderte: eine plötzliche Veränderung, und der Mensch hat gewechselt ....

Und wieder verknüpfte sich das irgendwie mit Božena. Seine Gedanken hatten Blasphemie getrieben. Ein fauler, süßer Geruch, der aus ihnen aufgestiegen war, hatte ihn verwirrt. Und diese tiefe Erniedrigung, diese Selbstaufgabe, dieses von den schweren, blassen, giftigen Blättern der Schande Bedecktwerden, das wie ein unkörperliches, fernes Spiegelbild durch seine Träume gezogen war, war nun plötzlich mit Basini – geschehen.

Es war also etwas, womit man wirklich rechnen muß, vor dem man sich hüten muß, das plötzlich aus den schweigsamen Spiegeln der Gedanken hervorspringen kann? ...

Dann war aber auch alles andere möglich. Dann waren Reiting und Beineberg möglich. War diese Kammer möglich .... Dann war es auch möglich, daß von der hellen, täglichen Welt, die er bisher allein gekannt hatte, ein Tor zu einer anderen, dumpfen, brandenden, leidenschaftlichen, nackten, vernichtenden führe. Daß zwischen jenen Menschen, deren Leben sich wie in einem durchsichtigen und festen Bau von Glas und Eisen geregelt zwischen Bureau und Familie bewegt, und anderen, Herabgestoßenen, Blutigen, ausschweifend Schmutzigen, in verwirrten Gängen voll brüllender Stimmen Irrenden, nicht nur ein Übergang besteht, sondern ihre

Grenzen heimlich und nahe und jeden Augenblick überschreitbar aneinanderstoßen ....

Und die Frage bliebe nur: wie ist es möglich? Was geschieht in solchem Augenblicke? Was schießt da schreiend in die Höhe und was verlischt plötzlich? ...

Das waren die Fragen, die für Törleß mit diesem Ereignisse heraufstiegen. Sie stiegen undeutlich herauf, mit verschlossenen Lippen, von einem dumpfen, unbestimmten Gefühl ... einer Schwäche, einer Angst verhüllt.

Aber doch klang wie von ferne, abgerissen und vereinzelt, manches ihrer Worte in Törleß auf und erfüllte ihn mit banger Erwartung.

In diesen Augenblick fiel Reitings Anfrage.

Törleß begann sofort zu sprechen. Er gehorchte dabei einem plötzlichen Antriebe, einer Bestürzung. Es schien ihm, daß irgend etwas Entscheidendes bevorstehe, und er erschrak vor diesem Heranrückenden, wollte ausweichen, eine Frist gewinnen .... Er sprach, aber im selben Augenblicke fühlte er, daß er nur Uneigentliches vorzubringen habe, daß seine Worte ohne inneren Rückhalt seien und gar nicht seine wirkliche Meinung ....

Er sagte: «Basini ist ein Dieb.» Und der bestimmte, harte Klang dieses Wortes tat ihm so wohl, daß er zweimal wiederholte. «... ein Dieb. Und einen solchen bestraft man – überall, in der ganzen Welt. Er muß angezeigt, aus dem Institute entfernt werden! Mag er sich draußen bessern, zu uns paßt er nicht mehr!»

Aber Reiting sagte mit einem Ausdrucke unangenehmen Betroffenseins: «Nein, wozu es gleich zum Äußersten treiben?»

«Wozu? Ja, findest du denn das nicht selbstverständlich?»

«Durchaus nicht. Du machst ja gerade so, als ob der Schwefelregen schon vor der Tür stünde, um uns alle zu vernichten, wenn wir Basini noch länger unter uns behielten. Dabei ist die Sache doch nicht gar so fürchterlich.»

«Wie kannst du das sagen! Du willst also mit einem Menschen, der gestohlen hat, der sich dir dann zur Magd, zum Sklaven angeboten hat, tagtäglich weiter zusammen sitzen, zusammen essen, zusammen schlafen?! Ich verstehe das gar nicht. Wir werden doch gemeinsam erzogen, weil wir gemeinsam zur selben Gesellschaft gehören. Wird es dir gleich sein, wenn du seinerzeit vielleicht im selben Regiment mit ihm stehst oder im selben Ministerium arbeitest, wenn er in denselben Familien verkehrt wie du, – vielleicht deiner eigenen Schwester den Hof macht ...?»

«Nun seh einer, ob du nicht übertreibst?!» lachte Reiting, «du tust, als ob wir einer Brüderschaft fürs Leben angehörten! Glaubst du denn, daß wir immer ein Siegel an uns herumtragen werden: Stammt aus dem Konvikte zu W. Ist mit besonderen Vorrechten und Verpflichtungen behaftet? Später geht ja doch jeder von uns seinen eigenen Weg, und jeder wird das, wozu er berechtigt ist, denn es gibt nicht nur eine Gesellschaft. Ich meine daher, wir brauchen uns nicht über die Zukunft den Kopf zu zerbrechen. Und was das Gegenwärtige betrifft, habe ich ja nicht gesagt, daß wir mit Basini Kameradschaft halten sollen. Es wird sich schon irgendwie so finden lassen, daß die Distanz gewahrt bleibt. Basini ist in unserer Hand, wir können mit ihm machen, was wir wollen, meinetwegen kannst du ihn zweimal täglich anspucken: wo bleibt da, solange er es sich gefallen läßt, die Gemeinsamkeit? Und lehnt er sich auf, können wir ihm immer noch den Herrn zeigen .... Du mußt nur die Idee fallen lassen, daß zwischen uns und Basini irgendeine andere Zusammengehörigkeit bestehe, als die, daß uns seine Gemeinheit Vergnügen bereitet!»

Obgleich Törleß gar nicht von seiner Sache überzeugt war, ereiferte er sich weiter: «Höre, Reiting, warum nimmst du dich Basinis so warm an?»

«Nehme ich mich seiner an? Das weiß ich gar nicht. Überhaupt habe ich gewiß keinen besonderen Grund; mir ist die ganze Geschichte grenzenlos gleichgültig. Mich ärgert ja nur, daß du übertreibst. Was steckt dir im Kopfe? So eine Art Idealismus, meine ich. Heilige Begeisterung für das Institut oder für die Gerechtigkeit. Du hast keine Ahnung, wie fad und musterhaft das klingt. Oder hast du am Ende», und Reiting blinzelte verdächtigend zu Törleß hinüber, «irgendeinen anderen Grund, weswegen Basini hinausfliegen soll, und willst bloß nicht Farbe bekennen? Irgendeine alte Rache? Dann sag es doch! Denn, wenn es dafür steht, können wir ja wirklich die günstige Gelegenheit benützen.»

Törleß wandte sich an Beineberg. Aber dieser grinste nur. Er sog zwischen dem Sprechen an einem langen Tschibuk, saß mit orientalisch gekreuzten Beinen und sah mit seinen abstehenden Ohren in der zweifelhaften Beleuchtung wie ein groteskes Götzenbild aus. «Meinetwegen könnt ihr machen, was ihr wollt; mir ist es nicht um das Geld zu tun und um die Gerechtigkeit auch nicht. In Indien würde man ihm einen gespitzten Bambus durch den Darm treiben; das wäre wenigstens ein Vergnügen. Er ist dumm und feig, da ist es weiter nicht schade um ihn, und es war mir wirklich Zeit meines Lebens höchst egal, was mit solchen Leuten geschieht. Sie selbst sind nichts, und was aus ihrer Seele noch werden mag, wissen wir nicht. Allah schenke eurem Urteil seine Gnade!»

Törleß erwiderte nichts. Nachdem ihm Reiting widersprochen

und Beineberg die Entscheidung zwischen ihnen unbeeinflußt gelassen hatte, war er am Ende. Er vermochte keinen Widerstand mehr entgegenzusetzen; er fühlte, daß er gar kein Verlangen mehr habe, das Ungewisse, Kommende aufzuhalten.

Also wurde ein Vorschlag angenommen, den Reiting nun machte. Es wurde beschlossen, Basini vorderhand unter Aufsicht, gewissermaßen unter Kuratel zu stellen und ihm so Gelegenheit zu bieten, daß er sich wieder herausarbeiten könne. Seine Einnahmen und Ausgaben sollten von nun an strenge geprüft werden und seine Beziehungen zu den übrigen von der Erlaubnis der drei abhängen.

Dieser Beschluß war scheinbar sehr korrekt und wohlwollend. «Musterhaft fad», wie Reiting diesmal *nicht* sagte. Denn, ohne daß sie es sich eingestanden, fühlte jeder, daß hier nur eine Art Zwischenzustand geschaffen werden sollte. Reiting hätte ungerne auf eine Fortsetzung dieser Angelegenheit verzichtet, da sie ihm Vergnügen bereitete, aber andererseits war er sich noch nicht klar, welche Wendung er ihr weiter geben sollte. Und Törleß war durch den bloßen Gedanken, daß er nun täglich mit Basini zu tun haben werde, wie gelähmt.

Als er vorhin das Wort «Dieb» ausgesprochen hatte, war ihm für einen Augenblick leichter geworden. Es war wie ein Hinausstellen, Vonsichwegschieben der Dinge gewesen, die in ihm wühlten.

Aber die Fragen, die gleich darauf wieder auftauchten, vermochte dieses einfache Wort nicht zu lösen. Sie waren jetzt deutlicher geworden, wo es nicht mehr galt ihnen auszuweichen.

Törleß sah von Reiting zu Beineberg, schloß die Augen, wiederholte sich den gefaßten Beschluß, sah wieder auf .... Er wußte ja selbst nicht mehr, war es nur seine Phantasie, die sich wie ein riesiges Zerrglas über die Dinge legte, oder war es wahr, war alles so, wie es unheimlich vor ihm aufdämmerte? Und wußten nur Beineberg und Reiting nichts von diesen Fragen? Obwohl gerade sie sich von Anfang an heimisch in dieser Welt bewegt hatten, die ihm nun auf einmal erst so fremd erschien?

Törleß fürchtete sich vor ihnen. Aber er fürchtete sich nur so, wie man sich vor einem Riesen fürchtet, den man blind und dumm weiß ....

Eines aber war entschieden: Er war jetzt viel weiter als vor einer Viertelstunde noch. Die Möglichkeit einer Umkehr war vorüber. Eine leise Neugierde stieg auf, wie es nun wohl kommen werde, da er gegen seinen Willen festgehalten sei. Alles, was sich in ihm regte, lag noch im Dunkeln, aber doch spürte er schon eine Lust, in die Gebilde dieser Finsternis hineinzustarren, welche die anderen nicht bemerkten. Ein feines Frösteln war in diese Lust gemengt. Als ob über seinem Leben nun beständig ein grauer, verhängter Himmel stehen werde – mit großen Wolken, ungeheuren, wechselnden Gestalten und der immer neuen Frage: Sind es Ungeheuer? Sind es nur Wolken?

Und diese Frage nur für ihn! Als Geheimes, den anderen Fremdes, Verbotenes . . . .

So begann Basini sich zum ersten Male jener Bedeutung zu nähern, die er späterhin in Törleß' Leben einnehmen sollte.

Am nächsten Tage wurde Basini unter Kuratel gesetzt.

Nicht ganz ohne einige Feierlichkeit. Man benützte eine Morgenstunde, während welcher man sich den Freiübungen, die auf einer großen Wiese im Parke stattfanden, entzogen hatte.

Reiting hielt eine Art Ansprache. Nicht gerade kurz. Er wies Basini darauf hin, daß er seine Existenz verscherzt habe, eigentlich angezeigt werden müßte und es nur einer besonderen Gnade zu danken habe, daß man ihm vorläufig die Schande einer strafweisen Entfernung noch erlasse.

Dann wurden ihm die besonderen Bedingungen mitgeteilt. Die Überwachung ihrer Einhaltung übernahm Reiting.

Basini war während des ganzen Auftrittes sehr bleich gewesen, hatte jedoch kein Wort erwidert, und aus seinem Gesichte war nicht zu entnehmen gewesen, was währenddem in ihm vorgegangen war.

Törleß war die Szene abwechselnd sehr geschmacklos und sehr bedeutend vorgekommen.

Beineberg hatte mehr auf Reiting als auf Basini geachtet.

Während der nächsten Tage schien die Angelegenheit beinahe vergessen zu sein. Reiting war außer im Unterrichte und beim Speisen kaum zu sehen, Beineberg war schweigsamer denn je, und Törleß schob es immer wieder hinaus, über die Geschichte nachzudenken.

Basini bewegte sich unter den Kameraden, als wäre niemals etwas vorgefallen.

Er war etwas größer als Törleß, jedoch sehr schwächlich gebaut, hatte weiche, träge Bewegungen und weibische Gesichtszüge. Sein Verstand war gering, im Fechten und Turnen war er einer der letzten, doch war ihm eine angenehme Art koketter Liebenswürdigkeit eigen.

Zu Božena war er seinerzeit nur gekommen, um den Mann zu

spielen. Eine wirkliche Begierde dürfte ihm bei seiner zurückgebliebenen Entwicklung durchaus noch fremd gewesen sein. Er empfand es vielmehr bloß als Nötigung, als Angemessenheit oder Verpflichtung, daß man den Duft galanter Erlebnisse an ihm nicht vermisse. Sein schönster Augenblick war der, wenn er von Božena wegging und es hinter sich hatte, denn es war ihm nur um den Besitz der Erinnerung zu tun.

Mitunter log er auch aus Eitelkeit. So kam er nach jedem Urlaube mit Andenken an kleine Abenteuer zurück, – Bändern, Locken, schmalen Briefchen. Als er aber einmal ein Strumpfband in seinem Koffer mitgebracht hatte, ein liebes, kleines, duftendes, himmelblaues, und nachträglich sich herausstellte, daß es von niemand anderem als seiner eigenen zwölfjährigen Schwester war, wurde er wegen dieses lächerlichen Großtuns viel verlacht.

Die moralische Minderwertigkeit, die sich an ihm herausstellte, und seine Dummheit wuchsen auf einem Stamm. Er vermochte keiner Eingebung Widerstand entgegenzusetzen und wurde von den Folgen stets überrascht. Er war darin wie jene Frauen mit niedlichen Löckchen über der Stirne, die ihrem Gatten in mahlzeitweisen Dosen Gift beibringen und sich dann voller Schrecken über die fremden, harten Worte des Staatsanwaltes wundern und über ihr Todesurteil.

Törleß wich ihm aus. Dadurch verlor sich allmählich auch jenes tiefinnerliche Erschrecken, das ihn im ersten Augenblicke gleichsam unter den Wurzeln seiner Gedanken gepackt und erschüttert hatte. Es wurde wieder vernünftig um Törleß; das Befremden wich und wurde Tag um Tag unwirklicher, wie Spuren eines Traumes, die sich in der realen, festen, sonnenbeschienenen Welt nicht behaupten können.

Um sich dieses Zustandes noch mehr zu versichern, teilte er alles in einem Briefe seinen Eltern mit. Nur das, was er selbst dabei empfunden hatte, verschwieg er.

Er war nun wieder auf den Standpunkt gelangt, daß es doch am besten sei, bei nächster Gelegenheit Basinis Entfernung aus dem Institute durchzusetzen. Er vermochte sich gar nicht vorzustellen, daß seine Eltern anders darüber denken könnten. Er erwartete von ihnen eine strenge, angewiderte Beurteilung Basinis, eine Art, denselben mit den Fingerspitzen wegzuschnellen wie ein unsauberes Insekt, das man in der Nähe ihres Sohnes nicht dulden dürfe.

Nichts von alledem stand in dem Briefe, den er als Antwort erhielt. Seine Eltern hatten sich rechtschaffene Mühe gegeben und wie vernünftige Leute alle Umstände erwogen, soweit sie sich eben nach den abgerissenen, lückenhaften Mitteilungen jenes hastigen Briefes eine Vorstellung davon machen konnten. Es folgte daraus, daß sie die nachsichtigste und zurückhaltendste Beurteilung bevorzugten, um so mehr als sie in der Darstellung ihres Sohnes möglicherweise mit mancher aus jugendlicher Empörung hervorgegangenen Übertreibung zu rechnen hatten. Sie billigten also den Entschluß, Basini Gelegenheit zur Besserung zu geben, und meinten, daß man nicht gleich wegen eines kleinen Fehltrittes ein Menschenschicksal aus seiner Bahn stoßen dürfe. Um so mehr – und das betonten sie wie billig ganz besonders – als man es hier noch nicht mit fertigen Menschen zu tun habe, sondern erst mit weichen, in der Entwicklung begriffenen Charakteren. Man müsse Basini gegenüber wohl für jeden Fall Ernst und Strenge herauskehren, stets aber auch ihm mit Wohlwollen entgegentreten und ihn zu bessern suchen.

Dies erhärteten sie durch eine ganze Reihe von Beispielen, die Törleß wohlbekannt waren. Denn er erinnerte sich genau, daß viele in den ersten Jahrgängen, wo es die Direktion noch liebte, drakonische Sitten herauszukehren, und dem Taschengelde enge Grenzen zog, sich oft nicht enthalten konnten, Glücklichere von den gefräßigen Kleinen, die sie alle miteinander nun einmal waren, um einen Teil ihres Schinkenbrotes oder dergleichen zu betteln. Auch er selbst war nicht immer frei davon geblieben, wenn er auch seine Scham dahinter versteckte, daß er auf die boshafte, übelwollende Direktion schimpfte. Und nicht nur den Jahren, sondern auch den sowohl ernsten als gütigen Ermahnungen seiner Eltern dankte er es, daß er allmählich gelernt hatte, solche Schwächen mit Stolz zu vermeiden.

Aber all das verfehlte heute seine Wirkung.

Er mußte ja einsehen, daß seine Eltern in vieler Beziehung recht hatten, auch wußte er, daß es kaum möglich sei, so von fernher ganz richtig zu urteilen; ihrem Briefe schien jedoch etwas viel Wichtigeres zu fehlen.

Das war das Verständnis dafür, daß da etwas Unwiderrufliches geschehen sei, etwas, das unter Menschen eines gewissen Kreises nie geschehen dürfe. Das Staunen und die Betroffenheit fehlten. Sie sprachen, als ob es eine gewohnte Sache wäre, die man mit Takt, aber ohne viel Aufhebens erledigen müsse. Ein Makel, der so wenig schön, aber so unausweichlich ist wie die tägliche Notdurft. Von einer persönlicheren, beunruhigten Auffassung so wenig eine Spur wie bei Beineberg und Reiting.

Törleß hätte sich auch dies gesagt sein lassen können. Statt dessen zerriß er aber den Brief in kleine Stückchen und verbrannte ihn. Es geschah zum erstenmal in seinem Leben, daß er sich eine solche Pietätlosigkeit zuschulden kommen ließ.

In ihm war eine der beabsichtigten entgegengesetzte Wirkung ausgelöst worden. Im Gegensatze zu der schlichten Auffassung, die man ihm vortrug, war ihm mit einem Male wieder das Problematische, Fragwürdige von Basinis Vergehen eingefallen. Er sagte sich kopfschüttelnd, daß man darüber noch nachdenken müsse, obwohl er sich über das Warum keine genaue Rechenschaft geben konnte ....

Am merkwürdigsten war es, wenn er mehr mit Träumen als mit Überlegungen dem nachging. Dann erschien ihm Basini verständlich, alltäglich, mit klaren Konturen, so wie ihn seine Eltern und seine Freunde sehen mochten: und im nächsten Augenblicke verschwand er und kam wieder, immer wieder, als eine kleine, ganz kleine Figur, die zeitweilig vor einem tiefen, sehr tiefen Hintergrunde aufleuchtete ....

Da wurde Törleß einmal während der Nacht – es war sehr spät und alle schliefen schon – wachgerüttelt.

An seinem Bette saß Beineberg. Das war so ungewöhnlich, daß er sofort ahnte, es müsse sich um etwas Besonderes handeln.

«Steh auf. Aber mach keinen Lärm, damit uns niemand bemerkt; wir wollen hinaufgehen, ich muß dir etwas erzählen.»

Törleß kleidete sich flüchtig an, nahm seinen Mantel um und schlüpfte in die Hausschuhe ....

Oben stellte Beineberg mit besonderer Sorgfalt alle Hindernisse wieder her, dann bereitete er Tee.

Törleß, welchem der Schlaf noch in den Gliedern lag, ließ sich von der goldgelben, duftenden Wärme mit Behagen durchströmen. Er lehnte sich in eine Ecke und machte sich klein; er erwartete eine Überraschung.

Endlich sagte Beineberg: «Reiting betrügt uns.»

Törleß fühlte sich gar nicht erstaunt; er nahm es wie etwas Selbstverständliches auf, daß die Angelegenheit irgendeine solche Fortsetzung finden mußte; ihm war fast, als hätte er nur darauf gewartet. Ganz unwillkürlich sagte er: «Ich habe es mir gedacht!»

«So? Gedacht? Aber bemerkt wirst du wohl kaum etwas haben? Das würde dir gar nicht ähnlich sehen.»

«Allerdings, mir ist nichts aufgefallen; ich habe mich auch weiter nicht darum gekümmert.»

«Aber dafür habe ich gut achtgegeben; ich traute Reiting vom ersten Tage an nicht. Du weißt doch, daß mir Basini mein Geld zurückgegeben hat. Und wovon glaubst du? Aus eigenem? – Nein.»

«Und du glaubst, daß Reiting seine Hand dabei im Spiele hat?»

«Gewiß.»

Im ersten Augenblicke dachte Törleß nichts anderes, als daß sich nun auch Reiting in eine solche Sache verwickelt habe.

«Du glaubst also, daß Reiting ebenso wie Basini . . .?»

«Wo denkst du hin! Reiting hat einfach von seinem eigenen Gelde das Nötige gegeben, damit Basini seine Schuld bei mir ablösen könne.»

«Dafür sehe ich aber doch keinen rechten Grund.»

«Das konnte ich auch durch lange Zeit nicht. Jedenfalls wird aber auch dir aufgefallen sein, daß sich Reiting von allem Anfang an so kräftig für Basini einsetzte. Du hast ja damals ganz recht gehabt; es wäre wirklich das natürlichste gewesen, wenn der Kerl hinausgeflogen wäre. Aber ich habe damals absichtlich nicht für dich gestimmt, weil ich mir dachte: ich muß doch sehen, was da alles noch mit im Spiele ist. Ich weiß zwar wirklich nicht genau, ob er damals schon ganz klare Absichten hatte oder nur zuwarten wollte, nachdem er Basinis ein für allemal versichert war. Jedenfalls weiß ich, wie es heute steht.»

«Nun?»

«Warte, das ist nicht so rasch erzählt. Du kennst doch die Geschichte, die vor vier Jahren im Institute stattgefunden hat?»

«Welche Geschichte?»

«Nun, die gewisse!»

«Nur beiläufig. Ich weiß bloß, daß es damals wegen irgendwelcher Schweinereien einen großen Skandal gegeben hat und daß eine ganze Anzahl deswegen strafweise entlassen werden mußte.»

«Ja, das meine ich. Ich habe näheres darüber einmal auf Urlaub von einem aus jener Klasse erfahren. Sie haben einen hübschen Burschen unter sich gehabt, in den viele von ihnen verliebt waren. Das kennst du ja, denn das kommt alle Jahre vor. Die aber haben damals die Sache zu weit getrieben.»

«Wieso?»

«Nun, . . . wie . . .?! Frag doch nicht so dumm! Und dasselbe tut Reiting mit Basini!»

Törleß verstand, worum es sich zwischen den beiden handelte, und er fühlte in seiner Kehle ein Würgen, als ob Sand darinnen wäre.

«Das hätte ich nicht von Reiting gedacht.» Er wußte nichts Besseres zu sagen. Beineberg zuckte die Achseln.

«Er glaubt uns betrügen zu können.»

«Ist er verliebt?»

«Gar keine Spur. So ein Narr ist er nicht. Es unterhält ihn, höchstens reizt es ihn sinnlich.»

«Und Basini?»

«Der? . . . Ist dir nicht aufgefallen, wie frech er in der letzten Zeit geworden ist? Von mir hat er sich kaum mehr etwas sagen lassen. Immer hieß es nur Reiting und wieder Reiting, – als ob der sein persönlicher Schutzheiliger wäre. Es ist besser, hat er sich wahrscheinlich gedacht, von dem einen sich alles gefallen zu lassen als von jedem etwas. Und Reiting wird ihm versprochen haben, ihn zu schützen, wenn er ihm in allem zu Willen ist. Aber sie sollen sich geirrt haben, und ich werde es Basini noch austreiben!»

«Wie bist du darauf gekommen?»

«Ich bin ihnen einmal nachgegangen.»

«Wohin?»

«Da nebenan auf den Boden. Reiting hatte von mir den Schlüssel zum andern Eingang. Ich bin dann hieher, habe vorsichtig das Loch freigemacht und mich an sie herangeschlichen.»

In die dünne Zwischenwand, welche die Kammer vom Dachboden trennte, war nämlich ein Durchlaß gebrochen, gerade so breit, daß sich ein menschlicher Körper hindurchzwängen konnte. Er sollte im Falle einer Überraschung als Notausgang dienen und war für gewöhnlich durch eingeschobene Ziegel verschlossen.

Es war eine lange Pause eingetreten, in der man nur das Aufglimmen des Tabaks vernahm.

Törleß vermochte nichts zu denken; er sah . . . . Er sah hinter seinen geschlossenen Augen wie mit einem Schlage ein tolles Wirbeln von Vorgängen, . . . Menschen; Menschen in einer grellen Beleuchtung, mit hellen Lichtern und beweglichen, tief eingegrabenen Schatten; Gesichter, . . . ein Gesicht; ein Lächeln, . . . einen Augenaufschlag, . . . ein Zittern der Haut; er sah Menschen in einer Weise, wie er sie noch nie gesehen, noch nie gefühlt hatte: Aber er sah sie, ohne zu sehen, ohne Vorstellungen, ohne Bilder; so als ob nur seine Seele sie sähe; sie waren so deutlich, daß er von ihrer Eindringlichkeit tausendfach durchbohrt wurde, aber, als ob sie an einer Schwelle Halt machten, die sie nicht überschreiten konnten, wichen sie zurück, sobald er nach Worten suchte, um ihrer Herr zu werden.

Er mußte weiter fragen. Seine Stimme vibrierte. «Und . . . hast du gesehen?»

«Ja.»

«Und . . . wie war Basini?»

Aber Beineberg schwieg, und wieder hörte man nur das unruhige Knistern der Zigaretten. Erst lange nachher begann Beineberg wieder zu sprechen.

«Ich habe mir die Sache hin und her überlegt, und du weißt, daß ich darin ganz besonders denke. Was zunächst Basini anlangt, meine ich, daß es um ihn in keinem Falle schade wäre. Sei es, daß wir ihn jetzt anzeigen oder schlagen, oder ihn selbst rein des Vergnügens halber zu Tode martern würden. Denn ich kann mir nicht vorstellen, daß so ein Mensch in dem wundervollen Mechanismus der Welt irgend etwas bedeuten soll. Er erscheint mir nur zufällig, außerhalb der Reihe geschaffen zu sein. Das heißt – irgend etwas muß ja auch der bedeuten, aber sicher nur etwas so Unbestimmtes wie irgendein Wurm oder ein Stein am Wege, von dem wir nicht wissen, ob wir an ihm vorübergehen oder ihn zertreten sollen. Und das ist so gut wie nichts. Denn, wenn die Weltseele will, daß einer ihrer Teile erhalten bleibe, so spricht sie sich deutlicher aus. Sie sagt dann nein und schafft einen Widerstand, sie läßt uns an dem Wurm vorübergehen und gibt dem Stein eine so große Härte, daß wir ihn nicht ohne Werkzeug zerschlagen können. Denn bevor wir solches holen, hat sie längst die Widerstände einer Menge kleiner, zäher Bedenken eingeschoben, und überwinden wir diese, so hatte die Sache eben von vorneherein andere Bedeutung.

Bei einem Menschen legt sie diese Härte in seinen Charakter, in sein Bewußtsein als Mensch, in sein Verantwortlichkeitsgefühl, ein Teil der Weltseele zu sein. Verliert nun ein Mensch dieses Bewußtsein, so verliert er sich selbst. Hat aber ein Mensch sich selbst verloren und sich aufgegeben, so hat er das Besondere, das Eigentliche verloren, weswegen ihn die Natur als Mensch geschaffen hat. Und niemals kann man so sicher sein als in diesem Falle, daß man es mit etwas Unnotwendigem zu tun habe, mit einer leeren Form, mit etwas, das von der Weltseele schon längst verlassen wurde.»

Törleß fühlte keinen Widerspruch. Er hörte auch gar nicht mit Aufmerksamkeit zu. Er hatte bisher noch nie Veranlassung zu solchen metaphysischen Gedankengängen gehabt, und hatte auch nie darüber nachgedacht, wieso ein Mensch von Beinebergs Verstande auf derartiges verfallen könne. Die ganze Frage war überhaupt noch nicht in den Horizont seines Lebens getreten.

Demgemäß gab er sich auch gar keine Mühe, Beinebergs Ausführungen auf ihren Sinn zu prüfen; er hörte nur halb auf sie hin.

Er verstand bloß nicht, wie man so breit und weit ausholen könne. In ihm zitterte alles, und die Umsicht, mit der Beineberg seine Gedanken weiß Gott wo herholte, erschien ihm lächerlich, unangebracht, machte ihn ungeduldig. Aber Beineberg fuhr gelassen fort: «Mit Reiting jedoch steht die Sache ganz anders. Auch er hat sich durch das, was er getan hat, in meine Hand gegeben, aber sein Schicksal ist mir gewiß nicht so gleichgültig wie das Basinis. Du weißt, seine Mutter hat kein großes Vermögen; wenn er aus dem Institute ausgeschlossen wird, ist es daher für ihn mit allen Plänen zu Ende. Von hier aus kann er es zu etwas bringen, sonst aber dürfte sich wohl wenig Gelegenheit dazu finden. Und Reiting hat mich nie mögen, . . . verstehst du? . . . er hat mich gehaßt, . . . hat mir früher zu schaden getrachtet, wo er nur konnte, . . . ich glaube, er würde sich heute noch freuen, wenn er mich los werden könnte. Siehst du jetzt, was ich aus dem Besitz dieses Geheimnisses alles machen kann? . . .»

Törleß erschrak. Aber so sonderbar, als ob das Schicksal Reitings ihn selbst beträfe. Er blickte erschrocken auf Beineberg. Dieser hatte die Augen bis auf einen kleinen Spalt geschlossen und erschien ihm wie eine unheimliche, große, ruhig in ihrem Netze lauernde Spinne. Seine letzten Worte klangen kalt und deutlich wie die Sätze eines Diktats in Törleß' Ohren.

Er hatte das Vorangegangene nicht verfolgt, hatte nur gewußt: Beineberg spricht jetzt wieder von seinen Ideen, die doch mit dem Gegebenen gar nichts zu tun haben, . . . und nun wußte er auf einmal nicht, wie es gekommen war.

Das Gewebe, das doch irgendwo draußen im Abstrakten angeknüpft worden war, wie er sich erinnerte, mußte sich mit fabelhafter Geschwindigkeit plötzlich zusammengezogen haben. Denn mit einem Male war es nun konkret, wirklich, lebendig, und ein Kopf zappelte darin . . . mit zugeschnürtem Halse.

Er liebte Reiting durchaus nicht, aber er erinnerte sich jetzt seiner liebenswürdigen, frechen, unbekümmerten Art, mit der er alle Intrigen anfaßte, und Beineberg erschien ihm dagegen schändlich, wie er ruhig und grinsend seine vielarmigen, grauen, abscheulichen Gedankengespinste um jenen zusammenzog.

Unwillkürlich fuhr ihn Törleß an: «Du darfst es nicht gegen ihn ausnützen.» Es mochte wohl auch sein steter, heimlicher Widerwille gegen Beineberg mit im Spiele gewesen sein.

Aber Beineberg sagte von selbst, nach kurzem Besinnen: «Wozu auch?! Um ihn wäre wirklich schade. Mir ist er von jetzt an ohnedies ungefährlich, und er ist doch zu viel wert, um ihn über eine solche Dummheit stolpern zu lassen.» Damit war dieser Teil der Angelegenheit erledigt. Aber Beineberg sprach weiter und wandte sich nun wieder Basinis Schicksal zu.

«Meinst du noch immer, daß wir Basini anzeigen sollen?» Aber Törleß gab keine Antwort. Er wollte Beineberg sprechen hören, dessen Worte klangen ihm wie das Hallen von Schritten auf hohlem, untergrabenem Erdreich, und er wollte diesen Zustand auskosten.

Beineberg verfolgte seine Gedanken weiter. «Ich denke, wir behalten ihn vorderhand für uns und strafen ihn selbst. Denn bestraft muß er werden – allein schon wegen seiner Anmaßung. Die vom Institute würden ihn höchstens entlassen und seinem Onkel einen langen Brief dazu schreiben; – du weißt ja beiläufig, wie geschäftsmäßig das geht. Eure Exzellenz, Ihr Neffe hat sich vergessen ... irregeleitet ... geben ihn Ihnen zurück ... hoffen, daß es Ihnen gelingen wird ... Weg der Besserung ... einstweilen jedoch unter den anderen unmöglich ... usw. Hat denn so ein Fall ein Interesse oder einen Wert für sie?»

«Und was für einen Wert soll er für uns haben?»

«Was für einen Wert? Für dich vielleicht keinen, denn du wirst einmal Hofrat werden oder Gedichte machen; – du brauchst das schließlich nicht, vielleicht hast du sogar Angst davor. Aber ich denke mir mein Leben anders!»

Törleß horchte diesmal auf.

«Für mich hat Basini einen Wert, – einen sehr großen sogar. Denn sieh, – du ließest ihn einfach laufen und würdest dich ganz damit beruhigen, daß er ein schlechter Mensch war.» Törleß unterdrückte ein Lächeln. «Damit bist du fertig, weil du kein Talent oder kein Interesse hast, dich selbst an einem solchen Fall zu schulen. Ich aber habe dieses Interesse. Wenn man meinen Weg vor sich hat, muß man die Menschen ganz anders auffassen. Deswegen will ich mir Basini erhalten, um an ihm zu lernen.»

«Wie willst du ihn aber bestrafen?»

Beineberg hielt einen Augenblick mit der Antwort aus, als überlegte er noch die zu erwartende Wirkung. Dann sagte er vorsichtig und zögernd: «Du irrst, wenn du glaubst, daß mir so sehr um das Strafen zu tun ist. Freilich wird man es ja am Ende auch eine Strafe für ihn nennen können, ... aber, um nicht lange Worte zu machen, ich habe etwas anderes im Sinn, ich will ihn ... nun sagen wir einmal ...: quälen ....»

Törleß hütete sich ein Wort zu sagen. Er sah noch durchaus nicht klar, aber er fühlte, daß dies alles so kam, wie es für ihn – innerlich – kommen mußte. Beineberg, der nicht entnehmen konnte, wie seine Worte gewirkt hatten, fuhr fort: «... Du brauchst nicht zu erschrecken, es ist nicht so arg. Denn zunächst auf Basini ist doch, wie ich dir ausführte, keine Rücksicht zu nehmen. Die Entscheidung, ob wir ihn quälen oder etwa schonen sollen, ist nur in unserem Bedürfnisse nach dem einen oder dem anderen zu suchen. In inneren Gründen. Hast du solche? Das mit Moral, Gesellschaft und so weiter, was du damals vorgebracht hast, kann natürlich nicht zählen; du hast hoffentlich selbst nie daran geglaubt. Du bist also vermutlich indifferent. Aber immerhin kannst du dich ja noch von der ganzen Sache zurückziehen, falls du nichts aufs Spiel setzen willst.

Mein Weg wird jedoch nicht zurück oder vorbei, sondern mitten hindurch führen. Das muß so sein. Auch Reiting wird nicht von der Sache lassen, denn auch für ihn hat es einen besonderen Wert, einen Menschen ganz in seiner Hand zu haben und sich üben zu können, ihn wie ein Werkzeug zu behandeln. Er will herrschen und würde *dir* es gerade so machen wie Basini, wenn die Gelegenheit zufällig dich träfe. Für mich handelt es sich jedoch noch um mehr. Fast um eine Verpflichtung gegen mich selbst; wie soll ich dir nur diesen Unterschied zwischen uns klar machen? Du weißt, wie sehr Reiting Napoleon verehrt: halte nun dagegen, daß der Mensch, welcher mir vor allen gefällt, mehr irgendeinem Philosophen und indischen Heiligen ähnelt. Reiting würde Basini opfern und nichts als Interesse dabei empfinden. Er würde ihn moralisch zerschneiden, um zu erfahren, worauf man sich bei solchen Unternehmungen gefaßt zu machen hat. Und wie gesagt, dich oder mich geradeso gut wie Basini und ohne daß es ihm im geringsten nahe ginge. Ich dagegen habe geradeso gut wie du diese gewisse Empfindung, daß Basini schließlich und endlich doch auch ein Mensch sei. Auch in mir wird etwas durch eine begangene Grausamkeit verletzt. Aber gerade darum handelt es sich! Förmlich um ein Opfer! Siehst du, auch ich bin an zwei Fäden geknüpft. An diesen einen, unbestimmten, der mich in Widerspruch zu meiner klaren Überzeugung an eine mitleidige Tatlosigkeit bindet, aber auch an einen zweiten, der zu meiner Seele hinläuft, zu innersten Erkenntnissen, und mich an den Kosmos fesselt. Solche Menschen wie Basini, sagte ich dir schon früher, bedeuten nichts – eine leere, zufällige Form. Die wahren Menschen sind nur die, welche in sich selbst eindringen können kosmische Menschen, welche imstande sind, sich bis zu ihrem Zusammenhange mit dem großen Weltprozesse zu versenken. Diese verrichten Wunder mit geschlossenen Augen, weil sie die gesamte Kraft der Welt zu gebrauchen verstehen, die in ihnen gerade so ist wie außer ihnen. Aber alle Menschen, die bis dahin dem zweiten Faden folgten, mußten den ersten vorher zerreißen. Ich habe von schauerlichen Bußopfern erleuchteter Mönche gelesen, und die Mittel der indischen Heiligen sind ja auch dir nicht ganz unbekannt. Alle grausamen Dinge, die dabei geschehen, haben nur den Zweck, die elenden nach außen gerichteten Begierden abzutöten, welche, ob sie nun Eitelkeit oder Hunger, Freude oder Mitleid seien, nur von dem Feuer abziehen, das jeder in sich zu erwecken vermag.

Reiting kennt nur das Außen, ich folge dem zweiten Faden. Jetzt hat er in den Augen aller einen Vorsprung, denn mein Weg ist langsamer und unsicherer. Aber mit einem Schlage kann ich ihn wie einen Wurm überholen. Siehst du, man behauptet, die Welt bestünde aus mechanischen Gesetzen, an denen sich nicht rütteln lasse. Das ist ganz falsch, das steht nur in den Schulbüchern! Die Außenwelt ist wohl hartnäckig, und ihre sogenannten Gesetze lassen sich bis zu einem gewissen Grade nicht beeinflussen, aber es hat doch Menschen gegeben, denen das gelang. Das steht in heiligen, vielgeprüften Büchern, von denen die meisten nur nichts wissen. Von dorther weiß ich, daß es Menschen gegeben hat, die Steine und Luft und Wasser durch eine bloße Regung ihres Willens bewegen konnten und vor derem Gebete keine Kraft der Erde fest genug war. Aber auch das sind erst die äußerlichen Triumphe des Geistes. Denn wem es *ganz* gelingt, seine Seele zu schauen, für den löst sich sein körperliches Leben, das nur ein zufälliges ist; es steht in den Büchern, daß solche direkt in ein höheres Reich der Seelen eingingen.»

Beineberg sprach völlig ernsthaft, mit verhaltener Erregung. Törleß hielt noch immer fast ununterbrochen die Augen geschlossen; er fühlte Beinebergs Atem zu sich herüberdringen und sog ihn wie ein beklemmendes Betäubungsmittel ein. Indessen beendete Beineberg seine Rede:

«Du kannst also sehen, worum es sich mir handelt. Was mir einredet, Basini laufen zu lassen, ist von niederer, äußerlicher Herkunft. Du magst dem folgen. Für mich ist es ein Vorurteil, von dem ich los muß wie von allem, das von dem Wege zu meinem Innersten ablenkt.

Gerade daß es mir schwer fällt, Basini zu quälen, – ich meine, ihn zu demütigen, herabzudrücken, von mir zu entfernen, – ist gut. Es erfordert ein Opfer. Es wird reinigend wirken. Ich bin mir schuldig, täglich an ihm zu lernen, daß das bloße Menschsein gar nichts bedeutet, – eine bloße äffende, äußerliche Ähnlichkeit.»

Törleß verstand nicht alles. Er hatte nur wieder die Vorstellung, daß sich eine unsichtbare Schlinge plötzlich zu einem greifbaren, tödlichen Knoten zusammengezogen habe. Beinebergs letzte Worte klangen in ihm nach: «Eine bloße äußerliche, äffende Ähnlichkeit», wiederholte er sich. Das schien auch auf sein Verhältnis zu Basini zu passen. Bestand nicht der sonderbare Reiz, den dieser auf ihn ausübte, in solchen Gesichten? Einfach darin, daß er sich nicht in ihn hineindenken konnte und ihn daher stets wie in unbestimmten Bildern empfand? War nicht, als er sich vorhin Basini vorgestellt hatte, hinter dessen Gesicht ein zweites, verschwimmendes gestanden? Von einer greifbaren Ähnlichkeit, die sich doch an nichts anknüpfen ließ?

So kam es, daß Törleß, statt daß er über die ganz sonderbaren

Absichten Beinebergs nachgedacht hätte, von den neuen, ungewöhnlichen Eindrücken halb betäubt, versuchte, über sich selbst klar zu werden. Er erinnerte sich an den Nachmittag, bevor er von Basinis Vergehen erfahren hatte. Da waren diese Gesichte eigentlich auch schon dagewesen. Es hatte sich immer etwas gefunden, womit seine Gedanken nicht fertig werden konnten. Etwas, das so einfach und so fremd erschien. Er hatte Bilder gesehen, die doch keine Bilder waren. Vor jenen Hütten, ja selbst als er mit Beineberg in der Konditorei saß.

Es waren Ähnlichkeiten und unüberbrückbare Unähnlichkeiten zugleich. Und dieses Spiel, diese geheime, ganz persönliche Perspektive hatte ihn erregt.

Und nun riß ein Mensch dies an sich. All das war nun in einem Menschen verkörpert, wirklich geworden. Dadurch ging die ganze Sonderbarkeit auf diesen Menschen über. Dadurch rückte sie aus der Phantasie ins Leben und wurde bedrohlich . . .

Die Aufregungen hatten Törleß ermüdet, seine Gedanken ketteten sich nur mehr lose aneinander.

Ihm blieb nur die Erinnerung, daß er diesen Basini nicht loslassen dürfe, daß dieser bestimmt sei, auch für ihn eine wichtige und bereits unklar erkannte Rolle zu spielen.

Dazwischen schüttelte er verwundert den Kopf, wenn er an Beinebergs Worte dachte. Auch der . . .?

Er kann doch nicht dasselbe suchen wie ich, und doch fand gerade er die richtige Bezeichnung dafür . . .

Törleß träumte mehr als er dachte. Er war nicht mehr imstande, sein psychologisches Problem von Beinebergs Phantastereien zu unterscheiden. Er hatte schließlich nur das eine Gefühl, daß sich die riesige Schlinge immer fester um alles zusammenziehe.

Das Gespräch fand keine Fortsetzung. Sie löschten das Licht aus und schlichen vorsichtig in ihren Schlafsaal zurück.

Die nächsten Tage brachten keine Entscheidung. Es gab in der Schule viel zu tun, Reiting wich vorsichtig jedem Alleinsein aus, und auch Beineberg ging einer erneuten Aussprache aus dem Wege.

So geschah es, daß sich während dieser Tage wie ein in seinem Lauf gehemmter Strom das Geschehene tiefer in Törleß eingrub und seinen Gedanken eine unwiderrufliche Richtung gab.

Mit der Absicht, Basini zu entfernen, war es dadurch endgültig vorbei. Törleß fühlte sich jetzt zum ersten Male voll auf sich selbst konzentriert und vermochte an gar nichts anderes mehr zu denken. Auch Božena war ihm gleichgültig geworden; was er für sie empfunden hatte, wurde ihm zu einer phantastischen Erinnerung, an deren Stelle nun der Ernst getreten war.

Freilich schien dieser Ernst nicht weniger phantastisch zu sein.

Von seinen Gedanken beschäftigt, war Törleß allein im Parke spazieren gegangen. Es war um die Mittagszeit, und die Spätherbstsonne legte blasse Erinnerungen über Wiesen und Wege. Da Törleß in seiner Unruhe keine Lust zu weiterem Spaziergange hatte, umschritt er bloß das Gebäude und warf sich am Fuße der fast fensterlosen Seitenmauer in das fahle, raschelnde Gras. Über ihm spannte sich der Himmel, ganz in jenem verblichenen, leidenden Blau, das dem Herbste eigen ist, und kleine, weiße, geballte Wölkchen hasteten darüber hin.

Törleß lag lang ausgestreckt am Rücken und blinzelte unbestimmt träumend zwischen den sich entblätternden Kronen zweier vor ihm stehenden Bäume hindurch.

Er dachte an Beineberg; wie sonderbar doch dieser Mensch war! Seine Worte würden zu einem zerbröckelnden indischen Tempel gehören, in die Gesellschaft unheimlicher Götzenbilder und zauberkundiger Schlangen in tiefen Verstecken; was sollten sie aber am Tage, im Konvikte, im modernen Europa? Und doch schienen diese Worte, nachdem sie sich ewig lange, wie ein Weg ohne Ende und Übersicht in tausend Windungen hingezogen hatten, plötzlich vor einem greifbaren Ziele gestanden zu sein . . .

Und plötzlich bemerkte er, – und es war ihm, als geschähe dies zum ersten Male, – wie hoch eigentlich der Himmel sei.

Es war wie ein Erschrecken. Gerade über ihm leuchtete ein kleines, blaues, unsagbar tiefes Loch zwischen den Wolken.

Ihm war, als müßte man da mit einer langen, langen Leiter hineinsteigen können. Aber je weiter er hineindrang und sich mit den Augen hob, desto tiefer zog sich der blaue, leuchtende Grund zurück. Und es war doch, als müßte man ihn einmal erreichen und mit den Blicken ihn aufhalten können. Dieser Wunsch wurde quälend heftig.

Es war, als ob die aufs äußerste gespannte Sehkraft Blicke wie Pfeile zwischen die Wolken hineinschleuderte und als ob sie, je weiter sie auch zielte, immer um ein weniges zu kurz träfe.

Darüber dachte nun Törleß nach; er bemühte sich möglichst ruhig und vernünftig zu bleiben. «Freilich gibt es kein Ende», sagte er sich, «es geht immer weiter, fortwährend weiter, ins Unendliche.» Er hielt die Augen auf den Himmel gerichtet und sagte sich dies vor, als gälte es die Kraft einer Beschwörungsformel zu erproben. Aber erfolglos; die Worte sagten nichts, oder vielmehr sie sagten etwas ganz anderes, so als ob sie zwar von dem gleichen Gegenstande, aber von einer anderen, fremden, gleichgültigen Seite desselben redeten.

«Das Unendliche!» Törleß kannte das Wort aus dem Mathematikunterrichte. Er hatte sich nie etwas Besonderes darunter vorgestellt. Es kehrte immer wieder; irgend jemand hatte es einst erfunden, und seither war es möglich, so sicher damit zu rechnen wie nur mit irgend etwas Festem. Es war, was es gerade in der Rechnung galt; darüber hinaus hatte Törleß nie etwas gesucht.

Und nun durchzuckte es ihn wie mit einem Schlage, daß an diesem Worte etwas furchtbar Beunruhigendes hafte. Es kam ihm vor wie ein gezähmter Begriff, mit dem er täglich seine kleinen Kunststückchen gemacht hatte und der nun plötzlich entfesselt worden war. Etwas über den Verstand Gehendes, Wildes, Vernichtendes schien durch die Arbeit irgendwelcher Erfinder hineingeschläfert worden zu sein und war nun plötzlich aufgewacht und wieder furchtbar geworden. Da, in diesem Himmel, stand es nun lebendig über ihm und drohte und höhnte.

Endlich schloß er die Augen, weil ihn dieser Anblick so sehr quälte.

Als er bald darauf durch einen Windstoß, der durch das welke Gras raschelte, wieder geweckt wurde, spürte er seinen Körper kaum, und von den Füßen herauf strömte eine angenehme Kühle, die seine Glieder in einem Zustand süßer Trägheit festhielt. In sein früheres Erschrecken hatte sich nun etwas Mildes und Müdes gemischt. Noch immer fühlte er den Himmel riesig und schweigend auf sich herunterstarren, aber er erinnerte sich nun, wie oft er schon vordem einen solchen Eindruck empfangen hatte, und wie zwischen Wachen und Träumen ging er alle diese Erinnerungen durch und fühlte sich in ihre Beziehungen eingesponnen.

Da war zunächst jene Kindheitserinnerung, in der die Bäume so ernst und schweigend standen wie verzauberte Menschen. Schon damals mußte er es empfunden haben, was später immer wieder kam. Selbst jene Gedanken bei Božena hatten etwas davon an sich gehabt, etwas Besonderes, etwas Ahnungsvolles, das mehr war als sie besagten. Und jener Augenblick der Stille im Garten vor den Fenstern der Konditorei, ehe sich die dunklen Schleier der Sinnlichkeit niedersenkten, war so gewesen. Und Beineberg und Reiting waren oft während des Bruchteils eines Gedankens zu etwas Fremdem, Unwirklichem geworden; und endlich Basini? Die Vorstellung dessen, was mit dem geschah, hatte Törleß völlig entzweigerissen; sie war bald vernünftig und alltäglich, bald von jenem bilderdurchzuckten Schweigen, das allen diesen Eindrücken gemeinsam war, das nach und nach in Törleß' Wahrnehmung gesickert war und nun mit einem Male beanspruchte, als etwas Wirkliches, Lebendiges behandelt zu werden; genau so wie vorhin die Vorstellung der Unendlichkeit.

Törleß fühlte nun, daß es ihn von allen Seiten umschloß. Wie ferne, dunkle Kräfte hatte es wohl schon seit je gedroht, aber er war instinktiv davor zurückgewichen und hatte es nur zeitweilig mit einem scheuen Blick gestreift. Nun aber hatte ein Zufall, ein Ereignis seine Aufmerksamkeit verschärft und darauf gerichtet, und wie auf ein Zeichen brach es nun von allen Seiten herein; eine ungeheure Verwirrung mit sich reißend, die jeder Augenblick aufs neue weiter breitete.

Es kam wie eine Tollheit über Törleß, Dinge, Vorgänge und Menschen als etwas Doppelsinniges zu empfinden. Als etwas, das durch die Kraft irgendwelcher Erfinder an ein harmloses, erklärendes Wort gefesselt war, und als etwas ganz Fremdes, das jeden Augenblick sich davon loszureißen drohte.

Gewiß: es gibt für alles eine einfache, natürliche Erklärung, und auch Törleß wußte sie, aber zu seinem furchtsamen Erstaunen schien sie nur eine ganz äußere Hülle fortzureißen, ohne das Innere bloßzulegen, das Törleß wie mit unnatürlich gewordenen Augen stets noch als zweites dahinter schimmern sah.

So lag Törleß und war ganz eingesponnen von Erinnerungen, aus denen wie fremde Blüten seltsame Gedanken wuchsen. Jene Augenblicke, die keiner vergißt, Situationen, wo der Zusammenhang versagt, der sonst unser Leben sich lückenlos in unserem Verstande abspiegeln läßt, als liefen sie parallel und mit gleicher Geschwindigkeit nebeneinander her, – sie schlossen sich verwirrend eng aneinander.

Die Erinnerung an das so furchtbar stille, farbentraurige Schweigen mancher Abende wechselte unvermittelt mit der heißen zitternden Unruhe eines Sommermittags, die einmal seine Seele glühend, wie mit den zuckenden Füßen eines huschenden Schwarms schillernder Eidechsen überlaufen hatte.

Dann fiel ihm plötzlich ein Lächeln jenes kleinen Fürsten ein, – ein Blick, – eine Bewegung – damals, als sie innerlich miteinander fertig wurden, – durch die jener Mensch sich mit einem – sanften – Mal aus allen Beziehungen löste, die Törleß um ihn gesponnen hatte, und in eine neue, fremde Weite hineinschritt, die sich – gleichsam in das Leben einer unbeschreiblichen Sekunde konzentriert – unversehens aufgetan hatte. Dann kamen wieder Erinnerungen aus dem Walde, – zwischen den Feldern. Dann ein schweigsames Bild in einem dunkelnden Zimmer zu Hause, das ihn später an seinen verlorenen Freund plötzlich erinnert hatte. Worte eines Gedichtes fielen ihm ein . . .

Und es gibt auch sonst Dinge, wo zwischen Erleben und Erfassen diese Unvergleichlichkeit herrscht. Immer aber ist es so, daß das, was wir in einem Augenblick ungeteilt und ohne Fragen erleben, unverständlich und verwirrt wird, wenn wir es mit den Ketten der Gedanken zu unserem bleibenden Besitze fesseln wollen. Und was groß und menschenfremd aussieht, solange unsere Worte von ferne danach langen, wird einfach und verliert das Beunruhigende, sobald es in den Tatkreis unseres Lebens eintritt.

Und so hatten alle diese Erinnerungen auf einmal dasselbe Geheimnis gemeinsam. Als ob sie zusammengehörten, standen sie alle zum Greifen deutlich vor ihm.

Sie waren zu ihrer Zeit von einem dunklen Gefühl begleitet gewesen, das er wenig beachtet hatte.

Gerade um dieses bemühte er sich jetzt. Ihm fiel ein, daß er einstens, als er mit seinem Vater vor einer jener Landschaften stand, unvermittelt gerufen hatte: o es ist schön, – und verlegen wurde, als sich sein Vater freute. Denn er hätte ebenso gut sagen mögen: es ist schrecklich traurig. Es war ein Versagen der Worte, das ihn da quälte, ein halbes Bewußtsein, daß die Worte nur zufällige Ausflüchte für das Empfundene waren.

Und heute erinnerte er sich des Bildes, erinnerte sich der Worte und deutlich jenes Gefühles zu lügen, ohne zu wissen, wieso. Sein Auge ging in der Erinnerung von neuem alles durch. Aber immer wieder kehrte es ohne Erlösung zurück. Ein Lächeln des Entzükkens über den Reichtum der Einfälle, das er noch immer wie zerstreut festhielt, bekam langsam einen kaum merklichen schmerzhaften Zug . . .

Er hatte das Bedürfnis, rastlos nach einer Brücke, einem Zusammenhange, einem Vergleich zu suchen – zwischen sich und dem, was wortlos vor seinem Geiste stand.

Aber so oft er sich bei einem Gedanken beruhigt hatte, war wieder dieser unverständliche Einspruch da: Du lügst. Es war, als ob er eine unaufhörliche Division durchführen müßte, bei der immer wieder ein hartnäckiger Rest heraussprang, oder als ob er fiebernde Finger wundbemühte, um einen endlosen Knoten zu lösen.

Und endlich ließ er nach. Es schloß sich eng um ihn, und die Erinnerungen wuchsen in unnatürlicher Verzerrung.

Er hatte die Augen wieder auf den Himmel gerichtet. Als könnte er ihm vielleicht noch durch einen Zufall sein Geheimnis entreißen und an ihm erraten, was ihn allerorten verwirrte. Aber er wurde müde, und das Gefühl einer tiefen Einsamkeit schloß sich über ihm zusammen. Der Himmel schwieg. Und Törleß fühlte, daß er unter diesem unbewegten, stummen Gewölbe ganz allein sei, er fühlte sich wie ein kleines lebendes Pünktchen unter dieser riesigen, durchsichtigen Leiche.

Aber es schreckte ihn kaum mehr. Wie ein alter, längst vertrauter Schmerz hatte es nun auch das letzte Glied ergriffen.

Ihm war, als ob das Licht einen milchigen Schimmer angenommen hätte und wie ein bleicher kalter Nebel vor seinen Augen tanzte.

Langsam und vorsichtig wandte er den Kopf und sah umher, ob sich denn wirklich alles verändert habe. Da streifte sein Blick von ungefähr die graue, fensterlose Mauer, die hinter seinem Haupte stand. Sie schien sich über ihn gebeugt zu haben und ihn schweigend anzusehen. Von Zeit zu Zeit kam ein Rieseln herunter, und ein unheimliches Leben erwachte in der Wand.

So hatte er es oft in dem Versteck belauscht, wenn Beineberg und Reiting ihre phantastische Welt entrollten, und er hatte sich darüber gefreut wie über die seltsame Begleitmusik zu einem grotesken Schauspiel.

Nun aber schien der helle Tag selbst zu einem unergründlichen Versteck geworden zu sein, und das lebendige Schweigen umstand Törleß von allen Seiten.

Er vermochte nicht den Kopf abzuwenden. Neben ihm, in einem feuchten, düsteren Winkel wucherte Huflattich und spreitete seine breiten Blätter zu phantastischen Verstecken den Schnecken und Würmern.

Törleß hörte das Schlagen seines Herzens. Dann kam wieder ein leises, flüsterndes, versickerndes Rieseln ..... Und diese Geräusche waren das einzig Lebendige in einer zeitlosen schweigenden Welt .....

Am nächsten Tage stand Beineberg mit Reiting, als Törleß zu ihnen trat.

«Ich habe schon mit Reiting gesprochen», sagte Beineberg, «und alles vereinbart. Du interessierst dich ja doch nicht recht für solche Sachen.»

Törleß fühlte etwas wie Zorn und Eifersucht über diese plötzliche Wendung in sich aufsteigen, wußte aber doch nicht, ob er der nächtlichen Unterredung vor Reiting erwähnen solle. «Nun, ihr hättet mich wenigstens dazu rufen können, da ich nun einmal geradeso gut wie ihr an der Sache beteiligt bin», meinte er.

«Hätten wir auch getan, lieber Törleß», beeilte sich Reiting, dem offenbar diesmal daran lag, keine unnötigen Schwierigkeiten zu haben, «aber du warst gerade nicht zu finden und wir rechneten auf deine Zustimmung. Was sagst du übrigens zu Basini?» (Kein Wort der Entschuldigung, so als ob sich sein eigenes Verhalten von selbst verstünde.)

«Was ich dazu sage? Nun, er ist ein gemeiner Mensch», antwortete Törleß verlegen.

«Nicht wahr? Sehr gemein.»

«Aber du läßt dich auch in schöne Dinge ein!» Und Törleß lächelte etwas erzwungen, denn er schämte sich, daß er Reiting nicht heftiger zürne.

«Ich?» Reiting zuckte mit den Schultern. «Was ist weiter dabei? Man muß alles mitgemacht haben, und wenn er nun einmal so dumm und so niederträchtig ist . . .»

«Hast du seither schon mit ihm gesprochen?» mischte sich nun Beineberg ein.

«Ja; er war gestern am Abend bei mir und bat mich um Geld, da er wieder Schulden hat, die er nicht zahlen kann.»

«Hast du es ihm schon gegeben?»

«Nein, noch nicht.»

«Das ist sehr gut», meinte Beineberg, «da haben wir ja gleich die gesuchte Gelegenheit, ihn zu packen. Du könntest ihn für heute abend irgendwohin bestellen.»

«Wohin? In die Kammer?»

«Ich denke nein, denn von der hat er vorderhand noch nichts zu wissen. Aber befiehl ihm, auf den Boden zu kommen, wo du damals mit ihm warst.»

«Für wieviel Uhr?»

«Sagen wir . . . elf.»

«Gut. – Willst du noch etwas spazieren gehen?»

«Ja. Törleß wird wohl noch zu tun haben, was?»

Törleß hatte zwar nichts mehr zu arbeiten, aber er fühlte, daß die beiden noch etwas miteinander gemein hatten, das sie ihm verheimlichen wollten. Er ärgerte sich über seine Steifheit, die ihn abhielt, sich dazwischen zu drängen.

So sah er ihnen eifersüchtig nach und stellte sich alles mögliche vor, was sie vielleicht heimlich verabreden könnten.

Dabei fiel ihm auf, welche Harmlosigkeit und Liebenswürdigkeit in dem aufrechten, biegsamen Gange Reitings lag; – geradeso wie in seinen Worten. Und dem entgegen versuchte er sich ihn vorzustellen, wie er an jenem Abende gewesen sein mußte; das Innerliche, Seelische davon. Das mußte wie ein langes, langsames Sinken zweier ineinander verbissener Seelen gewesen sein und dann eine Tiefe wie in einem unterirdischen Reich; – dazwischen ein Augenblick, in dem die Geräusche der Welt, oben, weit oben, lautlos wurden und verlöschten.

Kann denn ein Mensch nach etwas Derartigem wieder so vergnügt und leicht sein? Sicher bedeutete es ihm nicht so viel. Törleß hätte ihn so gerne gefragt. Und statt dessen hatte er ihn nun in einer kindischen Scheu diesem spinnenhaften Beineberg überlassen!

Um dreiviertel elf Uhr sah Törleß, daß Beineberg und Reiting aus ihren Betten schlüpften, und zog sich gleichfalls an.

«Pst! – so warte doch. Das fällt ja auf, wenn wir alle drei zugleich weggehen.»

Törleß versteckte sich wieder unter seine Decke.

Auf dem Gange vereinigten sie sich dann und stiegen mit der gewohnten Vorsicht den Bodenaufgang hinan.

«Wo ist Basini?» fragte Törleß.

«Er kommt von der anderen Seite; Reiting hat ihm den Schlüssel dazu gegeben.»

Sie blieben die ganze Zeit über im Dunkeln. Erst oben, vor der großen, eisernen Türe, zündete Beineberg seine kleine Blendlaterne an.

Das Schloß leistete Widerstand. Es saß durch eine jahrelange Ruhe fest und wollte dem Nachschlüssel nicht gehorchen. Endlich schlug es mit einem harten Laut zurück; der schwere Flügel rieb widerstrebend im Roste der Angeln und gab zögernd nach.

Aus dem Bodenraume schlug eine warme, abgestandene Luft heraus, wie die kleiner Treibhäuser.

Beineberg schloß die Türe wieder zu.

Sie stiegen die kleine hölzerne Treppe hinab und kauerten sich neben einem mächtigen Querbalken nieder.

Zu ihrer Seite standen riesige Wasserbottiche, welche bei dem Ausbruche eines Brandes den Löscharbeiten dienen sollten. Das Wasser darin war offenbar schon lange nicht erneuert worden und verbreitete einen süßlichen Geruch.

Überhaupt war die ganze Umgebung äußerst beklemmend: Die Hitze unter dem Dach, die schlechte Luft und das Gewirre der mächtigen Balken, die teils nach oben zu sich im Dunkel verloren, teils in einem gespenstigen Netzwerk am Boden hinkrochen.

Beineberg blendete die Laterne ab, und sie saßen, ohne ein Wort zu reden, regungslos in der Finsternis – durch lange Minuten.

Da knarrte am entgegengesetzten Ende im Dunkeln die Tür. Leise und zögernd. Das war ein Geräusch, welches das Herz bis zum Halse hinauf klopfen machte, wie der erste Laut der sich nähernden Beute.

Es folgten einige unsichere Schritte, das Anschlagen eines Fußes gegen erdröhnendes Holz; ein mattes Geräusch, wie von dem Aufschlagen eines Körpers ... Stille ... Dann wieder zaghafte Schritte ... Warten ... Ein leiser menschlicher Laut ... «Reiting?»

Da zog Beineberg die Kappe von der Blendlaterne und warf einen breiten Strahl gegen den Ort, woher die Stimme kam.

Einige mächtige Balken leuchteten mit scharfen Schatten auf, weiterhin sah man nichts als einen Kegel tanzenden Staubes.

Aber die Schritte wurden bestimmter und kamen näher.

Da schlug – ganz nahe – wieder ein Fuß gegen das Holz, und im nächsten Augenblicke tauchte in der breiten Basis des Lichtkegels das – in der zweifelhaften Beleuchtung aschfahle – Gesicht Basinis auf.

Basini lächelte. Lieblich, süßlich. Starr festgehalten, wie das Lächeln eines Bildes, hob es sich aus dem Rahmen des Lichtes heraus.

Törleß saß an seinen Balken gepreßt und fühlte das Zittern seiner Augenmuskeln.

Nun zählte Beineberg die Schandtaten Basinis auf; gleichmäßig, mit heiseren Worten.

Dann die Frage: «Du schämst dich also gar nicht?» Dann ein Blick Basinis auf Reiting, der zu sagen schien: «Nun ist es wohl schon an der Zeit, daß du mir hilfst.» Und in dem Augenblicke gab ihm Reiting einen Faustschlag ins Gesicht, so daß er rückwärts taumelte, über einen Balken stolperte, stürzte. Beineberg und Reiting sprangen ihm nach.

Die Laterne war umgekippt, und ihr Licht floß verständnislos und träge zu Törleß' Füßen über den Boden hin ....

Törleß unterschied aus den Geräuschen, daß sie Basini die Kleider vom Leibe zogen und ihn mit etwas Dünnem, Geschmeidigem peitschten. Sie hatten dies alles offenbar schon vorbereitet gehabt. Er hörte das Wimmern und die halblauten Klagerufe Basinis, der unausgesetzt um Schonung flehte; schließlich vernahm er nur noch ein Stöhnen, wie ein unterdrücktes Geheul, und dazwischen halblaute Schimpfworte und die heißen leidenschaftlichen Atemstöße Beinebergs.

Er hatte sich nicht vom Platze gerührt. Gleich anfangs hatte ihn wohl eine viehische Lust mit hinzuspringen und zuzuschlagen gepackt, aber das Gefühl, daß er zu spät kommen und überflüssig sein würde, hielt ihn zurück. Über seinen Gliedern lag mit schwerer

Hand eine Lähmung.

Scheinbar gleichgültig sah er vor sich hin zu Boden. Er spannte sein Gehör nicht an, um den Geräuschen zu folgen, und er fühlte sein Herz nicht rascher schlagen als sonst. Mit den Augen folgte er dem Lichte, das sich zu seinen Füßen in einer Lache ergoß. Staubflocken leuchteten auf und ein kleines häßliches Spinnengewebe. Weiterhin sickerte der Schein in die Fugen zwischen den Balken und erstickte in einem staubigen, schmutzigen Dämmern.

Törleß wäre auch eine Stunde lang so sitzen geblieben, ohne es zu fühlen. Er dachte an nichts und war doch innerlich vollauf beschäftigt. Dabei beobachtete er sich selbst. Aber so, als ob er eigentlich ins Leere sähe und sich selbst nur wie in einem undeutlichen Schimmer von der Seite her erfaßte. Nun rückte aus diesem Unklaren – von der Seite her – langsam, aber immer sichtlicher ein Verlangen ins deutliche Bewußtsein.

Irgend etwas ließ Törleß darüber lächeln. Dann war wieder das Verlangen stärker. Es zog ihn von seinem Sitze hinunter – auf die Knie; auf den Boden. Es trieb ihn, seinen Leib gegen die Dielen zu pressen; er fühlte, wie seine Augen groß werden würden wie die eines Fisches, er fühlte durch den nackten Leib hindurch sein Herz gegen das Holz schlagen.

Nun war wirklich eine mächtige Aufregung in Törleß, und er mußte sich an seinem Balken festhalten, um sich gegen den Schwindel zu sichern, der ihn hinabzog.

Auf seiner Stirne standen Schweißperlen, und er fragte sich ängstlich, was dies alles zu bedeuten habe?

Aus seiner Gleichgültigkeit aufgeschreckt, horchte er nun auch wieder durch das Dunkel zu den dreien hinüber.

Es war dort still geworden; nur Basini klagte leise vor sich hin, während er nach seinen Kleidern tastete.

Törleß fühlte sich durch diese klagenden Laute angenehm berührt. Wie mit Spinnenfüßen lief ihm ein Schauer den Rücken hinauf und hinunter; dann saß es zwischen den Schulterblättern fest und zog mit feinen Krallen seine Kopfhaut nach hinten. Zu seinem Befremden erkannte Törleß, daß er sich in einem Zustande geschlechtlicher Erregung befand. Er dachte zurück, und ohne sich zu erinnern, wann dieser eingetreten sei, wußte er doch, daß er schon das eigentümliche Verlangen sich gegen den Boden zu drücken begleitet hatte. Er schämte sich dessen; aber es hatte ihm wie eine mächtige Blutwelle daherflutend den Kopf benommen.

Beineberg und Reiting kamen zurückgetastet und setzten sich schweigend neben ihn. Beineberg blickte auf die Lampe.

In diesem Augenblicke zog es Törleß wieder hinunter. Es ging von den Augen aus, – das fühlte er nun, – von den Augen aus wie eine hypnotische Starre zum Gehirn. Es war eine Frage, ja eine ... nein, eine Verzweiflung ... oh es war ihm ja bekannt ...: die Mauer, jener Gastgarten, die niederen Hütten, jene Kindheitserinnerung ... dasselbe! dasselbe! Er sah auf Beineberg. «Fühlt denn der nichts?» dachte er. Aber Beineberg bückte sich und wollte die Lampe aufheben. Törleß hielt seinen Arm zurück. «Ist das nicht wie ein Auge?» sagte er und wies auf den über den Boden fließenden Lichtschein.

«Willst du vielleicht jetzt poetisch werden?»

«Nein. Aber sagst du nicht selbst, daß es mit den Augen eine eigene Bewandtnis hat? Aus ihnen wirkt – denk doch nur an deine hypnotischen Lieblingsideen – mitunter eine Kraft, die in keinem Physikunterricht ihren Platz hat; – sicher ist auch, daß man einen Menschen oft weit besser aus seinen Augen errät als aus seinen Worten ....»

«Nun – und?»

«Mir ist dieses Licht wie ein Auge. Zu einer fremden Welt. Mir ist, als sollte ich etwas erraten. Aber ich kann nicht. Ich möchte es in mich hineintrinken ....»

«Nun, – du fängst doch an poetisch zu werden.»

«Nein, es ist mir ernst. Ich bin ganz verzweifelt. So sieh doch nur hin, und du wirst es auch fühlen. Ein Bedürfnis, sich in dieser Lache zu wälzen, – auf allen vieren, ganz nah in die staubigen Winkel zu kriechen, als ob man es so erraten könnte ....»

«Mein Lieber, das sind Spielereien, Empfindeleien. Laß jetzt gefälligst solche Sachen.»

Beineberg bückte sich vollends und stellte die Lampe wieder auf ihren Platz. Törleß empfand aber Schadenfreude. Er fühlte, daß er diese Ereignisse mit einem Sinne mehr in sich aufnahm als seine Gefährten.

Er wartete nun auf das Wiedererscheinen Basinis und fühlte mit einem heimlichen Schauer, daß sich seine Kopfhaut abermals unter den feinen Krallen anspannte.

Er wußte es ja schon ganz genau, daß für ihn etwas aufgespart war, das immer wieder und in immer kürzeren Zwischenräumen ihn mahnte; eine Empfindung, die für die anderen unverständlich war, für sein Leben aber offenbar große Wichtigkeit haben mußte.

Nur was diese Sinnlichkeit dabei zu bedeuten hatte, wußte er nicht, aber er erinnerte sich, daß sie eigentlich schon jedesmal dabei gewesen war, wenn die Ereignisse angefangen hatten, nur ihm sonderbar zu erscheinen, und ihn quälten, weil er hiefür keinen Grund wußte.

Und er nahm sich vor, bei nächster Gelegenheit ernstlich hierüber nachzudenken. Einstweilen gab er sich ganz dem aufregenden Schauer hin, der Basinis Wiedererscheinen voranging.

Beineberg hatte die Lampe aufgerichtet, und wieder schnitten die Strahlen einen Kreis in das Dunkel, wie einen leeren Rahmen.

Und mit einem Male war Basinis Antlitz wieder darinnen; genau so wie zum ersten Male; mit demselben starr festgehaltenen, süßlichen Lächeln; als ob in der Zwischenzeit nichts geschehen wäre, nur über Oberlippe, Mund und Kinn zeichneten langsame Blutstropfen einen roten, wie ein Wurm sich windenden Weg.

«Dort setze dich nieder!» Reiting wies auf den mächtigen Balken. Basini gehorchte. Reiting hub zu sprechen an: «Du hast wahrscheinlich schon geglaubt, daß du fein heraus bist; was? Du hast wohl geglaubt, ich werde dir helfen? Nun, da hast du dich getäuscht. Was ich mit dir tat, war nur, um zu sehen, wie weit deine Niedrigkeit geht.»

Basini machte eine abwehrende Bewegung. Reiting drohte wieder, auf ihn zu springen. Da sagte Basini: «Aber ich bitte euch um Gottes willen, ich konnte nicht anders.»

«Schweig!» schrie Reiting, «deine Ausreden haben wir satt! Wir wissen nun ein für allemal, wie wir mit dir daran sind, und werden uns danach richten . . . .»

Es trat ein kurzes Schweigen ein. Da sagte plötzlich Törleß leise, fast freundlich: «Sag doch, ich bin ein Dieb.»

Basini machte große, fast erschrockene Augen; Beineberg lachte beifällig.

Aber Basini schwieg. Da gab ihm Beineberg einen Stoß in die Rippen und schrie ihn an:

«Hörst du nicht, du sollst sagen, daß du ein Dieb bist! Sofort wirst du es sagen!»

Abermals trat eine kurze, kaum wägbare Stille ein; dann sagte Basini leise, in einem Atem und mit möglichst harmloser Betonung: «Ich bin ein Dieb.»

Beineberg und Reiting lachten vergnügt zu Törleß hinüber: «Das war ein guter Einfall von dir, Kleiner», und zu Basini: «Und jetzt wirst du sofort noch sagen: Ich bin ein Tier, ein diebisches Tier, *euer* diebisches, schweinisches Tier!»

Und Basini sagte es, ohne auszusetzen und mit geschlossenen Augen.

Aber Törleß hatte sich schon wieder ins Dunkel zurückgelehnt. Ihm ekelte vor der Szene, und er schämte sich, daß er seinen Einfall den anderen preisgegeben hatte.

Während des Mathematikunterrichtes war Törleß plötzlich ein Einfall gekommen.

Er hatte schon während der letzten Tage den Unterricht in der Schule mit besonderem Interesse verfolgt gehabt, denn er dachte sich: «Wenn dies wirklich die Vorbereitung für das Leben sein soll, wie sie sagen, so muß sich doch auch etwas von dem angedeutet finden, was ich suche.»

Gerade an die Mathematik hatte er dabei gedacht; noch von jenen Gedanken an das Unendliche her.

Und richtig war es ihm mitten im Unterrichte heiß in den Kopf geschossen. Gleich nach Beendigung der Stunde setzte er sich zu Beineberg als dem einzigen, mit dem er über etwas Derartiges sprechen konnte.

«Du, hast du das vorhin ganz verstanden?»

«Was?»

«Die Geschichte mit den imaginären Zahlen?»

«Ja. Das ist doch gar nicht so schwer. Man muß nur festhalten, daß die Quadratwurzel aus negativ Eins die Rechnungseinheit ist.»

«Das ist es aber gerade. Die gibt es doch gar nicht. Jede Zahl, ob sie nun positiv ist oder negativ, gibt zum Quadrat erhoben etwas Positives. Es kann daher gar keine wirkliche Zahl geben, welche die Quadratwurzel von etwas Negativem wäre.»

«Ganz recht; aber warum sollte man nicht trotzdem versuchen, auch bei einer negativen Zahl die Operation des Quadratwurzelziehens anzuwenden? Natürlich kann dies dann keinen wirklichen Wert ergeben, und man nennt doch auch deswegen das Resultat nur ein imaginäres. Es ist so, wie wenn man sagen würde: hier saß sonst immer jemand, stellen wir ihm also auch heute einen Stuhl hin; und selbst, wenn er inzwischen gestorben wäre, so tun wir doch, als ob er käme.»

«Wie kann man aber, wenn man bestimmt, ganz mathematisch bestimmt weiß, daß es unmöglich ist?»

«So tut man eben trotzdem, als ob dem nicht so wäre. Es wird wohl irgendeinen Erfolg haben. Was ist es denn schließlich anderes mit den irrationalen Zahlen? Eine Division, die nie zu Ende kommt, ein Bruch, dessen Wert nie und nie und nie herauskommt, wenn du auch noch so lange rechnest? Und was kannst du dir darunter denken, daß sich parallele Linien im Unendlichen schneiden sollen? Ich glaube, wenn man allzu gewissenhaft wäre, so gäbe es keine Mathematik.»

«Darin hast du recht. Wenn man es sich so vorstellt, ist es eigenartig genug. Aber das Merkwürdige ist ja gerade, daß man trotzdem mit solchen imaginären oder sonstwie unmöglichen Werten ganz wirklich rechnen kann und zum Schlusse ein greifbares Resultat vorhanden ist!»

«Nun, die imaginären Faktoren müssen sich zu diesem Zwecke im Laufe der Rechnung gegenseitig aufheben.»

«Ja, ja; alles, was du sagst, weiß ich auch. Aber bleibt nicht trotzdem etwas ganz Sonderbares an der Sache haften? Wie soll ich das ausdrücken? Denk doch nur einmal so daran: In solch einer Rechnung sind am Anfang ganz solide Zahlen, die Meter oder Gewichte oder irgend etwas anderes Greifbares darstellen können und wenigstens wirkliche Zahlen sind. Am Ende der Rechnung stehen ebensolche. Aber diese beiden hängen miteinander durch etwas zusammen, das es gar nicht gibt. Ist das nicht wie eine Brücke, von der nur Anfangs- und Endpfeiler vorhanden sind und die man dennoch so sicher überschreitet, als ob sie ganz dastünde? Für mich hat so eine Rechnung etwas Schwindliges; als ob es ein Stück des Weges weiß Gott wohin ginge. Das eigentlich Unheimliche ist mir aber die Kraft, die in solch einer Rechnung steckt und einen so festhält, daß man doch wieder richtig landet.»

Beineberg grinste: «Du sprichst ja beinahe schon so wie unser Pfaffe: ‹. . . Du siehst einen Apfel, – das sind die Lichtschwingungen und das Auge und so weiter, – – und du streckst die Hand aus, um ihn zu stehlen, – das sind die Muskeln und die Nerven, die diese in Bewegung setzen. – Aber zwischen den beiden liegt etwas und bringt eins aus dem andern hervor, – und das ist die unsterbliche Seele, die dabei gesündigt hat . . .; ja – ja, – keine eurer Handlungen ist erklärlich ohne die Seele, die auf euch spielt wie auf den Tasten eines Klaviers . . .›» Und er ahmte den Stimmfall nach, mit dem der Katechet dieses alte Gleichnis vorzubringen pflegte. – «Übrigens interessiert mich diese ganze Geschichte wenig.»

«Ich dachte, gerade dich müßte sie interessieren. Ich wenigstens mußte gleich an dich denken, weil das – wenn es wirklich so unerklärlich ist – doch fast eine Bestätigung für deinen Glauben wäre.»

«Warum sollte es nicht unerklärlich sein? Ich halte es für ganz wohl möglich, daß hier die Erfinder der Mathematik über ihre eigenen Füße gestolpert sind. Denn warum sollte das, was jenseits unseres Verstandes liegt, sich nicht einen solchen Spaß mit eben diesem Verstande erlaubt haben? Aber ich gib mich damit nicht ab, denn diese Dinge führen doch zu nichts.»

Noch am selben Tage hatte Törleß den Lehrer der Mathematik gebeten, ihn besuchen zu dürfen, um sich über einige Stellen des letzten Vortrages Aufklärung zu holen.

Den nächsten Tag, während der Mittagspause, stieg er nun die Treppe zu der kleinen Professorswohnung hinan.

Er hatte jetzt einen ganz neuen Respekt vor der Mathematik, da sie ihm nun einmal aus einer toten Lernaufgabe unversehens etwas sehr Lebendiges geworden zu sein schien. Und von diesem Respekte aus empfand er eine Art Neid gegen den Professor, dem alle diese Beziehungen vertraut sein mußten und der ihre Kenntnis stets bei sich trug wie den Schlüssel eines versperrten Gartens. Überdies wurde Törleß aber auch von einer, allerdings ein wenig zaghaften, Neugierde angetrieben. Er war noch nie in dem Zimmer eines erwachsenen jungen Mannes gewesen, und es kitzelte ihn zu erfahren, wie denn das Leben eines solchen anderen, wissenden und doch ruhigen Menschen aussehe, wenigstens so weit man aus den äußeren, umgebenden Dingen darauf schließen kann.

Er war sonst seinen Lehrern gegenüber scheu und zurückhaltend und glaubte, daß er sich deswegen nicht ihrer besonderen Zuneigung erfreue. Seine Bitte erschien ihm daher, während er jetzt erregt vor der Türe innehielt, als ein Wagnis, bei dem es sich weniger darum handelte, eine Aufklärung zu erhalten, – denn ganz im stillen zweifelte er schon jetzt daran, – als daß er einen Blick – gewissermaßen hinter den Professor und in dessen tägliches Konkubinat mit der Mathematik hinein – tun könne.

Man führte ihn in das Arbeitszimmer. Es war ein länglicher einfenstriger Raum; ein mit Tintenflecken übertropfter Schreibtisch stand in der Nähe des Fensters und an der Wand ein Sofa, das mit einem gerippten, grünen, kratzigen Stoffe überzogen war und Quasten hatte. Oberhalb dieses Sofas hingen eine ausgeblichene Studentenmütze und eine Anzahl brauner, nachgedunkelter Photographien in Visiteformat aus der Universitätszeit. Auf dem ovalen Tische mit den X-Füßen, deren graziös sein sollende Schnörkel wie eine mißglückte Artigkeit wirkten, lag eine Pfeife und blättriger, großgeschnittener Tabak. Das ganze Zimmer hatte davon einen Geruch nach billigem Knaster.

Kaum hatte Törleß diese Eindrücke in sich aufgenommen und ein gewisses Mißbehagen in sich konstatiert, wie bei der Berührung mit etwas Unappetitlichem, als sein Lehrer eintrat.

Er war ein junger Mann von höchstens dreißig Jahren; blond, nervös und ein ganz tüchtiger Mathematiker, welcher der Akademie schon einige wichtige Abhandlungen eingereicht hatte.

Er setzte sich sofort an seinen Schreibtisch, kramte ein wenig in den umherliegenden Papieren (Törleß kam es später vor, daß er sich geradenwegs dorthin gerettet hatte), putzte seinen Klemmer mit dem Taschentuche, schlug ein Bein über das andere und sah Törleß erwartend an.

Dieser hatte nun auch ihn zu mustern begonnen. Er bemerkte ein Paar grober weißer Wollsocken und darüber, daß die Bänder der Unterhose von der Wichse der Zugstiefel schwarz gescheuert waren.

Dagegen sah das Taschentuch weiß und geziert hervor, und die Krawatte war zwar genäht, aber dafür prächtig buntscheckig wie eine Palette.

Törleß fühlte sich unwillkürlich durch diese kleinen Beobachtungen weiter abgestoßen; er vermochte kaum mehr zu hoffen, daß dieser Mensch wirklich im Besitze bedeutungsvoller Erkenntnisse sei, wenn doch offenbar an seiner Person und ganzen Umgebung nicht das geringste davon zu merken war. Er hatte sich im stillen das Arbeitszimmer eines Mathematikers ganz anders vorgestellt; mit irgendwelchem Ausdrucke für die fürchterlichen Dinge, die darin gedacht wurden. Das Gewöhnliche verletzte ihn; er übertrug es auf die Mathematik, und sein Respekt begann einem mißtrauischen Widerstreben zu weichen.

Da nun auch der Professor ungeduldig auf seinem Platze hin und her rückte und nicht wußte, wie er das lange Schweigen und die musternden Blicke deuten solle, lag zwischen den beiden Menschen schon in diesem Augenblicke die Atmosphäre eines Mißverständnisses.

«Nun wollen wir ... wollen Sie ... ich bin gerne bereit, Ihnen Auskunft zu erteilen», begann der Professor.

Törleß trug seine Einwendungen vor und bemühte sich, deren Bedeutung für ihn auseinanderzusetzen. Aber ihm war, als müßte er durch einen dicken, trüben Nebel hindurch sprechen und seine besten Worte erstickten schon in der Kehle.

Der Professor lächelte, hüstelte einstweilen, sagte: «Sie gestatten» und zündete sich eine Zigarette an, rauchte sie in hastigen Zügen; das Papier – was Törleß alles zwischendurch bemerkte und gewöhnlich fand – lief fett an und bog sich jedesmal knisternd ein; der Professor nahm den Klemmer von der Nase, setzte ihn wieder auf, nickte mit dem Kopfe, ... schließlich ließ er Törleß gar nicht zu Ende kommen. «Es freut mich, ja mein lieber Törleß, es freut mich wirklich sehr,» unterbrach er ihn, «Ihre Bedenken zeugen von Ernst, von eigenem Nachdenken, von ... hm ..., aber es ist gar nicht so leicht, Ihnen die gewünschte Aufklärung zu geben, ... Sie dürfen mich da nicht mißverstehen.

Sehen Sie, Sie sprachen von dem Eingreifen transzendenter, hm ja ... transzendent nennt man das, – Faktoren ...

Nun weiß ich ja allerdings nicht, wie Sie hierüber fühlen; mit dem

Übersinnlichen, jenseits der strengen Grenzen des Verstandes Liegenden, ist es eine ganz eigene Sache. Ich bin eigentlich nicht recht befugt, da einzugreifen, es gehört nicht zu meinem Gegenstande; man kann so und so darüber denken, und ich möchte durchaus vermeiden, gegen irgend jemanden zu polemisieren ... Was aber die Mathematik anlangt,» und hiebei betonte er das Wort Mathematik, als ob er eine verhängnisvolle Tür ein für allemal zuschlagen wollte, «was also die Mathematik anlangt, ist es ganz gewiß, daß hier auch ein natürlicher und nur mathematischer Zusammenhang besteht.

Nur müßte ich – um streng wissenschaftlich zu sein – Voraussetzungen machen, die Sie kaum noch verstehen dürften, auch fehlt uns die Zeit dazu.

Wissen Sie, ich gebe ja gerne zu, daß zum Beispiel diese imaginären, diese gar nicht wirklich existierenden Zahlwerte, ha ha, gar keine kleine Nuß für einen jungen Studenten sind. Sie müssen sich damit zufrieden geben, daß solche mathematische Begriffe eben rein mathematische Denknotwendigkeiten sind. Überlegen Sie nur: auf der elementaren Stufe des Unterrichts, auf der Sie sich noch befinden, hält es sehr schwer, für vieles, das man berühren muß, die richtige Erklärung zu geben. Zum Glück fühlen es die wenigsten, wenn aber einer, wie Sie heute, – doch wie gesagt, es hat mich sehr gefreut, – nun wirklich kommt, so kann man nur sagen: Lieber Freund, du mußt einfach glauben; wenn du einmal zehnmal soviel Mathematik können wirst als jetzt, so wirst du verstehen, aber einstweilen: glauben!

Es geht nicht anders, lieber Törleß, die Mathematik ist eine ganze Welt für sich, und man muß reichlich lange in ihr gelebt haben, um alles zu fühlen, was in ihr notwendig ist.»

Törleß war froh, als der Professor schwieg. Seit er die Tür zufallen gehört hatte, war ihm, daß sich die Worte immer weiter und weiter entfernten, ... nach der anderen, gleichgültigen Seite hin, wo alle richtigen und doch nichts besagenden Erklärungen liegen.

Aber er war von dem Schwall der Worte und dem Mißlingen betäubt und verstand nicht gleich, daß er nun aufstehen solle.

Da suchte der Professor, um es endgültig zu erledigen, nach einem letzten, überzeugenden Argumente.

Auf einem kleinen Tischchen lag ein Renommierband Kant. Den nahm der Professor und zeigte ihn Törleß. «Sehen Sie dieses Buch, das ist Philosophie, es enthält die Bestimmungsstücke unseres Handelns. Und wenn Sie dem auf den Grund fühlen könnten, so würden Sie auf lauter solche Denknotwendigkeiten stoßen, die eben alles bestimmen, ohne daß sie selbst so ohne weiteres einzusehen wären.

Es ist ganz ähnlich wie mit dem in der Mathematik. Und dennoch handeln wir fortwährend danach: Da haben Sie gleich den Beweis dafür, wie wichtig solche Dinge sind. Aber», lächelte er, als er sah, daß Törleß richtig das Buch aufschlug und darinnen blätterte: «lassen Sie es doch jetzt noch. Ich wollte Ihnen nur ein Beispiel geben, an das Sie sich später einmal erinnern können; vorläufig dürfte es wohl noch zu schwer für Sie sein.»

Den ganzen Rest des Tages über befand sich Törleß in einem bewegten Zustande.

Der Umstand, daß er Kant in der Hand gehabt hatte, – dieser ganz zufällige Umstand, dem er im Augenblicke wenig Beachtung geschenkt hatte, – wirkte mächtig in ihm nach. Der Name Kants war ihm vom Hörensagen wohl bekannt und hatte für ihn den Kurswert, den er allgemein in der sich mit den Geisteswissenschaften nur von ferne befassenden Gesellschaft hat – als letztes Wort der Philosophie. Und diese Autorität war sogar mit ein Grund gewesen, daß sich Törleß bisher so wenig mit ernsten Büchern beschäftigt hatte. Sehr junge Menschen pflegen sich ja, wenn einmal die Periode überwunden ist, in der sie Kutscher, Gärtner oder Zuckerbäcker werden wollten, mit der Phantasie das Gebiet ihrer Lebensaufgaben zunächst dort abzustecken, wo sich ihrem Ehrgeize die meiste Möglichkeit, Auszeichnendes zu leisten, darzubieten scheint. Wenn sie sagen, sie wollen Arzt werden, so haben sie sicher einmal irgendwo ein hübsches und gefülltes Wartezimmer gesehen oder einen Glasschrank mit unheimlichen chirurgischen Instrumenten oder ähnliches; sprechen sie von der diplomatischen Laufbahn, so denken sie an den Glanz und die Vornehmheit internationaler Salons: kurz sie wählen ihren Beruf nach dem Milieu, in dem sie sich am liebsten sehen möchten, und nach der Pose, in der sie sich am besten gefallen.

Nun war vor Törleß der Name Kant nie anders als gelegentlich und mit einer Miene ausgesprochen worden, wie der eines unheimlichen Heiligen. Und Törleß konnte gar nichts anderes denken, als daß von Kant die Probleme der Philosophie endgültig gelöst seien und diese seither eine zwecklose Beschäftigung bleibe, wie er ja auch glaubte, daß es sich nach Schiller und Goethe nicht mehr lohne zu dichten.

Zu Hause standen diese Bücher in dem Schranke mit den grünen Scheiben in Papas Arbeitszimmer, und Törleß wußte, daß dieser nie geöffnet wurde, außer um ihn einem Besuch zu zeigen. Es war wie das Heiligtum einer Gottheit, der man nicht gerne naht und die man nur verehrt, weil man froh ist, daß man sich dank ihrer Existenz um gewisse Dinge nicht mehr zu kümmern braucht.

Dieses schiefe Verhältnis zu Philosophie und Literatur hatte später auf Törleß' weitere Entwicklung jenen unglücklichen Einfluß ausgeübt, dem er manche traurige Stunde zu danken hatte. Denn sein Ehrgeiz wurde hiedurch von seinen eigentlichen Gegenständen abgedrängt und geriet, während er, seines Zieles beraubt, nach einem neuen suchte, – unter den brutalen und entschlossenen Einfluß seiner Gefährten. Seine Neigungen kehrten nur noch gelegentlich und verschämt zurück und hinterließen jedesmal das Bewußtsein, etwas Unnützes und Lächerliches getan zu haben. Sie waren aber doch so stark, daß es ihm nicht gelang, sich ihrer ganz zu entledigen, und dieser beständiger Kampf war es, der sein Wesen der festen Linien und des aufrechten Ganges beraubte.

Mit dem heutigen Tage schien jedoch dieses Verhältnis in eine neue Phase getreten zu sein. Die Gedanken, um derentwillen er heute vergeblich Aufklärung gesucht hatte, waren nicht mehr die wurzellosen Verkettungen einer spielenden Einbildungskraft, vielmehr wühlten sie ihn auf, ließen ihn nicht los, und mit seinem ganzen Körper fühlte er, daß hinter ihnen ein Stück seines Lebens poche. Dies war für Törleß etwas ganz Neues. In seinem Innern war eine Bestimmtheit, die er sonst nicht an sich gekannt hatte. Es war beinahe träumerisch, geheimnisvoll. Das mußte sich wohl unter den Einflüssen der letzten Zeit in aller Stille entwickelt haben und pochte nun plötzlich mit gebieterischem Finger an. Ihm war zumute wie einer Mutter, die zum ersten Male die herrischen Bewegungen ihrer Leibesfrucht fühlt.

Es wurde ein wundervoll genußreicher Nachmittag.

Törleß holte aus seiner Lade alle seine poetischen Versuche hervor, die er dort verwahrt hatte. Er setzte sich mit ihnen zum Ofen und blieb ganz allein und ungesehen hinter dem mächtigen Schirme. Ein Heft nach dem anderen blätterte er durch, dann zerriß er es ganz langsam in lauter kleine Stücke und warf diese einzeln, immer wieder die feine Rührung des Abschieds verkostend, ins Feuer.

Er wollte damit alles Gepäck von früher hinter sich werfen, gleich als gelte es jetzt – von nichts beschwert – alle Aufmerksamkeit auf die Schritte zu richten, die nach vorwärts zu tun seien.

Endlich stand er auf und trat unter die andernen. Er fühlte sich frei von allen ängstlichen Seitenblicken. Was er getan hatte, war eigentlich nur ganz instinktiv geschehen; nichts bot ihm eine Sicherheit, daß er wirklich von nun an ein Neuer werde sein können, als das bloße Dasein jenes Impulses. «Morgen,» sagte er sich, «morgen werde ich alles sorgfältig revidieren, und ich werde schon Klarheit gewinnen.»

Er ging im Saale umher, zwischen den einzelnen Bänken, sah in die geöffneten Hefte, auf die in dem grellen Weiß beim Schreiben geschäftig hin und her hastenden Finger, deren jeder seinen kleinen, braunen Schatten hinter sich herzog, – er sah dem zu wie einer, der plötzlich aufgewacht ist, mit Augen, denen alles von ernsterer Bedeutung zu sein schien.

Aber schon der nächste Tag brachte eine arge Enttäuschung. Törleß hatte sich nämlich am Morgen die Reclamausgabe jenes Bandes gekauft, den er bei seinem Professor gesehen hatte, und benützte die erste Pause, um mit dem Lesen zu beginnen. Aber vor lauter Klammern und Fußnoten verstand er kein Wort, und wenn er gewissenhaft mit den Augen den Sätzen folgte, war ihm, als drehe eine alte, knöcherne Hand ihm das Gehirn in Schraubenwindungen aus dem Kopfe.

Als er nach etwa einer halben Stunde erschöpft aufhörte, war er nur bis zur zweiten Seite gelangt, und Schweiß stand auf seiner Stirne.

Aber dann biß er die Zähne aufeinander und las nochmals eine Seite weiter, bis die Pause zu Ende war.

Abends aber mochte er das Buch schon nicht mehr anrühren. Angst? Ekel? – er wußte nicht recht. Nur das eine quälte ihn brennend deutlich, daß der Professor, dieser Mensch, der nach so wenig aussah, das Buch ganz offen im Zimmer liegen hatte, als sei es für ihn eine tägliche Unterhaltung.

In dieser Stimmung traf ihn Beineberg.

«Nun, Törleß, wie war's gestern beim Professor?» Sie saßen allein in einer Fensternische und hatten den breiten Kleiderständer, auf dem die vielen Mäntel hingen, vorgeschoben, so daß von der Klasse nur ein auf und ab schwellendes Summen und der Widerschein der Lampen an der Decke zu ihnen drang. Törleß spielte zerstreut mit einem vor ihm hängenden Mantel.

«Schläfst du denn? Er wird dir doch wohl irgend etwas geantwortet haben? Ich kann mir's übrigens denken, er wird nicht schlecht in Verlegenheit gekommen sein, nicht?»

«Warum?»

«Nun, auf eine so dumme Frage wird er wohl nicht gefaßt gewesen sein.»

«Die Frage war gar nicht dumm; ich bin sie noch immer nicht los.»

«Ich meine es ja auch nicht so schlimm; nur für ihn wird sie dumm gewesen sein. Die lernen ihre Sachen gerade so auswendig wie der

Pfaffe seinen Katechismus, und wenn man sie ein wenig außer der Reihe fragt, kommen sie immer in Verlegenheit.»

«Ach, verlegen war der nicht um die Antwort. Er hat mich sogar nicht einmal ausreden lassen, so schnell hat er sie bei der Hand gehabt.»

«Und wie hat er die Geschichte erklärt?»

«Eigentlich gar nicht. Er hat gesagt, das könne ich jetzt noch nicht einsehen, das seien Denknotwendigkeiten, die erst demjenigen klar werden, der sich bereits eingehender mit diesen Dingen befaßt hat.»

«Das ist ja der Schwindel! Einem Menschen, der nichts wie vernünftig ist, vermögen sie ihre Geschichten nicht vorzuerzählen. Erst wenn er zehn Jahre hindurch mürbe gemacht wurde, geht es. Bis dahin hat er nämlich tausend Male auf diesen Grundlagen gerechnet und große Gebäude aufgeführt, die immer bis aufs letzte stimmten; er glaubt dann einfach an die Sache, wie der Katholik an die Offenbarung, sie hat sich immer so schön fest bewährt, . . . ist es dann eine Kunst, einem solchen Menschen den Beweis aufzureden? Im Gegenteil, niemand wäre imstande ihm einzureden, daß sein Gebäude zwar steht, der einzelne Baustein aber zur Luft zerrinnt, wenn man ihn fassen will!»

Törleß fühlte sich durch die Übertreibung Beinebergs unangenehm berührt.

«So arg, wie du's hinstellst, wird es wohl nicht sein. Ich habe nie bezweifelt, daß die Mathematik recht hat, – schließlich lehrt's doch auch der Erfolg, – mir war vielmehr nur das sonderbar, daß die Sache mitunter so gegen den Verstand geht; und möglich wäre es immerhin, daß das nur scheinbar ist.»

«Nun, du kannst ja die zehn Jahre abwarten, vielleicht hast du dann den richtig präparierten Verstand . . . . Aber ich habe auch darüber nachgedacht, seit wir letzthin davon sprachen, und ich bin ganz fest davon überzeugt, daß die Sache einen Haken hat. Übrigens hast du damals auch ganz anders gesprochen als heute.»

«O nein. Mir ist es ja auch heute noch bedenklich, nur will ich es nicht gleich so übertreiben wie du. *Sonderbar* finde ich das Ganze auch. Die Vorstellung des Irrationalen, des Imaginären, der Linien, die parallel sind und sich im Unendlichen – also doch irgendwo – schneiden, regt mich auf. Wenn ich darüber nachdenke, bin ich betäubt, wie vor den Kopf geschlagen.» Törleß lehnte sich vor, ganz in den Schatten hinein, und seine Stimme umschleierte sich leise beim Sprechen. «In meinem Kopfe war vordem alles so klar und deutlich geordnet; nun aber ist mir, als seien meine Gedanken wie Wolken, und wenn ich an die bestimmten Stellen komme, so ist es wie eine Lücke dazwischen, durch die man in eine unendliche, unbestimmbare Weite sieht. Die Mathematik wird schon recht haben; aber was ist es mit meinem Kopfe und was mit all den anderen? Fühlen die das gar nicht? Wie malt es sich in ihnen ab? Gar nicht?»

«Ich denke, du konntest es an deinem Professor sehen. Du, – wenn du auf so etwas kommst, schaust dich sofort um und fragst, wie stimmt das jetzt zu allem übrigen in mir? *Die* haben sich einen Weg in tausend Schneckengängen durch ihr Gehirn gebohrt, und sie sehen bloß bis zur nächsten Ecke zurück, ob der Faden noch hält, den sie hinter sich herspinnen. Deswegen bringst du sie mit deiner Art zu fragen in Verlegenheit. Von denen findet keiner den Weg zurück. Wie kannst du übrigens behaupten, daß ich übertreibe? Diese Erwachsenen und ganz Gescheiten haben sich da vollständig in ein Netz eingesponnen, eine Masche stützt die andere, so daß das Ganze Wunder wie natürlich aussieht; wo aber die erste Masche steckt, durch die alles gehalten wird, weiß kein Mensch.

Wir zwei haben noch nie so ernst darüber gesprochen, schließlich macht man über solche Dinge nicht gern viel Worte, aber du kannst jetzt sehen, wie schwach die Ansicht ist, mit der sich die Leute über die Welt begnügen. Täuschung ist sie, Schwindel ist sie, Schwachköpfigkeit! Blutarmut! Denn ihr Verstand reicht gerade so weit, um ihre wissenschaftliche Erklärung aus dem Kopf herauszudenken, draußen erfriert sie aber, verstehst du? Ha ha! Alle diese Spitzen, diese äußersten, von denen uns die Professoren erzählen, sie seien so fein, daß wir sie jetzt noch nicht anzurühren vermögen, sind tot, – erfroren, – verstehst du? Nach allen Seiten starren diese bewunderten Eisspitzen, und kein Mensch vermag mit ihnen etwas anzufangen, so leblos sind sie!»

Törleß hatte sich längst wieder zurückgelehnt. Beinebergs heißer Atem fing sich in den Mänteln und erhitzte den Winkel. Und wie immer in der Erregung, wirkte Beineberg peinlich auf Törleß. Jetzt gar, wo er sich vorschob, so nahe heran, daß seine Augen unbeweglich, wie zwei grünliche Steine vor Törleß standen, während die Hände mit einer eigentümlich häßlichen Behendigkeit im Halbdunkel hin und her zuckten.

«Alles ist unsicher, was sie behaupten. Alles geht natürlich zu, sagen sie; – wenn ein Stein fällt, so sei das die Schwerkraft, warum soll es aber nicht ein Wille Gottes sein, und warum soll derjenige, der ihm wohlgefällig ist, nicht einmal davon entbunden sein, das Los des Steines zu teilen? Doch wozu erzähle ich dir solches?! Du wirst doch immer halb bleiben! Ein wenig Sonderbares ausfindig machen, ein wenig den Kopf schütteln, ein wenig sich entsetzen, – das liegt dir; darüber traust du dich aber nicht hinaus. Übrigens ist das nicht mein Schade.»

«Der meine etwa? So sicher sind denn doch wohl auch deine Behauptungen nicht.»

«Wie kannst du das sagen! Sie sind überhaupt das einzig Sichere. Wozu soll ich mich übrigens mit dir darüber zanken?! Du wirst es schon noch sehen, mein lieber Törleß; ich möchte sogar wetten, daß du dich noch einmal ganz verflucht dafür interessieren wirst, was es damit für Bewandtnis hat. Beispielsweise, wenn es mit Basini so kommt, wie ich . . .»

«Laß das, bitte», unterbrach ihn Törleß, «ich möchte das gerade jetzt nicht da hineinmengen.»

«Oh, warum nicht?»

«Nun so. Ich will einfach nicht. Es ist mir unangenehm. Basini und dies sind für mich zweierlei; und zweierlei pflege ich nicht im selben Topf zu kochen.»

Beineberg verzog es bei dieser ungewohnten Entschiedenheit, ja Grobheit seines jüngeren Kameraden vor Ärger den Mund. Aber Törleß fühlte, daß die bloße Nennung Basinis seine ganze Sicherheit untergraben hatte, und um dies zu verbergen, redete er sich in Ärger. «Überhaupt behauptest du Dinge mit einer Sicherheit, die geradezu verrückt ist. Glaubst du denn nicht, daß deine Theorien geradeso auf Sand gebaut sein können, wie die anderen? Das sind ja noch viel verbohrtere Schneckengänge, die noch weit mehr guten Willen voraussetzen.»

Merkwürdigerweise wurde Beineberg nicht böse; er lächelte nur – zwar ein wenig verzerrt, und seine Augen funkelten doppelt so unruhig – und sagte in einem fort: «Du wirst schon sehen, du wirst schon sehen . . . .»

«Was werde ich denn sehen? Und meinetwegen, so werde ich es halt sehen; aber es interessiert mich blutwenig, Beineberg! Du verstehst mich nicht. Du weißt gar nicht, was mich interessiert. Wenn mich die Mathematik quält und wenn mich –» doch er überlegte sich's noch schnell und sagte nichts von Basini, «wenn mich die Mathematik quält, so suche ich dahinter ganz etwas anderes als du, gar nichts Übernatürliches, gerade das Natürliche suche ich, – verstehst du? gar nichts außer mir, – in mir suche ich etwas; in mir! etwas Natürliches! Das ich aber trotzdem nicht verstehe! Das empfindest du aber geradeso wenig wie der von der Mathematik . . . ach, laß mich mit deiner Spekulation für jetzt in Ruhe!»

Törleß zitterte vor Aufregung, als er aufstand.

Und Beineberg wiederholte in einem fort: «nun, wir werden ja sehen, werden ja sehen . . . .»

Als Törleß abends im Bette lag, fand er keinen Schlaf. Die Viertelstunden schlichen wie Krankenschwestern von seinem Lager, seine Füße waren eiskalt, und die Decke drückte ihn, anstatt ihn zu wärmen.

In dem Schlafsaale hörte man nur das ruhige und gleichmäßige Atmen der Zöglinge, die nach der Arbeit des Unterrichtes, des Turnens und des Laufens im Freien ihren gesunden, tierischen Schlaf gefunden hatten.

Törleß horchte auf die Atemzüge der Schlafenden. Das war Beinebergs, das Reitings, das Basinis Atem; welcher? Er wußte es nicht; aber einer von den vielen, gleichmäßigen, gleichruhigen, gleichsicheren, die sich wie ein mechanisches Werk hoben und senkten.

Einer der leinenen Vorhänge hatte sich nur bis zur halben Höhe herunterrollen lassen; darunter leuchtete die helle Nacht herein und zeichnete ein fahles, unbewegliches Viereck auf den Fußboden. Die Schnur hatte sich oben gespießt oder war ausgesprungen und hing in häßlichen Windungen herunter, während ihr Schatten auf dem Boden wie ein Wurm durch das helle Viereck kroch.

Dies alles war von einer beängstigenden, grotesken Häßlichkeit.

Törleß versuchte an etwas Angenehmes zu denken. Beineberg fiel ihm ein. Hatte er ihn nicht heute übertrumpft? Seiner Überlegenheit einen Stoß versetzt? War es ihm nicht heute zum erstenmal gelungen, seine Besonderheit gegen den anderen zu wahren? So hervorzuheben, daß dieser den unendlichen Unterschied an Feinheit der Empfindlichkeit fühlen konnte, der ihrer beiden Auffassungen voneinander trennte? Hat er denn noch etwas zu erwidern gewußt? Ja oder nein? . . .

Aber dieses: ja oder nein? schwoll in seinem Kopfe an wie aufsteigende Blasen und zerplatzte, und ja oder nein? . . . ja oder nein? schwoll es immer und immer wieder an, unaufhörlich, in einem stampfenden Rhythmus, wie das Rollen eines Eisenbahnzuges, wie das Nicken von Blumen an zu hohen Stengeln, wie das Klopfen eines Hammers, das man durch viele dünne Wände hindurch in einem stillen Hause hört . . . . Dieses aufdringliche, selbstgefällige ja oder nein? widerte Törleß an. Seine Freude war unecht, es hopste so lächerlich.

Und schließlich, als er auffuhr, schien es sein eigener Kopf zu sein, der da nickte, auf den Schultern rollte, oder im Takte auf und niederschlug . . . .

Endlich schwieg alles in Törleß. Vor seinen Augen war nur eine weite, schwarze Fläche, die sich kreisrund nach allen Seiten hin ausdehnte.

Da kamen . . . weit vom Rande her . . . zwei kleine, wackelnde

Figürchen – quer über den Tisch. Das waren offenbar seine Eltern. Aber so klein, daß er für sie nichts empfinden konnte.

Auf der anderen Seite verschwanden sie wieder.

Dann kamen wieder zwei; – doch halt, da lief einer von rückwärts an ihnen vorbei – mit Schritten, die doppelt so lang waren als sein Körper, – und schon war er hinter die Kante getaucht; war es nicht Beineberg gewesen? – Nun die zwei: der eine von ihnen war ja doch der Mathematikprofessor? Törleß erkannte ihn an dem Sacktüchlein, das kokett aus der Tasche schaute. Aber der andere? Der mit dem sehr, sehr dicken Buch unter dem Arm, das halb so hoch war wie er selbst? Der sich kaum damit schleppen konnte? . . . Bei jedem Schritte blieben sie stehen und legten das Buch auf die Erde. Und Törleß hörte die piepsige Stimme seines Lehrers sagen: Wenn dem so sein soll, finden wir das Richtige auf Seite zwölf, Seite zwölf verweist uns weiter an Seite zweiundfünfzig, dann gilt aber auch das, was auf Seite einunddreißig bemerkt wurde, und unter dieser Voraussetzung . . . . Dabei standen sie über das Buch gebückt und griffen mit den Händen hinein, daß die Blätter stoben. Nach einer Weile richteten sie sich wieder auf, und der andere streichelte fünf- oder sechsmal die Wangen des Professors. Dann kamen abermals ein paar Schritte vorwärts, und Törleß hörte von neuem die Stimme, genau so, wie wenn sie im Mathematikunterricht einen Bandwurm von Beweis abfingerte. Solange, bis der andere wieder den Professor streichelte.

Dieser andere . . .? Törleß zog die Brauen zusammen, um besser zu sehen. Trug er nicht einen Zopf? Und etwas altertümliche Kleidung? Sehr altertümliche? Seidene Kniehosen sogar? War das nicht . . .? Oh! Und Törleß wachte mit einem Schrei auf: Kant!

Im nächsten Augenblick lächelte er; es war ganz still umher, die Atemzüge der Schlafenden waren leise geworden. Auch er hatte geschlafen. Und in seinem Bette war es einstweilen warm geworden. Er dehnte sich behaglich unter der Decke entlang.

«Ich habe also von Kant geträumt,» dachte er, «warum nicht länger? Vielleicht hätte er mir doch etwas ausgeplaudert.» Er erinnerte sich nämlich, wie er einstens, in Geschichte nicht vorbereitet, während der ganzen Nacht so lebhaft von den betreffenden Personen und Ereignissen geträumt hatte, daß er am nächsten Tag davon erzählen konnte, als wäre er selbst mit dabei gewesen, und die Prüfung mit Auszeichnung bestand. Und nun fiel ihm auch Beineberg wieder ein, Beineberg und Kant – das gestrige Gespräch.

Langsam zog sich der Traum von Törleß zurück, – langsam wie eine seidene Decke, die über die Haut eines nackten Körpers hinuntergleitet, ohne ein Ende zu nehmen.

Aber doch wich sein Lächeln bald wieder einer sonderbaren Unruhe. War er denn in seinen Gedanken auch nur um einen Schritt wirklich weiter gekommen? Konnte er denn auch nur *etwas* aus diesem Buche ersehen, das die Lösung aller Rätsel enthalten sollte? Und sein Sieg? Gewiß, es war nur seine unerwartete Lebhaftigkeit gewesen, die Beineberg zum Schweigen gebracht hatte . . .

Abermals bemächtigte sich eine tiefe Unlust und förmlich körperliche Übelkeit seiner. So lag er minutenlang, vom Ekel ganz ausgehöhlt.

Dann aber trat plötzlich wieder die Empfindung in sein Bewußtsein, wie sein Körper an allen Stellen von der milden, lauwarmen Leinwand des Bettes berührt wurde. Behutsam, ganz langsam und behutsam drehte Törleß den Kopf. Richtig, dort lag noch das fahle Viereck auf dem Estrich, – mit ein wenig verschobenen Seiten zwar, aber noch kroch auch jener gewundene Schatten hindurch. Ihm war, als liege dort eine Gefahr gekettet, die er aus seinem Bette heraus, wie durch Gitterstäbe geschützt, mit der Ruhe der Sicherheit betrachten könne.

In seiner Haut, rings um den ganzen Körper herum, erwachte dabei ein Gefühl, das plötzlich zu einem Erinnerungsbilde wurde. Als er ganz klein war, – ja, ja, da war's, – als er noch Kleidchen trug und noch nicht in die Schule ging, hatte er Zeiten, da in ihm eine ganz unaussprechliche Sehnsucht war, ein Mäderl zu sein. Und auch diese Sehnsucht saß nicht im Kopfe, – oh nein, – auch nicht im Herzen, – sie kitzelte im ganzen Körper und jagte rings unter der Haut umher. Ja es gab Augenblicke, wo er sich so lebhaft als ein kleines Mädchen fühlte, daß er glaubte, es könne gar nicht anders sein. Denn er wußte damals nichts von der Bedeutung körperlicher Unterschiede, und er verstand es nicht, warum man ihm von allen Seiten sagte, er müsse nun wohl für immer ein Knabe bleiben. Und wenn man ihn fragte, warum er denn glaube, lieber ein Mäderl zu sein, so fühlte er, daß sich das gar nicht sagen lasse . . . .

Heute spürte er zum ersten Male wieder etwas Ähnliches. Wieder nur so rings unter der Haut umher.

Etwas, das Körper und Seele zugleich zu sein schien. Ein Jagen und Hasten, das sich tausendfältig, wie mit samtenen Fühlfäden von Schmetterlingen an seinem Körper stieß. Und zugleich jenes Trotzen, mit dem kleine Mädchen flüchten, wenn sie fühlen, daß sie von den Erwachsenen ohnedies nicht verstanden werden, die Arroganz, mit der sie dann über die Erwachsenen kichern, diese furchtsame, stets wie zu schnellem Davonlaufen bereite Arroganz, die fühlt, daß sie sich jeden Augenblick in irgendein furchtbar tiefes Versteck in dem kleinen Körper zurückziehen könne . . . .

Törleß lachte leise vor sich hin, und abermals dehnte er sich behaglich die Decke entlang.

Dieses wutzlige kleine Männchen, von dem er geträumt hatte, wie gierig es die Seiten unter den Fingern jagte! Und das Viereck dort unten? Ha, ha. Ob so gescheite Männchen wohl je in ihrem Leben so etwas bemerkt haben? Er kam sich unendlich gesichert gegen diese gescheiten Menschen vor, und zum ersten Male fühlte er, daß er in seiner Sinnlichkeit – denn daß es diese sei, wußte er nun schon lange – etwas hatte, das ihm keiner zu nehmen vermochte, das auch keiner nachzumachen vermochte, etwas, das ihn wie eine höchste, versteckteste Mauer gegen alle fremde Klugheit schützte.

Ob so gescheite Männchen wohl je in ihrem Leben, spann er dies weiter, unter einer einsamen Mauer gelegen und bei jedem Rieseln hinter dem Mörtel erschrocken sind, als ob etwas Totes da Worte suche, um zu ihnen zu sprechen? Ob sie wohl je so die Musik, die der Wind in den herbstlichen Blättern anfacht, gefühlt haben, – so durch und durch gefühlt haben, daß dahinter plötzlich ein Schreck stand, . . . der sich langsam, langsam in eine Sinnlichkeit verwandelte? Aber in eine so merkwürdige Sinnlichkeit, die mehr wie ein Flüchten und dann wie ein Auslachen ist. Oh, es ist leicht, gescheit zu sein, wenn man alle diese Fragen nicht kennt . . . .

Dazwischen aber schien immer wieder das kleine Männchen riesig zu wachsen, mit einem unerbittlich strengen Gesicht, und jedesmal zuckte es wie ein elektrischer Schlag schmerzhaft von Törleß' Gehirn durch den Körper. Der ganze Schmerz darüber, daß er noch immer vor einem verschlossenen Tore stehen müsse, – das eben, was noch im Augenblick vorher die warmen Schläge seines Blutes weggedrängt hatten, – erwachte dann wieder, und eine wortlose Klage flutete durch Törleß' Seele, wie das Heulen eines Hundes, das über die weiten, nächtlichen Felder zittert.

So schlief er ein. Noch im Halbschlaf blickte er ein paarmal zu dem Fleck beim Fenster hinüber, so wie man mechanisch nach einem haltenden Seile greift, um zu fühlen, ob es noch gespannt sei. Dann tauchte unklar der Vorsatz auf, daß er morgen nochmals ganz genau über sich nachdenken werde, – am besten mit Feder und Papier, – dann, ganz zuletzt, war nur die angenehme, laue Wärme, – wie ein Bad und eine sinnliche Regung, – die ihm aber als solche gar nicht mehr zu Bewußtsein kam, sondern in irgendeiner durchaus unerkennbaren, aber sehr nachdrücklichen Weise mit Basini verknüpft war.

Dann schlief er fest und traumlos.

Und doch war dies das erste, womit er am nächsten Tage aufwachte. Nun hätte er gar zu gerne gewußt, was es eigentlich war, das er da zum Schlusse von Basini halb gedacht und halb geträumt hatte, aber er war nicht imstande, sich darauf noch zu besinnen.

So blieb nur eine zärtliche Stimmung davon zurück, wie sie um die Weihnachtszeit in einem Hause herrscht, wo die Kinder wissen, daß die Geschenke schon da sind, aber noch dort hinter der geheimnisvollen Tür versperrt, durch deren Fugen man nur hie und da einen Strahl vom Lichterglanze dringen sieht.

Am Abend blieb Törleß in der Klasse; Beineberg und Reiting waren irgendwohin verschwunden, wahrscheinlich in die Kammer am Dachboden; Basini saß vorne auf seinem Platze, den Kopf mit beiden Händen über ein Buch gestützt.

Törleß hatte sich ein Heft gekauft und richtete sorgfältig Feder und Tinte zurecht. Dann schrieb er auf die erste Seite, nach einigem Zögern: De natura hominum; er glaubte den lateinischen Titel dem philosophischen Gegenstande schuldig zu sein. Dann zog er einen großen, kunstvollen Schnörkel um die Überschrift und lehnte sich in seinen Stuhl zurück, um zu warten, bis diese trockne.

Aber dies war schon lange geschehen, und er hatte noch immer nicht wieder zur Feder gegriffen. Etwas hielt ihn unbeweglich fest. Es war die hypnotische Stimmung der großen, heißen Lampen, der tierischen Wärme, die von dieser Masse von Menschen ausging. Er war immer empfänglich für diesen Zustand gewesen, der sich bei ihm bis zu körperlichem Fiebergefühle steigern konnte, das stets mit einer außerordentlichen Empfindlichkeit des Geistes verbunden war. So auch heute. Er hatte sich längst schon untertags zurechtgelegt, was er eigentlich notieren wolle: die ganze Reihe jener gewissen Erfahrungen von dem Abend bei Božena an bis zu jener unbestimmten Sinnlichkeit, die sich die letzten Male bei ihm eingestellt hatte. Wenn das alles geordnet, Faktum für Faktum aufgezeichnet sein werde, hoffte er, werde sich auch die richtige, verstandesgesetzmäßige Fassung von selbst ergeben, wie die Form einer umhüllenden Linie aus dem wirren Bilde sich hundertfältig schneidender Kurven heraustritt. Und mehr wollte er nicht. Aber es war ihm bisher wie einem Fischer ergangen, der zwar am Zucken des Netzes fühlt, daß ihm eine schwere Beute ins Garn gegangen ist, aber trotz aller Anstrengungen nicht vermag, sie ans Licht zu heben.

Und nun begann Törleß doch noch zu schreiben, – aber hastig und ohne mehr auf die Form zu achten. «Ich fühle», notierte er, «etwas in mir und weiß nicht recht, was es ist.» Rasch strich er aber die Zeile wieder durch und schrieb an ihrer Stelle: «Ich muß krank sein, – wahnsinnig!» Hier überlief ihn ein Schauer, denn dieses Wort empfindet sich angenehm pathetisch. «Wahnsinnig, – oder was ist es sonst, daß mich Dinge befremden, die den anderen alltäglich erscheinen? Daß mich dieses Befremden quält? Daß mir dieses Befremden unzüchtige Gefühle» – er wählte absichtlich dieses Wort voll biblischer Salbung, weil es ihn dunkler und voller dünkte – «erregt? Ich bin dem früher gegenübergestanden wie jeder junge Mann, wie alle meine Kameraden . . .» Da stockte er aber. «Ist das denn auch wahr?» dachte er sich; «bei Božena zum Beispiel war es doch schon so eigen; wann hat es also eigentlich angefangen? . . . Egal», dachte er, «einmal jedenfalls.» Aber er ließ doch den Satz unvollendet.

«Welche Dinge sind es, die mich befremden? Die unscheinbarsten. Meistens leblose Sachen. Was befremdet mich an ihnen? Ein Etwas, das ich nicht kenne. Aber das ist es ja eben! Woher nehme ich denn dieses ‹Etwas›! Ich empfinde sein Dasein; es wirkt auf mich; so, als ob es sprechen wollte. Ich bin in der Aufregung eines Menschen, der einem Gelähmten die Worte von den Verzerrungen des Mundes ablesen soll und es nicht zuwege bringt. So, als ob ich einen Sinn mehr hätte als die anderen, aber einen nicht fertig entwickelten, einen Sinn, der da ist, sich bemerkbar macht, aber nicht funktioniert. Die Welt ist für mich voll lautloser Stimmen: ich bin daher ein Seher oder ein Halluzinierter?

Aber nicht nur das Leblose wirkt so auf mich; nein, was mich viel mehr in Zweifel stürzt, auch die Menschen. Vor einem gewissen Zeitpunkt sah ich sie, wie sie sich selbst sehen. Beineberg und Reiting zum Beispiel, – sie haben ihre Kammer, eine ganz gewöhnliche, verborgene Bodenkammer, weil es ihnen Spaß macht, einen solchen Rückzugsort zu besitzen. Das eine tun sie, weil sie auf den zornig sind, das andere, weil sie dem Einflusse jenes zweiten bei den Kameraden vorbeugen wollen. Lauter verständliche, klare Gründe. Heute aber erscheinen sie mir manchmal, als hätte ich einen Traum und sie seien Figuren darin. Nicht ihre Worte, nicht ihre Handlungen allein, nein, alles an ihnen, verbunden mit ihrer körperlichen Nähe, wirkt mitunter so auf mich, wie es die leblosen Dinge tuen. Und doch höre ich sie nebenbei immer wieder genau so sprechen wie früher, sehe, daß ihre Handlungen und ihre Worte sich noch immer genau nach denselben Formen aneinanderreihen, . . . das will mich unaufhörlich belehren, daß gar nichts Außerordentliches vorgehe, und ebenso unaufhörlich lehnt sich doch in mir etwas dagegen auf. Diese Veränderung begann, wenn ich mich genau erinnere, mit Basinis . . .»

Hier sah Törleß unwillkürlich zu diesem hinüber.

Basini saß noch immer über sein Buch gestützt und schien zu

lernen. Wie er ihn so da sitzen sah, schwiegen in Törleß die Gedanken, und er hatte Gelegenheit, die reizvollen Qualen, die er eben beschrieb, wieder am Werke zu fühlen. Denn sowie ihm zu Bewußtsein kam, wie ruhig und harmlos Basini vor ihm sitze, durch gar nichts von den andern rechts und links unterschieden, wurden die Erniedrigungen in ihm lebendig, die Basini erlitten hatte. Wurden in ihm lebendig: – das heißt, daß er gar nicht daran dachte, mit jener gewissen Jovialität, die die moralische Überlegung im Gefolge hat, sich zu sagen, daß es in jedem Menschen liege, nach erduldeten Erniedrigungen möglichst schnell wenigstens nach der äußeren Haltung des Unbefangenen wieder zu trachten, sondern daß sich sofort in ihm etwas regte wie eine wahnsinnig kreiselnde Bewegung, die augenblicklich das Bild Basinis zu den unglaublichsten Verrenkungen zusammenbog, dann wieder in nie gesehenen Verzerrungen auseinanderriß, so daß ihm selbst davor schwindelte. Dies waren allerdings nur Vergleiche, die er nachher erfand. Im Augenblicke selbst hatte er nur das Gefühl, daß etwas in ihm wie ein toller Kreisel aus der zusammengeschnürten Brust zum Kopfe hinaufwirble, das Gefühl seines Schwindels. Dazwischen hinein sprangen wie stiebende Farbenpunkte Gefühle, die er zu den verschiedenen Zeiten von Basini empfangen hatte.

Eigentlich war es ja immer nur ein und dasselbe Gefühl gewesen. Und ganz eigentlich überhaupt kein Gefühl, sondern mehr ein Erdbeben ganz tief am Grunde, das gar keine merklichen Wellen warf und vor dem doch die ganze Seele so verhalten mächtig erzitterte, daß die Wellen selbst der stürmischsten Gefühle daneben wie harmlose Kräuselungen der Oberfläche erscheinen.

Wenn ihm dieses eine Gefühl zu verschiedenen Zeiten dennoch verschieden zu Bewußtsein gekommen war, so hatte dies darin seinen Grund, daß er zur Ausdeutung dieser Woge, die den ganzen Organismus überflutete, nur über die Bilder verfügte, welche davon in seine Sinne fielen, – so wie wenn von einer unendlich sich in die Finsternis hinein erstreckenden Dünung nur einzelne losgelöste Teilchen an den Felsen eines beleuchteten Ufers in die Höhe spritzen, um gleich darauf hilflos aus dem Kreise des Lichtes wieder zu versinken.

Diese Eindrücke waren daher unbeständig, wechselnd, von einem Bewußtsein ihrer Zufälligkeit begleitet. Nie konnte Törleß sie festhalten, denn wie er genauer zusah, fühlte er, daß diese Repräsentanten an der Oberfläche in gar keinem Verhältnis zu der Wucht der dunklen, ungehobenen Masse standen, die zu vertreten sie vorgaben.

Nie «sah» er Basini irgendwie in körperlicher Plastik und Lebendigkeit irgendeiner Pose, nie hatte er eine wirkliche Vision: immer nur die Illusion einer solchen, gewissermaßen nur die Vision seiner Visionen. Denn immer war es in ihm, als sei soeben ein Bild über die geheimnisvolle Fläche gehuscht, und nie gelang es ihm im Augenblicke des Vorganges selbst, diesen zu erhaschen. Daher war beständig eine rastlose Unruhe in ihm, wie man sie vor einem Kinematographen empfindet, wenn man neben der Illusion des Ganzen doch eine vage Wahrnehmung nicht loswerden kann, daß hinter dem Bilde, das man empfängt, hunderte von – für sich betrachtet ganz anderen – Bildern vorbeihuschen.

Wo aber in ihm diese illusionierende – und doch stets um ein unmeßbar Kleines zu wenig illusionierende – Kraft eigentlich zu suchen sei, wußte er nicht. Er ahnte nur dunkel, daß sie mit jener rätselhaften Eigenschaft seiner Seele zusammenhänge, auch von den leblosen Dingen, den bloßen Gegenständen, mitunter wie von hundert schweigenden, fragenden Augen überfallen zu werden.

Törleß saß also ganz still und starr, sah unaufhörlich zu Basini hinüber und war ganz in dem tollen Wirbeln seines Inneren befangen. Und immer wieder tauchte daraus die eine Frage auf: Was ist das für eine besondere Eigenschaft, die ich besitze? Allmählich sah er weder Basini mehr, noch die heiß glosenden Lampen, noch fühlte er die tierische Wärme ringsumher, noch das Summen und Brausen, das aus einer Menge von Menschen, selbst wenn sie nur flüstern, aufsteigt. Wie eine heiße, dunkel glühende Masse schwang das alles ununterschieden im Kreise um ihn. Nur in den Ohren fühlte er ein Brennen und in den Fingerspitzen eine eisige Kälte. Er befand sich in jenem Zustande eines mehr seelischen als körperlichen Fiebers, den er sehr liebte. Immer mehr wuchs diese Stimmung, der auch zärtliche Regungen beigemengt waren, an. In diesem Zustande hatte er sich früher gerne jenen Erinnerungen hingegeben, welche das Weib hinterläßt, wenn sein warmer Atem zum ersten Male an solch einer jungen Seele vorbeistreift. Und auch heute erwachte in ihm diese müde Wärme. Da: eine Erinnerung . . . Es war auf einer Reise . . . in einer kleinen italienischen Stadt . . . er wohnte mit seinen Eltern in einem Gasthofe nicht weit vom Theater. Jeden Abend gaben sie dort dieselbe Oper, und jeden Abend hörte er jedes Wort und jeden Ton herüber. Aber er war der Sprache nicht mächtig. Und jeden Abend saß er dennoch am offenen Fenster und hörte zu. Auf diese Weise verliebte er sich in eine der Schauspielerinnen, ohne sie je gesehen zu haben. Er war nie vom Theater so ergriffen worden wie damals; er empfand die Leidenschaft der Melodien wie Flügelschläge großer dunkler Vögel, als ob er die Linien fühlen könnte, die ihr Flug in seiner Seele zog. Es waren keine menschlichen Leidenschaften mehr, die er hörte, nein, es waren Leidenschaften, die aus den Menschen entflohen, wie aus zu engen und zu alltäglichen Käfigen. Nie konnte er in dieser Erregung an die Personen denken, welche dort drüben – unsichtbar – jene Leidenschaften agierten; versuchte er sie sich vorzustellen, so schossen augenblicks dunkle Flammen vor seinen Augen auf oder unerhört gigantische Dimensionen, so wie in der Finsternis die menschlichen Körper wachsen und menschliche Augen wie die Spiegel tiefer Brunnen leuchten. Diese düstere Flamme, diese Augen im Dunkel, diese schwarzen Flügelschläge liebte er damals unter dem Namen jener ihm unbekannten Schauspielerin.

Und wer hatte die Oper geschaffen? Er wußte es nicht. Vielleicht war der Text ein fader, sentimentaler Liebesroman. Hatte sein Schöpfer gefühlt, daß er unter den Tönen zu etwas anderem wurde?

Ein Gedanke preßte Törleß am ganzen Körper zusammen. Sind auch die Erwachsenen so? Ist die Welt so? Ist es ein allgemeines Gesetz, daß etwas in uns ist, das stärker, größer, schöner, leidenschaftlicher, dunkler ist als wir? Worüber wir so wenig Macht haben, daß wir nur ziellos tausend Samenkörner streuen können, bis aus einem plötzlich eine Saat wie eine dunkle Flamme schießt, die weit über uns hinauswächst? . . . Und in jedem Nerv seines Körpers bebte ein ungeduldiges Ja als Antwort.

Törleß sah mit glänzenden Augen um sich. Noch immer waren die Lampen, die Wärme, das Licht, die emsigen Menschen da. Aber er kam sich unter all dem wie ein Auserwählter vor. Wie ein Heiliger, der himmlische Gesichte hat; – denn von der Intuition großer Künstler wußte er nichts.

Hastig, mit der Geschwindigkeit der Angst, griff er nach der Feder und notierte sich einige Zeilen über seine Entdeckung; noch einmal schien es in seinem Innern weithin wie ein Licht zu sprühen, – – – – – dann brach ein aschgrauer Regen über seine Augen, und der bunte Glanz in seinem Geiste erlosch. – – – –

Aber die Episode mit Kant war nahezu gänzlich überwunden. Bei Tage dachte Törleß überhaupt nicht mehr daran; die Überzeugung, daß er selbst schon nahe der Lösung seiner Rätsel stehe, war viel zu lebhaft in ihm, als daß er sich noch um die Wege eines anderen bekümmert hätte. Seit dem letzten Abend war ihm, er habe den Griff zu der Türe, die hinüberführe, schon in der Hand gefühlt, nur sei er ihm wieder entglitten. Da er aber eingesehen hatte, daß er auf die Hilfe philosophischer Bücher verzichten müsse, und auch kein rechtes Vertrauen zu ihnen hatte, stand er ziemlich ratlos da, wie er ihn wiedergewinnen wolle. Er machte einige Male Versuche, in seinen Aufzeichnungen fortzufahren, allein die geschriebenen Worte blieben tot, eine Reihe von grämlichen, längst bekannten Fragezeichen, ohne daß jener Augenblick wieder erwacht wäre, in dem er zwischen ihnen hindurch wie in ein von zitternden Kerzenflammen erhelltes Gewölbe geblickt hatte.

Daher beschloß er, so oft als möglich, immer und immer wieder die Situationen zu suchen, welche jenen für ihn so eigentümlichen Gehalt in sich trugen; und besonders häufig ruhte sein Blick auf Basini, wenn dieser, sich unbeobachtet glaubend, harmlos unter den anderen sich bewegte. «Einmal», dachte sich Törleß, «wird es schon wieder lebendig werden und dann vielleicht lebhafter und klarer als bisher.» Und er wurde ganz beruhigt durch diesen Gedanken, daß man sich solchen Dingen gegenüber einfach in einem finsteren Raume befinde und einem nichts übrigbleibe, als, wenn man die richtige Stelle wieder unter den Fingern verloren hat, nochmals und nochmals aufs Geratewohl die dunklen Wände abzutasten.

In den Nächten jedoch verfärbte sich dieser Gedanke ein wenig. Es überkam ihn da eine gewisse Beschämung darüber, daß er sich an seinem ursprünglichen Vorsatze, aus dem Buche, das ihm sein Lehrer gezeigt hatte, sich die vielleicht doch darin enthaltene Erklärung zu holen, so vorbeigedrückt hatte. Er lag dann ruhig und horchte zu Basini herüber, dessen geschändeter Körper friedlich wie die aller anderen atmete. Er lag ruhig, wie ein Jäger auf dem Anstande, mit dem Gefühle, daß die also verwartete Zeit ihren Lohn schon noch bringen werde. Sowie aber der Gedanke an das Buch auftauchte, nagte ein feinzahniger Zweifel an dieser Ruhe, eine Ahnung, daß er Unnützes tue, ein zögerndes Geständnis einer erlittenen Niederlage.

Sobald dieses unklare Gefühl sich geltend machte, verlor seine Aufmerksamkeit das Behagliche, mit dem man der Entwicklung eines wissenschaftlichen Experimentes zusieht. Ein körperlicher Einfluß schien dann von Basini auszugehen, ein Reiz, wie wenn man in der Nähe eines Weibes schläft, von dem man jeden Augenblick die Decke wegziehen kann. Ein Kitzel im Gehirn, der von dem Bewußtsein ausgeht, daß man nur die Hand auszustrecken brauche. Das, was junge Paare häufig zu Ausschweifungen treibt, die weit über ihr sinnliches Bedürfnis hinausgehen.

Je nach der Lebhaftigkeit, mit der ihm einfiel, daß sein Unterfangen ihm vielleicht lächerlich erscheinen müßte, wenn er das alles wüßte, was Kant, was sein Professor, was alle die wissen, welche mit ihren Studien fertig sind, je nach der Stärke dieser Erschütterung waren die sinnlichen Antriebe schwächer oder stärker, welche trotz der

Stille des allgemeinen Schlafes seine Augen heiß und offen hielten. Ja zeitweilig loderten sie so mächtig in ihm empor, daß sie jeden anderen Gedanken erstickten. Wenn er sich in diesen Augenblicken halb willig, halb verzweifelt ihren Einflüsterungen hingab, so erging es ihm nur, wie es mit allen Menschen geht, die ja auch nie so sehr zu einer tollen, ausschweifenden, so sehr die Seele zerreißenden, mit wollüstiger Absicht zerreißenden, Sinnlichkeit neigen als dann, wenn sie einen Mißerfolg erlitten haben, der das Gleichgewicht ihres Selbstbewußtseins erschüttert. – – – –

Wenn er dann nach Mitternacht endlich in unruhigem Schlummer lag, schien ihm einige Male, daß jemand aus der Gegend um Reitings oder Beinebergs Bett aufstand, seinen Mantel nahm und zu Basini hintrat. Dann verließen sie den Saal . . . . . . Aber es konnte auch eine Einbildung gewesen sein. – – – –

Es kamen zwei Feiertage; da sie auf einen Montag und Dienstag fielen, ließ der Direktor den Zöglingen schon den Samstag frei, und es gab viertägige Ferien. Für Törleß war dies jedoch zu wenig, um die weite Reise nach Hause machen zu können; er hatte deswegen gehofft, daß wenigstens seine Eltern ihn besuchen würden, allein sein Vater wurde durch dringende Geschäfte im Ministerium festgehalten, und die Mutter fühlte sich unwohl, so daß sie sich nicht allein den Anstrengungen der Reise aussetzen konnte.

Erst als Törleß den Brief erhielt, in dem ihm seine Eltern absagten und viele zärtliche Tröstungen hinzufügten, fühlte er, daß es ihm so eigentlich ganz recht sei. Er hätte es beinahe als eine Störung empfunden, – zumindest hätte es ihn arg verwirrt, – wenn er seinen Eltern im jetzigen Zeitpunkte hätte gegenübertreten müssen.

Viele Zöglinge erhielten Einladungen auf naheliegende Besitzungen. Auch Dschjusch, dessen Eltern eine Tagreise im Wagen von der kleinen Stadt entfernt ein schönes Gut besaßen, nahm Urlaub, und Beineberg, Reiting, Hofmeier begleiteten ihn. Auch Basini war von Dschjusch eingeladen worden, allein Reiting hatte ihm befohlen abzulehnen. Törleß schützte vor, daß er nicht wisse, ob seine Eltern nicht doch noch kommen würden; er fühlte sich absolut nicht zu harmlos heiteren Festlichkeiten und Unterhaltungen gelaunt.

Samstag mittag schon lag das große Haus schweigend und nahezu verlassen da.

Wenn Törleß durch die Gänge schritt, so widerhallte es von einem Ende zum andern; kein Mensch bekümmerte sich um ihn, denn auch die meisten Lehrer waren zur Jagd oder sonst irgendwohin gefahren. Nur bei den Mahlzeiten, die jetzt in einem kleinen Zimmer neben dem verlassenen Speisesaale serviert wurden, sahen sich die wenigen zurückgebliebenen Zöglinge; nach Tisch zerstreuten sich ihre Schritte wieder in der weiten Flucht der Gänge und Zimmer, das Schweigen des Hauses verschlang sie gleichsam, und sie führten in der Zwischenzeit ein Leben, nicht mehr beachtet als das der Spinnen und Tausendfüßler in Keller und Boden.

Von Törleß' Klasse waren nur er und Basini zurückgeblieben, einige andere ausgenommen, welche in den Krankenzimmern lagen. Beim Abschied hatte Törleß noch einige heimliche Worte mit Reiting gewechselt, welche sich auf Basini bezogen. Reiting fürchtete nämlich, daß Basini die Gelegenheit benützen könnte, um bei einem der Lehrer Schutz zu suchen, und er legte Törleß ans Herz, ihn sorgsam zu überwachen.

Es bedurfte dessen jedoch gar nicht, um Törleß' Aufmerksamkeit auf Basini zu sammeln.

Kaum hatte sich die Unruhe der vorfahrenden Wagen, der koffertragenden Diener, der mit Scherzen voneinander Abschied nehmenden Zöglinge aus dem Hause verloren, als das Bewußtsein seines Alleinseins mit Basini herrisch von Törleß Besitz ergriff.

Das war nach dem ersten Mittagmahle. Basini saß vorne auf seinem Platze und schrieb an einem Briefe; Törleß hatte sich in die hinterste Ecke des Zimmers gesetzt und versuchte zu lesen.

Es war zum ersten Male wieder das gewisse Buch, und Törleß hatte sich die Situation sorgsam so ausgedacht gehabt: Vorne saß Basini, hinten er, mit den Augen ihn festhaltend, sich in ihn hineinbohrend. Und so wollte er lesen. Nach jeder Seite sich tiefer in Basini hineinsenkend. So mußte es gehen; so mußte er die Wahrheiten finden, ohne das Leben, das lebendige, komplizierte, fragwürdige Leben, aus den Händen zu verlieren . . .

Aber es ging nicht. Wie immer, wenn er sich etwas allzu sorgfältig vorher ausdachte. Es war zu wenig unvermittelt und die Stimmung erlahmte rasch zu einer zähen, breiigen Langeweile, die sich eklig an jeden der viel zu absichtlich immer wieder erneuten Versuche klebte.

Törleß warf wütend das Buch zur Erde. Basini sah sich erschreckt um, fuhr aber gleich wieder hastig fort zu schreiben.

So krochen die Stunden der Dämmerung zu. Törleß saß ganz stumpfsinnig. Das einzige, was sich aus einem dumpfen, surrenden, brummenden Allgemeingefühle heraus in sein Bewußtsein hob, war das Ticken seiner Taschenuhr. Wie ein kleines Schwänzchen wakkelte es hinter dem trägen Leib der Stunden her. Im Zimmer wurde es verschwommen . . . Basini konnte doch längst nicht mehr schreiben . . . «Ah, wahrscheinlich traut er sich nicht Licht zu machen», dachte sich Törleß. Saß er aber überhaupt noch auf seinem Platze? Törleß hatte in die kahle, dämmerige Landschaft hinausgesehen und mußte sein Auge erst an das Dunkel des Zimmers gewöhnen. Doch. Dort, der unbewegliche Schatten, das wird er wohl sein. Ach, er seufzt ja sogar, – einmal, . . zweimal, . . oder schläft er am Ende?

Ein Diener kam und zündete die Lampen an. Basini fuhr auf und rieb sich die Augen. Dann nahm er ein Buch aus der Lade und schien lernen zu wollen.

Törleß brannte es auf den Lippen ihn anzusprechen, und um dem vorzubeugen, verließ er hastig das Zimmer.

In der Nacht hätte Törleß beinahe Basini überfallen. Solch eine mörderische Sinnlichkeit war in ihm nach der Pein des gedankenlosen, stumpfsinnigen Tages erwacht. Zum Glück erlöste ihn noch rechtzeitig der Schlaf.

Der nächste Tag verging. Er hatte nichts als die gleiche Unfruchtbarkeit der Stille gebracht. Das Schweigen – die Erwartung überreizten Törleß, – die beständige Aufmerksamkeit verzehrte alle geistigen Kräfte, so daß er zu jedem Gedanken unfähig blieb.

Zerschlagen, enttäuscht, bis zu den ärgsten Zweifeln mit sich unzufrieden, legte er sich frühzeitig zu Bett.

Er lag schon lange in einem ruhelosen, erhitzten Halbschlafe, als er Basini kommen hörte.

Ohne sich zu regen, folgte er mit den Augen der dunklen Gestalt, die an seinem Bette vorbeischritt; er hörte das Geräusch, welches durch das Lösen der Kleidung verursacht wurde; dann das Knistern der über den Körper gezogenen Decke.

Törleß hielt den Atem an, dennoch vermochte er nichts mehr zu hören. Und doch verließ ihn nicht das Gefühl, daß Basini nicht schlafe, sondern ebenso angestrengt wie er durch das Dunkel horche.

So vergingen Viertelstunden, – Stunden. Hie und da nur durch das leise Geräusch der sich im Bette bewegenden Körper unterbrochen.

Törleß befand sich in einem eigentümlichen Zustande, der ihn wach erhielt. Gestern waren es sinnliche Bilder der Einbildungskraft gewesen, in denen er gefiebert hatte. Erst ganz zum Schlusse hatten sie eine Wendung zu Basini genommen, gleichsam sich unter der unerbittlichen Hand des Schlafes, der sie verlöschte, zum letzten Male aufgebäumt, und er hatte gerade daran nur eine ganz dunkle Erinnerung. Heute aber war es von Anfang an nichts als ein triebhafter Wunsch, aufzustehen und zu Basini hinüberzugehen. Solange er das Gefühl gehabt hatte, daß Basini wache und zu ihm herüber horche, war es kaum auszuhalten gewesen; und jetzt, da dieser doch wohl schon schlief, lag erst recht ein grausamer Kitzel darin, den Schlafenden wie eine Beute zu überfallen.

Törleß spürte schon die Bewegungen des Sichaufrichtens und aus dem Bette Steigens in allen Muskeln zucken. Trotzdem vermochte er aber noch nicht, seine Reglosigkeit abzuschütteln.

«Was soll ich denn eigentlich bei ihm?» fragte er sich in seiner Angst fast laut. Und er mußte sich gestehen, daß die Grausamkeit und Sinnlichkeit in ihm gar kein rechtes Ziel hatte. Er wäre in Verlegenheit gekommen, wenn er sich wirklich auf Basini gestürzt hätte. Er wollte ihn doch nicht prügeln? Gott bewahre! Und in welcher Weise sollte sich denn seine sinnliche Erregung an ihm befriedigen? Er empfand unwillkürlich einen Abscheu, als er an die verschiedenen kleinen Knabenlaster dachte. Sich vor einem anderen Menschen so bloßstellen? Nie! . . .

In dem Maße aber, als dieser Abscheu wuchs, wurde auch der Antrieb stärker, zu Basini hinüberzugehen. Schließlich war Törleß ganz von der Unsinnigkeit eines solchen Unterfangens durchdrungen, aber ein förmlich physischer Zwang schien ihn wie an einem Seile aus dem Bette zu ziehen. Und während alle Bilder aus seinem Kopfe wichen und er sich unaufhörlich sagte, daß es jetzt wohl am besten wäre, den Schlaf zu suchen, richtete er sich mechanisch von seinem Lager auf. Ganz langsam – er fühlte ordentlich, wie dieser seelische Zwang nur Schritt für Schritt gegen die Widerstände Boden gewann – richtete er sich auf. Erst einen Arm, . . dann stützte er den Oberkörper auf, dann schob er ein Knie unter der Decke hervor, . . dann . .: doch plötzlich eilte er mit bloßen Füßen, auf den Zehen zu Basini hinüber und setzte sich auf den Rand des Bettes.

Basini schlief.

Er sah ganz so aus, als ob er angenehm träumte.

Törleß war noch immer nicht Herr seiner Handlungen. Einen Augenblick saß er still und starrte dem Schlafenden ins Gesicht. Jene kurzen, abgerissenen, gleichsam nur den Situationsbefund konstatierenden Gedanken zuckten durch sein Gehirn, die man hat, wenn man sein Gleichgewicht verliert, stürzt oder wenn einem ein Gegenstand aus den Händen gerissen wird. Und ohne Besinnen faßte er Basini an der Schulter und rüttelte ihn wach.

Der Schläfer reckte sich einige Male träge, dann fuhr er auf und blickte Törleß mit schlafblöden Augen an.

Törleß erschrak; er war völlig verwirrt; seine Handlung kam ihm zum ersten Male zur Besinnung, und er wußte nicht, was er nun weiter tun solle. Er schämte sich furchtbar. Sein Herz klopfte hörbar. Worte der Erklärung, Ausreden drängten sich auf seine Zunge. Er wollte Basini fragen, ob er keine Streichhölzchen habe, ob er ihm nicht sagen könne, wie viel Uhr es sei ...

Basini glotzte ihn noch immer ohne Verständnis an.

Schon zog Törleß, ohne ein Wort hervorgebracht zu haben, den Arm zurück, schon glitt er von dem Bette herunter, um lautlos in das seine zurückzuschleichen, – da schien Basini die Situation erfaßt zu haben und richtete sich mit einem Rucke auf.

Törleß blieb unschlüssig am Bettende stehen. Basini sah ihn noch einmal mit einem fragenden, prüfenden Blicke an, dann stieg er vollends aus dem Bette, schlüpfte in Mantel und Hausschuhe und ging mit schlurfenden Schritten voran.

Törleß wurde es mit einem Schlage klar, daß dies nicht zum erstenmal geschehe.

Im Vorbeigehen nahm er die Schlüssel zur Kammer, die er unter seinem Kopfkissen versteckt gehabt hatte, mit. – – – – – –

Basini schritt geradenwegs zur Bodenkammer voraus. Er schien mit dem Wege, den man ihm damals doch noch verheimlicht hatte, inzwischen genau bekannt geworden zu sein. Er hielt die Kiste fest, als Törleß daraufstieg, er räumte die Kulissen zur Seite, umsichtig, mit diskreten Bewegungen, wie ein geschulter Lakai.

Törleß sperrte auf, und sie traten ein. Er stand mit dem Rücken zu Basini und zündete die kleine Lampe an.

Als er sich umdrehte, stand Basini nackt vor ihm.

Unwillkürlich trat er einen Schritt zurück. Der plötzliche Anblick dieses nackten, schneeweißen Körpers, hinter dem das Rot der Wände zu Blut wurde, blendete und bestürzte ihn. Basini war schön gebaut; an seinem Leibe fehlte fast jede Spur männlicher Formen, er war von einer keuschen, schlanken Magerkeit, wie der eines jungen Mädchens. Und Törleß fühlte das Bild dieser Nacktheit wie heiße, weiße Flammen in seinen Nerven auflodern. Er konnte sich der Macht dieser Schönheit nicht entziehen. Er hatte vorher nicht gewußt, was Schönheit sei. Denn was war ihm in seinem Alter Kunst, was kannte er schließlich davon?! Ist sie doch bis zu einem gewissen Alter jedem in freier Luft aufgewachsenen Menschen unverständlich und langweilig!

Hier aber war sie auf den Wegen der Sinnlichkeit zu ihm gekommen. Heimlich, überfallend. Ein betörender warmer Atem strömte aus der entblößten Haut, eine weiche, lüsterne Schmeichelei. Und doch war etwas daran, das zum Händefalten feierlich und bezwingend war.

Aber nach der ersten Überraschung schämte sich Törleß des einen wie des anderen. «Es ist doch ein Mann!» Der Gedanke empörte ihn, aber ihm war zumute, als ob ein Mädchen nicht anders sein könnte.

Beschämt herrschte er Basini an: «Was fällt dir denn ein?! Gleich wirst du wieder . .!!»

Nun schien *dieser* bestürzt; zögernd und ohne die Augen von Törleß zu lassen, nahm er den Mantel vom Boden auf.

«Da, setz dich!» wies Törleß Basini an. Dieser gehorchte. Törleß lehnte mit hinter dem Rücken gekreuzten Händen an der Wand.

«Warum hast du dich ausgezogen? Was wolltest du von mir?»

«Nun, ich dachte . . .»

Zögern.

«Was dachtest du?»

«Die anderen . . .»

«Was die anderen?»

«Beineberg und Reiting . . .»

«Was Beineberg und Reiting? Was taten sie? Du mußt mir alles erzählen! Ich will es so; verstehst du? Obwohl ich es schon von den andern gehört habe.» Törleß wurde bei dieser unbeholfenen Lüge rot. Basini biß sich die Lippen.

«Nun, wird's?!»

«Nein, verlange nicht, daß ich erzähle! Bitte, verlange es nicht! Ich will ja alles tun, was du willst. Aber laß mich nicht erzählen . . . Oh, du hast solch eine besondere Art mich zu quälen . .!» Haß, Angst und eine flehentliche Bitte kämpften in den Augen Basinis. Törleß lenkte unwillkürlich ein.

«Ich will dich gar nicht quälen. Ich will dich nur zwingen, selbst die volle Wahrheit zu sagen. Vielleicht in deinem Interesse.»

«Aber ich habe doch gar nichts getan, was besonderen Erzählens wert wäre.»

«So? Warum aber hast du dich dann ausgezogen?»

«Sie verlangten es so.»

«Und warum hast du getan, was sie verlangten? Du bist also feig? Erbärmlich feig?»

«Nein, ich bin nicht feig! Sag das nicht!»

«Wirst du den Mund halten! Wenn du ihre Prügel fürchtest, so könnten dir die meinen auch nicht schlecht bekommen!»

«Ich fürchte aber gar nicht ihre Prügel.»

«So? Was denn?»

Törleß sprach wieder ruhig. Seine rohe Drohung ärgerte ihn bereits. Aber unwillkürlich war sie ihm entschlüpft, lediglich weil ihm schien, daß sich Basini ihm gegenüber mehr herausnehme als gegen die anderen.

«Wenn du dich, wie du sagst, nicht fürchtest, was ist dann mit dir?»

«Sie sagen, wenn ich ihnen zu Willen sei, werde mir nach einiger Zeit alles verziehen werden.»

«Von ihnen beiden?»

«Nein, überhaupt.»

«Wie können sie das versprechen; ich bin doch auch noch da!»

«Hiefür werden schon sie sorgen, sagen sie!»

Dies gab Törleß einen Schlag. Beinebergs Worte, daß Reiting gegebenenfalls gegen ihn gerade so handeln würde wie gegen Basini, fielen ihm ein. Und wenn es wirklich zu einer Intrige gegen ihn käme, wie sollte er ihr begegnen? Er war den beiden in derlei nicht gewachsen, wie weit würden sie es treiben können? Wie mit Basini? ... Alles in ihm lehnte sich gegen diesen hämischen Einfall auf.

Minuten verstrichen zwischen ihm und Basini. Er wußte, daß es ihm an Wagemut und Ausdauer zu derlei Ränken gebrach; aber nur deswegen, weil er sich zu wenig dafür interessierte, weil er nie seine ganze Persönlichkeit im Spiele fühlte. Er hatte immer mehr dabei zu verlieren als zu gewinnen gehabt. Käme dies aber einmal anders, so fühlte er, daß auch eine ganz andere Zähigkeit und Tapferkeit in ihm sein würde. Nur wissen müßte man, wann es Zeit sei, alles aufs Spiel zu setzen.

«Haben sie dir Näheres gesagt? ... wie sie sich das denken? ... Das meinetwegen?»

«Näheres? Nein. Sie sagten nur, daß sie schon sorgen würden.»

Dennoch, ... eine Gefahr lag nun da, ... irgendwo im Versteck, ... und lauerte auf Törleß; ... jeder Schritt konnte in eine Fußangel fallen, jede Nacht konnte die letzte vor Kämpfen sein. Eine ungeheure Unsicherheit lag in diesem Gedanken. Das war kein lässiges Sichtreibenlassen mehr, kein Spielen mit rätselhaften Gesichten, – das hatte harte Ecken und war fühlbare Wirklichkeit.

Das Gespräch fing wieder an.

«Und was tun sie mit dir?»

Basini schwieg.

«Wenn es dir mit deiner Besserung ernst ist, mußt du mir alles sagen.»

«Sie lassen mich auskleiden.»

«Ja, ja, das sah ich doch, ... und dann ...?»

Eine kleine Weile verstrich, und plötzlich sagte Basini:

«Verschiedenes.»

Er sagte es mit einer weibischen, buhlerischen Betonung.

«Du bist also ihre ... Mai ... tresse?»

«Oh nein, ich bin ihr Freund!»

«Wie kannst du dich unterstehen, das zu sagen!»

«Sie sagen es selbst.»

«Was ...?»

«Ja, Reiting.»

«So, Reiting?»

«Ja, er ist sehr freundlich zu mir. Meist muß ich mich ausziehen und ihm etwas aus Geschichtsbüchern vorlesen; von Rom und seinen Kaisern, von den Borgias, von Timur Chan, ... na, du weißt schon, lauter solch blutige, große Sachen. Dann ist er sogar zärtlich gegen mich.»

«Und nachher schlägt er mich meistens ...»

«Wonach?!! ...... Ach so!»

«Ja. Er sagt, wenn er mich nicht schlagen würde, so müßte er glauben, ich sei ein Mann, und dann dürfte er mir gegenüber auch nicht so weich und zärtlich sein. So aber sei ich seine Sache, und da geniere er sich nicht.»

«Und Beineberg?»

«Oh, Beineberg ist häßlich. Findest du nicht auch, daß er aus dem Munde riecht?»

«Schweig! Was ich finde, geht dich gar nichts an! Erzähle, was Beineberg mit dir tut!»

«Nun, auch so wie Reiting, nur .... Aber du darfst mich nicht wieder gleich schimpfen ...»

«Vorwärts.»

«Nur ... auf einem anderen Umwege. Er hält mir erst lange Reden über meine Seele. Ich habe sie beschmutzt, aber gewissermaßen nur den ersten Vorhof von ihr. Im Verhältnis zu dem Innersten sei dies etwas Nichtiges und Äußerliches. Nur müsse man es abtöten; so seien schon viele aus Sündern zu Heiligen geworden. Die Sünde sei daher in höherer Hinsicht gar nicht so schlecht; nur müsse man sie ganz auf die Spitze treiben, damit sie abbreche. Er läßt mich sitzen und ein geschliffenes Glas anstarren ...»

«Er hypnotisiert dich?»

«Nein, er sagt, er müsse nur alle Dinge, die an der Oberfläche meiner Seele umherschwimmen, einschläfern und kraftlos machen. Dann erst könne er mit meiner Seele selbst verkehren.»

«Und wie verkehrt er denn mit ihr?»

«Das ist ein Experiment, das ihm noch nie gelungen ist. Er sitzt, und ich muß mich auf die Erde legen, so daß er die Füße auf meinen Leib stellen kann. Ich muß von dem Glas recht träge und schläfrig geworden sein. Dann auf einmal befiehlt er mir zu bellen. Er beschreibt es mir ausführlich: – leise, mehr winselnd, – so wie ein Hund aus dem Schlafe heraus bellt.»

«Wozu das?»

«Man weiß nicht, wozu es gut ist. Er läßt mich auch grunzen wie ein Schwein und wiederholt mir in einem fort, ich habe etwas von diesem Tiere in mir. Aber nicht, als ob er mich schimpfen wollte; er wiederholt es mir ganz leise und freundlich, um es – wie er sagt – fest in meine Nerven einzudrücken. Denn er behauptet, daß möglicherweise eine meiner früheren Existenzen so gewesen sei und daß man sie hervorlocken müsse, um sie unschädlich zu machen.»

«Und du glaubst ihm all das?»

«Gott bewahre; ich meine, er selbst glaubt nicht daran. Und dann ist er doch auch zum Schlusse immer ganz anders. Wie soll ich auch solche Dinge glauben?! Wer glaubt denn heute an eine Seele?! Und gar an eine solche Seelenwanderung?! Daß ich gefehlt habe, weiß ich ganz gut; aber ich habe immer gehofft, es wieder gut machen zu können. Da ist gar kein Hokuspokus nötig. Ich zerbreche mir auch gar nicht den Kopf darüber, wieso ich meinen Fehltritt begehen konnte. So etwas kommt so rasch, so von selbst; man merkt erst nachher, daß man etwas Unkluges getan hat. Wenn es ihm aber Vergnügen macht, etwas Übersinnliches dahinter zu suchen, so soll er meinetwegen. Vorläufig muß ich ihm ja doch zu Willen sein. Wenn er nur lieber unterlassen möchte, mich zu stechen . . .»

«Was?»

«Ja, mit einer Nadel, – nun nicht heftig, nur um zu sehen, wie ich darauf reagiere, . . . ob sich nicht an irgendeiner Stelle des Körpers etwas bemerkbar mache. Aber weh tut es doch. Er behauptet nämlich, die Ärzte verstünden nichts davon; ich habe mir nicht gemerkt, womit er das beweisen will, ich erinnere mich nur, daß er viel von Fakiren spricht, die, wenn sie ihre Seele schauen, gegen körperliche Schmerzen unempfindlich sein sollen.»

«Nun ja, ich kenne diese Ideen; du sagtest aber doch selbst, daß dies nicht alles sei.»

«Gewiß nicht; ich sagte doch auch, daß ich dies nur für einen Umweg halte. Nachher kommen jedesmal Viertelstunden, wo er schweigt und ich nicht weiß, was in ihm vorgeht. Danach aber bricht er plötzlich los und verlangt Dienste von mir – wie besessen – weit ärger als Reiting.»

«Und du tust alles, was man von dir verlangt?»

«Was bleibt mir übrig? Ich will wieder ein anständiger Mensch werden und meine Ruhe haben.»

«Was aber inzwischen geschehen ist, wird dir ganz gleich sein?»

«Ich kann mir ja nicht dagegen helfen.»

«Gib jetzt genau acht und beantworte meine Fragen: Wieso konntest du stehlen?»

«Wieso? Schau, ich brauchte das Geld dringend; ich hatte beim Traiteur Schulden, und er wollte sich nicht mehr vertrösten lassen. Dann glaubte ich doch bestimmt, daß in jenen Tagen für mich Geld kommen werde. Von den Kameraden wollte mir keiner leihen: die einen hatten selbst keins, und die Sparsamen freut es ja nur, wenn einer, der nicht so ist, gegen Monatsende in Verlegenheit kommt. Ich wollte gewiß niemanden betrügen; ich wollte es mir nur heimlich ausleihen . . .»

«Nicht so meine ich es,» unterbrach Törleß ungeduldig diese Erzählung, die Basini offenbar erleichterte, «ich frage: wieso – wie konntest du das tun, wie fühltest du dich? Was ging in jenem Augenblick in dir vor?»

«Nun ja, – gar nichts. Es war doch nur ein Augenblick, ich fühlte nichts, ich überlegte nichts, es war einfach plötzlich geschehen.»

«Aber das erstemal mit Reiting? Als er zum erstenmal jene Dinge von dir verlangte? Verstehst du . . .?»

«Oh, unangenehm war es mir schon. Weil es so auf Befehl geschehen sollte. Denn sonst . . . denk' nur, wie viele tun solche Sachen freiwillig zum Vergnügen, ohne daß die anderen davon wissen. Da ist es wohl nicht so arg.»

«Aber du hast es auf Befehl getan. Du hast dich erniedrigt. So, wie wenn du in den Kot kriechen würdest, weil es ein anderer will.»

«Das gebe ich ja zu; aber ich mußte.»

«Nein, du mußtest nicht.»

«Sie hätten mich geprügelt, angezeigt; alle Schande wäre auf mich gekommen.»

«Nun, meinetwegen, lassen wir das. Ich will etwas anderes von dir wissen. Höre, ich weiß, daß du viel Geld bei Božena gelassen hast. Du hast vor ihr aufgeschnitten, dich in die Brust geworfen, mit deiner Männlichkeit geprahlt. Du willst also ein Mann sein? Nicht nur mit dem Mund und mit . . ., sondern mit der ganzen Seele? Nun sieh, da verlangt auf einmal einer von dir einen so erniedrigenden Dienst, du fühlst im selben Augenblick, daß du zu feig bist, um nein zu sagen: ging da nicht durch dein ganzes Wesen ein Riß? Ein Schreck, – unbestimmt, – als ob sich eben etwas Unsagbares in dir vollzogen hätte?»

«Gott, ich verstehe dich nicht; ich weiß nicht, was du willst; ich kann dir nichts, gar nichts sagen.»

«So paß auf; ich werde dir jetzt befehlen, dich wieder auszukleiden.»

Basini lächelte.

«Dich platt da vor mir auf die Erde zu legen. Lach nicht! Ich befehle es dir wirklich! Hörst du?! Wenn du nicht augenblicklich folgst, so wirst du sehen, was dir bevorsteht, wenn Reiting zurückkommt! . . . So. Siehst du, jetzt liegst du nackt vor mir auf der Erde. Du zitterst sogar; es friert dich? Ich könnte jetzt auf deinen nackten Leib speien, wenn ich wollte. Drücke nur den Kopf fest auf die Erde; sieht der Staub am Boden nicht merkwürdig aus? Wie eine Landschaft voll Wolken und Felsblöcken so groß wie Häuser? Ich könnte dich mit Nadeln stechen. Da in der Nische, bei der Lampe liegen noch welche. Fühlst du sie schon auf der Haut? . . . Aber ich will nicht . . . Ich könnte dich bellen lassen, wie es Beineberg getan hat, den Staub auffressen lassen wie ein Schwein, ich könnte dich Bewegungen machen lassen – du weißt schon –, und du müßtest dazu seufzen: Oh meine liebe Mut . . .» Doch Törleß hielt jäh in dieser Lästerung inne. «Aber ich will nicht, will nicht, verstehst du?!»

Basini weinte. «Du quälst mich . . .»

«Ja, ich quäle dich. Aber nicht darum ist es mir; ich will nur eines wissen: Wenn ich all das wie Messer in dich hineinstoße, was ist in dir? Was vollzieht sich in dir? Zerspringt etwas in dir? Sag! Jäh wie ein Glas, das plötzlich in tausend Splitter geht, bevor sich noch ein Sprung gezeigt hat? Das Bild, das du dir von dir gemacht hast, verlöscht es nicht mit einem Hauche; springt nicht ein anderes an seine Stelle, wie die Bilder der Zauberlaternen aus dem Dunkel springen? Verstehst du mich denn gar nicht? Näher erklären kann ich's dir nicht; du mußt mir selbst sagen . . .!»

Basini weinte ohne aufzuhören. Seine mädchenhaften Schultern zuckten; er brachte immer nur dasselbe hervor: «Ich weiß nicht, was du willst; ich kann dir nichts erklären; es geschieht im Augenblicke; es kann dann gar nicht anders geschehen; du würdest ebenso handeln wie ich.»

Törleß schwieg. Er blieb erschöpft, reglos an der Wand lehnen und starrte vor sich hin, geradeaus ins Leere.

«Wenn du in meiner Situation wärest, würdest du geradeso handeln», hatte Basini gesagt. Da war das Geschehene als eine einfache Notwendigkeit, ruhig und ohne Verzerrung.

Törleß' Selbstbewußtsein lehnte sich in heller Verachtung selbst gegen die bloße Zumutung auf. Und doch schien ihm diese Auflehnung seines ganzen Wesens keine befriedigende Gewähr zu bieten. «. . . ja, ich würde mehr Charakter haben als er, ich würde solche Zumutungen nicht ertragen, – aber ist dies auch von Belang? Ist es von Belang, daß ich aus Festigkeit, aus Anständigkeit, aus lauter Gründen, die mir jetzt ganz nebensächlich sind, anders handeln würde? Nein, nicht daran liegt's, wie ich handeln würde, sondern daran, daß ich, wenn ich einmal wirklich so handelte wie Basini, ebensowenig Außergewöhnliches dabei empfinden würde wie er. Dies ist das Eigentliche: mein Gefühl meiner selbst würde genau so einfach und von allem Fragwürdigen entfernt sein wie das seine . . .»

Dieser Gedanke, welcher – in abgerissenen, übereinander greifenden, immer wieder von vorne anfangenden Sätzen gedacht – der Verachtung für Basini einen ganz intimen, leisen, aber weit tiefer als Moral an das innerste Gleichgewicht rührenden Schmerz hinzufügte, kam von der Erinnerung an eine kurz vorher gehabte Empfindung, die Törleß nicht losließ. Als ihm nämlich durch Basini die möglicherweise von Reiting und Beineberg drohende Gefahr zur Kenntnis kam, war er einfach erschrocken. Einfach erschrocken wie bei einem Überfall, und hatte ohne Überlegen blitzschnell nach Paraden und Deckungen gesucht. Das war nun im Augenblicke einer wirklichen Gefahr gewesen; und die Empfindung, die er dabei gehabt hatte, reizte ihn. Diese raschen, gedankenlosen Impulse. Er versuchte ganz vergebens sie wieder in sich auszulösen. Aber er wußte, daß sie der Gefahr augenblicks alles Sonderbare und Zweideutige genommen hatten.

Und doch war es dieselbe Gefahr gewesen, die er vor einigen Wochen erst an derselben Stelle geahnt hatte. Damals, als er so eigen wegen der Kammer erschrocken war, die wie ein vergessenes Mittelalter abseits von dem warmen und hellen Leben der Lehrsäle lag, und über Beineberg und Reiting, weil sie aus den Menschen, die sie dort waren, plötzlich etwas anderes, Düsteres, Blutgieriges, Personen in einem ganz anderen Leben geworden zu sein schienen. Damals war dies eine Verwandlung, ein Sprung für Törleß, als ob das Bild seiner Umgebung plötzlich in andere, aus hundertjährigem Schlafe erwachte Augen fiele.

Und doch war es dieselbe Gefahr gewesen . . . Unaufhörlich wiederholte er sich dies. Und immer wieder versuchte er, die Erinnerungen der beiden verschiedenen Empfindungen miteinander zu vergleichen – – – – –

Basini hatte sich mittlerweile längst aufgerichtet; er bemerkte den stieren, geistesabwesenden Blick seines Gefährten, leise nahm er seine Kleider auf und schlich sich davon.

Törleß sah es, – wie durch einen Nebel hindurch, – aber er ließ es wortlos geschehen.

Seine Aufmerksamkeit war ganz durch das Bestreben gefesselt, jenen Punkt in ihm wieder aufzufinden, wo plötzlich jener Wechsel in der innerlichen Perspektive stattgefunden hatte.

Aber sooft er in dessen Nähe kam, erging es ihm wie einem, der

Nahes mit Fernem vergleichen will: er erhaschte nie die Erinnerungsbilder beider Gefühle zugleich, sondern jedesmal ging wie ein leiser Knacks zwischendurch ein Gefühl, wie es im Körperlichen etwa den kaum merkbaren Muskelempfindungen entspricht, die das Einstellen des Blickes begleiten. Und jedesmal beanspruchte dies gerade im entscheidenden Momente die Aufmerksamkeit für sich, die Tätigkeit des Vergleichens drängte sich vor den Gegenstand des Vergleiches, es gab einen kaum fühlbaren Ruck, – und alles stand still.

Und immer wieder begann Törleß von neuem.

Dieser Prozeß von mechanischer Gleichmäßigkeit schläferte ihn in einen starren, wachen, eiskalten Schlaf, der ihn reglos an seinem Platze festhielt. Unbestimmt lange.

Erst ein Gedanke weckte Törleß auf wie die leise Berührung einer warmen Hand. Ein anscheinend so selbstverständlicher Gedanke, daß sich Törleß wunderte, nicht schon längst auf ihn verfallen zu sein.

Ein Gedanke, der gar nichts tat als die eben gemachte Erfahrung registrieren: es kommt immer einfach, unverzerrt, in natürlichen, alltäglichen Proportionen, was von ferne so groß und geheimnisvoll aussieht. So als ob eine unsichtbare Grenze um den Menschen gezogen wäre. Was sich außerhalb vorbereitet und von ferne herannaht, ist wie ein nebliges Meer voll riesenhafter, wechselnder Gestalten; was an ihn herantritt, Handlung wird, an seinem Leben sich stößt, ist klar und klein, von menschlichen Dimensionen und menschlichen Linien. Und zwischen dem Leben, das man lebt, und dem Leben, das man fühlt, ahnt, von ferne sieht, liegt wie ein enges Tor die unsichtbare Grenze, in dem sich die Bilder der Ereignisse zusammendrücken müssen, um in den Menschen einzugehen.

Und doch, so sehr dies seiner Erfahrung entsprach, beugte Törleß nachdenklich den Kopf.

«Ein sonderbarer Gedanke – – – – –» fühlte er.

Endlich lag er in seinem Bett. Er dachte an gar nichts mehr, denn das Denken fiel so schwer und war so fruchtlos. Was er über die Heimlichkeiten seiner Freunde erfahren hatte, zog ihm zwar durch den Sinn, aber so gleichgültig und leblos wie eine Nachricht, die man in einer fremden Zeitung liest.

Von Basini war nichts mehr zu hoffen. Freilich, sein Problem! – Aber es war so fraglich und er so müde und so zerschlagen. Eine Täuschung vielleicht – das Ganze.

Nur der Anblick Basinis, seiner nackten, leuchtenden Haut, duftete wie ein Fliederstrauch in das Dämmern der Empfindungen, das dem Schlafe vorausging. Sogar aller moralische Abscheu verlor sich. Schließlich schlief Törleß ein.

Kein Traum zog durch seine Ruhe. Aber eine unendlich angenehme Wärme breitete weiche Teppiche unter seinen Leib. Schließlich wachte er darüber auf. Und beinahe hätte er einen Schrei ausgestoßen. An seinem Bette saß Basini! Und mit rasender Behendigkeit löste dieser im nächsten Augenblicke das Hemd von seinem Leibe, schmiegte sich unter die Decke und preßte seinen nackten, zitternden Leib an Törleß an.

Kaum hatte sich Törleß in diesem Überfalle zurechtgefunden, als er Basini von sich stieß.

«Was fällt dir denn ein . . .?!»

Doch Basini bettelte. «Oh, sei nicht wieder so! So wie du ist keiner. Sie verachten mich nicht so wie du; sie tun dies nur scheinbar, damit sie dann desto anders sein können. Aber du? Gerade du . . .?! . . . Du bist sogar jünger als ich, wenn du auch stärker bist; . . . wir sind beide jünger als die anderen; . . . du bist nicht so roh und prahlerisch wie sie; . . . du bist sanft; . . . ich liebe dich . . .!»

«Was – was sagst du? Was soll ich mit dir? Geh – so geh doch weg!» Und Törleß stemmte gequält seinen Arm gegen Basinis Schulter. Aber die heiße Nähe der weichen, fremden Haut verfolgte ihn und umschloß ihn und erstickte ihn. Und in einem fort flüsterte Basini . . .: «Doch . . . doch . . . bitte . . . oh, es wäre mir ein Genuß, dir zu dienen.»

Törleß fand keine Antwort. Während Basini sprach, während der Sekunden des Zweifelns und Überlegens, war er wieder wie ein tiefgrünes Meer über seine Sinne gesunken. Nur Basinis bewegliche Worte leuchteten darinnen auf wie das Blinken silberner Fischchen.

Noch immer hielt er seine Arme gegen Basinis Körper gestemmt. Aber auf ihnen lag es wie eine feuchte, schwere Wärme; ihre Muskeln erschlafften; er vergaß ihrer . . . . Nur wenn ihn ein neues der zuckenden Worte traf, wachte er auf, weil er plötzlich fühlte, – wie etwas schrecklich Unfaßbares, – daß eben – wie im Traum – seine Hände Basini näher gezogen hatten.

Dann wollte er sich aufrütteln, sich zuschreien: Basini betrügt dich; er will dich nur zu sich hinabziehen, damit du ihn nicht mehr verachten kannst. Aber der Schrei erstickte; kein Laut lebte in dem weiten Hause; in allen Gängen schienen die dunklen Fluten des Schweigens unbeweglich zu schlafen.

Er wollte zu sich selbst zurückfinden: aber wie schwarze Wächter lagen sie vor allen Toren.

Da suchte Törleß kein Wort mehr. Die Sinnlichkeit, die sich nach und nach aus den einzelnen Augenblicken der Verzweiflung in ihn gestohlen hatte, war jetzt zu ihrer vollen Größe erwacht. Sie lag nackt neben ihm und deckte ihm mit ihrem weichen schwarzen Mantel das Haupt zu. Und sie raunte ihm süße Worte der Resignation ins Ohr und schob mit ihren warmen Fingern alle Fragen und Aufgaben als vergebens weg. Und sie flüsterte: in der Einsamkeit ist alles erlaubt.

Nur in dem Augenblicke, als es ihn fortriß, wachte er sekundenlang auf und klammerte sich verzweifelt an den einen Gedanken: Das bin nicht ich! . . . nicht ich! . . . Morgen erst wieder werde ich es sein! . . . Morgen . . . .

Dienstag abends kehrten die ersten Zöglinge zurück. Ein anderer Teil kam erst mit den Nachtzügen. Es war eine beständige Unruhe im Hause.

Törleß empfing seine Freunde unwirsch und verdrossen; er hatte nicht vergessen. Und dann brachten sie auch etwas so Frisches und Weltmännisches von außen mit. Das beschämte ihn, der jetzt die drückende Luft enger Stuben liebte.

Er schämte sich jetzt überhaupt häufig. Aber nicht eigentlich deswegen, wozu er sich hatte verführen lassen, – denn dies ist in Instituten nichts so Seltenes, – als weil er sich nun tatsächlich einer Art Zärtlichkeit für Basini nicht erwehren konnte und andererseits eindringlicher denn je empfand, wie verachtet und erniedrigt dieser Mensch war.

Er hatte des öfteren heimliche Zusammenkünfte mit ihm. Er führte ihn in alle Verstecke, die er durch Beineberg kannte, und da er selbst auf solchen Schleichwegen nicht geschickt war, fand sich Basini bald besser zurecht als er und wurde zum Führer.

Des Nachts aber ließ ihn eine Eifersucht, mit der er Beineberg und Reiting bewachte, nicht zur Ruhe kommen.

Die beiden hielten sich jedoch von Basini zurück. Vielleicht langweilte er sie bereits. Jedenfalls schien mit ihnen eine Veränderung vor sich gegangen zu sein. Beineberg war finster und verschlossen; wenn er sprach, so handelte es sich um geheimnisvolle Andeutungen von etwas Bevorstehendem. Reiting hatte sein Interesse scheinbar wieder anderen Dingen zugewandt; er flocht mit gewohnter Geschicklichkeit das Netz zu irgendeiner Intrige, indem er die einen durch kleine Gefälligkeiten zu gewinnen suchte und die andern dadurch schreckte, daß er sich durch heimliche List zum Mitwisser ihrer Geheimnisse machte.

Wenn sie zu dritt beisammen waren, drangen die beiden darauf, daß Basini nächstens wieder in die Kammer oder auf den Boden befohlen werde.

Törleß suchte es durch allerhand Ausflüchte hinauszuschieben, litt dabei aber beständig unter dieser heimlichen Anteilnahme.

Vor wenigen Wochen noch hätte er einen solchen Zustand überhaupt nicht verstanden, denn schon von den Eltern her war er kräftig, gesund und natürlich.

Aber man darf auch wirklich nicht glauben, daß Basini in Törleß ein richtiges und – wenn auch noch so flüchtig und verwirrt – wirkliches Begehren erregte. Es war allerdings etwas wie Leidenschaft in Törleß erwacht, aber Liebe war ganz gewiß nur ein zufälliger, beiläufiger Name dafür, und der Mensch Basini nicht mehr als ein stellvertretendes und vorläufiges Ziel dieses Verlangens. Denn wenn sich Törleß auch mit ihm gemein machte, sein Begehren sättigte sich niemals an ihm, sondern wuchs zu einem neuen, ziellosen Hunger über Basini hinaus.

Vorerst war es überhaupt nur die Nacktheit des schlanken Knabenkörpers gewesen, die ihn geblendet hatte.

Der Eindruck war nicht anders, als wäre er den nur schönen, von allem Geschlechtlichen noch fernen Formen eines ganz jungen Mädchens gegenübergestanden. Eine Überwältigung. Ein Staunen. Und die Reinheit, die unwillkürlich von diesem Zustande ausging, war es, die den Schein einer Neigung – dieses neue wunderbar unruhige Gefühl in sein Verhältnis zu Basini trug. Alles andere aber hatte damit wenig zu tun. Dieses übrige des Begehrens war schon längst, – war schon bei Božena und noch viel früher dagewesen. Es war die heimliche, ziellose, auf niemanden bezogene, melancholische Sinnlichkeit des Heranreifenden, welche wie die feuchte, schwarze, keimtragende Erde im Frühjahr ist und wie dunkle unterirdische Gewässer, die nur eines zufälligen Anlasses bedürfen, um durch ihre Mauern zu brechen.

Der Auftritt, den Törleß erlebt hatte, war zu diesem Anlasse geworden. Durch eine Überraschung, ein Mißverständnis, ein Verkennen des Eindruckes wurden die verschwiegenen Verstecke, in denen sich alles Heimliche, Verbotene, Schwüle, Ungewisse und Einsame von Törleß' Seele gesammelt hatte, aufgestoßen und diesen dunklen Regungen die Richtung gegen Basini erteilt. Denn da stießen sie mit einem Male auf etwas, das warm war, atmete, duftete, Fleisch war, an dem diese unbestimmt schweifenden Träume Gestalt gewannen und Teil seiner Schönheit, statt der ätzenden Häßlichkeit, mit der sie Božena in der Einsamkeit gestäupt hatte. Das riß ihnen mit einem Schlage ein Tor zum Leben auf, und in dem entstehenden Zwielicht mengte sich alles, Wünsche und Wirklichkeit, ausschweifende Phantasien und Eindrücke, die noch die warmen Spuren des Lebens trugen, Empfindungen, die von außen einfielen und Flammen, die ihnen von innen entgegenloderten und sie bis zur Unkenntlichkeit einhüllten.

Aber dies alles war für Törleß selbst nicht mehr unterscheidbar und war für ihn in einem einzigen, unklaren, ungegliederten Gefühl vereint, das er in der ersten Überraschung wohl für Liebe nehmen mochte.

Bald aber lernte er es richtiger schätzen. Eine Unruhe trieb ihn von da an rastlos umher. Er legte jedes Ding, das er berührte, kaum ergriffen wieder weg. Er konnte kein Gespräch mit Kameraden führen, ohne grundlos zu verstummen oder zerstreut mehrmals den Gegenstand zu wechseln. Es kam auch vor, daß ihn mitten im Sprechen eine Welle der Scham überflutete, so daß er rot wurde, zu stottern begann, sich abwenden mußte . . .

Er mied untertags Basini. Konnte er es nicht vermeiden ihn anzusehen, so packte ihn fast immer eine Ernüchterung. Jede Bewegung Basinis erfüllte ihn mit Ekel, die ungewissen Schatten seiner Illusionen machten einer kalten, stumpfen Helle Platz, seine Seele schien zusammenzuschrumpfen, bis nichts mehr übrig blieb als die Erinnerung an ein früheres Begehren, das ihm unsagbar unverständig und widerwärtig vorkam. Er stieß seinen Fuß gegen die Erde und krümmte seinen Leib zusammen, nur um sich dieser schmerzhaften Scham zu entwinden.

Er fragte sich, was die anderen zu ihm sagen würden, wenn sie sein Geheimnis wüßten, seine Eltern, seine Lehrer?

Mit dieser letzten Verwunderung brachen seine Qualen aber regelmäßig ab. Eine kühle Müdigkeit bemächtigte sich seiner; die heiße und erschlaffte Haut seines Körpers spannte sich in einem wohligen Frösteln wieder an. Er ließ dann still alle Menschen an sich vorbei. Aber eine gewisse Mißachtung erfüllte ihn gegen alle. Im geheimen verdächtigte er jeden, mit dem er sprach, der ärgsten Dinge.

Und überdies glaubte er, bei ihnen die Scham zu vermissen. Er glaubte nicht, daß sie so litten, wie er es von sich wußte. Die Dornenkrone seiner Gewissensbisse schien ihnen zu fehlen.

Er aber fühlte sich wie ein aus einer tiefen Agonie Erwachter. Wie ein von den verschwiegenen Händen der Auflösung Gestreifter.

Wie einer, der die stille Weisheit einer langen Krankheit nicht vergessen kann.

In diesem Zustande fühlte er sich glücklich, und die Augenblicke kamen immer wieder, wo er sich nach ihm sehnte.

Sie begannen damit, daß er Basini wieder gleichgültig ansehen konnte und das Abscheuliche und Gemeine mit einem Lächeln aushielt. Dann wußte er, daß er sich erniedrigen werde, aber er unterschob dem einen neuen Sinn. Je häßlicher und unwürdiger das war, was ihm Basini bot, desto größer war der Gegensatz zu dem Gefühl einer leidenden Feinheit, das sich nachher einzustellen pflegte.

Törleß zog sich in irgendeinen Winkel zurück, von dem aus er beobachten konnte, ohne selbst gesehen zu werden. Wenn er die Augen schloß, so stieg ein ungewisses Drängen in ihm auf, und wenn er die Augen öffnete, fand er nichts, was er damit hätte vergleichen können. Und dann wuchs *plötzlich* der Gedanke an Basini und riß alles an sich. Bald verlor er dabei alles Bestimmte. Er schien nicht mehr Törleß anzugehören und schien sich nicht mehr auf Basini zu beziehen. Er war ganz von Gefühlen umrauscht, wie von lüsternen Frauen in hochgeschlossenen Gewändern unter vorgebundenen Masken.

Törleß kannte kein einziges beim Namen, er wußte von keinem, was es barg; aber gerade darin lag die berauschende Verlockung. Er kannte sich selbst nicht mehr; und gerade daraus wuchs seine Lust zu wilder, verachtender Ausschweifung, wie wenn bei einem galanten Feste plötzlich die Lichter verlöschen und niemand mehr weiß, wen er zur Erde zieht und mit Küssen bedeckt.

Törleß wurde später, nachdem er die Ereignisse seiner Jugend überwunden hatte, ein junger Mann von sehr feinem und empfindsamem Geiste. Er zählte dann zu jenen ästhetisch-intellektuellen Naturen, welchen die Beachtung der Gesetze und wohl auch teilweise der öffentlichen Moral eine Beruhigung gewährt, weil sie dadurch enthoben sind, über etwas Grobes, von dem feineren seelischen Geschehen Weitabliegendes nachdenken zu müssen, die aber eine gelangweilte Unempfindlichkeit mit dieser großen äußeren, ein wenig ironischen Korrektheit verbinden, sobald man ein persönlicheres Interesse für deren Gegenstände von ihnen verlangt. Denn dieses wirklich sie selbst ergreifende Interesse sammelt sich bei ihnen einzig auf das Wachstum der Seele, des Geistes, oder wie immer man das benennen mag, was hie und da durch einen Gedanken zwischen den Worten eines Buches oder vor den verschlossenen Lippen eines Bildes in uns gemehrt wird; was manchmal erwacht, wenn irgendeine einsame, eigenwillige Melodie von uns fortgeht und – ins Ferne schreitend – mit fremden Bewegungen an dem dünnen, roten Faden zerrt, unseres Blutes, den sie hinter sich herzieht; das aber immer verschwunden ist, wenn wir Akten schreiben, Maschinen bauen, in den Zirkus gehen oder den hundert anderen ähnlichen Beschäftigungen folgen. –

Diesen Menschen sind also die Gegenstände, welche nur ihre moralische Korrektheit herausfordern, höchst gleichgültig. Törleß bereute daher auch nie in seinem späteren Leben das damals Geschehene. Seine Bedürfnisse waren so einseitig schöngeistig zugeschärft, daß es, wenn man ihm etwa eine ganz ähnliche Geschichte von den Ausschweifungen eines Wüstlings erzählt hätte, gewiß völlig außerhalb seines Gesichtskreises gelegen wäre, seine Entrüstung gegen das Geschehene zu richten. Er hätte einen solchen Menschen gewissermaßen nicht deswegen verachtet, weil er ein Wüstling, sondern weil er nichts Besseres ist; nicht wegen seiner Ausschweifungen, sondern wegen des Seelenzustandes, der ihn diese begehen läßt; weil er dumm ist, oder weil seinem Verstande die seelischen Gegengewichte fehlen . . .: immer also nur wegen des traurigen, beraubten, entkräfteten Anblicks, den er bietet. Und er hätte ihn gleicherweise verachtet, ob nun sein Laster in geschlechtlichen Ausschweifungen oder in zwanghaft entartetem Zigarettenrauchen oder Alkoholgenuß bestünde.

Und wie allen dermaßen auf die Steigerung ausschließlich ihrer Geistigkeit konzentrierten Menschen bedeutete auch ihm das bloße Vorhandensein schwüler und exzessiver Regungen noch wenig. Er liebte es damit zu rechnen, daß die Fähigkeit zu genießen, die künstlerischen Talente, das ganze verfeinerte Seelenleben ein Zierat sei, an dem man sich leicht verletze. Er betrachtete es als etwas Unumgängliches, daß ein Mensch von reichem und beweglichem Innenleben Augenblicke habe, um die andere nicht wissen dürfen, und Erinnerungen, die er in geheimen Fächern verwahrt. Und er verlangte von ihm nur, daß er nachträglich sich ihrer mit Feinheit zu bedienen verstehe.

So daß, als er einmal von jemandem, dem er die Geschichte seiner Jugend erzählt hatte, gefragt wurde, ob diese Erinnerung nicht doch manchmal beschämend sei, er lächelnd folgende Antwort gab: «Ich leugne ganz gewiß nicht, daß es sich hier um eine Erniedrigung handelte. Warum auch nicht? Sie verging. Aber etwas von ihr blieb für immer zurück: jene kleine Menge Giftes, die nötig ist, um der Seele die allzu sichere und beruhigte Gesundheit zu nehmen und ihr dafür eine feinere, zugeschärfte, verstehende zu geben.

Wollten Sie übrigens die Stunden der Erniedrigung zählen, die überhaupt von jeder großen Leidenschaft der Seele eingebrannt werden? Denken Sie nur an die Stunden der absichtlichen Demütigung in der Liebe! Diese entrückten Stunden, zu denen sich Liebende über gewisse tiefe Brunnen neigen oder einander das Ohr ans Herz legen, ob sie nicht drinnen die Krallen der großen, unruhigen Katzen ungeduldig an den Kerkerwänden hören? Nur um sich zittern zu fühlen! Nur um über ihr Alleinsein oberhalb dieser dunklen, brandmarkenden Tiefen zu erschrecken! Nur um jäh – in der Angst der Einsamkeit mit diesen düsteren Kräften – sich ganz ineinander zu flüchten!

Sehen Sie doch nur jungen Ehepaaren in die Augen. Du glaubst . . .? steht darin, aber du ahnst ja gar nicht, wie tief wir versinken können! – In diesen Augen liegt ein heiterer Spott gegen den, der von so vielem nichts weiß, und der zärtliche Stolz derer, die miteinander durch alle Höllen gegangen sind.

Und wie diese Liebenden miteinander, so bin ich damals mit mir selbst durch all dies hindurchgegangen.»

Dennoch, wenn Törleß auch später so urteilte, damals, als er sich in dem Sturme einsamer, begehrlicher Empfindungen befand, war diese des guten Endes überzeugte Zuversicht durchaus nicht immer in ihm. Von den Rätseln, die ihn erst vor kurzem gequält hatten, war noch eine unbestimmte Nachwirkung geblieben, die wie ein dunkler ferner Ton am Grunde seiner Erlebnisse klang. Gerade daran mochte er jetzt nicht denken.

Aber zeitweilig mußte er es. Und dann befiel ihn tiefste Hoffnungslosigkeit, und eine ganz andere, eine müde, zukunftslose Beschämung konnte ihn bei diesen Erinnerungen ergreifen.

Trotzdem vermochte er aber auch über diese nicht sich Rechenschaft zu geben.

Dies bewirkten die besonderen Verhältnisse im Institute. Dort, wo die jungen aufdrängenden Kräfte hinter grauen Mauern festgehalten wurden, stauten sie die Phantasie voll wahllos wollüstiger Bilder, die manchem die Besinnung raubten.

Ein gewisser Grad von Ausschweifung galt sogar als männlich, als verwegen, als kühnes Inbesitznehmen vorenthaltener Vergnügungen. Zumal wenn man sich mit der ehrbar verkümmerten Erscheinung der meisten Lehrer verglich. Denn dann gewann das Mahnwort Moral einen lächerlichen Zusammenhang mit schmalen Schultern, mit spitzen Bäuchen auf dünnen Beinen und mit Augen, die hinter ihren Brillen harmlos wie Schäfchen weideten, als sei das Leben nichts als ein Feld voll Blumen ernster Erbaulichkeit.

Im Institute endlich hatte man noch keine Kenntnis vom Leben und keine Ahnung von allen jenen Abstufungen von Gemeinheit und Wüstheit bis zu Krankheit und Lächerlichkeit, die den Erwachsenen in erster Linie mit Widerwillen erfüllen, wenn er von solchen Dingen hört.

Alle diese Hemmnisse, deren Wirksamkeit wir gar nicht abzuschätzen vermögen, fehlten ihm. Er war förmlich naiv in seine Vergehen hineingeraten.

Denn auch die ethische Widerstandskraft, dieses empfindliche Fühlvermögen des Geistes, das er später so hoch schätzte, fehlte damals noch. Aber doch kündigte es sich schon an. Törleß irrte, er sah erst die Schatten, die etwas noch Unerkanntes in ihm in sein Bewußtsein warf, und er hielt sie fälschlich für Wirklichkeit: aber er hatte eine Aufgabe an sich selbst zu erfüllen, eine Aufgabe der Seele, – wenn er ihr auch noch nicht gewachsen war.

Er wußte nur, daß er etwas noch Undeutlichem auf einem Wege gefolgt war, der tief in sein Inneres führte; und er war dabei ermüdet. Er hatte sich gewöhnt, auf außerordentliche, verborgene Entdeckungen zu hoffen, und war dabei in die engen, winkligen Gemächer der Sinnlichkeit gelangt. Nicht aus Perversität, sondern infolge einer augenblicklich ziellosen geistigen Situation.

Und gerade diese Untreue gegen etwas Ernstes, Erstrebtes in sich erfüllte ihn mit einem unklaren Bewußtsein von Schuld; ein unbestimmter, versteckter Ekel verließ ihn niemals ganz, und eine ungewisse Angst verfolgte ihn wie einen, der im Dunkel nicht mehr weiß, ob er noch seinen Weg unter den Füßen hat oder wo er ihn verloren.

Er bemühte sich dann überhaupt nichts zu denken. Stumm und betäubt und aller früheren Fragen vergessend, lebte er dahin. Der feine Genuß an seinen Demütigungen wurde immer seltener.

Noch ließ er ihn nicht, aber doch setzte Törleß am Ende dieser Zeit keinen Widerstand mehr entgegen, als über Basinis Schicksal weiter beschlossen wurde.

Dies geschah einige Tage später, als sie zu dritt in der Kammer beisammen waren. Beineberg war sehr ernst.

Reiting fing zu sprechen an: «Beineberg und ich glauben, daß es auf die bisherige Weise mit Basini nicht mehr weiter geht. Er hat sich mit dem Gehorsam, den er uns schuldet, abgefunden und leidet nicht mehr darunter; er ist von einer frechen Vertraulichkeit wie ein Bedienter. Es ist also an der Zeit, mit ihm einen Schritt weiter zu gehen. Bist du einverstanden?»

«Ich weiß doch noch gar nicht, was ihr mit ihm tun wollt.»

«Das ist auch schwer zurechtgelegt. Wir müssen ihn noch weiter demütigen und herunterdrücken. Ich möchte sehen, wie weit das geht. Auf welche Weise, ist freilich eine andere Frage. Ich habe allerdings auch hierüber einige nette Einfälle. Wir könnten ihn zum Beispiel durchpeitschen, und er müßte Dankpsalmen dazu singen; den Ausdruck dieses Gesanges anzuhören wäre nicht übel, – jeder Ton gewissermaßen von einer Gänsehaut überlaufen. Wir könnten ihn die unsaubersten Sachen apportieren lassen. Wir könnten ihn zu Božena mitnehmen, dort die Briefe seiner Mutter vorlesen lassen, und Božena möchte schon den nötigen Spaß dazu liefern. Doch das alles läuft uns nicht davon. Wir können es uns ruhig ausdenken, ausfeilen und Neues dazufinden. Ohne die entsprechenden Details ist es vorderhand noch langweilig. Vielleicht liefern wir ihn überhaupt der Klasse aus. Das wäre das gescheiteste. Wenn von so vielen jeder nur ein wenig beisteuert, so genügt es, um ihn in Stücke zu zerreißen. Überhaupt habe ich diese Massenbewegungen gern. Keiner will Besonderes dazutun, und doch gehen die Wellen immer höher, bis sie über allen Köpfen zusammenschlagen. Ihr werdet sehen, keiner wird sich rühren, und es wird doch einen Riesensturm geben. So etwas in Szene zu setzen, ist für mich ein außerordentliches Vergnügen.»

«Was wollt ihr aber zunächst tun?»

«Wie gesagt, ich möchte mir das für später aufsparen, vorderhand würde es mir genügen, ihn soweit zu bringen, – durch Drohungen oder Prügel, – daß er wieder zu allem ja sagt.»

«Wozu?» entfuhr es Törleß. Sie sahen sich fest in die Augen.

«Ach, verstell dich nicht; ich weiß sehr wohl, daß du davon unterrichtet bist.» Törleß schwieg. Hatte Reiting etwas erfahren? . . . Klopfte er nur auf den Strauch?

«. . . Doch noch von damals her; Beineberg hat dir doch gesagt, wozu sich Basini hergibt.»

Törleß atmete erleichtert auf.

«Na, mach nur nicht so erstaunte Augen. Damals hast du sie auch so aufgerissen, und es handelt sich doch um nichts gar so Arges. Übrigens hat mir Beineberg gestanden, daß er dasselbe mit Basini tut.» Dabei blickte Reiting mit einer ironischen Grimasse zu Beineberg hinüber. Das war so seine Art, einem anderen ganz öffentlich und ungeniert ein Bein zu stellen.

Aber Beineberg erwiderte nichts; er blieb in seiner nachdenklichen Stellung sitzen und schlug kaum die Augen auf.

«Na, möchtest du nicht mit deiner Sache herausrücken?! Er hat nämlich eine verrückte Idee mit Basini vor und will sie durchaus ausführen, ehe wir anderes unternehmen. Aber sie ist ganz amüsant.»

Beineberg blieb ernst; er sah Törleß mit einem nachdrücklichen Blicke an und sagte: «Erinnerst du dich, was wir damals hinter den Mänteln sprachen?»

«Ja.»

«Ich bin niemals mehr darauf zu sprechen gekommen, denn das bloße Reden hat ja doch keinen Zweck. Aber ich habe darüber nachgedacht, – du kannst mir glauben – oft. Auch das, was Reiting dir eben gesagt hat, ist wahr. Ich habe dasselbe mit Basini getan wie er. Vielleicht noch einiges mehr. Deswegen, weil ich, wie ich schon damals sagte, des Glaubens war, daß die Sinnlichkeit vielleicht das richtige Tor sein könnte. Das war so ein Versuch. Ich wußte keinen anderen Weg zu dem, was ich suchte. Aber dieses Planlose hat keinen Sinn. Darüber habe ich nachgedacht, – nächtelang nachgedacht, – wie man etwas Systematisches an seine Stelle setzen könnte.

Jetzt glaube ich es gefunden zu haben, und wir werden den Versuch machen. Jetzt wirst du auch sehen, wie sehr du damals im Unrecht warst. Alles ist unsicher, was von der Welt behauptet wird, alles geht anders zu. Das lernten wir damals gewissermaßen nur von der Kehrseite kennen, indem wir Punkte aufsuchten, bei denen diese ganze natürliche Erklärung über die eigenen Füße stolpert, jetzt hoffe ich aber das Positive zeigen zu können, – das andere!»

Reiting verteilte die Teeschalen; dabei stieß er vergnügt Törleß an. «Gib gut acht. – Das ist sehr fesch, was er sich ausgetiftelt hat.»

Beineberg aber drehte mit einer raschen Bewegung die Lampe aus. In dem Dunkel warf nur die Spiritusflamme des Kochers unruhige, bläuliche Lichter auf die drei Köpfe.

«Ich löschte die Lampe aus, Törleß, weil es sich so von solchen Dingen besser spricht. Und du, Reiting, kannst meinethalben schlafen, wenn du zu dumm bist, um Tieferes zu begreifen.»

Reiting lachte belustigt.

«Du erinnerst dich also noch an unser Gespräch. Du selbst hattest damals jene kleine Sonderbarkeit in der Mathematik herausgefunden. Dieses Beispiel, daß unser Denken keinen gleichmäßig festen, sicheren Boden hat, sondern über Löcher hinweggeht. – Es schließt die Augen, es hört für einen Moment auf zu sein und wird doch sicher auf die andere Seite hinübergetragen. Wir müßten eigentlich längst verzweifelt sein, denn unser Wissen ist auf allen Gebieten von solchen Abgründen durchzogen, nichts wie Bruchstücke, die in einem unergründlichen Ozean treiben.

Wir verzweifeln aber nicht, wir fühlen uns dennoch so sicher wie auf festem Boden. Wenn wir dieses sichere, gewisse Gefühl nicht hätten, würden wir uns aus Verzweiflung über unseren armen Verstand töten. Dieses Gefühl begleitet uns beständig, es hält uns zusammen, es nimmt unseren Verstand in jedem zweiten Augenblick schützend in den Arm wie ein kleines Kind. So wie wir uns dessen einmal bewußt geworden sind, können wir das Dasein einer Seele nicht mehr leugnen. So wie wir unser geistiges Leben zergliedern und das Unzureichende des Verstandes erkennen, fühlen wir es förmlich. Fühlen es, – verstehst du, – denn wenn dieses Gefühl nicht wäre, würden wir zusammenklappen wie leere Säcke.

Wir haben nur verlernt, auf dieses Gefühl zu achten, aber es ist eines der ältesten. Vor tausenden von Jahren haben schon Völker, die tausende Meilen voneinander wohnten, darum gewußt. Wie man sich einmal damit befaßt, kann man diese Dinge gar nicht leugnen. Doch ich will dich nicht mit Worten überreden; ich werde dir nur das nötigste sagen, damit du nicht ganz unvorbereitet bist. Den Beweis werden die Tatsachen erbringen.

Nimm also an, die Seele existiere, dann ist es doch ganz selbstverständlich, daß wir kein heißeres Bestreben haben können, als den verloren gegangenen Kontakt mit ihr wieder herzustellen, mit ihr wieder vertraut zu werden, ihre Kräfte wieder besser ausnützen zu lernen, Teile der übersinnlichen Kräfte, die in ihrer Tiefe schlummern, für uns zu gewinnen.

Denn das alles ist möglich, es ist schon mehr als einmal gelungen, die Wunder, die Heiligen, die indischen Gottesschauer sind lauter Beglaubigungen für solche Geschehnisse.»

«Hör einmal,» warf Törleß ein, «du redest dich jetzt ein wenig in diesen Glauben hinein. Du hast dazu eigens die Lampe auslöschen müssen. Würdest du aber auch so sprechen, wenn wir jetzt unten zwischen den andern säßen, die Geographie, Geschichte lernen, Briefe nach Hause schreiben, wo die Lampen hell brennen und vielleicht der Präfekt um die Bänke geht? Kämen dir da nicht doch deine Worte etwas abenteuerlich vor, etwas anmaßend, als ob wir gar nicht zu denen gehörten, in einer anderen Welt lebten, achthundert Jahre vorher?»

«Nein, mein lieber Törleß, ich würde dasselbe behaupten. Übrigens ist es ein Fehler von dir, daß du immer nach den andern schielst; du bist zu wenig selbständig. Briefe nach Hause schreiben! Bei solchen Sachen denkst du an deine Eltern! Wer sagt dir, daß sie uns hier überhaupt nur zu folgen vermögen? Wir sind jung, eine Generation später, vielleicht sind uns Dinge vorbehalten, die sie nie in ihrem Leben geahnt haben. Ich wenigstens fühlte es in mir.

Doch wozu lange reden; ich werde es euch ja beweisen.»

Nachdem sie einige Zeit geschwiegen hatten, sagte Törleß: «Wie willst du es denn eigentlich anpacken, deiner Seele habhaft zu werden?»

«Das will ich dir jetzt nicht auseinandersetzen, da ich es ohnedies vor Basini werde tun müssen.»

«Aber beiläufig kannst du es wenigstens sagen.»

«Nun ja. Die Geschichte lehrt, daß es hiezu nur einen Weg gibt: die Versenkung in sich selbst. Nur ist das eben das Schwierige. Die alten Heiligen zum Beispiel, zu der Zeit, wo die Seele sich noch in Wundern äußerte, konnten dieses Ziel durch inbrünstiges Gebet erreichen. Zu jener Zeit war eben die Seele von anderer Art, denn heute versagt dieser Weg. Heute wissen wir nicht, was wir tun sollen; die Seele hat sich verändert, und es liegen leider Zeiten dazwischen, wo man dem nicht die richtige Aufmerksamkeit gewidmet hat und der Zusammenhang unwiederbringlich verloren ging. Einen neuen Weg können wir nur durch sorgfältigste Überlegung finden. Hiemit habe ich mich während der letzten Zeit intensiv beschäftigt. Am nächsten dürfte man wohl mit Hilfe der Hypnose gelangen. Nur ist es noch nie versucht worden. Man macht da immer nur so alltägliche Kunststückchen, weswegen die Methoden noch nicht darauf erprobt sind, ob sie auch zu Höherem führen. Das letzte, was ich hierüber jetzt schon sage, ist, daß ich Basini nicht nach dieser landläufigen Art hypnotisieren werde, sondern nach meiner eigenen, die, wenn ich nicht irre, einer schon im Mittelalter angewandten ähnlich ist.»

«Ist dieser Beineberg nicht kostbar?» lachte Reiting. «Nur hätte er zur Zeit der Weltuntergangsprophezeiungen leben sollen, dann hätte er am Ende wirklich geglaubt, daß es seine Seelenmagie gewesen sei, deretwegen die Welt bestehen blieb.»

Als Törleß auf diesen Spott hin Beineberg ansah, bemerkte er, daß dessen Gesicht ganz starr wie in krampfhafter Aufmerksamkeit verzerrt war. Im nächsten Augenblick fühlte er sich von eiskalten Fingern gefaßt. Törleß erschrak über diese hochgradige Aufregung; dann löste sich die Spannung der ihn umklammernden Hand. «Oh, es war nichts. Nur ein Gedanke. Mir war, als sollte mir etwas Besonderes einfallen, ein Fingerzeig, wie es zu machen sei . . . .»

«Hörst du, du bist wirklich ein wenig angegriffen,» sagte Reiting in jovialer Weise, «sonst warst du doch ein eiserner Kerl und betriebst so etwas nur als Sport; jetzt aber bist du wie ein Frauenzimmer.»

«Ach was – du hast eben keine Ahnung, was das heißt, solche Dinge in der Nähe zu wissen, jeden Tag schon vor ihrem Besitze zu stehen!»

«Streitet nicht,» sagte Törleß – er war im Laufe der wenigen Wochen weit fester und energischer geworden – «meinetwegen kann jeder machen, was er will; ich glaube an gar nichts. Weder deinen geriebenen Quälereien, Reiting, noch Beinebergs Hoffnungen. Und selbst weiß ich nichts zu sagen. Ich warte ab, was ihr herausbringt.»

«Wann also?»

Es wurde die zweitnächste Nacht bestimmt.

Törleß ließ sie widerstandslos an sich herankommen. In dieser neu entstandenen Situation war auch sein Gefühl für Basini völlig erkaltet. Das war sogar eine ganz glückliche Lösung, weil sie wenigstens mit einem Schlage von dem Schwanken zwischen Beschämung und Begierde befreite, aus dem Törleß durch eigene Kraft nicht herauskam. Jetzt hatte er wenigstens einen geraden, klaren Widerwillen gegen Basini, als ob die diesem zugedachten Demütigungen auch ihn beschmutzen könnten.

Im übrigen war er zerstreut und mochte an nichts ernst denken; am allerwenigsten an das, was ihn einst so beschäftigte.

Erst als er mit Reiting die Treppe zum Boden hinaufstieg, während Beineberg mit Basini schon vorausgegangen war, wurde die Erinnerung an das einst in ihm Gewesene lebhafter. Die selbstbewußten Worte wollten ihm nicht aus dem Kopfe, die er in dieser Angelegenheit Beineberg vorgeworfen hatte, und er sehnte sich, diese Zuversicht wieder zu gewinnen. Zögernd hielt er auf jeder Stufe den Fuß zurück. Aber die alte Gewißheit kehrte nicht wieder. Er erinnerte sich zwar aller Gedanken, die er damals gehabt hatte, aber sie schienen ferne an ihm vorüberzugehen, als seien sie nur die Schattenbilder des einst Gedachten.

Schließlich, da er in sich nichts fand, richtete sich seine Neugierde wieder auf die Ereignisse, die von außen kommen sollten, und trieb ihn vorwärts.

Mit raschen Schritten eilte er hinter Reiting die übrigen Stufen hinauf.

Während sich die eiserne Tür knarrend hinter ihnen schloß, fühlte er seufzend, daß Beinebergs Vorhaben zwar nur ein lächerlicher Hokuspokus sei, aber doch wenigstens etwas Festes und Überlegtes, während in ihm alles in undurchsichtiger Verwirrung lag.

Auf einem querlaufenden Balken nahmen sie Platz, – in erwartungsvoller Spannung wie in einem Theater.

Beineberg war mit Basini schon da.

Die Situation schien seinem Vorhaben günstig. Das Dunkel, die abgestandene Luft, der faule, süßliche Geruch, der den Wasserbottichen entströmte, schufen ein Gefühl des Einschlafens, Nichtmehraufwachenkönnens, eine müde, lässige Trägheit.

Beineberg hieß Basini sich zu entkleiden. Die Nacktheit hatte jetzt in dem Dunkel einen bläulichen, faulen Schimmer und wirkte durchaus nicht erregend.

Plötzlich zog Beineberg den Revolver aus der Tasche und hielt ihn gegen Basini.

Selbst Reiting neigte sich da vor, um jeden Augenblick dazwischenspringen zu können.

Aber Beineberg lächelte. Eigentümlich verzerrt; so als ob er es gar nicht wollte, sondern nur das Heraufdrängen irgendwelcher fanatischer Worte seine Lippen zur Seite geschoben hätte.

Basini war wie gelähmt in die Knie gesunken und starrte mit angstvoll aufgerissenen Augen die Waffe an.

«Steh auf,» sagte Beineberg, «wenn du alles genau befolgst, was ich dir sage, soll dir kein Leid geschehen; wie du mich aber durch den geringsten Widerspruch störst, schieße ich dich nieder. Merk dir das!

Ich werde dich allerdings auch so töten, aber du wirst wieder zum Leben zurückkommen. Das Sterben ist uns nicht so fremd, wie du meinst; wir sterben täglich – im tiefen, traumlosen Schlafe.»

Wieder verzog das wirre Lächeln Beinebergs Mund.

«Knie dich jetzt da oben hin,» – in halber Höhe lief ein breiter, wagrechter Balken, – «so – ganz aufrecht – halte dich völlig gerade – das Kreuz mußt du einziehen. Und jetzt schau fort da drauf; aber ohne zu blinzeln, die Augen mußt du so weit öffnen, als du nur kannst!»

Beineberg stellte eine kleine Spiritusflamme so vor ihn hin, daß er den Kopf ein wenig zurückbeugen mußte, um voll hineinzusehen.

Man konnte nicht viel wahrnehmen, aber nach einiger Zeit schien Basinis Körper zu beginnen, wie ein Pendel hin und her zu schwingen. Die bläulichen Reflexe bewegten sich auf seiner Haut auf und ab. Hie und da glaubte Törleß, Basinis Gesicht mit einem ängstlich verzerrten Ausdrucke wahrzunehmen.

Nach einiger Zeit fragte Beineberg: «Bist du müde?»

Diese Frage war in der gewöhnlichen Weise der Hypnotiseure gestellt.

Dann begann er mit leiser, verschleierter Stimme zu erklären:

«Das Sterben ist nur eine Folge unserer Art zu leben. Wir leben von einem Gedanken zum andern, von einem Gefühl zum nächsten. Denn unsere Gedanken und Gefühle fließen nicht ruhig wie ein Strom, sondern sie ‹fallen uns ein›, fallen in uns hinein wie Steine. Wenn du dich genau beobachtest, fühlst du es, daß die Seele nicht etwas ist, das in allmählichen Übergängen seine Farben wechselt, sondern daß die Gedanken wie Ziffern aus einem schwarzen Loch daraus hervorspringen. Jetzt hast du einen Gedanken oder ein Gefühl, und mit einem Male steht ein anderes da wie aus dem Nichts gesprungen. Wenn du aufmerkst, kannst du sogar zwischen zwei Gedanken den Augenblick spüren, wo alles schwarz ist. Dieser Augenblick ist, – einmal erfaßt, für uns geradezu der Tod.

Denn unser Leben ist nichts anderes als Marksteine setzen und von einem zum anderen hüpfen, täglich über tausend Sterbesekunden hinweg. Wir leben nur gewissermaßen in den Ruhepunkten. Deswegen haben wir auch eine so lächerliche Furcht vor dem unwiderruflichen Sterben, denn es ist das schlechthin Marksteinlose, der unermeßliche Abgrund, in den wir hineinfallen. Für diese Art zu leben ist es wirklich die völlige Verneinung.

Aber auch nur unter der Perspektive dieses Lebens, nur für den, der nicht anders gelernt hat sich zu fühlen als von Augenblick zu Augenblick.

Ich nenne dies das hüpfende Übel, und das Geheimnis besteht darin, es zu überwinden. Man muß das Gefühl seines Lebens als eines ruhig Gleitenden in sich erwecken. In dem Momente, wo dies gelingt, ist man dem Tode ebenso nah wie dem Leben. Man lebt nicht mehr, – nach unseren irdischen Begriffen, – aber man kann auch nicht mehr sterben, denn mit dem Leben hat man auch den Tod aufgehoben. Es ist der Augenblick der Unsterblichkeit, der Augenblick, wo die Seele aus unserem engen Gehirn in die wunderbaren Gärten ihres Lebens tritt.

Folge mir also jetzt genau.

Schläfere alle Gedanken ein, starre in diese kleine Flamme; ... denke nicht von einem zum andern .... Konzentriere alle Aufmerksamkeit nach innen .... Starre die Flamme an ... dein Denken wird wie eine Maschine, die immer langsamer geht ... immer ... langsamer ... geht .... Starre nach innen ... so lange, bis du den Punkt findest, wo du dich fühlst, ohne einen Gedanken oder eine Empfindung zu fühlen ....

Dein Schweigen wird mir die Antwort sein. Wende den Blick nicht von innen weg ...!» Minuten verstrichen ....

«Fühlst du den Punkt ...?»

Keine Antwort.

«Höre, Basini, ist es dir gelungen?»

Schweigen.

Beineberg stand auf, und sein hagerer Schatten richtete sich neben dem Balken in die Höhe. Oben schwang Basinis Körper, von der Dunkelheit trunken, merkbar hin und her.

«Dreh dich zur Seite,» befahl Beineberg. «Was jetzt gehorcht, ist nur mehr das Gehirn,» murmelte er, «das mechanisch noch eine

Weile funktioniert, bis die letzten Spuren verzehrt sind, die ihm die Seele aufdrückte. Sie selbst ist irgendwo – in ihrem nächsten Dasein. Sie trägt nicht mehr die Fesseln der Naturgesetze . . .,» er wandte sich jetzt an Törleß, «sie ist nicht mehr zur Strafe verurteilt, einen Körper schwer zu machen, zusammenzuhalten. Neige dich vor, Basini, – so – ganz allmählich . . . immer weiter mit dem Körper hinaus . . . . Sowie die letzte Spur im Gehirn erloschen sein wird, werden die Muskeln nachlassen und der leere Körper in sich zusammenbrechen. Oder er wird schweben bleiben; ich weiß es nicht; die Seele hat eigenmächtig den Körper verlassen, es ist nicht der gewöhnliche Tod, vielleicht bleibt der Körper in der Luft schweben, weil nichts, keine Kraft des Lebens noch des Todes mehr, sich seiner annimmt . . . . Neige dich vor . . . mehr noch.»

In diesem Augenblick polterte Basinis Körper, der aus Angst allen Befehlen gefolgt war, schwer aufschlagend Beineberg zu Füßen.

Vor Schmerz schrie Basini auf. Reiting begann laut zu lachen. Beineberg aber, der einen Schritt zurückgewichen war, stieß einen gurgelnden Wutschrei aus, als er den Betrug erfaßt hatte. Mit einer blitzschnellen Bewegung riß er seinen Ledergurt vom Leibe, faßte Basini bei den Haaren und peitschte wie rasend auf ihn ein. Die ganze ungeheure Spannung, unter der er gestanden war, strömte in diesen wütenden Schlägen aus. Und Basini heulte unter ihnen vor Schmerz, daß es wie die Klage eines Hundes in allen Winkeln zitterte.

Törleß war während des ganzen vorangegangenen Auftrittes ruhig geblieben. Er hatte im stillen gehofft, daß sich vielleicht doch etwas ereignen werde, das ihn wieder mitten in seinen verlorenen Empfindungskreis versetzen würde. Es war eine törichte Hoffnung, dessen blieb er sich stets bewußt, aber sie hatte ihn doch festgehalten. Nun schien ihm jedoch, daß alles vorbei sei. Die Szene widerte ihn an. Ganz gedankenlos; stummer, toter Widerwille.

Er erhob sich leise und ging ohne ein Wort zu sagen fort. Ganz mechanisch.

Beineberg schlug sich noch immer an Basini müde.

Als Törleß im Bette lag, fühlte er: ein Abschluß. Etwas ist vorbei.

Während der nächsten Tage oblag er ruhig seinen Arbeiten in der Schule; er kümmerte sich um nichts; Reiting und Beineberg mochten wohl einstweilen ihr Programm Punkt für Punkt in Szene setzen, Törleß ging ihnen aus dem Wege.

Da trat am vierten Tage, als gerade niemand zugegen war, Basini auf ihn zu. Er sah elend aus, sein Gesicht war bleich und abgemagert, in seinen Augen flackerte das Fieber einer beständigen Angst. Mit scheuen Seitenblicken, in hastigen Worten stieß er hervor: «Du mußt mir helfen! Nur du kannst es tun! Ich halte es nicht mehr länger aus, wie sie mich quälen. Alles Frühere habe ich ertragen, ... jetzt aber werden sie mich noch totschlagen!»

Törleß war es unangenehm, hierauf eine Antwort zu geben. Endlich sagte er: «Ich kann dir nicht helfen; du selbst bist an allem schuld, was mit dir geschieht.»

«Aber du warst doch vor kurzem noch so lieb zu mir.»

«Niemals.»

«Aber ....»

«Schweig davon. Das war nicht ich .... Ein Traum .... Eine Laune .... Es ist mir sogar recht, daß deine neue Schande dich von mir fortgerissen hat .... Es ist gut so für mich ....»

Basini ließ den Kopf sinken. Er fühlte, daß ein Meer von grauer, nüchterner Enttäuschung sich zwischen ihn und Törleß geschoben hatte .... Törleß war kalt, ein anderer.

Da warf er sich vor ihm in die Knie, schlug mit dem Kopf auf den Boden und schrie: «Hilf mir! Hilf mir! ... Um Gottes willen, hilf mir!»

Törleß zauderte einen Augenblick. In ihm war weder der Wunsch, Basini zu helfen, noch genügend Empörung, um ihn von sich zu stoßen. So folgte er dem erstbesten Gedanken. «Komm heute nacht auf den Boden, ich will noch einmal mit dir darüber sprechen.» Im nächsten Augenblick bereute er aber schon.

«Wozu nochmals daran rühren?» fiel ihm ein und er sagte überlegend: «Doch sie würden dich ja sehen; es geht nicht.»

«O nein, sie blieben die letzte Nacht bis zum Morgen mit mir auf, – sie werden heute schlafen.»

«Also meinetwegen. Aber erwarte nicht, daß ich dir helfen werde.»

Törleß hatte Basini die Zusammenkunft entgegen seiner eigentlichen Überzeugung bestimmt. Denn die war, daß alles innerlich vorbei sei und nichts mehr zu holen. Nur mehr eine Art Pedanterie, eine von vorneherein hoffnungslose, eigensinnige Gewissenhaftigkeit hatte ihm eingeblasen, nochmals an den Ereignissen herumzutasten.

Er hatte das Bedürfnis, es kurz zu machen.

Basini wußte nicht, wie er sich benehmen sollte. Er war so verprügelt, daß er sich kaum zu rühren getraute. Alles Persönliche schien aus ihm gewichen zu sein; nur in den Augen hatte sich ein Rest davon zusammengedrängt und schien sich angstvoll, flehend an Törleß zu klammern.

Er wartete, was dieser tun werde.

Endlich brach Törleß das Schweigen. Er sprach rasch, gelangweilt, so wie wenn man eine längst abgetane Sache der Form halber nochmals erledigen muß.

«Ich werde dir nicht helfen. Ich hatte allerdings eine Zeitlang ein Interesse an dir, aber das ist jetzt vorbei. Du bist wirklich nichts als ein schlechter, feiger Kerl. Gewiß nichts anderes. Was soll mich da noch an dich halten! Früher glaubte ich immer, daß ich für dich ein Wort, eine Empfindung finden müßte, die dich anders bezeichnete; aber es gibt wirklich nichts Bezeichnenderes, als zu sagen, daß du schlecht und feig bist. Das ist so einfach, so nichtssagend und doch alles, was man vermag. Was ich früher anderes von dir wollte, habe ich vergessen, seit du dich mit deinen geilen Bitten dazwischen gedrängt hast. Ich wollte einen Punkt finden, fern von dir, um dich von dort anzusehen . . ., das war mein Interesse an dir; du selbst hast es zerstört; . . . doch genug, ich bin dir ja keine Erklärung schuldig. Nur eines noch: Wie ist dir jetzt zumute?»

«Wie soll mir zumute sein? Ich kann es nicht länger ertragen.»

«Sie machen jetzt wohl sehr Arges mit dir und es schmerzt dich?»

«Ja.»

«Aber so ganz einfach ein Schmerz? Du fühlst, daß du leidest, und du willst dem entgehen? Ganz einfach und ohne Komplikation?»

Basini fand keine Antwort.

«Nun ja, ich frage nur so nebenher, nicht genau genug. Aber das ist ja gleichgültig. Ich habe nichts mehr mit dir zu tun; ich sagte es schon. Ich vermag in deiner Gesellschaft nicht das geringste mehr zu fühlen. Mach, was du willst . . .»

Törleß wollte gehen.

Da riß sich Basini die Kleider vom Leibe und drängte sich an Törleß heran. Sein Körper war von Striemen überzogen, – widerwärtig. Seine Bewegung elend wie die eines ungeschickten Freudenmädchens. Ekelnd wandte sich Törleß ab.

Er hatte aber kaum die ersten Schritte in das Dunkel hineingetan, als er auf Reiting stieß.

«Was ist das, du hast geheime Zusammenkünfte mit Basini?»

Törleß folgte dem Blicke Reitings und sah auf Basini zurück. Gerade an der Stelle, wo dieser stand, fiel von einer Dachluke her ein breiter Balken Mondlicht ein. Die bläulich überhauchte Haut mit den wunden Malen sah darin aus wie die eines Aussätzigen. Unwillkürlich suchte sich Törleß für diesen Anblick zu entschuldigen.

«Er hat mich darum gebeten.»
«Was will er?»
«Ich soll ihn beschützen.»
«Na, da ist er ja an den Richtigen gekommen.»
«Vielleicht würde ich es doch tun, aber mir ist die ganze Geschichte langweilig.»
Reiting sah unangenehm betroffen auf, dann fuhr er zornig Basini an.
«Wir werden dich schon lehren, Heimlichkeiten gegen uns anzustiften! Dein Schutzengel Törleß wird selbst zusehen und sein Vergnügen daran haben.»
Törleß hatte sich bereits abgewandt gehabt, aber diese offenbar an seine Adresse gerichtete Bosheit hielt ihn, ohne daß er überlegte, zurück.
«Höre, Reiting, das werde ich nicht tun. Ich will nichts mehr damit zu schaffen haben; mir ist das Ganze zuwider.»
«Auf einmal?»
«Ja, auf einmal. Denn früher suchte ich hinter all dem etwas ....»
Warum nur drängte sich ihm dies jetzt wieder beständig auf ...!
«Aha, das zweite Gesicht.»
«Jawohl; jetzt aber sehe ich nur, daß du und Beineberg abgeschmackt roh seid.»
«Oh, du sollst sehen, wie Basini Kot frißt», witzelte Reiting.
«Das interessiert mich jetzt nicht mehr.»
«Hat dich aber doch ...!»
«Ich sagte dir schon, nur solange mir Basinis Zustand dabei ein Rätsel war.»
«Und jetzt?»
«Ich weiß jetzt nichts von Rätseln. Alles geschieht: Das ist die ganze Weisheit.» Törleß wunderte sich, daß ihm auf einmal wieder Gleichnisse einfielen, die sich jenem verloren gegangenen Empfindungskreise näherten. Als Reiting spöttisch erwiderte, «nun, diese Weisheit braucht man wohl nicht erst weither zu holen», schoß daher in ihm ein zorniges Gefühl der Überlegenheit empor und legte ihm harte Worte in den Mund. Für einen Augenblick verachtete er Reiting so sehr, daß er ihn am liebsten mit Füßen getreten hätte.
«Spotten magst du; was aber *ihr* jetzt treibt, ist nichts als eine gedankenlose, öde, ekelhafte Quälerei!»
Reiting warf einen Seitenblick auf den aufhorchenden Basini.
«Halte dich zurück, Törleß!»
«Ekelhaft, schmutzig – du hast es gehört!»
Jetzt brauste auch Reiting auf.

«Ich verbiete dir, uns hier vor Basini zu beschimpfen!»

«Ach was. Du hast nichts zu verbieten! Die Zeit ist vorbei. Ich hatte einmal vor dir und Beineberg Respekt, jetzt sehe ich aber, was ihr gegen mich seid. Stumpfsinnige, widerwärtige, tierische Narren!»

«Halte deinen Mund, oder ...!!» Reiting schien auf Törleß zuspringen zu wollen. Törleß wich einen Schritt zurück und schrie ihn an: «Glaubst du, ich werde mich mit dir prügeln?! Dafür steht mir Basini nicht. Mach mit ihm, was du willst, aber laß mich jetzt vorbei!!»

Reiting schien sich eines Besseren als seines Dreinschlagens besonnen zu haben und trat zur Seite. Nicht einmal Basini rührte er an. Aber Törleß, der ihn kannte, wußte nun, daß hinter seinem Rücken eine bösartige Gefahr drohe.

Schon am zweitnächsten Nachmittage traten Reiting und Beineberg auf Törleß zu.

Dieser bemerkte den bösen Ausdruck ihrer Augen. Offenbar trug Beineberg den lächerlichen Zusammenbruch seiner Prophezeiungen nun ihm nach, und Reiting mochte ihn überdies bearbeitet haben.

«Wie ich hörte, hast du uns beschimpft. Noch dazu vor Basini. Weswegen?»

Törleß gab keine Antwort.

«Du weißt, daß wir uns solches nicht bieten lassen. Weil aber du es bist, dessen launenhafte Einfälle wir ja gewöhnt sind und nicht hoch anschlagen, wollen wir die Sache ruhen lassen. Nur eines mußt du tun.» Trotz dieser freundlichen Worte war etwas böse Wartendes in Beinebergs Augen.

«Basini kommt heute nacht in die Kammer; wir werden ihn dafür züchtigen, daß er dich aufhetzte. Wenn du uns weggehen siehst, komme nach.»

Aber Törleß sagte nein: «... Ihr könnt machen, was ihr wollt; mich müßt ihr dabei aus dem Spiele lassen.»

«Wir werden heute nacht Basini noch genießen, morgen liefern wir ihn der Klasse aus, denn er beginnt sich aufzulehnen.»

«Macht, was ihr wollt.»

«Du wirst aber dabei sein.»

«Nein.»

«Gerade vor dir muß Basini sehen, daß ihm nichts gegen uns helfen kann. Gestern weigerte er sich schon, unsere Befehle auszuführen; wir haben ihn halbtot geschlagen, und er blieb dabei. Wir müssen wieder zu moralischen Mitteln greifen, ihn erst vor dir, dann vor der Klasse demütigen.»

«Ich werde aber nicht dabei sein!»

«Warum?»

«Nein.»

Beineberg schöpfte Atem; er sah aus, als wolle er Gift auf seinen Lippen sammeln, dann trat er ganz nahe an Törleß heran.

«Glaubst du wirklich, daß wir nicht wissen, warum? Denkst du, wir wissen nicht, wie weit du dich mit Basini eingelassen hast?»

«Nicht weiter als ihr.»

«So. Und da würde er gerade dich zu seinem Schutzpatron erwählt haben? Was? – Gerade zu dir würde ihn das große Zutrauen erfaßt haben? Für so dumm wirst du uns doch nicht halten.»

Törleß wurde zornig. «Wißt, was ihr wollt, mich aber laßt jetzt mit euren dreckigen Geschichten in Ruhe.»

«Wirst du schon wieder grob?!»

«Ihr ekelt mich an! Eure Gemeinheit ist ohne Sinn! Das ist das Widerwärtige an euch.»

«So höre. Du solltest uns für so manches zur Dankbarkeit verpflichtet sein. Wenn du glaubst, dich trotzdem jetzt über uns erheben zu können, die wir deine Lehrmeister waren, so irrst du dich arg. Kommst du heute abend mit oder nicht??»

«Nein!»

«Mein lieber Törleß, wenn du dich gegen uns auflehnst und nicht kommst, so wird es dir gerade so gehen wie Basini. Du weißt, in welcher Situation dich Reiting getroffen hat. Das genügt. Ob wir mehr oder weniger getan haben, wird dir wenig nützen. Wir werden alles gegen dich wenden. Du bist in solchen Dingen lange zu dumm und unentschlossen, um dagegen aufkommen zu können.

Wenn du dich also nicht rechtzeitig besinnst, stellen wir dich der Klasse als den Mitschuldigen Basinis hin. Dann mag er dich beschützen. Verstanden?»

Wie ein Unwetter war diese Flut von Drohungen, bald von Beineberg, bald von Reiting, bald von beiden zugleich hervorgestoßen, über Törleß weggerauscht. Als die beiden fort waren, rieb er sich die Augen, als hätte er geträumt. Aber Reiting kannte er; der war im Zorne der größten Niedertracht fähig, und Törleß' Schimpf und Auflehnung schienen ihn tief verletzt zu haben. Und Beineberg? Er hatte ausgesehen, als zitterte er unter einem jahrelang verhaltenen Hasse, ... und das doch nur, weil er sich vor Törleß böse blamiert hatte.

Doch je tragischer sich die Ereignisse über seinem Kopfe zusammenzogen, desto gleichgültiger und mechanischer erschienen sie

Törleß. Er hatte vor den Drohungen Angst. Das ja; aber weiter nichts. Die Gefahr hatte ihn mitten in das Wirbeln der Wirklichkeit gezogen.

Er legte sich zu Bett. Er sah Beineberg und Reiting weggehen und den müden Schritt Basinis vorbeischlürfen. Aber er ging nicht mit.

Doch marterten ihn schreckliche Vorstellungen. Zum ersten Male dachte er wieder mit einiger Innigkeit an seine Eltern. Er fühlte, daß er diesen ruhigen, gesicherten Boden brauche, um das zu festigen und auszureifen, was ihm bisher nur Verlegenheiten gebracht hatte.

Was aber war das? Er hatte keine Zeit, darüber nachzudenken und über die Ereignisse zu grübeln. Nur eine leidenschaftliche Sehnsucht fühlte er, aus diesen wirren, trubelnden Verhältnissen herauszukommen, eine Sehnsucht nach Stille, nach Büchern war in ihm. Als sei seine Seele schwarze Erde, unter der sich die Keime schon regen, ohne daß man noch weiß, wie sie herausbrechen werden. Das Bild eines Gärtners drängte sich ihm auf, der jeden Morgen seine Beete begießt, mit gleichmäßiger, zuwartender Freundlichkeit. Dieses Bild ließ ihn nicht los, seine zuwartende Sicherheit schien alle Sehnsucht auf sich zu sammeln. Nur so darf es kommen! Nur so! fühlte Törleß, und über alle Angst und alle Bedenken sprang die Überzeugung hinweg, daß er alles daransetzen müsse, diesen Seelenzustand zu erreichen.

Nur über das, was zunächst zu geschehen habe, war er sich noch nicht klar. Denn vor allen Dingen wurde durch diese Sehnsucht nach friedlicher Vertiefung sein Abscheu vor dem bevorstehenden Intrigenspiel nur noch verstärkt. Auch hatte er wirkliche Angst vor der ihm auflauernden Rache. Sollten die beiden wirklich versuchen, ihn vor der Klasse anzuschwärzen, so würde ihn die Gegenarbeit einen ungeheuren Aufwand an Energie kosten, um den es ihm gerade jetzt leid tat. Und dann, – selbst wenn er nur an diesen Wirrwarr, an dieses jedes höheren Wertes bare Sichstoßen mit fremden Absichten und Willenskräften dachte, überlief ihn ein Ekel.

Da fiel ihm ein Brief ein, den er lange vorher von zu Hause erhalten hatte. Es war die Antwort auf einen von ihm an die Eltern gerichteten, in dem er damals, so gut es gehen mochte, von seinen sonderbaren Seelenzuständen berichtet hatte, bevor noch die Episode mit der Sinnlichkeit eingetreten war. Es war wieder eine recht hausbackene Antwort, voll rechtschaffener, langweiliger Ethik gewesen und riet ihm, Basini zu bewegen, daß er sich selbst stelle, damit dieser unwürdige, gefährliche Zustand seiner Abhängigkeit ein Ende finde.

Diesen Brief hatte Törleß später wieder gelesen, als Basini nackt neben ihm auf den weichen Decken der Kammer lag. Und es hatte ihm eine besondere Lust bereitet, diese schwerfälligen, einfachen, nüchternen Worte auf der Zunge zergehen zu lassen, während er sich dachte, daß seine Eltern wohl durch das allzu Taghelle ihres Daseins blind gegen das Dunkel seien, in dem seine Seele augenblicks wie eine geschmeidige Raubkatze kauerte.

Heute aber langte er ganz anders nach dieser Stelle, als sie ihm wieder einfiel.

Eine angenehme Beruhigung breitete sich über ihn, als hätte er die Berührung einer festen, gütigen Hand gefühlt. Die Entscheidung war in diesem Augenblick gefallen. Ein Gedanke war in ihm aufgeblitzt, und er hatte ihn bedenkenlos ergriffen, gleichsam unter dem Patronate seiner Eltern.

Er blieb wach liegen, bis die drei zurückkamen. Dann wartete er, bis er an den gleichmäßigen Atemzügen hörte, daß sie schliefen. Nun riß er hastig ein Blatt aus seinem Notizbuche und schrieb bei dem ungewissen Lichte der Nachtlampe in großen, schwankenden Buchstaben darauf:

«Sie werden dich morgen der Klasse ausliefern, und es steht dir Fürchterliches bevor. Der einzige Ausweg ist, daß du dich selbst dem Direktor anzeigst. Zu Ohren würde es ihm ja auch ohnedies kommen, nur daß man dich vorher noch halbtot prügeln würde.

Schiebe alles auf R. und B. und schweige von mir.

Du siehst, daß ich dich retten will.»

Diesen Zettel steckte er dem Schlafenden in die Hand.

Dann schlief auch er, von der Aufregung erschöpft, ein.

Den nächsten Tag schienen Beineberg und Reiting noch als Frist Törleß gewähren zu wollen.

Mit Basini wurde es jedoch Ernst.

Törleß sah, wie Beineberg und Reiting zu einzelnen hingingen, und wie sich dort um sie herum Gruppen bildeten, in denen eifrig geflüstert wurde.

Dabei wußte er nicht, ob Basini seinen Zettel gefunden habe, denn ihn zu sprechen fand sich keine Gelegenheit, da sich Törleß beobachtet fühlte.

Anfangs hatte er überhaupt Angst, daß es sich auch schon um ihn handle. Aber er war nunmehr im Angesichte der Gefahr von ihrer Widerwärtigkeit so gelähmt, daß er alles an sich hätte herankommen lassen.

Später erst mischte er sich zaghaft, gefaßt, daß sich augenblicks alle gegen ihn kehren würden, unter eine der Gruppen.

Aber man bemerkte ihn gar nicht. Es galt vorläufig erst Basini.

Die Aufregung wuchs. Törleß konnte es beobachten. Reiting und Beineberg mochten wohl noch Lügen hinzugetan haben ....

Erst lächelte man, dann wurden einige ernst, und böse Blicke glitten an Basini vorbei, endlich brütete es wie ein dunkles, heißes, von finsteren Gelüsten schwangeres Schweigen über der Klasse.

Zufällig war ein freier Nachmittag.

Alle versammelten sich hinten bei den Kästen; dann wurde Basini vorgerufen.

Beineberg und Reiting standen wie zwei Bändiger zu seinen Seiten.

Das probate Mittel des Entkleidens machte, nachdem man die Türen verschlossen und Posten ausgestellt hatte, allgemeinen Spaß.

Reiting hielt ein Päckchen Briefe von Basinis Mutter an diesen in seiner Hand und begann vorzulesen.

«Mein gutes Kind ...»

Allgemeines Gebrülle.

«Du weißt, daß ich von dem wenigen Gelde, über das ich als Witwe verfüge ...»

Unflätiges Lachen, zügellose Scherze flattern aus der Masse auf. Reiting will weiterlesen. Plötzlich stößt einer Basini. Ein anderer, auf den er dabei fällt, stößt ihn halb im Scherze, halb in Entrüstung zurück. Ein dritter gibt ihn weiter. Und plötzlich fliegt Basini, nackt, mit von der Angst aufgerissenem Munde, wie ein wirbelnder Ball, unter Lachen, Jubelrufen, Zugreifen aller im Saale umher, – von einer Seite zur andern, – stößt sich Wunden an den scharfen Ecken der Bänke, fällt in die Knie, die er sich blutig reißt, – und stürzt endlich blutig, bestaubt, mit tierischen, verglasten Augen zusammen, während augenblicklich Schweigen eintritt und alles vordrängt, um ihn am Boden liegen zu sehen.

Törleß schauderte. Er hatte die Macht der fürchterlichen Drohung vor sich gesehen.

Und immer noch wußte er nicht, was Basini tun werde.

In der nächsten Nacht sollte Basini an ein Bett gebunden werden, und man hatte beschlossen, ihn mit Florettklingen durchzupeitschen.

Aber zur allgemeinen Verwunderung erschien schon am frühen Morgen der Direktor in der Klasse. In seiner Begleitung der Klassenvorstand und zwei Lehrer. Basini wurde von der Klasse entfernt und in ein eigenes Zimmer gebracht.

Der Direktor aber hielt eine zornige Ansprache wegen der zutage getretenen Roheiten und ordnete eine strenge Untersuchung an.

Basini hatte sich selbst gestellt.

Jemand mußte ihn von dem ihm Bevorstehenden verständigt haben.

Gegen Törleß schöpfte niemand Verdacht. Er saß still und in sich gekehrt, als ginge ihn das Ganze gar nichts an.

Nicht einmal Reiting und Beineberg suchten in ihm den Verräter. Ihre Drohungen gegen ihn hatten sie selbst nicht ernst genommen; sie hatten sie, um ihn einzuschüchtern, um ihre Überlegenheit fühlbar zu machen, vielleicht auch aus Ärger hervorgestoßen; jetzt, wo ihr Zorn vorüber war, dachten sie kaum mehr daran. Schon die Verbindlichkeiten gegen seine Eltern würden sie von einem Vorgehen gegen Törleß zurückgehalten haben. Das war ihnen so selbstverständlich, daß sie sich auch von seiner Seite nicht des geringsten versahen.

Törleß empfand über seinen Schritt keine Reue. Das Heimliche, Feige, das diesem anhaftete, kam gegenüber dem Gefühle einer gänzlichen Befreiung nicht zur Geltung. Nach all den Aufregungen war es in ihm wundersam klar und weit geworden.

Er beteiligte sich nicht an den erregten Gesprächen über das zu Erwartende, die allenthalben gepflogen wurden; er lebte den ganzen Tag ruhig vor sich hin.

Als es Abend wurde und die Lampen brannten, setzte er sich auf seinen Platz, und das Heft, in dem jene flüchtigen Aufzeichnungen eingetragen waren, hatte er vor sich hingelegt.

Aber er las lange nicht darin. Er strich mit der Hand über die Seiten und ihm war, daß ein feiner Duft aus ihnen aufsteige, wie Lavendel aus alten Briefen. Es war die mit Wehmut gemischte Zärtlichkeit, die wir einer abgeschlossenen Vergangenheit entgegenbringen, wenn wir in dem zarten, blassen Schatten, der mit Totenblumen in den Händen aus ihr aufsteigt, vergessene Ähnlichkeiten mit uns wiederentdecken.

Und dieser wehmütige feine Schatten, dieser bleiche Duft schien sich in einem breiten, vollen, warmen Strom zu verlieren, – dem Leben, das nun offen vor Törleß lag.

Eine Entwicklung war abgeschlossen, die Seele hatte einen neuen Jahresring angesetzt wie ein junger Baum, – dieses noch wortlose, überwältigende Gefühl entschuldigte alles, was geschehen war.

Nun begann Törleß seine Erinnerungen zu durchblättern. Die Sätze, in denen er hilflos das Geschehene – dieses vielfältige Staunen und Betroffensein vom Leben – konstatiert hatte, wurden wieder lebendig, schienen sich zu regen und gewannen Zusammenhang.

Wie ein heller Weg lagen sie vor ihm, in den sich die Spuren seiner tastenden Schritte geprägt hatten. Aber noch schien ihnen etwas zu fehlen; kein neuer Gedanke, oh nein; aber sie packten Törleß noch nicht mit voller Lebendigkeit.

Er fühlte sich unsicher. Und nun kam ihm die Angst, morgen vor seinen Lehrern zu stehen und sich rechtfertigen zu müssen. Womit?! Wie sollte er ihnen das auseinandersetzen? Diesen dunklen, geheimnisvollen Weg, den er gegangen. Wenn sie ihn fragen würden: warum hast du Basini mißhandelt? – so könnte er ihnen doch nicht antworten: weil mich dabei ein Vorgang in meinem Gehirn interessierte, ein Etwas, von dem ich heute trotz allem noch wenig weiß und vor dem alles, was ich darüber denke, mir belanglos erscheint.

Dieser kleine Schritt, der ihn noch von dem Endpunkte des geistigen Prozesses trennte, den er durchzumachen hatte, schreckte ihn wie ein ungeheurer Abgrund.

Und ehe es noch Nacht wurde, befand sich Törleß in einer fieberhaften, ängstlichen Aufregung.

Am nächsten Tage, als man die Zöglinge einzeln zum Verhöre rief, war Törleß verschwunden.

Man hatte ihn zuletzt am Abend, vor einem Hefte sitzend, gesehen, anscheinend lesend.

Man suchte im ganzen Institute, Beineberg sah heimlich in der Kammer nach, Törleß war nicht zu finden.

Da wurde klar, daß er aus dem Institute geflohen war, und man verständigte nach allen Seiten die Behörden, ihn mit Schonung einzubringen.

Die Untersuchung nahm mittlerweile ihren Anfang.

Reiting und Beineberg, welche glaubten, daß Törleß aus Angst vor ihrer Drohung, ihn hineinzulegen, geflohen sei, fühlten sich verpflichtet, nun jeden Verdacht von ihm abzulenken, und traten kräftig für ihn ein.

Sie wälzten alle Schuld auf Basini, und die ganze Klasse bezeugte es Mann für Mann, daß Basini ein diebischer, nichtswürdiger Kerl sei, der den wohlmeinendsten Versuchen, ihn zu bessern, nur mit neuen Rückfällen antworte. Reiting beteuerte, daß sie ja einsähen, gefehlt zu haben, es aber nur deswegen getan hätten, weil ihnen ihr Mitleid sagte, man solle einen Kameraden nicht eher der Strafe ausliefern, als man alle Mittel gütlicher Belehrung erschöpft habe, und wieder schwur die ganze Klasse, daß Basinis Mißhandlung nur ein Überschäumen war, weil Basini den ihn aus den edelsten Empfindungen Schonenden mit größtem, gemeinstem Hohne begegnet war.

Kurz, es war eine wohlverabredete Komödie, von Reiting glänzend inszeniert, und alle ethischen Töne wurden zur Entschuldigung angeschlagen, welche in den Ohren der Erzieher Wert haben.

Basini schwieg stumpfsinnig zu allem. Vom vorgestrigen Tag her lag noch ein tödlicher Schreck auf ihm, und die Einsamkeit seiner Zimmerhaft, der ruhige, geschäftsmäßige Gang der Untersuchung waren für ihn schon eine Erlösung. Er wünschte sich nichts als ein rasches Ende. Überdies hatten Reiting und Beineberg nicht verabsäumt, ihn mit der fürchterlichsten Rache zu bedrohen, falls er gegen sie aussage.

Da wurde Törleß eingebracht. Todmüde und hungrig hatte man ihn in der nächsten Stadt aufgegriffen.

Seine Flucht schien nun das einzig Rätselhafte in der ganzen Angelegenheit zu sein. Aber die Situation war ihm günstig. Beineberg und Reiting hatten gut vorgearbeitet, von der Nervosität gesprochen, die er in der letzten Zeit an den Tag gelegt haben sollte, von seiner moralischen Feinfühligkeit, die es sich schon zum Verbrechen anrechne, daß er, der von Anfang an um alles wußte, nicht gleich die Sache zur Anzeige gebracht habe und auf diese Weise die Katastrophe mit verschuldete.

Törleß wurde also schon mit einem gewissen gerührten Wohlwollen empfangen, und die Kameraden bereiteten ihn rechtzeitig darauf vor.

Dennoch war er fürchterlich aufgeregt, und die Angst, sich nicht verständlich machen zu können, erschöpfte ihn völlig . . . .

Die Untersuchung wurde aus Diskretion, da man doch etwaige Enthüllungen befürchtete, in der Privatwohnung des Direktors geführt. Zugegen waren außer diesem noch der Klassenvorstand, der Religionslehrer und der Mathematikprofessor, welchem es als dem Jüngsten des Lehrerkollegiums zugefallen war, die protokollarischen Notizen zu führen.

Um das Motiv seiner Flucht befragt, schwieg Törleß.

Allseitiges, verständnisvolles Kopfnicken.

«Nun gut,» sagte der Direktor, «wir sind hierüber unterrichtet. Aber sagen Sie uns, was Sie bewog, das Vergehen des Basini zu verheimlichen.»

Törleß hätte nun lügen können. Aber seine Scheu war gewichen. Es reizte ihn förmlich, von sich zu sprechen und seine Gedanken an diesen Köpfen zu versuchen.

«Ich weiß es nicht genau, Herr Direktor. Als ich das erstemal davon hörte, schien es mir etwas ganz Ungeheuerliches zu sein, ... etwas gar nicht Vorstellbares ....»

Der Religionslehrer nickte Törleß befriedigt und aufmunternd zu.

«Ich ... ich dachte an Basinis Seele ....»

Der Religionslehrer strahlte über das ganze Gesicht, der Mathematiker putzte seinen Klemmer, rückte ihn zurecht, kniff die Augen zusammen ....

«Ich konnte mir den Augenblick nicht vorstellen, in dem eine solche Demütigung über Basini hereinbrach, und deswegen trieb es mich immer wieder in dessen Nähe ....»

«Nun ja, – Sie wollen wohl damit sagen, daß Sie einen natürlichen Abscheu vor dem Fehltritte Ihres Kameraden hatten und daß der Anblick des Lasters Sie gewissermaßen bannte, so wie man es von dem Blick der Schlangen ihren Opfern gegenüber behauptet.»

Der Klassenvorstand und der Mathematiker beeilten sich, ihre Zustimmung zu dem Gleichnis durch lebhafte Gesten zu erkennen zu geben.

Aber Törleß sagte: «Nein, es war nicht eigentlich ein Abscheu. Es war so: einmal sagte ich mir, er habe gefehlt und man müsse ihn denen überantworten, die ihn zu bestrafen haben ....»

«So hätten Sie auch handeln sollen.»

«... Dann aber erschien er mir wieder so sonderbar, daß ich gar nicht ans Strafen dachte, mich von einer ganz anderen Seite aus ihm gegenüberbefand; es gab jedesmal in mir einen Sprung, wenn ich so an ihn dachte ....»

«Sie müssen sich deutlicher ausdrücken, mein lieber Törleß.»

«Das kann man nicht anders sagen, Herr Direktor.»

«Doch, doch. Sie sind aufgeregt; wir sehen es ja; verwirrt; – was Sie eben sagten, war sehr dunkel.»

«Nun ja, ich fühle mich verwirrt; ich hatte einmal schon viel bessere Worte dafür. Aber es kommt doch immer auf dasselbe hinaus, daß etwas Wunderliches in mir war ....»

«Gut, – aber das ist doch wohl selbstverständlich bei dieser ganzen Angelegenheit.»

Törleß überlegte einen Augenblick.

«Vielleicht kann man es so sagen: Es gibt gewisse Sachen, die bestimmt sind, gewissermaßen in doppelter Form in unser Leben einzugreifen. Ich fand als solche Personen, Ereignisse, dunkle, verstaubte Winkel, eine hohe, kalte, schweigende, plötzlich lebendig werdende Mauer ...»

«Aber um Himmels willen. Törleß, wohin verirren Sie sich?»

Aber Törleß bereitete es nun einmal Vergnügen, alles aus sich herauszureden.

«. . . imaginäre Zahlen . . . .»

Alle sahen bald einander, bald Törleß an. Der Mathematiker hüstelte:

«Ich muß da zu besserem Verständnis dieser dunklen Angaben hinzufügen, daß mich der Zögling Törleß einmal aufgesucht hat, um sich eine Erklärung gewisser Grundbegriffe der Mathematik – so auch des Imaginären – zu erbitten, die der ungeschulten Vernunft tatsächlich Schwierigkeiten bereiten können. Ich muß sogar gestehen, daß er hiebei unleugbaren Scharfsinn entwickelte, jedoch mit einer wahren Manie nur solche Dinge ausgesucht hatte, welche gewissermaßen eine Lücke in der Kausalität unseres Denkens – für ihn wenigstens – zu bedeuten schienen.

Erinnern Sie sich noch, Törleß, was Sie damals sagten?»

«Ja. Ich sagte, daß es mir an diesen Stellen scheine, wir könnten mit unserem Denken allein nicht hinüberkommen, sondern bedürften einer anderen, innerlicheren Gewißheit, die uns gewissermaßen hinüberträgt. Daß wir mit dem Denken allein nicht auskommen, fühlte ich auch an Basini.»

Der Direktor wurde bei diesem philosophischen Ausbiegen der Untersuchung bereits ungeduldig, aber der Katechet war von Törleß' Antwort sehr befriedigt.

«Sie fühlen sich also», fragte er, «von der Wissenschaft weg zu religiösen Gesichtspunkten gezogen? Offenbar war es wirklich auch Basini gegenüber ähnlich,» wandte er sich an die übrigen, «er scheint ein empfängliches Gemüt für das feinere, ich möchte sagen göttliche und über uns hinausgehende Wesen der Moral zu haben.»

Nun fühlte sich der Direktor doch verpflichtet darauf einzugehen.

«Hören Sie, Törleß, ist es so, wie Seine Hochwürden sagt? Haben Sie einen Hang, hinter den Begebenheiten oder Dingen – wie Sie sich ja ziemlich allgemein ausdrücken – einen religiösen Hintergrund zu suchen?»

Er wäre selbst schon froh gewesen, wenn Törleß endlich bejaht hätte und ein sicherer Boden zu seiner Beurteilung gegeben gewesen wäre; aber Törleß sagte: «Nein, auch das war es nicht.»

«Nun, dann sagen Sie uns doch endlich klipp und klar,» platzte jetzt der Direktor los, «was es gewesen ist. Wir können uns doch unmöglich mit Ihnen hier in eine philosophische Auseinandersetzung einlassen.»

Doch Törleß war nun trotzig. Er fühlte selbst, daß er schlecht gesprochen hatte, aber der Widerspruch sowohl wie die mißverständliche Zustimmung, die er gefunden hatte, gaben ihm das Gefühl einer hochmütigen Überlegenheit über diese älteren Leute, die von den Zuständen des menschlichen Inneren so wenig zu wissen schienen.

«Ich kann nicht dafür, daß es all das nicht ist, was Sie meinten. Ich kann aber selbst nicht genau schildern, was ich jedes einzelne Mal empfand; wenn ich aber sage, was ich jetzt davon denke, so werden Sie vielleicht auch verstehen, warum ich so lange nicht davon loskonnte.»

Er hatte sich aufgerichtet, so stolz, als sei er hier Richter, seine Augen gingen geradeaus an den Menschen vorbei; er mochte diese lächerlichen Figuren nicht ansehen.

Draußen vor dem Fenster saß eine Krähe auf einem Ast, sonst war nichts als die weiße, riesige Fläche.

Törleß fühlte, daß der Augenblick gekommen sei, wo er klar, deutlich, siegesbewußt von dem sprechen werde, das erst undeutlich und quälend, dann leblos und ohne Kraft in ihm gewesen war.

Nicht als ob ein neuer Gedanke ihm diese Sicherheit und Helle verschafft hätte, er ganz, wie er hoch aufgerichtet dastand, als sei um ihn nichts als ein leerer Raum, – er, der ganze Mensch, fühlte es, so wie er es damals gefühlt hatte, als er die erstaunten Augen unter den schreibenden, lernenden, emsig schaffenden Kameraden hatte umherwandern lassen.

Denn mit den Gedanken ist es eine eigene Sache. Sie sind oft nicht mehr als Zufälligkeiten, die wieder vergehen, ohne Spuren hinterlassen zu haben, und die Gedanken haben ihre toten und ihre lebendigen Zeiten. Man kann eine geniale Erkenntnis haben, und sie verblüht dennoch, langsam, unter unseren Händen, wie eine Blume. Die Form bleibt, aber die Farben, der Duft fehlen. Das heißt, man erinnert sich ihrer wohl Wort für Wort und der logische Wert des gefundenen Satzes bleibt völlig unangetastet, dennoch aber treibt er haltlos nur auf der Oberfläche unseres Inneren umher und wir fühlen uns seinethalben nicht reicher. Bis – nach Jahren vielleicht – mit einem Schlage wieder ein Augenblick da ist, wo wir sehen, daß wir in der Zwischenzeit gar nichts von ihm gewußt haben, obwohl wir logisch alles wußten.

Ja, es gibt tote und lebendige Gedanken. Das Denken, das sich an der beschienenen Oberfläche bewegt, das jederzeit an dem Faden der Kausalität nachgezählt werden kann, braucht noch nicht das lebendige zu sein. Ein Gedanke, den man auf diesem Wege trifft, bleibt gleichgültig wie ein beliebiger Mann in der Kolonne marschierender Soldaten. Ein Gedanke, – er mag schon lange vorher durch unser Hirn gezogen sein, wird erst in dem Momente lebendig, da etwas, das nicht mehr Denken, nicht mehr logisch ist, zu ihm hinzutritt, so daß wir seine Wahrheit fühlen, jenseits von aller Rechtfertigung, wie einen Anker, der von ihm aus ins durchblutete, lebendige Fleisch riß .... Eine große Erkenntnis vollzieht sich nur zur Hälfte im Lichtkreise des Gehirns, zur andern Hälfte in dem dunklen Boden des Innersten, und sie ist vor allem ein Seelenzustand, auf dessen äußerster Spitze der Gedanke nur wie eine Blüte sitzt.

Nur einer Erschütterung der Seele hatte es für Törleß noch bedurft, um diesen letzten Trieb in die Höhe zu treiben.

Ohne sich um die betroffenen Gesichter ringsum zu kümmern, gleichsam nur für sich, knüpfte er hieran an und sprach, ohne abzusetzen, die Augen geradeaus gerichtet bis zu Ende:

«... Ich habe vielleicht noch zu wenig gelernt, um mich richtig auszudrücken, aber ich will es beschreiben. Eben war es wieder in mir. Ich kann es nicht anders sagen, als daß ich die Dinge in zweierlei Gestalt sehe. Alle Dinge; auch die Gedanken. Heute sind sie dieselben wie gestern, wenn ich mich bemühe, einen Unterschied zu finden, und wie ich die Augen schließe, leben sie unter einem anderen Lichte auf. Vielleicht habe ich mich mit den irrationalen Zahlen geirrt; wenn ich sie gewissermaßen der Mathematik entlang denke, sind sie mir natürlich, wenn ich sie geradeaus in ihrer Sonderbarkeit ansehe, kommen sie mir unmöglich vor. Doch hier mag ich wohl irren, ich weiß zu wenig von ihnen. Ich irrte aber nicht bei Basini, ich irrte nicht, als ich mein Ohr nicht von dem leisen Rieseln in der hohen Mauer, mein Auge nicht von dem schweigenden Leben des Staubes, das eine Lampe plötzlich erhellte, abwenden konnte. Nein, ich irrte mich nicht, wenn ich von einem zweiten, geheimen, unbeachteten Leben der Dinge sprach! Ich – ich meine es nicht wörtlich, – nicht diese Dinge leben, nicht Basini hatte zwei Gesichter, – aber in mir war ein zweites, das dies alles nicht mit den Augen des Verstandes ansah. So wie ich fühle, daß ein Gedanke in mir Leben bekommt, so fühle ich auch, daß etwas in mir beim Anblicke der Dinge lebt, wenn die Gedanken schweigen. Es ist etwas Dunkles in mir, unter allen Gedanken, das ich mit den Gedanken nicht ausmessen kann, ein Leben, das sich nicht in Worten ausdrückt und das doch mein Leben ist ....

Dieses schweigende Leben hat mich bedrückt, umdrängt, das anzustarren trieb es mich immer. Ich litt unter der Angst, daß unser ganzes Leben so sei und ich nur hie und da stückweise darum erfahre, ... oh, ich hatte furchtbare Angst, ... ich war von Sinnen ....»

Diese Worte und Gleichnisse, die weit über Törleß' Alter hinausgingen, kamen ihm in der riesigen Erregung, in einem Augenblicke beinahe dichterischer Inspiration leicht und selbstverständlich über die Lippen. Jetzt senkte er die Stimme, und, wie von seinem Leide ergriffen, fügte er hinzu:

«. . . Jetzt ist das vorüber. Ich weiß, daß ich mich doch geirrt habe. Ich fürchte nichts mehr. Ich weiß: die Dinge sind die Dinge und werden es wohl immer bleiben; und ich werde sie wohl immer bald so, bald so ansehen. Bald mit den Augen des Verstandes, bald mit den anderen . . . . Und ich werde nicht mehr versuchen, dies miteinander zu vergleichen . . . .»

Er schwieg. Er fand es ganz selbstverständlich, daß er nun gehen könne, und niemand hinderte ihn daran.

Als er draußen war, sahen sich die Zurückgebliebenen verdutzt an.

Der Direktor neigte unschlüssig den Kopf hin und her. Der Klassenvorstand fand als erster das Wort. «Ei, dieser kleine Prophet wollte uns wohl eine Vorlesung halten. Aber der Kuckuck mag aus ihm klug werden. Diese Erregung! Und dabei dieses Verwirren ganz einfacher Dinge!»

«Rezeptivität und Spontaneität des Denkens,» sekundierte der Mathematiker. «Es scheint, daß er zu großes Augenmerk auf den subjektiven Faktor aller unserer Erlebnisse gelegt hat und daß ihn das verwirrte und zu seinen dunklen Gleichnissen trieb.»

Nur der Religionslehrer schwieg. Er hatte aus den Reden Törleß' so oft das Wort Seele aufgefangen und hätte sich gerne des jungen Menschen angenommen.

Aber er wußte doch nicht recht, wie es gemeint war.

Der Direktor jedoch machte der Situation ein Ende. «Ich weiß nicht, was eigentlich in dem Kopfe dieses Törleß steckt, jedenfalls aber befindet er sich in einer so hochgradigen Überreizung, daß der Aufenthalt in einem Institute für ihn wohl nicht mehr der geeignete ist. Für ihn gehört eine sorgsamere Überwachung seiner geistigen Nahrung, als wir sie durchführen können. Ich glaube nicht, daß wir die Verantwortung weiter tragen können. Törleß gehört in die Privaterziehung; ich werde in diesem Sinne an seinen Vater schreiben.»

Alle beeilten sich, diesem guten Vorschlage des ehrlichen Direktors beizupflichten.

«Er war wirklich so eigentümlich, daß ich beinahe glaube, er hat Anlage zum Hysteriker,» sagte der Mathematiker zu seinem Nachbar.

Zu gleicher Zeit mit dem Briefe des Direktors traf ein solcher von

Törleß bei seinen Eltern ein, in welchem er sie um seine Herausnahme bat, weil er sich in dem Institute nicht mehr auf seinem Platze fühle.

Basini war mittlerweile strafweise entlassen worden. In der Schule ging alles den gewohnten Gang.

Es war beschlossen, daß Törleß von seiner Mutter abgeholt werde. Er nahm gleichgültigen Abschied von seinen Kameraden. Beinahe begann er schon ihre Namen zu vergessen.

In die rote Kammer war er nie mehr hinaufgestiegen. Das schien alles weit, weit hinter ihm zu liegen.

Seit Basinis Entfernung war es tot. Fast so, als ob dieser Mensch, der alle diese Beziehungen an sich gekettet hatte, sie nun auch mit sich fortgenommen hätte.

Etwas Stilles, Zweifelndes war über Törleß gekommen, aber die Verzweiflung war weg. «Es waren wohl nur jene heimlichen Sachen mit Basini, die sie so gesteigert hatten,» dachte er sich. Sonst schien ihm gar kein Grund vorzuliegen.

Aber er schämte sich. So wie man sich am Morgen schämt, wenn man in der Nacht – von einem Fieber gepeinigt – aus allen Winkeln des dunklen Zimmers furchtbare Drohungen sich emportürmen sah.

Sein Verhalten vor der Kommission; es kam ihm ungeheuer lächerlich vor. Soviel Aufhebens! Hatten sie nicht recht gehabt? Wegen einer solch kleinen Sache! Jedoch es war etwas in ihm, das dieser Beschämung den Stachel nahm. «Gewiß gebärdete ich mich unvernünftig,» überlegte er, «jedoch scheint das Ganze überhaupt wenig mit meiner Vernunft zu tun gehabt zu haben.» Das war nämlich jetzt sein neues Gefühl. Er hatte die Erinnerung an einen fürchterlichen Sturm in seinem Inneren, zu dessen Erklärung die Gründe, die er jetzt noch in sich dafür vorfand, beiweitem nicht ausreichten. «Also mußte es wohl etwas viel Notwendigeres und Tieferliegendes gewesen sein,» schloß er, «als was sich mit Vernunft und Begriffen beurteilen läßt . . . .»

Und das, was vor der Leidenschaft dagewesen war, was von ihr nur überwuchert worden war, das Eigentliche, das Problem, saß fest. Diese wechselnde seelische Perspektive je nach Ferne und Nähe, die er erlebt hatte. Dieser unfaßbare Zusammenhang, der den Ereignissen und Dingen je nach unserem Standpunkte plötzliche Werte gibt, die einander ganz unvergleichlich und fremd sind . . . .

Dies und alles andere, – er sah es merkwürdig klar und rein – und klein. So wie man es eben am Morgen sieht, wenn die ersten reinen

Sonnenstrahlen den Angstschweiß getrocknet haben und Tisch und Schrank und Feind und Schicksal wieder in ihre natürlichen Dimensionen zurückkriechen.

Aber wie da eine leise, grüblerische Müdigkeit zurückbleibt, so war es auch Törleß geschehen. Er wußte nun zwischen Tag und Nacht zu scheiden; – er hatte es eigentlich immer gewußt, und nur ein schwerer Traum war verwischend über diese Grenzen hingeflutet, und er schämte sich dieser Verwirrung: aber die Erinnerung, daß es anders sein kann, daß es feine, leicht verlöschbare Grenzen rings um den Menschen gibt, daß fiebernde Träume um die Seele schleichen, die festen Mauern zernagen und unheimliche Gassen aufreißen, – auch diese Erinnerung hatte sich tief in ihn gesenkt und strahlte blasse Schatten aus.

Er konnte nicht viel davon erklären. Aber diese Wortlosigkeit fühlte sich köstlich an, wie die Gewißheit des befruchteten Leibes, der das leise Ziehen der Zukunft schon in seinem Blute fühlt. Und Zuversicht und Müdigkeit mischten sich in Törleß ...

So kam es, daß er still und nachdenklich auf den Abschied wartete ....

Seiner Mutter, die geglaubt hatte, einen überreizten und verwirrten jungen Menschen zu finden, fiel seine kühle Gelassenheit auf.

Als sie zum Bahnhof hinausfuhren, lag rechts von ihnen der kleine Wald mit dem Hause Boženas. Er sah so unbedeutend und harmlos aus, ein verstaubtes Geranke von Weiden und Erlen.

Törleß erinnerte sich da, wie unvorstellbar ihm damals das Leben seiner Eltern gewesen war. Und er betrachtete verstohlen von der Seite seine Mutter.

«Was willst du, mein Kind?»

«Nichts, Mama, ich dachte nur eben etwas.»

Und er prüfte den leise parfümierten Geruch, der aus der Taille seiner Mutter aufstieg.

VEREINIGUNGEN

VEREINIGUNGEN
Zwei Erzählungen
[1911]

Die Vollendung der Liebe

«Kannst du wirklich nicht mitfahren?»

«Es ist unmöglich; du weißt, ich muß trachten, jetzt rasch zu Ende zu kommen.»

«Aber Lilli würde sich so freuen . . .»

«Gewiß, gewiß, aber es kann nicht sein.»

«Und ich habe gar keine Lust ohne dich zu reisen . . .» Seine Frau sagte das, während sie den Tee einschenkte, und sie sah dabei zu ihm herüber, der in der Ecke des Zimmers in dem hellgeblümten Lehnstuhl saß und an einer Zigarette rauchte. Es war Abend und die dunkelgrünen Jalousien blickten außen auf die Straße, in einer langen Reihe anderer dunkelgrüner Jalousien, von denen sie nichts unterschied. Wie ein Paar dunkel und gleichmütig herabgelassener Lider verbargen sie den Glanz dieses Zimmers, in dem der Tee aus einer matten silbernen Kanne jetzt in die Tassen fiel, mit einem leisen Klingen aufschlug und dann im Strahle stillzustehen schien, wie eine gedrehte, durchsichtige Säule aus strohbraunem, leichtem Topas . . . In den etwas eingebogenen Flächen der Kanne lagen Schatten von grünen und grauen Farben, auch blaue und gelbe; sie lagen ganz still, wie wenn sie dort zusammengeflossen wären und nicht weiter könnten. Der Arm der Frau aber ragte von der Kanne weg und der Blick, mit dem sie nach ihrem Manne sah, bildete mit ihm einen starren, steifen Winkel.

Gewiß einen Winkel, wie man sehen konnte; aber jenes andere, beinahe Körperliche konnten nur diese beiden Menschen in ihm fühlen, denen es vorkam, als spannte er sich zwischen ihnen wie eine Strebe aus härtestem Metall und hielte sie auf ihren Plätzen fest und verbände sie doch, trotzdem sie so weit auseinander waren, zu einer Einheit, die man fast mit den Sinnen empfinden konnte; . . es stützte sich auf ihre Herzgruben und sie spürten dort den Druck, . . er richtete sie steif an den Lehnen ihrer Sitze in die Höhe, mit unbewegten Gesichtern und unverwandten Blicken, und doch fühlten sie dort, wo er sie traf, eine zärtliche Bewegtheit, etwas ganz Leichtes, als ob ihre Herzen wie zwei Schwärme kleiner Schmetterlinge ineinanderflatterten . . . .

An diesem dünnen, kaum wirklichen und doch so wahrnehmbaren Gefühl hing, wie an einer leise zitternden Achse, das ganze Zimmer und dann an den beiden Menschen, auf die sie sich stützte: Die Gegenstände hielten umher den Atem an, das Licht an der Wand erstarrte zu goldenen Spitzen, . . es schwieg alles und wartete und war ihretwegen da; . . die Zeit, die wie ein endlos glitzernder Faden durch die Welt läuft, schien mitten durch dieses Zimmer zu gehen und schien mitten durch diese Menschen zu gehen und schien plötzlich einzuhalten und steif zu werden, ganz steif und still und glitzernd, . . und die Gegenstände rückten ein wenig aneinander. Es war jenes Stillstehen und dann leise Senken, wie wenn sich plötzlich Flächen ordnen und ein Kristall sich bildet . . . Um diese beiden Menschen, durch die seine Mitte lief und die sich mit einemmal durch dieses Atemanhalten und Wölben und Um-sie-lehnen wie durch Tausende spiegelnder Flächen ansahen und wieder so ansahen, als ob sie einander zum erstenmal erblickten . . . .

Die Frau setzte den Tee ab, ihre Hand legte sich auf den Tisch; wie erschöpft von der Schwere ihres Glücks, sank ein jedes in seine Kissen zurück und während sie sich mit den Augen aneinander festhielten, lächelten sie wie verloren und hatten das Bedürfnis nichts von sich zu sprechen; sie sprachen wieder von dem Kranken, von einem Kranken eines Buches, das sie gelesen hatten, und sie begannen gleich mit einer ganz bestimmten Stelle und Frage, als ob sie daran gedacht hätten, obwohl das nicht wahr war, denn sie nahmen damit nur ein Gespräch wieder auf, das sie schon durch Tage in einer sonderbaren Weise festgehalten hatte, so als ob es sein Gesicht verbürge und während es von dem Buche handelte, eigentlich anderswohin sähe; nach einer Weile waren ihre Gedanken denn auch ganz unmerklich über diesen unbewußten Vorwand wieder zu ihnen selbst zurückgekehrt.

«Wie mag ein solcher Mensch wie dieser G. sich wohl selbst sehen?» fragte die Frau und sprach – in Nachdenken versunken, fast nur wie für sich allein – weiter. «Er verführt Kinder, er verleitet junge Frauen, sich selbst zu schänden; und dann steht er da und lächelt und starrt gebannt auf das bißchen Erotik, das irgendwo wie ein schwacher Schein in ihm wetterleuchtet. Glaubst du, daß er unrecht zu handeln meint?»

«Ob er es meint? . . . Vielleicht; vielleicht nicht,» antwortete der Mann, «vielleicht darf man bei solchen Gefühlen gar nicht so fragen.»

«Ich glaube aber,» sagte die Frau, und jetzt zeigte sich darin, daß sie gar nicht von diesem einen zufälligen Menschen sprach, sondern von irgend etwas Bestimmtem, das für sie bereits hinter ihm dämmerte, «ich glaube, er meint gut zu handeln.»

Die Gedanken liefen nun eine Weile lautlos Seite an Seite, dann tauchten sie – weit draußen – in den Worten wieder auf; es war trotzdem, als hielten sie einander noch schweigend bei den Händen und wäre schon alles gesagt. «. . . er tut seinen Opfern schlecht, weh, er muß wissen, daß er sie demoralisiert, ihre Sinnlichkeit verstört und in eine Bewegung bringt, die nie mehr an einem Ziel wird ruhen können; . . und dennoch, es ist, als ob man ihn dabei lächeln sähe, . . . ganz weich und bleich im Gesicht, ganz wehmütig und doch entschlossen, voll Zärtlichkeit; . . mit einem Lächeln, das voll Zärtlichkeit über ihm und seinem Opfer schwebt, . . wie ein Regentag über dem Land, der Himmel schickt ihn, es ist nicht zu fassen, in seiner Wehmut liegt alle Entschuldigung, in dem Fühlen, mit dem er die Zerstörung begleitet . . . Ist nicht jedes Gehirn etwas Einsames und Alleiniges? . . .»

«Ja, ist nicht jedes Gehirn etwas Einsames?» Diese beiden Menschen, die jetzt wieder schwiegen, dachten gemeinsam an jenen Dritten, Unbekannten, an diesen einen von den vielen Dritten, als ob sie miteinander durch eine Landschaft gingen: . . . Bäume, Wiesen, ein Himmel und plötzlich ein Nichtwissen, warum alles hier blau und dort voll Wolken ist; . . sie fühlten alle diese Dritten um sich stehen, wie jene große Kugel, die uns einschließt und uns manchmal fremd und gläsern ansieht und frieren macht, wenn der Flug eines Vogels eine unverständlich taumelnde Linie in sie hineinritzt. Es war in dem abendlichen Zimmer mit einemmal ein kaltes, weites, mittaghelles Alleinsein.

Da sagte einer von ihnen, und es war, wie wenn man leise eine Geige anstriche: «. . . er ist wie ein Haus mit verschlossenen Türen. In ihm ist, was er getan hat, vielleicht wie eine weiche Musik, aber wer kann sie hören? Es würde durch sie vielleicht alles zu sanfter Wehmut . . .»

Und der andere antwortete: «. . . vielleicht ist er immer wieder mit tastenden Händen durch sich gegangen, um ein Tor zu finden, und steht endlich still und legt nur mehr sein Gesicht an die verdichteten Scheiben und sieht von fern die geliebten Opfer und lächelt . . . .»

Sonst sprachen sie nichts, aber in ihrem selig verschlungenen Schweigen klang es höher und weiter. «. . . Nur dieses Lächeln holt sie ein und schwebt über ihnen und noch aus der zuckenden Häßlichkeit ihrer verblutenden Gebärden flicht es einen dünnstengligen Strauß . . . Und zögert zärtlich, ob sie ihn fühlen, und läßt ihn fallen und steigt entschlossen, von dem Geheimnis seines Alleinseins mit bebenden Flügeln getragen, wie ein fremdes Tier in die Wunder volle Leere des Raums.»

Auf dieser Einsamkeit fühlten sie das Geheimnis ihres Zuzweienseins ruhen. Es war ein dunkles Gefühl der Welt um sie, das sie aneinanderschmiegte, es war ein traumhaftes Gefühl der Kälte von allen Seiten bis auf eine, wo sie aneinanderlehnten, sich entlasteten, deckten, wie zwei wunderbar aneinandergepaßte Hälften, die, zusammengefügt, ihre Grenze nach außen verringern, während ihr Inneres größer ineinanderflutet. Sie waren manchmal unglücklich, weil sie nicht alles bis ins Letzte einander gemeinsam machen konnten.

«Erinnerst du dich,» sagte plötzlich die Frau, «als du mich vor einigen Abenden küßtest, wußtest du, daß da etwas zwischen uns war? Es war mir etwas eingefallen, im gleichen Augenblick, etwas ganz Gleichgültiges, aber es war nicht du und es tat mir plötzlich weh, daß es nicht du sein mußte. Und ich konnte es dir nicht sagen und mußte erst über dich lächeln, weil du es nicht wußtest und mir ganz nah zu sein glaubtest, und wollte es dir dann nicht mehr sagen und wurde böse auf dich, weil du es nicht selbst fühltest, und deine Zärtlichkeiten fanden mich nicht mehr. Und ich traute mich nicht, dich zu bitten, daß du mich lassen solltest, denn in Wirklichkeit war es ja nichts, ich war dir ja nah in Wirklichkeit, und doch war es, wie ein undeutlicher Schatten war es zugleich, als könnte ich fern von dir und ohne dich sein. Kennst du dieses Gefühl, es stehen manchmal alle Dinge plötzlich zweimal da, voll und deutlich, wie man sie weiß, und dann noch einmal, blaß, dämmernd und erschreckt, als ob sie heimlich und schon fremd der andere anblickte? Ich hätte dich nehmen mögen und in mich zurückreißen . . . und dann wieder dich wegstoßen und mich auf die Erde werfen, weil es möglich gewesen war . . .»

«War das damals . . .?»

«Ja, das war damals, als ich dann plötzlich unter dir zu weinen begann; wie du glaubtest, aus Übermaß der Sehnsucht, mit meinem Fühlen noch tiefer in deines zu dringen. Sei mir nicht bös, ich mußte es dir sagen und weiß nicht warum, es ist ja nur eine Einbildung gewesen, aber sie schmerzte mich so, ich glaube, nur deswegen mußte ich an diesen G. denken. Du . . .?»

Der Mann im Sessel hatte die Zigarette weggelegt und war aufgestanden. Ihre Blicke klammerten sich aneinander fest, mit jenem gespannten Schwanken der Körper zweier Menschen, die auf einem Seil nebeneinanderstehn. Dann sagten sie nichts, sondern zogen die Läden hoch und sahen auf die Straße hinaus; ihnen war, als lauschten sie auf ein Knistern von Spannungen in sich, die etwas wieder neu formten und zur Ruhe legten. Sie fühlten, daß sie ohneeinander nicht leben konnten und nur zusammen, wie ein kunstvoll in sich gestütztes System, das zu tragen vermochten, was sie wollten. Wenn sie aneinander dachten, erschien es ihnen fast krank und schmerzhaft, so zart und gewagt und unerfaßbar fühlten sie in seiner Empfindlichkeit gegen die kleinste Unsicherheit in seinem Innern ihr Verhältnis.

Nach einer Weile, als sie im Anblick der fremden Welt draußen wieder sicher geworden waren, wurden sie müde und wünschten nebeneinander einzuschlafen. Sie fühlten nichts als einander und doch war es – schon ganz klein und im Dunkel verschwindend – noch ein Gefühl wie nach allen vier Weiten des Himmels.

Am nächsten Morgen fuhr Claudine nach der kleinen Stadt, wo das Institut war, in dem ihre dreizehnjährige Tochter Lilli erzogen wurde. Dieses Kind stammte aus ihrer ersten Ehe, aber sein Vater war ein amerikanischer Zahnarzt, den Claudine – während eines Landaufenthaltes von Schmerzen gepeinigt – aufgesucht hatte. Sie hatte damals vergeblich auf den Besuch eines Freundes gewartet, dessen Eintreffen sich über alle Geduld hinaus verzögerte, und in einer eigentümlichen Trunkenheit von Ärger, Schmerzen, Äther und dem runden weißen Gesicht des Dentisten, das sie durch Tage beständig über dem ihren schweben sah, war es geschehen. Es erwachte niemals das Gewissen in ihr wegen dieses Vorfalls, noch wegen irgendeines jenes ersten, verlorenen Teils ihres Lebens; als sie nach mehreren Wochen noch einmal zur Nachbehandlung kommen mußte, ließ sie sich von ihrem Stubenmädchen begleiten und damit war das Erlebnis für sie beendet; es blieb nichts davon als die Erinnerung an eine sonderbare Wolke von Empfindungen, die sie eine Weile wie ein plötzlich über den Kopf geworfener Mantel verwirrt und erregt hatte und dann rasch zu Boden geglitten war.

Denn es blieb ein Merkwürdiges in all ihrem damaligen Tun und Erleben. Es kam vor, daß sie kein so schnelles und gehaltenes Ende fand wie jenes eine Mal und lange scheinbar ganz unter der Herrschaft irgendwelcher Männer stand, für die sie dann bis zur Selbstaufopferung und vollen Willenlosigkeit alles tun konnte, was sie von ihr verlangten, aber es geschah nie, daß sie nachher das Gefühl starker oder wichtiger Ereignisse hatte; sie beging und erlitt Handlungen von einer Stärke der Leidenschaft bis zur Demütigung und verlor doch nie ein Bewußtsein, daß alles, was sie tat, sie im Grunde nicht berühre und im Wesentlichen nichts mit ihr zu tun habe. Wie ein Bach rauschte dieses Treiben einer unglücklichen, alltäglichen, untreuen Frau von ihr fort und sie hatte doch nur das Gefühl, reglos und in Gedanken daran zu sitzen.

Es war ein niemals deutliches Bewußtsein einer fern begleitenden Innerlichkeit, das diese letzte Zurückhaltung und Sicherheit in ihr bedenkenloses Sich den Menschen ausliefern brachte. Hinter allen Verknüpfungen der wirklichen Erlebnisse lief etwas unaufgefunden dahin, und obwohl sie diese verborgene Wesenheit ihres Lebens nie noch ergriffen hatte und vielleicht sogar glaubte, daß sie niemals bis zu ihr hin werde dringen können, hatte sie doch bei allem, was geschah, davon ein Gefühl wie ein Gast, der ein fremdes Haus nur ein einziges Mal betritt und sich unbedenklich und ein wenig gelangweilt allem überläßt, was ihm dort begegnet.

Und dann war alles, was sie tat und litt, für sie in dem Augenblick versunken, wo sie ihren jetzigen Mann kennen gelernt hatte. Sie war von da in eine Stille und Einsamkeit getreten, es kam nicht mehr darauf an, was vordem gewesen war, sondern nur auf das, was jetzt daraus wurde, und alles schien nur dazu dagewesen zu sein, daß sie einander stärker fühlten, oder war überhaupt vergessen. Ein betäubendes Empfinden des Wachsens hob sich wie Berge von Blüten um sie und nur ganz fern blieb ein Gefühl von ausgestandner Not, ein Hintergrund, von dem sich alles löste, wie in der Wärme schlaftrunken Bewegungen aus hartem Frost erwachen.

Nur ein einziges lief vielleicht, dünn, blaß und kaum wahrnehmbar, von ihrem damaligen Leben in das jetzige hinein. Und daß sie gerade heute wieder an alles denken mußte, konnte durch Zufall gekommen sein oder weil sie zu ihrem Kinde fuhr oder wegen irgendeines Gleichgültigen sonst, es war aber erst am Bahnhof aufgetaucht, als sie dort – unter den vielen Menschen und von ihnen bedrückt und beunruhigt – plötzlich leise von einem Gefühl berührt wurde, das sie, wie es so halb und verschwindend vorbeitrieb, dunkel und fern und doch in fast leibhafter Gleichheit an jenen beinahe vergessenen Lebensabschnitt erinnerte.

Ihr Mann hatte keine Zeit gehabt, Claudine zur Bahn zu begleiten, sie wartete allein auf den Zug, um sie drängte und stieß sich die Menge und schob sie langsam hin und her wie eine große, schwere Woge von Spülicht. Die Gefühle, die ringsum auf den morgendlich geöffneten, bleichen Gesichtern lagen, schwammen auf ihnen durch den dunklen Raum wie Laich auf fahlen Wasserflächen. Es ekelte ihr. Sie empfand den Wunsch, was sich hier trieb und schob, mit einer nachlässigen Gebärde von ihrem Weg zu scheuchen, aber – war es die körperliche Überlegenheit um sie, was sie entsetzte, oder nur dieses trübe, gleichmäßige, gleichgültige Licht unter einem riesigen Dach von schmutzigem Glas und wirren eisernen Streben – während sie scheinbar gleichmütig und höflich unter den Menschen ging, fühlte sie, daß sie es tun mußte, und erlitt es im Innersten wie eine Demütigung. Sie suchte vergeblich in sich einen Schutz; es war, als hätte sie sich, langsam und wiegend, in dem Gedränge verloren, ihre Augen fanden sich nicht mehr zurecht, sie konnte sich auch nicht auf sich besinnen, und wenn sie sich mühte, spannte sich ein dünner weicher Kopfschmerz vor ihre Gedanken.

Sie lehnten sich hinein und suchten das Gestern zu erreichen; aber Claudine gewann davon bloß ein Bewußtsein, als trüge sie heimlich etwas Kostbares und Zartes. Und sie durfte es nicht verraten, weil die andern Menschen es nicht verstehen konnten und sie schwächer war und sich nicht zu verteidigen vermochte und sich fürchtete. Schmal und eingezogen ging sie zwischen ihnen, voll Hochmut, und zuckte zusammen, wenn ihr jemand zu nahe kam, und verbarg sich hinter einer bescheidenen Miene. Und fühlte dabei, heimlich entzückt, ihr Glück, wie es schöner wurde, wenn sie nachgab und sich dieser leise wirren Angst überließ.

Und daran erkannte sie es. Denn so war es damals; ihr kam plötzlich vor: einst, als sei sie lange anderswo und doch nie fern gewesen. Es war ein Dämmerndes um sie und Ungewisses wie das ängstliche Verbergen von Leidenschaften Kranker, ihr Tun riß sich in Stücken von ihr los und wurde von den Gedächtnissen fremder Menschen davongetragen, nichts hatte jenen Ansatz zur Frucht in ihr zurückgelassen, der eine Seele leise zu schwellen anfängt, wenn die andern glauben sie völlig entblättert zu haben und sich satt von ihr abwenden; .. und doch lag blaß bei allem, was sie litt, ein Schimmer wie von einer Krone und in dem dumpfen, summenden Weh, das ihr Leben begleitete, zitterte ein Glanz. Zuweilen war ihr dann, als brennten ihre Schmerzen wie kleine Flammen in ihr, und irgend etwas trieb sie, ruhelos neue zu entzünden; sie glaubte dabei, einen schneidenden Reif um die Stirn zu fühlen, so unsichtbar und unwirklich wie aus Traum und Glas, und manchmal war es nur ein fernes kreisendes Singen in ihrem Kopf ....

Claudine saß reglos, während der Zug mit leisem Schütteln durch die Landschaft fuhr. Ihre Mitreisenden unterhielten sich, sie hörte es nur wie ein Rauschen. Und während sie jetzt an ihren Mann dachte und ihre Gedanken von einem weichen, müden Glück umschlossen waren wie von Schneeluft, war es doch bei aller Weichheit etwas, das fast am Bewegen hinderte oder wie wenn ein genesender, an das Zimmer gewöhnter Körper die ersten Schritte im Freien tun soll, ein Glück, das still stehen macht und beinahe weh tut; .. und dahinter rief noch immer dieser unbestimmt schwankende Ton, den sie nicht fassen konnte, fern, vergessen, wie ein Kinderlied, wie ein Schmerz, wie sie, .. in weiten schwankenden Kreisen zog er ihre Gedanken nach sich und sie konnten ihm nicht ins Gesicht sehn.

Sie lehnte sich zurück und blickte zum Fenster hinaus. Es erschöpfte sie, länger daran zu denken; ihre Sinne waren ganz wach und empfindlich, aber etwas hinter den Sinnen wollte still sein, sich dehnen, die Welt über sich hingleiten lassen .... Telegraphenstangen fielen schief vorbei, die Felder mit ihren schneefreien, dunkelbraunen Furchen wanden sich ab, Sträucher standen wie auf dem Kopf mit hunderten gespreizter Beinchen da, an denen tausende kleiner Glöckchen von Wasser hingen und fielen, liefen, blitzten und glitzerten, .. es war etwas Lustiges und Leichtes, ein Weitwerden, wie wenn Wände sich auftun, etwas Gelöstes und Entlastetes und ganz Zärtliches. Selbst von ihrem Körper hob sich die sanfte Schwere, in den Ohren ließ sie ein Gefühl wie von tauendem Schnee und allmählich nichts als ein beständiges lockeres Klingeln. Ihr war, als lebte sie mit ihrem Mann in der Welt wie in einer schäumenden Kugel voll Perlen und Blasen und federleichter, rauschender Wölkchen. Sie schloß die Augen und gab sich dem hin.

Aber nach einer Weile begann sie wieder zu denken. Das leichte, gleichmäßige Schwanken des Zugs, das Aufgelockerte, Tauende der Natur draußen, – es war als hätte sich ein Druck von Claudine gehoben, es fiel ihr plötzlich ein, daß sie allein war. Sie sah unwillkürlich auf; um ihre Sinne trieb es noch immer in leise rauschenden Wirbeln dahin; es war, wie wenn man eine Tür, deren man sich nie anders als geschlossen entsinnt, einmal offen findet. Vielleicht hatte sie den Wunsch danach schon lang empfunden, vielleicht hatte verborgen etwas hin und her geschwungen in der Liebe zwischen ihr und ihrem Mann, aber sie hatte nichts gewußt, als daß es sie immer fester wieder aneinanderzog, nun war ihr plötzlich, als hätte es heimlich etwas lange Geschlossenes in ihr zersprengt; es stiegen langsam wie aus einer kaum sichtbaren, aber bis an irgendeine Tiefe reichenden Wunde, in kleinen, unaufhörlichen Tropfen, daraus Gedanken und Gefühle empor und weiteten die Stelle.

Es gibt so viele Fragen in dem Verhältnis zu geliebten Menschen, über die der Bau des gemeinsamen Lebens hinausgeführt werden muß, bevor sie zu Ende gedacht sind, und später läßt das Gewordene keine Kraft mehr frei, um es sich anders auch nur vorzustellen. Dann steht wohl irgendwo am Weg ein sonderbarer Pfahl, ein Gesicht, säumt ein Duft, verläuft in Gras und Steinen ein nie betretener Pfad, man weiß, man müßte zurückkehren, sehen, aber alles drängt vorwärts, nur wie Spinnwebfaden, Träume, ein raschelnder Ast zögert etwas am Schritt und von einem nicht gewordenen Gedanken strahlt eine stille Lähmung aus. In der letzten Zeit, manchmal, vielleicht etwas häufiger, war dieses Zurücksehen, ein stärkeres Sichzurückbiegen nach der Vergangenheit. Claudinens Treue lehnte sich dagegen auf, gerade weil sie keine Ruhe, sondern ein Kräftefreimachen war, ein gegenseitiges Einanderstützen, ein Gleichgewicht durch die beständige Bewegung nach vorwärts. Ein Hand in Hand laufen, aber manchmal kam, mitten darin, doch, plötzlich, diese Versuchung stehenzubleiben, ganz allein stehenzubleiben und um sich zu sehn. Sie fühlte dann ihre Leidenschaft wie etwas Zwingendes, Nötigendes, Fortreißendes; und noch wenn es überwunden war und sie Reue fühlte und das Bewußtsein von der Schönheit ihrer Liebe sie von neuem überkam, war das starr und schwer wie ein Rausch und sie begriff entzückt und ängstlich jede ihrer Bewegungen so groß und steif darin wie in goldenen Brokat verschnürt; irgendwo aber lockte etwas und lag still und bleich wie Märzsonnenschatten auf frühlingswunder Erde.

Claudine wurde auch in ihrem Glück zuweilen von dem Bewußtsein einer bloßen Tatsächlichkeit, fast seines Zufalls befallen; sie dachte manchmal, es müßte noch eine andere, ferne Art des Lebens für sie bestimmt sein. Es war das vielleicht nur die Form eines Gedankens, die von früher in ihr zurückgeblieben war, nicht ein wirklich gemeinter Gedanke, sondern nur ein Gefühl, wie es ihn einst begleitet haben mochte, eine leere, unaufhörliche Bewegung des Spähens und Hinaussehens, die – zurückweichend und nie zu erfüllend – ihren Inhalt längst verloren hatte und wie die Öffnung eines dunklen Gangs in ihren Träumen lag.

Vielleicht war es aber ein einsames Glück, viel wunderbarer als alles. Etwas Lockeres, Bewegliches und dunkel Empfindsames an einer Stelle ihres Verhältnisses, wo in der Liebe anderer Menschen nur knöchern und seelenlos das feste Traggerüst liegt. Eine leise Unruhe war in ihr, ein fast krankhaftes Sich nach äußerster Gespanntheit sehnen, die Ahnung einer letzten Steigerung. Und manchmal war es, als sei sie einem ungekannten Liebesleid bestimmt.

Zuweilen wenn sie Musik hörte, berührte diese Ahnung ihre Seele, heimlich, weit draußen, irgendwo . .; sie erschrak dann darüber, dort, im Unkenntlichen plötzlich noch ihre Seele zu spüren. Jedes Jahr aber kam eine Zeit, in der Winterwende, wo sie sich diesen äußersten Grenzen näher fühlte als sonst. In diesen nackten, entkräftet zwischen Leben und Tod hängenden Tagen empfand sie eine Wehmut, die nicht die des gewöhnlichen Verlangens nach Liebe sein konnte, sondern fast eine Sehnsucht, diese große Liebe, die sie besaß, zu verlassen, als dämmerte vor ihr der Weg einer letzten Verkettung und führte sie nicht mehr zum Geliebten hin, sondern fort und schutzlos in die weiche, trockene Welkheit einer schmerzhaften Weite. Und sie merkte, daß das von einer fernen Stelle kam, wo ihre Liebe nicht mehr bloß etwas zwischen ihnen allein war, sondern in blassen Wurzeln unsicher an der Welt hing.

Wenn sie zusammen gingen, waren ihre Schatten nur ganz dünn gefärbt und hingen so locker an ihrem Schritt, als vermöchten sie ihn nicht an die Erde zu binden, und der Klang des harten Bodens unter ihren Füßen war so kurz und versinkend und kahle Sträucher starrten so in den Himmel, daß es in diesen von einer ungeheuren Sichtbarkeit durchschauerten Stunden war, als ob sich mit einemmal die stummen, folgsamen Dinge von ihnen losgemacht hätten und seltsam würden, und sie waren hoch und aufgerichtet in dem halben Licht, wie Abenteurer, wie Fremde, wie Unwirkliche, von ihrem Verhallen ergriffen, voll Stücken eines Unbegreiflichen in sich, dem nichts antwortete, das von allen Gegenständen abgeschüttelt wurde und von dem ein zerbrochener Schein in die Welt fiel, der verworfen und ohne Zusammenhang da in einem Ding, dort in einem entschwindenden Gedanken aufleuchtete.

Dann vermochte sie zu denken, daß sie einem andern gehören könnte, und er erschien ihr nicht wie Untreue, sondern wie eine letzte Vermählung, irgendwo wo sie nicht waren, wo sie nur wie Musik waren, wo sie eine von niemandem gehörte und von nichts widerhallte Musik waren. Denn dann fühlte sie ihr Dasein nur wie eine knirschende Linie, die sie eingrub, um sich in dem wirren Schweigen zu hören, wie etwas, wo ein Augenblick den nächsten fordert und sie das wurde, was sie tat, – unaufhaltsam und belanglos – und doch etwas blieb, was sie nie tun konnte. Und während ihr plötzlich war, als möchte es sein, daß sie einander erst mit der Lautheit des einen leisen, fast wahnsinnig innigen, schmerzlichen Ton Nicht hörenwollens liebten, ahnten ihr die tieferen Verwicklungen und ungeheuren Verschlingungen, die in den Pausen geschahen, den Lautlosigkeiten, den Augenblicken des aus dem Tosen in die uferlose Tatsache Aufwachens, unter bewußtlosen Geschehnissen mit einem Gefühl dazustehn; und mit dem Schmerz des einsamen nebeneinander Dahineinragens, – vor dem alles andere Handeln nur ein Betäuben und Verschließen und mit Lärm Sicheinschläfern war, – liebte sie ihn, wenn sie dachte, ihm das letzte erdschwere Weh zu tun.

Noch Wochen danach blieb ihrer Liebe diese Farbe; dann verging es. Aber oft, wenn sie die Nähe eines andern Menschen fühlte, kehrte es schwächer wieder. Es genügte ein gleichgültiger Mensch, der etwas Gleichgültiges sprach, und sie empfand sich wie von dorther angesehen . . erstaunt . . warum bist du noch hier? Es geschah nie, daß sie nach solchen fremden Geschöpfen verlangte; es war ihr schmerzhaft an sie zu denken; es ekelte ihr. Aber es war mit einemmal das körperlose Schwanken der Stille um sie; und sie wußte dann nicht, ob sie sich hob oder sank.

Claudine sah jetzt hinaus. Es war draußen alles noch so wie vorher. Aber – ob es nun eine Folge ihrer Gedanken war oder warum sonst – schal und unnachgiebig lag ein Widerstand darüber, als sähe sie durch eine dünne, milchige Widrigkeit hindurch. Jene unruhige, überleichte, tausendbeinige Lustigkeit war unerträglich gespannt geworden; es trippelte und floß, überreizt und äffend, wie von zwergenhaften Schritten darinnen etwas allzu Lebhaftes und blieb für sie doch stumm und tot; da, dort warf es sich wie ein leeres Klappern empor, schliff wie mit einer ungeheuren Reibung dahin.

Es tat ihr körperlich weh, in diese Bewegung zu schauen, in der ihr Empfinden nicht mehr war. Dieses Leben, das kurz vorher noch in sie hineingedrungen und Gefühl geworden war, sah sie noch da, draußen, voll von sich und benommen, aber sobald sie es an sich zu ziehen suchte, bröckelten die Dinge ab und zerfielen unter ihrem Ansehn. Es entstand eine Häßlichkeit, die seltsam in den Augen bohrte, als beugte sich dort ihre Seele hinaus, weit und gespannt, und langte nach etwas und griffe ins Leere . . .

Und mit einemmal fiel ihr ein, daß auch sie – genau so wie all dies – in sich gefangen und auf einen Platz gebunden dahinlebte, in einer bestimmten Stadt, in einem Hause darin, einer Wohnung und einem Gefühl von sich, durch Jahre auf diesem winzigen Platz, und da war ihr, als ob auch ihr Glück, wenn sie einen Augenblick stehen bliebe und wartete, wie solch ein Haufen gröhlender Dinge davonziehen könnte.

Aber es erschien ihr nicht bloß als ein zufälliger Gedanke, sondern es war etwas darin von dieser sich grenzenlos aufrichtenden Öde, in der ihr Gefühl vergeblich einen Halt suchte, und es rührte sie ganz leise etwas an, wie es einen Kletterer an einer Wand faßt, und es kam ein ganz kalter, stiller Augenblick, wo sie sich selbst hörte wie ein kleines, unverständliches Geräusch an der ungeheuren Fläche und dann an einem plötzlichen Verstummen merkte, wie leise sie gesickert war und wie groß und voll grauenhaft vergessener Geräusche dagegen die steinerne Stirn der Leere.

Und während sie sich davor einzog wie eine dünne Haut und die lautlose Angst, an sich zu denken, in den Fingerspitzen spürte und ihre Empfindungen wie kleine Körnchen an ihr klebten und ihre Gefühle wie Sand rieselten, hörte sie wieder den eigentümlichen Ton; wie ein Punkt, ein Vogel schien er in der Leere zu schweben.

Und da empfand sie plötzlich alles wie ein Schicksal. Daß sie gereist war, daß die Natur vor ihr zurückwich, daß sie sich gleich zu

Beginn dieser Fahrt so scheu geduckt und gefürchtet hatte, vor sich, vor den anderen, vor ihrem Glück, und ihre Vergangenheit erschien ihr mit einemmal wie ein unvollkommener Ausdruck von etwas, das erst geschehen mußte.

Sie sah ängstlich noch immer hinaus. Aber es begann allmählich unter dem Druck des ungeheuer Fremden ihr Geist sich aller Abwehr und bezwingenwollenden Kräfte zu schämen und ihr war, als besänne er sich, und es ergriff ihn leise jene feinste, letzte, geschehenlassende Kraft der Schwäche und er wurde dünner und schmaler als ein Kind und weicher als ein Blatt verblichener Seide; und nur mehr mit einem sanft heraufdämmernden Entzücken empfand sie dieses tiefste, abschiedhaft menschliche Glück der Fremdheit in der Welt, mit dem Gefühl nicht in sie eindringen zu können, zwischen ihren Entscheidungen keine für sich bestimmt zu finden und, mitten unter ihnen an den Rand des Lebens gedrängt, den Augenblick vor dem Sturz in die blinde Riesenhaftigkeit eines leeren Raums zu fühlen.

Und sie begann, sich mit einemmal ganz dunkel nach ihrem früheren, von fremden Menschen mißbrauchten und ausgenützten Leben zu sehnen, wie nach dem blassen, schwachen Wachsein in einer Krankheit, wenn im Haus die Geräusche von einer Wohnung zur andern wanderten und sie nirgends mehr hingehörte und von dem Druck des seelischen Eigengewichts entlastet, noch ein irgendwo schwebendes Leben führte.

Draußen tobte lautlos die Landschaft. Ihre Gedanken fühlten die Menschen so groß und laut und sicher werden, und sie schlüpfte davor in sich hinein und hatte nichts als ihr Nichtssein, ihre Schwerlosigkeit, ein Treiben auf irgend etwas. Und allmählich begann der Zug ganz still, in weichen, langen Schwingungen durch eine Gegend zu fahren, die noch in tiefem Schnee lag, der Himmel wurde immer niedriger und es dauerte nicht lange, so fing er schon auf wenige Schritte an, in dunklen, grauen Vorhängen von langsam dahintreibenden Flocken auf der Erde zu schleifen. In den Wagen wurde es dämmrig und gelb, die Umrisse ihrer Mitreisenden hoben sich nur mehr ungewiß vor Claudine ab, sie schwankten langsam und unwirklich hin und her. Sie wußte nicht mehr, was sie dachte, nur ganz still faßte sie eine Lust am Alleinsein mit fremden Erlebnissen; es war wie ein Spiel leichtester, unfaßbarster Trübungen und großer, danach tastender, schattenhafter Bewegungen der Seele. Sie suchte sich ihres Mannes zu erinnern, aber sie fand von ihrer fast vergangenen Liebe nur eine wunderliche Vorstellung wie von einem Zimmer mit lange geschlossenen Fenstern. Sie mühte sich, das abzuschütteln, aber es wich nur ganz wenig und blieb irgendwo in der Nähe wieder liegen. Und die Welt war so angenehm kühl wie ein Bett, in dem man allein zurückbleibt .... Da war ihr, als stünde ihr eine Entscheidung bevor, und sie wußte nicht, warum sie es so empfand, und sie war nicht glücklich und nicht entrüstet, sie fühlte bloß, daß sie nichts tun und nichts hindern wollte, und ihre Gedanken wanderten langsam draußen in den Schnee hinein, ohne zurückzusehen, immer weiter und weiter, wie wenn man zu müd ist um umzukehren und geht und geht.

Gegen Ende der Fahrt hatte der Herr gesagt: «Ein Idyll, eine verzauberte Insel, eine schöne Frau im Mittelpunkt eines Märchens von weißen Dessous und Spitzen ...» und er machte eine Bewegung gegen die Landschaft. «Wie albern,» dachte Claudine, aber sie fand nicht gleich die rechte Antwort.

Es war, wie wenn einer angepocht hat und ein dunkles, großes Gesicht hinter blassen Scheiben schwimmt. Sie wußte nicht, wer dieser Mensch war; es war ihr gleichgültig, wer dieser Mensch war; sie fühlte nur, daß er dastand und etwas wollte. Und daß jetzt etwas begann wirklich zu werden.

Wie wenn zwischen Wolken sich ein leiser Wind erhebt und sie in eine Reihe ordnet und langsam davonzieht, spürte sie in das reglos weiche Gewölk ihrer Gefühle die Bewegung dieses Wirklichwerdens geraten, ohne Grund in ihr, an ihr vorbei ... Und sie liebte wie manche empfindsame Menschen in dem unverständlichen Ziehen von Tatsachen das Nichtgeistige, das Nicht sie sein, die Ohnmacht und die Schande und das Leid ihres Geistes, wie man ein Schwaches aus Zärtlichkeit schlägt, ein Kind, eine Frau, und dann das Kleid sein möchte, das im Dunkeln allein um seine Schmerzen ist.

So kamen sie an, am späten Nachmittag, in einem entleerten Zug, einzeln sickerten die Menschen aus den Wagen; Station um Station hatte sie aus den andern herausgesiebt und nun fegte sie etwas mit raschen Griffen zusammen, denn zu der einstündigen Fahrt von der Bahn in den Ort standen nur drei Schlitten bereit, und man mußte teilen. Als Claudine wieder zu überlegen begann, fand sie sich schon mit vier anderen Menschen in einem der kleinen Gefährte. Von vorn kam der fremde Geruch der in der Kälte dampfenden Tiere und Wellen verstreuten Lichts, das aus den Laternen zurückfiel, zuweilen aber flutete die Finsternis bis an den Schlitten heran und durch ihn hindurch; dann sah Claudine, daß sie zwischen zwei Reihen hoher Bäume fuhren wie in einem dunklen Gang, der gegen ein Ziel zu immer enger wurde.

Sie saß wegen der Kälte mit dem Rücken dagegen, vor ihr war jener Mensch, groß, breit und in seinen Pelz gehüllt. Er versperrte ihren Gedanken den Weg, die zurück wollten. Wie wenn ein Tor zugefallen wäre, fand plötzlich jeder Blick seine dunkle Figur vor sich. Es fiel ihr auf, daß sie ihn einige Male anblickte, um zu wissen, wie er aussah, in einer Weise, als handelte es sich nur mehr darum und alles andere sei schon bestimmt. Aber sie fühlte mit Lust, daß er ganz ungewiß blieb, ein Beliebiger, nur eine dunkle Breite von Fremdheit. Und manchmal schien die ihr näherzukommen, wie ein wandernder Wald mit einem Gewirr von Stämmen. Und auf ihr zu lasten.

Wie ein Netz spannte sich inzwischen das Gespräch um die Menschen in dem kleinen Schlitten. Auch er beteiligte sich daran und gab alltäglich kluge Antworten, wie sie manche geben, mit etwas jener Würze, die wie ein scharfer, sicherer Geruch den Mann vor der Frau umkleidet. Sie wurde in diesen Augenblicken wie selbstverständlichen männlichen Herrschaftsanspruchs verlegen und erinnerte sich mit Scham, daß sie seine Anspielungen nicht strenger zurückgewiesen hatte. Und wenn sie dann sprechen mußte, schien ihr, daß es zu bereitwillig geschah, und sie hatte plötzlich von sich ein kraftloses, abgebrochenes, wie ein Armstumpf fuchtelndes Gefühl.

Dann bemerkte sie wohl, wie sie willenlos hin und her geschleudert wurde und bei jeder Krümmung des Wegs bald an den Armen berührt, bald an den Knien, manchmal mit dem ganzen Oberkörper an einem fremden lehnend, und sie empfand es durch irgendeine entfernte Ähnlichkeit, wie wenn dieser kleine Schlitten ein verfinstertes Zimmer wäre und diese Menschen heiß und drängend um sie säßen und sie ängstlich Schamlosigkeiten ertrüge, lächelnd, als ob sie es nicht merke, und die Augen gradaus von sich weggerichtet.

Aber alles das war, wie wenn man im Halbschlaf einen schweren Traum empfindet, dessen Unwirklichkeit man stets ein wenig bewußt bleibt, und sie wunderte sich nur, ihn so stark zu fühlen, bis der Mensch sich einmal hinausbeugte, zum Himmel hinaufsah und sagte: «Wir werden eingeschneit werden.»

Da sprangen ihre Gedanken wie mit einem Schlage ins ganz Wache hinüber. Sie sah auf, die Leute scherzten heiter und harmlos, wie wenn man am Ende einer Dunkelheit Licht und kleine Gestalten sieht. Und sie hatte mit einemmal ein merkwürdig gleichgültiges, nüchternes Bewußtsein von Wirklichkeit. Sie merkte mit Verwunderung, daß sie sich trotzdem berührt empfand und es stark fühlte. Es ängstigte sie beinahe, denn es war eine bleiche, fast überklare Bewußtseinshelle, in der nichts in das bloß Ungefähre von Träumen versinken konnte, durch die sich kein Gedanke bewegte und in der doch die Menschen zuweilen zackig und maßlos groß wie Hügel wurden, als glitten sie plötzlich durch einen unsichtbaren Nebel, in dem das Wirkliche zu einem riesigen schattenhaften zweiten Umriß wuchs. Sie fühlte dann beinahe Demut und Furcht vor ihnen und verlor doch nie vollkommen die Empfindung, daß diese Schwäche nur ein seltsames Vermögen sei; es war, als hätten sich die Grenzen ihres Seins unsichtbar und empfindsam über sie hinausgeschoben, und alles stieß leis daran und machte sie zittern. Und sie erschrak zum erstenmal vor diesem sonderbaren Tag, dessen Einsamkeit mit ihr wie ein unterirdischer Weg allmählich in das wirre Flüstern innerer Dämmerungen versunken war und nun in ferner Gegend sich plötzlich in unnachgiebig wahrhaftes Geschehen emporhob und sie mit einer weiten, fremden, ungewollten Wirklichkeit allein ließ.

Sie sah heimlich zu dem Fremden hinüber. Er zündete in diesem Augenblick ein Streichholz an; sein Bart, ein Auge leuchteten auf: sie fühlte auch dieses nichtssagende Handeln mit einemmal so merkwürdig, sie empfand plötzlich die Festigkeit in diesem Geschehen, wie selbstverständlich sich eins ans andere schloß und da war, dumm und ruhig und doch wie eine einfache, ungeheure, steinern gefügte Gewalt. Sie dachte daran, daß es gewiß nur ein alltäglicher Mensch sei. Und da befiel sie allmählich ein leises, verwehtes, ungreifbares Gefühl von sich; aufgelöst und zerfetzt, wie blasser, flockender Schaum glaubte sie in der Dunkelheit vor ihm zu schwimmen. Es bereitete ihr jetzt einen wunderlichen Reiz, ihm freundlich zu antworten; sie sah dabei machtlos, mit regloser Seele ihren eigenen Handlungen nach und fühlte einen zwischen Lust und Erleiden zerspaltenen Genuß an sich, wie in dem plötzlich vertieften Innenraum einer großen Erschöpfung kauernd.

Einmal aber fiel ihr ein, daß es früher manchmal in solcher Weise begonnen hatte. Da streifte sie, bei dem Gedanken solcher Wiederkehr, einen Augenblick lang ein schwirrendes, willenlos begehrliches Entsetzen wie vor einer noch namenlosen Sünde; sie dachte plötzlich, ob er bemerkt haben mochte, daß sie ihn ansah, und es füllte sich ihr Körper mit einer leisen, fast unterwürfigen Sinnlichkeit wie ein dunkles Versteck um die Heimlichkeit seiner Seele. Der Fremde jedoch saß groß und ruhig in der Finsternis und lächelte bloß manchmal oder auch das schien ihr nur so.

So fuhren sie nah voreinander in der tiefen Dämmerung dahin. Und allmählich begann in ihre Gedanken wieder jene leise vorwärtsdrängende Unruhe zu kommen. Sie versuchte, sich zu sagen, daß alles nur die bis zur Täuschung verwirrte innere Stille dieser plötzlichen einsamen Reise unter fremden Menschen sei, und manchmal wieder glaubte sie, daß es der Wind war, in dessen steife, glühende Kälte gewickelt, sie starr und willenlos wurde, zuweilen aber war ihr ganz sonderbar, als sei ihr Mann ihr jetzt wieder ganz nahe und diese Schwäche und Sinnlichkeit ein wunderseliges Gefühl in ihrer Liebe. Und einmal, – als sie gerade wieder zu dem Unbekannten hinübergesehen hatte und diese schattenhafte Preisgabe ihres Willens, ihrer Härte und Unantastbarkeit empfand, – stand plötzlich, hell über ihrer Vergangenheit ein Schein wie über einer unsagbaren, fremd geordneten Weite; es war ein sonderbares Zukunftsgefühl, als ob dieses längst Verflossene noch lebte. Im nächsten Augenblick aber war es nur mehr ein verlöschender Streif des Verstehens im Dunkel und nur in ihrem Innern schwang etwas nach, irgendwie als ob es die noch nie gesehne Landschaft ihrer Liebe gewesen wäre, von riesigen Dingen erfüllt und leise sausend, verwirrt und fremd, sie wußte nicht mehr wie und fühlte sich zagend und weich in sich gehüllt, voll sonderbarer, noch nicht faßbarer, von dorther kommender Entschlüsse.

Und sie mußte an seltsam von den übrigen abgeschnittene Tage denken, die wie eine Flucht abseits liegender Zimmer einer in den andern mündend vor ihr lagen, und hörte dazwischen jeden Huftritt der Pferde, der sie – hilflos in das belanglos Gegenwärtige der durch die Umstände bedingten Nachbarschaft in diesem Schlitten geschlagen – dem näher trug, und fügte sich mit übereiltem Lachen in irgendein Gespräch und war in ihrem Innern groß und verästelt und vor Unübersehbarkeit machtlos wie mit lautlosem Tuch überspannt.

In der Nacht dann war sie aufgewacht; wie von Schellengeklingel. Sie fühlte plötzlich, daß es schneite. Sie sah gegen das Fenster; weich und schwer wie eine Mauer stand es in der Luft. Sie schlich auf den Zehen, mit bloßen Füßen hin. Es geschah alles rasch hintereinander, dunkel kam ihr dabei vor, daß sie ihre nackten Füße wie ein Tier auf den Boden setzte. Dann starrte sie, nah und stumpf, in das dicke Gegitter der Flocken. Sie tat dies alles, wie man im Schlaf auffährt, mit dem engen Raum eines Bewußtseins, das wie eine kleine unbewohnte Insel herauftaucht. Es war ihr, als stünde sie sehr weit fort von sich. Und mit einemmal fiel ihr ein und die Betonung fiel ihr ein, mit der er gesagt hatte: wir werden hier eingeschneit werden.

Da versuchte sie sich zu besinnen und kehrte sich um. Eng lag das Zimmer hinter ihr und es war noch etwas Sonderbares in dieser Enge, wie ein Käfig oder wie Geschlagenwerden. Claudine zündete eine Kerze an und leuchtete über die Dinge; es begann langsam der Schlaf von ihnen abzufließen und sie waren noch, als hätten sie nicht genau in sich zurückgefunden, – Schrank, Kasten, Bett und doch etwas zu viel oder zu wenig, ein Nichts, ein rauhes, rieselndes Nichts; blind und eingefallen standen sie in der kahlen Dämmerung des flackernden Lichts, auf Tisch und Wänden lag noch ein endloses Gefühl von Staub und wie barfuß darüber gehen Müssen. Das Zimmer mündete auf einen schmalen, holzgedielten, weißgetünchten Gang; sie wußte, wo die Stiege heraufkam, hing in einem Ring aus Draht eine trübe Lampe, sie warf fünf helle, schwankende Kreise an die Decke, dann verrann ihr Licht wie Spuren schmierig tastender Hände auf dem Kalk der Wände. Wie eine Wache vor einer sonderbar erregten Leere waren diese fünf hellen, sinnlos schwankenden Kreise ... Ringsum schliefen fremde Menschen. Claudine fühlte eine plötzliche phantastische Hitze. Sie hätte leise schreien mögen, wie Katzen schreien vor Angst und Begierde, wie sie so dastand, aufgewacht in der Nacht, während lautlos der letzte Schatten ihres seltsam empfundenen Tuns in die schon wieder glatten Wände ihres Innern schlüpfte. Und plötzlich dachte sie: wenn er nun käme und einfach zu tun versuchte, was er doch sicher wollte ....

Sie wußte nicht, wie sie erschrak. Wie eine heiße Kugel rollte etwas über sie hin; minutenlang war nichts als dieses seltsame Erschrecken und dahinter jene peitschengerade, schweigsame Enge. Dann machte sie den Versuch, sich den Menschen vorzustellen. Aber es gelang nicht; sie fühlte bloß den vorsichtig vorgedehnten, tierhaften Schritt ihrer Gedanken. Nur zuweilen sah sie etwas von ihm, wie es in Wirklichkeit war, seinen Bart, sein eines leuchtendes Auge ... Dann empfand sie Ekel. Sie fühlte, daß sie niemals mehr einem fremden Menschen gehören könnte. Und gerade da, gerade zugleich mit diesem Abscheu ihres, geheimnisvoll nur nach dem einen sehnsüchtigen, Körpers vor jedem andern, fühlte sie – wie in einer zweiten, tiefern Ebene – ein Hinabbeugen, ein Schwindeln, vielleicht eine Ahnung von menschlicher Unsicherheit, vielleicht ein Bangen vor sich, vielleicht nur ein unfaßbares, sinnloses, versuchendes dennoch jenen andern Herbeiwünschen und es floß ihre Angst durch sie wie die sengende Kälte, die eine zerstörende Lust nah vor sich hertreibt.

Gleichmütig begann einstweilen eine Uhr mit sich selbst irgendwo zu sprechen, Schritte gingen unter ihrem Fenster vorbei und verklangen, ruhige Stimmen ... Es war kühl im Zimmer, von ihrer Haut hob sich die Wärme des Schlafs, unbestimmt und widerstandslos schwang sie mit ihr wie in einer Wolke von Schwäche durch die Finsternis hin und her ... Sie schämte sich vor den Dingen, die hart und aufgerichtet und längst schon wieder belanglos und sich gleich rings um sie vor sich hinstarrten, während ihr wirr vor Bewußtsein war, daß sie dastand und auf einen Unbekannten wartete. Und doch begriff sie dunkel, daß es nicht jener Fremde war, der sie lockte, sondern nur dieses Dastehn und Warten, eine feinzahnige, wilde, preisgegebene Seligkeit, sie zu sein, Mensch, in ihrem Erwachen zwischen den leblosen Dingen aufgesprungen wie eine Wunde. Und während sie ihr Herz schlagen fühlte, als trüge sie ein Tier in der Brust, – verstört, irgendwoher in sie verflogen, – hob sich seltsam ihr Leib in seinem stillen Schwanken und schloß sich wie eine große, fremde, nickende Blume darum, durch die plötzlich der in unsichtbare Weiten gespannte Rausch einer geheimnisvollen Vereinigung schaudert, und sie hörte leise das ferne Herz des Geliebten wandern, unstet, ruhelos, heimatlos in die Stille klingend wie ein Ton einer über Grenzen verwehten, fremdher wie Sternlicht flackernden Musik, von der unheimlichen Einsamkeit dieses sie suchenden Gleichklangs wie von einer ungeheuren Verschlingung ergriffen, weit über alles Wohnland der Seelen hinaus.

Da fühlte sie, daß hier sich etwas vollenden sollte, und wurde nicht gewahr, wie lange sie so stand; Viertelstunden, Stunden . . die Zeit lag reglos, von unsichtbaren Quellen gespeist, wie ein uferloser See ohne Mündung und Abfluß um sie. Nur einmal, irgendwann, glitt irgendwo von diesem unbegrenzten Horizont her etwas Dunkles durch ihr Bewußtsein, ein Gedanke, ein Einfall, . . und wie es an ihr vorbeizog, erkannte sie die Erinnerung darin an lang versunkene Träume ihres früheren Lebens – sie glaubte sich von Feinden gefangen und war gezwungen, demütige Dienste zu tun – und währenddessen begann es schon zu entschwinden und schrumpfte ein und aus der dunstigen Unklarheit der Weite hob sich ein letztesmal, wie gespenstisch klar geknotetes Stangen- und Tauwerk eins nach dem andern darüber hinaus, und es fiel ihr ein, wie sie sich nie wehren gekonnt, wie sie aus dem Schlaf schrie, wie sie schwer und dumpf gekämpft, bis ihr die Kraft und die Sinne schwanden, dieses ganze maßlose, formlose Elend ihres Lebens, . . und dann war es vorbei und in der wieder zusammenfließenden Stille war nur ein Leuchten, eine veratmend zurückstreichende Welle, als wäre ein Unsagbares gewesen, . . und da kam es jetzt plötzlich von dort über sie – wie einstens diese schreckliche Wehrlosigkeit ihres Daseins hinter den Träumen, fern, unfaßbar, im Imaginären, noch ein zweitesmal lebte – eine Verheißung, ein Sehnsuchtsschimmer, eine niemals gefühlte Weichheit, ein Ichgefühl, das – von der fürchterlichen Unwiderruflichkeit ihres Schicksals nackt, ausgezogen, seiner selbst entkleidet – während es taumelnd nach immer tieferen Entkräftungen verlangte, sie dabei seltsam wie der in sie verirrte, mit zielloser Zärtlichkeit seine Vollendung suchende Teil einer Liebe verwirrte, für die es in der Sprache des Tags und des harten, aufrechten Ganges noch kein Wort gab.

In diesem Augenblick wußte sie nicht mehr, ob sie nicht eben erst vor ihrem Erwachen zum letztenmal diesen Traum geträumt hatte. Seit Jahren hatte sie ihn vergessen geglaubt und mit einemmal schien seine Zeit ganz nahe hinter ihr zu stehn, wie wenn man sich umkehrt und plötzlich in ein Antlitz starrt. Und ihr wurde so seltsam, als ob in diesem einsam abgesonderten Zimmer ihr Leben in sich selbst zurückliefe wie Spuren in eine verworrene Fläche. Hinter Claudinens Rücken brannte das kleine Licht, das sie angesteckt hatte, ihr Gesicht hielt sie ins Dunkel; und allmählich fühlte sie nicht mehr, wie sie aussah, wie ein absonderliches Loch im Finstern, im Gegenwärtigen erschien ihr ihr Umriß. Und ganz langsam wurde ihr, als sei sie in Wirklichkeit gar nicht hier, wie wenn nur irgend etwas von ihr gewandert und gewandert wäre, durch Raum und Jahre, und wachte nun auf, fern von ihr selbst und verstiegen, und sie stünde in Wirklichkeit immer noch bei jenem versunkenen Traumgefühl, .. irgendwo, .. eine Wohnung tauchte auf, .. Menschen, .. eine gräßliche, verstrickte Angst ... Und dann ein Erröten, ein Weichwerden der Lippen .. und plötzlich das Bewußtsein, es wird wieder einer kommen, und ein anderes, vergangenes Gefühl von ihrem gelösten Haar, von ihren Armen, als wäre sie noch mit all dem untreu ... Und da, mit einemmal, – mitten in dem ängstlich sich festklammernden Wunsch, sich dem Geliebten zu wahren, ihre bittend gehobenen Hände langsam ermüdend, – der Gedanke: wir waren einander untreu, bevor wir einander kannten ... Es war nur ein in stillem Halbsein leuchtender Gedanke, fast nur ein Gefühl; eine wundersam liebliche Bitterkeit, wie im Wind, der sich vom Meer hebt, manchmal ein verwehender herber Atem säumt; fast nur der Gedanke, wir liebten einander, bevor wir einander kannten, – als dehnte sich plötzlich in ihr die unendliche Spannung ihrer Liebe weit über das Gegenwärtige in die Untreue hinaus, aus der sie einst zu ihnen beiden gekommen war wie aus einer früheren Form ihres ewigen Zwischenihnenseins.

Und sie ließ sich sinken und fühlte wie betäubt lange nichts, als daß sie auf einem kahlen Stuhl vor einem kahlen Tisch saß. Und dann war es wohl jener G., der ihr einfiel, und das Gespräch vor der Reise mit seinen verhüllten Worten; und niemals gesprochene Worte. Und dann, irgendeinmal, kam von einem Spalt des Fensters die feuchte, milde Luft der verschneiten Nacht und strich schweigsam und zärtlich an ihren nackten Schultern herab. Und da begann sie, ganz weh und ferne, wie ein Wind über regenschwarze Felder kommt, begann sie zu denken, daß es eine regenleise, wie ein Himmel eine Landschaft überspannende Lust sein müßte, untreu zu sein, eine geheimnisvoll das Leben schließende Lust .....

Vom nächsten Morgen ab lag eine eigentümliche Luft von Vergangenheit über allem.

Claudine wollte ins Institut gehen; ihr Erwachen war früh und wie aus klarem, schwerem Wasser; sie erinnerte nichts mehr von dem, was sie während der Nacht bewegt hatte; sie hatte den Spiegel vors Fenster gerückt und steckte ihr Haar auf; im Zimmer war es noch dunkel. Aber als sie sich so – mit angestrengtem Schauen vor einem blinden kleinen Spiegel – frisierte, kam ihr ein Gefühl von sich wie von einem Landmädchen, das sich für den Sonntagsausgang schön macht, und sie empfand ganz stark, daß das für die Lehrer geschah, die sie sehen würde, oder vielleicht für den Fremden, und konnte von da an diese sinnlose Vorstellung nicht wieder los werden. Sie hatte innerlich wohl nichts mit ihr zu tun, aber sie haftete an allem, was Claudine tat, und jede Bewegung erhielt etwas von einer dummsinnlichen, breitbeinigen Geziertheit, die langsam, widerwärtig und unaufhaltsam von der Oberfläche in die Tiefe sickerte. Nach einer Weile ließ sie wirklich die Arme ruhn; aber schließlich war all das zu unvernünftig, um das, was notwendig geschehen mußte, länger zu hindern, und während es bloß so blieb und schwang und mit einem ungreifbaren Gefühl von Nichttunsollen und Gewolltem und Ungewolltem in einer anderen, nebelhafteren, unfesteren Kette als der der wirklichen Entscheidungen das Geschehen begleitete und während Claudinens Hände in ihr weiches Haar griffen und die Ärmel ihres Morgenkleides an den weißen Armen hinaufglitten, schien ihr das nun wieder irgendwann – einstens, immer – so gewesen zu sein und es wurde ihr mit einemmal sonderbar, daß jetzt im Wachen, in der Leere des Morgens, ihre Hände auf und nieder gingen, als gehörten sie nicht zu ihrem Willen, sondern zu irgendeiner gleichgültigen fremden Macht. Und da begann sich langsam die Stimmung der Nacht um sie zu heben, Erinnerungen stiegen bis zu halber Höhe und sanken wieder, eine Spannung war vor diesen kaum vergessenen Erlebnissen wie ein zitternder Vorhang. Vor den Fenstern wurde es hell und ängstlich, Claudine fühlte, wenn sie in dieses gleichmäßige, blinde Licht sah, eine Bewegung wie ein freiwilliges Lösen der Hand und ein langsames, lockendes Abwärtsgleiten zwischen silbern leuchtenden Blasen und fremden, mit großen Augen stehenden Fischen; der Tag begann.

Sie nahm ein Blatt Papier und schrieb Worte an ihren Mann: «. . . Alles ist sonderbar. Es wird nur wenige Tage dauern, aber mir ist, als sei ich hoch über mir verschlungen in etwas. Unsere Liebe, sag mir, was sie ist? Hilf mir, ich muß dich hören. Ich weiß, sie ist wie ein Turm, aber mir ist, als fühlte ich nur das Zittern rings um eine schlanke Höhe . . .»

Als sie diesen Brief aufgeben wollte, sagte ihr jedoch der Beamte, daß die Verbindung unterbrochen sei.

Sie ging darauf vor den Ort. Weit, weiß wie ein Meer lag es um die kleine Stadt. Manchmal flog eine Krähe hindurch, manchmal hob sich schwarz ein Strauch heraus. Erst tief unten am Rand, in kleinen, dunklen, zusammenhanglosen Pünktchen, begann wieder das Leben.

Sie kehrte zurück und ging durch die Straßen des Orts, unruhig, vielleicht eine Stunde lang. Sie bog in alle Gassen, kam nach einiger Zeit das gleiche Stück Wegs in entgegengesetzter Richtung, verließ es dann wieder – nun nach der anderen Seite – kreuzte Plätze, wo sie noch fühlte, wie sie vor wenigen Minuten geschritten war; überall glitt das weiße Schattenspiel der fieberhaft leeren Weite durch diese kleine von der Wirklichkeit abgeschnittene Stadt. Vor den Häusern lagen hohe Wälle aus Schnee; die Luft war klar und trocken; es schneite zwar noch immer, aber nur mehr spärlich und in flachen, fast verdorrten, glitzernden Plättchen, als ob es bald enden wollte. Zuweilen schauten über verschlossenen Türen die Fenster der Häuser ganz hellblau und gläsern auf die Straße und auch unter den Füßen klang es wie Glas. Manchmal aber polterte ein Stück hartgefrornen Schnees eine Traufe hinunter; dann war es noch minutenlang, als starrte ein zackiges Loch, das es in die Stille gerissen hatte. Und plötzlich begann irgendwo eine Hauswand rosarot aufzuleuchten oder zartgelb wie ein Kanarienvogel . . . Was sie tat, erschien ihr dann seltsam, in überlebendiger Stärke; in der lautlosen Stille schien für einen Augenblick alles Sichtbare in irgendeinem andern Sichtbaren sich wie ein Echo zu wiederholen. Danach sank alles wieder ringsum in sich zusammen; die Häuser standen in unverständlichen Gassen um sie, wie Pilze im Wald beieinanderstehn oder eine Gruppe Sträucher geduckt auf einer weiten Fläche, und ihr war noch ganz groß und schwindlig. Es war etwas wie ein Feuer in ihr, wie eine brennend bittere Flüssigkeit, und während sie ging und dachte, kam sie sich wie ein ungeheures, geheimnisvolles Gefäß durch die Straßen getragen vor, ganz dünnwandig und flammend.

Da zerriß sie den Brief und sprach bis Mittag im Institut mit den Lehrern.

In den Zimmern war es still; wenn sie irgendwo von ihrem Platz aus durch die düstern, tiefen Wölbungen ins Freie blickte, erschien es ihr weit, gedämpft, wie mit grauem Schneelicht verhangen. Dann sahen die Menschen sonderbar körperhaft aus, wuchtig und lastend auf betonten Konturen. Sie sprach mit ihnen nur die unpersönlichsten Dinge und hörte nur solche, aber zuweilen war selbst das fast wie eine Hingabe. Sie wunderte sich, denn diese Menschen gefielen ihr nicht, an keinem bemerkte sie auch nur eine Einzelheit, die sie anzog, jeder stieß sie eigentlich durch die Eigenschaften seiner geringeren Lebensschicht bloß ab, und trotzdem fühlte sie das Männliche, Andersgeschlechtliche an ihnen mit einer, wie ihr schien, niemals zuvor erlebten oder doch seit langen Zeiten vergessenen Deutlichkeit. Sie gewahrte, daß es das im Halblicht Gesteigerte des Gesichtseindrucks war, dieses dumpf Gewöhnliche und doch durch seine Häßlichkeit kaum begreifbar Überhöhte, was wie Witterung riesiger, plumper Höhlentiere ungewiß um diese Menschen floß. Und allmählich begann sie jenes alte Gefühl von Schutzlosigkeit auch hier zu erkennen, das sie seit ihrem Alleinsein immer wieder empfand, und es fing ein eigentümliches Empfinden von Unterwürfigkeit an, sie in allen Einzelheiten zu verfolgen, in kleinen Wendungen des Gesprächs, in der Aufmerksamkeit, mit der sie zuhören mußte, allein schon darin, daß sie überhaupt dasaß und sprach.

Da wurde Claudine unwillig, fand, daß sie schon zu lange hier säumte, und empfand die Luft und das Halbdunkel der Zimmer eng und verwirrend. Es kam ihr plötzlich und zum erstenmal der Gedanke, daß sie, die sich bloß noch nie von ihrem Manne getrennt hatte, kaum da sie allein war, vielleicht schon wirklich begonnen haben könnte, wieder in ihre Vergangenheit zurückzusinken.

Was sie jetzt empfand, war nicht mehr bloß unbestimmt streifend, sondern an wirkliche Menschen geknüpft. Und dennoch war es nicht Angst vor ihnen, sondern davor, daß sie sie empfinden konnte, als ob sich, während die Reden dieser Menschen sie einhüllten, heimlich in ihr etwas bewegt und leise gerüttelt hätte; kein einzelnes Gefühl, sondern irgendein Grund, in dem die alle ruhen, – wie wenn man manchmal durch Wohnungen geht, die einen anwidern, aber man spürt ganz sacht allmählich eine Vorstellung, wie Menschen hier glücklich sein können, und mit einemmal kommt ein Augenblick, wo es einen umfängt, als ob man sie wäre, man möchte zurückspringen und fühlt erstarrt, von allen Seiten die Welt geschlossen und ruhig auch um diesen Mittelpunkt stehn . . . .

In dem grauen Licht diese schwarzen bärtigen Menschen erschienen ihr wie Riesengebilde in dämmernden Kugeln von solchem fremden Gefühl und sie suchte sich vorzustellen, wie es sein müßte, um sich das sich schließen zu fühlen. Und während ihre Gedanken rasch wie in einem weichen, formlos quellenden Boden versanken, hörte sie bald nur mehr eine Stimme, die vom Rauchen gerauht und deren Worte in einen Zigarettendunst gebettet waren, der beim Sprechen beständig um ihr Gesicht streifte, und eine andre, die hell war und hoch wie Blech, und sie suchte den Klang sich vorzustellen, mit dem sie in der geschlechtlichen Erregung zerbrochen in die Tiefe gleiten mußte, dann wieder zogen ungeschickte Bewegungen ihr Empfinden in seltsamen Windungen nach sich und einen olympisch Lächerlichen suchte sie wie eine Frau zu fühlen, die an ihn glaubte... Ein Fremdes, mit dem ihr Leben nichts gemeinsam hatte, richtete sich nach und überhängend groß vor ihr auf, wie ein zottiges, einen betäubenden Geruch ausströmendes Tier; ihr war, als hätte sie eben nur mit der Peitsche hineinschlagen gewollt und gewahrte, plötzlich gehemmt und ohne es zu durchschauen, ein Spiel vertrauter Abstufungen in einem irgendwie dem ihren ähnlichen Gesicht.

Da dachte sie heimlich: «Wir, Menschen wie wir könnten vielleicht selbst mit solchen Menschen leben . . .» Es war ein eigentümlich quälender Reiz, eine dehnende Lust des Gehirns, etwas wie eine dünne gläserne Scheibe lag davor, an die sich ihre Gedanken schmerzhaft preßten, um jenseits in eine ungewisse Trübe zu starren; es freute sie, den Menschen dabei klar und unverdächtig in die Augen zu blicken. Dann versuchte sie, sich ihren Mann entfremdet, wie von dorther gesehen, vorzustellen. Es gelang ihr, sehr ruhig an ihn zu denken; es blieb ein wunderbarer, unvergleichlicher Mensch, aber ein Unwägbares, vom Verstand nicht zu Fassendes war von ihm geschwunden und er erschien ihr etwas blaß und nicht so nahe; manchmal vor dem letzten Anstieg einer Krankheit steht man in solch einer kühlen, beziehungslosen Helligkeit. Doch da fiel ihr ein, wie sonderbar es sei, daß sie ähnliches wie das, womit sie jetzt spielte, irgendwann einmal wirklich erlebt haben konnte, daß es eine Zeit gab, wo sie ihren Mann sicher und ohne von einer Frage beunruhigt zu werden so empfunden hätte, wie sie ihn sich jetzt einzubilden suchte, und es kam ihr mit einemmal alles ganz seltsam vor.

Man geht täglich zwischen bestimmten Menschen oder durch eine Landschaft, eine Stadt, ein Haus und diese Landschaft oder diese Menschen gehen immer mit, täglich, bei jedem Schritt, bei jedem Gedanken, ohne Widerstand. Aber einmal bleiben sie plötzlich mit einem leisen Ruck stehen und stehn ganz unbegreiflich starr und still, losgelöst, in einem fremden, hartnäckigen Gefühl. Und wenn man auf sich zurücksieht, steht ein Fremder bei ihnen. Dann hat man eine Vergangenheit. Aber was ist das? fragte sich Claudine und fand plötzlich nicht, was sich geändert haben konnte.

Sie wußte auch in diesem Augenblick, daß nichts einfacher ist als die Antwort, man selbst sei es, der sich geändert habe, aber sie begann einen sonderbaren Widerstand zu fühlen, die Möglichkeit dieses Vorgangs zu begreifen; und vielleicht erlebt man die großen, bestimmenden Zusammenhänge nur in einer eigentümlich verkehrten Vernunft, während sie nun bald die Leichtigkeit nicht verstand, mit der sie eine Vergangenheit, die einst so nah um sie gewesen war wie ihr eigener Leib, als fremd empfinden konnte, bald wieder die Tatsache ihr unfaßbar erschien, daß überhaupt je etwas anders gewesen sein mochte als jetzt, fiel ihr ein, wie das ist, wenn man manchmal etwas in der Ferne sieht, fremd, und dann geht man hin und an einer gewissen Stelle tritt es in den Kreis des eigenen Lebens, aber der Platz, wo man früher war, ist jetzt so eigentümlich leer, oder man braucht sich bloß vorzustellen, gestern habe ich dies oder jenes getan: irgendeine Sekunde ist immer wie ein Abgrund, vor dem ein kranker, fremder, verblassender Mensch zurückbleibt, man denkt bloß nicht daran, – und plötzlich erschien ihr in einer schlagschnellen Erhellung ihr ganzes Leben von diesem unverstehbaren, unaufhörlichen Treubruch beherrscht, mit dem man sich, während man für alle andern der gleiche bleibt, in jedem Augenblick von sich selbst loslöst, ohne zu wissen warum, dennoch darin eine letzte, nie verbrauchte bewußtseinsferne Zärtlichkeit ahnend, durch die man tiefer als mit allem, was man tut, mit sich selbst zusammenhängt.

Und während noch dieses Gefühl in seiner bloßgelegten Tiefe klar in ihr schimmerte, war ihr, als ob die Sicherheit, die oben ihr Leben trug, wie ein Kreisen um sie, mit einemmal es wieder nicht mehr trüge, und es teilte sich in hundert Möglichkeiten, schob sich wie verschiedener Leben hintereinandergelagerte Kulissen auseinander und in einem weißen, leeren, unruhigen Raum dazwischen tauchten die Lehrer wie dunkle, ungewisse Körper auf, sanken suchend, sahen sie an und stellten sich schwer auf ihren Platz. Sie fühlte eine eigentümlich traurige Lust, hier mit ihrem unnahbaren Lächeln der fremden Dame, in ihr Aussehen verschlossen, vor ihnen sitzend, bei sich selbst nur ein Zufälliges zu sein, nur durch eine wechselbare Hülle von Zufall und Tatsache, die sie umfing, von ihnen getrennt zu sein. Und während ihr das Gespräch hurtig und nichtssagend von den Lippen sprang und leblos behend wie ein Faden dahinlief, begann sie langsam der Gedanke zu verwirren, daß sie – wenn sich der Dunstkreis eines dieser Menschen um sie geschlossen haben würde – auch das, was sie dann täte, wirklich wäre, als wäre diese Wirklichkeit nur etwas Bedeutungsloses, das zuweilen durch die gleichgültig geformte Öffnung eines Augenblicks heraufschießt, unter der man, sich selbst unerreicht, in einem Strom von niemals Wirklichem dahinfließt, dessen einsamen, weltfernzärtlichen Laut keiner hört. Ihre Sicherheit, dieses in liebender Angst an jenen Einen Geklammertsein, erschien ihr in diesem Augenblick als etwas Willkürliches, Unwesentliches und bloß Oberflächliches im Vergleich mit einem vom Verstand kaum mehr zu fassenden Gefühl von unwägbarem durch dieses Einsamsein in einer letzten, geschehensleeren Innerlichkeit Zueinandergehören.

Und das war der Reiz, als ihr jetzt plötzlich der Ministerialrat einfiel. Sie begriff, daß er sie begehrte und daß bei ihm wirklich werden sollte, was hier noch ein Spiel mit Möglichkeiten war.

Einen Augenblick lang schauderte etwas in ihr und warnte sie; das Wort Sodomie fiel ihr ein; soll ich Sodomie treiben . . .?! Aber dahinter war die Versuchung ihrer Liebe: damit du im Wirklichen fühlen mußt, ich, ich unter diesem Tier. Das Unvorstellbare. Damit du dort nie mehr hart und einfach an mich glauben kannst. Damit ich dir ungreifbar und versinkend wie ein Schein werde, kaum daß du mich losläßt. Nur ein Schein, das ist, du weißt, ich bin nur etwas in dir, nur etwas durch dich, nur solange du mich festhältst, sonst irgend etwas, Geliebter, so seltsam vereint . . . .

Und es faßte sie eine leise untreue Abenteurertraurigkeit, jene Wehmut der Handlungen, die man nicht ihrer selbst halber sondern tut, um sie getan zu haben. Sie fühlte, daß der Ministerialrat jetzt irgendwo stand und auf sie wartete. Es dünkte sie, daß der eingeengte Gesichtskreis um sie sich schon mit seinem Atem füllte, und die Luft nahe bei ihr nahm seinen Geruch an. Sie wurde unruhig und begann sich zu verabschieden. Sie fühlte, daß sie auf ihn zugehen werde und die Vorstellung des Augenblicks griff ihr kalt an den Leib, wo es geschehen sein würde. Es war, als ob sie etwas packte und zu einer Tür zerrte, und sie wußte, diese Tür wird zufallen, und wehrte sich und lauschte doch schon mit vorgestreckten Sinnen voraus.

Als sie dem Menschen begegnete, stand er für sie nicht mehr am Anfang einer Bekanntschaft, sondern unmittelbar vor dem Hereinbruch. Sie wußte, daß inzwischen auch er über sie nachgedacht und sich einen Plan zurechtgelegt hatte. Sie hörte ihn sagen: «Ich habe mich damit abgefunden, daß Sie mich zurückweisen, aber nie wird Sie ein Mensch so selbstlos verehren wie ich.» Claudine antwortete nicht. Seine Worte kamen langsam, nachdrücklich; sie fühlte, wie es sein müßte, wenn sie wirken würden. Dann sagte sie: «Wissen Sie, daß wir wirklich eingeschneit sind?» Es erschien ihr alles so, wie wenn sie es schon einmal erlebt hätte; ihre Worte schienen in den Spuren von Worten steckenzubleiben, die sie früher einmal gesprochen haben mußte. Sie achtete nicht auf das, was sie tat, sondern auf den Unterschied, daß das, was sie jetzt tat, Gegenwart war und irgendein Gleiches Vergangenheit; dieses Willkürliche, diesen zufälligen, nahen Hauch von Gefühl darüber. Und sie hatte eine große, unbewegte Empfindung von sich, über der Vergangenheit und Gegenwart wie kleine Wellen sich wiederholten.

Nach einer Weile sagte der Ministerialrat plötzlich: «Ich fühle, daß etwas in Ihnen zögert. Ich kenne dieses Zögern. Jede Frau steht einmal in ihrem Leben davor. Sie schätzen Ihren Mann und wollen ihm gewiß nicht weh tun und verschließen sich darum. Aber eigentlich müßten Sie sich wenigstens für Augenblicke davon freimachen und auch den großen Sturm erleben.» Wiederum schwieg Claudine. Sie fühlte, wie er ihr Schweigen mißdeuten mußte, aber es tat ihr eigenartig wohl. Daß es etwas in ihr gab, das sich nicht in Handlungen ausdrücken ließ und von Handlungen nichts erleiden konnte, das sich nicht verteidigen konnte, weil es unter dem Bereich der Worte lag, das um verstanden zu werden geliebt werden mußte, wie es sich selbst liebte, etwas das sie nur mit ihrem Mann gemeinsam hatte, empfand sie stärker bei diesem Schweigen; so war es eine innere Vereinigung, während sie die Oberfläche ihres Wesens diesem Fremden überließ, der sie verunstaltete.

In solcher Weise gingen sie und unterhielten sich. Und in ihrem Gefühl war dabei ein Hinüberbeugen, schwindelnd, als empfände sie dann die wunderbare Unbegreiflichkeit des zu ihrem Geliebten Gehörens tiefer. Manchmal schien ihr, daß sie sich schon ihrem Begleiter anpaßte, mochte sie auch noch für einen andern scheinen, die gleiche zu sein, und es kam ihr manchmal vor, als erwachten Scherze, Einfälle und Bewegungen noch aus ihrer ersten Frauenzeit in ihr, Dinge, denen sie sich längst entwachsen glaubte; dann sagte er: gnädige Frau, Sie sind geistreich.

Wenn er so sprach und neben ihr schritt, wurde sie gewahr, daß seine Worte in einen ganz leeren Raum hinausgingen, den sie mit sich allein anfüllten. Und allmählich entstanden darin die Häuser, an denen sie vorbeischritten, um ein weniges anders und verschoben, wie sie sich in den Scheiben von Fenstern spiegeln, und die Gasse, in der sie waren, und nach einer Weile sie, auch etwas verändert und verzerrt, aber doch so, daß sie sich noch erkannte. Sie fühlte die Gewalt, die von dem alltäglichen Menschen ausging, – es war ein unmerkliches Verschieben der Welt und Vorsichhinrücken, eine einfache Kraft der Lebendigkeit, sie strahlte von ihm aus und bog die Dinge in ihre Oberfläche. Es verwirrte sie, daß sie auch ihr Bild in dieser spiegelhaft gleitenden Welt gewahrte; ihr war, wenn sie jetzt noch etwas nachgäbe, müßte sie plötzlich ganz dieses Bild sein. Und einmal sagte er plötzlich: «Glauben Sie mir, es ist nur Gewohnheit. Hätten Sie mit siebzehn oder achtzehn Jahren – ich weiß es nicht – einen andern Mann kennen gelernt und geheiratet, würde

Ihnen heute der Versuch, sich als die Frau ihres jetzigen Gemahls zu denken, genau ebenso schwer fallen.»

Sie waren vor die Kirche gelangt, groß und allein standen sie auf dem weiten Platz; Claudine sah auf, die Gebärden des Ministerialrats ragten aus ihm heraus in die Leere. Da war ihr mit einem Schlag einen Augenblick lang, als ob tausend zu ihrem Körper aneinandergefügte Kristalle sich sträubten; ein umhergeworfenes, unruhiges, zersplittert dämmerndes Licht stieg in ihrem Leib empor und der Mensch, den es traf, sah darin mit einemmal anders aus, alle seine Linien kamen auf sie zu, zuckend wie ihr Herz, alle seine Bewegungen fühlte sie von innen über ihren Körper gehn. Sie wollte sich zurufen, wer er sei, aber das Gefühl blieb wie ein wesenloser Schein ohne Gesetze, eigentümlich schwebte es in ihr, als ob es nicht zu ihr gehörte.

Im nächsten Augenblick war nur mehr ein Lichtes, Nebelndes, Entschwindendes ringsum. Sie blickte um sich; still und gerade standen die Häuser um den Platz, am Turm schlug die Uhr. Rund und metallisch sprangen die Schläge aus den Luken der vier Mauern, lösten sich im Fallen auf und flatterten über die Dächer. Claudine hatte die Vorstellung, daß sie dann weit und klingend über das Land rollen mußten, und sie fühlte mit einemmal schaudernd: Stimmen gehen durch die Welt, vieltürmig und schwer wie dröhnende Städte aus Erz, etwas, das nicht Verstand ist, . . eine unabhängige, unfaßbare Welt des Gefühls, die sich nur willkürlich, zufällig und lautlos flüchtig mit der der täglichen Vernunft verbindet, wie jene grundlos tiefen, weichen Dunkelheiten, die manchmal über einen schattenlosen, starren Himmel ziehn.

Es war, als stünde etwas um sie und sähe sie an. Sie fühlte die Erregung dieses Menschen wie etwas Brandendes in einer sinnentleerten Weite, etwas finster, einsam sich Schlagendes. Und allmählich ward ihr, es sei, was dieser Mensch von ihr begehrte, diese scheinbar stärkste Handlung, etwas ganz Unpersönliches; es war nichts als dieses Angesehenwerden, ganz dumm und stumpf, wie Punkte fremd im Raum einander ansehn, die irgend etwas Ungreifbares zu einem zufälligen Gebilde vereint. Sie schrumpfte darunter ein, es drückte sie zusammen, als wäre sie selbst solch ein Punkt. Sie empfand dabei ein sonderbares Gefühl von sich, es hatte nichts mehr mit der Geistigkeit und dem Selbstgewählten ihres Wesens zu tun und war doch noch das gleiche wie sonst. Und mit einemmal entschwand ihr das Bewußtsein, daß dieser Mensch vor ihr von häßlicher Alltäglichkeit des Geistes war. Und ihr wurde, als stünde sie weit draußen im Freien, und um sie standen die Töne in der Luft und die Wolken am Himmel still und gruben sich in ihren Platz und

Augenblick hinein und sie war auch nicht mehr etwas andres als sie, etwas Ziehendes, Hallendes, ... sie glaubte, die Liebe der Tiere verstehen zu können ... und der Wolken und Geräusche. Und fühlte die Augen des Ministerialrats die ihren suchen ... und erschrak und verlangte nach sich und spürte plötzlich ihre Kleider wie etwas um die letzte ihr von sich gebliebne Zärtlichkeit Geschloßnes und fühlte darunter ihr Blut, sie glaubte seinen scharfen, zitternden Duft zu riechen, und hatte nichts als diesen Körper, den sie preisgeben sollte, und dieses geistigste, wirklichkeitsübersehnende Gefühl von Seele als ein Gefühl von ihm – diese letzte Seligkeit – und wußte nicht, wurde in diesem Augenblick ihre Liebe zum äußersten Wagnis oder verblaßte sie schon und es öffneten sich ihre Sinne wie neugierige Fenster?

Sie saß dann im Speisezimmer. Es war Abend. Sie fühlte sich einsam. Eine Frau sprach zu ihr herüber: «Ich habe heute nachmittag Ihr Töchterchen gesehen, als es auf Sie wartete, es ist ein reizendes Kind, Sie haben gewiß viel Freude an ihm.» Claudine war an diesem Tag nicht wieder im Institut gewesen, aber es war ihr unmöglich zu antworten, sie schien plötzlich nur mit irgendeinem empfindungslosen Teil von sich, mit den Haaren oder den Nägeln oder als hätte sie einen Leib aus Horn, unter diesen Menschen zu sein. Dann entgegnete sich doch irgend etwas und hatte dabei die Vorstellung, daß alles, was sie sagte, sich wie in einem Sack oder in einem Netz verstrickte; ihre eigenen Worte erschienen ihr fremd zwischen den fremden, wie Fische an den feuchtkalten Leibern anderer Fische zappelten sie in dem unausgesprochenen Gewirr der Meinungen.

Es faßte sie ein Ekel. Sie fühlte wieder, daß es nicht auf das ankam, was sie von sich sagen, mit Worten erklären konnte, sondern daß alle Rechtfertigung in etwas ganz anderem lag, – einem Lächeln, einem Verstummen, einem inneren Sichhören. Und sie empfand plötzlich eine unsagbare Sehnsucht nach jenem einzigen Menschen, der auch so einsam war, den auch niemand hier verstehen würde und der nichts hatte als jene weiche Zärtlichkeit voll gleitender Bilder, die wie ein nebliges Fieber den harten Stoß der Dinge auffängt, das alles äußere Geschehen groß, gedämpft und flächenhaft zurückläßt, während innen alles in dem ewigen, geheimnisvollen, in allen Lagen ruhenden Gleichgewicht des Beisichseins schwebt.

Während aber sonst in ähnlicher Stimmung ein solches Zimmer mit Menschen sich wie eine einzige heiße, schwere, kreisende Masse um sie schloß, war hier mitunter ein heimliches Stillstehn und Auslassen und auf seine Plätze Springen. Und mürrisch sie Abwehren. Ein Schrank, ein Tisch. Es geriet zwischen ihr und diesen gewohnten Dingen etwas in Unordnung, sie offenbarten etwas Ungewisses und Wankendes. Es war plötzlich wieder jene Häßlichkeit wie auf der Reise, keine einfache Häßlichkeit, sondern es griff ihr Gefühl gleich einer Hand durch die Dinge hindurch, wenn es sie anfassen wollte. Es taten sich Löcher auf vor ihrem Gefühl, als ob – seit jene letzte Sicherheit in ihr verträumt sich anzustarren begonnen hatte – in einer sonst nicht wahrnehmbaren Einbettung der Dinge in ihr Empfinden sich etwas gelockert hätte, und statt eines verketteten Klingens von Eindrücken wurde durch diese Unterbrechungen die Welt um sie wie ein unendliches Geräusch.

Sie fühlte, wie dadurch etwas in ihr entstand, wie wenn man am Meer geht, ein Sichuneindrückbarfühlen in dieses Tosen, das jedes Tun und jeden Gedanken bis auf den Augenblick wegreißt, und allmählich ein Unsicherwerden und ein langsames Sich nicht mehr begrenzen können und -spüren und ein Selbstverfließen, – in einen Wunsch zu schreien, eine Lust nach unglaublich maßlosen Bewegungen, in irgendeinen wurzellos aus ihr emporwachsenden Willen etwas zu tun, ohne Ende, nur um sich daran zu empfinden; es lag eine saugende, schmatzend verwüstende Kraft in diesem Verlorengehn, wo jede Sekunde wie eine wilde, abgeschnittene, verantwortungslose Einsamkeit ohne Gedächtnis blöd in die Welt starrte. Und es riß Gebärden und Worte aus ihr heraus, die irgendwoher neben ihr vorbeikamen und doch noch sie waren, und der Ministerialrat saß davor und mußte gewahren, wie es etwas, das in sich verborgen das Geliebte ihres Leibes trug, ihm näherte, und schon sah sie nichts mehr als die unaufhörliche Bewegung, mit der sein Bart auf und nieder ging, während er sprach, gleichmäßig, einschläfernd, wie der Bart einer schauerlichen, halblaute Worte kauenden Ziege.

Sie tat sich so leid; zugleich war es ein wiegend summender Schmerz, daß dies alles möglich sein konnte. Der Ministerialrat sagte: «Ich sehe es Ihnen an, daß Sie eine von jenen Frauen sind, deren Schicksal es ist, von einem Sturm hinweggerissen zu werden. Sie sind stolz und möchten es verbergen; aber glauben Sie mir, einen Kenner der Frauenseele täuscht das nicht.» Es war, als sänke sie ohne Aufhören in ihre Vergangenheit hinein. Aber wenn sie um sich sah, fühlte sie bei diesem Sinken durch Seelenzeiten, die wie tiefes Wasser übereinandergeschichtet waren, die Zufälligkeit, nicht daß diese Dinge um sie jetzt so aussahen, sondern daß dieses Aussehen sich auf ihnen hielt, als ob es fest zu ihnen gehörte, widernatürlich eingekrallt wie ein Gefühl, das über seine Zeit hinaus nicht von einem Gesicht will. Und es war sonderbar, wie wenn in dem leise rinnenden Faden des Geschehens plötzlich ein Glied zersprungen und aus der Reihe heraus in die Breite gefahren wäre, es erstarrten allmählich alle Gesichter und alle Dinge in einem zufälligen, plötzlichen Ausdruck, winkelrecht quer durch eine widergewöhnliche Ordnung untereinander verbunden. Und nur sie glitt mit schwankend ausgebreiteten Sinnen zwischen diesen Gesichtern und Dingen – abwärts – dahin.

Der große, durch die Jahre geflochtene Gefühlszusammenhang ihres Daseins wurde dahinter in der Ferne einen Augenblick lang kahl für sich bemerkbar, fast wertlos. Sie dachte, man gräbt eine Linie ein, irgendeine bloß zusammenhängende Linie, um sich an sich selbst zwischen dem stumm davonragenden Dastehn der Dinge zu halten; das ist unser Leben; etwas wie wenn man ohne Aufhören spricht und sich vortäuscht, daß jedes Wort zum vorherigen gehört und das nächste fordert, weil man fürchtet, im Augenblick des abreißenden Schweigens irgendwie unvorstellbar zu taumeln und von der Stille aufgelöst zu werden; aber es ist nur Angst, nur Schwäche vor der schrecklich auseinanderklaffenden Zufälligkeit alles dessen, was man tut . . . .

Der Ministerialrat sagte noch: «es ist Schicksal, es gibt Männer, deren Schicksal das Bringen der Unruhe ist, man soll sich ihr öffnen, es schützt nichts davor . . .» Aber sie hörte es kaum. Ihre Gedanken gingen indessen in sonderbaren, fernen Gegensätzen. Sie wollte mit einem Satz, mit einer großen, unbedachten Gebärde sich frei machen und dem Geliebten zu Füßen stürzen; sie fühlte, daß sie es noch gekonnt hätte. Aber etwas zwang sie, vor dem Schreienden, Gewaltsamen daran einzuhalten; vor diesem Strom sein zu müssen, um nicht zu versickern, sein Leben an sich zu pressen, um es nicht zu verlieren, selbst nur zu singen, um nicht plötzlich ratlos zu verstummen. Sie wollte es nicht. Etwas Zögerndes, nachdenklich Gesprochenes schwebte ihr vor. Nicht schreien wie alle, um die Stille nicht zu spüren. Auch nicht Gesang. Nur ein Flüstern, ein Stillwerden, . . Nichts, Leere . . . .

Und einmal kam ein langsames, lautloses Sichvorschieben, über den Rand Beugen, der Ministerialrat sagte: «Lieben Sie nicht das Schauspiel? Ich liebe in der Kunst die Feinheit des guten Endes, die uns über das Alltägliche tröstet. Das Leben enttäuscht, bringt so oft um den Aktschluß. Aber wäre das nicht öde Natürlichkeit . . .?»

Sie hörte es plötzlich ganz dicht und deutlich. Noch war irgendwo jene Hand, eine spärlich nachgeschobene Wärme, ein Bewußtsein: Du, – aber da ließ sie sich los und irgendeine Sicherheit trug sie, jetzt noch einander das Letzte sein zu können, wortlos, ungläubig, zusammengehörig wie ein Gewebe von todessüßer Leichtheit, wie eine Arabeske für einen noch nicht gefundenen Geschmack, jeder ein Klang, der nur in der Seele des andern eine Figur beschreibt, nirgends, wenn sie nicht zuhört.

Der Ministerialrat richtete sich auf, blickte sie an. Sie fühlte sich plötzlich vor ihm stehen und fern von sich jenen einen geliebten Menschen; er mochte irgend etwas denken, ihr fiel ein, daß sie es nicht wissen konnte, – in ihr selbst taumelte zu gleicher Zeit ein wegloses Empfinden, von der Dunkelheit ihres Leibs geschützt. In diesem Augenblick empfand sie ihren Körper, der alles, was er fühlte, wie eine Heimat umhegte, als eine unklare Hemmung. Sie spürte sein Gefühl von sich, das, näher als alles andere, um sie geschlossen war, mit einemmal wie eine unentrinnbare Treulosigkeit, die sie von dem Geliebten trennte, und in einem ohnmächtig auf sie niedersinkenden, noch nie gekannten Erlebnis war ihr, als verkehrte sich ihr die letzte Treue – die sie mit ihrem Körper wahrte – in einem unheimlichen innersten Grunde in ihr Widerspiel.

Vielleicht hatte sie da nichts als den Wunsch, diesen Leib ihrem Geliebten hinzugeben, aber durchzittert von der tiefen Unsicherheit der seelischen Werte faßte er sie wie das Verlangen nach jenem Fremden, und während sie in die Möglichkeit starrte, daß sie sich, noch wenn sie in ihrem Körper das sie Zerstörende erlitte, durch ihn als sie selbst empfinden würde, und vor seinem geheimnisvoll jeder seelischen Entscheidung ausweichenden Gefühl von sich wie vor etwas finster und leer sie in sich selbst Einschließendem schauderte, lockte sie bitterselig ihr Leib, ihn von sich zu stoßen, in der Wehrlosigkeit der sinnlichen Verlorenheit von einem Fremden ihn niedergestreckt und wie mit Messern aufgebrochen zu fühlen, ihn mit Grauen und Ekel und Gewalt und ungewollten Zuckungen füllen zu lassen, – um ihn in einer seltsam bis zur letzten Wahrhaftigkeit geöffneten Treue um dieses Nichts, dieses Schwankende, dieses gestaltlose Überall, diese Krankengewißheit von Seele dennoch wie den Rand einer traumhaften Wunde zu fühlen, der in den Schmerzen des endlos erneuten Zusammenwachsenwollens vergeblich den anderen sucht.

Wie ein Licht hinter zartem Geäder stieg zwischen ihren Gedanken aus dem wartenden Dunkel der Jahre, allmählich sie einhüllend, diese Sterbenssehnsucht ihrer Liebe empor. Und irgendeinmal plötzlich hörte sie sich weit weg im strahlend Ausgespannten antworten, als hätte sie aufgenommen, was der Ministerialrat sagte: «Ich weiß nicht, ob er es ertragen könnte . . . .»

Zum erstenmal sprach sie da von ihrem Mann; sie schrak auf, es schien nicht ins Wirkliche zu gehören; aber schon fühlte sie die unaufhaltsame Macht des ins Leben entlaufenen Worts. Rasch zufassend sagte der Ministerialrat: «Ja lieben Sie ihn denn?» Es entging ihr nicht das Lächerliche der vermeintlichen Sicherheit, mit der er zustieß, und sie sagte: «Nein; nein, ich liebe ihn ja gar nicht.» Zitternd und entschlossen.

Als sie oben in ihrem Zimmer war, verstand sie es kaum noch, aber sie fühlte den vermummten, unbegreiflichen Reiz ihrer Lüge. Sie dachte an ihren Mann; zuweilen leuchtete etwas von ihm auf, wie wenn man von der Straße in erhellte Zimmer blickt; daran fühlte sie erst, was sie tat. Er sah schön aus, sie wollte bei ihm stehn, dann strahlte dieses Licht auch in ihr. Aber sie duckte sich in ihre Lüge zurück und dann stand sie wieder außen, auf der Straße, im Finstern. Es fror sie; daß sie lebte, tat ihr weh; jedes Ding, das sie ansah, jeder Atemzug. Wie in eine warme, strahlende Kugel konnte sie in jenes Gefühl zu ihrem Mann schlüpfen, sie war dort geschützt, die Dinge stießen nicht wie scharfe Schiffsschnäbel durch die Nacht, sie wurden weich aufgefangen, gehemmt. Und sie wollte nicht.

Sie erinnerte, daß sie schon einmal gelogen hatte. Nicht früher, denn nie war es eine Lüge damals, das war einfach sie. Aber einmal, im spätern, obwohl es die Wahrheit war, bloß als sie sagte, daß sie spazierengegangen sei, abends, zwei Stunden lang, hatte sie gelogen; sie begriff plötzlich, daß sie damals zum erstenmal gelogen hatte. So wie sie vorhin im Zimmer unten zwischen den Menschen saß, ging sie damals durch die Straßen, verloren hin und her, unruhig wie ein verlaufener Hund, und sah in die Häuser; und irgendwo öffnete irgend jemand einer Frau seine Tür, mit seiner Liebenswürdigkeit, seiner Gebärde, mit dem Aussehen seines Empfangs zufrieden; und irgendwo anders ging einer mit seiner Frau zu Besuch und war vollkommene Würde, Gatte und Gleichgewicht; und überall waren wie in einem breiten, gleichmütig alles beherbergenden Wasser kleine wirbelnde Mittelpunkte, mit einem Kreisen um sich, einer nach innen sehenden Bewegung, die irgendwo plötzlich, blind, fensterlos ans Gleichgültige grenzte; und überall innen war dieses Gehaltenwerden vom eigenen Widerhall in einem engen Raum, der jedes Wort auffängt und bis zum nächsten verlängert, damit man nicht hört, was man nicht ertragen könnte, – den Zwischenraum, den Abgrund zwischen den Stößen zweier Handlungen, in den man von dem Gefühl von sich fortsinkt, irgendwohin in das Schweigen zwischen zwei Worten, das ebensogut das Schweigen zwischen den Worten eines ganz anderen Menschen sein könnte.

Und da befiel es sie im geheimen: irgendwo unter diesen lebt ein Mensch, ein unpassender, ein anderer, aber man hätte sich ihm noch anpassen können und man würde nie etwas von dem Ich wissen, das man heute ist. Denn Gefühle leben nur in einer langen Kette anderer, einander haltend, und es kommt bloß darauf an, daß ein Punkt des Lebens sich ohne Lücke an den andern reiht, und es gibt hundert

Weisen. Und da durchfuhr sie zum erstenmal seit ihrer Liebe der Gedanke: es ist Zufall; durch irgendeinen Zufall wurde es wirklich und dann hält man es fest. Und sie fühlte sich zum erstenmal undeutlich bis auf den Grund und spürte dieses letzte, die Wurzel, die Unbedingtheit zerstörende, antlitzlose Gefühl von sich in ihrer Liebe, das sie auch sonst immer wieder zu ihr selbst gemacht hätte und sie von niemandem unterschied. Und da war ihr, als müßte sie sich sinken lassen, wieder ins Treibende, ins Unverwirklichte, ins Nirgendzuhause, und sie lief durch die Traurigkeit der leeren Straßen und sah in die Häuser und wollte keine andere Gesellschaft als den Laut ihrer Absätze auf den Steinen, in dem sie sich, bis auf das bloß Lebendige eingeschränkt, laufen hörte, bald vor sich, bald hinter sich.

Aber während sie damals nur das Zerfallende begriff, den unaufhörlich bewegten Hintergrund unverwirklichter Gefühlsschatten, vor dem jede Kraft sich aneinander zu halten abglitt, die Entwertung, das Unbeweisbare, vom Verstand nicht zu Fassende des eigenen Lebens, und fast weinte, verwirrt und ermüdet von der Verschlossenheit, in die sie eintrat, – hatte sie jetzt, in dem Augenblick, wo es ihr wieder einfiel, was an Vereinigung darin war bis zu Ende erlitten, in dieser durchscheinend, schimmernd dünnen Verletzlichkeit der lebensnotwendigen Einbildungen: das traumdunkelenge Nur durch den andern sein, das Inseleinsame des Nichterwachendürfens, dieses wie zwischen zwei Spiegeln Gleitende der Liebe, hinter denen man das Nichts weiß, und sie fühlte hier in diesem Zimmer, von ihrem falschen Geständnis wie von einer Maske bedeckt, auf das Abenteuer eines andern Menschen in ihr wartend, das wunderbare, gefahrvolle, steigernde Wesen der Lüge und des Betrugs in der Liebe, – heimlich aus sich heraustreten, ins nicht mehr dem andern Erreichbare, ins Gemiedene, in die Auflösung des Alleinseins, um der großen Wahrhaftigkeit willen in die Leere die zuweilen, einen Augenblick lang, sich hinter den Idealen auftut.

Und mit einemmal hörte sie verheimlichte Schritte, ein Knarren der Treppe, ein Stehenbleiben; vor ihrer Tür ein leise auf der Diele knarrendes Stehenbleiben.

Ihre Augen richteten sich gegen den Eingang; es erschien ihr sonderbar, daß hinter diesen dünnen Brettern ein Mensch stand; sie fühlte nur den Einfluß des Gleichgültigen dabei, des Zufälligen dieser Tür, an deren beiden Seiten sich Spannungen, einander unfindbar, stauten.

Sie hatte sich schon entkleidet. Auf dem Stuhl vor dem Bett lagen ihre Röcke noch so, wie sie sie eben von sich gestreift hatte. Die Luft dieses heute an den, morgen an jenen vermieteten Zimmers betastete sich mit dem Duft von ihrer Innenseite. Sie sah im Zimmer umher. Sie bemerkte ein messingnes Schloß, das schief an einer Kommode herabhing, ihre Augen weilten auf einem kleinen, zerschabten, von vielen Füßen vertretenen Teppich vor ihrem Bett. Sie dachte plötzlich an den Geruch, der von der Haut dieser Füße ausging und hineinging, in Seelen fremder Menschen hineinging, vertraut, schützend wie der Geruch des Elternhauses. Es war eine eigentümlich zwiefältig flimmernde Vorstellung, bald fremd und ekelerregend, bald unwiderstehlich, als strömte die Eigenliebe aller dieser Menschen in sie herüber und ihr bliebe nichts von sich als ein zusehendes Bemerken. Und noch immer stand jener Mensch vor ihrer Tür und regte sich nur in kleinen, unwillkürlichen Lauten.

Da packte sie eine Lust, sich auf diesen Teppich zu werfen, die ekligen Spuren dieser Füße zu küssen und wie eine schnuppernde Hündin sich an ihnen zu erregen. Aber es war nicht Sinnlichkeit, sondern nur mehr etwas, das wie ein Wind heulte oder wie ein Kind schrie. Sie kniete sich plötzlich zur Erde, die steifen Blumen des Teppichs rankten sich größer und verständnislos vor ihren Augen, sie sah ihre schweren, frauenhaften Schenkel häßlich darüber gebeugt wie etwas ganz Sinnloses und doch mit einem unverständlichen Ernst Gespanntes, ihre Hände starrten einander auf dem Boden wie zwei fünffach gegliederte Tiere an, die Lampe draußen fiel ihr mit einemmal ein, mit ihren grauenhaft stumm an der Decke wandernden Ringen, die Wände, die kahlen Wände, die Leere und wieder der Mensch, der dort stand, manchmal bewegt, knarrend wie ein Baum in der Rinde, sein drängendes Blut wie buschiges Laubwerk im Kopf, während sie hier auf den Gliedern lag, bloß hinter einer Tür, und irgendwie trotzdem die volle Süße ihres reifen Leibs empfand, mit jenem unverlornen Rest von Seele, der noch bei zerstörenden Verletzungen reglos neben der auseinanderbrechenden Entstelltheit steht, in ein schweres, ununterbrochenes Wahrnehmen davon weggerichtet, wie neben einem gefallenen Tier.

Dann hörte sie vorsichtig den Menschen fortgehn. Und begriff plötzlich, noch herausgerissen aus sich, daß das die Untreue war; stärker bloß als die Lüge.

Sie richtete sich langsam auf den Knien empor. Sie starrte in das Unbegreifliche, daß es jetzt schon wirklich gewesen sein könnte, und zitterte, wie wenn man bloß vom Zufall, ohne eigene Kraft aus einer Gefahr befreit wurde. Und versuchte es auszudenken. Sie sah ihren Körper unter dem des Fremden liegen, mit einer Deutlichkeit der Vorstellung, die wie kleines Gerinnsel in alle Einzelheiten floß, sie fühlte ihr Blaßwerden und die errötenden Worte der Hingabe und die Augen des Menschen, niederhaltend über ihr stehend, gespreitet über ihr stehend, gesträubte Augen wie Raubvogelflügel. Und dachte fortwährend: das ist die Untreue. Und es fiel ihr ein, wenn sie von dem zu ihm zurückkäme, müßte er sagen: ich kann dich nicht von innen fühlen, und sie hatte als Antwort nur ein wehrloses Lächeln, ein Lächeln: glaub mir, es war nichts gegen uns, – und empfand trotzdem in diesem Augenblick ihr Knie sinnlos gegen den Boden gepreßt, wie ein Ding, und fühlte sich darin, unzugänglich, mit dieser wehen, ungeschützten Gebrechlichkeit der innersten Menschenmöglichkeiten, die kein Wort, keine Wiederkehr festhält und in den Zusammenhang des Lebens ordnet. Es war kein Gedanke mehr in ihr, sie wußte nicht, ob sie unrecht tat, es war alles um sie wie ein seltsamer, einsamer Schmerz. Ein Schmerz, der wie ein Raum war, ein aufgelöster, schwebender und doch wie um ein mildes Dunkel zusammenhängender, leise steigender Raum. Es blieb unter ihm allmählich ein starkes, deutliches, gleichgültiges Licht zurück, in dem sie alles sah, was sie tat, diesen stärksten, aus ihr herausgerissenen Ausdruck der Überwältigung, diese größte vermeintliche Heraufgeholtheit und Hingegebenheit ihrer Seele, .. zusammengesunken, klein, kalt, mit verlorner Beziehung, weit, weit unter ihr ....

Und nach langer Zeit war es, als ob wieder ein vorsichtig tastender Finger die Klinke suchte, und sie wußte den Fremden lauschend vor ihrer Tür. Es schwirrte schwindelnd in ihr auf, zum Eingang zu kriechen und den Riegel zu lösen.

Aber sie blieb in der Mitte des Zimmers auf der Erde liegen; es hielt sie noch einmal etwas auf, ein häßliches Gefühl von sich, ein Gefühl wie einst, wie ein Hieb durchschnitt ihre Sehnen der Gedanke, es möchte alles nur ein Rückfall in ihre Vergangenheit sein. Und plötzlich hob sie die Hände: Hilf mir, du, hilf mir! und fühlte es als Wahrheit und es war ihr doch nur ein leis zurückstreichelnder Gedanke: wir kamen aufeinander zu, geheimnisvoll durch Raum und Jahre, nun dringe ich in dich ein auf schmerzhaften Wegen.

Und dann kam die Ruhe, die Weite. Das Hereinströmen der schmerzhaft gestauten Kräfte nach dem Durchbrechen der Wände. Wie ein glänzend stiller Wasserspiegel lag ihr Leben, Vergangenheit und Zukunft, in der Höhe des Augenblicks. Es gibt Dinge, die man nie tun kann, man weiß nicht warum, es sind vielleicht die wichtigsten; man weiß, es sind die wichtigsten. Man weiß, daß eine fürchterliche Beklemmung auf dem Leben liegt, eine steife Enge wie auf Fingern im Frost. Und manchmal löst sich das, manchmal wie Eis von Wiesen, man ist nachdenklich, eine dunkle Helligkeit ist man, die sich in die Weite dehnt. Aber das Leben, das knöcherne Leben, das entscheidende Leben hakt sich achtlos anderswo Glied in Glied, man handelt nicht.

Sie erhob sich plötzlich vollends und der Gedanke es tun zu müssen trieb sie lautlos vorwärts; ihre Hände lösten den Riegel. Aber es blieb still, niemand pochte. Sie öffnete die Tür und sah hinaus; niemand, die leeren Wände starrten in dem trüben Licht der Lampe um einen leeren Raum. Sie mußte es nicht gehört haben, als er wegging.

Sie legte sich nieder. Vorwürfe gingen ihr durch den Kopf. Schon von Schlaf umrändert, empfand sie, ich tue dir weh, aber sie hatte das seltsame Gefühl, alles was ich tue, tust du. Schon im Schlaf vergessend, war ihr, wir geben alles preis, was sich preisgeben läßt, um uns mit dem, woran niemand heran kann, fester zu umschlingen. Und nur einmal, für einen Augenblick ganz wach herauf geschleudert, dachte sie: Dieser Mensch wird über uns siegen. Aber was bedeutet Siegen? Und ihr Denken glitt schläfernd an dieser Frage wieder hinab. Sie empfand ihr schlechtes Gewissen wie eine letzte sie begleitende Zärtlichkeit. Eine große, dunkel die Welt vertiefende Eigensucht hob sich über sie wie über einen, der sterben muß, sie sah hinter ihren geschlossenen Augen Büsche, Wolken und Vögel und wurde so klein dazwischen und doch war alles nur wie für sie da. Und es kam ein Augenblick des sich Schließens und alles Fremde aus sich Ausschließens und in einer halb schon träumenden Vollendung eine große, ganz rein sie enthaltende Liebe. Ein zitterndes Auflösen aller scheinbaren Gegensätze.

Der Ministerialrat kam nicht wieder; so schlief sie ein, ruhig, bei offener Tür, wie ein Baum auf der Wiese.

Am nächsten Morgen setzte ein linder, geheimnisvoller Tag ein. Ihr Erwachen war wie hinter hellen Gardinen, die alles Wirkliche des Lichts außen zurückhalten. Sie ging spazieren, der Ministerialrat begleitete sie. Etwas Schwankendes wie eine Trunkenheit von der blauen Luft und dem weißen Schnee war in ihr. Sie kamen an den Rand des Orts, sie sahen hinaus, die weiße Fläche hatte etwas Strahlendes und Feierliches.

Sie standen an einem Zaun, der einen kleinen Feldweg sperrte, eine Bäuerin schüttete den Hühnern das Futter, ein Fleckchen gelbes Moos leuchtete ganz hell in den Himmel. «Glauben Sie . . .», fragte Claudine und blickte durch die Gasse zurück in die lichtblaue Luft und führte den Satz nicht zu Ende und sagte nach einer Weile: «. . . wie lange mag dieser Kranz dort hängen? Ob die Luft es spürt? Wie lebt er?» Sonst sagte sie nichts und wußte auch nicht, warum sie dies sagte; der Ministerialrat lächelte. Ihr war, als stünde alles in Metall gegraben und noch zitternd von dem Druck der Stichel. Sie stand neben diesem Menschen und während sie fühlte, daß er sie ansah und was immer an ihr bemerken mochte, ordnete sich in ihrem Innern etwas und lag hell und weit wie Feld neben Feld unter den Augen eines kreisenden Vogels.

Dieses Leben blau und dunkel und mit einem kleinen, gelben Fleck . . was will es? Dieses Locken der Hühner und leise Aufschlagen der Körner, durch das es plötzlich wie der Schlag einer Stunde geht, . . zu wem spricht es? Dieses Wortlose, das sich in die Tiefe hineinfrißt und nur manchmal durch den engen Spalt weniger Sekunden in einem Vorübergehenden heraufschießt und sonst tot bleibt, . . was soll es? Sie blickte es an, mit schweigenden Augen und spürte die Dinge, ohne sie zu denken, bloß wie Hände manchmal auf einer Stirn ruhn, wenn nichts mehr sagbar ist.

Und dann hörte sie alles nur mehr mit einem Lächeln. Der Ministerialrat glaubte, die Maschen seines Gewebes sorgfältig enger um sie zu ziehn, sie ließ ihn gewähren. Es war ihr nur, während er redete, wie wenn man zwischen Häusern geht, in denen Menschen sprechen, in das Gefüge ihres Nachdenkens schob sich zuweilen ein zweites und zog ihre Gedanken mit sich, dahin, dorthin, sie folgte ihm freiwillig, tauchte dann für eine Weile wieder in sich selbst auf, halb, dämmernd, versank, so ein leise durcheinanderfließendes Gefangennehmen war es.

Dazwischen spürte sie, als ob es ihr eigenes Gefühl wäre, wie dieser Mensch sich liebte. Die Vorstellung seiner Zärtlichkeit für sich erregte sie leise sinnlich. Es war ein Stillwerden darum, wie wenn man in einen Bezirk trat, in dem stumme, andre Entscheidungen gelten. Sie fühlte sich von dem Ministerialrat gedrängt und fühlte sich nachgeben, aber es kam nicht darauf an. Es saß bloß etwas in ihr wie ein Vogel auf einem Ast und sang.

Sie aß leicht zur Nacht und ging früh schlafen. Es war alles schon ein wenig tot für sie, keine Sinnlichkeit mehr. Trotzdem wachte sie nach kurzem Schlummer auf und wußte, er sitzt unten und wartet. Sie nahm ihre Kleider und zog sich an. Stand auf und kleidete sich an, nichts sonst; kein Gefühl, kein Gedanke, nur ein fernes Bewußtsein von Unrechtem, vielleicht auch, als sie fertig war, ein nacktes, nicht genügend geschütztes Gefühl. So kam sie hinunter. Das Zimmer war leer, Tische und Stühle hatten etwas nachtwach ungefähr Ragendes. In einer Ecke saß der Ministerialrat.

Sie hatte irgendetwas im Gespräch gesagt, vielleicht: ich fühle mich allein oben; sie wußte, in welcher Weise er es mißverstehen mußte. Nach einer Weile faßte er ihre Hand; sie stand auf. Zögerte. Dann lief sie hinaus. Sie fühlte, daß sie es wie eine dumme kleine Frau tat und es war ihr ein Reiz. Auf der Treppe hörte sie Schritte ihr folgen, die Stufen ächzten, sie dachte plötzlich irgend etwas sehr

Fernes, sehr Abstraktes und ihr Körper zitterte dabei um sie wie ein Tier, das in einem Wald verfolgt wird.

Der Ministerialrat sagte dann, als er bei ihr im Zimmer saß, beiläufig dies: Nicht wahr du liebst mich? Ich bin zwar kein Künstler oder Philosoph aber ein ganzer Mensch, ich glaube, ein ganzer Mensch. Und sie antwortete: «Was ist das, ein ganzer Mensch?» «Sonderbar fragst du,» ereiferte sich der Ministerialrat, aber sie sagte: «Nicht so, ich meine, wie sonderbar, daß man einen gern hat, eben weil man ihn gern hat, seine Augen, seine Zunge, nicht die Worte sondern den Klang . . .»

Da küßte sie der Ministerialrat: «So also liebst du mich?»

Und Claudine fand noch die Kraft zu entgegnen: «Nein, ich liebe, daß ich bei Ihnen bin, die Tatsache, den Zufall, daß ich bei Ihnen bin. Man könnte bei den Eskimos sitzen. In Hosen aus Fell. Und hängende Brüste haben. Und das schön finden. Gäbe es denn nicht auch andere ganze Menschen?»

Aber der Ministerialrat sagte: «Du irrst dich. Du liebst mich. Du kannst dir bloß noch nicht Rechenschaft darüber geben und gerade das ist das Zeichen der wahren Leidenschaft.»

Unwillkürlich, wie sie ihn so sich über sie breiten fühlte, zögerte etwas in ihr. Aber er bat sie: «Oh, schweig.»

Und Claudine schwieg; nur noch einmal sprach sie; während sie sich entkleideten; sie begann zwecklos zu reden, unpassend, vielleicht wertlos, bloß wie ein schmerzliches Überetwashinstreicheln war es: «. . . es ist wie wenn man durch einen schmalen Paß tritt; Tiere, Menschen, Blumen, alles verändert; man selbst ganz anders. Man fragt, wenn ich hier von Anbeginn gelebt hätte, wie würde ich über dies denken, wie jenes fühlen? Es ist sonderbar, daß es nur eine Linie ist, die man zu überschreiten braucht. Ich möchte Sie küssen und dann rasch wieder zurückspringen und sehen; und dann wieder zu Ihnen. Und jedesmal beim Überschreiten dieser Grenze müßte ich es genauer fühlen. Ich würde immer bleicher werden; die Menschen würden sterben, nein, einschrumpfen; und die Bäume und die Tiere. Und endlich wäre alles nur ein ganz dünner Rauch . . . und dann nur eine Melodie . . . durch die Luft ziehend . . . über einer Leere . . .»

Und noch einmal sprach sie: «Bitte, gehn Sie weg,» sprach sie, «mir ekelt.»

Aber er lächelte nur. Da sagte sie: «Bitte, geh weg.» Und er seufzte befriedigt: «Endlich, endlich, du liebe, kleine Träumerin, sagst du: Du!»

Und dann fühlte sie mit Schaudern, wie ihr Körper trotz allem sich mit Wollust füllte. Aber ihr war dabei, als ob sie an etwas dächte, das sie einmal im Frühling empfunden hatte: dieses wie für alle da sein können und doch nur wie für einen. Und ganz fern, wie Kinder von Gott sagen, er ist groß, hatte sie eine Vorstellung von ihrer Liebe.

Die Versuchung der stillen Veronika

Irgendwo muß man zwei Stimmen hören. Vielleicht liegen sie bloß wie stumm auf den Blättern eines Tagebuchs nebeneinander und ineinander, die dunkle, tiefe, plötzlich mit einem Sprung um sich selbst gestellte Stimme der Frau, wie die Seiten es fügen, von der weichen, weiten, gedehnten Stimme des Mannes umschlossen, von dieser verästelt, unfertig liegen gebliebenen Stimme, zwischen der das, was sie noch nicht zu bedecken Zeit fand, hervorschaut. Vielleicht auch dies nicht. Vielleicht aber gibt es irgendwo in der Welt einen Punkt, wohin diese zwei, überall sonst aus der matten Verwirrung der alltäglichen Geräusche sich kaum heraushebenden Stimmen wie zwei Strahlen schießen und sich ineinander schlingen, irgendwo, vielleicht sollte man diesen Punkt suchen wollen, dessen Nähe man hier nur an einer Unruhe gewahrt wie die Bewegung einer Musik, die noch nicht hörbar, sich schon mit schweren unklaren Falten in dem undurchrissenen Vorhang der Ferne abdrückt. Vielleicht daß diese Stücke hier dann aneinander sprängen, aus ihrer Krankheit und Schwäche hinweg ins Klare, Tagfeste, Aufgerichtete.

«Kreisendes!» Nachträglich, in den Tagen einer fürchterlichen Entscheidung zwischen einer mit unsichtbarer Bestimmtheit wie ein dünner Faden gespannten Phantasie und der gewohnten Wirklichkeit, in diesen Tagen einer verzweifelten letzten Anstrengung jenes Unfaßbare in diese Wirklichkeit zu ziehen – und dann des Fallenlassens und sich in das einfach Lebendige wie in einen wirren Haufen warmer Federn Werfens sprach er es an wie einen Menschen. Er sprach in diesen Tagen stündlich mit sich selbst und sprach laut, weil er sich fürchtete. Es hatte sich etwas in ihm gesenkt, mit jener unverständlichen Unaufhaltsamkeit, mit der sich plötzlich irgendwo im Körper ein Schmerz verdichtet und zu einem entzündeten Gewebe wird und als Wirklichkeit weiter wächst und zu einer Krankheit wird, die mit dem milden, zweideutigen Lächeln der Peinigungen den Körper zu beherrschen anfängt.

«Kreisendes,» flehte Johannes, «daß du doch auch außerhalb meiner wärst!» Und: «daß du ein Kleid hättest, an dessen Falten ich dich halten könnte. Daß ich mit dir sprechen könnte. Daß ich sagen könnte: du bist Gott, und ein kleines Steinchen unter der Zunge trüge, wenn ich von dir rede, um der größeren Wirklichkeit willen! Daß ich sagen könnte: dir befehl ich mich, du wirst mir helfen, du siehst mir zu, mag ich tun was ich will, etwas von mir liegt reglos und mittelpunktsstill, und das bist du.»

Aber so lag er bloß mit dem Mund im Staub und einem wie ein Kind danach tastenden Herzen. Und wußte bloß, daß er es brauchte, weil er feig war, wußte es. Aber es geschah dennoch, wie um aus seiner Schwäche eine Kraft zu holen, die er ahnte und die ihn lockte, wie sonst nur in der Jugend manchmal etwas gelockt hatte, der mächtige, noch gänzlich antlitzlose Kopf einer unklaren Gewalt und man fühlt, daß man mit den Schultern unter ihn hineinwachsen und ihn sich aufsetzen könnte und mit dem eigenen Gesicht ihn durchdringen.

Und einmal hatte er zu Veronika gesagt: es ist Gott; er war furchtsam und fromm, es war lange her und war sein erster Versuch, das Unbestimmbare, das sie beide fühlten, fest zu machen; sie glitten in dem dunklen Haus aneinander vorbei; aufwärts, abwärts, aneinander vorbei. Aber wie er es aussprach, war es ein entwerteter Begriff und sagte nichts von dem, was er meinte.

Was er meinte aber, war damals vielleicht nur etwas wie jene Zeichnungen, die sich manchmal in Stein bilden, – niemand weiß, wo das lebt, worauf sie deuten, und wie es in seiner vollen Wirklichkeit sein mag, – an Mauern, in Wolken, in wirbelndem Wasser, was er meinte, war vielleicht nur das unbegreiflich Hergekommene von etwas noch Abwesendem wie jene seltenen Mienen in Gesichtern, die gar nicht mit diesen, sondern mit irgendwelchen anderen, plötzlich jenseits alles Gesehenen vermuteten Gesichtern zusammenhängen, waren kleine Melodien mitten in Geräuschen, Gefühle in Menschen, ja es gab in ihm Gefühle, die, wenn seine Worte sie suchten, noch gar keine Gefühle waren, sondern nur als hätte sich etwas in ihm verlängert, mit den Spitzen sich schon hineintauchend, benetzend, seine Furcht, seine Stille, seine Schweigsamkeit, wie die Dinge manchmal sich verlängern, an fieberhellen Frühlingstagen, wenn ihre Schatten über sie hinauskriechen und so still und nach einer Richtung bewegt stehen wie Spiegelbilder im Bach.

Und er sagte oft zu Veronika, daß es wirklich nicht Furcht sei oder Schwäche, was in ihm war, sondern nur so, wie Angst manchmal bloß das Rauschen um ein noch nie gesehenes und noch nicht gesichtetes Erlebnis ist, oder wie man manchmal ganz bestimmt und ganz unverständlich weiß, daß Angst etwas von einer Frau an sich haben oder Schwäche einmal ein Morgen in einem Landhaus sein werde, um das die Vögel schrillen. Er war in dieser seltsamen Verfassung, daß solche halbe, unausdrückbare Bildungen in ihm entstanden.

Einmal aber sah Veronika ihn an, mit ihren großen still gesträubten Augen, – sie saßen ganz allein in einem der halbdunklen Säle, – und fragte: «Also ist etwas auch in dir, das du nicht klar fühlen und verstehen kannst, und du nennst es bloß Gott, außer dir und als Wirklichkeit gedacht, von dir, als ob es dich dann bei der Hand nähme? Und es ist vielleicht das, was du nie Feigheit oder Weichheit nennen willst; als eine Gestalt gedacht, die dich unter die Falten ihres Kleides nehmen könnte? Und du bedienst dich bloß für irgendwelche Richtungen gleichsam ohne Gerichtetes, für irgendwelche Bewegungen gleichsam ohne Bewegtes, für Gesichte, die in dir nie bis zu wirklichem Leben emporsteigen, solcher Worte wie Gott, weil sie in ihren dunklen Kleidern aus einer andern Welt dahingehen mit der Sicherheit von Fremden aus einem großen, wohlgeordneten Staate, wie Lebendige? Sag, weil wie Lebendige und weil du es um jeden Preis als wirklich fühlen möchtest?»

«Dinge sind es,» meinte er, «hinter dem Horizont des Bewußtseins, Dinge, die sichtbar hinter dem Horizont unseres Bewußtseins vorbeigleiten, oder eigentlich nur ein fremdgespannter, unerforschlicher, vielleicht möglicher neuer Horizont des Bewußtseins, plötzlich angedeutet, in dem noch keine Dinge stehen.» Ideale seien es, meinte er schon damals, nicht Trübungen oder Zeichen irgendeiner seelischen Ungesundheit, sondern Ahnungen eines Ganzen, irgendwoher verfrüht und gelänge es, sie richtig zusammenzufügen, stünde splitternd wie von einem Schlage etwas da, von den feinsten Verästlungen der Gedanken bis außen in die Wipfel der Bäume empor, und wäre in der kleinsten der Gebärden wie der Wind in den Segeln. Und er sprang auf und machte eine große Bewegung fast körperlichen Verlangens.

Und sie sagte damals darauf eine lange Weile nichts und dann antwortete sie: «Auch in mir ist etwas, . . siehst du: Demeter . .» und stockte und es geschah danach zum erstenmal, daß sie von Demeter sprachen.

Johannes begriff anfangs nicht, wozu es überhaupt geschah. Sie sagte, daß sie irgendeinmal an einem Fenster über einem Hühnerhof stand und dem Hahn zusah, sah zu und dachte an nichts und erst allmählich verstand Johannes, daß sie den Hühnerhof in ihrem Haus meinte. Dann kam Demeter und stellte sich neben sie. Und sie begann zu merken, daß sie doch die ganze Zeit über an etwas gedacht hatte, bloß ganz im Dunkeln, und jetzt fing sie an es zu erkennen. Und Demeters Nähe, erzählte sie, – er verstünde wohl, ganz im Dunkeln begann sie all das zu erkennen, – Demeters Nähe half ihr dabei und beengte sie zugleich. Und nach einer Weile wußte sie, daß es der Hahn gewesen war, woran sie gedacht hatte. Aber vielleicht hatte sie gar nichts gedacht, sondern immerzu nur gesehen, und was sie anblickte, war wie ein fremder harter Körper in ihr liegen geblieben, weil kein Gedanke es auflöste. Und es schien sie unbestimmbar an etwas anderes zu erinnern, das sie auch nicht finden konnte. Und je länger Demeter neben ihr stand, desto deutlicher und eigentümlich ängstlich begann sie den leeren gegenwärtigen Umriß dieses Bildes in sich zu fühlen. Und Veronika sah Johannes fragend an, ob er es verstünde. «Es war immer wieder dieses unsagbar gleichgültige Herabgleiten des Tiers,» sagte sie, was sie vor sich sah, heute noch sehe sie es so, wie etwas das ganz einfach vor sich ginge und doch gar nicht zu begreifen sei, dieses unsagbar gleichgültige Herabgleiten und plötzlich von aller Erregung ganz befreit sein und eine Weile wie blöd und empfindungslos dastehn und wie mit den Gedanken irgendwo fern, in einem schalen, verwesten Licht. Dann meinte sie: «Manchmal, an toten Nachmittagen, wenn ich mit der Tante spazierenging, lag es so über dem Leben; ich glaubte es empfinden zu können und mir war, als strahlte die Vorstellung dieses üblen Lichts von meinem Magen aus.»

Es trat eine Pause ein, Veronika schluckte nach Worten.

Aber sie kam wieder auf das Gleiche zurück. «Ich sah danach schon von weitem immer wieder eine solche Welle daherkommen,» ergänzte sie, «und über ihn und ihn hinaufwerfen und wieder loslassen.»

Und wieder entstand ein Schweigen.

Aber plötzlich schlichen ihre Worte hindurch, als müßten sie sich in dem großen, finstern Raum geheimnisvoll verbergen, ganz nahe niederkauernd bei Johannes' Gesicht. «. . In solch einem Augenblick packte Demeter meinen Kopf und drückte ihn gegen die Brust hinab, sagte nichts und drückte ihn fest nach abwärts,» flüsterte Veronika; und wieder war danach dieses Schweigen.

Aber Johannes war, als hätte ihn im Dunkeln eine heimliche Hand berührt, und er zitterte, als Veronika fortfuhr: «Ich weiß nicht, wie ich es nennen soll, was mir in diesem Augenblick geschah, mir ahnte plötzlich, Demeter müßte so sein wie der Hahn, in einer schrecklichen, weiten Leere lebend, aus der er plötzlich hervorschoß.» Johannes fühlte, daß sie ihn ansah. Es peinigte ihn, daß sie von Demeter sprach und dabei Dinge sagte, von denen er unklar fühlte, daß sie ihn angingen. Ein unbegreiflich ängstlicher Verdacht stieg in ihm auf, daß Veronika das, was bei ihm abstrakt und an Gott bloß vorbei, wie die gleich leeren Gefühlsrahmen in der Willensunbestimmtheit schlafloser Nächte gespannten Ichgesichte war, in etwas wollen könnte, das er tun sollte. Und es schien ihm, ohne daß er sich wehren konnte, daß ihre Stimme etwas Grausames und Mitleidiges und Lüsternes annahm, als sie fortfuhr: «Ich rief damals: Johannes würde so etwas nie tun! Aber Demeter sagte bloß: Pah Johannes, und steckte die Hände in die Tasche. Und nun – erinnerst du dich? – als du danach zum erstenmal wieder zu uns kamst, wie dich Demeter zur Rede stellte? ‹Die Veronika sagt, daß du mehr bist als ich,› höhnte er dich an, ‹aber du bist ja ein Feigling!› Und du warst damals wohl noch so, daß du dir das nicht sagen lassen konntest, und gabst ihm zurück: ‹Nun das möchte ich sehen.› Und darauf schlug er dich mit der Faust ins Gesicht. Und nun – nicht wahr? – da wolltest du zurückschlagen, aber wie du sein drohendes Antlitz sahst und auch den Schmerz stärker zu fühlen begannst, empfandest du plötzlich eine fürchterliche Angst vor ihm, oh ich weiß, fast eine ergebene, freundliche Angst, und mit einemmal lächeltest du, nicht wahr du wußtest nicht warum, aber du lächeltest und lächeltest, mit einem etwas verzogenen Gesicht, das ich spürte, etwas schüchtern unter seinen zornigen Augen, und doch mit einer so warmen, in dich hineinquellenden Süße und Sicherheit, daß es plötzlich die Beleidigung ausglich und in dich einordnete .... Damals sagtest du nachher zu mir, daß du Priester werden wolltest .... Da begriff ich plötzlich: nicht Demeter, sondern du bist das Tier ....»

Johannes sprang auf. Er verstand nicht. «Wie kannst du so etwas sagen?» rief er, «woran denkst du?!»

Aber Veronika verteidigte sich enttäuscht: «Warum bist du nicht Priester geworden?! Ein Priester hat etwas von einem Tier! Diese Leere, wo andre sich selbst haben. Diese Milde, die man schon an den Kleidern riecht. Diese leere Milde, die das Geschehen einen Augenblick lang aufgehäuft hält, wie ein Sieb, das dann gleich wieder leerläuft. Man müßte aus *ihr* es zu machen suchen. Ich wurde so glücklich, als ich das erkannte ...»

Da fühlte er das Unmäßige seiner Stimme und mußte still werden und fühlte, wie er durch das Nachdenken über ihre Behauptung von sich abgebracht wurde, und es ward ihm heiß und verquollen vor Anstrengung bei der Bemühung, seine Einbildungen von der ihren, die irgendwo im Nebel ihnen glich, aber zugleich auch viel wirklicher war und eng wie eine Kammer zu zweit, nicht verwirren zu lassen.

... Als sie beide ruhiger geworden waren, sagte Veronika: «Es ist das, was ich immer noch nicht ganz zu verstehen glaube und wonach wir gemeinsam suchen sollten.» Sie machte die Türe auf und blickte die Treppe hinunter. Sie hatten beide das Gefühl, als schauten sie, ob sie allein seien, und wie ein großer Hohlraum stand das leere dunkle Haus plötzlich über sie gestülpt. Veronika sagte: «Alles, was ich geredet habe, ist es nicht ... Ich kenne es selbst nicht ... Aber sag du mir doch, was in dir vor sich ging, sag mir, wie das ist, mit dieser lächelnden, süßen Angst ...?! Ganz unpersönlich, ganz bis auf irgendeine nackte, warme Weichheit ausgekleidet erschienst du mir damals, als dich Demeter schlug.»

Aber Johannes wußte es nicht zu sagen. Es gingen ihm so viele Möglichkeiten durch den Kopf. Es war ihm, als hörte er in einem Nebenzimmer sprechen und verstünde aus abgerissenen Stücken des Sinns, daß es von ihm war. Er fragte einmal: «Und du hast auch mit Demeter darüber gesprochen?» «Aber das war viel später,» antwortete Veronika und zögerte und sagte: «ein einziges Mal,» und nach einer Weile: «vor einigen Tagen. Ich weiß nicht, was mich trieb.» Johannes fühlte .. dumpf irgend etwas .. in seinem Bewußtsein war fern ein Erschrecken: so muß Eifersucht sein.

Und erst nach einer langen Weile hörte er wieder, daß Veronika sprach. Er verstand, wie sie sagte: «... es war mir so sonderbar, ich begriff die Person so gut.» Und er fragte mechanisch zurück: «Die Person?» «Ja, die Bäurin oben.» «So, ja, die Bäurin.» «Von der sich die Burschen in den Dörfern erzählen,» wiederholte Veronika, «aber kannst auch du es dir denken? Sie hatte nie mehr einen Geliebten, nur ihre zwei großen Hunde. Und es mag scheußlich sein, was sie sagen, doch denk es nur: diese zwei großen Tiere manchmal fletschend aufgerichtet, heischend, herrisch, wie wenn du ihnen gleich wärst, und du bist es irgendwie, voll Angst vor ihrem Fell, bis auf einen ganz kleinen gebliebenen Punkt in dir, aber du weißt, im nächsten Augenblik eine Gebärde und sie sind wieder nicht, folgsam, geduckt, Tiere, – das sind nicht nur Tiere, das bist du und eine Einsamkeit, das bist du und noch einmal du, das bist du und ein leeres Zimmer von Haaren, das wünscht kein Tier, sondern irgend etwas, das ich nicht aussprechen kann, und ich weiß nicht, woher ich es dennoch so gut verstehe.»

Doch Johannes bat sie: «Es ist Sünde, was du sprichst, es ist Unflat.»

Aber Veronika ließ nicht ab: «Du wolltest ja Priester werden, warum?! Ich dachte mir, weil ... weil du dann für mich kein Mann bist. Hör .. hör doch: Demeter sagte ganz unvermittelt zu mir: ‹Der dort wird dich nicht heiraten und der dort nicht; du wirst hier bleiben und alt werden wie die Tante ...› Ja verstehst du nicht, da bekam ich Angst? Ist dir denn nicht auch so? Ich hätte nie daran gedacht, daß die Tante ein Mensch sei. Sie erschien mir nie als ein

Mann oder eine Frau. Jetzt erschrak ich mit einemmal darüber, daß das etwas war, was auch ich werden konnte, und fühlte, daß etwas geschehen müsse. Und mir kam plötzlich vor, daß sie durch lange Zeit nie älter geworden sei und dann mit einem Ruck sehr alt und dann wieder geblieben. Und Demeter sagte: ‹Wir dürfen machen, was wir wollen. Wir haben wenig Geld, aber wir sind die älteste Familie in der Provinz. Wir leben anders, Johannes ging nicht ins Ministerium und ich nicht zur Armee, nicht einmal Geistlicher wurde er. Sie sehen alle ein bißchen auf uns herab, weil wir nicht reich sind, aber wir brauchen das Geld nicht und wir brauchen sie nicht.› Und vielleicht, weil ich noch über die Tante erschrocken war, traf mich das plötzlich so geheimnisvoll – dunkel und wie eine Türe leise seufzend – und ich bekam irgendwie bei Demeters Worten ein Gefühl von unserem Haus, aber weißt du denn nicht, wie auch du es immer empfunden hast, unseren Garten und das Haus, . . . o der Garten, . . . ich dachte manchmal mitten im Sommer, so muß es sein, wenn man im Schnee liegt, so trostlos wohlig, ohne Boden schwebend zwischen Wärme und Kälte, man möchte aufspringen und erschlafft in ein süßes Verfließen. Wenn du an ihn denkst, fühlst du nicht diese leere, ununterbrochene Schönheit, wohl Licht, Licht in dumpfem Übermaß, wortlos machendes Licht, sinnlos wohltuend auf der Haut, und ein Ächzen und Reiben in den Rinden und ein unaufhörliches leises Sausen in den Blättern . . . Ist dir nicht, als ob die Schönheit des Lebens, das da in diesem Garten bei uns endet, etwas Flaches, wagrecht Endloses wäre, das einen einschließt und abschneidet wie ein Meer, in dem man versinken würde, wenn man es betreten wollte . .?»

Und jetzt war Veronika aufgesprungen und stand vor Johannes; die Finger ihrer in irgendeinem verlornen Licht schimmernden Hände schienen die Worte ängstlich aus dem Dunkel zu holen.

«Und oft fühle ich dann unser Haus,» tasteten diese Worte, «seine Finsternis mit den knarrenden Treppen und den klagenden Fenstern, den Winkeln und ragenden Schränken und manchmal irgendwo bei einem hohen, kleinen Fenster Licht, wie aus einem geneigten Eimer langsam sickernd ausgegossen, und eine Angst, als stünde einer mit einer Laterne dort. Und Demeter sagte: ‹Es ist nicht meine Art, Worte zu machen, das trifft Johannes besser, aber ich versichere dir, es ist manchmal etwas sinnlos Aufgerichtetes in mir, ein Schwanken wie von einem Baum, ein fürchterlicher, ganz unmenschlicher Laut, wie eine Kinderrassel, eine Osterquarre, . . . ich brauche mich bloß zu beugen, so komme ich mir wie ein Tier vor, . . . ich möchte manchmal mein Gesicht bemalen . . .› Da kam mir vor, als wäre unser Haus eine Welt, in der wir allein sind, eine trübe Welt, in der alles verkrümmt und seltsam wird wie unter Wasser, und es erschien mir beinahe natürlich, daß ich Demeters Wunsch nachgeben sollte. Er sagte: ‹Es bleibt unter uns und existiert kaum wirklich, da es niemand weiß, es hat keine Beziehungen zur wirklichen Welt, um hinausgelangen zu können . . . .› Du darfst nicht glauben, Johannes, daß ich irgend etwas für ihn fühlte. Er tat sich bloß vor mir auf wie ein großer mit Zähnen bewehrter Mund, der mich verschlingen konnte, als Mann blieb er mir so fremd wie alle, aber es war ein Hineinströmen in ihn, was ich mir plötzlich vorstellte und zwischen den Lippen in Tropfen wieder Zurückfallen, ein Hineingeschlucktwerden wie von einem trinkenden Tier, so teilnahmslos und stumpf . . . Man möchte manchmal Geschehnisse erleben, wenn man sie bloß als Handlungen tun könnte und mit niemandem und mit nichts. Aber da fielst du mir ein, und ich wußte nichts Bestimmtes, aber ich wies Demeter zurück, . . es muß deine Art geben, für das Gleiche, eine gute . . .»

Johannes stammelte: «Was meinst du?»

Sie sagte: «Ich habe eine unklare Vorstellung von dem, was man einander sein könnte. Man hat doch Furcht voreinander, selbst du bist, manchmal wenn du sprichst, so hart und fest wie ein Stein, der nach mir schlägt: ich meine aber eine Art, wo man sich ganz in dem auflöst, was man einander ist, und nicht außerdem noch fremd dabei steht und zuhört . . . Ich weiß es nicht zu erklären, . . das, was du manchmal Gott nennst, ist so . . .»

Dann sagte sie Dinge, die Johannes völlig unklar blieben: «Er, den du meinen solltest, ist nirgends, weil er in allem ist. Er ist eine böse dicke Frau, die mich zwingt, ihre Brüste zu küssen, und ist zugleich ich, die manchmal, wenn sie allein ist, sich flach vor einem Schrank auf die Erde legt und so etwas denkt. Und du bist vielleicht so; du bist manchmal so unpersönlich und eingezogen wie eine Kerze im Dunkel, die nichts selbst ist und nur das Dunkel größer und sichtbarer macht. Seit ich dich damals dich fürchten sah, ist mir, als ob du zuweilen aus meinen Gedanken herausfielst, und nur die Furcht blieb wie ein dunkler Fleck und dann ein warmer, weicher Rand, der sie begrenzt. Und es kommt ja nur darauf an, daß man wie das Geschehen ist und nicht wie die Person, die handelt; man müßte jeder allein sein mit dem, was geschieht, und zugleich müßte man zusammen sein, stumm und geschlossen wie die Innenseite von vier fensterlosen Wänden, die einen Raum bilden, in dem alles wirklich geschehen kann und doch so ohne aus einem in den andern zu dringen, wie wenn es nur in Gedanken geschähe . . .»

Und Johannes verstand nicht.

Da begann sie sich plötzlich zu verändern, wie etwas zurücksinkt, selbst die Linien ihres Gesichts wurden hier kleiner und dort größer; gewiß, sie hätte noch etwas sagen gekonnt, aber sie schien sich selbst nicht mehr die zu sein, die eben noch gesprochen hatte, und nur zögernd, wie einen weiten ungewohnten Weg kamen ihre Worte: «. . . was denkst du? . . . ich glaube, so unpersönlich könnte überhaupt kein Mensch sein, könnte nur ein Tier . . . Hilf mir doch, warum kann ich immer dabei nur an ein Tier denken . . .?!»

Und Johannes versuchte, sie irgendwie zu sich zu rufen, er sprach mit einemmal, er wollte plötzlich noch hören.

Doch sie schüttelte nur den Kopf.

Johannes; von da an fühlte Johannes eine furchtbare Leichtigkeit, an dem was er wollte, haarscharf noch vorbeizugreifen. Man kennt manchmal etwas nicht, das man im Dunkeln will, aber man weiß, daß man es verfehlen wird; man lebt dann sein Leben dahin wie in einem versperrten Zimmer, in dem man sich fürchtet. Es ängstigte ihn manchmal etwas, wie wenn er einmal plötzlich zu winseln anfangen könnte, auf vier Gliedern zu laufen und an Veronikas Haaren zu riechen; solche Vorstellungen fielen ihm ein. Aber nichts ereignete sich. Sie gingen aneinander vorbei; sie sahen einander an; sie wechselten belanglose oder suchende Worte – täglich.

Und einmal zwar war ihm das plötzlich wie eine Begegnung in der Einsamkeit, um die die wirre, regellose Nähe mit einem Schlag fest und wie gewölbt wird. Veronika kam die Treppe herunter, an der unten er wartete; so standen sie vereinzelt in der Dämmerung. Und er dachte gar nicht, daß er von ihr etwas begehren wollte, aber wie wenn sie beide, wie sie dastanden, eine Phantasie in einer Krankheit wären, so anders notwendig erschien ihm, daß er da sagte: «Komm, gehen wir zusammen fort.» Doch sie antwortete etwas, wovon er nur verstand: . . . nicht lieben . . . nicht heiraten . . . ich kann die Tante nicht verlassen.

Und noch einmal wiederholte er seinen Versuch, er sagte: «Veronika, ein Mensch, aber manchmal schon ein Wort, eine Wärme, ein Hauch ist wie ein Steinchen in einem Wirbel, das dir plötzlich den Mittelpunkt anzeigt, um den du dich drehst, . . wir müßten gemeinsam etwas tun, dann fänden wir es vielleicht . . .» Doch ihre Stimme hatte noch mehr etwas Lüsternes als jenes Mal, da sie ihm das gleiche geantwortet hatte wie jetzt: «So unpersönlich kann wohl gar kein Mensch sein, könnte nur ein Tier . ., ja vielleicht wenn du sterben müßtest . . .» Und dann sagte sie nein. Und da faßte ihn wieder dies, was eigentlich kein Entschluß war, sondern eine Vision, nichts was sich auf die Wirklichkeit bezog, sondern nur auf sich selbst wie eine

Musik, er sagte: «Ich gehe fort; gewiß, vielleicht werde ich sterben.» Aber auch da wußte er, daß es nicht das war, was er meinte.

Und stündlich in dieser Zeit suchte er sich Rechenschaft zu geben und fragte sich, wie sie in Wahrheit sein mußte, daß sie so viel vermochte. Er sagte manchmal: Veronika und fühlte an ihrem Namen den Schweiß, der daran haftet, das demütige, rettungslose Hinterhergehen und das feuchtkalte sich mit einer Absonderung Begnügen. Und er mußte an ihren Namen denken, sooft er die kleinen zwei Löckchen über ihrer Stirn vor sich sah, diese kleinen, sorgfältig wie etwas Fremdes an die Stirn geklebten Löckchen, oder ihr Lächeln, manchmal wenn sie bei Tisch saßen und sie die Tante bediente. Und er mußte sie ansehen, sooft Demeter sprach; aber er stieß immer wieder auf etwas, das ihn nicht verstehen ließ, wie ein Mensch gleich ihr zum Mittelpunkt seines leidenschaftlichen Entschlusses geworden sein konnte. Und wenn er nachdachte, war schon in seiner frühesten Erinnerung etwas längst Verflackertes wie der Duft verlöschter Kerzen um sie, etwas Umgangenes wie die Besuchszimmer im Haus, die reglos unter Leinenbezügen und hinter geschlossenen Vorhängen schliefen. Und nur wenn er Demeter sprechen hörte, Dinge so grauenhaft gewohnt und farblos wie diese von niemandem genützten Möbel, erschien ihm das alles wie ein Laster zu dritt.

Und trotz allem mußte er später, wenn er an sie dachte, immer nur hören, wie sie nein sagte. Dreimal sagte sie plötzlich nein und er hörte sie ganz unbekannt darin. Einmal war es nur leise und dennoch sich merkwürdig schon aus dem Vorherigen herauslösend und durch das Haus gehoben und dann, dann war es wie ein Schlag mit der Peitsche oder wie ein besinnungsloses Sichfestklammern, aber dann war es noch einmal leise, zusammengesunken und fast wie ein Schmerz über Wehtun.

Und zuweilen, jetzt schon wenn er an sie dachte, war ihm als ob sie schön wäre. Von einer höchst zusammengesetzten Schönheit, die man so leicht zu bewundern vergessen und wieder häßlich finden kann. Und er mußte denken, wenn sie vor ihm aus dem Dunkel des Hauses auftauchte, das sich hinter ihr ganz sonderbar ohne Bewegung wieder zusammenschloß, und mit ihrer machtvollen, ungewöhnlichen Sinnlichkeit – wie mit einer fremden Krankheit behaftet – an ihm vorüberglitt, er mußte dann jedesmal denken, daß sie ihn wie ein Tier empfand. Er fühlte es unbegreiflich und furchtbar in seiner größeren Wirklichkeit, als an die er zu Anfang geglaubt hatte. Und auch wenn er sie nicht sah, sah er alles mit übermäßiger Deutlichkeit vor sich, ihren hohen Wuchs und ihre breite, ein wenig flache Brust, ihre niedrige, wölbungslose Stirn mit den dicht und finster gleich über diesen fremden, sanften Löckchen zusammengeschlossenen Haaren, ihren großen, wollüstigen Mund und den leichten Flaum schwarzer Haare, der ihre Arme bedeckte. Und wie sie den Kopf gesenkt trug, als ob ihn der feine Hals nicht tragen könnte, ohne sich zu biegen, und die eigentümliche, fast schamlos gleichgültige Sanftmut, mit der sie den Leib ein wenig hervordrückte, wenn sie ging. Aber sie sprachen kaum mehr miteinander.

Veronika hatte plötzlich einen Vogel rufen gehört und einen andern ihm antworten. Und damit endete es. Mit diesem kleinen zufälligen Ereignis, wie das so manchmal geht, endete es und es begann das, was nur mehr für sie war.

Denn dann huschte, vorsichtig, hastig, wie die Berührung einer spitzen, schnellen, weichhaarigen Zunge, der Geruch des hohen Grases und der Wiesenblumen an den Gesichtern entlang. Und das letzte Gespräch, das sich träg hingezogen hatte, wie man etwas zwischen den Fingern bewegt, an das man längst nicht mehr denkt, brach ab. Veronika war erschrocken; sie merkte erst nachträglich, wie eigentümlich sie erschrocken war, an der Röte, die ihr jetzt ins Gesicht stieg, und an einer Erinnerung, die mit einemmal, über viele Jahre hinweg, wieder da war, unvorbereitet, heiß und lebendig. Es waren in der letzten Zeit allerdings so viele Erinnerungen gekommen und es war ihr, als ob sie diesen Pfiff schon in der Nacht vorher gehört hätte und in der Nacht vor vorher und in einer Nacht vor vierzehn Tagen. Und ihr war auch, als ob sie sich irgendwann früher schon mit dieser Berührung gequält hätte, vielleicht im Schlafe. Sie fielen ihr ein in der letzten Zeit, diese sonderbaren Erinnerungen, immer wieder, sie fielen links und rechts von etwas in ihr ein, davor und dahinter, wie nach einem Ziel ziehende Schwärme, ihre ganze Kindheit, diesmal aber wußte sie mit einer fast unnatürlichen Gewißheit, daß es das Richtige selbst war. Es war eine Erinnerung, die sie mit einemmal erkannte, über viele Jahre hinweg, endlich, unzusammenhängend, heiß und noch lebendig.

Sie liebte damals die Haare eines großen Bernhardinerhundes, besonders die dort vorne, wo die breiten Brustmuskeln bei jedem Schritt über den gewölbten Knochen wie zwei Hügel hervortraten; es waren ihrer dort so übermächtig viele und so goldig braune, und das war so sehr wie unabsehbarer Reichtum und ruhig Grenzenloses, daß sich die Augen verwirrten, wenn man sie auch ganz ruhig nur auf einen Fleck gerichtet ließ. Und während sie sonst nichts empfand als ein einziges, ungegliedertes, starkes Gefühl des Gernehabens, jene zärtliche Kameradschaft eines vierzehnjährigen Mädchens und wie für eine Sache, war es hier manchmal fast wie in einer Landschaft. Wenn man geht und da ist der Wald und die Wiese und da der Berg und das Feld und in dieser großen Ordnung jedes nur wie ein Steinchen so einfach und fügsam, aber furchtbar zusammengesetzt ein jedes, wenn man es für sich anschaut, und verhalten lebendig, so daß man plötzlich in der Bewunderung Angst bekommt, wie vor einem Tier, das die Beine anzieht und reglos liegt und lauert.

Aber einmal, als sie so neben ihrem Hunde lag, war ihr eingefallen, so müßten die Riesen sein; mit Berg und Tal und Wäldern von Haaren auf der Brust und Singvögeln, die in den Haaren schaukelten, und kleinen Läusen, die auf den Singvögeln saßen, und – weiter wußte sie es nicht, aber es brauchte noch kein Ende zu haben und wieder war alles so hintereinandergefügt und eins in das andere gepreßt, daß es nur wie eingeschüchtert von so viel Gewalt und Ordnung stillzuhalten schien. Und sie dachte heimlich, wenn sie zornig würden, müßte das plötzlich in sein tausendfältiges Leben schreiend auseinanderfahren und einen mit furchtbarer Fülle überschütten, und wenn sie dann in Liebe über einen herfielen, müßte es wie von Bergen stampfen und mit Bäumen rauschen und kleine wehende Haare müßten einem am Leibe gewachsen sein und kribbelndes Ungeziefer und eine in Seligkeit über etwas ganz Unsagbares kreischende Stimme und ihr Atem müßte das alles in einen Schwarm von Tieren einhüllen und an sich reißen.

Und als sie da bemerkte, daß es ihre kleinen spitzen Brüste geradeso hob und senkte, wie dieser zottige Atem neben ihr auf und nieder ging, wollte sie es plötzlich nicht haben und hielt an sich, wie wenn sie sonst etwas heraufbeschwören könnte. Aber als sie sich nicht mehr dagegen zu stemmen vermochte und ihr Atem doch wieder so zu gehen begann, wie wenn ihn dieses andere Leben langsam an sich zöge, schloß sie die Augen und begann wieder an die Riesen zu denken, in einem unruhigen Ziehen von Bildern, aber viel näher jetzt und warm wie von niedrig dahinstreichenden Wolken.

Als sie dann lange danach die Augen wieder öffnete, war alles wie früher, nur der Hund stand jetzt neben ihr und sah sie an. Und da bemerkte sie mit einemmal, daß sich lautlos etwas Spitzes, Rotes, lustweh Gekrümmtes aus seinem meerschaumgelben Vlies hervorgeschoben hatte, und in dem Augenblick, wo sie sich jetzt aufrichten wollte, spürte sie die lauwarme, zuckende Berührung seiner Zunge in ihrem Gesicht. Und da war sie so eigentümlich gelähmt gewesen, wie ... wie wenn sie selbst auch ein Tier wäre, und trotz der abscheulichen Angst, die sie empfand, duckte sich etwas ganz heiß in ihr zusammen, als ob jetzt und jetzt ... wie Vogelschreien und

Flügelflattern in einer Hecke, bis es still wird und weich im Laut wie von Federn, die übereinandergleiten ....

Und das war dies von damals, gerade dieses sonderbar heiße Erschrecken war es, an dem sie jetzt plötzlich alles wiedererkannte. Denn man weiß nicht, woran man es fühlt, aber sie spürte es, daß sie jetzt, nach Jahren, in genau der gleichen Weise erschrocken war wie damals.

Und dort stand, der heute noch abreisen sollte, Johannes, und da stand sie. Das waren bis hieher an dreizehn oder vierzehn Jahre und ihre Brüste waren längst nicht mehr so spitz und neugierig rotgeschnäbelt wie damals, sie hatten sich ein ganz klein wenig gesenkt und waren ein bißchen so traurig wie zwei liegengelassene Papiermützchen auf einer weiten Fläche, denn der Brustkorb hatte sich flach in die Breite gestreckt und das sah aus, wie wenn der Raum um sie davongewachsen wäre. Aber sie wußte das kaum, weil sie es im Spiegel sah, – wenn sie nackt war, im Bade oder beim Umkleiden, denn sie tat schon längst dabei nur mehr das, was eben zur Sache gehörte, – sondern sie spürte es bloß so am Gefühl, weil ihr manchmal vorkam, als hätte sie sich früher in ihre Kleider einschließen gekonnt, ganz fest und nach allen Seiten, während es jetzt nur war, wie wenn man sich mit ihnen bedeckte, und wenn sie sich erinnerte, wie sie sich selbst, so von innen heraus, spürte, war das früher wie ein runder, gespannter Wassertropfen und jetzt längst wie eine kleine, weichgeränderte Lache; so ganz breit und schlaff und spannungslos war dies Empfinden, daß es wohl überhaupt nichts als Trägheit und müde Lässigkeit gewesen wäre, hätte es sich nicht manchmal angefühlt, wie wenn sich etwas unvergleichlich Weiches ganz, ganz langsam in tausend zärtlich vorsichtigen Falten von innen her an sie schmiegte.

Und es mußte bloß irgendwann einmal gewesen sein, daß sie dem Leben näher stand und es deutlicher spürte, wie mit den Händen oder wie am eigenen Leibe, aber schon lange hatte sie nicht mehr gewußt, wie das war, und hatte nur gewußt, daß seither etwas gekommen sein mußte, was es verdeckte. Und hatte nicht gewußt, was es war, ob ein Traum oder eine Angst im Wachen, und ob sie vor etwas erschrocken war, das sie gesehen hatte, oder vor ihren eigenen Augen; bis heute. Denn inzwischen hatte sich ihr schwaches alltägliches Leben über diese Eindrücke gelegt und hatte sie verwischt wie ein matter, dauernder Wind Spuren im Sand; nur mehr seine Eintönigkeit hatte in ihrer Seele geklungen, wie ein leise auf und ab schwellendes Summen. Sie kannte keine starken Freuden mehr und kein starkes Leid, nichts, das sich merklich oder bleibend aus dem übrigen herausgehoben hätte, und allmählich war ihr ihr Leben immer undeutlicher geworden. Die Tage gingen einer wie der andere dahin und eines gleich dem anderen kamen die Jahre; sie fühlte wohl noch, daß ein jedes ein wenig hinwegnahm und etwas hinzutat und daß sie sich langsam in ihnen änderte, aber nirgends setzte sich eines klar von dem anderen ab; sie hatte ein unklares, fließendes Gefühl von sich selbst, und wenn sie sich innerlich betastete, fand sie nur den Wechsel ungefährer und verhüllter Formen, wie man unter einer Decke etwas sich bewegen fühlt, ohne den Sinn zu erraten. Es war allmählich, wie wenn sie unter einem weichen Tuche lebte, geworden oder unter einer Glocke von dünngeschliffenem Horn, die immer undurchsichtiger wurde. Die Dinge traten weiter und weiter zurück und verloren ihr Gesicht und auch ihr Gefühl von sich selbst sank immer tiefer in die Ferne. Es blieb ein leerer, ungeheurer Raum dazwischen und in diesem lebte ihr Körper; er sah die Dinge um sich, er lächelte, er lebte, aber alles geschah so beziehungslos und häufig kroch lautlos ein zäher Ekel durch diese Welt, der alle Gefühle wie mit einer Teermaske verschmierte.

Und nur als diese seltsame Bewegung in ihr entstand, die sich heute erfüllte, hatte sie daran gedacht, ob es nun nicht vielleicht wieder wie vordem werden könnte. Und später hatte sie wohl auch daran gedacht, ob es nicht Liebe sei; Liebe? lange schon wäre die gekommen und langsam; langsam wäre sie gekommen. Und doch für das Zeitmaß ihres Lebens zu rasch, das Zeitmaß ihres Lebens war noch langsamer, es war ganz langsam, es war damals nur mehr wie ein langsames Öffnen und wieder Schließen der Augen und dazwischen wie ein Blick, der sich an den Dingen nicht halten kann, abgleitet, langsam, unberührt vorbeigleitet. Mit diesem Blick hatte sie es kommen gesehen und konnte darum nicht glauben, daß es Liebe sei; sie verabscheute ihn so dunkel wie alles Fremde, ohne Haß, ohne Schärfe, nur wie ein fernes Land jenseits der Grenze, wo weich und trostlos das eigene mit dem Himmel zusammenfließt. Aber sie wußte seither, daß ihr Leben freudlos geworden war, weil etwas sie zwang, alles Fremde zu verabscheuen, und während ihr sonst nur war wie jemandem, der den Sinn seines Tuns nicht weiß, dünkte sie jetzt manchmal, daß sie ihn bloß vergessen haben und sich vielleicht erinnern könnte. Und es quälte sie etwas Wunderbares, das dann sein müßte, wie die nahe unter dem Bewußtsein treibende Erinnerung an eine wichtige vergessene Sache. Und es begann dies alles damals, als Johannes zurückkehrte und ihr gleich im ersten Augenblick einfiel, ohne daß sie wußte wozu, wie Demeter ihn einst schlug und Johannes gelächelt hatte.

Es war ihr seither, als sei einer gekommen, der das besaß, was ihr fehlte, und ginge damit still durch die verdämmernde Einöde ihres

Lebens. Es war nur, daß er ging und die Dinge vor ihren Augen sich zögernd zu ordnen begannen, wenn er daraufsah; es kam ihr vor, manchmal wenn er über sich erschrocken lächelte, als ob er die Welt einatmen und im Leibe halten und von innen spüren könnte, und wenn er sie dann wieder ganz sacht und vorsichtig vor sich hinstellte, erschien er ihr wie ein Künstler, der einsam für sich mit fliegenden Reifen arbeitet; es war nicht mehr. Es tat ihr bloß weh, mit einer blinden Eindringlichkeit der Vorstellung, wie schön alles in seinen Augen vielleicht war, sie war eifersüchtig auf etwas, das er bloß vielleicht fühlte. Denn obgleich unter ihren Blicken jede Ordnung wieder zerfiel und sie zu den Dingen nur die gierige Liebe einer Mutter für ein Kind hatte, das zu leiten sie zu gering ist, begann ihre müde Lässigkeit jetzt manchmal zu schwingen wie ein Ton, wie ein Ton, der im Ohr klingt, wie ein Ton, der im Ohr klingt und irgendwo in der Welt einen Raum wölbt und ein Licht entzündet, .. ein Licht und Menschen, deren Gebärden aus verlängerter Sehnsucht bestehen, wie aus Linien, die über sich hinaus verlängert sich erst weit, weit, fast erst im Unendlichen treffen. Er sagte, es sind Ideale, und da bekam sie Mut, daß es wirklich werden könnte. Und es war vielleicht nur, daß sie sich schon in die Höhe zu richten versuchte, aber es schmerzte sie noch, wie wenn ihr Körper krank wäre und sie nicht tragen könnte.

Und damals geschah es auch, daß ihr alle andern Erinnerungen einzufallen begannen bis auf die eine. Sie kamen alle und sie wußte nicht warum und fühlte nur an irgend etwas, daß eine noch fehlte und daß es nur diese eine war, um deretwillen alle andern kamen. Und es bildete sich in ihr die Vorstellung, daß Johannes ihr dazu helfen könnte und daß ihr ganzes Leben davon abhinge, daß sie diese eine gewinne. Und sie wußte auch, daß es nicht eine Kraft war, was sie so fühlte, sondern seine Stille, seine Schwäche, diese stille, unverwundbare Schwäche, die wie ein weiter Raum hinter ihm lag, in dem er mit allem, was ihm geschah, allein war. Aber weiter konnte sie es nicht finden und es berunruhigte sie und sie litt, weil ihr immer, wenn sie schon nahe daran zu sein glaubte, davor wieder ein Tier einfiel; es fielen ihr häufig Tiere ein oder Demeter, wenn sie an Johannes dachte, und ihr ahnte, daß sie einen gemeinsamen Feind und Versucher hatten, Demeter, dessen Vorstellung wie ein großes wucherndes Gewächs vor ihrer Erinnerung lag und deren Kräfte an sich sog. Und sie wußte nicht, ob das alles in dieser Erinnerung seinen Grund hatte, die sie nicht mehr kannte, oder in einem Sinn, der sich vor ihr erst bilden sollte. War das Liebe? Es war ein Wandern in ihr, ein Ziehen. Sie wußte es selbst nicht. Es war wie Gehen auf einem Weg, scheinbar einem Ziel zu, mit einer langsam die Schritte zögern lassenden Erwartung, vorher, irgendeinmal, plötzlich einen ganz andern zu finden und zu erkennen.

Und da verstand er sie nicht und wußte nicht, wie schwer es war, dieses schwankende Gefühl von einem Leben, das sich auf etwas, das sie noch gar nicht kannte, für ihn und sie aufbauen sollte, und begehrte sie mit einer ganz einfachen Wirklichkeit, zur Frau oder irgendwie. Sie konnte es nicht fassen, es erschien ihr sinnlos und im Augenblick fast gemein. Sie hatte niemals ein geradehinzielendes Begehren gespürt, aber nie so sehr wie damals erschienen ihr die Männer nur als ein Vorwand, bei dem selbst man sich nicht aufhalten soll, für etwas anderes, das sich in ihnen nur ungenau verkörpern konnte. Und sie sank plötzlich wieder in sich zurück und kauerte in ihrer Finsternis und starrte ihn an und erstaunt empfand sie dieses sich-in sich Verschließen zum erstenmal wie eine sinnliche Berührung, der sie sich lüstern vor Bewußtsein hingab, es ganz nahe seinen Augen und doch ihm unerreichbar zu tun. Es sträubte sich etwas in ihr wie ein weiches knisterndes Katzenfell gegen ihn, und als sähe sie einer kleinen, glitzernden Kugel nach, ließ sie ihr Nein aus ihrem Versteck heraus und vor seine Füße rollen ... Und dann schrie sie, als er es zertreten wollte.

Und da nun, jetzt, als der Abschied schon unwiderruflich zwischen ihnen aufgerichtet stand und mit zwischen ihnen den letzten Weg ging, war es geschehen, daß plötzlich, mit voller Bestimmtheit, in Veronika auch diese verlorenste Erinnerung emporsprang. Sie fühlte nur, daß sie es sei, und wußte nicht woran und war ein wenig enttäuscht, weil sie an nichts ihres Inhalts erkannte, warum sie es sei; und fand sich nur wie in einer erlösenden Kühle. Sie fühlte, daß sie schon einmal in ihrem Leben so wie jetzt vor Johannes erschrocken war, und verstand nicht, wie es zusammenhing, daß ihr das so viel bedeutet haben konnte, und was es in Zukunft nun sollte, – aber es war ihr mit einemmal, als stünde sie wieder auf ihrem Wege, dort, auf dem gleichen Punkt, wo sie ihn einst verlor, und sie empfand, daß in diesem Augenblicke das wirkliche Erlebnis, das Erlebnis an dem wirklichen Johannes, seinen Scheitelpunkt überschritten hatte und beendigt war.

Sie hatte in diesem Augenblick ein Gefühl wie ein Auseinanderfallen; obwohl sie ganz nahe beieinander standen, war ihr so schräg, als sänken und sänken sie voneinander weg; Veronika sah nach den Bäumen seitlich ihres Wegs, sie standen gerader und aufrechter, als ihr natürlich geschienen hätte. Und da glaubte sie, ihr Nein, das sie vordem nur verwirrt und aus Ahnung gesprochen hatte, erst vollends zu fühlen, und begriff, daß er seinethalben jetzt fortfuhr und es doch nicht wollte. Und es wurde ihr eine Weile lang dabei so tief und schwer, wie zwei Körper nebeneinander liegen, nur mehr so eins und das andre, getrennt und traurig und jeder nur das, was er für sich ist, weil es ja doch beinahe Hingabe geworden wäre, was sie fühlte; und es kam irgendetwas über sie, das sie klein und schwach und zu nichts machte wie ein Hündchen, das klagend auf drei Beinen hinkt, oder wie ein zerschlissenes Fähnchen, das hinter einem Lufthauch daherbettelt, so ganz löste es sie auf und es war eine Sehnsucht in ihr, ihn zu halten, wie eine weiche wunde Schnecke, die mit leisem Zucken nach einer zweiten sucht, an deren Leib es sie verlangt, aufgebrochen und sterbend zu kleben.

Aber da sah sie ihn an und wußte kaum, was sie dachte, und ahnte, daß das, was sie einzig davon wußte, vielleicht – diese plötzliche Erinnerung, die blank und allein in ihr lag – überhaupt nichts war, das man aus sich selbst begreifen konnte, sondern nur dadurch etwas, daß es – irgendeinmal durch eine große Angst an einer Vollendung gehindert – seither verhärtet und verschlossen sich in ihr verbarg und einem andern, das es hätte werden können, den Weg versperrte und aus ihr herausfallen mußte wie ein fremder Körper. Denn schon begann ihr Gefühl für Johannes zu sinken und abzuströmen, – in breiter, befreiter Flut brach etwas lange wie tot und machtlos darunter Gefangnes aus ihr heraus und riß es mit sich, – und an seiner Stelle wölbte sich weit aus der in ihr bloßgelegten Ferne ein Leuchten, etwas pfeilerlos Steigendes, etwas endlos Gehobenes und wie durch Traumnetze zusammenhangverloren Glitzerndes empor.

Und das Gespräch, das sie außen noch führten, wurde kurz und sickernd, und während sie sich noch damit abmühten, fühlte Veronika, wie es schon zwischen den Worten zu etwas anderem wurde, und wußte endgültig, daß er fortreisen mußte, und brach es ab. Es erschien ihr alles, was sie noch sagten und versuchten, umsonst getan, da es entschieden war, daß er weggehen und nicht mehr wiederkehren sollte, – und weil sie empfand, daß sie gar nicht mehr wollte, was sie sonst vielleicht doch noch getan hätte, gewann das davon Übriggebliebene mit einer jähen Wendung einen starren, unverständlichen Ausdruck; sie wußte kaum einen Sinn und eine Begründung dafür, es war schnell und hart, eine Tatsache, ein Gefaßt- und Geworfenwerden.

Und wie er da in dem Gewirr seiner Worte noch immer vor ihr stand, begann sie das Unzureichende seiner Gegenwart, seines wirklichen Bei ihr seins zu fühlen, es drückte schwer auf etwas in ihr, das sich mit der Erinnerung an ihn schon irgendwohin erheben wollte, und sie stieß überall an seine Lebendigkeit, wie man an einen toten Körper stößt, der starr und feindselig und allen Bemühungen widerstehend ist, ihn zur Seite zu schieben. Und wie sie merkte, daß er sie noch immer so dringend ansah, erschien ihr Johannes wie ein großes erschöpftes Tier, das sie nicht von sich abwälzen konnte, und sie fühlte ihre Erinnerung in sich wie einen kleinen, heißen, umklammerten Gegenstand in Händen und mit einemmal hätte es ihr beinahe die Zunge gegen ihn herausgestreckt und war ein sonderbar zwischen Flucht und Lockung geteiltes Empfinden, fast wie die Bedrängnis eines Weibchens, das nach seinem Verfolger beißt.

In diesem Augenblick aber hub wieder der Wind an und ihr Gefühl weitete sich in ihm und löste sich von allem harten Widerstand und Haß, den es ohne ihn aufzugeben wie etwas sehr Weiches in sich einsog, bis von ihm nur ein ganz verlassenes Entsetzen zurückblieb, in dem sich Veronika, während sie es empfand, gleichsam selbst zurückließ; und alles andere ringsumher ward zitternder vor Ahnung. Das Undurchsichtige, das bisher wie ein dunkler Nebel auf ihrem Leben gelastet hatte, war plötzlich in Bewegung geraten und es schien ihr, als ob Formen lang gesuchter Gegenstände sich wie in einem Schleier abdrückten und wieder verschwänden. Und nichts noch zwar hob so sein Gesicht hervor, daß die Finger es halten konnten, alles wich noch zwischen den leise tastenden Worten aus und von nichts konnte man sprechen, aber es war jedes Wort, das nun nicht mehr gesagt wurde, schon von ferne wie durch einen weiten Ausblick gesehn und von jenem merkwürdig mitschwingenden Verstehen begleitet, das alltägliche Handlungen auf einer Bühne zusammendrängt und zu Zeichen eines im flachen Kieselgeflecht des Bodens sonst nicht sichtbaren Weges auftürmt. Wie eine ganz dünne, seidene Maske lag es über der Welt, hell und silbergrau und bewegt wie vor dem Zerreißen; und sie spannte ihre Augen und es flimmerte ihr davor, wie wenn sie von unsichtbaren Stößen gerüttelt würde.

So standen sie nebeneinander, und als der Wind immer voller über den Weg kam und wie ein wunderbares, weiches, duftiges Tier sich überall hin legte, über das Gesicht, in den Nacken, in die Achselhöhlen . ., und überall atmete und überall weiche samtene Haare ausstreckte und sich bei jedem Erheben der Brust enger an die Haut drückte . ., löste sich beides, ihr Entsetzen und ihre Erwartung, in einer müden, schweren Wärme, die stumm und blind und langsam wie wehendes Blut um sie zu kreisen begann. Und sie mußte plötzlich an etwas denken, was sie einmal gehört hatte, daß auf den Menschen Millionen kleiner Wesen siedeln und mit jedem Atmen ungezählte Ströme von Leben kommen und gehn, und sie zauderte eine Weile erstaunt vor diesem Gedanken und es ward ihr so warm und dunkel wie in einer großen, purpurnen Woge, aber dann fühlte sie nahe in diesem heißen Blutstrom ein zweites und wie sie aufsah, stand er vor ihr und seine Haare wehten im Winde zu ihren zitternden Haaren herüber und sie berührten einander schon ganz leise mit ihren bebenden Spitzen; da packte sie eine knirschende Lust, wie wenn sich taumelnd zwei Schwärme vermengen, und sie hätte ihr Leben aus sich herausreißen mögen, um in heißer, schützender Finsternis ihn rasend vor Trunkenheit ganz damit zu überstäuben. Aber ihre Körper standen steif und starr und ließen bloß mit geschlossenen Augen geschehen, was da heimlich vor sich ging, als dürften sie es nicht wissen, und nur immer leerer und müder wurden sie und dann sanken sie ein wenig zusammen, ganz sanft und ruhig und so sterbensstill zärtlich, wie wenn sie ineinander verbluten würden.

Und wie der Wind sich hob, war ihr, als stiege sein Blut an ihr unter den Röcken hinauf, und es füllte sie bis zum Leibe mit Sternen und Kelchen und Blauem und Gelbem und mit feinen Fäden und tastendem Berühren und mit einer reglosen Wollust, wie wenn Blumen im Winde stehn und empfangen. Und noch als die untergehende Sonne durch den Rand ihrer Röcke schien, stand sie ganz träg und still und schamlos ergeben, als ob man es sehen könnte. Und nur ganz, ganz vergessen dachte sie schon an jene größere Sehnsucht, die sich noch erfüllen sollte, aber das war in diesem Augenblick bloß so leise traurig, wie wenn weit weg die Glocken läuten; und sie standen nebeneinander und hoben sich groß und ernst – wie zwei riesige Tiere mit gebogenen Rücken in den Abendhimmel.

Die Sonne war untergegangen; Veronika ging nachdenklich und allein den Weg zurück; zwischen Wiesen und Feldern. Wie aus einer zerbrochen am Boden liegenden Hülle war ihr aus diesem Abschied ein Gefühl von sich emporgestiegen; es war plötzlich so fest, daß sie sich wie ein Messer in dem Leben dieses andern Menschen fühlte. Es war alles klar gegliedert, er ging und würde sich töten, sie prüfte es nicht, es war etwas so Wuchtendes wie ein dunkler, schwerer Gegenstand auf der Erde liegt. Es erschien ihr als etwas so Unwiderrufliches wie ein Schnitt durch die Zeit, vor dem alles Frühere unverrückbar erstarrt war, es sprang dieser Tag mit einem plötzlichen Blinken wie ein Schwert aus allen anderen heraus, ja ihr war, als sähe sie körperlich in der Luft, wie die Beziehung ihrer Seele zu dieser andern Seele zu etwas Letztem, Unabänderlichem geworden war, das wie ein Aststumpf in die Ewigkeit ragte. Sie fühlte zuweilen Zärtlichkeit für Johannes, dem sie dies dankte, dann wieder nichts, nur ihr Schreiten. Eine in die Einsamkeit drängende Bestimmtheit ohne anderes Ziel trieb sie; zwischen Wiesen und Feldern. Die Welt wurde abendlich klein. Und allmählich begann eine seltsame Lust Veronika zu tragen wie eine leichte, grausame Luft, die sie mit bebendem Wittern einatmete, die sie erfüllte und hob und in der ihre Gebärden ausfuhren, in die Ferne griffen, in der sich ihre Schritte mit einem leisen Druck vom Boden lösten und über Wälder hoben.

Es war ihr fast übel vor Leichtigkeit und Glück. Diese Spannung wich erst von ihr, als sie die Hand auf das Tor ihres Hauses legte. Es war ein kleines, rundes, festgefügtes Tor; als sie es schloß, legte es sich undurchdringlich vor und sie stand im Dunkel wie in einem stillen, unterirdischen Wasser. Sie schritt langsam vorwärts und fühlte dabei, ohne sie zu berühren, die Nähe der kühlen sie umschließenden Wände; es war ein sonderbar heimliches Gefühl, sie wußte, daß sie bei sich war.

Dann tat sie still, was sie zu tun hatte, und der Tag lief zu Ende wie alle andern. Von Zeit zu Zeit tauchte Johannes zwischen ihren Vorstellungen auf, dann sah sie nach der Uhr und wußte, wo er sein mußte. Einmal aber strengte sie sich an, lange nicht an ihn zu denken, und als sie es das nächstemal tat, mußte der Zug schon durch die Nacht der Bergtäler nach Süden rollen und unbekannte Gegenden schlossen schwarz ihr Bewußtsein.

Sie legte sich zu Bett und schlief rasch ein. Aber sie schlief leicht und ungeduldig wie jemand, dem am nächsten Tag etwas Ungewöhnliches bevorsteht. Es war unter ihren Augenlidern eine beständige Helligkeit; gegen den Morgen zu wurde sie noch lichter und schien sich zu dehnen, sie wurde unsagbar weit: als Veronika aufwachte, wußte sie: das Meer.

Jetzt mußte er es schon vor sich sehen und hatte nichts Notwendiges mehr zu tun als seinen Entschluß auszuführen. Er würde wohl hinausrudern und schießen. Aber Veronika wußte nicht wann. Sie begann zu mutmaßen und Gründe gegeneinanderzustellen. Wird er gleich von der Bahn ins Boot? Wird er auf den Abend warten? Wenn das Meer ganz ruhig daliegt und wie mit großen Augen einen ansieht? Sie ging den ganzen Tag in einer Unruhe dahin, wie wenn beständig feine Nadeln gegen ihre Haut schlügen. Zuweilen tauchte wieder irgendwo – aus einem goldenen Rahmen, der an der Wand aufleuchtete, aus dem Dunkel des Treppenhauses oder aus dem weißen Leinen, an dem sie stickte, – Johannes' Gesicht auf. Bleich und mit karmoisinroten Lippen, . . verzerrt und aufgedunsen vom Wasser, . . oder bloß wie eine schwarze Locke über einer eingefallenen Stirn. Hie und da war sie dann wie von treibenden Bruchstücken einer plötzlich zurückflutenden Zärtlichkeit erfüllt. Und als es Abend wurde, wußte sie, daß es geschehen sein müsse.

Fern war eine Ahnung in ihr, daß alles sinnlos sei, diese Erwartung und dieses Gebaren, etwas ganz Ungewisses wie wirklich zu behandeln. Zuweilen sprang hastig ein Gedanke durch sie, Johannes wäre nicht tot, und riß wie an einer weichen Decke und ein solches Stück Wirklichkeit sprang auf und sank wieder zusammen. Sie fühlte dann, lautlos und unscheinbar glitt draußen der Abend um das Haus, bloß wie: irgendeinmal kam eine Nacht, kam und ging; sie wußte es. Aber plötzlich erstarb dies. Eine tiefe Ruhe und ein Gefühl des Geheimnisses legte sich langsam in vielen Falten über Veronika.

Und es kam die Nacht, diese eine Nacht ihres Lebens, wo das, was sich unter der Dämmerdecke ihres langen kranken Daseins gebildet hatte und durch eine Hemmung von der Wirklichkeit abgehalten, wie ein fressender Fleck zu seltsamen Figuren unvorstellbarer Erlebnisse auswuchs, die Kraft hatte, sich endlich bewußt in ihr emporzuheben.

Sie zündete, von etwas Unbestimmtem getrieben, in ihrem Zimmer alle Lichter an und saß zwischen ihnen, reglos in der Mitte des Raums; sie holte Johannes' Bild und stellte es vor sich hin. Aber es schien ihr nicht mehr, daß das, worauf sie gewartet hatte, das Geschehen mit Johannes sei, auch nichts in ihr, keine Einbildung, sondern sie empfand mit einemmal, daß ihr Gefühl von ihrer Umgebung sich verändert hatte und hinausgedehnt in ein unbekanntes Gebiet zwischen Träumen und Wachen.

Der leere Raum zwischen ihr und den Dingen verlor sich und war seltsam beziehungsgespannt. Die Geräte wuchteten wie unverrückbar auf ihren Plätzen, – der Tisch und der Schrank, die Uhr an der Wand, – ganz erfüllt von sich selbst, von ihr getrennt und so fest in sich geschlossen wie eine geballte Faust; und doch waren sie manchmal wieder wie in Veronika oder sie sahen wie mit Augen auf sie, aus einem Raum, der wie eine Glasscheibe zwischen Veronika und dem Raum lag. Und sie standen da, als ob sie viele Jahre nur auf diesen Abend gewartet hätten, um zu sich zu finden, so wölbten und bogen sie sich in die Höhe, und unaufhörlich strömte dieses Übermäßige von ihnen aus und das Gefühl des Augenblicks hob und höhlte sich um Veronika, wie wenn sie selbst plötzlich wie ein Raum mit schweigend flackernden Kerzen um alles stünde. Und manchmal kam eine Erschöpfung über sie von dieser Spannung, dann schien sie nur zu leuchten, eine Helligkeit stieg in allen ihren Gliedern empor und sie fühlte sie wie von außen auf sich und wurde müde von sich wie von dem leise summenden Kreis einer Lampe. Und ihre Gedanken bewegten sich hindurch und hinaus in diese helle Schläfrigkeit, mit spitzen Verästlungen, die wie feinstes Geäder sichtbar wurden.

Immer schweigsamer wurde es dann, Schleier sanken, sanft wie Schneetreiben vor beleuchteten Fensterscheiben um ihr Bewußtsein, hie und da knisterte groß und zackig darin ein Licht . . . Aber nach einer Weile hob sie sich wieder bis an die Grenze ihrer seltsam gespannten Wachheit und hatte plötzlich ganz deutlich die Empfindung: so ist jetzt Johannes, in dieser Art Wirklichkeit, in einem veränderten Raum.

Kinder und Tote haben keine Seele; die Seele aber, die lebende Menschen haben, ist, was sie nicht lieben läßt, wenn sie es noch so wollen, was in aller Liebe einen Rest zurückhält, – Veronika fühlte, was durch alle Liebe sich nicht verschenken kann, ist das, was allen Gefühlen eine Richtung gibt, von dem weg, was ängstlich glaubend an ihnen hängt, was allen Gefühlen etwas dem Geliebtesten Unerreichbares gibt, etwas Umkehrbereites; selbst wenn sie auf ihn zukommen, etwas wie auf geheime Verabredung lächelnd Zurückblickendes. Aber Kinder und Tote, sie sind noch nichts oder sie sind nichts mehr, sie lassen denken, daß sie noch alles werden können oder alles gewesen sein; sie sind wie die gehöhlte Wirklichkeit leerer Gefäße, die Träumen ihre Form leiht. Kinder und Tote haben keine Seele, keine solche Seele. Und Tiere. Tiere waren schrecklich für Veronika in ihrer drohenden Häßlichkeit, aber sie hatten das punktförmig-augenblicks hinabtropfende Vergessen in den Augen.

Irgend so etwas ist Seele für ein unbestimmtes Suchen. Veronika hatte sich ihr dunkles Leben lang vor einer Liebe gefürchtet und nach einer andern gesehnt, in Träumen ist es manchmal so, wie sie es ersehnte. Die Geschehnisse gehen in ihrer ganzen Stärke dahin, groß und schleppend, und doch wie etwas, das in einem ist; das weh tut, aber doch wie man sich selbst weh tut; das demütigt, aber nur: eine Demütigung fliegt wie eine ortlose Wolke dahin und es ist niemand da, der sie sieht; eine Demütigung fliegt wie die Wonne einer dunklen Wolke dahin . . . So schwankte sie zwischen Johannes und Demeter . . . Und Träume sind nicht in einem, sie sind auch nicht Bruchstücke der Wirklichkeit, sondern sie wölben irgendwo in einem Gesamtgefühl ihren Ort und dort leben sie, schwebend, schwerlos, wie eine Flüssigkeit in der andern. In Träumen gibt man sich so einem Geliebten hin, wie eine Flüssigkeit in der andern; mit einem veränderten Gefühl vom Raum; denn die wache Seele ist ein unausfüllbarer Hohlraum im Raum, hüglig wie blasiges Eis wird der Raum durch die Seele.

Veronika vermochte sich zu erinnern, daß sie manchmal geträumt hatte. Sie hatte vor heute nie etwas davon gewußt, nur zuweilen war sie, wenn sie aufwachte, – wie einer andern Bewegung gewohnt – an die Enge ihres Bewußtseins gestoßen und irgendwo hinter einer

Ritze war es noch hell, . . nur eine Ritze, aber sie fühlte einen weiten Raum dahinter. Und jetzt fiel ihr ein, sie mußte oft geträumt haben. Und sie sah durch ihr waches Leben das ihrer Traumgebilde, wie unter der Erinnerung an Gespräche und Handlungen nach langer Zeit die Erinnerung an ein Gefüge von Gefühlen und Gedanken sichtbar wird, die verdeckt blieben, wie man sich stets nur an ein Gespräch erinnert hat und nun mit einemmal weiß, nach Jahren, unaufhörlich läuteten die Glocken währenddessen . . . Solche Gespräche mit Johannes, solche Gespräche mit Demeter. Und darunter begann sie den Hund, den Hahn, einen Schlag mit der Faust zu erkennen und dann sprach Johannes von Gott; langsam wie mit saugenden Enden schleiften seine Worte darüber hin.

Auch Veronika hatte stets gewußt, irgendwo im Gleichgültigen, ein Tier, jeder kennt es, mit seinen übel dunstenden und widerwärtig schleimigen Häuten; aber in ihr war es nur eine unruhige, ungenau gestaltete Dunkelheit, die manchmal unter ihrem wachen Bewußtsein hinglitt, oder ein Wald endlos und zärtlich wie ein Mann im Schlaf, es hatte nichts in ihr von einem Tier, nur gewisse Linien seiner Wirkung auf ihre Seele, über sich hinaus verlängert . . . Und Demeter sagte dann: ich brauche mich bloß zu beugen . ., und Johannes sagte mitten am Tag: es hat sich etwas in mir gesenkt, verlängert . . . Und es gab einen ganz weichen, blassen Wunsch in ihr, daß Johannes tot sein möge. Und es gab – verworren noch im Wachen – ein wahnsinnig stilles ihn Ansehn, wo sie ihre Blicke leise wie Nadeln in ihn hineingleiten ließ, tiefer und tiefer, ob nicht in einem Zittern seines Lächelns, in einem Verziehen seiner Lippen, in irgendeiner Bewegung der Qual etwas wie ein Toter Verschenktes sich ihr plötzlich mit der unberechenbaren Fülle des Lebendigen verwirklicht entgegenhübe. Seine Haare wurden dann wie ein Gestrüpp und seine Nägel wurden wie große glimmrige Platten, sie sah feuchtfließende Wolken im Weißen seiner Augen und kleine spiegelnde Teiche, er lag ganz geöffnet häßlich da, mit entwaffneten Grenzen, aber seine Seele war noch in einem letzten Gefühl nur von sich selbst verborgen. Und er sprach von Gott, da dachte sie: mit Gott meint er jenes *andere* Gefühl, vielleicht von einem Raum, in dem er leben möchte. Es war krank von ihr, was sie dachte. Aber sie dachte ja auch: ein Tier müßte wie dieser Raum sein, so nah vorübergleitend, wie Wasser in den Augen zu großen Figuren zerrinnt, und doch klein und fern, wenn man es als draußen vor sich sieht; warum darf man im Märchen so an Tiere denken, die Prinzessinnen bewachen? War es krank? Sie fühlte in dieser einen Nacht sich und diese Gebilde licht auf einer ahnungsvollen Angst des Wiederversinkens. Ihr kriechendes waches Leben würde wieder darüber zusammenbrechen, sie wußte es und sie sah, daß alles dann krank und voll Unmöglichkeiten war, aber wenn man seine verlängerten Einzelheiten halten könnte, wie Stäbe in einer Hand, ohne das Widrige, das hinzukommt, wenn sie sich zu einem wirklichen Ganzen verkleben . . .: ihr Denken konnte in dieser Nacht die Vorstellung einer gebirgsluftungeheuren Gesundheit erreichen, voll einer Leichtigkeit des Verfügens über ihre Gefühle.

Wie in manchmal vor Spannung zerrissenen Ringen wirbelte dieses Glück durch ihre Gedanken. Du bist tot, träumte ihre Liebe und sie meinte nichts als dieses seltsame Gefühl mitten zwischen ihr und außen, in dem Johannes' Vorstellung für sie lebte, aber die Lichter spiegelten sich heiß auf ihren Lippen. Und alles, was in dieser Nacht geschah, war nichts als ein solcher Schein der Wirklichkeit, der, irgendwo in ihrem Körper flackernd zwischen Stücken ihres Gefühls verrinnend, deren undeutliche Schatten nach außen warf. Ihr war dann, als fühlte sie Johannes ganz nahe bei sich, so nahe wie sich selbst. Er gehörte ihren Wünschen und ihre Zärtlichkeit ging ungehindert durch ihn, wie die Wellen durch jene weichen, purpurnen Glockentiere, die im Meere schweben. Zuweilen aber lag ihre Liebe nur weit und sinnlos über ihm wie das Meer, müd schon, manchmal wie das Meer vielleicht über seiner Leiche lag, groß und sanft wie eine Katze, die in zärtlichen Träumen schnurrt. Wie ein murmelndes Wasser rannen dann die Stunden.

Und schon als sie aufschrak, empfand sie zum erstenmal Kummer. Es war kühl um sie, die Kerzen waren herabgebrannt und nur eine letzte leuchtete noch; auf dem Platz, wo sonst Johannes gesessen hatte, war jetzt ein Loch im Raum, das alle ihre Gedanken nicht füllen konnten. Und plötzlich verlosch lautlos auch dieses eine Licht, wie ein letzter Weggehender leise die Türe schließt; Veronika blieb im Dunkel.

Demütig wandernde Geräusche gingen durch das Haus, die Stiegen schüttelten mit einem scheuen Dehnen den Druck der Schreitenden wieder von sich ab, irgendwo nagte eine Maus und dann bohrte ein Käfer im Holz. Als eine Uhr schlug, begann sie sich zu fürchten. Vor dem unaufhörlichen Leben dieses Dings, das, während sie übernächtig wachte, ruhlos beschäftigt durch alle Zimmer schritt, bald an der Decke, bald tief unten am Boden. Wie ein Totschläger ohne zu wissen zuschlägt und zerstückelt, bloß weil Zuckungen nicht aufhören wollen, hätte sie den leisen Klang, den sie jetzt ohne Ende hörte, packen mögen und würgen. Und mit einemmal fühlte sie ihre Tante schlafen, ganz rückwärts im hintersten Zimmer, mit vielen Runzeln in ihrem strengen Lederantlitz; und die Dinge standen dunkel und schwer und ohne Spannung; und sie ängstigte sich bereits wieder in diesem fremden, sie umschließenden Dasein.

Und nur etwas, – aber es war kaum eine Stütze mehr, bloß ein langsam mit ihr Sinkendes, – hielt sie. Es war schon eine Ahnung in ihr, daß sie es nur selbst sei, die sie so fühlbar sinnlich empfand, statt Johannes. Es lag schon über ihrer Einbildung ein Widerstand von der Wirklichkeit des Tags, von Scham, von den festen Dingen geltenden Worten der Tante, von Demeters Hohn, ein Schließen der Enge, schon ein Abscheu vor Johannes, ein heraufdämmernder Zwang, dies alles so zu empfinden wie eine schlaflose Nacht, und selbst jene lang gesuchte Erinnerung, als wäre sie in diesen Stunden heimlich gewandert, lag längst wieder klein und fern und hatte an ihrem Leben nie etwas zu ändern vermocht. Aber wie ein Mensch geht, mit blassen Ringen unter den Augen, nach Ereignissen, die er niemandem verraten würde, und seine Absonderlichkeit und Schwäche zwischen allem Starken und vernünftig Lebendigen wie eine fadendünn und leise dahinwandernde Melodie empfindet, war eine feine, nagende Seligkeit darüber trotz ihres Kummers in ihr, die ihren Körper höhlte, bis er sich weich und zärtlich wie eine dünne Kapsel trug.

Es lockte sie plötzlich, sich zu entkleiden. Bloß für sich selbst, bloß für das Gefühl, sich nahe zu sein, mit sich selbst in einem dunklen Raum allein zu sein. Es erregte sie, wie die Kleider leise knisternd zu Boden sanken; es war eine Zärtlichkeit, die ein paar Schritte in die Dunkelheit hinaustat, als ob sie jemand suchte, sich besann und zurückeilte, um sich an den eigenen Körper zu schmiegen. Und als Veronika langsam, mit zögerndem Genießen ihre Kleider wieder aufnahm, waren diese Röcke, die in der Finsternis mit Falten, in denen wie Teiche in dunklen Höhlen träg noch ihre eigene Wärme säumte, und bauschigen Räumen um sie stiegen, etwas wie Verstecke, in denen sie kauerte, und wenn ihr Körper hie und da heimlich an seine Hüllen stieß, zitterte eine Sinnlichkeit durch ihn, wie ein verborgenes Licht hinter geschlossenen Läden unruhig durch ein Haus geht.

Es war dieses Zimmer. Veronikas Blick suchte unwillkürlich den Platz, wo an der Wand der Spiegel hing, und fand ihr Bild nicht; sie sah nichts, . . . vielleicht ein undeutlich gleitendes Leuchten im Dunkel, vielleicht mochte auch dies Täuschung gewesen sein. Die Finsternis füllte das Haus wie eine schwere Flüssigkeit, sie schien nirgends darin zu sein; sie begann zu gehen, überall war nur die Dunkelheit, nirgends sie und doch fühlte sie nichts als sich und wo sie ging, war sie und war nicht, wie unausgesprochene Worte manchmal in einem Schweigen. So hätte sie einmal mit Engeln gesprochen, als sie krank lag, damals standen sie um ihr Bett und von ihren Flügeln, ohne daß sie sie rührten, tönte ein dünner, hoher Laut, der die Dinge durchschnitt. Die Dinge zerfielen wie taube Steine, die ganze Welt lag mit scharfen muscheligen Brüchen da und nur sie selbst zog sich zusammen; vom Fieber verzehrt, dünn geschabt wie ein welkes Rosenblatt, war sie durchsichtig geworden für ihr Gefühl, sie spürte ihren Körper von überall zugleich und ganz klein beisammen, als hielte sie ihn mit einer Hand umschlossen, und rings um ihn standen Männer mit raschelnden und leis wie von Haaren knisternden Flügeln. Für die andern schien alles nicht da zu sein; wie ein flimmerndes Gitter, durch das man nur hinaussehen konnte, lag jenes Tönen davor. Und Johannes sprach mit ihr wie mit jemandem, den man schonen muß und nicht ernst nimmt, und im Nebenzimmer ging Demeter auf und ab, sie hörte seine höhnischen Schritte und seine große, harte Stimme. Und hatte immer nur das Gefühl, Engel standen um sie, Männer mit wunderbar gefiederten Händen, und während die andern sie für krank hielten, schienen sie selbst, wo immer sie waren, in einem unsichtbar hindurchgespannten Kreis zu stehn. Und damals schien ihr schon, daß sie alles erreicht hätte, aber es war nur ein Fieber und sie begriff, daß es so sein mußte, als es wieder verging.

Jetzt aber war von diesem Kranksein etwas in der Sinnlichkeit, mit der sie sich selbst empfand. Sie wich, vorsichtig sich einziehend, den Gegenständen aus und fühlte sie schon von ferne; es war ein leises Verströmen und Zusammensinken ihrer Hoffnung in ihr, vor dem alles außen zerborsten und leer und hinter dem alles weich wie hinter stillen Vorhängen von zerfallender Seide wurde. Allmählich ward es grau und mild von Frühlicht im Hause. Sie stand oben am Fenster, es wurde Morgen; die Leute kamen zum Markte. Hie und da schlug ein Wort zu ihr herauf; sie beugte sich dann, als wollte sie ihm ausweichen, in die Dämmerung zurück.

Und leise legte sich etwas um Veronika, es war eine Sehnsucht so ziel- und wunschlos in ihr wie das wehe unbestimmte Ziehen im Schoß vor den wiederkehrenden Tagen. Sonderbare Gedanken strichen durch sie: nur sich so zu lieben, das ist, wie wenn man vor einem alles tun könnte; und als sich dazwischen, jetzt wie ein hartes, häßliches Gesicht, noch einmal die Erinnerung heraufschob, daß sie Johannes getötet habe, erschrak sie nicht, – sie tat sich nur selbst weh, als sie ihn sah, das war, wie wenn sie sich von innen gesehen hätte, voll Abscheulichem und Gedärmen, die wie große Würmer verschlungen waren, aber zugleich sah sie ihr Sichansehen mit und empfand Grauen, doch es war noch in diesem Grauen vor sich etwas Unentreißbares von Liebe. Eine erlösende Müdigkeit breitete sich über sie, sie sank zusammen und war in das, was sie getan hatte, wie in einen kühlen Pelz gehüllt, ganz traurig und zärtlich, ein stilles Beisichsein, ein sanftes Leuchten, . . . wie man noch an seinem Schmerz etwas liebt und im Kummer lächelt.

Und je heller es wurde, desto unwahrscheinlicher erschien ihr, daß Johannes tot sei, es war nur noch eine leise Begleitung, aus der sie sich selbst herauslöste. Es war – mit einer wieder nur mehr ganz fernen, ungeglaubten Beziehung zu ihm – als ob sich auch eine letzte Grenze zwischen ihnen beiden öffnete. Sie empfand eine wollüstige Weichheit und ein ungeheures Nahesein. Mehr noch als eines des Körpers eines der Seele; es war wie wenn sie aus seinen Augen heraus auf sich selbst schaute und bei jeder Berührung nicht nur ihn empfände, sondern auf eine unbeschreibliche Weise auch sein Gefühl von ihr, es erschien ihr wie eine geheimnisvolle geistige Vereinigung. Sie dachte manchmal, er war ihr Schutzengel, er war gekommen und ging, nachdem sie ihn wahrgenommen hatte, und wird doch von nun an immer bei ihr sein, er wird ihr zusehen, wenn sie sich auskleidet, und wenn sie geht, wird sie ihn unter den Röcken tragen; seine Blicke werden so zart sein wie eine beständige, leise Müdigkeit. Sie dachte es nicht von ihm, sie fühlte es nicht, nicht von diesem gleichgültigen Johannes, es war etwas bleichgrau Gespanntes in ihr, und wenn die Gedanken gingen, säumten sie sich hell wie dunkle Gestalten vor einem Winterhimmel. Bloß so ein Saum war es. Von tastender Zärtlichkeit. Es war ein leises Herausheben, . . . ein stärker werden und doch nicht da sein, . . . ein nichts und doch alles . . . .

Sie saß ganz still und spielte mit ihren Gedanken. Es gibt eine Welt, etwas Abseitiges, eine andere Welt oder nur eine Traurigkeit . . . wie von Fieber und Einbildungen bemalte Wände, zwischen denen die Worte der Gesunden nicht tönen und sinnlos zu Boden fallen, wie Teppiche, auf denen zu schreiten, ihre Gebärden zu schwer sind; eine ganz dünne, hallende Welt, durch die sie mit ihm schritt, und allem, was sie tat, folgte darin eine Stille und alles, was sie dachte, glitt ohne Ende, wie Flüstern in verschlungenen Gängen.

Und als es ganz klar und bleich und Tag geworden war, kam der Brief, ein Brief, wie er kommen mußte, Veronika begriff sofort: wie er kommen mußte. Es pochte am Haus und riß durch die Stille, wie ein Felsblock eine dünne Schneedecke zerschlägt; durch das geöffnete Tor bliesen Wind und Helligkeit herein. In dem Brief stand, was bist du, ich habe mich nicht getötet? Ich bin wie einer, der auf die Straße hinaus fand. Ich bin heraußen und kann nicht zurück. Das

Brot, das ich esse, das schwarz-braune Boot, das am Strande liegt und mich hinaustragen sollte, das Leisere, Undeutlichere, Füllwarme, nicht vorschnell Verfestigte, alles Lärmende, Lebendige ringsum hält mich fest. Wir werden darüber sprechen. Es ist alles heraußen bloß einfach und ohne Zusammenhang und übereinandergestreut wie ein Haufen Schutt, aber ich bin davon wie ein Pfahl gefaßt und verrammt und wieder verwurzelt worden ....

Es stand noch anderes in dem Brief, aber sie sah nur dieses eine: ich fand auf die Straße. Es enthielt dennoch, obwohl es kommen mußte, kaum angedeutet, etwas Höhnisches in diesem rücksichtslos rettenden Sprung von ihr fort. Es war nichts, gar nichts, nur wie ein Kühlwerden am Morgen und einer fängt laut zu sprechen an, weil der Tag kommt. Es war endgültig alles um solch einen geschehn, der nun ernüchtert zusah. Von diesem Augenblick an, durch lange Zeit, dachte Veronika nichts, noch empfand sie etwas; nur eine ungeheure, von keiner Welle durchbrochene Stille glänzte um sie, bleich und leblos wie Teiche, die stumm im Frühlicht liegen.

Als sie dann aufwachte und von neuem nachzudenken begann, geschah es wieder wie unter einem schweren Mantel, der sie hinderte, sich zu bewegen, und wie Hände unter einer Hülle, die sie nicht abwerfen können, sinnlos werden, verwirrten sich ihre Gedanken. Sie fand nicht in die einfache Wirklichkeit. Daß er sich nicht erschossen hatte, war nicht die Tatsache, daß er lebte, sondern es war etwas in ihrem Dasein, ein Verstummen, ein wieder Sinken, es verstummte etwas in ihr und sank wieder in jene murmelnde Vielstimmigkeit zurück, aus der es sich kaum herausgehoben hatte. Sie hörte sie mit einemmal wieder von allen Seiten. Es war jener enge Gang, in dem sie einst lief und dann kroch und dann kam jenes Weiterwerden, jenes leise Heben und Sichaufrichten und nun schloß es sich wieder. Ihr war trotz der Stille, als ob Menschen um sie stünden und beständig leise sprächen. Sie verstand nicht, was sie sich sagten. Es war wunderbar heimlich, nicht zu verstehn, was sie sich sagten. Ihre Sinne waren in ganz dünne Flächen gespannt und diese Stimmen schlugen raschelnd daran wie die Zweige eines wirren Gestrüpps.

Fremde Gesichter tauchten auf. Es waren lauter fremde Gesichter, die Tante, Freundinnen, Bekannte, Demeter, Johannes, sie wußte es wohl, aber doch blieben es fremde Gesichter. Sie bekam plötzlich Angst vor ihnen, wie jemand, der fürchtet, streng behandelt zu werden. Sie mühte sich, an Johannes zu denken, aber sie konnte sich nicht mehr vorstellen, wie er vor wenigen Stunden aussah, er verfloß ihr mit den andern; es fiel ihr ein, daß er von ihr weggegangen war, ganz fern, wie unter eine Menge; es war ihr, als ob irgendwo da heraus seine Augen listig und versteckt auf sie schauen müßten. Sie spannte sich ganz klein davor zusammen und wollte sich schließen, aber sie empfand sich nur mehr mit einer leise zerfließenden Deutlichkeit.

Und allmählich verlor sie überhaupt das Gefühl, etwas anderes gewesen zu sein. Sie konnte sich kaum mehr von den andern unterscheiden und alle diese Gesichter waren kaum mehr voneinander zu unterscheiden, sie tauchten auf und verschwanden ineinander, sie waren ihr eklig wie ungekämmtes Haar und doch verstrickte sie sich in ihnen, sie antwortete ihnen, die sie nicht verstand, sie hatte nur das eine Bedürfnis, etwas zu tun, es war eine Unruhe in ihr, die unter ihrer Haut wie Tausende kleiner Tiere herauswollte, und immer neu tauchten die alten Gesichter auf, das ganze Haus war voll dieser Unruhe.

Sie sprang auf und tat ein paar Schritte. Und plötzlich schwieg alles. Sie rief und nichts antwortete; sie rief noch einmal und hörte sich kaum. Sie sah suchend umher, reglos stand alles auf seinem Platz. Und doch fühlte sie sich.

Was dann kam, war zunächst ein kurzes Taumeln durch wenige Tage. Eine verzweifelte Anstrengung manchmal, sich zu erinnern. was es gewesen sei, das sie jenes eine Mal wie wirklich fühlte, und was sie getan haben mochte, daß es so kam. Veronika ging in dieser Zeit unruhig durch das Haus; es kam vor, daß sie in der Nacht aufstand und durch das Haus ging. Aber sie spürte dabei zuweilen nur das Kahle, Weißgetünchte der im Kerzenschein um sie aufragenden Stuben, an dem die Finsternis noch wie in Fetzen hing; sie spürte es wie etwas schreiend Wollüstiges, das hoch und reglos an den Wänden aufgerichtet stand. Wenn sie sich vorstellte, wie der Fußboden unter ihren nackten Füßen dahinlief, konnte sie minutenlang bewegungslos dastehn und nachdenken, wie wenn sie in einem fließenden Wasser unter sich eine bestimmte Stelle mit den Blicken festhalten wollte; es packte sie dann ein Schwindel, der von jenen Gedanken ausging, die sie nicht mehr wahrnehmen konnte, und erst wenn sich ihre Zehen in die Fugen der Diele krampften und dort von dem feinen, weichen Staub berührt wurden oder ihre Sohlen die kleinen unreinen Rauheiten des Bodens empfanden, wurde ihr leichter, wie wenn sie einen Schlag auf den entblößten Körper empfangen hätte.

Aber allmählich fühlte sie nur dieses Gegenwärtige und die Erinnerung an jene Nacht war nichts, das sie wieder erwartete, sondern nur jener Schatten von verborgener Freude an sich, den sie gewonnen hatte, auf der Wirklichkeit, in der sie lebte. Sie schlich manchmal bis an die verschlossene Haustür und lauschte, bis sie einen Mann vorübergehen hörte. Die Vorstellung, daß sie dort stand, in bloßem Hemd, fast nackt und unten offen, während draußen einer vorbeiging, so nah und nur durch ein Brett getrennt, bog sie fast zusammen. Am geheimnisvollsten schien ihr aber, daß auch draußen noch etwas von ihr war, denn ein Strahl ihres Lichts fiel durch den dünnen Schlüsselspalt und das Zittern ihrer Hand mußte in ihm tastend über die Kleider des Wanderers huschen.

Und einmal dabei dachte sie plötzlich daran, daß sie jetzt mit Demeter allein in dem Haus war, mit diesem Lasterwirren. Sie zuckte zusammen und seither kam es, daß sie öfter auf den Treppen aneinander vorbeigingen. Sie begrüßten einander auch, aber nur mit ganz belanglosen Worten. Bloß einmal blieb er nah bei ihr stehen und sie suchten beide nach etwas anderem zum Sagen. Veronika bemerkte seine Knie in den engen Reithosen und seine Lippen, die wie ein kurzer breiter blutiger Schnitt waren, und sie dachte, wie Johannes wohl sein werde, da er doch wiederkommen wird; wie etwas Riesengroßes sah sie in diesem Augenblick die Spitze von Demeters Bart vor der fahlen Fläche eines Fensters. Und nach einer Weile gingen sie weiter, ohne noch gesprochen zu haben.

DREI FRAUEN

DREI FRAUEN

Novellen

[1924]

Grigia

Es gibt im Leben eine Zeit, wo es sich auffallend verlangsamt, als zögerte es weiterzugehn oder wollte seine Richtung ändern. Es mag sein, daß einem in dieser Zeit leichter ein Unglück zustößt.

Homo besaß einen kranken kleinen Sohn; das zog durch ein Jahr, ohne besser zu werden und ohne gefährlich zu sein, der Arzt verlangte einen langen Kuraufenthalt, und Homo konnte sich nicht entschließen, mitzureisen. Es kam ihm vor, als würde er dadurch zu lange von sich getrennt, von seinen Büchern, Plänen und seinem Leben. Er empfand seinen Widerstand als eine große Selbstsucht, es war aber vielleicht eher eine Selbstauflösung, denn er war zuvor nie auch nur einen Tag lang von seiner Frau geschieden gewesen; er hatte sie sehr geliebt und liebte sie noch sehr, aber diese Liebe war durch das Kind trennbar geworden, wie ein Stein, in den Wasser gesickert ist, das ihn immer weiter auseinander treibt. Homo staunte sehr über diese neue Eigenschaft der Trennbarkeit, ohne daß mit seinem Wissen und Willen je etwas von seiner Liebe abhanden gekommen wäre, und so lang die Zeit der vorbereitenden Beschäftigung mit der Abreise war, wollte ihm nicht einfallen, wie er allein den kommenden Sommer verbringen werde. Er empfand bloß einen heftigen Widerwillen gegen Bade- und Gebirgsorte. Er blieb allein zurück und am zweiten Tag erhielt er einen Brief, der ihn einlud, sich an einer Gesellschaft zu beteiligen, welche die alten venezianischen Goldbergwerke im Fersenatal wieder aufschließen wollte. Der Brief war von einem Herrn Mozart Amadeo Hoffingott, den er vor einigen Jahren auf einer Reise kennen gelernt und während weniger Tage zum Freund gehabt hatte.

Trotzdem entstand in ihm nicht der leiseste Zweifel, daß es sich um eine ernste, redliche Sache handle. Er gab zwei Telegramme auf; in dem einen teilte er seiner Frau mit, daß er schon jetzt abreise und ihr seinen Aufenthalt melden werde, mit dem zweiten nahm er das Angebot an, sich als Geologe und vielleicht auch mit einem größeren Betrag Geldes an den Aufschließungsarbeiten zu beteiligen.

In P., das ein Maulbeer und Wein bauendes, verschlossen reiches italienisches Städtchen ist, traf er mit Hoffingott, einem großen, schönen schwarzen Mann seines eigenen Alters, zusammen, der immer in Bewegung war. Die Gesellschaft verfügte, wie er erfuhr, über gewaltige amerikanische Mittel, und die Arbeit sollte großen Stil haben. Einstweilen ging zur Vorbereitung eine Expedition talein, die aus ihnen beiden und drei Teilhabern bestand, Pferde wurden gekauft, Instrumente erwartet und Hilfskräfte angeworben.

Homo wohnte nicht im Gasthof, sondern, er wußte eigentlich nicht warum, bei einem italienischen Bekannten Hoffingotts. Es gab da drei Dinge, die ihm auffielen. Betten von einer unsagbar kühlen Weichheit in schöner Mahagonischale. Eine Tapete mit einem unsagbar wirren, geschmacklosen, aber durchaus unvollendbaren und fremden Muster. Und ein Schaukelstuhl aus Rohr; wenn man sich in diesem wiegt und die Tapete anschaut, wird der ganze Mensch zu einem auf- und niederwallenden Gewirr von Ranken, die binnen zweier Sekunden aus dem Nichts zu ihrer vollen Größe anwachsen und sich wieder in sich zurückziehen.

In den Straßen war eine Luft, aus Schnee und Süden gemischt. Es war Mitte Mai. Abends waren sie von großen Bogenlampen erhellt, die an quergespannten Seilen so hoch hingen, daß die Straßen darunter wie Schluchten von dunklem Blau lagen, auf deren finstrem Grund man dahingehen mußte, während sich oben im Weltraum weiß zischende Sonnen drehten. Tagsüber sah man auf Weinberg und Wald. Das hatte den Winter rot, gelb und grün überstanden; weil die Bäume das Laub nicht abwarfen, war Welk und Neu durcheinandergeflochten wie in Friedhofskränzen, und kleine rote, blaue und rosa Villen staken, sehr sichtbar noch, wie verschieden gestellte Würfel darin, ein ihnen unbekanntes, eigentümliches Formgesetz empfindungslos vor aller Welt darstellend. Oben aber war der Wald dunkel und der Berg hieß Selvot. Er trug über dem Wald Almböden, die, verschneit, in breitem, gemäßigtem Wellenschlag über die Nachbarberge weg das kleine hart ansteigende Seitental begleiteten, in das die Expedition einrücken sollte. Kamen, um Milch zu liefern und Polenta zu kaufen, Männer von diesen Bergen, so brachten sie manchmal große Drusen Bergkristall oder Amethyst mit, die in vielen Spalten so üppig wachsen sollten wie anderswo Blumen auf der Wiese, und diese unheimlich schönen Märchengebilde verstärkten noch mehr den Eindruck, daß sich unter dem Aussehen dieser Gegend, das so fremd vertraut flackerte wie die Sterne in mancher Nacht, etwas sehnsüchtig Erwartetes verberge. Als sie in das Gebirgstal hineinritten und um sechs Uhr Sankt Orsola passierten, schlugen bei einer kleinen, eine buschige Bergrinne überquerenden Steinbrücke wenn nicht hundert, so doch sicher zwei Dutzend Nachtigallen; es war heller Tag.

Als sie drinnen waren, befanden sie sich an einem seltsamen Ort.

Er hing an der Lehne eines Hügels; der Saumweg, der sie hingeführt hatte, sprang zuletzt förmlich von einem großen platten Stein zum nächsten, und von ihm flossen, den Hang hinab und gewunden wie Bäche, ein paar kurze, steile Gassen in die Wiesen. Stand man am Weg, so hatte man nur vernachlässigte und dürftige Bauernhäuser vor sich, blickte man aber von den Wiesen unten herauf, so meinte man sich in ein vorweltliches Pfahldorf zurückversetzt, denn die Häuser standen mit der Talseite alle auf hohen Balken, und ihre Abtritte schwebten etwas abseits von ihnen wie die Gondeln von Sänften auf vier schlanken baumlangen Stangen über dem Abhang. Auch die Landschaft um dieses Dorf war nicht ohne Sonderbarkeiten. Sie bestand aus einem mehr als halbkreisförmigen Wall hoher, oben von Schroffen durchsetzter Berge, welche steil zu einer Senkung abfielen, die rund um einen in der Mitte stehenden kleineren und bewaldeten Kegel lief, wodurch das Ganze einer leeren gugelhupfförmigen Welt ähnelte, von der ein kleines Stück durch den tief fließenden Bach abgeschnitten worden war, so daß sie dort klaffend gegen die hohe, zugleich mit ihm talwärts streichende andere Flanke seines Ufers lehnte, an welcher das Dorf hing. Es gab ringsum unter dem Schnee Kare mit Knieholz und einigen versprengten Rehen, auf der Waldkuppe in der Mitte balzte schon der Spielhahn, und auf den Wiesen der Sonnseite blühten die Blumen mit gelben, blauen und weißen Sternen, die so groß waren, als hätte man einen Sack mit Talern ausgeschüttet. Stieg man aber hinter dem Dorf noch etwa hundert Fuß höher, so kam man auf einen ebenen Absatz von nicht allzugroßer Breite, den Äcker, Wiesen, Heuställe und verstreute Häuser bedeckten, während von einer gegen das Tal zu vorspringenden Bastion die kleine Kirche in die Welt hinausblickte, welche an schönen Tagen fern vor dem Tal wie das Meer vor einer Flußmündung lag; man konnte kaum unterscheiden, was noch goldgelbe Ferne des gesegneten Tieflands, war und wo schon die unsicheren Wolkenböden des Himmels begonnen hatten.

Es war ein schönes Leben, das da seinen Anfang nahm. Tagsüber auf den Bergen, bei alten verschütteten Stolleneingängen und neuen Schürfversuchen, oder auf den Wegen das Tal hinaus, wo eine breite Straße gelegt werden sollte; in einer riesigen Luft, die schon sanft und schwanger von der kommenden Schneeschmelze war. Sie schütteten Geld unter die Leute und walteten wie die Götter. Sie beschäftigten alle Welt, Männer und Frauen. Aus den Männern bildeten sie Arbeitspartien und verteilten sie auf die Berge, wo sie wochenüber verbleiben mußten, aus den Weibern formierten sie Trägerkolonnen, welche ihnen Werkzeugersatz und Proviant auf kaum wegsamen Steigen nachschafften. Das steinerne Schulhaus ward in eine Faktorei verwandelt, wo die Waren aufbewahrt und verladen wurden; dort rief eine scharfe Herrenstimme aus den schwatzend wartenden Weibern eins nach dem andern vor, und es wurde der große leere Rückenkorb so lang befrachtet, bis die Knie sich bogen und die Halsadern anschwollen. War solch ein hübsches junges Weib beladen, so hing ihm der Blick bei den Augen heraus und die Lippen blieben offen stehn; es trat in die Reihe, und auf das Zeichen begannen diese stillgewordenen Tiere hintereinander langsam in langen Schlangenwegen ein Bein vor das andre bergan zu setzen. Aber sie trugen köstliche, seltene Last, Brot, Fleisch und Wein, und mit den Eisengeräten mußte man nicht ängstlich umgehn, so daß außer dem Barlohn gar manches Brauchbare für die Wirtschaft abfiel, und darum trugen sie es gerne und dankten noch den Männern, welche den Segen in die Berge gebracht hatten. Und das war ein herrliches Gefühl; man wurde hier nicht, wie sonst überall in der Welt, geprüft, was für ein Mensch man sei, – ob verläßlich, mächtig und zu fürchten oder zierlich und schön, – sondern was immer für ein Mensch man war und wie immer man über die Dinge des Lebens dachte, man fand Liebe, weil man den Segen gebracht hatte; sie lief wie ein Herold voraus, sie war überall wie ein frisches Gastbett bereitet, und der Mensch trug Willkommgeschenke in den Augen. Die Frauen durften das frei ausströmen lassen, aber manchmal, wenn man an einer Wiese vorbeikam, vermochte auch ein alter Bauer dort zu stehn und winkte mit der Sense wie der leibhafte Tod.

Es lebten übrigens merkwürdige Leute in diesem Talende. Ihre Voreltern waren zur Zeit der tridentinischen Bischofsmacht als Bergknappen aus Deutschland gekommen, und sie saßen heute noch eingesprengt wie ein verwitterter deutscher Stein zwischen den Italienern. Die Art ihres alten Lebens hatten sie halb bewahrt und halb vergessen, und was sie davon bewahrt hatten, verstanden sie wohl selbst nicht mehr. Die Wildbäche rissen ihnen im Frühjahr den Boden weg, es gab Häuser, die einst auf einem Hügel und jetzt am Rand eines Abgrunds standen, ohne daß sie etwas dagegen taten, und umgekehrten Wegs spülte ihnen die neue Zeit allerhand ärgsten Unrat in die Häuser. Da gab es billige polierte Schränke, scherzhafte Postkarten und Öldruckbilder, aber manchmal war ein Kochgeschirr da, aus dem schon zur Zeit Martin Luthers gegessen worden sein mochte. Sie waren nämlich Protestanten; aber wenn es wohl auch nichts als dieses zähe Festhalten an ihrem Glauben war, was sie vor der Verwelschung geschützt hatte, so waren sie dennoch keine guten Christen. Da sie arm waren, verließen fast alle Männer kurz nach der Heirat ihre Frauen und gingen für Jahre nach Amerika; wenn sie zurückkamen, brachten sie ein wenig erspartes Geld mit, die Gewohnheiten der städtischen Bordelle und die Ungläubigkeit, aber nicht den scharfen Geist der Zivilisation.

Homo hörte gleich zu Beginn eine Geschichte erzählen, die ihn ungemein beschäftigte. Es war nicht lange her, mochte so etwa in den letzten fünfzehn Jahren stattgefunden haben, daß ein Bauer, der lange Zeit fortgewesen war, aus Amerika zurückkam und sich wieder zu seiner Frau in die Stube legte. Sie freuten sich einige Zeit, weil sie wieder vereint waren, und ließen es sich gut gehen, bis die letzten Ersparnisse weggeschmolzen waren. Als da die neuen Ersparnisse, die aus Amerika nachkommen sollten, noch immer nicht eingetroffen waren, machte sich der Bauer auf, um – wie es alle Bauern dieser Gegend taten – den Lebensunterhalt draußen durch Hausieren zu gewinnen, während die Frau die uneinträgliche Wirtschaft wieder weiter besorgte. Aber er kehrte nicht mehr zurück. Dagegen traf wenige Tage später auf einem von diesem abgelegenen Hofe der Bauer aus Amerika ein, erzählte seiner Frau auf den Tag genau, wie lange es her sei, verlangte zu essen, was sie damals am Tag des Abschieds gegessen hatten, wußte noch mit der Kuh Bescheid, die längst nicht mehr da war, und fand sich mit den Kindern in einer anständigen Weise zurecht, die ihm ein andrer Himmel beschert hatte als der, den er inzwischen über seinem Kopf getragen hatte. Auch dieser Bauer ging nach einer Weile des Behagens und Wohllebens auf die Wanderschaft mit dem Kram und kehrte nicht mehr zurück. Das ereignete sich in der Gegend noch ein drittes und viertes Mal, bevor man darauf kam, daß es ein Schwindler war, der drüben mit den Männern zusammen gearbeitet und sie ausgefragt hatte. Er wurde irgendwo von den Behörden festgenommen und eingesperrt, und keine sah ihn mehr wieder. Das soll allen leid getan haben, denn jede hätte ihn gern noch ein paar Tage gehabt und ihn mit ihrer Erinnerung verglichen, um sich nicht auslachen lassen zu müssen; denn jede wollte wohl gleich etwas gemerkt haben, das nicht ganz zum Gedächtnis stimmte, aber keine war dessen so sicher gewesen, daß man es hätte darauf ankommen lassen können und dem in seine Rechte wiederkehrenden Mann Schwierigkeiten machen wollte.

So waren diese Weiber. Ihre Beine staken in braunen Wollkitteln mit handbreiten roten, blauen oder orangenen Borten, und die Tücher, die sie am Kopf und gekreuzt über der Brust trugen, waren billiger Kattundruck moderner Fabrikmuster, aber durch irgend etwas in den Farben oder deren Verteilung wiesen sie weit in die Jahrhunderte der Altvordern zurück. Das war viel älter als Bauerntrachten sonst, weil es nur ein Blick war, verspätet, durch all die Zeiten gewandert, trüb und schwach angelangt, aber man fühlte ihn dennoch deutlich auf sich ruhn, wenn man sie ansah. Sie trugen

Schuhe, die wie Einbäume aus einem Stück Holz geschnitten waren, und an der Sohle hatten sie wegen der schlechten Wege zwei messerartige Eisenstege, auf denen sie in ihren blauen und braunen Strümpfen gingen wie die Japanerinnen. Wenn sie warten mußten, setzten sie sich nicht auf den Wegrand, sondern auf die flache Erde des Pfads und zogen die Knie hoch wie die Neger. Und wenn sie, was zuweilen geschah, auf ihren Eseln die Berge hinanritten, dann saßen sie nicht auf ihren Röcken, sondern wie Männer und mit unempfindlichen Schenkeln auf den scharfen Holzkanten der Tragsättel, hatten wieder die Beine unziemlich hochgezogen und ließen sich mit einer leise schaukelnden Bewegung des ganzen Oberkörpers tragen.

Sie verfügten aber auch über eine verwirrend freie Freundlichkeit und Liebenswürdigkeit. «Treten Sie bitte ein», sagten sie aufrecht wie die Herzoginnen, wenn man an ihre Bauerntür klopfte, oder wenn man eine Weile mit ihnen stand und im Freien plauderte, konnte plötzlich eine mit der höchsten Höflichkeit und Zurückhaltung fragen: «Darf ich Ihnen nicht den Mantel halten?» Als Doktor Homo einmal einem reizenden vierzehnjährigen Mädel sagte, «Komm ins Heu», – nur so, weil ihm das Heu plötzlich so natürlich erschien wie für Tiere das Futter, – da erschrak dieses Kindergesicht unter dem spitz vorstehenden Kopftuch der Altvordern keineswegs, sondern schnob nur heiter aus Nase und Augen, die Spitzen ihrer kleinen Schuhboote kippten um die Fersen hoch, und mit geschultertem Rechen wäre sie beinahe aufs zurückschnellende Gesäß gefallen, wenn das Ganze nicht bloß ein Ausdruck lieblich ungeschickten Erstaunens über die Begehrlichkeit des Manns hätte sein sollen, wie in der komischen Oper. Ein andermal fragte er eine große Bäurin, die aussah wie eine deutsche Wittib am Theater, «bist Du noch eine Jungfrau, sag?!» und faßte sie am Kinn, – wieder nur so, weil die Scherze doch etwas Mannsgeruch haben sollen; die aber ließ das Kinn ruhig auf seiner Hand ruhn und antwortete ernst: «Ja, natürlich.» Homo verlor da fast die Führung; «Du bist noch eine Jungfrau?!» wunderte er sich schnell und lachte. Da kicherte sie mit. «Sag!?» drang er jetzt näher und schüttelte sie spielend am Kinn. Da blies sie ihm ins Gesicht und lachte: «Gewesen!»

«Wenn ich zu Dir komm, was krieg ich?» frug es sich weiter.

«Was Sie wollen.»

«Alles, was ich will?»

«Alles.»

«Wirklich alles?!»

«Alles! Alles!!» und das war eine so vorzüglich und leidenschaftlich gespielte Leidenschaft, daß diese Theaterechtheit auf sechzehnhundert Meter Höhe ihn sehr verwirrte. Er wurde es nicht mehr los, daß dieses Leben, welches heller und würziger war als jedes Leben zuvor, gar nicht mehr Wirklichkeit, sondern ein in der Luft schwebendes Spiel sei.

Es war inzwischen Sommer geworden. Als er zum erstenmal die Schrift seines kranken Knaben auf einem ankommenden Brief gesehen hatte, war ihm der Schreck des Glücks und heimlichen Besitzes von den Augen bis in die Beine gefahren; daß sie jetzt seinen Aufenthaltsort wußten, erschien ihm wie eine ungeheure Befestigung. Er ist hier, oh, man wußte nun alles, und er brauchte nichts mehr zu erklären. Weiß und violett, grün und braun standen die Wiesen. Er war kein Gespenst. Ein Märchenwald von alten Lärchenstämmen, zartgrün behaarten, stand auf smaragdener Schräge. Unter dem Moos mochten violette und weiße Kristalle leben. Der Bach fiel einmal mitten im Wald über einen Stein so, daß er aussah wie ein großer silberner Steckkamm. Er beantwortete nicht mehr die Briefe seiner Frau. Zwischen den Geheimnissen dieser Natur war das Zusammengehören eines davon. Es gab eine zart scharlachfarbene Blume, es gab diese in keines anderen Mannes Welt, nur in seiner, so hatte es Gott geordnet, ganz als ein Wunder. Es gab eine Stelle am Leib, die wurde versteckt und niemand durfte sie sehn, wenn er nicht sterben sollte, nur einer. Das kam ihm in diesem Augenblick so wundervoll unsinnig und unpraktisch vor, wie es nur eine tiefe Religion sein kann. Und er erkannte jetzt erst, was er getan hatte, indem er sich für diesen Sommer absonderte und von seiner eigenen Strömung treiben ließ, die ihn erfaßt hatte. Er sank zwischen den Bäumen mit den giftgrünen Bärten aufs Knie, breitete die Arme aus, was er so noch nie in seinem Leben getan hatte, und ihm war zu Mut, als hätte man ihm in diesem Augenblick sich selbst aus den Armen genommen. Er fühlte die Hand seiner Geliebten in seiner, ihre Stimme im Ohr, alle Stellen seines Körpers waren wie eben erst berührt, er empfand sich selbst wie eine von einem anderen Körper gebildete Form. Aber er hatte sein Leben außer Kraft gesetzt. Sein Herz war demütig vor der Geliebten und arm wie ein Bettler geworden, beinahe strömten ihm Gelübde und Tränen aus der Seele. Dennoch stand es fest, daß er nicht umkehrte, und seltsamerweise war mit seiner Aufregung ein Bild der rings um den Wald blühenden Wiesen verbunden, und trotz der Sehnsucht nach Zukunft das Gefühl, daß er da, zwischen Anemonen, Vergißmeinnicht, Orchideen, Enzian und dem herrlich grünbraunen Sauerampfer, tot liegen werde. Er streckte sich am Moose aus. «Wie Dich hinübernehmen?» fragte sich Homo. Und sein Körper fühlte sich sonderbar müd wie ein starres Gesicht, das von einem Lächeln aufgelöst wird. Da hatte er nun immer gemeint, in der Wirklichkeit zu leben, aber war etwas unwirklicher, als daß ein Mensch für ihn etwas anderes war als alle anderen Menschen? Daß es unter den unzähligen Körpern einen gab, von dem sein inneres Wesen fast ebenso abhing wie von seinem eigenen Körper? Dessen Hunger und Müdigkeit, Hören und Sehen mit seinem zusammenhing? Als das Kind aufwuchs, wuchs das, wie die Geheimnisse des Bodens in ein Bäumchen, in irdisches Sorgen und Behagen hinein. Er liebte sein Kind, aber wie es sie überleben würde, hatte es noch früher den jenseitigen Teil getötet. Und es wurde ihm plötzlich heiß von einer neuen Gewißheit. Er war kein dem Glauben zugeneigter Mensch, aber in diesem Augenblick war sein Inneres erhellt. Die Gedanken erleuchteten so wenig wie dunstige Kerzen in dieser großen Helle seines Gefühls, es war nur ein herrliches, von Jugend umflossenes Wort: Wiedervereinigung da. Er nahm sie in alle Ewigkeiten immer mit sich, und in dem Augenblick, wo er sich diesem Gedanken hingab, waren die kleinen Entstellungen, welche die Jahre der Geliebten zugefügt hatten, von ihr genommen, es war ewiger erster Tag. Jede weltläufige Betrachtung versank, jede Möglichkeit des Überdrusses und der Untreue, denn niemand wird die Ewigkeit für den Leichtsinn einer Viertelstunde opfern, und er erfuhr zum erstenmal die Liebe ohne allen Zweifel als ein himmlisches Sakrament. Er erkannte die persönliche Vorsehung, welche sein Leben in diese Einsamkeit gelenkt hatte, und fühlte wie einen gar nicht mehr irdischen Schatz, sondern wie eine für ihn bestimmte Zauberwelt den Boden mit Gold und Edelsteinen unter seinen Füßen.

Von diesem Tag an war er von einer Bindung befreit, wie von einem steifen Knie oder einem schweren Rucksack. Der Bindung an das Lebendigseinwollen, dem Grauen vor dem Tode. Es geschah ihm nicht, was er immer kommen geglaubt hatte, wenn man bei voller Kraft sein Ende nahe zu sehen meint, daß man das Leben toller und durstiger genießt, sondern er fühlte sich bloß nicht mehr verstrickt und voll einer herrlichen Leichtheit, die ihn zum Sultan seiner Existenz machte.

Die Bohrungen hatten zwar nicht recht vorwärts geführt, aber es war ein Goldgräberleben, das sie umspann. Ein Bursche hatte Wein gestohlen, das war ein Verbrechen gegen das gemeine Interesse, dessen Bestrafung allgemein auf Billigung rechnen konnte, und man brachte ihn mit gebundenen Händen. Mozart Amadeo Hoffingott ordnete an, daß er zum abschreckenden Beispiel Tag und Nacht lang an einen Baum gebunden stehen sollte. Aber als der Werkführer mit dem Strick kam, ihn zum Spaß eindrucksvoll hin und her schwenkte und ihn zunächst über einen Nagel hing, begann der Junge am ganzen Leib zu zittern, weil er nicht anders dachte, als daß er aufgeknüpft werden solle. Ganz das gleiche geschah, obwohl das schwer zu begründen wäre, wenn Pferde eintrafen, ein Nachschub von außen oder solche, die für einige Tage Pflege herabgeholt worden waren: sie standen dann in Gruppen auf der Wiese oder legten sich nieder, aber sie gruppierten sich immer irgendwie scheinbar regellos in die Tiefe, so daß es nach einem geheim verabredeten ästhetischen Gesetz genau so aussah wie die Erinnerung an die kleinen grünen, blauen und rosa Häuser unter dem Selvot. Wenn sie aber oben waren und die Nacht über in irgend einem Bergkessel angebunden standen, zu je dreien oder vieren an einem umgelegten Baum, und man war um drei Uhr im Mondlicht aufgebrochen und kam jetzt um halb fünf des Morgens vorbei, dann schauten sich alle nach dem um, der vorbeiging, und man fühlte in dem wesenlosen Frühmorgenlicht sich als einen Gedanken in einem sehr langsamen Denken. Da Diebstähle und mancherlei Unsicheres vorkamen, hatte man rings in der Umgebung alle Hunde aufgekauft, um sie zur Bewachung zu benützen. Die Streiftrupps brachten sie in großen Rudeln herbei, zu zweit oder dritt an Stricken geführt ohne Halsband. Das waren nun mit einemmal ebensoviel Hunde wie Menschen am Ort, und man mochte sich fragen, welche von beiden Gruppen sich eigentlich auf dieser Erde als Herr im eigenen Hause fühlen dürfe, und welche nur als angenommener Hausgenosse. Es waren vornehme Jagdhunde darunter, venezianische Bracken, wie man sie in dieser Gegend noch zuweilen hielt, und bissige Hausköter wie böse kleine Affen. Sie standen in Gruppen, die sich, man wußte nicht warum, zusammengefunden hatten und fest zusammenhielten, aber von Zeit zu Zeit fielen sie in jeder Gruppe wütend übereinander her. Manche waren halbverhungert, manche verweigerten die Nahrung; ein kleiner weißer fuhr dem Koch an die Hand, als er ihm die Schüssel mit Fleisch und Suppe hinstellen wollte, und biß ihm einen Finger ab. – Um halb vier Uhr des Morgens war es schon ganz hell, aber die Sonne war noch nicht zu sehen. Wenn man da oben am Berg an den Malgen vorbeikam, lagen die Rinder auf den Wiesen in der Nähe halb wach und halb schlafend. In mattweißen steinernen großen Formen lagen sie auf den eingezogenen Beinen, den Körper hinten etwas zur Seite hängend; sie blickten den Vorübergehenden nicht an, noch ihm nach, sondern hielten das Antlitz unbewegt dem erwarteten Licht entgegen, und ihre gleichförmig langsam mahlenden Mäuler schienen zu beten. Man durchschritt ihren Kreis wie den einer dämmrigen erhabenen Existenz, und wenn man von oben zurückblickte, sahen sie wie weiß hingestreute stumme Violinschlüssel aus, die von der Linie des Rückgrats, der Hinterbeine und des Schweifs gebildet wurden. Überhaupt gab es viel Abwechslung. Zum Beispiel, es brach einer ein Bein und zwei Leute trugen ihn auf den Armen vorbei. Oder es wurde plötzlich «Feu ... er» gerufen, und alles lief, um sich zu decken, denn für den Wegbau wurde ein großer Stein gesprengt. Ein Regen wischte gerade mit den ersten Strichen naß über das Gras. Unter einem Strauch am andern Bachufer brannte ein Feuer, das man über das neue Ereignis vergessen hatte, während es bis dahin sehr wichtig gewesen war; als einziger Zuseher stand daneben jetzt nur noch eine junge Birke. An diese Birke war mit einem in der Luft hängenden Bein noch das schwarze Schwein gebunden; das Feuer, die Birke und das Schwein sind jetzt allein. Dieses Schwein hatte schon geschrien, als es ein einzelner bloß am Strick führte und ihm gut zusprach, doch weiter zu kommen. Dann schrie es lauter, als es zwei andre Männer erfreut auf sich zurennen sah. Erbärmlich, als es bei den Ohren gepackt und ohne Federlesens vorwärtsgezerrt wurde. Es stemmte sich mit den vier Beinen dagegen, aber der Schmerz in den Ohren zog es in kurzen Sprüngen vorwärts. Am andern Ende der Brücke hatte schon einer nach der Hacke gegriffen und schlug es mit der Schneide gegen die Stirn. Von diesem Augenblick an ging alles viel mehr in Ruhe. Beide Vorderbeine brachen gleichzeitig ein, und das Schweinchen schrie erst wieder, als ihm das Messer schon in der Kehle stak; das war zwar ein gellendes, zuckendes Trompeten, aber es sank gleich zu einem Röcheln zusammen, das nur noch wie ein pathetisches Schnarchen war. Das alles bemerkte Homo zum erstenmal in seinem Leben.

Wenn es Abend geworden war, kamen alle im kleinen Pfarrhof zusammen, wo sie ein Zimmer als Kasino gemietet hatten. Freilich war das Fleisch, das nur zweimal der Woche den langen Weg heraufkam, oft etwas verdorben, und man litt nicht selten an einer mäßigen Fleischvergiftung. Trotzdem kamen alle, sobald es dunkel wurde, mit ihren kleinen Laternen die unsichtbaren Wege dahergestolpert. Denn sie litten noch mehr als an Fleischvergiftung an Traurigkeit und Öde, obgleich es so schön war. Sie spülten es mit Wein aus. Eine Stunde nach Beginn lag in dem Pfarrzimmer eine Wolke von Traurigkeit und Tanz. Das Grammophon räderte hindurch wie ein vergoldeter Blechkarren über eine weiche, von wundervollen Sternen besäte Wiese. Sie sprachen nichts mehr miteinander, sondern sie sprachen. Was hätten sie sich sagen sollen, ein Privatgelehrter, ein Unternehmer, ein ehemaliger Strafanstaltsinspektor, ein Bergingenieur, ein pensionierter Major? Sie sprachen in Zeichen – mochten das trotzdem auch Worte sein: des Unbehagens, des relativen Behagens, der Sehnsucht –, eine Tiersprache. Oft stritten sie unnötig lebhaft über irgendeine Frage, die keinen etwas anging, beleidigten einander sogar, und am nächsten Tag gingen Kartellträger hin und her. Dann stellte sich heraus, daß eigentlich überhaupt niemand anwesend gewesen war. Sie hatten es nur getan, weil sie die Zeit totschlagen mußten, und wenn sie auch keiner von ihnen je wirklich gelebt hatte, kamen sie sich doch roh wie die Schlächter vor und waren gegeneinander erbittert.

Es war die überall gleiche Einheitsmasse von Seele: Europa. Ein so unbestimmtes Unbeschäftigtsein, wie es sonst die Beschäftigung war. Sehnsucht nach Weib, Kind, Behaglichkeit. Und zwischendurch immer von neuem das Grammophon. Rosa, wir fahr'n nach Lodz, Lodz, Lodz . . . und Komm in meine Liebeslaube . . . Ein astraler Geruch von Puder, Gaze, ein Nebel von fernem Varieté und europäischer Sexualität. Unanständige Witze zerknallten zu Gelächter und fingen alle immer wieder mit den Worten an: Da ist einmal ein Jud auf der Eisenbahn gefahren . . .; nur einmal fragte einer: Wieviel Rattenschwänze braucht man von der Erde zum Mond? Da wurde es sogar still, und der Major ließ Tosca spielen und sagte, während das Grammophon zum Loslegen ausholte, melancholisch: «Ich habe einmal die Geraldine Farrar heiraten wollen.» Dann kam ihre Stimme aus dem Trichter in das Zimmer und stieg in einen Lift, diese von den betrunkenen Männern angestaunte Frauenstimme, und schon fuhr der Lift mit ihr wie rasend in die Höhe, kam an kein Ziel, senkte sich wieder, federte in der Luft. Ihre Röcke blähten sich vor Bewegung, dieses Auf und Nieder, dieses eine Weile lang angepreßt Stilliegen an einem Ton, und wieder sich Heben und Sinken, und bei alldem dieses Verströmen, und immer doch noch von einer neuen Zuckung Gefaßtwerden, und wieder Ausströmen: war Wollust. Homo fühlte, es war nackt jene auf alle Dinge in den Städten verteilte Wollust, die sich von Totschlag, Eifersucht, Geschäften, Automobilrennen nicht mehr unterscheiden kann, – ah, es war gar nicht mehr Wollust, es war Abenteuersucht, – nein, es war nicht Abenteuersucht, sondern ein aus dem Himmel niederfahrendes Messer, ein Würgengel, Engelswahnsinn, der Krieg? Von einem der vielen langen Fliegenpapiere, die von der Decke herabhingen, war vor ihm eine Fliege heruntergefallen und lag vergiftet am Rücken, mitten in einer jener Lachen, zu denen in den kaum merklichen Falten des Wachstuchs das Licht der Petroleumlampe zusammenfloß; sie waren so vorfrühlingstraurig, als ob nach Regen ein starker Wind gefegt hätte. Die Fliege machte ein paar immer schwächer werdende Anstrengungen, um sich aufzurichten, und eine zweite Fliege, die am Tischtuch äste, lief von Zeit zu Zeit hin, um sich zu überzeugen, wie es stünde. Auch Homo sah ihr genau zu, denn die Fliegen waren hier eine große Plage. Als aber der Tod kam, faltete die Sterbende ihre sechs Beinchen ganz spitz zusammen und hielt sie so in die Höhe, dann starb sie in ihrem blassen Lichtfleck am Wachstuch wie in einem Friedhof von Stille, der nicht in Zentimetermaßen und nicht für Ohren, aber doch vorhanden war. Jemand erzählte gerade: «Das soll einer einmal wirklich ausgerechnet haben, daß das ganze Haus Rothschild nicht so viel Geld hat, um eine Fahrkarte dritter Klasse bis zum Mond zu bezahlen.» Homo sagte leise vor sich hin: «Töten, und doch Gott spüren; Gott spüren, und doch töten?» und er schnellte mit dem Zeigefinger dem ihm gegenübersitzenden Major die Fliege gerade ins Gesicht, was wieder einen Zwischenfall gab, der bis zum nächsten Abend vorhielt.

Damals hatte er schon lange Grigia kennen gelernt, und vielleicht kannte sie der Major auch. Sie hieß Lene Maria Lenzi; das klang wie Selvot und Gronleit oder Malga Mendana, nach Amethystkristallen und Blumen, er aber nannte sie noch lieber Grigia, mit langem I und verhauchtem Dscha, nach der Kuh, die sie hatte, und Grigia, die Graue, rief. Sie saß dann, mit ihrem violett braunen Rock und dem gesprenkelten Kopftuch, am Rand ihrer Wiese, die Spitzen der Holländerschuhe in die Luft gekrümmt, die Hände auf der bunten Schürze verschränkt, und sah so natürlich lieblich aus wie ein schlankes giftiges Pilzchen, während sie der in der Tiefe weidenden Kuh von Zeit zu Zeit ihre Weisungen gab. Eigentlich bestanden sie nur aus den vier Worten «Geh ea!» und «Geh aua!», was soviel zu bedeuten schien wie ‹komm her› und ‹komm herauf›, wenn sich die Kuh zu weit entfernte; versagte aber Grigias Dressur, so folgte dem ein heftig entrüstetes: «Wos, Teufi, do geh hea», und als letzte Instanz polterte sie wie ein Steinchen selbst die Wiese hinab, das nächste Stück Holz in der Hand, das sie aus Wurfdistanz nach der Grauen sandte. Da Grigia aber einen ausgesprochenen Hang hatte, sich immer wieder talwärts zu entfernen, wiederholte sich der Vorgang in allen seinen Teilen mit der Regelmäßigkeit eines sinkenden und stets von neuem aufgewundenen Pendelgewichts. Weil das so paradiesisch sinnlos war, neckte er sie damit, indem er sie selbst Grigia rief. Er konnte sich nicht verhehlen, daß sein Herz lebhafter schlug, wenn er sich der so Sitzenden aus der Ferne nahte; so schlägt es, wenn man plötzlich in Tannenduft eintritt oder in die würzige Luft, die von einem Waldboden aufsteigt, der viele Schwämme trägt. Es blieb immer etwas Grauen vor der Natur in diesem Eindruck enthalten, und man darf sich nicht darüber täuschen, daß die Natur nichts weniger als natürlich ist; sie ist erdig, kantig, giftig und unmenschlich in allem, wo ihr der Mensch nicht seinen Zwang auferlegt. Wahrscheinlich war es gerade das, was ihn an die Bäuerin band, und zur anderen Hälfte war es ein nimmermüdes Staunen, weil sie so sehr einer Frau glich. Man würde ja auch staunen, wenn man mitten im Holz eine Dame mit einer Teetasse sitzen sähe.

Bitte, treten Sie ein, hatte auch sie gesagt, als er zum erstenmal an ihre Tür klopfte. Sie stand am Herd und hatte einen Topf am Feuer; die sie nicht wegkonnte, wies sie bloß höflich auf die Küchenbank, später erst wischte sie die Hand lächelnd an der Schürze ab und reichte sie den Besuchern; es war eine gut geformte Hand, so samten rauh wie feinstes Sandpapier oder rieselnde Gartenerde. Und das Gesicht, das zu ihr gehörte, war ein ein wenig spöttelndes Gesicht, mit einer feinen, graziösen Gratlinie, wenn man es von der Seite ansah, und einem Mund, der ihm sehr auffiel. Dieser Mund war geschwungen wie Kupidos Bogen, aber außerdem war er gepreßt, so wie wenn man Speichel schluckt, was ihm in all seiner Feinheit eine entschlossene Roheit, und dieser Roheit wieder einen kleinen Zug von Lustigkeit gab, was trefflich zu den Schuhen paßte, aus welchen das Figürchen herauswuchs wie aus wilden Wurzeln. – Es galt irgendein Geschäft zu besprechen, und als sie fortgingen, war wieder das Lächeln da, und die Hand ruhte vielleicht einen Augenblick länger in der seinen als beim Empfang. Diese Eindrücke, die in der Stadt so bedeutungslos wären, waren hier in der Einsamkeit Erschütterungen, nicht anders, als hätte ein Baum seine Äste bewegen wollen in einer Weise, die durch keinen Wind oder eben wegfliegenden Vogel zu erklären war.

Kurze Zeit danach war er der Geliebte einer Bauernfrau geworden; diese Veränderung, die mit ihm vorgegangen war, beschäftigte ihn sehr, denn ohne Zweifel war da nicht etwas durch ihn, sondern mit ihm geschehen. Als er das zweitemal gekommen war, hatte sich Grigia gleich zu ihm auf die Bank gesetzt, und als er ihr zur Probe, wie weit er schon gehen dürfe, die Hand auf den Schoß legte und ihr sagte, du bist hier die Schönste, ließ sie seine Hand auf ihrem Schenkel ruhen, legte bloß ihre darauf, und damit waren sie versprochen. Nun küßte er sie auch zum Siegel, und ihre Lippen schnalzten danach, so wie sich Lippen befriedigt von einem Trinkgefäß lösen, dessen Rand sie gierig umfaßt hielten. Er erschrak sogar anfangs ein wenig über diese gemeine Weise und war gar nicht bös, als sie sein weiteres Vordringen abwehrte; er wußte nicht warum, er verstand hier überhaupt nichts von den Sitten und Gefahren und ließ sich neugierig auf ein andermal vertrösten. Beim Heu, hatte Grigia gesagt, und als er schon in der Tür stand und auf Wiedersehen sagte, sagte sie «auf's g'schwindige Wiederseh'n» und lächelte ihm zu.

Er war noch am Heimweg, da wurde er schon glücklich über das Geschehene; so wie ein heißes Getränk plötzlich nachher zu wirken beginnt. Der Einfall, zusammen in den Heustall zu gehn – man öffnet ein schweres hölzernes Tor, man zieht es zu, und bei jedem Grad, um den es sich in den Angeln dreht, wächst die Finsternis, bis man am Boden eines braunen, senkrecht stehenden Dunkels hockt – freute ihn wie eine kindliche List. Er dachte an die Küsse zurück und fühlte sie schnalzen, als hätte man ihm einen Zauberring um den Kopf gelegt. Er stellte sich das Kommende vor und mußte wieder an die Bauernart zu essen denken; sie kauen langsam, schmatzend, jeden Bissen würdigend, so tanzen sie auch, Schritt um Schritt, und wahrscheinlich ist alles andere ebenso; er wurde so steif in den Beinen vor Aufregung bei diesen Vorstellungen, als stäken seine Schuhe schon etwas im Boden. Die Frauen schließen die Augendekkel und machen ein ganz steifes Gesicht, eine Schutzmaske, damit man sie nicht durch Neugierde stört; sie lassen sich kaum ein Stöhnen entreißen, regungslos wie Käfer, die sich tot stellen, konzentrieren sie alle Aufmerksamkeit auf das, was mit ihnen vorgeht. Und so geschah es auch; Grigia scharrte mit der Kante der Sohle das bißchen Winterheu, das noch da war, zu einem Häuflein zusammen und lächelte zum letztenmal, als sie sich nach dem Saum ihres Rockes bückte wie eine Dame, die sich das Strumpfband richtet.

Das alles war genau so einfach und gerade so verzaubert wie die Pferde, die Kühe und das tote Schwein. Wenn sie hinter den Balken waren und außen polterten schwere Schuhe auf dem Steinweg heran, schlugen vorbei und verklangen, so pochte ihm das Blut bis in den Hals, aber Grigia schien schon am dritten Schritt zu erraten, ob die Schuhe herwollten oder nicht. Und sie hatte Zauberworte. Die Nos, sagte sie etwa, und statt Bein der Schenken. Der Schurz war die Schürze. Tragt viel aus, bewunderte sie, und geliegen han i an bißl ins Bett eini, machte es unter verschlafenen Augen. Als er ihr einmal drohte, nicht mehr zu kommen, lachte sie: «I glock an bei Ihm!» und da wußte er nicht, ob er erschrak oder glücklich war, und das mußte sie bemerkt haben, denn sie fragte: «Reut's ihn? Viel reut's ihn?» Das waren so Worte wie die Muster der Schürzen und Tücher und die farbigen Borten oben am Strumpf, etwas angeglichen der Gegenwart schon durch die Weite der Wanderschaft, aber geheimnisvolle Gäste. Ihr Mund war voll von ihnen, und wenn er ihn küßte, wußte er nie, ob er dieses Weib liebte, oder ob ihm ein Wunder bewiesen werde, und Grigia nur der Teil einer Sendung war, die ihn mit seiner Geliebten in Ewigkeit weiter verknüpfte. Einmal sagte ihm Grigia geradezu: «Denken tut er was ganz andres, i seh's ihm eini», und als er eine Ausflucht gebrauchte, meinte sie nur, «ah, das is an extrige Sküß». Er fragte sie, was das heißen solle, aber sie wollte nicht mit der Sprache heraus, und er mußte selbst erst lang nachdenken, bis er soviel aus ihr herausfragen konnte, um zu erraten, daß hier vor zweihundert Jahren auch französische Bergknappen gelebt hatten, und daß es einmal vielleicht excuse geheißen habe. Aber es konnte auch etwas Seltsameres sein.

Man mag das nun stark empfinden oder nicht. Man mag Grundsätze haben, dann ist es nur ein ästhetischer Scherz, den man eben mitnimmt. Oder man hat keine Grundsätze oder sie haben sich vielleicht eben etwas gelöst, wie es bei Homo der Fall war, als er reiste, dann kann es geschehen, daß diese fremden Lebenserscheinungen Besitz von dem ergreifen, was herrenlos geworden ist. Sie gaben ihm aber kein neues, von Glück ehrgeizig und erdfest gewordenes Ich, sondern sie siedelten nur so in zusammenhanglos schönen Flecken im Luftriß seines Körpers. Homo fühlte an irgend etwas, daß er bald sterben werde, er wußte bloß noch nicht, wie oder wann. Sein altes Leben war kraftlos geworden; es wurde wie ein Schmetterling, der gegen den Herbst zu immer schwächer wird.

Er sprach manchmal mit Grigia davon; sie hatte eine eigene Art, sich danach zu erkundigen: so voll Respekt wie nach etwas, das ihr anvertraut war, und ganz ohne Selbstsucht. Sie schien es in Ordnung zu finden, daß es hinter ihren Bergen Menschen gab, die er mehr liebte als sie, die er mit ganzer Seele liebte. Und er fühlte diese Liebe nicht schwächer werden, sie wurde stärker und neuer; sie wurde nicht blasser, aber sie verlor, je tiefer sie sich färbte, desto mehr die Fähigkeit, ihn in der Wirklichkeit zu etwas zu bestimmen oder an etwas zu hindern. Sie war in jener wundersamen Weise schwerlos und von allem Irdischen frei, die nur der kennt, welcher mit dem Leben abschließen mußte und seinen Tod erwarten darf; war er vordem noch so gesund, es ging damals ein Aufrichten durch ihn wie durch einen Lahmen, der plötzlich seine Krücken fortwirft und wandelt.

Das wurde am stärksten, als die Heuernte kam. Das Heu war schon gemäht und getrocknet, mußte nur noch gebunden und die Bergwiesen hinaufgeschafft werden. Homo sah von der nächsten Anhöhe aus zu, die wie ein Schaukelschwung hoch und weit davon losgehoben war. Das Mädel formt – ganz allein auf der Wiese, ein gesprenkeltes Püppchen unter der ungeheuren Glasglocke des Himmels – auf jede nur erdenkliche Weise ein riesiges Bündel. Kniet sich hinein und zieht mit beiden Armen das Heu an sich. Legt sich, sehr sinnlich, auf den Bauch über den Ballen und greift vor sich an ihm hinunter. Legt sich ganz auf die Seite und langt nur mit einem Arm, soweit man ihn strecken kann. Kriecht mit einem Knie, mit beiden Knien hinauf. Homo fühlt, es hat etwas vom Pillendreher, jenem Käfer. Endlich schiebt sie ihren ganzen Körper unter das mit einem

Strick umschlungene Bündel und hebt sich mit ihm langsam hoch. Das Bündel ist viel größer als das bunte schlanke Menschlein, das es trägt – oder war das nicht Grigia?

Wenn Homo, um sie zu suchen, oben die lange Reihe von Heuhaufen entlang ging, welche die Bäurinnen auf der ebenen Stufe des Hangs errichtet hatten, ruhten sie gerade; da konnte er sich kaum fassen, denn sie lagen auf ihren Heuhügeln wie Michel Angelos Statuen in der Mediceerkapelle zu Florenz, einen Arm mit dem Kopf aufgestützt und den Leib wie in einer Strömung ruhend. Und als sie mit ihm sprachen und ausspucken mußten, taten sie es sehr künstlich; sie zupften mit drei Fingern ein Büschel Heu heraus, spuckten in den Trichter und stopften das Heu wieder darüber: das konnte zum Lachen reizen: bloß wenn man zu ihnen gehörte, wie Homo, der Grigia suchte, mochte man auch plötzlich erschrecken über diese rohe Würde. Aber Grigia war selten dabei, und wenn er sie endlich fand, hockte sie in einem Kartoffelacker und lachte ihn an. Er wußte, sie hat nichts als zwei Röcke an, die trockene Erde, die durch ihre schlanken, rauhen Finger rann, berührte ihren Leib. Aber die Vorstellung hatte nichts Ungewöhnliches mehr für ihn, sein Inneres hatte sich schon seltsam damit vertraut gemacht, wie Erde berührt, und vielleicht traf er sie in diesem Acker auch gar nicht zur Zeit der Heuernte, es lebte sich alles so durcheinander.

Die Heuställe hatten sich gefüllt. Durch die Fugen zwischen den Balken strömt silbernes Licht ein. Das Heu strömt grünes Licht aus. Unter dem Tor liegt eine dicke goldene Borte.

Das Heu roch säuerlich. Wie die Negergetränke, die aus dem Teig von Früchten und menschlichem Speichel entstehn. Man brauchte sich nur zu erinnern, daß man hier unter Wilden lebte, so entstand schon ein Rausch in der Hitze des engen, von gärendem Heu hochgefüllten Raums.

Das Heu trägt in allen Lagen. Man steht darin bis an die Waden, unsicher zugleich und überfest gehalten. Man liegt darin wie in Gottes Hand, möchte sich in Gottes Hand wälzen wie ein Hündchen oder ein Schweinchen. Man liegt schräg, und fast senkrecht wie ein Heiliger, der in einer grünen Wolke zum Himmel fährt.

Das waren Hochzeitstage und Himmelfahrtstage.

Aber einmal erklärte Grigia: es geht nicht mehr. Er konnte sie nicht dazu bringen, daß sie sagte, warum. Die Schärfe um den Mund und die lotrechte kleine Falte zwischen den Augen, die sie sonst nur für die Frage anstrengte, in welchem Stadel ein nächstesmal das schönste Zusammenkommen sei, deutete schlecht Wetter an, das irgendwo in der Nähe stand. Waren sie ins Gerede gekommen? Aber die Gevatterinnen, die ja vielleicht etwas merkten, waren alle immer so lächelnd wie bei einer Sache, der man gern zusieht. Aus Grigia war nichts herauszubekommen. Sie gebrauchte Ausreden, sie war seltener zu treffen; aber sie hütete ihre Worte wie ein mißtrauischer Bauer.

Einmal hatte Homo ein böses Zeichen. Die Gamaschen waren ihm aufgegangen, er stand an einem Zaun und wickelte sie neu, als eine vorbeigehende Bäurin ihm freundlich sagte: «Laß er die Strümpf doch unten, es wird ja bald Nacht.» Das war in der Nähe von Grigias Hof. Als er es Grigia erzählte, machte sie ein hochmütiges Gesicht und sagte: «Die Leute reden, und den Bach rinnen, muß man lassen»; aber sie schluckte Speichel und war mit den Gedanken anderswo. Da erinnerte er sich plötzlich einer sonderbaren Bäurin, die einen Schädel wie eine Aztekin hatte und immer vor ihrer Tür saß, das schwarze Haar, das ihr etwas über die Schultern reichte, aufgelöst, und von drei pausbäckigen gesunden Kindern umgeben. Grigia und er kamen alle Tage achtlos vorbei, es war die einzige Bäurin, die er nicht kannte, und merkwürdigerweise hatte er auch noch nie nach ihr gefragt, obgleich ihm ihr Aussehn auffiel; es war fast, als hätten sich stets das gesunde Leben ihrer Kinder und das gestörte ihres Gesichts gegenseitig als Eindrücke zu Null aufgehoben. Wie er jetzt war, schien es ihm plötzlich gewiß zu sein, daß nur von daher das Beunruhigende gekommen sein könne. Er fragte, wer sie sei, aber Grigia zuckte bös die Achseln und stieß nur hervor: «Die weiß nit, was sie sagt! Ein Wort hie, ein Wort über die Berge!» Das begleitete sie mit einer heftigen Bewegung der Hand an der Stirn vorbei, als müßte sie das Zeugnis dieser Person gleich entwerten.

Da Grigia nicht zu bewegen war, wieder in einen der um das Dorf liegenden Heuställe zu kommen, schlug ihr Homo vor, mit ihm höher ins Gebirg hinauf zu gehn. Sie wollte nicht, und als sie schließlich nachgab, sagte sie mit einer Betonung, die Homo hinterdrein zweideutig vorkam, «Guat; wenn man weg müass'n gehn.» Es war ein schöner Morgen, der noch einmal alles umspannte; weit draußen lag das Meer der Wolken und der Menschen. Grigia wich ängstlich allen Hütten aus, und auf freiem Felde zeigte sie – die sonst stets von einer reizenden Unbekümmertheit in allen Dispositionen ihrer Liebesstrategie gewesen war – Besorgtheit vor scharfen Augen. Da wurde er ungeduldig und erinnerte sich, daß sie eben an einem alten Stollen vorbeigekommen waren, dessen Betrieb auch von seinen eigenen Leuten bald wieder aufgegeben worden war. Er trieb Grigia hinein. Als er sich zum letztenmal umwandte, lag auf einer Bergspitze Schnee, darunter war golden in der Sonne ein kleines Feld mit gebundenen Ähren, und über beiden der weißblaue Himmel. Grigia machte wieder eine Bemerkung, die wie eine Anzüglichkeit war, sie hatte seinen Blick bemerkt und sagte zärtlich: «Das Blaue am Himmel lassen wir lieber hübsch oben, damit es schön bleibt»; was sie damit eigentlich meinte, vergaß er aber zu fragen, denn sie tasteten nun mit großer Vorsicht in ein immer enger werdendes Dunkel hinein. Grigia ging voraus, und als nach einer Weile sich der Stollen zu einer kleinen Kammer erweitete, machten sie halt und umarmten einander. Der Boden unter ihren Füßen machte einen guten trockenen Eindruck, sie legten sich nieder, ohne daß Homo das Zivilisationsbedürfnis empfunden hätte, ihn mit dem Licht eines Streichholzes zu untersuchen. Noch einmal rann Grigia wie weich trockene Erde durch ihn, fühlte er sie im Dunkel erstarren und steif von Genuß werden, dann lagen sie nebeneinander und blickten, ohne sprechen zu wollen, nach dem kleinen fernen Viereck, vor dem weiß der Tag strahlte. In Homo wiederholte sich da sein Aufstieg hieher, er sah sich mit Grigia hinter dem Dorf zusammenkommen, dann steigen, wenden und steigen, er sah ihre blauen Strümpfe bis zu dem orangenen Saum unterm Knie, ihren wiegenden Gang auf den lustigen Schuhen, er sah sie vor dem Stollen stehen bleiben, sah die Landschaft mit dem kleinen goldenen Feld, und mit einemmal gewahrte er in der Helle des Eingangs das Bild ihres Mannes.

Er hatte noch nie an diesen Menschen gedacht, der bei den Arbeiten verwendet wurde; jetzt sah er das scharfe Wilddiebsgesicht mit den dunklen jägerlistigen Augen und erinnerte sich auch plötzlich an das einzigemal, wo er ihn sprechen gehört hatte; es war nach dem Einkriechen in einen alten Stollen, das kein anderer gewagt hatte, und es waren die Worte: «I bin von an Spektakl in andern kemma; das Zruckkemma is halt schwer.» Homo griff rasch nach seiner Pistole, aber im gleichen Augenblick war Lene Maria Lenzis Mann verschwunden, und das Dunkel ringsum war so dick wie eine Mauer. Er tastete sich zum Ausgang, Grigia hing an seinen Kleidern. Aber er überzeugte sich sofort, daß der Fels, der davor gerollt worden war, weit schwerer wog, als seine Kraft, ihn zu bewegen, reichte; er wußte nun auch, warum ihnen der Mann so viel Zeit gelassen hatte, er brauchte sie selbst, um seinen Plan zu fassen und einen Baumstamm als Hebel zu holen.

Grigia lag vor dem Stein auf den Knien und bettelte und tobte; es war widerwärtig und vergebens. Sie schwur, daß sie nie etwas Unrechtes getan habe und nie wieder etwas Unrechtes tun wolle, sie zeterte sogleich wie ein Schwein und rannte sinnlos gegen den Fels wie ein scheues Pferd. Homo fühlte schließlich, daß es so ganz in der Ordnung der Natur sei, aber er, der gebildete Mensch, vermochte anfangs gar nichts gegen seine Ungläubigkeit zu tun, daß wirklich etwas Unwiderrufliches geschehen sein sollte. Er lehnte an der Wand und hörte Grigia zu, die Hände in den Taschen. Später erkannte er sein Schicksal; traumhaft fühlte er es noch einmal auf ihn herabsinken, tage-, wochen- und monatelang, wie eben ein Schlaf anheben muß, der sehr lang dauert. Er legte sanft den Arm um Grigia und zog sie zurück. Er legte sich neben sie und erwartete etwas. Früher hätte er wohl vielleicht gedacht, die Liebe müßte in solchem unentrinnbaren Gefängnis scharf wie Bisse sein, aber er vergaß überhaupt an Grigia zu denken. Sie war ihm entrückt oder er ihr, wenn er auch noch ihre Schulter spürte; sein ganzes Leben war ihm gerade so weit entrückt, daß er es noch da wußte, aber nimmer die Hand darauf legen konnte. Sie regten sich stundenlang nicht. Tage mochten vergangen sein und Nächte, Hunger und Durst lagen hinter ihnen, wie ein erregtes Stück Wegs, sie wurden immer schwächer, leichter und verschlossener; sie dämmerten weite Meere und wachten kleine Inseln. Einmal fuhr er ganz grell in so ein kleines Wachen auf: Grigia war fort; eine Gewißheit sagte ihm, daß es eben erst geschehen sein mußte. Er lächelte; hat ihm nichts gesagt von dem Ausweg; wollte ihn zurücklassen, zum Beweis für ihren Mann . . .! Er stützte sich auf und sah um sich; da entdeckte auch er einen schwachen, schmalen Schimmer. Er kroch ein wenig näher, tiefer in den Stollen hinein – sie hatten immer nach der andern Seite gesehen. Da erkannte er einen schmalen Spalt, der wahrscheinlich seitwärts ins Freie führte. Grigia hatte feine Glieder, aber auch er, mit großer Gewalt, müßte sich da vielleicht durchzwängen können. Es war ein Ausweg. Aber er war in diesem Augenblick vielleicht schon zu schwach, um ins Leben zurückzukehren, wollte nicht oder war ohnmächtig geworden.

Zur gleichen Stunde gab, da man die Erfolglosigkeit aller Anstrengungen und die Vergeblichkeit des Unternehmens einsah, Mozart Amadeo Hoffingott unten die Befehle zum Abbruch der Arbeit.

Die Portugiesin

Sie hießen in manchen Urkunden delle Catene und in andern Herren von Ketten; sie waren aus dem Norden gekommen und hatten vor der Schwelle des Südens halt gemacht; sie gebrauchten ihre deutsche oder welsche Zugehörigkeit, wie es der Vorteil gebot, und fühlten sich nirgends hingehören als zu sich.

Seitlich des großen, über den Brenner nach Italien führenden Wegs, zwischen Brixen und Trient, lag auf einer fast freistehenden lotrechten Wand ihre Burg; fünfhundert Fuß unter ihr tollte ein wilder kleiner Fluß so laut, daß man eine Kirchenglocke im selben Raum nicht gehört hätte, sobald man den Kopf aus dem Fenster bog. Kein Schall der Welt drang von außen in das Schloß der Catene, durch diese davorhängende Matte wilden Lärms hindurch; aber das gegen das Toben sich stemmende Auge fuhr ohne Hindernis durch diesen Widerstand und taumelte überrascht in die tiefe Rundheit des Ausblicks.

Als scharf und aufmerksam galten alle Herren von Ketten, und kein Vorteil entging ihnen in weitem Umkreis. Und bös wie Messer waren sie, die gleich tief schneiden. Sie wurden nie rot vor Zorn oder rosig vor Freude, sondern sie wurden dunkel im Zorn und in der Freude strahlten sie wie Gold, so schön und so selten. Sie sollen einander alle, wer immer sie im Lauf der Jahre und Jahrhunderte waren, auch noch darin geglichen haben, daß sie früh weiße Fäden in ihr braunes Haupt- und Barthaar bekamen und vor dem sechzigsten Jahr starben; auch darin, daß in ihren mittelgroßen, schlanken Körpern die ungeheure Kraft, die sie manchmal zeigten, gar nicht Platz und Ursprung zu haben, sondern aus ihren Augen und Stirnen zu kommen schien, doch war dies Gerede von eingeschüchterten Nachbarn und Knechten. Sie nahmen, was sie an sich bringen konnten, und gingen dabei redlich oder gewaltsam oder listig zu Werk, je wie es kam, aber stets ruhig und unabwendbar; ihr kurzes Leben war ohne Hast und endete rasch, ohne nachzulassen, wenn sie ihr Teil erfüllt hatten.

Es war Sitte im Geschlecht der Ketten, daß sie sich mit dem in ihrer Nähe ansässigen Adel nicht versippten; sie holten ihre Frauen von weit her und holten reiche Frauen, um durch nichts in der Wahl ihrer Bündnisse und Feindschaften beschränkt zu sein. Der Herr von Ketten, welcher die schöne Portugiesin vor zwölf Jahren geheiratet hatte, stand damals in seinem dreißigsten Jahr. Die Hochzeit fand in der Fremde statt, und die sehr junge Frau sah ihrer Niederkunft entgegen, als der schellenklingelnde Zug der Gefolgsleute und Knechte, Pferde, Dienerinnen, Saumtiere und Hunde die Grenze des Gebiets der Catene überschritt; die Zeit war wie ein einjähriger Hochzeitsflug vergangen. Denn alle Ketten waren glänzende Kavaliere, bloß zeigten sie es nur in dem einen Jahr ihres Lebens, wo sie freiten; ihre Frauen waren schön, weil sie schöne Söhne wollten, und es wäre ihnen anders nicht möglich gewesen, in der Fremde, wo sie nicht so viel galten wie daheim, solche Frauen zu gewinnen; sie wußten aber selbst nicht, zeigten sie sich in diesem einen Jahr so, wie sie wirklich waren, oder in all den andren. Ein Bote mit wichtiger Nachricht kam den Nahenden entgegen: noch waren die farbigen Gewänder und Federwimpel des Zugs wie ein großer Schmetterling, aber der Herr von Ketten hatte sich verändert. Er ritt, als er sie wieder eingeholt hatte, langsam neben seiner Frau weiter, als wollte er Eile für sich nicht gelten lassen, aber sein Gesicht war fremd geworden wie eine Wolkenwand. Als bei einer Biegung des Wegs plötzlich das Schloß vor ihnen auftauchte, nur noch eine Viertelstunde entfernt, brach er mit Anstrengung das Schweigen.

Er wollte, daß seine Frau umkehre und zurückreise. Der Zug hielt an. Die Portugiesin bat und bestand darauf, daß sie weiterritten; umzukehren war auch Zeit, nachdem man die Gründe gehört hatte.

Die Bischöfe von Trient waren mächtige Herrn, und das Reichsgericht sprach ihnen zu Munde: seit des Urgroßvaters Zeit lagen die Ketten mit ihnen in Streit wegen Stücken Lands, und bald war es ein Rechtsstreit gewesen, bald waren aus Forderung und Widerstand blutige Schlägereien erwachsen, aber jedesmal waren es die Herren von Ketten gewesen, die der Überlegenheit des Gegners nachgeben mußten. Der Blick, dem sonst kein Vorteil entging, wartete hier vergeblich, ihn zu gewahren; aber der Vater überlieferte die Aufgabe dem Sohn, und ihr Stolz wartete in der Geschlechterfolge, ohne weich zu werden, weiter.

Es war dieser Herr von Ketten, dem sich der Vorteil darbot. Er erschrak darüber, daß er ihn beinahe versäumt hätte. Eine mächtige Partei im Adel lehnte sich gegen den Bischof auf, es war beschlossen worden, ihn zu überfallen und gefangen zu nehmen, und der Ketten, als man vernommen hatte, daß er wiederkam, sollte ein Trumpf im Spiel sein. Ketten, seit Jahr und Tag abwesend, wußte nicht, wie es um die bischöfliche Kraft stand; aber das wußte er, daß es eine böse, jahrelange Probe von unsicherem Ausgang sein würde, und daß man sich nicht auf jeden bis zum bitteren Ende würde verlassen können, wenn es nicht gelang, Trient gleich anfangs zu überrumpeln. Er grollte seiner schönen Frau, weil sie ihn beinahe die Gelegenheit hatte verspielen lassen. So sehr gefiel sie ihm, der um einen Pferdehals zurück neben ihr ritt, wie immer; auch war sie ihm noch so geheimnisvoll wie die vielen Perlenketten, die sie besaß. Wie Erbsen hätte man solche Dinger zerdrücken können, wenn man sie in der hohlen, sehnengeflochtenen Hand wog, dachte er neben ihr reitend, aber sie lagen so unbegreiflich sicher darin. Nur war dieser Zauber von der neuen Nachricht beiseite geräumt worden wie die Mummenträume des Winters, wenn die knäbisch nackten ersten sonnenharten Tage wieder da sind. Gesattelte Jahre lagen vorauf, in denen Weib und Kind fremd verschwanden.

Aber die Pferde waren inzwischen an den Fuß der Wand gelangt, worauf die Burg stand, und die Portugiesin, als sie alles angehört hatte, erklärte noch einmal, daß sie bleiben wolle. Wild stieg das Schloß auf. Da und dort saßen an der Felsbrust verkümmerte Bäumchen wie einzelne Haare. Die Waldberge stürzten so auf und nieder, daß man diese Häßlichkeit einem, der nur die Meereswellen kannte, gar nicht hätte zu beschreiben vermögen. Voll kaltgewordener Würze war die Luft, und alles war so, als ritte man in einen großen zerborstenen Topf hinein, der eine fremde grüne Farbe enthielt. Aber in den Wäldern gab es den Hirsch, Bären, das Wildschwein, den Wolf und vielleicht das Einhorn. Weiter hinten hausten Steinböcke und Adler. Unergründete Schluchten boten den Drachen Aufenthalt. Wochenweit und -tief war der Wald, durch den nur die Wildfährten führten, und oben, wo das Gebirge ihm aufsaß, begann das Reich der Geister. Dämonen hausten dort mit dem Sturm und den Wolken; nie führte eines Christen Weg hinauf, und wann es aus Fürwitz geschehen war, hatte es Widerfahrnisse zur Folge, von denen die Mägde in den Winterstuben mit leiser Stimme berichteten, während die Knechte geschmeichelt schwiegen und die Schultern hochzogen, weil das Männerleben gefährlich ist und solche Abenteuer einem darin zustoßen können. Von allem, was sie gehört hatte, erschien es aber der Portugiesin als das Seltsamste: So wie noch keiner den Fuß des Regenbogens erreicht hat, sollte es auch noch nie einem gelungen sein, über die großen Steinmauern zu schaun; immer waren neue Mauern dahinter; Mulden waren dazwischen gespannt wie Tücher voll Steinen, Sterne so groß wie ein Haus, und noch der feinste Schotter unter den Füßen nicht kleiner als ein Kopf; es war eine Welt, die eigentlich keine Welt war. Oft hatte sie sich in Träumen dieses Land, aus dem der Mann kam, den sie liebte, nach seinem eigenen Wesen vorgestellt und das Wesen dieses Mannes nach dem, was er ihr von seiner Heimat erzählte. Müde des pfaublauen Meers, hatte sie sich ein Land erwartet, das voll Unerwartetem war wie die Sehne eines gespannten Bogens; aber da sie das Geheimnis sah, fand sie es über alles Erwarten häßlich und mochte fliehn. Wie aus Hühnerställen zusammengefügt war die Burg. Stein auf Fels getürmt. Schwindelnde Wände, an denen der Moder wuchs. Morsches Holz oder rohfeuchte Stämme. Bauern- und Kriegsgerät, Stallketten und Wagenbäume. Aber da sie nun hier war, gehörte sie her, und vielleicht war das, was sie sah, gar nicht häßlich, sondern eine Schönheit wie die Sitten von Männern, an die man sich erst gewöhnen mußte.

Als der Herr von Ketten seine Frau den Berg hinaufreiten sah, mochte er sie nicht anhalten. Er dankte es ihr nicht, aber es war etwas, das weder seinen Willen überwand, noch ihm nachgab, sondern ausweichend ihn anderswohin lockte und ihn unbeholfen schweigend hinter ihr dreinreiten machte wie eine arme verlorene Seele.

Zwei Tage später saß er wieder im Sattel.

Und elf Jahre später tat er es noch. Der Handstreich gegen Trient, leichtfertig vorbereitet, war mißlungen, hatte der Rittermacht gleich im Anfang über ein Drittel ihres Gefolges gekostet und mehr als die Hälfte ihres Wagemuts. Der Herr von Ketten, am Rückzug verwundet, kehrte nicht gleich nach Hause zurück; zwei Tage lang lag er in einer Bauernhütte verborgen, dann ritt er auf die Schlösser und fachte den Widerstand an. Zu spät gekommen zur Vorberatung und Bereitung des Unternehmens, hing er nach dem Fehlschlag daran wie der Hund am Ohr des Bullen. Er stellte den Herrn vor, was ihrer wartete, wenn die bischöfliche Macht zum Gegenschlag kam, ehe ihre Reihen wieder geschlossen seien, trieb Säumige und Knausernde an, preßte Geld aus ihnen, zog Verstärkungen herbei, rüstete und ward zum Feldhauptmann des Adels gewählt. Seine Wunden bluteten anfangs noch so, daß er täglich zweimal die Tücher wechseln mußte; er wußte nicht, während er ritt und umsprach und für jede Woche, um die er zu spät zur Stelle gewesen war, einen Tag fernblieb, ob er dabei an die zauberhafte Portugiesin dachte, die sich ängsten mußte.

Fünf Tage nach der Kunde von seiner Verwundung kam er erst zu ihr und blieb bloß einen Tag. Sie sah ihn an, ohne zu fragen, prüfend, wie man dem Flug eines Pfeils folgt, ob er treffen wird.

Er zog seine Leute herbei bis zum letzten erreichbaren Knaben, ließ die Burg in Verteidigungszustand setzen, ordnete und befahl. Knechtlärm, Pferdegewieher, Balkentragen, Eisen- und Steinklang war dieser Tag. In der Nacht ritt er weiter. Er war freundlich und zärtlich wie zu einem edlen Geschöpf, das man bewundert, aber sein Blick ging so gradaus wie aus einem Helm hervor, auch wenn er keinen trug. Als der Abschied kam, bat die Portugiesin, plötzlich von Weiblichkeit überwältigt, wenigstens jetzt seine Wunde waschen und ihr frischen Verband auflegen zu dürfen, aber er ließ es nicht zu; eiliger, als es nötig war, nahm er Abschied, lachte beim Abschied, und da lachte sie auch.

Die Art, wie der Gegner den Streit auskämpfte, war gewaltsam, wo sie es sein konnte, wie es dem harten, adeligen Mann entsprach, der das Bischofsgewand trug, aber sie war auch, wie es dieses frauenhafte Gewand ihn gelehrt haben mochte, nachgiebig, hinterhältig und zäh. Reichtum und ausgedehnter Besitz entfalteten langsam ihre Wirkung in stufenweisen, bis zum letzten Augenblick hinaus verzögerten Opfern, wenn Stellung und Einfluß nicht mehr ausreichten, um sich Helfer zu verbünden. Entscheidungen wich diese

Kampfweise aus. Rollte sich ein, sobald sich der Widerstand zuspitzte; stieß nach, wo sie sein Erschlaffen erriet. So kam es, daß manchmal eine Burg berannt wurde, und wenn sie nicht rechtzeitig entsetzt werden konnte, unter blutigem Hinmorden fiel, manchmal aber auch durch Wochen Heerhaufen in den Ortschaften lagerten und nichts geschah, als daß den Bauern eine Kuh weggetrieben oder ein paar Hühner abgestochen wurden. Aus Wochen wurde Sommer und Winter, und aus Jahreszeiten wurden Jahre. Zwei Kräfte rangen miteinander, die eine wild und angriffslustig, aber zu schwach, die andre wie ein träger, weicher, aber grausam schwerer Körper, dem auch noch die Zeit ihr Gewicht lieh.

Der Herr von Ketten wußte das wohl. Er hatte Mühe, die verdrossene und geschwächte Ritterschaft davon abzuhalten, in einem plötzlich beschlossenen Angriff ihre letzte Kraft auszugeben. Er lauerte auf die Blöße, die Wendung, das Unwahrscheinliche, das nur noch der Zufall bringen konnte. Sein Vater hatte gewartet und sein Großvater. Und wenn man sehr lange wartet, kann auch das geschehn, was selten geschieht. Er wartete elf Jahre. Er ritt elf Jahre lang zwischen den Adelssitzen und den Kampfhaufen hin und her, um den Widerstand wach zu halten, erwarb in hundert Scharmützeln immer von neuem den Ruf verwegener Tapferkeit, um den Vorwurf zaghafter Kriegsführung von sich fern zu halten, ließ es zeitweilig auch zu großen blutigen Treffen kommen, um den Zornmut der Genossen anzufachen, aber auch er wich ebenso gut wie der Bischof einer Entscheidung aus. Er wurde oftmals leicht verwundet, aber er war nie länger als zweimal zwölf Stunden zuhause. Schrammen und das umherziehende Leben bedeckten ihn mit ihrer Kruste. Er fürchtete sich wohl, länger zuhause zu bleiben, wie sich ein Müder nicht setzen darf. Unruhige angehalfterte Pferde, Männerlachen, Fackellicht, die Säule eines Lagerfeuers wie ein Stamm aus Goldstaub zwischen grün aufschimmernden Waldbäumen, Regengeruch, Flüche, aufschneidende Ritter, Hunde, an Verwundeten schnuppernd, gehobene Weiberröcke und verschreckte Bauern waren seine Zerstreuung in diesen Jahren. Er blieb mitten drin schlank und fein. In sein braunes Haar begannen sich weiße Haare zu schleichen, sein Gesicht kannte kein Alter. Er mußte grobe Scherze erwidern und tat es wie ein Mann, aber seine Augen bewegten sich wenig dabei. Er wußte dreinzufahren wie ein Ochsenknecht, wo sich die Mannszucht lockerte; aber er schrie nicht, sein Wort war leis und kurz, die Soldaten fürchteten ihn, nie schien der Zorn ihn selbst zu ergreifen, aber er strahlte von ihm aus, und sein Gesicht wurde dunkel. Im Gefecht vergaß er sich; da ging alles diesen Weg gewaltiger, Wunden schlagender Gebärden aus ihm heraus, er wurde tanztrunken, bluttrunken, wußte nicht, was er tat, und tat immer das Rechte. Die Soldaten vergötterten ihn deshalb; es begann sich die Legende zu bilden, daß er sich aus Haß gegen den Bischof dem Teufel verschrieben habe und ihn heimlich besuche, der in Gestalt einer schönen fremden Frau auf seiner Burg weilte.

Der Herr von Ketten, als er das zum erstenmal hörte, wurde nicht unwillig, noch lachte er, aber er wurde ganz dunkelgolden vor Freude. Oft, wenn er am Lagerfeuer saß oder an einem offenen Bauernherd, und der durchstreifte Tag, so wie regensteifes Leder wieder weich wird, in der Wärme zerging, dachte er. Er dachte dann an den Bischof in Trient, der auf reinem Linnen lag, von gelehrten Klerikern umgeben, Maler in seinem Dienst, während er wie ein Wolf ihn umkreiste. Auch er konnte das haben. Einen Kaplan hatte er auf der Burg bestallt, damit für Unterhaltung des Geistes gesorgt sei, einen Schreiber zum Vorlesen, eine lustige Zofe; ein Koch wurde weither geholt, um von der Küche das Heimweh zu bannen, reisende Doktoren und Schüler fing man auf, um an ihrem Gespräch einige Tage der Zerstreuung zu gewinnen, kostbare Teppiche und Stoffe kamen, um mit ihnen die Wände zu bedecken; nur er hielt sich fern. Ein Jahr lang hatte er tolle Worte gesprochen, in der Fremde und auf der Reise, Spiel und Schmeichelei, – denn so wie jedes wohlgebaute Ding Geist hat, sei es Stahl oder starker Wein, ein Pferd oder ein Brunnenstrahl, hatten ihn auch die Catene; – aber seine Heimat lag damals fern, sein wahres Wesen war etwas, auf das man wochenlang zureiten konnte, ohne es zu erreichen. Auch jetzt sprach er noch zuweilen unüberlegte Worte, aber nur so lang, als die Pferde im Stall ruhten; er kam nachts und ritt am Morgen fort oder blieb vom Morgenläuten bis zum Ave. Er war vertraut wie ein Ding, das man schon lang an sich trägt. Wenn du lachst, lacht es auch hin und her, wenn du gehst, geht es mit, wenn deine Hand dich betastet, fühlst du es: aber wenn du es einmal hochhebst und ansiehst, schweigt es und sieht weg. Wäre er einmal länger geblieben, hätte er in Wahrheit sein müssen, wie er war. Aber er erinnerte sich, niemals gesagt zu haben, ich bin dies oder ich will jenes sein, sondern er hatte ihr von Jagd, Abenteuern und Dingen, die er tat, erzählt; und auch sie hatte nie, wie junge Menschen es sonst wohl zu tun pflegen, ihn gefragt, wie er über dies und jenes denke, oder davon gesprochen, wie sie sein möchte, wenn sie älter sei, sondern sie hatte sich schweigend geöffnet wie eine Rose, so lebhaft sie vordem gewesen war, und stand schon auf der Kirchentreppe reisefertig, wie auf einen Stein gestiegen, von dem man sich aufs Pferd schwingt, um zu jenem Leben zu reiten. Er kannte seine zwei Kinder kaum, die sie ihm geboren hatte, aber auch diese beiden Söhne liebten schon leidenschaftlich den fernen Vater, von dessen Ruhm ihre kleinen Ohren voll waren, seit sie hörten. Seltsam war die Erinnerung an den Abend, dem der zweite sein Leben dankte. Da war, als er kam, ein weiches hellgraues Kleid mit dunkelgrauen Blumen, der schwarze Zopf war zur Nacht geflochten, und die schöne Nase sprang scharf in das glatte Gelb eines beleuchteten Buchs mit geheimnisvollen Zeichnungen. Es war wie Zauberei. Ruhig saß, in ihrem reichen Gewand, mit dem Rock, der in unzähligen Faltenbächen herabfloß, die Gestalt, nur aus sich heraussteigend und in sich fallend; wie ein Brunnenstrahl; und kann ein Brunnenstrahl erlöst werden, außer durch Zauberei oder ein Wunder, und aus seinem sich selbst tragenden, schwankenden Dasein ganz heraustreten? Man mochte das Weib umarmen und plötzlich gegen den Schlag eines magischen Widerstands stoßen; es geschah nicht so; aber ist Zärtlichkeit nicht noch unheimlicher? Sie sah ihn an, der leise eingetreten war, wie man einen Mantel wiedererkennt, den man lang an sich getragen und lang nicht mehr gesehen hat, der etwas fremd bleibt und in den man hineinschlüpft.

Traulich erschienen ihm dagegen Kriegslist, politische Lüge, Zorn und Töten! Tat geschieht, weil andre Tat geschehn ist; der Bischof rechnet mit seinen Goldstücken, und der Feldhauptmann mit der Widerstandskraft des Adels; Befehlen ist klar; taghell, dingfest ist dieses Leben, der Stoß eines Speers unter den verschobenen Eisenkragen ist so einfach, wie wenn man mit dem Finger weist und sagen kann, das ist dies. Das andre aber ist fremd wie der Mond. Der Herr von Ketten liebte dieses andere heimlich. Er hatte keine Freude an Ordnung, Hausstand und wachsendem Reichtum. Und ob er gleich um fremdes Gut jahrelang stritt, sein Begehren griff nicht nach Frieden des Gewinns, sondern sehnte sich aus der Seele hinaus; in den Stirnen saß die Gewalt der Catene, bloß kamen stumme Taten aus den Stirnen. Wenn er morgens in den Sattel stieg, fühlte er jedesmal noch das Glück, nicht nachzugeben, die Seele seiner Seele; aber wenn er abends absaß, senkte sich nicht selten der mürrische Stumpfsinn alles durchlebten Übermaßes auf ihn, als hätte er einen Tag lang alle seine Kräfte angestrengt, um nicht ohne alle Anstrengung etwas Schönes zu sein, das er nicht nennen konnte. Der Bischof, der Schleicher, konnte zu Gott beten, wenn Ketten ihn bedrängte; Ketten konnte nur über blühende Saaten reiten, die widerspenstige Woge des Pferds unter sich leben fühlen, Freundlichkeit mit Eisentritten herbeizaubern. Aber es tat ihm wohl, daß es dies gab. Daß man leben kann und sterben machen ohne das andre. Es leugnete und vertrieb etwas, das sich zum Feuer schlich, wenn man hineinstarrte, und fort war, so wie man sich, steif vom Träumen, aufrichtete und herumdrehte. Der Herr von Ketten spann zuweilen lange verschlungene Fäden, wenn er an den Bischof dachte, dem er das alles antat, und ihm war, als könnte nur ein Wunder es ordnen.

Seine Frau nahm den alten Knecht, welcher der Burg vorstand, und streifte mit ihm durch die Wälder, wenn sie nicht vor den Bildern in ihren Büchern saß. Wald öffnet sich, aber seine Seele weicht zurück; sie brach durch Holz, kletterte über Steine, sah Fährten und Tiere, aber sie brachte nicht mehr heim als diese kleinen Schrecknisse, überwundenen Schwierigkeiten und befriedigten Neugierden, die alle Spannung verloren, wenn man sie aus dem Wald heraustrug, und eben jenes grüne Spiegelbild, das sie schon nach den Erzählungen gekannt hatte, bevor sie ins Land gekommen war; sobald man nicht darauf eindrang, schloß es sich hinter dem Rücken wieder zusammen. Lässig gut hielt sie indessen Ordnung am Schloß. Ihre Söhne, von denen keiner das Meer gesehen hatte, waren das ihre Kinder? Junge Wölfe, schien ihr zuweilen, waren es. Einmal brachte man ihr einen jungen Wolf aus dem Wald. Auch ihn zog sie auf. Zwischen ihm und den großen Hunden herrschte unbehagliche Duldung, Gewährenlassen ohne Austausch von Zeichen. Wenn er über den Hof ging, standen sie auf und sahn zu ihm herüber, aber sie bellten und knurrten nicht. Und er sah gradaus, wenn er auch hinüberschielte, und ging kaum ein wenig langsamer und steifer seines Wegs, um es sich nicht merken zu lassen. Er folgte überallhin der Herrin; ohne Zeichen der Liebe und der Vertrautheit; er sah sie mit seinen starken Augen oft an, aber sie sagten nichts. Sie liebte diesen Wolf, weil seine Sehnen, sein braunes Haar, die schweigende Wildheit und die Kraft der Augen sie an den Herrn von Ketten erinnerten.

Einmal kam der Augenblick, auf den man warten muß; der Bischof fiel in Krankheit und starb, das Kapitel war ohne Herrn. Ketten verkaufte, was beweglich war, nahm Pfänder auf liegenden Besitz und rüstete aus allen Mitteln ein kleines, ihm eigenes Heer: dann unterhandelte er. Vor die Wahl gestellt, den alten Streit gegen neu bewaffnete Kraft weiterführen zu müssen, ehe noch der kommende Herr sich entscheiden konnte, oder einen billigen Abschluß zu finden, entschied sich das Kapitel für dieses, und es konnte nicht anders geschehn, als daß der Ketten, der als Letzter stark und drohend dastand, das meiste für sich einstrich, wofür sich das Domkapitel an Schwächeren und Zaghafteren schadlos hielt.

So hatte ein Ende gefunden, was nun schon in der vierten Erbfolge wie eine Zimmerwand gewesen war, die man jeden Morgen beim Frühbrot vor sich sieht und nicht sieht: mit einem Mal fehlte sie; bis hieher war alles gewesen wie im Leben aller Ketten, was noch zu tun blieb im Leben dieses Ketten, war runden und ordnen, ein Handwerker- und kein Herrenziel.

Da stach ihn, als er heimritt, eine Fliege.

Die Hand schwoll augenblicklich an, und er wurde sehr müde. Er kehrte in der Schenke eines elenden kleinen Dorfes ein, und während er hinter dem schmierigen Holztisch saß, überwältigte ihn Schlummer. Er legte sein Haupt in den Schmutz und als er gegen Abend erwachte, fieberte er. Er wäre trotzdem weitergeritten, wenn er Eile gehabt hätte; aber er hatte keine Eile. Als er am Morgen aufs Pferd steigen wollte, fiel er hin vor Schwäche. Arm und Schulter waren aufgequollen, er hatte sie in den Harnisch gepreßt und mußte sich wieder ausschnallen lassen; während er stand und es geschehen ließ, befiel ihn ein Schüttelfrost, wie er solchen noch nie gesehen; seine Muskeln zuckten und tanzten so, daß er die eine Hand nicht zur andern bringen konnte, und die halb aufgeschnallten Eisenteile klapperten wie eine losgerissene Dachrinne im Sturm. Er fühlte, daß das schwankhaft war, und lachte mit grimmigem Kopf über sein Geklapper; aber in den Beinen war er schwach wie ein Knabe. Er schickte einen Boten zu seiner Frau, andere nach einem Bader und zu einem berühmten Arzt.

Der Bader, der als erster zur Stelle war, verordnete heiße Umschläge von Heilkräutern und bat, schneiden zu dürfen. Ketten, der jetzt viel ungeduldiger war, nach Hause zu kommen, hieß ihn schneiden, bis er bald halb so viel neue Wunden davontrug, als er alte hatte. Seltsam waren diese Schmerzen, gegen die er sich nicht wehren durfte. Dann lag der Herr zwei Tage lang in den saugenden Kräuterverbänden, ließ sich vom Kopf bis zu den Füßen einwickeln und nach Hause schaffen; drei Tage dauerte dieser Marsch, aber die Gewaltkur, die ebensogut hätte zum Tod führen können, indem sie alle Verteidigungskräfte des Lebens verbrauchte, schien der Krankheit Einhalt getan zu haben: als sie am Ziel eintrafen, lag der Vergiftete in hitzigem Fieber, aber der Eiter hatte sich nicht mehr weiter ausgebreitet.

Dieses Fieber, wie eine weite brennende Grasfläche, dauerte Wochen. Der Kranke schmolz in seinem Feuer täglich mehr zusammen, aber auch die bösen Säfte schienen darin verzehrt und verdampft zu werden. Mehr wußte selbst der berühmte Arzt davon nicht zu sagen, und nur die Portugiesin brachte außerdem noch geheime Zeichen an Tür und Bett an. Als eines Tags vom Herrn von Ketten nicht mehr übrig war als eine Form voll weicher heißer Asche, sank plötzlich das Fieber um eine tiefe Stufe hinunter und glomm dort bloß noch sanft und ruhig.

Waren schon Schmerzen seltsam, gegen die man sich nicht wehrt, so hatte der Kranke das Spätere überhaupt nicht so durchlebt wie einer, der mitten darin ist. Er schlief viel und war auch mit offenen Augen abwesend; wenn aber sein Bewußtsein zurückkehrte, so war doch dieser willenlose, kindlich warme und ohnmächtige Körper nicht seiner, und diese von einem Hauch erregte schwache Seele seine auch nicht. Gewiß war er schon abgeschieden und wartete während dieser ganzen Zeit bloß irgendwo darauf, ob er noch einmal zurückkehren müsse. Er hatte nie gewußt, daß Sterben so friedlich sei; er war mit einem Teil seines Wesens vorangestorben und hatte sich aufgelöst wie ein Zug Wanderer: Während die Knochen noch im Bett lagen, und das Bett da war, seine Frau sich über ihn beugte, und er, aus Neugierde, zur Abwechslung, die Bewegungen in ihrem aufmerksamen Gesicht beobachtete, war alles, was er liebte, schon weit voran. Der Herr von Ketten und dessen mondnächtige Zauberin waren aus ihm herausgetreten und hatten sich sacht entfernt: er sah sie noch, er wußte, mit einigen großen Sprüngen würde er sie danach einholen, nur jetzt wußte er nicht, war er schon bei ihnen oder noch hier. Das alles aber lag in einer riesigen gütigen Hand, die so mild war wie eine Wiege und zugleich alles abwog, ohne aus der Entscheidung viel Wesens zu machen. Das mochte Gott sein. Er zweifelte nicht, es erregte ihn aber auch nicht; er wartete ab und antwortete auch nicht auf das Lächeln, das sich über ihn beugte, und die zärtlichen Worte.

Dann kam der Tag, wo er mit einemmal wußte, daß es der letzte sein würde, wenn er nicht allen Willen zusammennahm, um leben zu bleiben, und das war der Tag, an dessen Abend das Fieber sank.

Als er diese erste Stufe der Gesundung unter sich fühlte, ließ er sich täglich auf den kleinen grünen Fleck tragen, der die Felsnase überzog, die mauerlos in die Luft sprang. In seine Tücher gewickelt, lag er dort in der Sonne. Schlief, wachte, wußte nicht, was von beidem er tat.

Einmal, als er aufwachte, stand der Wolf da. Er blickte ihm in die geschliffenen Augen und konnte sich nicht rühren. Er wußte nicht, wieviel Zeit verging, dann stand seine Frau neben ihm, den Wolf am Knie. Er schloß wieder die Augen, als wäre er gar nicht wach gewesen. Aber da er wieder in sein Bett getragen wurde, ließ er sich die Armbrust reichen. Er war so schwach, daß er sie nicht spannen konnte; er staunte. Er winkte den Knecht heran, gab ihm die Armbrust und befahl: der Wolf. Der Knecht zögerte, aber er wurde zornig wie ein Kind, und am Abend hing das Fell des Wolfes im Burghof. Als die Portugiesin es sah, und erst von den Knechten erfuhr, was geschehen war, blieb ihr das Blut in den Adern stehn. Sie trat an sein Bett. Da lag er bleich wie die Wand und sah ihr zum erstenmal wieder in die Augen. Sie lachte und sagte: Ich werde mir eine Haube aus dem Fell machen lassen und dir nachts das Blut aussaugen.

Dann schickte er den Kleriker weg, der früher einmal gesagt hatte: der Bischof kann zu Gott beten, das ist gefährlich für Euch, und später ihm immerzu die letzte Ölung gegeben hatte; aber das gelang nicht gleich, die Portugiesin legte sich ins Mittel und bat, den Kaplan noch zu dulden, bis er ein anderes Unterkommen fände. Der Herr von Ketten gab nach. Er war noch schwach und schlief noch immer viel auf dem Grasfleck in der Sonne. Als er wieder einmal dort erwachte, war der Jugendfreund da. Er stand neben der Portugiesin und war aus ihrer Heimat gekommen; hier im Norden sah er ihr ähnlich. Er grüßte mit edlem Anstand und sprach Worte, die nach dem Ausdruck seiner Mienen voll großer Liebenswürdigkeit sein mußten, indes der Ketten wie ein Hund im Gras lag und sich schämte.

Überdies mochte das auch erst beim zweitenmal gewesen sein; er war noch manchmal abwesend. Er bemerkte auch spät erst, daß ihm seine Mütze zu groß geworden war. Die weiche Fellmütze, die immer etwas stramm gesessen hatte, sank bei einem leichten Zug bis ans Ohr herunter, das sie aufhielt. Sie waren selbdritt, und seine Frau sagte: «Gott, dein Kopf ist ja kleiner geworden!» – Sein erster Gedanke war, daß er sich vielleicht habe die Haare zu kurz scheren lassen, er wußte bloß im Augenblick nicht, wann; er fuhr heimlich mit der Hand hin, aber das Haar war länger, als es sein sollte, und ungepflegt, seit er krank war. So wird sich die Kappe geweitet haben, dachte er, aber sie war noch fast neu und wie sollte sie sich geweitet haben, während sie unbenützt in einer Truhe lag. So machte er einen Scherz daraus und meinte, daß wohl in vielen Jahren, wo er nur mit Kriegsknechten gelebt habe und nicht mit gebildeten Kavalieren, sein Schädel kleiner geworden sein möge. Er fühlte, wie plump ihm der Scherz vom Munde kam, und auch die Frage war damit nicht weggeschafft, denn kann ein Schädel kleiner werden? Die Kraft in den Adern kann nachlassen, das Fett unter der Kopfhaut kann im Fieber etwas zusammenschmelzen: aber was gibt das aus?! Nun tat er zuweilen, als ob er sich das Haar glatt striche, schützte auch vor, sich den Schweiß zu trocknen, oder trachtete, sich unbemerkt in den Schatten zurückzubeugen, und griff schnell, mit zwei Fingerspitzen wie mit einem Maurerzirkel, seinen Schädel ab, ein paarmal, mit verschiedenen Griffen: aber es blieb kein Zweifel, der Kopf war kleiner geworden, und wenn man ihn von innen, mit den Gedanken befühlte, so war er noch viel kleiner und wie zwei dünne aufeinandergeklappte Schälchen.

Man kann ja vieles nicht erklären, aber man trägt es nicht auf den Schultern und fühlt es nicht jedesmal, wenn man den Hals nach zwei Menschen wendet, die sprechen, während man zu schlafen scheint. Er hatte die fremde Sprache schon lang bis auf wenige Worte vergessen; aber einmal verstand er den Satz: «Du tust das nicht, was du willst, und tust das, was du nicht willst.» Der Ton schien eher zu drängen als zu scherzen; was mochte er meinen? Ein andermal beugte er sich weit aus dem Fenster hinaus, ins Rauschen des Flusses; er tat das jetzt oft wie ein Spiel: der Lärm, so wirr wie durcheinandergefegtes Heu, schloß das Ohr, und wenn man aus der Taubheit zurückkehrte, tauchte klein darin und fern das Gespräch der Frau mit dem Andern auf; und es war ein lebhaftes Gespräch, ihre Seelen schienen sich wohl miteinander zu fühlen. Das drittemal lief er überhaupt nur den beiden nach, die abends noch in den Hof gingen; wenn sie an der Fackel oben auf der Freitreppe vorbeikamen, mußte ihr Schatten auf die Baumkronen fallen; er beugte sich rasch vor, als dies geschah, aber in den Blättern verschwammen die Schatten von selbst in einen. Zu jeder andren Zeit hätte er versucht, mit Pferd und Knechten sich das Gift aus dem Leib zu jagen oder es im Wein zu verbrennen. Aber der Kaplan und der Schreiber fraßen und tranken so, daß ihnen Wein und Speise bei den Mundwinkeln herausliefen, und der junge Ritter schwang ihnen lachend die Kanne zu, wie man Hunde aufeinanderhetzt. Der Wein ekelte Ketten, den die mit scholastischer Tünche überzogenen Lümmel soffen. Sie sprachen vom tausendjährigen Reich, von Doktorsfragen und Bettstrohgeschichten; deutsch und in Kirchenlatein. Ein durchreisender Humanist übersetzte, wo es fehlte, zwischen diesem Welsch und dem des Portugiesen; er hatte sich den Fuß verstaucht und heilte ihn hier kräftig aus. «Er ist vom Pferd gefallen, als ein Hase vorbeisprang,» gab der Schreiber zum besten. «Er hielt ihn für einen Lindwurm,» sagte mit unwilligem Spott der Herr von Ketten, der zögernd dabeistand. «Aber das Pferd doch auch!» brüllte der Burgkaplan, «sonst wäre es nicht so gesprungen: Also hat der Magister selbst für einen Roßverstand mehr Einsicht als der Herr!» Die Trunkenen lachten über den Herrn von Ketten. Der sah sie an, trat einen Schritt näher und schlug den Kaplan ins Gesicht. Das war ein runder junger Bauer, er wurde rot über den Kopf, aber dann ganz bleich, und blieb sitzen. Der junge Ritter stand lächelnd auf und ging die Freundin suchen. «Warum habt Ihr ihn nicht erdolcht?!» zischte der Hasen-Humanist auf, als sie allein waren. «Er ist ja stark wie zwei Stiere,» antwortete der Kaplan, «und auch ist die christliche Lehre wahrhaft geeignet, um in solchen Lagen Trost zu geben.» Aber in Wahrheit war der Herr von Ketten noch sehr schwach, und allzu langsam kehrte das Leben in ihn wieder; er konnte die zweite Stufe der Genesung nicht finden.

Der Fremde reiste nicht weiter, und seine Gespielin verstand schlecht die Andeutungen ihres Herrn. Seit elf Jahren hatte sie auf den Gatten gewartet, elf Jahre lang war er der Geliebte des Ruhms und der Phantasie gewesen, nun ging er in Haus und Hof umher und sah, von Krankheit zerschabt, recht gewöhnlich aus neben Jugend und höfischem Anstand. Sie machte sich nicht viel Gedanken darüber, aber sie war ein wenig müde dieses Lands geworden, das Unsagbares versprochen hatte, und mochte sich nicht überwinden, schon wegen eines schiefen Gesichts den Gespielen ziehen zu lassen, der den Duft der Heimat hatte und Gedanken, bei denen man lachen konnte. Sie hatte sich nichts vorzuwerfen; ein wenig oberflächlicher war sie seit Wochen, aber das tat wohl, und sie fühlte, ihr Antlitz glänzte jetzt manchmal wieder so wie vor Jahren. Eine Wahrsagerin, die er befragte, sagte dem Herrn von Ketten voraus: Ihr werdet nur gesund, wenn Ihr etwas vollbringt –, aber da er in sie drang, was das wäre, schwieg sie, suchte ihm zu entkommen und erklärte schließlich, daß sie es nicht finden könne.

Er hätte es immer verstanden, die Gastfreundschaft mit feinem Schnitt zu lösen, statt sie zu brechen, auch ist die Heiligkeit des Lebens und des Gastrechts für einen, der durch Jahre ungebetner Gast bei seinen Feinden war, kein unübersteigliches Hindernis, aber die Schwäche der Genesung machte ihn diesmal fast stolz darauf, unbeholfen zu sein; solche arglistige Klugheit erschien ihm nicht besser als die kindische Wortklugheit des Jungen. Seltsames widerfuhr ihm. In den Nebeln der Krankheit, die ihn umfangen hielten, erschien ihm die Gestalt seiner Frau weicher, als es hätte sein müssen; sie erschien ihm nicht anders als früher, wenn es ihn gewundert hatte, ihre Liebe zuweilen heftiger wiederzufinden als sonst, während doch in der Abwesenheit keine Ursache lag. Er hätte nicht einmal sagen können, ob er heiter oder traurig war; genau so wie in jenen Tagen der tiefen Todesnähe. Er konnte sich nicht rühren. Wenn er seiner Frau in die Augen sah, waren sie wie frisch geschliffen, sein eignes Bild lag obenauf, und sie ließen seinen Blick nicht ein. Ihm war zu Mut, es müßte ein Wunder geschehn, weil sonst nichts geschah, und man darf das Schicksal nicht reden heißen, wenn es schweigen will, sondern soll horchen, was kommen wird.

Eines Tags, als sie in Gesellschaft den Berg heraufkamen, war oben vor dem Tor die kleine Katze. Sie stand vor dem Tor, als wollte sie nicht nach Katzenart über die Mauer setzen, sondern nach Menschenart Einlaß, machte einen Buckel zum Willkomm und strich den ohne irgend einen Grund über ihre Anwesenheit erstaunten großen Geschöpfen um Rock und Stiefel. Sie wurde eingelassen, aber es war gleich, als ob man einen Gast empfinge, und schon am nächsten Tag zeigte sich, daß man vielleicht ein kleines Kind aufgenommen hatte, aber nicht bloß eine Katze: solche Ansprüche stellte das zierliche Tier, das nicht den Vergnügungen in Kellern und Dachböden nachging, sondern keinen Augenblick aus der Gesellschaft der Menschen wich. Und es hatte die Gabe, ihre Zeit für sich zu beanspruchen, was recht unbegreiflich war, da es doch so viel andre, edlere Tiere am Schloß gab, und die Menschen auch mit sich selbst viel zu tun hatten; es schien geradezu davon zu kommen, daß sie die Augen zu Boden senken mußten, um dem kleinen Wesen zuzusehn, das sich ganz unauffällig benahm und um ein klein wenig stiller, ja man könnte fast sagen trauriger und nachdenklicher war, als einer jungen Katze zukam. Die spielte so, wie sie wissen mußte, daß Menschen es von jungen Katzen erwarten, kletterte auf den Schoß und gab sich sogar ersichtlich Mühe, freundlich mit den Menschen zu sein, aber man konnte fühlen, daß sie nicht ganz dabei war; und gerade dies, was zu einer gewöhnlichen jungen Katze fehlte, war wie ein zweites Wesen, ein Ab-Wesen oder ein stiller Heiligenschein, der sie umgab, ohne daß einer den Mut gefunden hätte, das auszusprechen. Die Portugiesin beugte sich zärtlich über das Geschöpfchen, das in ihrem Schoß am Rücken lag und mit den winzigen Krallen nach ihren tändelnden Fingern schlug wie ein Kind, der junge Freund beugte sich lachend und tief über Katze und Schoß, und Herrn von Ketten erinnerte das zerstreute Spiel an seine halb überwundene Krankheit, als wäre die, samt ihrer Todessanftheit, in das Tierkörperchen verwandelt, nun nicht mehr bloß in ihm, sondern zwischen ihnen. Ein Knecht sagte: Die bekommt die Räude.

Herr von Ketten wunderte sich, weil er das nicht selbst erkannt hatte; der Knecht wiederholte: Die muß man beizeiten erschlagen.

Die kleine Katze hatte inzwischen einen Namen aus einem der Märchenbücher erhalten. Sie war noch sanfter und duldsamer geworden. Jetzt konnte man auch schon bemerken, daß sie krank und fast leuchtend schwach wurde. Sie ruhte immer länger aus im Schoß von den Geschäften der Welt, und ihre kleinen Krallen hielten sich mit zärtlicher Angst fest. Sie begann jetzt auch einen um den andren anzusehn; den bleichen Ketten und den jungen Portugiesen, der vorgeneigt saß und den Blick von ihr nicht wendete, oder von dem Atmen des Schoßes, in dem sie lag. Sie sah sie an, als wollte sie um Vergebung dafür bitten, daß es häßlich sein werde, was sie in geheimer Vertretung für alle litt. Und dann begann ihr Martyrium.

Eines Nachts begann das Erbrechen, und sie erbrach bis zum

Morgen; sie war ganz matt und wirr im wiederkehrenden Tageslicht, als hätte sie viele Schläge vor den Kopf erhalten. Aber vielleicht hatte man dem verhungerten armen Kätzchen bloß im Übereifer der Liebe zuviel zu fressen gegeben: doch im Schlafzimmer konnte sie danach nicht mehr bleiben und wurde zu den Burschen in die Hofkammer getan. Aber die Burschen klagten nach zwei Tagen, daß es nicht besser geworden sei, und wahrscheinlich hatten sie sie auch in der Nacht hinausgeworfen. Und sie brach jetzt nicht nur, sondern konnte auch den Stuhl nicht halten, und nichts war vor ihr sicher. Das war nun eine schwere Probe, zwischen einem kaum sichtbaren Heiligenschein und dem gräßlichen Schmutz, und es entstand der Beschluß – man hatte inzwischen erfahren, woher sie gekommen war, – sie dorthin zurücktragen zu lassen; es war ein Bauernhaus unten am Fluß, nahe dem Fuß des Berges. Man würde heute sagen, sie stellten sie ihrer Heimatsgemeinde zurück und wollten weder etwas verantworten, noch sich lächerlich machen; aber das Gewissen drückte sie alle, und sie gaben Milch und ein wenig Fleisch mit und sogar Geld, damit die Bauersleute, wo Schmutz nicht soviel ausmachte, gut für sie sorgten. Die Dienstleute schüttelten dennoch die Köpfe über ihre Herrn.

Der Knecht, der die kleine Katze hinuntergetragen hatte, erzählte, daß sie ihm nachgelaufen war, als er zurückging, und daß er noch einmal hatte umkehren müssen: zwei Tage später war sie wieder oben am Schloß. Die Hunde wichen ihr aus, die Dienstleute trauten sich wegen der Herrschaft nicht, sie fortzujagen, und als die sie erblickte, stand schweigend fest, daß jetzt niemand mehr ihr verweigern wollte, hier oben zu sterben. Sie war ganz abgemagert und glanzlos geworden, aber das ekelerregende Leiden schien sie überwunden zu haben und nahm bloß fast zusehends an Körperlichkeit ab. Es folgten zwei Tage, die verstärkt alles noch einmal enthielten, was bisher gewesen war: langsames, zärtliches Umhergehn in dem Obdach, wo man sie hegte; zerstreutes Lächeln mit den Pfoten, wenn sie nach einem Stückchen Papier schlug, das man vor ihr tanzen ließ; zuweilen ein leichtes Wanken vor Schwäche, obgleich vier Beine sie stützten, und am zweiten Tag fiel sie zuweilen auf die Seite. An einem Menschen würde man dieses Hinschwinden nicht so seltsam empfunden haben, aber an dem Tier war es wie eine Menschwerdung. Fast mit Ehrfurcht sahen sie ihr zu; keiner dieser drei Menschen in seiner besonderen Lage blieb von dem Gedanken verschont, daß es sein eigenes Schicksal sei, das in diese vom Irdischen schon halb gelöste kleine Katze übergegangen war. Aber am dritten Tag begannen wieder das Erbrechen und die Unreinlichkeit. Der Knecht stand da, und wenn er sich auch nicht traute, es zu wiederholen, sagte doch sein Schweigen: man muß sie erschlagen. Der Portugiese senkte den Kopf wie bei einer Versuchung, dann sagte er zur Freundin: es wird nicht anders gehn; ihm kam es selbst vor, als hätte er sich zu seinem eigenen Todesurteil bekannt. Und mit einemmal sahen alle den Herrn von Ketten an. Der war weiß wie die Wand geworden, stand auf und ging. Da sagte die Portugiesin zum Knecht: Nimm sie zu dir.

Der Knecht hatte die Kranke auf seine Kammer genommen, und am nächsten Tag war sie fort. Niemand frug. Alle wußten, daß er sie erschlagen hatte. Alle fühlten sich von einer unaussprechlichen Schuld bedrückt; es war etwas von ihnen gegangen. Nur die Kinder fühlten nichts und fanden es in Ordnung, daß der Knecht eine schmutzige Katze erschlug, mit der man nicht mehr spielen konnte. Aber die Hunde am Hof schnupperten zuweilen an einem Grasfleck, auf den die Sonne schien, steiften die Beine, sträubten das Fell und blickten schief zur Seite. In einem solchen Augenblick begegneten sich Herr von Ketten und die Portugiesin. Sie blieben beieinander stehn, sahn nach den Hunden hinüber und fanden kein Wort. Das Zeichen war dagewesen, aber wie war es zu deuten, und was sollte geschehn? Eine Kuppel von Stille war um die beiden.

Wenn sie ihn bis zum Abend nicht fortgeschickt hat, muß ich ihn töten, – dachte Herr von Ketten. Aber der Abend kam, und es hatte sich nichts ereignet. Das Vesperbrot war vorbei. Ketten saß ernst, von leichtem Fieber gewärmt. Er ging in den Hof, sich zu kühlen, er blieb lange aus. Er vermochte den Entschluß nicht zu finden, der ihm sein ganzes Dasein lang spielend leicht gewesen war. Pferde satteln, Harnisch anschnallen, ein Schwert ziehn, diese Musik seines Lebens war ihm mißtönend; Kampf erschien ihm wie eine sinnlos fremde Bewegung, selbst der kurze Weg eines Messers war wie eine unendlich lange Straße, auf der man verdorrt. Aber auch Leiden war nicht seine Art; er fühlte, daß er nie wieder ganz genesen würde, wenn er sich dem nicht entriß. Und neben beidem gewann allmählich etwas anderes Raum: als Knabe hatte er immer die unersteigliche Felswand unter dem Schloß hinaufklettern wollen; es war ein unsinniger und selbstmörderischer Gedanke, aber er gewann dunkles Gefühl für sich wie ein Gottesurteil oder ein nahendes Wunder. Nicht er, sondern die kleine Katze aus dem Jenseits würde diesen Weg wiederkommen, schien ihm. Er schüttelte leise lachend den Kopf, um ihn auf den Schultern zu fühlen, aber dabei erkannte er sich schon weit unten auf dem steinigen Weg, der den Berg hinabführte.

Tief beim Fluß bog er ab; über Blöcke, zwischen denen das Wasser trieb, dann an Büschen hinauf in die Wand. Der Mond zeichnete mit Schattenpunkten die kleinen Vertiefungen, in welche Finger und Zehen hineingreifen konnten. Plötzlich brach ein Stein unter dem Fuß weg; der Ruck schoß in die Sehnen, dann ins Herz. Ketten horchte; es schien ohne Ende zu dauern, bevor der Stein ins Wasser schlug; er mußte mindestens ein Drittel der Wand schon unter sich haben. Da wachte er, so schien es deutlich, auf und wußte, was er getan hatte. Unten ankommen konnte nur ein Toter, und die Wand hinauf der Teufel. Er tastete suchend über sich. Bei jedem Griff hing das Leben in den zehn Riemchen der Fingersehnen; Schweiß trat aus der Stirn, Hitze flog im Körper, die Nerven wurden wie steinerne Fäden: aber, seltsam zu fühlen, begannen bei diesem Kampf mit dem Tod Kraft und Gesundheit in die Glieder zu fließen, als kehrten sie von außen wieder in den Körper zurück. Und das Unwahrscheinliche gelang; noch mußte oben einem Überhang nach der Seite ausgewichen sein, dann schlang sich der Arm in ein Fenster. Es wäre wohl anders, als bei diesem Fenster emporzutauchen, auch gar nicht möglich gewesen; aber er wußte, wo er war; er schwang sich hinein, saß auf der Brüstung und ließ die Beine ins Zimmer hängen. Mit der Kraft war die Wildheit wiedergekehrt. Er atmete sich aus. Seinen Dolch an der Seite hatte er nicht verloren. Es kam ihm vor, daß das Bett leer sei. Aber er wartete, bis sein Herz und seine Lungen völlig ruhig seien. Es kam ihm dabei immer deutlicher vor, daß er in dem Zimmer allein war. Er schlich zum Bett: es hatte in dieser Nacht niemand darin gelegen.

Der Herr von Ketten schlich durch Zimmer, Gänge, Türen, die keiner zum erstenmal findet, der nicht geführt ist, vor das Schlafgemach seiner Frau. Er lauschte und wartete, aber kein Flüstern verriet sich. Er glitt hinein; die Portugiesin atmete sanft im Schlaf; er bückte sich in dunkle Ecken, tastete an Wänden, und als er sich wieder aus dem Zimmer drückte, hätte er beinahe gesungen vor Freude, die an seinem Unglauben rüttelte. Er stöberte durch das Schloß, aber schon krachten die Dielen und Fliesen unter seinem Tritt, als suchte er eine freudige Überraschung. Im Hof rief ihn ein Knecht an, wer er sei. Er fragte nach dem Gast. Fortgeritten, meldete der Knecht, wie der Mond heraufkam. Der Herr von Ketten setzte sich auf einen Stapel halbentrindeter Hölzer, und die Wache wunderte sich, wie lang er saß. Plötzlich packte ihn die Gewißheit an, wenn er jetzt das Zimmer der Portugiesin wieder betrete, werde sie nicht mehr da sein. Er pochte heftig und trat ein; die junge Frau fuhr auf, als hätte sie im Traum darauf gewartet, und sah ihn angekleidet vor sich stehn, so wie er fortgegangen war. Es war nichts bewiesen und nichts weggeschafft, aber sie fragte nicht, und er hätte nichts fragen können. Er zog den schweren Vorhang vom Fenster zurück, und der Vorhang des Brausens stieg auf, hinter dem alle Catene geboren wurden und starben.

«Wenn Gott Mensch werden konnte, kann er auch Katze werden,» sagte die Portugiesin, und er hätte ihr die Hand vor den Mund halten müssen, wegen der Gotteslästerung, aber sie wußten, kein Laut davon drang aus diesen Mauern hinaus.

Tonka

I

An einem Zaun. Ein Vogel sang. Die Sonne war dann schon irgendwo hinter den Büschen. Der Vogel schwieg. Es war Abend. Die Bauernmädchen kamen singend über die Felder. Welche Einzelheiten! Ist es Kleinlichkeit, wenn solche Einzelheiten sich an einen Menschen heften? Wie Kletten!? Das war Tonka. Die Unendlichkeit fließt manchmal in Tropfen.

Auch das Pferd gehört dazu, der Rotschimmel, den er an eine Weide gebunden hatte. Es war in seinem Militärjahr. Es ist nicht zufällig, daß es in seinem Militärjahr war, denn niemals ist man so entblößt von sich und eigenen Werken wie in dieser Zeit des Lebens, wo eine fremde Gewalt alles von den Knochen reißt. Man ist ungeschützter in dieser Zeit als sonst.

Aber war es überhaupt so gewesen? Nein, das hatte er sich erst später zurechtgelegt. Das war schon das Märchen; er konnte es nicht mehr unterscheiden. In Wahrheit hatte sie doch damals bei ihrer Tante gelebt, als er sie kennen lernte. Und Kusine Julie kam manchmal zu Besuch. So war es. Er wunderte sich ja darüber, daß man sich mit Kusine Julie an einen Tisch setzen und ihr eine Tasse Kaffee zuschieben konnte, denn sie war doch eine Schande. Es war bekannt, daß man Kusine Julie ansprechen und noch am selben Abend auf sein Zimmer nehmen konnte: auch in die Wohnungen der Kupplerinnen ließ sie sich rufen und hatte sonst keinen Erwerb. Aber andrerseits war sie eben eine Verwandte, wenn man auch ihr Treiben nicht billigte; und wenn sie auch leichtsinnig war, konnte man ihr doch nicht gut den Platz am Tisch verweigern, zumal sie selten genug kam. Ein Mann hätte ja vielleicht Lärm geschlagen, denn ein Mann liest die Zeitung oder gehört einem Verein mit bestimmten Zielen an und hat immer die Brust voll mit großen Worten, aber die Tante begnügte sich mit ein paar bissigen Bemerkungen jedesmal, nachdem Julie wieder gegangen war, und solange man mit ihr am Tisch saß, mußte man mit ihr lachen, denn sie war ein witziges Mädchen und kannte bald mehr von der Stadt als eine. Immerhin, wenn man auch mißbilligte, fehlte also die Kluft; man konnte hinüber.

Das gleiche bewiesen die Weiber aus der Strafanstalt; das waren auch meist Prostituierte, und sogar die Anstalt mußte bald danach an einen andern Ort verlegt werden, weil mitten in der Haft plötzlich viele schwanger wurden – von den Neubauten her, wo sie Mörtel trugen, während männliche Häftlinge als Maurer arbeiteten. Diese Weiber nun wurden auch zu Hausarbeiten vermietet, sie wuschen zum Beispiel sehr gut und waren von kleinen Leuten wegen ihrer Billigkeit sehr gesucht. Auch Tonkas Großmutter ließ sie an den Waschtagen kommen, man gab ihnen Kaffee und Semmel, und weil man mit ihnen zusammen im Haus gearbeitet hatte, frühstückte man auch gemeinsam mit ihnen und grauste sich nicht. Mittags mußten sie durch einen Begleiter in die Anstalt zurückgebracht werden, so war die Vorschrift, und gewöhnlich wurde Tonka damit beauftragt, als sie noch ein kleines Mädel war, ging plaudernd neben ihnen her und schämte sich gar nicht ihrer Gesellschaft, obwohl sie weiße, weithin kenntliche Kopftücher und graue Gefängniskleidung trugen. Ahnungslos mag man das nennen, ahnungslos ausgeliefert sein eines jungen, armen Lebens an Einflüsse, die es abstumpfen müssen; aber wenn Tonka später, sechzehnjährig und immer noch ohne Schreck, mit Kusine Julie scherzte: kann man sagen, daß es ohne Ahnung von der Schande geschah, oder war hier schon das Feingefühl eines Gemüts für Schande verlorengegangen? Wenn auch ohne Schuld, wie wäre das kennzeichnend!

Auch das Haus darf man nicht vergessen. Fünf Fenster hatte es auf die Straße hin – stehen geblieben zwischen schon hoch aufgeschossenen neuen Häusern – und ein Hintergebäude, darin Tonka mit ihrer Tante wohnte, die eigentlich ihre viel ältere Base war, und deren kleinem Sohn, der eigentlich ein unehelicher Sohn war, wenn auch aus einem Verhältnis, das sie so ernst genommen hatte wie eine Ehe, und einer Großmutter, die nicht wirklich die Großmutter, sondern deren Schwester war, und früher wohnte noch ein wirklicher Bruder ihrer toten Mutter dort, der aber auch jung starb, das alles in einem Zimmer mit Küche, während vorn die fünf Fenster, vornehm verhängt, nichts weniger verbargen als ein anrüchiges Quartier, wo leichtsinnige Kleinbürgerfrauen, aber auch Gewerbsmäßige mit Männern zusammengebracht wurden. Man ging schweigend im Haus an diesen Vorgängen vorüber, und da man keinen Zank mit der Kupplerin wollte, grüßte man sogar, und die war eine dicke Person, die sehr auf Achtbarkeit zielte und eine Tochter hatte, die so alt wie Tonka war. Diese Tochter schickte sie in eine gute Schule, ließ sie Klavier und Französisch lernen, kaufte ihr schöne Kleider und hielt sie sorgsam fern von den Vorgängen in der Wohnung; sie hatte ein weiches Herz, und das erleichterte ihr den Erwerb, denn sie wußte, daß er schändlich war. Mit dieser Tochter durfte Tonka früher zuweilen spielen und kam dann in die Vorderwohnung, die zu solchen Stunden leer und übergroß war und Tonka lebenslang einen Eindruck von Pracht und Vornehmheit hinterließ, den erst er auf das rechte Maß brachte. Übrigens hieß sie nicht ganz mit Recht Tonka, sondern war deutsch getauft auf den Namen Antonie, während Tonka die Abkürzung der tschechischen Koseform Toninka bildet; man sprach in diesen Gassen ein seltsames Gemisch zweier Sprachen.

Aber wohin führen solche Gedanken?! Sie war ja doch an einem Zaun gestanden damals, vor der dunkel offenen Tür eines Häuschens, des ersten im Dorf gegen die Stadt zu, trug Schnürstiefel, rote Strümpfe und bunte, breite, tiefe Röcke, schien, während sie sprach, nach dem Mond zu sehen, der blaß über dem gemähten Korn stand, antwortete schlagfertig scheu, lachte, fühlte sich im Schutz des Mondes, und der Wind blies so sanft über die Stoppeln, als müßte er eine Suppe kühlen. Am Heimritt hatte er noch zu seinem Kameraden, dem Einjährigen Baron Mordansky, lachend gesagt: «Ich würde schon gern mit so einem Mädel etwas haben, aber es ist mir zu gefährlich; als Schutz gegen Sentimentalität müßtest du mir versprechen, Hausfreund zu werden.» Und Mordansky, der bereits Volontär in der Zuckerfabrik seines Onkels gewesen war, hatte darauf von der Rübenernte erzählt, wo Hunderte solcher Bauernmädchen auf den Fabriksfeldern arbeiten und sich den Gutsinspektoren und deren Gehilfen in allem so willig unterwerfen sollen wie Negersklaven. Und er hatte ganz bestimmt einmal ein solches Gespräch mit Mordansky abgebrochen, weil es ihn verletzte, aber das war doch nicht damals gewesen, denn das, was eben wie Erinnerung erscheinen wollte, war schon wieder das später gewachsene Dornengerank in seinem Kopf. In Wahrheit hatte er sie zum erstenmal am «Ring» gesehen, jener Hauptstraße mit den steinernen Lauben, wo die Offiziere und die Herren von der Regierung an den Ecken stehen, die Studenten und jungen Kaufleute auf und ab wandeln, die Mädel nach Geschäftsschluß oder die neugierigeren auch schon in der Mittagspause Arm in Arm zu zweien und dreien durchziehen, manchmal einer der Rechtsanwälte langsam und grüßend sich hindurchschieben läßt, ein Stadtverordneter oder auch ein angesehener Fabrikant, und sogar Damen nicht fehlen, die ihr Heimweg von den Einkäufen just vorbeiführt. Dort hatte ihn plötzlich ihr Blick in die

Augen getroffen, ein lustiger Blick, nur ein Sekündchen lang und wie ein Ball, der aus Versehen einem Vorübergehenden ins Gesicht flog, im Nu von einem Wegschauen gefolgt und einem geheuchelt arglosen Ausdruck. Er hatte sich rasch umgedreht, denn er dachte, nun würde das Kichern folgen, aber Tonka ging mit geradem Kopf, fast erschrocken; sie ging mit zwei andern Mädchen, war größer als sie, und ihr Gesicht hatte, ohne schön zu sein, etwas Deutliches und Bestimmtes. Nichts darin hatte jenes Kleine, listig Weibliche, das nur durch die Anordnung wirkt; Mund, Nase, Augen standen deutlich für sich, vertrugen es auch, für sich betrachtet zu werden, ohne durch anderes zu entzücken als ihren Freimut und die über das Ganze gegossene Frische. Es war seltsam, daß ein so heiterer Blick saß wie ein Pfeil mit einem Widerhaken, und sie schien sich selbst daran wehgetan zu haben.

Das war nun klar. Sie war also damals in dem Tuchgeschäft, und es war ein großes Geschäft, das viele Mädchen für seine Lager angestellt hatte. Sie mußte die Stoffballen beaufsichtigen und die richtigen finden, wenn ein Muster verlangt wurde, und ihre Hände waren stets etwas feucht, weil sie von den feinen Haaren der Tuche gereizt wurden. Das hatte nichts von Traum: offen war ihr Gesicht. Aber dann waren da die Söhne des Tuchherrn, und der eine trug einen Schnurrbart wie ein Eichhörnchen, der an den Enden aufgekräuselt war, und stets Lackschuhe; Tonka wußte zu erzählen, wie vornehm er sei, wieviel Schuhe er hatte und daß seine Hosen jeden Abend zwischen zwei Bretter mit schweren Steinen gelegt wurden, damit die Falten scharf blieben.

Und jetzt, weil man klar durch den Nebel etwas Wirkliches sah, tauchte das Lächeln auf, das ungläubige, zuschauende Lächeln seiner eigenen Mutter, voll Mitleid und Geringschätzung für ihn. Dieses Lächeln war wirklich. Es sagte: Gott, jeder Mensch weiß, dieses Geschäft . . .?! Aber obgleich Tonka noch Jungfrau gewesen war, als er sie kennen lernte, war dieses Lächeln, heimtückisch versteckt oder verkleidet, auch in vielen quälenden Träumen aufgetaucht. Vielleicht hatte es sich nie als ein einzelnes Lächeln ereignet; das war selbst jetzt nicht sicher. Und dann gibt es auch Brautnächte, wo man nicht ganz sicher sein kann, sozusagen physiologische Zweideutigkeiten, wo selbst die Natur nicht ganz klar Aufschluß gibt, und im gleichen Augenblick, wo das wieder vor der Erinnerung stand, wußte er: auch der Himmel war gegen Tonka.

II

Es war leichtsinnig von ihm gewesen, Tonka als Pflegerin und Gesellschaft zu seiner Großmutter zu bringen. Er war noch sehr jung und hatte eine kleine List eingefädelt; die Schwägerin seiner Mutter kannte Tonkas Tante, die in «gute Häuser» weißnähen kam, und er hatte gestiftet, daß man sie frug, ob sie nicht ein junges Mädchen wüßte, und so. Das junge Mädchen sollte bei der Großmutter bleiben, deren Erlösung man in zwei bis drei Jahren erwartete, und außer dem Lohn dann im Vermächtnis bedacht werden.

Aber inzwischen waren nun einige kleine Erlebnisse einander gefolgt. Zum Beispiel, er ging einmal mit ihr, etwas zu besorgen; auf der Straße spielten Kinder, und sie sahen beide plötzlich einem heulenden kleinen Mädchen in ein Gesicht, das sich wie ein Wurm nach allen Seiten krümmte und prall von der Sonne beschienen war. Ihm erschien da die unbarmherzige Deutlichkeit, mit der das im Licht stand, als ein ähnliches Beispiel des Lebens wie der Tod, aus dessen Umkreis sie kamen. Tonka aber «hatte» nur «Kinder gern»; sie beugte sich scherzend und tröstend zu der Kleinen, fand den Anblick vielleicht drollig, und das war das letzte, so sehr er sich auch bemühte, ihr zu zeigen, daß dieser Anblick dahinter noch etwas anderes war. Von wie vielen Seiten er auch kam, er stand zuletzt immer vor der gleichen Undurchsichtigkeit in ihrem Geiste; Tonka war nicht dumm, aber etwas schien sie zu hindern, klug zu sein, und zum erstenmal empfand er dieses weit ausgedehnte Mitleid mit ihr, das so schwer zu begründen war.

Ein andermal fragte er sie: «Wie lange sind Sie nun eigentlich schon bei Großmama, Fräulein?» Und als sie geantwortet hatte, sagte er: «So? Eine lange Zeit, wenn man sie neben einer Greisin zubringen muß.»

«Oh!» machte Tonka. «Ich bin gern da.»

«Nun, mir können Sie ruhig das Gegenteil sagen. Ich kann mir nicht vorstellen, wie sich ein junges Mädchen dabei wohlfühlen soll.»

«Man tut seine Arbeit», antwortete Tonka und wurde rot.

«Tut seine Arbeit, schön, aber man will doch auch anderes vom Leben?»

«Ja.»

«Und haben Sie das denn?»

«Nein.»

«Ja – nein, ja – nein» – er wurde ungeduldig – «was soll das heißen? Schimpfen Sie wenigstens auf uns!» Aber er sah, daß sie mit Antworten kämpfte, die sie immer wieder im letzten Augenblick von den Lippen verwarf, und sie tat im plötzlich leid. «Sie werden mich wohl kaum verstehen, Fräulein, ich denke nicht schlecht von meiner Großmutter, das ist es nicht; sie ist auch eine arme Frau, aber ich denke jetzt nicht von dieser Seite: das ist meine Art. Ich denke von Ihrer Seite, und da ist sie ein Klumpen Scheußlichkeit. Verstehen Sie mich jetzt?»

«Ja,» sagte das Fräulein leise und wurde über und über rot. «Ich habe Sie auch schon früher verstanden. Aber ich kann's nicht sagen.»

Da lachte er nun. «Das ist etwas, das mir noch nie widerfahren ist: etwas nicht sagen können! Aber jetzt will ich erst recht wissen, was Sie antworten möchten, ich werde Ihnen helfen.» Er wandte sich so völlig zu ihr, daß sie noch mehr verlegen wurde. «Also fangen wir an: Macht Ihnen die ruhige, gleichmäßige Pflicht, das geregelte Tagaustagein vielleicht Vergnügen? Ist es das?»

«Oh, nun, ich weiß nicht, wie Sie das meinen; ich habe meine Arbeit ganz gern.»

«Ganz gern, schön. Aber Bedürfnis: nicht gerade? Es gibt ja Leute, die gar nichts anderes wollen als Tagwerk.»

«Wie meinen Sie das?»

«Wünsche, Träume, Ehrgeiz meine ich; läßt Sie ein Tag wie heute unberührt?»

Es war zwischen den Mauern der Stadt ein Tag voll Zittern und Frühlingshonig.

Da lachte das Fräulein: «Nein. Aber das ist es doch nicht.»

«Ist es nicht? Nun, dann haben Sie vielleicht eine Vorliebe für halbfinstere Zimmer, das leise Sprechen, der Geruch von Medizinflaschen und dergleichen? Es gibt auch solche Leute, Fräulein, aber ich sehe schon an Ihrem Gesicht, daß ich es wieder nicht getroffen habe.»

Fräulein Tonka schüttelte den Kopf und zog die Mundwinkel etwas abwärts – in schüchternem Spott oder auch nur aus Verlegenheit. Aber nun ließ er ihr keine Ruhe. «Sehen Sie, wie ich irre, wie lächerlich ich mich vor Ihnen mache mit meinen verfehlten Überlegungen: gibt Ihnen das nicht Mut? Also! –?»

Und nun kam es auch endlich heraus. Langsam. Stockend. Die Worte verbessernd, als ob man etwas sehr schwer zu Verstehendes begreiflich machen müßte:

«Ich mußte mir doch etwas verdienen.»

Ach, dieses Einfachste!

Welch feiner Esel war er und welche steinere Ewigkeit lag in dieser so gewöhnlichen Antwort.

Wieder ein andermal war er mit Tonka heimlich spazierengegangen; sie machten Ausflüge an dem freien Tage, den sie zweimal im Monat hatte; es war Sommer. Als der Abend kam, fühlte man die Luft gerade so warm wie das Gesicht und die Hände, und wenn man im Gehen die Augen schloß, glaubte man sich aufzulösen und ohne Grenzen zu schweben. Er beschrieb es Tonka, und da sie lachte, fragte er sie, ob sie es verstünde.

Oh, ja.

Aber da er mißtrauisch war, wollte er, daß sie es ihm mit eigenen Worten beschreibe; und das vermochte sie nicht.

Dann verstehe sie es auch nicht.

O doch – und plötzlich –: man müßte singen.

Nur das nicht! Doch! So zankten sie hin und her. Und schließlich begannen sie zu singen, wie man ein Corpus delicti auf den Tisch legt oder einen Lokalaugenschein vornimmt. Herzlich schlecht und aus einer Operette, aber zum Glück sang Tonka leise, und er freute sich über dieses kleine Zeichen von Takt. Sicherlich, sagte er sich, war sie bloß einmal im Leben im Theater, und seither ist diese elende Musik für sie Inbegriff der Vergoldung des Daseins. Aber sie hatte sogar diese paar Melodien nur von ihren früheren Freundinnen aus dem Geschäft gehört.

Ob sie ihr denn wirklich gefielen? Es ärgerte ihn, wenn sie durch irgend etwas noch mit dem Geschäft zusammenhing.

Sie wußte nicht, was es war, und ob diese Musik schön sei oder dumm; bloß den Wunsch weckte sie in ihr, selbst einmal auf dem Theater zu stehen und mit ganzer Kraft die Leute glücklich oder unglücklich zu machen. Das war nun vollends lächerlich, wenn man die gute Tonka dabei ansah, und er wurde so unlustig, daß sein Singen rasch zu einem Brummen absank. Da brach Tonka jäh ab; auch sie schien es zu fühlen, und sie gingen eine Weile schweigend nebeneinander her, bis Tonka stehen blieb und sagte: «Das ist es gar nicht, was ich mit dem Singen meinte.» Und da in seinen Augen ein kleines Zeichen der Güte antwortete, begann sie abermals leise zu singen, aber diesmal waren es Volkslieder ihrer Heimat. Sie schritten dahin, und diese einfachen Weisen machten so traurig wie Kohlweißlinge im Sonnenschein. Und da hatte nun mit einemmal natürlich Tonka recht.

Nun war er es, der nicht ausdrücken konnte, was mit ihm geschah, und Tonka, weil sie die gewöhnliche Sprache nicht sprach, sondern irgend eine Sprache des Ganzen, hatte leiden müssen, daß man sie für dumm und unempfindlich hielt. Damals war es ihm klar, was es bedeutet: Lieder fallen ihr ein. Sie kam ihm sehr einsam vor. Wenn sie ihn nicht hätte, wer würde sie verstehn? Und sie sangen beide. Tonka sagte ihm den fremden Text vor und übersetzte ihn, dann faßten sie sich bei der Hand und sangen wie die Kinder. Wenn sie eine Pause machen mußten, um Atem zu schöpfen, gab es jedesmal auch ein kleines Verstummen dort vor ihnen, wo sich die Dämmerung über den Weg zog, und wenn das alles auch dumm war, war der Abend eins mit ihren Empfindungen.

Und noch ein andermal saßen sie an einem Waldrand, und er sah bloß durch einen Spalt der Lider, sprach nichts und hing seinen Gedanken nach. Tonka erschrak und fürchtete, ihn wieder verletzt zu haben. Ihr Atem hob sich mehrmals, weil sie nach Worten suchte, aber ihre Scheu hielt sie zurück. Und so war lange nichts zu hören als das quälende Lallen der Waldgeräusche, das in jeder Sekunde anderswo anhebt und verstummt. Einmal flog ein brauner Falter an ihnen vorüber und setzte sich auf eine hochgestielte Blume, die bei der Berührung zitterte und mehrmals hin und her schwankte, bis ihre Bewegung plötzlich stillstand wie ein abgebrochenes Gespräch. Tonka drückte ihre Finger fest in das Moos, auf dem sie saßen; aber nach einer Weile richteten sich die kleinen Stengelchen wieder auf, einer nach dem andern in Reihen, und nach abermals einer Weile war jede Spur der Hand, die da gelegen hatte, verwischt. Es war, um zu weinen, ohne zu wissen warum. Hätte sie denken gelernt wie ihr Begleiter, so hätte Tonka in diesem Augenblick gefühlt, daß die Natur aus lauter häßlichen Unscheinbarkeiten besteht, die so traurig getrennt voneinander leben wie die Sterne in der Nacht; die schöne Natur; eine Wespe kroch um seinen Fuß, mit einem Kopf wie eine Laterne, und er sah ihr zu. Und er sah seinem Fuß zu, der, breit und schwarz, schief in das Braun eines Weges ragte.

Tonka hatte sich oft davor gefürchtet, daß einmal ein Mann vor ihr stehen würde und sie nimmer ausweichen könnte. Was ihre älteren Freundinnen aus dem Geschäft ihr strahlend erzählten, war der langweilige, rohe Leichtsinn der Liebe, und es empörte sie, daß auch mit ihr jeder Mann zärtlich einzulenken versuchte, kaum er die ersten Worte hinter sich gebracht hatte. Wie sie nun ihren Begleiter ansah, gab ihr das mit einem Mal einen Stich; bis zu diesem Augenblick hatte sie noch nie gefühlt, mit einem Mann in seiner Gesellschaft zu sein, denn alles war anders. Er hatte sich breit auf beide Ellbogen zurückgelehnt, und der Kopf lag auf der Brust; fast ängstlich sah Tonka nach seinen Augen. Da aber stand ein eigentümliches Lächeln; er hatte das eine Auge geschlossen und zielte mit dem andern längs seines Körpers hinunter; es war sicher, daß er davon wußte, wie häßlich die Stellung seines Schuhes aussah, und vielleicht auch, wie wenig es war, mit Tonka an einem Waldrand zu liegen, aber er änderte nichts daran, jedes einzelne war häßlich, und alles zusammen war Glück. Tonka hatte sich leise aufgerichtet. Hinter ihrer Stirn war es plötzlich heiß geworden und ihr Herz klopfte. Sie verstand nicht, was er dachte, aber sie las alles zugleich in seinem Auge und ertappte sich mit einem Mal bei dem Wunsch, seinen Kopf in den Arm zu nehmen und seine Augen zuzudecken. Sie sagte: «Es ist schon Zeit, zu gehen, sonst wird es finster.»

Als sie am Wege waren, sagte er: «Sie haben sich gewiß gelangweilt, aber Sie müssen sich an mich gewöhnen.» Er nahm ihren Arm, weil man schon schlecht zu sehen begann, und suchte sich für sein Schweigen und dann unwillkürlich weiter auch für seine Gedanken zu entschuldigen. Sie verstand nicht, wovon er sprach, aber sie erriet seine Worte, die so ernst durch den Nebel drangen, in ihrer Art. Und als er sich nun gar noch für den Ernst dieser Worte entschuldigte, wußte sie nicht aus noch ein und fand bei der Jungfrau Maria keine andere Antwort, als daß sie ihren Arm inniger in seinen schob, wenn sie sich auch furchtbar dafür schämte.

Er streichelte ihre Hand. «Ich glaube, daß wir uns gut vertragen, Tonka, aber verstehen Sie mich denn?»

Nach einer Weile antwortete Tonka: «Es macht nichts, ob ich weiß, was Sie meinen. Ich könnte ohnedies nicht antworten. Aber ich mag es, daß Sie so ernst sind.»

Das waren gewiß lauter kleine Erlebnisse, aber das Merkwürdige ist: sie waren in Tonkas Leben zweimal da, ganz die gleichen. Sie waren eigentlich immer da. Und das Merkwürdige ist, sie bedeuteten später das Gegenteil von dem, was sie anfangs bedeuteten. So gleich blieb sich Tonka, so einfach und durchsichtig war sie, daß man meinen konnte, eine Halluzination zu haben und die unglaublichsten Dinge zu sehen.

III

Dann kam ein Ereignis, seine Großmutter starb vor der Zeit; Ereignisse sind ja nichts anderes als Unzeiten und Unorte, man wird auf einen falschen Platz gelegt oder vergessen und ist so ohnmächtig wie ein Ding, das niemand aufhebt. Auch was sich viel später ereignete, geschieht tausendfach in der Welt, und bloß daß es mit Tonka geschah, konnte man nicht verstehen.

Es erschien also der Arzt, die Leichengeschäftsleute kamen, der Totenschein wurde geschrieben und Großmama begraben – eins reihte sich in glatter Ordnung ans andere, wie es in einer guten Familie sein muß. Die Verlassenschaft wurde geregelt; man durfte froh sein, sich daran nicht beteiligen zu müssen; bloß ein einziger Punkt des Nachlasses erforderte Aufmerksamkeit, die Versorgung des Fräuleins Tonka mit dem traumhaften Nachnamen, der einer jener tschechischen Familiennamen war, die «Er sang» oder «Er kam über die Wiese» heißen. Es bestand ein Dienstvertrag. Das Fräulein sollte außer Lohn, der gering war, für jedes vollendete Dienstjahr mit einem bestimmten Betrag im Nachlaß bedacht werden, und da man auf ein längeres Leiden Großmamas gerechnet und, den erwarteten Unbilden der Pflege gemäß, den Betrag in langsam wachsenden Stufen festgesetzt hatte, kam es, daß er einem jungen Menschen empörend gering erscheinen mußte, der die aufgeopferten Monate von Tonkas Jugend nach Minuten wog. Er war zugegen, als Hyazinth mit ihr abrechnete. Er las scheinbar in einem Buch – es waren noch immer die Tagebuchfragmente von Novalis – in Wirklichkeit aber folgte er mit Aufmerksamkeit dem Vorgang und schämte sich, als sein «Onkel» die Summe nannte. Sogar dieser schien etwas Ähnliches zu fühlen, denn er begann ausführlich die Bestimmungen des seinerzeit abgeschlossenen Vertrags dem Fräulein auseinanderzusetzen. Fräulein Tonka hörte mit festgeschlossenen Lippen aufmerksam zu; der Ernst, mit dem sie der Rechnung folgte, gab ihrem jugendlichen Gesicht etwas sehr Rührendes.

«Also stimmt es?» sagte der Onkel und legte das Geld auf den Tisch.

Sie schien wohl überhaupt keine Ahnung zu haben, zog ihr kleines Täschchen aus dem Kleide, faltete das Papiergeld zusammen und schob es hinein; aber da sie die Noten vielmals biegen mußte, machten sie, so wenig ihrer waren, ein dicken Pack und waren nicht unterzubringen: wie eine Geschwulst saß die entstellte Börse unter dem Rock am Bein.

Jetzt hatte das Fräulein noch eine Frage: «Wann muß ich gehen?»

«Ja,» meinte der Onkel, «es wird wohl noch ein paar Tage dauern, bis der Haushalt aufgelöst ist; so lange können Sie gewiß bleiben. Aber Sie können auch früher gehen, wenn Sie wollen, wir brauchen Sie ja nicht mehr.»

«Danke,» sagte das Fräulein und ging auf sein Zimmerchen.

Die andern waren inzwischen mit der Verteilung schon beim täglichen Gebrauch angelangt. Sie waren wie Wölfe, die einen gefallenen Kameraden auffraßen, und hatten sich schon gegenseitig gereizt, als er fragte, ob man nicht dem Fräulein, das so wenig Geld bekommen habe, wenigstens ein wertvolles Andenken geben solle.

«Wir haben Großmamas großes Gebetbuch dafür bestimmt.»

«Nun ja, aber etwas Praktisches würde ihr gewiß mehr Freude machen; was ist denn zum Beispiel mit dem da?» Auf dem Tisch lag ein brauner Pelzkragen, den er hochhob.

«Der ist für Emmi,» – Emmi war seine Kusine – «wo denkst du

überhaupt hinaus, das ist doch Nerz!»

Er lachte. «Wer sagt, daß man bei armen Mädchen nur der Seele etwas schenken darf? Wollt ihr für knauserig erscheinen?»

«Das laß nur uns über,» meinte jetzt seine Mutter, und weil sie ihm nicht ganz unrecht gab, fuhr sie fort: «Du verstehst es doch nicht; sie wird nicht zu kurz kommen!» Und sie nahm generös und ärgerlich einige Taschentücher, Hemden und Beinkleider der alten Frau für das Fräulein auf die Seite, dazu ein schwarzes Kleid, dessen Tuch noch neu war. «So, das ist jetzt wohl genug. Gar so verdient hat sich das Fräulein ja nicht gemacht, und sentimental ist sie auch nicht: Weder als Großmama starb, noch beim Begräbnis hat sie auch nur eine Träne im Auge gehabt! Also gib, bitte, Frieden.»

«Es gibt Menschen, die schwer weinen; das ist doch kein Beweis» – antwortete der Sohn, nicht weil es ihn wichtig zu sagen dünkte, sondern weil ihn seine Redegeschicklichkeit reizte.

«Bitte ...!?» sagte die Mutter. «Fühlst du nicht, daß deine Bemerkungen jetzt nicht am Ort sind?»

Er schwieg auf diese Zurechtweisung nicht aus Scheu, sondern weil es ihn plötzlich unbändig freute, daß Tonka nicht geweint hatte. Seine Verwandten sprachen lebhaft durcheinander und er bemerkte, wie gut sie damit ihren Nutzen wahrten. Sie sprachen nicht schön, aber flink, hatten Mut zu ihrem Schwall, und es bekam schließlich jeder, was er wollte. Redenkönnen war nicht ein Mittel der Gedanken, sondern ein Kapital, ein imponierender Schmuck; während er vor dem Tisch mit Gaben stand, fiel ihm der Vers ein: «Ihm schenkte des Gesanges Gabe, der Lieder süßen Mund Apoll», und er bemerkte zum ersten Mal, daß dies wirklich ein Geschenk sei. Wie stumm war Tonka! Sie konnte weder sprechen noch weinen. Ist aber etwas, das weder sprechen kann, noch ausgesprochen wird, das in der Menschheit stumm verschwindet, ein kleiner, eingekratzter Strich in den Tafeln ihrer Geschichte, ist solche Tat, solcher Mensch, solche mitten in einem Sommertag ganz allein niederfallende Schneeflocke Wirklichkeit oder Einbildung, gut, wertlos oder bös? Man fühlt, daß da die Begriffe an eine Grenze kommen, wo sie keinen Halt mehr finden. Und er ging wortlos hinaus, um Tonka zu sagen, daß er für sie sorgen wolle.

Er traf Fräulein Tonka beim Einpacken ihrer Habe. Auf einem Sessel lag eine große Pappschachtel und am Fußboden standen zwei; eine davon war schon mit Bindfaden verschnürt, aber die beiden andern wollten den herumliegenden Reichtum nicht fassen, und das Fräulein studierte und nahm immer wieder ein Stück heraus, um es anderswo hineinzulegen, Strümpfe und Sacktücher, Schnürstiefel und Nähzeug, der Länge und Breite nach versuchte sie es und konnte, so dürftig ihr Besitz war, niemals alles verstauen, denn ihr Reisegepäck war noch dürftiger.

Die Tür ihres Zimmerchens stand offen, und er vermochte ihr eine Weile zuzusehen, ohne daß sie es wußte. Als sie ihn bemerkte, wurde sie rot und stellte sich rasch vor die offenen Schachteln. «Sie wollen uns verlassen?» sagte er und freute sich über ihre Verlegenheit. «Was werden Sie machen?»

«Ich fahre nach Hause zur Tante.»

«Wollen Sie dort bleiben?»

Fräulein Tonka zuckte die Achseln. «Ich werde trachten, etwas zu finden.»

«Wird Ihre Tante nicht ungehalten sein?»

«Für ein paar Monate hab ich ja mein Auskommen und bis dahin werde ich schon eine Stellung finden.»

«Dann geht aber Ihr bißchen Ersparnis verloren.»

«Was kann man machen.»

«Und wenn Sie so rasch keine Stellung finden?»

«Dann werde ich es eben wieder alle Augenblick auf dem Teller haben.»

«Auf dem Teller? Was?»

«Nun eben, daß ich nichts verdiene. Das war schon so, als ich im Geschäft war. Ich hab wenig verdient dort, aber ich konnte nichts machen, und sie hat nie etwas gesagt. Bloß wenn sie zornig war, aber dann jedesmal.»

«Und da haben Sie die Stellung bei uns angenommen?»

«Ja.»

«Wissen Sie was,» sagte er plötzlich, «Sie sollen nicht zu Ihrer Tante zurückgehen. Sie werden etwas finden. Ich – werde dafür sorgen.»

Sie sagte nicht ja und nicht nein und nicht danke; aber als er fort war, nahm sie langsam ein Stück ums andere wieder aus den Schachteln heraus und legte es auf seinen Platz zurück. Sie war sehr rot geworden, konnte ihre Gedanken nicht ordnen, schaute oft mit einem Stück in der Hand lange vor sich hin und fühlte: das war jetzt die Liebe.

Er sah jedoch, als er in sein Zimmer zurückgekehrt war, noch immer die Tagebuchfragmente von Novalis auf dem Tisch liegen und war über die Verantwortung betreten, die er plötzlich auf sich geladen hatte. Es war unerwartet etwas geschehen, das sein Leben bestimmen würde und ihm doch gar nicht nahe genug ging. Er war vielleicht in diesem Augenblick sogar mißtrauisch, weil Tonka sein Angebot so ohne weiteres angenommen hatte.

Aber da fiel ihm ein: «Wieso kam ich dazu, es ihr anzubieten?

Und er wußte das ebensowenig, wie warum sie es annahm. In ihrem Gesicht war die gleiche Ratlosigkeit gewesen wie in seinem. Die Lage war grausam komisch; wie im Traum irgendwo hinaufgestürzt, fand er nicht mehr hinunter. Aber er sprach nochmals mit Tonka. Er wollte nicht unaufrichtig sein. Sprach von Bewegungsfreiheit, Geist, Zielen, Ehrgeiz, Abneigung gegen den Taubenschlag des Idylls, erwarteten bedeutenden Frauen – wie eben ein sehr junger Mann spricht, der viel will und wenig erlebt hat. Als er in Tonkas Augen ein Zucken gewahrte, tat es ihm leid, und er bat, von der entgegengesetzten Angst, ihr wehzutun, befallen: «Verstehen Sie es nicht falsch!»

«Ich verstehe es ja!» war das einzige, was Tonka antwortete.

IV

«Sie ist doch ein ganz einfaches Mädchen», hatte man gesagt, «aus dem Tuchgeschäft.» Was heißt das? Auch andere Frauen wissen nichts und haben nichts studiert. Das will etwas hinten ans Kleid heften, ein Zeichen, wo man es nicht entfernen kann. Man muß etwas gelernt haben, muß Grundsätze, muß gesellschaftliche Haltung haben, heißt das, gehalten sein; Mensch ist unzuverlässig. Und wie sahen die aus, die das hatten, die nicht unzuverlässig waren? Er konnte es als möglich zugeben, daß seine Mutter fürchtete, die Leere ihres eigenen Lebens in seinem wiederholt zu sehen; sie hatte nicht stolz genug gewählt; ihr Mann war früher Truppenoffizier gewesen, ein unbedeutender fröhlicher Mann, sein Vater: sie wollte in dem Sohn ihr eigenes Leben verbessern. Sie kämpfte dafür. Er stimmte ihrem Stolz im Grund zu. Warum rührte ihn nicht die Mutter?

Ihr Wesen war Pflicht; ihre Ehe hatte erst einen Inhalt bekommen, als sein Vater erkrankte. Als etwas Soldatisches, eine Wache, die ihren Posten gegen Übermacht verteidigte, stand sie fortan neben dem langsam verblödenden Mann. Bis dahin hatte sie mit Onkel Hyazinth nicht vor noch zurück gekonnt. Er war nicht wirklich ein Verwandter, sondern ein Freund beider Eltern, einer jener Onkel, welche die Kinder vorfinden, wenn sie die Augen aufschlagen; war Oberfinanzrat und nebenher noch ein vielgelesener deutscher Dichter, dessen Erzählungen große Auflagen erreichten. Er brachte der Mutter den Hauch von Geist und Welterfahrenheit, der sie in ihren seelischen Entbehrungen tröstete, war historisch belesen, und seine Gedanken waren daher so beschaffen, daß sie desto größer erschienen, je leerer sie waren, indem sie sich über die Jahrtausende und größten Fragen ausdehnten. Aus Gründen, die dem jüngeren niemals klar geworden waren, hegte dieser Mann seit vielen Jahren eine ausdauernde, bewundernde, selbstlose Liebe zu dessen Mutter; wahrscheinlich weil sie als Offizierstochter von Ehr- und Charaktervorstellungen gehalten und, diese lebhaft ausstrahlend, jene Festigkeit der Grundsätze besaß, die er für die Ideale seiner Bücher brauchte, während ihm dunkel ahnte, daß die Flüssigkeit seiner Rede und Erzählergabe gerade davon kam, daß sie seinem Geist fehlte. Da er das aber naturgemäß nicht als seinen Fehler anerkennen mochte, mußte er es ins Universale, Weltschmerzliche vergrößern und es als Los des reichen Geistes empfinden, solcher Ergänzung durch fremden Starkmut zu bedürfen, so daß es auch für die Frau dabei nicht an schmerzlicher Erhöhung fehlte. Sie maskierten ihr Verhältnis sorgfältig und auch vor sich als geistige Freundschaft, aber es gelang nicht immer, und zuweilen waren sie ganz entsetzt über Hyazinthische Schwächen, die sie in Gefahr brachten und unsicher machten, ob sie nun fallen müßten oder starkmütig zur alten Höhe wieder hinansteigen sollten. Als aber der Gatte erkrankte, war den Seelen der Halt geschenkt, nach dem langend, sie um den einen Zentimeter wuchsen, der zuweilen noch gefehlt hatte. Von da an war die Gattin geschützt durch Pflicht, machte gut durch verdoppelte Pflicht, was etwa noch in Empfindungen gesündigt wurde, und das Denken war durch eine einfache Regel, welche jetzt den Ausschlag gab, vor jenem Schwanken zwischen Verpflichtung zur Größe der Leidenschaft und zur Größe der Treue gesichert, das so besonders unangenehm war.

So sahen also verläßliche Menschen aus, sie zeigten es durch Geist und Charakter. Und mochte in Hyazinths Romanen auch noch so viel Liebe auf den ersten Blick vorkommen, jemand, der ohne weiteres einem Menschen folgte – wie ein Tier, das weiß, wo es trinken darf und wo nicht, – wäre ihnen als ein Wesen erschienen, das sich in einem wilden Urzustand ohne Moral befindet. Der Sohn aber, welcher mit dem tierhaft guten Vater Mitleid fühlte und Hyazinth wie die Mutter gleich der geistigen Pest bei allen kleinen Gelegenheiten des Familienlebens bekämpfte, hatte sich durch diese beiden in die entgegengesetzteste Ecke der zeitgemäßen Möglichkeiten treiben lassen. Der vielseitig Begabte studierte Chemie und stellte sich taub gegen alle Fragen, die nicht klar zu lösen sind, ja er war ein fast haßerfüllter Gegner solcher Erörterungen und ein fanatischer Jünger des kühlen, trocken phantastischen, Bogen spannenden neuen Ingenieurgeistes. Er war für Zerstörung der Gefühle, war gegen Gedichte, Güte, Tugend, Einfachheit; Singvögel brauchen einen Ast, auf dem sie sitzen, und der Ast einen Baum, und der Baum braunblöde Erde, er aber flog, er war zwischen den Zeiten in der Luft; hinter dieser Zeit, die ebensoviel zerstört wie aufbaut, wird eine kommen, welche die neuen Voraussetzungen hat, die wir mit solcher Askese schaffen, und dann erst wird man wissen, was wir hätten fühlen sollen – so ungefähr dachte er: einstweilen galt es hart und karg zu sein wie auf einer Expedition. Es hatte bei solchem Antrieb nicht fehlen können, daß er schon auf der Schule den Lehrern aufgefallen war, er hatte die Ideen neuer Erfindungen gefaßt, sollte sich ihrer Ausbildung nach dem Doktorat noch ein bis zwei Jahre widmen und hoffte, dann mit unaufhaltsamer Sicherheit über jenem strahlenden Horizont aufzusteigen, als den junge Leute die aus Glanz und Ungewißheit gemischte Zukunft vor sich sehen. Tonka liebte er, weil er sie nicht liebte, weil sie seine Seele nicht erregte, sondern glatt wusch wie frisches Wasser; er tat es mehr, als er glaubte, und die zuweilen vorsichtig mit scharfer Spitze tastenden Erkundigungen seiner Mutter, welche eine Gefahr ahnte, die sie nicht zur Rede stellen konnte, weil sie keine Gewißheit besaß, trieben ihn zur Eile. Er legte seine Prüfungen ab und verließ das Elternhaus.

V

Sein Weg führte ihn nach einer deutschen Großstadt. Er hatte Tonka mit sich genommen; es wäre ihm zumut geworden, als würde er sie Feinden ausliefern, wenn er sie in der Stadt ihrer Tante und seiner Mutter zurückgelassen hätte. Tonka schnürte ihre Sachen und verließ die Heimat so herzlos, so selbstverständlich, wie der Wind mit der Sonne wegzieht oder der Regen mit dem Wind.

Sie nahm in der neuen Stadt eine Stellung an, in einem Geschäft. Sie begriff die neue Arbeit rasch und wurde täglich dafür gelobt. Aber warum bekam sie einen unzureichenden Gehalt und bat nie um Erhöhung, obwohl man sie ihr bloß vorenthielt, weil es so eben auch ging? Sie nahm, was ihr fehlte, ohne Bedenken von ihrem Freunde an. Nicht deshalb, sondern weil ihm ihre Bescheidenheit nicht immer paßte, und um sie klüger zu machen, hielt er zuweilen Reden dagegen. «Warum verlangst du nicht, daß er dir eine höher bezahlte Verwendung gibt?!»

«Ich kann nicht.»

«Kannst nicht und behauptest, daß überall, wo etwas nicht stimmt, du helfen mußt?»

«Ja.»

«Nun, warum dann . . .?»

Tonka bekam bei solchen Gesprächen einen störrischen Zug. Sie widersprach nicht, aber sie war Überlegungen nicht zugänglich. «Bitte,» konnte er sagen, «das ist ein Widerspruch, bitte, du mußt mir jetzt erklären, warum . . .»; es half nicht. «Tonka, ich werde bös sein, wenn du so bist!»

Dann erst, wenn er solche Peitsche schwang, setzte sich das kleine Eselsgespann der Bescheidenheit und des Trotzes langsam in Bewegung und zog etwas hervor wie zum Beispiel damals, daß sie eine ungelenke Schrift hatte und auch die Rechtschreibung fürchtete, was sie ihm bisher aus Eitelkeit verschwiegen hatte, so daß nun um den lieben Mund die Angst zuckte und sich erst zum Regenbogen eines Lächelns wölbte, als sie fühlte, daß ihr der häßliche Mangel nicht übelgenommen ward.

Im Gegenteil, er liebte solche Fehler wie den Fingernagel, den sie sich bei der Arbeit verunstaltet hatte. Er ließ sie in die Abendschule gehn und freute sich über die lächerliche kaufmännische Schönschrift, die ihr dort anwuchs. Sogar die verbildeten Urteile über das und jenes, die sie von dort nach Hause trug, waren ihm lieb. Sie trug sie gleichsam im Mund nach Hause, ohne sie zu essen; es lag eine edle Natürlichkeit darin, wie hilflos sie in der Abwehr des Wertlosen war, aber ahnend es sich nicht zu eigen machte. Diese Sicherheit, mit der sie alles Rohe, Ungeistige und Unvornehme auch in Verkleidungen ablehnte, ohne sagen zu können warum, war staunenswert, aber ebensosehr fehlte ihr jedes Streben, aus ihrem Kreis in einen höheren zu gelangen; sie blieb wie die Natur rein und unbehauen. Es war gar nicht so einfach, die Einfache zu lieben. Und zuweilen überraschte sie ihn durch Kenntnisse von Gedanken, die ihr ganz fern liegen mußten; selbst von Chemie; wenn er, vom Beruf ausschwingend, mehr monologisierend als für sie etwas erzählte, wußte sie plötzlich dies oder das. Gleich beim erstenmal hatte er sie natürlich erstaunt gefragt. Der Bruder ihrer Mutter, der bei ihnen in dem kleinen Haus hinter dem Bordell gelebt hatte, war Student gewesen. «Und jetzt?» «Er starb gleich nach den Prüfungen.» «Und das hast du dir gemerkt?» «Ich bin noch klein gewesen,» erzählte Tonka, «aber wenn er gelernt hat, hab ich ihn immer ausfragen müssen. Ich hab kein Wort verstanden, aber er hat mir die Fragen auf einen Zettel geschrieben.» – Schluß. Und länger als zehn Jahre war das wie schöne Steine, deren Namen man nicht weiß, in einem Kästchen gelegen! So war es auch jetzt; während er arbeitete, stumm in der Nähe zu sein, war ihr ganzes Glück. Sie war Natur, die sich zum Geist ordnet; nicht Geist werden will, aber ihn liebt und unergründlich sich ihm anschloß wie eins der vielen dem Menschen zugelaufenen Wesen.

Seine Beziehung zu ihr war damals in einer merkwürdigen Spannung gleich weit von Verliebtheit wie Leichtfertigkeit. Eigentlich waren sie schon in der Heimat auffallend lang ohne Verführung miteinander ausgekommen. Sie hatten sich abends gesehen, gingen miteinander spazieren, erzählten sich die wenigen Erlebnisse des Tages mit ihren kleinen Ärgerlichkeiten, und das war so nett, wie Salz und Brot zu essen. Später hatte er freilich ein Zimmer gemietet, aber nur weil es dazu gehört und auch, weil man im Winter nicht stundenlang in den Straßen sein kann. Dort küßten sie sich zum erstenmal. Etwas steif, es war mehr eine Bekräftigung als ein Genuß, und Tonka hatte vor Aufregung ganz rauhe, harte Lippen. Sie hatten damals auch schon davon gesprochen, «sich ganz anzugehören». Das heißt – er hatte gesprochen und Tonka hatte schweigend zugehört. Lächerlich deutlich, wie begangene Dummheiten sich nicht auslöschen lassen, erinnerte er sich seiner sehr jugendlich lehrhaften Ausführungen darüber, daß es so werde kommen müssen, weil dann erst zwei Menschen sich wirklich einander öffnen, und derart zwischen Gefühl und Theorie schwankten sie. Tonka bat bloß einigemal, es noch um einige Tage hinauszuschieben. Bis er beleidigt frug, ob ihr das Opfer zu groß sei? Da setzten sie einen Tag fest!

Und Tonka war gekommen. In ihrem moosgrünen Jäckchen, in dem blauen Hut mit den schwarzen Puffen, die Wangen von dem raschen Gehn in der Abendluft gerötet. Sie deckt den Tisch, sie richtet den Tee. Nur um ein weniges geschäftiger als sonst, und immer bloß die Gegenstände ansehend, mit denen sie es gerade zu tun hat. Und obgleich er während des ganzen Tages ungeduldig gewartet hat, sitzt er eingeklemmt in die eisige Steife der Jugend auf dem Sofa und sieht ihr zu. Er bemerkte, daß Tonka an das Unabwendbare nicht denken wollte, und es tat ihm leid, daß er dafür einen festen Termin gestellt hatte; wie ein Gerichtsvollzieher! Aber es fiel ihm jetzt erst ein, daß er sie hätte überraschen, es ihr hätte abschmeicheln müssen!

Alle Freude war meilenfern; er scheute sich eher, das Frische anzutasten, das ihm jeden Abend, wenn sie sich sahen, wie ein kühler Wind entgegenwehte. Aber einmal mußte es sein, an diese Notwendigkeit klammerte er sich, und während er die unwillkürlichen Bewegungen Tonkas verfolgte, kam es ihm vor, als wäre sein Gedanke wie ein Seil um ihren Knöchel geschlungen, das bei jeder Wendung kürzer wurde.

Nach dem Mahl, das sie fast ohne zu sprechen eingenommen hatten, setzten sie sich zueinander. Er machte einen Versuch zu scherzen, Tonka machte einen Versuch zu lachen. Aber sie verzog dabei den Mund, als ob sich ihre Lippen spannten, und wurde plötzlich wieder ernst.

Unvermittelt sagte er: «Tonka, ist es dir recht? Soll es dabei bleiben?» Tonka senkte den Kopf, und ihm schien, daß etwas über ihre Augen flog, aber sie sagte nicht ja und sie sagte nicht, ich hab dich lieb, und er beugte sich zu ihr und sprach ihr in seiner Verlegenheit leise zu. «Weißt du, es ist am Anfang viel Ungewohntes, vielleicht sogar Nüchternes. Denk dir, wir dürfen doch nicht . . ., weißt du, es ist doch nicht bloß so . . . Mach dann die Augen zu. Also . . .?»

Das Bett war schon aufgeschlagen, und Tonka ging darauf zu, setzte sich aber plötzlich wieder unentschlossen auf den Stuhl daneben.

Er rief sie an: «. . . Tonka! . . .» Sie stand wieder auf und mit weggewandtem Gesicht begann sie ihre Kleider zu lösen.

Ein undankbarer Gedanke blieb an diesen süßen Augenblick geheftet.

Schenkte sich Tonka? Er hatte ihr keine Liebe versprochen; warum empörte sie sich nicht gegen einen Zustand, der höchste Hoffnungen ausschloß? Schweigend handelte sie, als würde sie von der Macht des «Herrn» unterjocht; vielleicht würde sie einem andern auch so folgen, der fest will? Aber da stand sie im Ungeschick ihrer ersten Nacktheit; die Haut schloß sich rührend wie ein zu enges Kleid um ihren Körper; sein Fleisch war menschlicher und klüger als das jugendlich überkluge Denken, und Tonka, als ob sie vor ihm flüchten wollte, der in diesem Augenblick auffuhr, schob sich mit einer merkwürdig ungeschickten und ungewohnten Bewegung ins Bett.

Er erinnerte sich dann nur noch, daß er im Vorbeigehen empfand, das Vertrauteste sei auf dem Sessel geblieben, mit den Kleidern, die er so gut kannte; als er daran vorbeikam, stieg der liebe, frische Geruch daraus auf, den er immer als das erste empfunden hatte, wenn sie sich sahen; im Bett erwartete ihn das Unbekannte und Fremde. Er hielt noch einmal ein, und Tonka lag im Bett mit geschlossenen Augen und zur Mauer gewandtem Kopf, endlos lang, in fürchterlich einsamer Angst. Als sie ihn endlich neben sich fühlte, waren ihre Augen warm von Tränen. Es kam dann eine neue Welle der Angst, Entsetzen über ihre Undankbarkeit, ein sinnloses, Hilfe suchendes Wort, durch einen endlosen, einsamen Gang hervorstürzend, verwandelte sich in seinen Namen, und dann – war sie sein geworden; er begriff wohl kaum, wie zauberhaft, wie kindlich tapfer sie sich in ihn stahl, welche einfache List sie sich ausgedacht hatte, um auch alles zu besitzen, was sie an ihm bewunderte: man braucht bloß ganz ihm zu gehören und dann gehört man dazu.

Er erinnerte sich später gar nicht mehr, wie das geschehen war.

VI

Denn am Morgen eines einzigen Tages war alles in ein Dornengerank verwandelt worden.

Es waren schon einige Jahre vergangen, seit sie gemeinsam lebten, als Tonka sich eines Tages schwanger fühlte, aber es war nicht ein beliebiger Tag, sondern der Himmel hatte dafür einen Tag ausgesucht, von dem zurückgerechnet die Empfängnis eigentlich in eine Zeit der Abwesenheit und Reisen fiel, und Tonka wollte ihren Zustand erst bemerkt haben, als sein Beginn schon nicht mehr so genau festzustellen war.

In solcher Lage gibt es Gedanken, die jedem durch den Kopf fliegen; weit und breit war jedoch kein Mann, der ernsthaft hätte in Zusammenhang gebracht werden können.

Einige Wochen später trat das Schicksal noch deutlicher auf: Tonka erkrankte. Es war eine Krankheit, die entweder vom Kind ins Blut der Mutter getragen wird oder ohne diesen Umweg vom Vater; es war eine entsetzliche, schwere, schleichende Krankheit, aber ob sie den näheren oder weiteren Weg genommen hatte, das Merkwürdige war: die erforderliche Zeit stimmte in beiden Fällen nicht genau. Auch war er ja nach menschlichem Ermessen nicht krank, und es verstrickte ihn also entweder ein mystischer Vorgang mit Tonka oder sie hatte gemeine irdische Schuld auf sich geladen. Es gab freilich auch andere natürliche Möglichkeiten – theoretische, platonische, wie man sagt –, aber praktisch war ihre Wahrscheinlichkeit so gut wie Null; praktisch war die Wahrscheinlichkeit, daß er weder der Vater von Tonkas Kind noch der Urheber ihrer Krankheit war, gleich der Gewißheit.

Man verweile einen Augenblick, um zu verstehen, wie schwer er es begriff. Praktisch! Kommst du zu einem Kaufmann und eröffnest nicht eine Aussicht, die bald seine Begehrlichkeit reizt, sondern hältst ihm eine lange Rede über die Zeiten und das, was ein reicher Mann eigentlich tun müßte, so weiß er, du bist gekommen, um ihm sein Geld zu stehlen. Er wird sich nie irren darin, obgleich du ja auch gekommen sein könntest, um ihm Belehrung zu schenken. Ebenso ist ein Richter nicht einen Augenblick im Zweifel, wenn ihm der Angeklagte erzählt, daß er das bei ihm gefundene Beweisstück von einem «unbekannten Mann» erhalten habe. Und doch wäre einmal ja auch das möglich. Aber Handel und Wandel ruhen darauf, daß man nicht mit allen Möglichkeiten zu rechnen braucht, weil die äußersten praktisch nicht vorkommen. Theoretisch hingegen? Der alte Arzt, zu dem er Tonka anfangs gebracht hatte, nachdem er allein bei ihm zurückgeblieben war, hatte die Achseln gezuckt: Möglich?

Gewiß unmöglich nicht – er hatte gute, hilflose Augen, aber er schien sagen zu wollen: Halten wir uns nicht dabei auf, es liegt unter der für menschliches Ermessen nötigen Wahrscheinlichkeit. Auch ein Gelehrter ist ein Mensch, und ehe er etwas annimmt, das medizinisch ganz unwahrscheinlich ist, nimmt er lieber einen menschlichen Fehler als Ursache an; in der Natur sind die Ausnahmen selten.

Es war also das nächste eine Art medizinischer Prozeßsucht. Er wurde Gast bei vielen Ärzten. Der zweite Arzt schloß ebenso wie der erste, und der dritte wie der zweite. Er feilschte. Er trachtete Auffassungen medizinischer Schulen gegeneinander auszuspielen. Die Herren hörten ihm schweigend zu oder auch liebevoll lächelnd wie einem Narren und unverbesserlichen Dummkopf. Und natürlich wußte er selbst, während er redete, er hätte ebensogut fragen können: ist eine jungfräuliche Zeugung möglich? Und man hätte ihm nur zu antworten vermocht: sie war noch nie da. Nicht einmal ein Gesetz hätte man angeben können, das sie ausschloß; bloß: sie war noch nie da. Und doch wäre er ein unverbesserlicher Hahnrei, wollte er sich das einbilden!

Vielleicht hatte ihm das auch einer ins Gesicht gesagt, mit dem er sprach, oder es war ihm doch nur selbst durch den Kopf gefahren, es hätte ihm jedenfalls selbst einfallen können. Aber gerade weil man nicht einen Kragenknopf schließen könnte, wollte man zuvor alle möglichen Fingerkombinationen durchdenken, stand während der ganzen Zeit neben der Gewißheit seines Verstandes eine andere Unmittelbarkeit: Tonkas Gesicht. Man geht zwischen Kornfeldern, man fühlt die Luft, die Schwalben fliegen, in der Ferne die Türme der Stadt, Mädchen mit Liedern . . . man ist fern aller Wahrheit, man ist in einer Welt, die den Begriff Wahrheit nicht kennt. Tonka war in die Nähe tiefer Märchen gerückt. Das war die Welt des Gesalbten, der Jungfrau und Pontius Pilatus, und die Ärzte sagten, daß Tonka geschont und gepflegt werden müßte, sollte sie ihren Zustand überdauern.

VII

Er versuchte natürlich trotzdem von Zeit zu Zeit, Tonka das Geständnis zu entreißen; dazu war er ja ein Mann und kein Narr. Aber sie ging damals in ein großes häßliches Geschäft, das in einem Arbeiterviertel lag; morgens mußte sie um sieben Uhr dort sein und abends verließ sie es – oft wegen einiger Pfennige, die ein verspäteter Kunde hineintrug – nicht vor halb zehn; sie sah die Sonne nicht, nachts schliefen sie getrennt, und man ließ ihnen keine Zeit für ihre Seele. Sie mußten selbst für dieses dürftige Leben bangen, wenn man die Schwangerschaft merkte, denn sie waren damals schon in Geldverlegenheit geraten; er hatte die Mittel für seine Studien verbraucht und Geld zu verdienen war er nicht imstande; es ist das am Anfang einer wissenschaftlichen Laufbahn besonders schwer, und er war der Lösung seiner Aufgabe, ohne sie schon erreicht zu haben, so nahe gekommen, daß er aller Kraft für das letzte Erreichen bedurfte. Tonka war bei diesem Leben ohne Licht und voll Sorgen hingewelkt und sie verblühte natürlich nicht schön wie manche Frauen, die Berauschendes ausströmen, wenn sie verfallen, sondern sie welkte unscheinbar wie ein kleines Küchenkraut, das gilbt und häßlich wird, sobald die Frische seines Grüns verloren ist. Ihre Wangen blaßten und fielen ein, dadurch sprang die Nase groß aus dem Gesicht, der Mund erschien breit und sogar die Ohren standen etwas weg; auch der Körper magerte ab, und wo früher biegsame Fülle des Fleisches gewesen war, blickte jetzt ein ländlicher Knochenbau durch. Er, dessen wohlerzogenes Gesicht dem Kummer besser widerstand und dessen Vorrat an guten Kleidern länger vorhielt, merkte, wenn er mit ihr ausging, den erstaunten Blick manches Vorübereilenden. Und weil er nicht ohne Eitelkeit war, brachte es ihn gegen Tonka auf, daß er ihr keine schönen Kleider kaufen konnte; er war wegen ihrer Dürftigkeit, an der er die Schuld trug, böse auf sie, aber wahrhaftig, er hätte ihr, wenn er gekonnt hätte, zuvor schöne wolkige Umstandskleider geschenkt und sie dann erst zur Rede gestellt wegen ihrer Untreue. Sobald er versuchte, ihr das Geständnis zu entreißen, leugnete Tonka. Sie wußte nicht, wie es gekommen war. Wenn er um ihrer alten Freundschaft willen bat, ihn doch nicht zu belügen, trat ein gequälter Zug in ihr Gesicht, und wenn er heftig wurde, sagte sie bloß, sie lüge nicht, und was sollte man da noch tun? Hätte er sie prügeln und beschimpfen sollen oder sie in ihrer furchtbaren Lage verlassen? Er schlief nicht mehr bei ihr, aber auf die Folter gelegt, hätte sie nichts bekannt, schon deshalb nicht, weil sie kein Wort über die Lippen brachte, seit sie sein Mißtrauen merkte, und dieser störrische Eigensinn war, seit seine Einsamkeit nicht mehr durch Liebreiz gemildert wurde, erst recht entwaffnend. Er mußte zäh und lauernd sein.

Er hatte sich entschlossen, seine Mutter um Geldhilfe zu bitten. Aber der Vater lag seit langem zwischen Leben und Sterben, und alles verfügbare Geld war dadurch gebunden; er konnte es nicht prüfen, wenn er auch wußte, daß seine Mutter sich vor der Möglichkeit ängstigte, er könnte mit der Zeit Tonka heiraten wollen. Ja, sie ängstigte sich schon davor, daß andere Heiraten niemals zustandekommen würden, weil Tonka dazwischen war; und als alles sich dehnte, die Studien, der Erfolg, die Krankheit des Vaters und die Sorgen im Haushalt, war näher oder ferner daran Tonka schuld, die nicht bloß als die erste Ursache unseliger Verkettungen empfunden wurde, sondern geradezu als ein böses Zeichen, das Unglück vorbedeutete, indem zum erstenmal durch sie der gewöhnliche Ablauf des Lebens gestört worden war. In Briefen und bei Besuchen im Elternhaus war diese unklare Überzeugung durchgebrochen, die im Grunde aus nichts bestand als der Ahnung eines Familienmakels, weil der Sohn «von so einem Mädchen» sich tiefer binden ließ, als es sonst bei jungen Männern üblich ist. Hyazinth mußte warnen, und als der Junge, betroffen von diesem uneingestandenen Aberglauben und an seine eigenen unvernünftigen, schmerzlichen Erlebnisse erinnert, heftig ablehnte, war Tonka ein «pflichtvergessenes Mädchen» genannt worden, das den Frieden einer Familie nicht achtete, und linkische Anspielungen auf «sinnliche Künste», mit denen sie ihn «in Banden halte», kamen mit der ganzen Lebensunerfahrenheit der anständigen Mütter zutage. – Sie hatten auch jetzt durch die Antwort geblickt, die er erhielt, als ob jeder Pfennig, solange er ihn mit Tonka verband, nur seinem Unglück dienen würde. Da entschloß er sich, noch einmal zu schreiben und sich als Vater von Tonkas Kind zu bekennen.

Als Antwort kam seine Mutter selbst.

Sie kam, «um die Verhältnisse zu ordnen».

Sie betrat nicht seine Wohnung, als müßte sie fürchten, dort auf Unerträgliches zu stoßen, und beschied ihn ins Hotel. Eine leichte Verlegenheit hatte sie mit Pflichtbewußtsein abgeschüttelt und sprach von der großen Sorge, die er ihnen bereite, von der Gefahr für das Leiden seines Vaters und von Fesseln fürs Leben; ungeschickt durchtrieben zog sie alle Bälge des Gemüts, aber ein Ton der Nachsicht, der dabei nicht von den Worten wich, bewahrte ihr die mißtrauische Neugierde ihres von der durchschauten Herzenslist gelangweilten Zuhörers. «Denn», sagte sie, «es könnte dieser Unglücksfall ja geradezu noch zum Glück ausschlagen, und man wäre dann» – sagte sie – «mit dem Schreck davongekommen: es gelte nur, die Zukunft vor der Wiederkehr solcher Ereignisse zu schützen!» Sie habe deshalb den Vater trotz aller Schwierigkeiten bewogen, eine gewisse Summe zu opfern. Man werde damit, eröffnete sie wie eine große Güte, das Mädchen samt den Ansprüchen des Kindes abfinden.

Zu ihrer eigenen Überraschung fragte ihr Sohn ruhig nach der Höhe des Angebots, hörte es sich an, schüttelte dann noch ruhiger den Kopf und sagte bloß: «Es geht nicht.»

Von Hoffnung befeuert, erwiderte sie: «Es muß gehen! Sei nicht verblendet; viele junge Leute machen ähnliche Dummheiten, aber sie lassen es sich gesagt sein. Es ist gerade jetzt eine gute Gelegenheit, dich frei zu machen, lasse sie nicht aus falschem Ehrgefühl ungenützt, du schuldest es dir und uns!»

«Wieso eine gute Gelegenheit?»

«Gewiß. Das Mädchen wird vernünftiger sein als du; es wird wissen, daß man solche Verhältnisse immer löst, wenn ein Kind da ist.»

Da verschob er die Antwort auf den nächsten Tag. Es hatte etwas in ihm gezündet.

Seine Mutter, die Ärzte mit dem Lächeln der Vernunft, das glatte Laufen der Untergrundbahn am Weg zu Tonka, der Schutzmann mit den festen, das Chaos regelnden Gebärden, der donnernde Wasserfall der Stadt: das war alles eins; er stand in dem einsamen Hohlraum darunter – unbenetzt, aber abgeschnitten.

Er fragte Tonka, ob sie es tun würde.

Tonka sagte: Ja. Fürchterlich zweideutig war dieses Ja. So vernünftig, wie die Mutter es vorausgesagt hatte, aber um den Mund, der es sprach, zuckte die Verwirrung.

Da sagte er seiner Mutter ungefragt am nächsten Tag ins Gesicht, daß er vielleicht gar nicht der Vater von Tonkas Kind sei, daß Tonka krank sei, aber daß er sich trotzdem eher selbst für krank und den Vater halten wolle, als Tonka verlassen.

Es lächelte seine Mutter machtlos vor so viel Verblendung, sah ihn zärtlich an und ging. Er wußte, sie hatte nun den großen Schwung erhalten, ihr Fleisch und Blut vor dem Makel zu schützen, und ein mächtiger Feind war ihm verbündet.

VIII

Endlich verlor Tonka ihre Stellung; es hatte ihn fast schon beunruhigt, daß dieses Unglück solang nicht gekommen war. Der Geschäftsmann, bei dem Tonka diente, war ein kleiner, häßlicher Mensch, aber in ihrer Not war er ihnen wie eine übermenschliche Macht erschienen. Wochenlang hatten sie beratschlagt: er muß alles schon wissen, aber er ist doch ein anständiger Kerl, der nicht eigens noch stößt, wenn eins im Unglück ist; dann wieder: er merkt es nicht; Gott sei Dank, er hat es überhaupt noch nicht bemerkt! Aber eines Tages wurde Tonka ins Kontor gerufen und rund heraus gefragt, wie es mit ihr stünde. Sie brachte keine Antwort hervor, bloß die Tränen traten ihr in die Augen. Und den vernünftigen Mann rührte es nicht, daß sie nicht sprechen konnte; er zahlte ihr den Gehalt für einen Monat aus und entließ sie auf der Stelle. So böse war er geworden, daß er donnerte, er sei jetzt verlegen um einen Ersatz, und es sei Betrug von Tonka gewesen, ihren Zustand zu verheimlichen, als sie die Stellung annahm; nicht einmal das Kontorfräulein schickte er hinaus, als er ihr das sagte. Tonka kam sich danach sehr schlecht vor, aber auch er bewunderte heimlich diesen schäbigen, kleinen, namenlosen Kaufmann, der nicht eine Minute lang geschwankt hatte, seinem Geschäftswillen Tonka zu opfern, und mit ihr ihre Tränen, ein Kind und weiß Gott welche Erfindungen, welche Seelen, welches Menschenschicksal, denn das alles wußte er ja nicht und fragte nicht danach.

Sie mußten jetzt in kleinen Speisewirtschaften essen, für wenige Pfennige zwischen Schmutz und Grobheit eine Kost, die er nicht vertrug. Er holte Tonka zu diesen Mahlzeiten ab, pünktlich, in Erfüllung einer Pflicht. Er machte eine sonderbare Figur in seinen vornehmen Kleidern zwischen den Gehilfen und Geschäftsdienern, ernst, schweigsam, treu zur Seite seiner schwangeren Gefährtin und unzertrennlich. Viele spöttische Blicke flogen ihm zu, und manche anerkennende, die nicht weniger brannten. Es war ein seltsames Wandeln, mit seiner Erfindung im Kopf und der Überzeugung von Tonkas Untreue, zwischen dem groben Menschenschotter der Großstadt. Er hatte noch nie so stark wie jetzt die Gemeinbürgschaft der Welt empfunden; wo er nur über Straßen ging, jagte und jappte es wie eine Meute lärmender Hunde; jeder voll Einzelgier, aber doch alle ein Rudel, und bloß er hatte keinen, den er um Unterstützung bitten oder dem er auch nur sein Schicksal hätte erzählen können; er hatte nie Zeit für Freunde gehabt, wohl auch keinen Geschmack an ihnen oder keinen Reiz für sie: er war belastet von seinen Ideen, und das ist ein lebensgefährliches Gewicht, solange die Menschen noch nicht ausgespürt haben, daß sie ihre Vorteile daraus münzen können. Er wußte nicht einmal eine Richtung, in der er nach Hilfe hätte suchen können; er war fremd. Und wer war Tonka? Geist von seinem Geiste? Nein, in zeichenhafter Übereinstimmung war sie ein fremdes Geschöpf mit seinem verhohlenen Geheimnis, das sich ihm zugesellt hatte!

Ein kleiner Spalt mit fernem Schimmer war offen, seine Gedanken begannen die Richtung hin zu nehmen. Er arbeitete an einer Erfindung, deren Bedeutung schließlich auch für die andern groß sein würde, und da war es sicher, daß außer dem Denken noch etwas dabei war, ein Mut, eine Zuversicht und Ahnung, die nie trogen, ein gesunder Lebenssinn, der ein Stern war, dem er folgte. Da ging auch er nur den größeren Wahrscheinlichkeiten nach, und stets fand sich bei einer von ihnen das Rechte; er vertraute, alles wird schon so sein, wie es immer ist, um auf das eine zu kommen, dessen Anderssein er entdecken wollte, und hätte er jeden möglichen Zweifel so prüfen wollen, wie er mit Tonka tat, so wäre er niemals zum Ende gekommen: Denken heißt, nicht zuviel denken, und ohne etwas Verzicht auf das Grenzenlose der Erfindungsgabe läßt sich keine Erfindung machen. Diese eine Hälfte seines Lebens schien unter dem Stern zu stehen, der unbeweisbares Glück oder ein Geheimnis war. Und die andere war unerleuchtet. Er spielte jetzt mit Tonka in der Pferdelotterie. Die Ziehungsliste erschien, er hatte Tonka erwartet, unterwegs wollten sie das Verzeichnis kaufen und lesen. Es handelte sich um eine elende Pferdelotterie mit einem Haupttreffer von wenigen tausend Mark; aber das machte nichts, er hätte für die nächste Zukunft sorgen können. Und wenn es nur ein paar hundert Mark gewesen wären, so hätte er Tonka das Nötigste an Kleidern und Wäsche kaufen oder sie aus ihrer ungesunden Mansarde befreien können. Und wären es nur zwanzig Mark gewesen, so würde das eine Ermunterung sein, und er hätte neue Lose gekauft. Ja selbst wenn sie nur fünf Mark gewonnen hätten, so wäre dies ein Zeichen gewesen, daß der Versuch, wieder Anschluß an das Leben zu gewinnen, in unbekannten Gegenden wohlgelitten war.

Aber alle drei Lose waren Nieten. Natürlich hatte er sie da nur zum Scherz gekauft, und schon als er auf Tonka wartete, war eine Leere in ihm, die einen Fehlschlag ankündigte; aber wahrscheinlich hatte er doch zwischen Wünschen und Hoffnungslosigkeit geschwankt, oder geschah es, weil selbst zwanzig Pfennige für eine nutzlose Liste in seinem Zustand einen Verlust bedeuteten: er empfand plötzlich, daß es eine unsichtbare Macht gab, die ihm übel wollte, und fühlte sich von Feindseligkeit umgeben.

Er wurde in der Folge recht abergläubisch; der Mensch in ihm, der abends Tonka abholte, wurde es, während der andere wie ein Gelehrter arbeitete. Er besaß zwei Ringe, die er aber nur abwechselnd trug. Beide waren kostbar, aber der eine war edel und alt, während der andere ein Geschenk seiner Eltern war, das er nie sehr in Ehren gehalten hatte. Da bemerkte er, daß er an den Tagen, wo er den neuen Ring trug, der nichts als ein teurer Allerweltsring war, vor neuen Verschlimmerungen seiner Lage eher bewahrt blieb als an den Tagen, wo er den edlen trug, und von da an traute er sich nicht mehr, diesen an den Finger zu stecken, sondern trug den andern wie ein auferlegtes Joch. Auch als er sich eines Tages zufällig nicht rasierte, hatte er Glück; als er es am nächsten Tage tat, obgleich ihn die Beobachtung gewarnt hatte, strafte ein neues seiner kleinen niedrigen Unglücke – die nur in seiner Lage Unglück statt Lächerlichkeit waren – den Verstoß: von da an konnte er sich nicht entschließen, seinem Bart etwas zu tun; er wuchs, wurde bloß sorgfältig spitz geschnitten, und er trug ihn während aller traurigen Wochen, die noch kamen. Dieser Bart entstellte ihn, aber er war wie Tonka: je häßlicher, desto ängstlicher behütet. Vielleicht wurde sein Gefühl für sie desto zärtlicher, je tiefer es enttäuscht war, denn es war innerlich ein so guter Bart, weil er äußerlich so häßlich war. Tonka mochte den Bart nicht und verstand ihn nicht. Er hätte ohne sie gar nicht gewußt, wie häßlich dieser Bart war, denn man weiß von sich so wenig, wenn man nicht andere hat, in denen man sich spiegelt. Und da man nichts weiß, wünschte er Tonka vielleicht zuweilen tot, damit dieses unerträgliche Leben ein Ende finde, und mochte den Bart bloß deshalb, weil er alles verstellte und verbarg.

IX

Zuweilen überfiel er sie noch immer aus dem Hinterhalt mit einer geheuchelt arglosen Frage, auf deren glattem Klang ihre Vorsicht ausgleiten sollte. Häufiger aber überfiel es ihn. «Es ist ja ganz unsinnig, die Tatsache zu leugnen, also sag mir nur, damit wieder Aufrichtigkeit zwischen uns ist, wie konnte es geschehen?» fragte er einflüsternd. Aber sie hatte immer die eine Antwort: schick mich fort, wenn du mir nicht glauben willst; und das war gewiß ein Mißbrauch ihrer Schutzlosigkeit, aber es war ebenso gewiß auch die allerwahrste Antwort, denn mit medizinischen und philosophischen Gründen konnte sie sich nicht verteidigen und vermochte für die Wahrheit ihrer Worte nur mit der Wahrheit ihrer Person einzustehn.

Dann begleitete er sie bei ihren Ausgängen, weil er sich nicht traute, sie allein zu lassen; er fürchtete nicht etwas Bestimmtes, aber es beunruhigte ihn, sie allein in den weiten, fremden Straßen zu wissen. Und wenn er sie abends irgendwo abholte, und sie gingen, und im Halbdunkel begegnete ihnen ein Mann, der nicht grüßte, so kam es vor, daß er bekannt erschien, und Tonka wurde scheinbar rot, und mit einemmal war die Erinnerung da, daß sie sich früher einmal bei irgendeiner Gelegenheit in seiner Gesellschaft befunden hatten, und zugleich war auch – mit der gleichen Gewißheit, wie sie Tonkas unschuldigem Gesicht zukam – die Überzeugung da: dieser war es! Einmal schien es ein wohlhabender Volontär aus einem Exportgeschäft zu sein, den sie flüchtig gekannt hatten, und ein andermal ein Tenor aus einem Chantant, der die Stimme verloren hatte und bei der gleichen Wirtin wohnte wie Tonka. Stets waren es solche lächerlich ferne Gestalten, die wie ein verschnürtes schmutziges Paket in die Erinnerung geworfen wurden, das die Wahrheit enthielt und beim ersten Versuch es aufzuschnüren nichts als den Staubhaufen quälender Ohnmacht hinterließ.

Diese Gewißheiten über Tonkas Untreue hatten etwas von Träumen. Tonka ertrug sie mit ihrer rührenden, wortlos zärtlichen Demut: aber was konnte diese nicht alles bedeuten!? Und wenn man dann alle Erinnerungen durchging, wie waren alle zweideutig! Die einfache Art zum Beispiel, wie sie ihm zugelaufen war, konnte Gleichgültigkeit sein oder Sicherheit des Herzens. Wie sie ihm diente, war Trägheit oder Seligkeit. War sie anhänglich wie ein Hund, so mochte sie auch jedem Herrn folgen wie ein Hund! Das hatte er doch gleich in jener ersten Nacht empfunden, und war es auch ihre erste Nacht? Er hatte nur auf die seelischen Zeichen geachtet und keinesfalls waren die körperlichen sehr merklich gewesen. Jetzt war es zu spät. Ihr Schweigen war jetzt über alles gebreitet und vermochte Unschuld oder Verstocktheit zu sein, ebensogut List und Leid, Reue, Angst; aber auch Scham für ihn. Doch hätte es ihm nicht geholfen, wenn er auch alles noch einmal hätte erleben können. Mißtraue einem Menschen, und die deutlichsten Anzeichen der Treue werden geradezu Zeichen der Untreue sein, traue ihm, und handgreifliche Beweise der Untreue werden zu Zeichen einer verkannten, wie ein von den Erwachsenen ausgesperrtes Kind weinenden Treue. Es war nichts für sich zu deuten, eines hing von dem andern ab, man mußte dem Ganzen trauen oder mißtrauen, es lieben oder für Trug halten, und Tonka kennen, hieß in einer bestimmten Weise auf sie antworten müssen, ihr entgegenrufen, wer sie sei; es hing fast nur von ihm ab, was sie war. Tonka verwirrte sich dann sanft blendend wie ein Märchen.

Und er schrieb an seine Mutter: Ihre Beine sind vom Boden bis zu den Knien so lang wie von den Knien nach oben, und überhaupt sind sie lang und können gehen wie Zwillinge, ohne zu ermüden. Ihre Haut ist nicht fein, aber sie ist weiß und ohne Makel. Ihre Brüste sind fast ein wenig zu schwer, und unter den Armen trägt sie dunkle, zottige Haare; das sieht an dem schlanken, weißen Körper lieblich zum Schämen aus. An den Ohren hängt ihr Haar in Strähnen herab, und zuweilen glaubt sie es brennen und hoch frisieren zu müssen; dann sieht sie wie ein Dienstmädchen aus, und das ist gewiß das einzig Böse, was sie in ihrem Leben getan hat . . .

Oder er antwortete seiner Mutter: Zwischen Ancona und Fiume oder wohl auch zwischen Middelkerke und einer unbekannten Stadt steht ein Leuchtturm, dessen Licht allnächtlich wie ein Fächerschlag übers Meer blinkt; wie ein Fächerschlag, und dann ist nichts, und dann ist wieder etwas. Und im Vennatal auf den Wiesen steht Edelweiß.

Ist das Geographie oder Botanik oder Nautik? Das ist ein Gesicht, das ist etwas, das da ist, einzig und allein und ewig da ist, und deshalb gleichsam nicht da ist. Oder was ist das?

Er schickte diese unsinnigen Antworten natürlich niemals ab.

X

Etwas Ungreifbares fehlte, um die Überzeugung zur Überzeugung zu machen.

Er war einmal nachts mit der Mutter und Hyazinth gereist, und so um zwei Uhr, in der rücksichtslosen Müdigkeit, wenn die Körper im Eisenbahnzug schwanken und nach Unterstützung suchen, schien es ihm, daß seine Mutter sich an Hyazinth lehnte, voll Einverständnis, und Hyazinth faßte ihre Hand. Seine Augen waren weit geworden vom Zorn damals, denn sein Vater tat ihm leid; aber als er sich vorbeugte, saß Hyazinth allein und seine Mutter hatte den Kopf zu der von ihm abgewandten Seite geneigt. Und nach einer Weile, als er sich wieder zurückgelehnt hatte, wiederholte sich das Ganze. So groß war die durch das ungenaue Sehen hervorgerufene Qual oder so ungenau durch die Qual in der Dunkelheit das Sehen. Er sagte sich schließlich, daß er nun doch überzeugt sei, und nahm sich vor, seine Mutter am Morgen zur Rede zu stellen; aber als der Tag schien, war das verflogen wie die Dunkelheit. Und ein anderes Mal war die Mutter auf einer Reise unwohl geworden, und Hyazinth, der an ihrer Statt dem Vater schreiben mußte, fragte unlustig: was soll ich denn schreiben? – er, welcher der Mutter bogenlange Episteln bei jeder Trennung schrieb! –: da gab es Zank, denn der Junge war wieder böse geworden, das Unwohlsein seiner Mutter verschlimmerte sich, schien gefährlich zu werden, man mußte helfen, Hyazinths Hände kreuzten dabei immerzu die Wege der seinen, und immerzu stieß er sie weg. Solange, bis Hyazinth fast traurig fragte: «Warum stößt du mich denn fortwährend weg?» Da war er über den Ton des Unglücks in dieser Stimme erschrocken. So wenig weiß man, was man weiß, und will man, was man will.

Das kann man begreifen; jedoch er vermochte in seinem Zimmer zu sitzen, von Eifersucht gequält zu sein und sich zu sagen, daß er gar nicht eifersüchtig war, sondern etwas anderes, Entlegenes, merkwürdig Erfundenes; er, dessen eigene Gefühle das waren. Wenn er aufsah, fehlte nichts. Die Tapete des Zimmers war grün und grau. Die Türen waren rötlich braun und voll still spiegelnder

Lichter. Die Angeln der Türen waren dunkel und aus Kupfer. Ein weinroter Samtstuhl stand im Zimmer und hatte eine braune Mahagonirahmung. Aber alle diese Dinge hatten etwas Schiefes, Vornübergeneigtes, fast Fallendes in ihrer Aufrechtheit, sie erschienen ihm unendlich und sinnlos. Er drückte seine Augen, sah umher, aber es waren nicht die Augen. Es waren die Dinge. Von ihnen galt, daß der Glaube an sie früher da sein mußte als sie selbst; wenn man die Welt nicht mit den Augen der Welt ansieht und sie schon im Blick hat, so zerfällt sie in sinnlose Einzelheiten, die so traurig getrennt voneinander leben wie die Sterne in der Nacht. Er brauchte nur zum Fenster hinauszusehen, so schob sich plötzlich in die Welt eines unten wartenden Droschkenkutschers die eines vorübergehenden Beamten und es entstand etwas Aufgeschnittenes, ein ekelhaftes Durcheinander, Ineinander und Nebeneinander auf der Straße, ein Wirrwarr von bahnenziehenden Mittelpunkten, um deren jeden ein Kreis von Weltgefallen und Selbstvertrauen lag, und das alles waren Hilfen, um aufrecht durch eine Welt zu gehen, der das Oben und Unten fehlte. Wollen, Wissen und Fühlen sind wie ein Knäuel verschlungen; man merkt es erst, wenn man das Fadenende verliert; aber vielleicht kann man anders durch die Welt gehen als am Faden der Wahrheit? In solchen Augenblicken, wo ihn von allen ein Firnis der Kälte trennte, war Tonka mehr als ein Märchen, da war sie fast eine Sendung.

Er sagte sich: entweder muß ich Tonka zur Frau nehmen oder sie und diese Gedanken verlassen.

Aber niemand wird es ihm übelnehmen, daß er aus solchen Gründen weder das eine noch das andere tat. Denn alle solche Gedanken oder Eindrücke mögen ja ihre Berechtigung haben, doch zweifelt heute niemand, daß sie zur Hälfte nur Gespinst sind. Also dachte er sie und dachte sie nicht ganz ernst. Er kam sich wohl manchmal wie geprüft vor, aber wenn er erwachte und zu sich wieder wie zu einem Manne sprach, mußte er sich sagen, daß solche Prüfung doch nur in der Frage bestand, ob er gegen die neunundneunzig Prozent Wahrscheinlichkeit, daß er betrogen worden und ein Dummkopf sei, gewaltsam an Tonka glauben wolle. Allerdings hatte diese beschämende Möglichkeit schon viel von ihrer Wichtigkeit verloren.

XI

Es war merkwürdigerweise eine Zeit großer wissenschaftlicher Erfolge für ihn. Er hatte seine Aufgabe in den Hauptzügen gelöst und bald mußten sich auch die Folgen zeigen. Schon fanden Menschen zu ihm den Weg. Sie brachten ihm Herzenssicherheit, wenn sie auch von Chemie sprachen. Sie glaubten alle an die Wahrscheinlichkeit seines Erfolges; neunundneunzig Prozent betrug sie schon! Und er betäubte sich mit Arbeit.

Aber während seine bürgerliche Person sich festigte und gleichsam in einen Reifezustand der Weltlichkeit eintrat, liefen seine Gedanken, sobald er von der Arbeit abließ, nicht mehr in festen Bahnen, sondern es brauchte in ihm bloß Tonkas Dasein anzuklingen, und ein Leben von Figuren begann, die einander ablösten, ohne ihren Sinn zu verraten, wie Unbekannte, die sich täglich auf dem gleichen Wege begegnen. Da war der Kommis-Tenor, den er einmal im Verdacht der Untreue gehabt hatte, und alle, an die sich je eine Gewißheit knüpfte. Sie taten nicht viel, sie waren bloß da; oder wenn sie selbst das Fürchterlichste taten, bedeutete es nicht viel; und weil sie manchmal zwei oder noch mehr in einer Person waren, konnte man gar nicht einfach eifersüchtig sein, sondern es wurden diese Geschehnisse so durchsichtig wie klarste Luft und noch klarer bis zu einer jeder Selbstsucht ledigen Freiheit und Leere, unter deren unbeweglichen Kuppel die Zufälle des Weltlebens sich winzig abspielten. Und oft wurden das Träume oder vielleicht waren es ursprünglich Träume gewesen, über deren blasse Schattenwelt er unmittelbar aufstieg, wenn die Schwere der Arbeit sich löste, als sollte er gewarnt sein, daß diese Arbeit nicht sein eigentliches Leben war.

Diese wirklichen Träume lagen auf einer tieferen Stufe als sein Wachen; sie waren warm wie niedrige bunte Stuben. In ihnen wurde Tonka von der Tante herzlos gescholten, weil sie bei Großmamas Begräbnis nicht geweint hatte, oder es bekannte ein häßlicher Mensch, der Vater von Tonkas Kind zu sein, und sie, fragend angeblickt, leugnete zum ersten Mal nicht, sondern stand mit einem unendlichen Lächeln reglos da; das war in einem Zimmer mit grünen Pflanzen geschehen, das rote Teppiche hatte und blaue Sterne an den Wänden, und als er nach der Unendlichkeit aufsah, waren die Teppiche grün, die Pflanzen hatten große rubinrote Blätter, die Wände schimmerten gelb wie die sanfte Haut eines Menschen, und Tonka stand klarblau wie Mondlicht auf ihrem Platz. Er flüchtete beinahe in diese Träume wie in ein einfaches Glück; vielleicht waren sie nichts als Feigheit, sie sagten wohl nur, Tonka sollte gestehen, und alles wäre gut; er wurde durch ihre Häufigkeit sehr verwirrt, aber sie hatten nicht die unerträgliche Spannung des Halbwachens, die immer höher hinausführen wollte.

In diesen Träumen war Tonka immer groß wie die Liebe und nicht mehr das kleine mitgenommene Geschäftsmädchen, das sie war, aber sie sah stets auch anders aus. Sie war zuweilen ihre eigene jüngere Schwester, die es niemals gegeben hatte, und oft war sie bloß ein Rauschen von Röcken, der Klang und Fall einer andern Stimme, die fremdeste und überraschendste Bewegung, der ganze berauschende Reiz unbekannter Abenteuer, die in einer nur im Traum möglichen Weise von der warmen Vertrautheit ihres Namens ihm zugeführt wurden und eine mühelose Seligkeit des Vorbesitzes schon in dem Augenblick spendeten, wo sie noch ganz Spannung des Unerreichten waren. Eine scheinbar ungebundene, noch wesenlose Zuneigung und übermenschliche Innigkeit trat mit diesen Doppelbildern in ihm auf, aber es war nicht zu sagen, ob sie sich darin von Tonka lösen oder erst mit ihr verbinden wollte. Wenn er darüber nachsann, erriet er, daß diese rätselhafte Übertragungsfähigkeit und Unabhängigkeit der Liebe sich auch im Wachen zeigen müsse. Nicht die Geliebte ist der Ursprung der scheinbar durch sie erregten Gefühle, sondern diese werden wie ein Licht hinter sie gestellt; aber während im Traum noch ein feiner Riß besteht, an dem sich die Liebe von der Geliebten abhebt, ist er im Wachen verwachsen, als würde man bloß das Opfer eines Doppelgänger-Spiels und von irgend etwas gezwungen, einen Menschen für herrlich zu halten, der es nimmer ist. Er brachte es nicht über sich, das Licht hinter Tonka zu stellen.

Aber es mußte damit zu tun haben und etwas Besonderes bedeuten, wie oft er an Pferde dachte. Das war vielleicht Tonka und die Pferdelotterie mit den Nieten, oder es war seine Kindheit, denn darin kamen schöne braune und gescheckte Pferde vor, in schweren, mit Messing und Fellen beschlagenen Geschirren. Und manchmal glühte plötzlich das Kinderherz in ihm auf, für das Großmut, Güte und Glauben noch nicht Pflichten sind, um die man sich nicht kümmert, sondern Ritter in einem Zaubergarten der Abenteuer und Befreiungen. Es war aber vielleicht bloß das letzte Aufleuchten vor dem letzten Verlöschen und der Reiz einer Narbe, die sich bildete. Denn die Pferde zogen immer Holz, und die Brücke unter ihren Hufen gab einen dunklen Holzlaut, und die Knechte trugen kurze, violett und braun gewürfelte Jacken. Sie nahmen alle den Hut vor einem großen Kreuz ab mit einem blechernen Christus, das in der Mitte der Brücke stand, nur ein kleiner Bub, der im Winter bei der Brücke zuschaute, hatte den seinen nicht ziehen wollen, denn er war schon klug und glaubte nicht. Da konnte er plötzlich seinen Rock nicht zuknöpfen; er konnte es nicht. Der Frost hatte seine Fingerlein gelähmt, sie faßten einen Knopf und zogen ihn mit Mühe heran, aber so wie sie ihn in das Knopfloch schieben wollten, war er wieder auf seinen alten Platz zurückgesprungen, und die Finger blieben hilflos und verdutzt. Sooft sie es auch versuchten, endeten sie in einer steifen Verwirrung.

Diese Erinnerung war es nämlich, welche ihm besonders oft einfiel.

XII

Zwischen diesen Unsicherheiten schritt die Schwangerschaft fort und zeigte, was Wirklichkeit ist.

Es kam der beladene Gang, der Tonka eines stützenden Armes bedürftig erscheinen ließ, der schwere Leib, der geheimnisvoll warm war, die Art des sich Niedersetzens, mit offenen Beinen, unbeholfen und rührend häßlich; alle Wandlungen des wunderbaren Vorgangs kamen, der, ohne zu zögern, den Mädchenkörper umformte zur Samenkapsel, alle Abmessungen veränderte, die Hüften breit machte und hinunterrückte, den Knien die scharfe Form nahm, den Hals kräftiger, die Brüste zum Euter machte, die Haut des Bauches mit feinen roten und blauen Adern durchzog, so daß man darüber erschrak, wie nah der Außenwelt das Blut kreiste, als ob das den Tod bedeuten könnte. Nichts als Unform war durch neue Form ebenso gewaltsam wie duldend zusammengehalten, und das gestörte menschliche Maß spiegelte sich auch im Ausdruck der Augen wider; sie blickten etwas blöd, sie hafteten lange auf den Gegenständen und lösten sich nur schwerfällig von ihnen los. Auch an ihm hafteten Tonkas Augen oft lange. Sie besorgte wieder seine kleinen Angelegenheiten und diente ihm mühevoll, als wollte sie ihm noch zuletzt beweisen, daß sie nur für ihn lebte; nicht ein Funke Scham über ihre Häßlichkeit und Entstellung war in ihren Augen, nur der Wunsch, mit ihren plumpen Bewegungen recht viel für ihn zu tun.

Sie waren jetzt beinahe wieder so oft beisammen wie früher. Sie sprachen nicht viel, aber sie blieben einer in des andern Nähe, denn die Schwangerschaft rückte vor wie ein Zeiger, und sie waren hilflos davor. Sie hätten sich aussprechen sollen, aber nur die Zeit ging vorwärts. Der Schattenmensch, das Unwirkliche in ihm rang manchmal nach Worten, eine Erkenntnis wollte aufsteigen, daß man alles nach ganz andern Werten messen müßte; aber sie war, wie alles Erkennen ist, zweideutig, unsicher. Und die Zeit lief, die Zeit lief davon, die Zeit verlor sich; die Uhr an der Wand war dem Leben näher als die Gedanken. Es war ein kleinbürgerliches Zimmer, in dem nichts von Großem geschah, darin sie saßen, die Wanduhr war eine runde Küchenuhr und zeigte eine Küchenzeit, und seine Mutter beschoß ihn mit Briefen, darin alles bewiesen stand; sie sandte kein

Geld, sondern gab es für die Meinung von Ärzten aus, die ihm den Kopf zurechtsetzen sollten: er verstand es recht gut und nahm es nicht mehr übel. Einmal schickte sie sogar eine neue ärztliche Erklärung, aus der nun wirklich hervorging, daß Tonka ihm damals doch untreu gewesen sein mußte; aber statt Alarm in ihm zu schlagen, erregte sie nur eine fast angenehme Überraschung, er dachte, als ob es gar nicht ihn berührte, darüber nach, wie das damals wohl zugegangen sein mochte, und fühlte bloß: die arme Tonka, die dann an den Folgen einer einzigen flüchtigen Verwirrung so litt . . .! Ja, er mußte sich manchmal in acht nehmen, daß er nicht plötzlich ganz lustig sagte: Tonka, gib acht, jetzt ist mir endlich eingefallen, was wir vergessen haben – mit wem du mir damals untreu warst! So verrann alles. Nichts Neues kam. Es blieb nur die Uhr. Und die alte Vertrautheit.

Und auch ohne daß sie sich ausgesprochen hatten, brachte sie die Augenblicke des Nacheinanderverlangens der Körper wieder. Sie kamen, so wie alte Bekannte auch nach langer Abwesenheit ohne viel Umstände ins Zimmer treten. Die Fenster jenseits des engen Hofes lagen blind im Schatten, die Menschen waren zur Arbeit gegangen, wie ein Brunnen dunkelte unten der Hof, die Sonne schien wie durch Bleischeiben in die Wohnung, sie hob jeden Gegenstand heraus und ließ ihn tot aufleuchten. Und da lag zum Beispiel auch einmal ein kleiner alter Kalender so aufgeschlagen, als hätte Tonka eben in ihm geblättert, und in der weiten, weißen Ebene eines Blattes stand, wie eine Pyramide der Erinnerung zu einem Tag gesetzt, ein kleines rotes Rufzeichen. Alle andern Blätter waren mit Eintragungen des alltäglichen Lebens, mit Preisen, Besorgungen gefüllt, und nur dieses war leer bis auf das Zeichen. Keinen Augenblick zweifelte er daran, daß dies die Erinnerung an jenen Tag bedeutete, dessen Vorfälle Tonka verbarg, die Zeit mochte ungefähr stimmen, und die Gewißheit schoß wie ein Blutsprudel in den Kopf. Aber die Gewißheit lag ja in nichts als eben in dieser plötzlichen Heftigkeit, und im nächsten Augenblick hatte sie sich wieder in ein Nichts zurückgezogen; wollte man diesem Rufzeichen glauben, so mochte man ebensogut dem Wunder glauben, und das Vernichtende war doch gerade, daß man keins von beiden tat. Es ging da ein erschrockenes Aufblicken von einem zum andern. Tonka hatte wohl das Blatt in seiner Hand bemerkt. Die Gegenstände in dem seltsamen Zimmerlicht sahen jetzt wie Mumien ihrer selbst aus. Die Körper wurden kalt, die Fingerspitzen vereisten, und die Eingeweide hielten wie ein heißer Knäuel alle Lebenswärme fest. Der Arzt hatte wohl gewarnt, Tonka bedürfe äußerster Schonung, sollte ihr nicht ein Unglück zustoßen; aber gerade den Ärzten durfte man ja in diesem Augenblick nicht trauen. Und auch nach der andern Seite blieben alle Anstrengungen vergeblich; vielleicht war Tonkas Kraft zu gering, sie blieb ein halbgeborener Mythos.

«Komm zu mir,» bat Tonka, und sie teilten Leid und Wärme mit traurigem Gewährenlassen.

XIII

Tonka war ins Spital gekommen; die böse Wendung war eingetreten. Er durfte sie besuchen; stundenweise. So hatte sich die Zeit verloren.

An dem Tage, wo sie aus dem Hause fortgekommen war, hatte er sich den Bart abnehmen lassen. Nun war er wieder mehr er selbst.

Aber dann erfuhr er, daß sie am gleichen Tag – ungeduldig, kopflos, um es los zu sein, was sie aus Sparsamkeit so lange aufgespart hatte, bis sie nun Angst litt, es nicht mehr tun zu dürfen – rasch sich einen Backenzahn hatte reißen lassen, als letzte Handlung der Freiheit, bevor sie ins Spital fuhr. Ihre Wangen mußten nun traurig eingefallen sein, weil sie sich niemals helfen lassen wollte. Da wurden wieder die Träume stärker.

Ein Traum kehrte in vielen Formen wieder. Ein blondes, unscheinbares Mädchen mit blasser Haut erzählte ihm, daß seine neue, irgendeine erfundene Geliebte ihm durchgegangen sei, und wieder von Neugierde erfaßt, warf er hin: «Und glauben Sie, daß Tonka besser war?» Er schüttelte den Kopf und machte ein recht zweifelndes Gesicht, um das Mädchen damit zu einer ebenso kräftigen Beteuerung von Tonkas Tugenden zu reizen, er kostete schon den Wohlgeschmack der Erleichterung, welche ihm ihre Entschiedenheit bringen würde; aber statt dessen sah er langsam ein Lächeln auf dem Gesicht vor ihm entstehen, sah es mit fürchterlicher Langsamkeit sich ausbreiten, und dann sagte das Mädchen: «Ach, die hat ja so furchtbar gelogen. So war sie ganz nett, aber man konnte ihr kein Wort glauben. Sie wollte immer eine große Lebedame werden.» Die größere Qual dieses Traumes war nicht das wie ein Messerschnitt ansetzende Lächeln, sondern daß er sich gegen die platte Ereiferung des Endes nie wehren konnte, weil sie in der Ohnmacht des Schlafes wie ihm aus der Seele gesprochen war.

Wenn er an Tonkas Bett saß, war er daher oft stumm. Er wäre gern so großmütig gewesen wie in früheren seiner Träume. Er hätte sich vielleicht auch aufschwingen können, wenn er etwas von der Kraft Tonka zugewandt hätte, mit der er an seiner Erfindung arbeitete. Die Ärzte hatten ja nie eine Krankheit an ihm finden können, und so umschlang die Möglichkeit eines geheimnisvollen Zusammenhangs ihn mit Tonka: er brauchte ihr nur zu glauben, so wurde er krank. Aber, vielleicht, sagte er sich, in einer andern Zeit wäre das möglich gewesen – er gefiel sich schon in solchen rückblikkenden Gedanken –, in einer andern Zeit wäre Tonka vielleicht ein berühmtes Mädchen geworden, das zu freien, Fürsten sich nicht für zu gut gehalten hätten; aber heute?! Man müßte wohl einmal weitläufig darüber nachdenken. – So saß er an ihrem Bett, war lieb und gut zu ihr, aber er sprach nie das Wort aus: ich glaube dir. Obgleich er längst an sie glaubte. Denn er glaubte ihr bloß so, daß er nicht länger ungläubig und böse gegen sie sein konnte, aber nicht so, daß er für alle Folgen daraus auch vor seinem Verstand einstehen wollte. Es hielt ihn heil und an der Erde fest, daß er das nicht tat.

Die Bilder des Spitals quälten ihn. Ärzte, Untersuchungen, Disziplin: sie war ergriffen von der Welt und auf den Tisch geschnallt. Aber das erschien ihm fast schon als ein Mangel an ihr; sie mochte wohl etwas Tieferes sein, unter dem, was mit ihr in der Welt geschah, aber dann müßte auch alles anders sein in der Welt, damit man dafür kämpfen könnte. Er gab schon etwas nach, sie war ihm wenige Tage nach der Trennung bereits etwas fern geworden dadurch, daß er die Fremdheit ihres allzu einfachen Lebens, die er ein wenig wohl immer mitempfunden hatte, nicht mehr täglich reparieren konnte.

Und weil er an Tonkas Spitalsbett oft wenig sprach, schrieb er ihr Briefe, in denen er vieles sagte, was er sonst verschwieg, er schrieb ihr fast so ernst wie einer großen Geliebten; bloß vor dem Satz: ich glaube an dich! machten auch diese Briefe halt. Tonka antwortete nicht, er war ganz verdutzt. Da erst fiel ihm ein, daß er die Briefe nie abgeschickt hatte; sie waren ja nicht mit Sicherheit seine Meinung, sondern eben ein Zustand, der sich nicht anders helfen kann als mit Schreiben. Da merkte er, wie gut er es immer noch hatte, der sich ausdrücken konnte, und Tonka konnte es nicht. Und in diesem Augenblick erkannte er sie ganz klar. Eine mitten an einem Sommertag allein niederfallende Schneeflocke war sie. Aber im nächsten Augenblick war dies gar keine Erklärung, und vielleicht war sie auch nur einfach ein gutes Mädchen, die Zeit ging zu schnell, und eines Tages überraschte ihn fürchterlich die Mitteilung, daß es nicht mehr lange mit ihr dauern würde. Er machte sich bittere Vorwürfe wegen seines Leichtsinns, der sie nicht genug geschont hatte, aber da er sie Tonka nicht verbarg, erzählte sie ihm einen Traum, den sie in einer der letzten Nächte gehabt hatte; denn auch sie träumte.

Ich hab im Schlaf gewußt, sagte sie, daß ich bald sterben werde, und, ich kann's gar nicht verstehen, ich war sehr froh. Eine Tüte

Kirschen hab ich in der Hand gehabt; da hab ich mir gedacht: Ach was, die ißt du vorher schnell noch auf! . . .

Und am nächsten Tage durfte er Tonka nicht mehr sehen.

XIV

Da sagte er sich: vielleicht war Tonka gar nicht so gut, wie ich mir eingebildet habe; aber gerade daran zeigte sich das geheimnisvolle Wesen ihrer Güte, das vielleicht auch einem Hund hätte zukommen können.

Ein trocken wie ein Sturm fegendes Leid ergriff ihn. Ich darf dir nicht mehr schreiben, ich darf dich nicht mehr sehn, heulte es um alle Ecken seiner Festigkeit. Aber ich werde wie der liebe Gott bei dir sein, tröstete er sich, ohne sich etwas dabei denken zu können. Und oft hätte er gern bloß geschrien: Hilf mir, hilf du mir! Hier knie ich vor dir! Er sagte sich traurig vor: Denk dir, ein Mensch geht mit einem Hund ganz allein im Sternengebirge, im Sternenmeer! – und Tränen quälten ihn, die so groß wurden wie die Himmelskugel und nicht aus seinen Augen herauskonnten.

Er spann wachend nun Tonkas Träume.

Einmal, träumte er vor sich hin, wenn alle Hoffnung Tonkas geschwunden ist, wird er plötzlich wieder eintreten und da sein. In seinem weitkarierten braunen englischen Reisemantel. Und wenn er ihn aufmacht, wird ohne Kleider darunter seine weiße, schmale Gestalt sein, mit einer dünnen goldenen Kette und klingelnden Anhängseln daran. Und alles wird wie ein Tag gewesen sein, sie war dessen ganz sicher. So sehnte er sich nach Tonka, wie sie sich nach ihm gesehnt hatte. Oh, sie war nie begehrlich! Kein Mann lockte sie; es ist ihr lieber, wenn ihr einer den Hof macht, ein wenig ungeschickt weltschmerzlich auf die Gebrechlichkeit solcher Beziehungen hinweisen zu können. Und wenn sie abends aus dem Geschäft kommt, ist sie ganz ausgefüllt von seinen lärmenden, lustigen, ärgerlichen Erlebnissen; ihre Ohren sind voll, ihre Zunge spricht innerlich noch weiter; da ist kein kleinstes Plätzchen für einen fremden Mann. Aber sie fühlt, wohin das nicht reicht in ihr, dort ist sie überdies groß, edel und gut; kein Geschäftsmädel ist sie dort, sondern ebenbürtig und verdient ein großes Schicksal. Darum glaubte sie auch, trotz allen Unterschieds, ein Recht auf ihn zu haben; von dem, was er trieb, verstand sie nichts, das ging sie nicht an, sondern weil er im Grunde gut war, gehörte er ihr; denn auch sie war gut, und irgendwo mußte doch der Palast der Güte stehen, wo sie vereint leben sollten und sich niemals trennen.

Aber was war diese Güte? Kein Tun. Kein Sein. Ein Schimmer, wenn sich der Reisemantel öffnet. Und die Zeit ging zu schnell. Er hielt sich noch an der Erde fest und hatte den Gedanken: ich glaube an dich! noch nicht mit Überzeugung ausgesprochen, er sagte noch: und wenn alles auch so wäre, wer könnte es denn wissen – da war Tonka tot.

XV

Er hatte der Wärterin Geld geschenkt und sie hatte ihm alles erzählt. Tonka hatte ihn grüßen lassen.

Da fiel ihm nebenbei ein wie ein Gedicht, zu dem man den Kopf wiegt, das war gar nicht Tonka, mit der er gelebt hatte, sondern es hatte ihn etwas gerufen.

Er wiederholte sich diesen Satz, er stand mit dem Satz auf der Straße. Die Welt lag um ihn. Wohl war ihm bewußt, daß er geändert worden war und noch ein anderer werden würde, aber das war er doch selbst und es war nicht eigentlich Tonkas Verdienst. Die Spannung der letzten Wochen, die Spannung seiner Erfindung, versteht es sich recht, hatte sich gelöst, er war fertig. Er stand im Licht und sie lag unter der Erde, aber alles in allem fühlte er das Behagen des Lichts. Bloß wie er da um sich sah, blickte er plötzlich einem der vielen Kinder ringsum in das zufällig weinende Gesicht; es war prall von der Sonne beschienen und krümmte sich wie ein gräßlicher Wurm nach allen Seiten: da schrie die Erinnerung in ihm auf: Tonka! Tonka! Er fühlte sie von der Erde bis zum Kopf und ihr ganzes Leben. Alles, was er niemals gewußt hatte, stand in diesem Augenblick vor ihm, die Binde der Blindheit schien von seinen Augen gesunken zu sein; einen Augenblick lang, denn im nächsten schien ihm bloß schnell etwas eingefallen zu sein. Und vieles fiel ihm seither ein, das ihn etwas besser machte als andere, weil auf seinem glänzenden Leben ein kleiner warmer Schatten lag.

Das half Tonka nichts mehr. Aber ihm half es. Wenn auch das menschliche Leben zu schnell fließt, als daß man jede seiner Stimmen recht hören und die Antwort auf sie finden könnte.

NACHLASS ZU LEBZEITEN

Vorbemerkung

Warum Nachlaß? Warum zu Lebzeiten?

Es gibt dichterische Hinterlassenschaften, die große Geschenke sind; aber in der Regel haben die Nachlässe eine verdächtige Ähnlichkeit mit Ausverkäufen wegen Auflösung des Geschäfts und mit Billigergeben. Die Beliebtheit, deren sie sich trotzdem erfreuen, mag dann davon kommen, daß die Lesewelt eine verzeihliche Schwäche für einen Dichter hat, der sie zum letztenmal in Anspruch nimmt. Wie immer das aber auch sei und was immer sich von der Frage vermuten ließe, wann ein Nachlaß von Wert sei, und wann bloß einer vom Werte: ich habe jedenfalls beschlossen, die Herausgabe des meinen zu verhindern, ehe es soweit kommt, daß ich das nicht mehr tun kann. Und das verläßlichste Mittel dazu ist es, daß man ihn selbst bei Lebzeiten herausgibt; mag das nun jedem einleuchten oder nicht.

Aber kann man denn überhaupt noch von Lebzeiten sprechen? Hat sich der Dichter deutscher Nation nicht schon längst überlebt? Es sieht so aus, und genau genommen, hat es, so weit ich zurückzudenken vermag, immer so ausgesehn, und ist bloß seit einiger Zeit in einen entscheidenden Abschnitt getreten. Das Zeitalter, das den Maßschuh aus fertigen Teilen hervorgebracht hat, und den fertigen Anzug in individueller Anpassung, scheint auch den aus fertigen Innen- und Außenteilen zusammengesetzten Dichter hervorbringen zu wollen. Schon lebt der Dichter nach eigenem Maß beinahe allerorten in einer tiefen Abgeschiedenheit vom Leben, und hat doch nicht mit den Toten die Kunst gemeinsam, daß sie kein Haus brauchen und kein Essen und Trinken. So günstig sind die Lebzeiten den Nachlässen. Auf die Benennung dieses Büchleins und seine Entstehung ist das nicht ohne Einfluß geblieben.

Umso sorgfältiger müßte man natürlich mit seinen letzten Worten, auch wenn sie nur vorgespiegelt sind, umgehn. Inmitten einer donnernden und ächzenden Welt bloß kleine Geschichten und Betrachtungen herauszugeben; von Nebensachen zu reden, wo es *so* viele Hauptsachen gibt; seinen Ärger an Erscheinungen zu haben, die weit vom Schuß zurückliegen: ohne Zweifel, es mag manchem als Schwäche erscheinen, und ich will gern gestehn, daß auch mir der Entschluß zur Herausgabe allerhand Sorgen bereitet hat. Aber erstens hat immer schon ein gewisser Größenunterschied zwischen dem Gewicht dichterischer Äußerungen und dem Gewicht der unberührt von ihnen durch den Weltraum rasenden zweitausendsiebenhundert Millionen Kubikmeter Erde bestanden und mußte irgendwie in Kauf genommen werden. Zweitens darf ich mich vielleicht auf meine Hauptarbeiten berufen, denen es an den zusammenziehenden Kräften, die man hier vermissen könnte, am wenigsten fehlen dürfte; die weiterzuführen, aber gerade eine solche Zwischenveröffentlichung verlangte. Und schließlich: als mir dieses Buch vorgeschlagen wurde und die Teilchen, aus denen es zusammengesetzt werden sollte, wieder vor mir lagen, glaubte ich zu bemerken, daß sie doch eigentlich zeitbeständiger gewesen seien, als ich befürchtet hatte.

Diese kleinen Arbeiten sind fast alle in den Jahren zwischen 1920 und 29 entstanden und zum erstenmal veröffentlicht worden; aber ein Teil von denen, die im Inhaltsverzeichnis «Bilder» heißen, geht auf ältere Vormerkungen zurück. So das «Fliegenpapier», das unter dem Titel «Römischer Sommer» schon 1913 in einer Zeitschrift erschienen ist; und auch die «Affeninsel» stammt aus dieser Zeit, was ich erwähne, weil man diese beiden sonst leicht für erfundene Umschreibungen späterer Zustände halten könnte. In Wahrheit sind sie eher ein Vorausblick gewesen, getan in ein Fliegenpapier und in ein Zusammenleben von Affen; aber jedermann werden solche Weissagungen gelingen, der an kleinen Zügen, wo es sich unachtsam darbietet, das menschliche Leben beobachtet und sich den «wartenden» Gefühlen überläßt, die bis zu einer Stunde, die sie aufrührt, scheinbar «nichts zu sagen haben» und sich harmlos in dem ausdrücken, was wir tun und womit wir uns umgeben.

Etwas Ähnliches, doch vorwiegend in umgekehrter Anwendung, läßt sich wahrscheinlich auch zugunsten der «Unfreundlichen Betrachtungen» und der «Geschichten, die keine sind» anführen. Sie tragen die Zeit ihrer Entstehung sichtbar an sich, und was an ihnen Spottrede ist, gilt zum Teil gewesenen Zuständen. Auch in der Form zeigen sie diesen Ursprung; denn sie sind für Zeitungen geschrieben worden, mit ihrem unaufmerksamen, ungleichen, dämmerig-großen Leserkreis, und hätten ohne Frage anders ausgesehn, wenn ich sie, so wie meine Bücher, für mich allein und für meine Freunde geschrieben hätte. Gerade hier war also die Frage zu beantworten, ob es erlaubt sei, die Veröffentlichung zu wiederholen. Jede Umänderung hätte dazu genötigt, alles neu zu entwerfen, und ich mußte mich ihrer ganz enthalten, außer daß ich da und dort etwas, das unter den Umständen seines Entstehens nicht nach Wunsch geraten war, im Sinn seiner eigenen Absichten nachbesserte. So ist nun wirklich zuweilen von Schatten, von einem Leben die Rede, das nicht mehr ist, und dazu in einer Art des begrenzten Ärgernisnehmens, das auf abschließende Vollständigkeit keinen Anspruch erhebt. Ich habe den Mut, den ich trotzdem in die Zeitbeständigkeit dieser kleinen Satiren setze, schließlich aus einem Satz von Goethe geschöpft, der zu diesem Zweck sinngemäß verändert werden kann, ohne an Wahrheit einzubüßen; er lautet dann: «in dem Einen, was schlecht gethan wird, sieht man das Gleichniß von allem, was schlecht gethan wird.» Dieser Satz läßt Hoffnung, daß die Kritik kleiner Fehler auch in Zeiten, wo schon viel größere gemacht werden, ihren Wert nicht verliert.

I

BILDER

Das Fliegenpapier

Das Fliegenpapier Tangle-foot ist ungefähr sechsunddreißig Zentimeter lang und einundzwanzig Zentimeter breit; es ist mit einem gelben, vergifteten Leim bestrichen und kommt aus Kanada. Wenn sich eine Fliege darauf niederläßt – nicht besonders gierig, mehr aus Konvention, weil schon so viele andere da sind – klebt sie zuerst nur mit den äußersten, umgebogenen Gliedern aller ihrer Beinchen fest. Eine ganz leise, befremdliche Empfindung, wie wenn wir im Dunkel gingen und mit nackten Sohlen auf etwas träten, das noch nichts ist als ein weicher, warmer, unübersichtlicher Widerstand und schon etwas, in das allmählich das grauenhaft Menschliche hineinflutet, das Erkanntwerden als eine Hand, die da irgendwie liegt und uns mit fünf immer deutlicher werdenden Fingern festhält.

Dann stehen sie alle forciert aufrecht, wie Tabiker, die sich nichts anmerken lassen wollen, oder wie klapprige alte Militärs (und ein wenig o-beinig, wie wenn man auf einem scharfen Grat steht). Sie geben sich Haltung und sammeln Kraft und Überlegung. Nach wenigen Sekunden sind sie entschlossen und beginnen, was sie vermögen, zu schwirren und sich abzuheben. Sie führen diese wütende Handlung so lange durch, bis die Erschöpfung sie zum Einhalten zwingt. Es folgt eine Atempause und ein neuer Versuch. Aber die Intervalle werden immer länger. Sie stehen da, und ich fühle, wie ratlos sie sind. Von unten steigen verwirrende Dünste auf. Wie ein kleiner Hammer tastet ihre Zunge heraus. Ihr Kopf ist braun und haarig, wie aus einer Kokosnuß gemacht; wie menschenähnliche Negeridole. Sie biegen sich vor und zurück auf ihren festgeschlungenen Beinchen, beugen sich in den Knien und stemmen sich empor, wie Menschen es machen, die auf alle Weise versuchen, eine zu schwere Last zu bewegen; tragischer als Arbeiter es tun, wahrer im sportlichen Ausdruck der äußersten Anstrengung als Laokoon. Und dann kommt der immer gleich seltsame Augenblick, wo das Bedürfnis einer gegenwärtigen Sekunde über alle mächtigen Dauergefühle des Daseins siegt. Es ist der Augenblick, wo ein Kletterer wegen des Schmerzes in den Fingern freiwillig den Griff der Hand öffnet, wo ein Verirrter im Schnee sich hinlegt wie ein Kind, wo ein Verfolgter mit brennenden Flanken stehen bleibt. Sie halten sich nicht mehr mit aller Kraft ab von unten, sie sinken ein wenig ein und sind in diesem Augenblick ganz menschlich. Sofort werden sie an einer neuen Stelle gefaßt, höher oben am Bein oder hinten am Leib oder am Ende eines Flügels.

Wenn sie die seelische Erschöpfung überwunden haben und nach einer kleinen Weile den Kampf um ihr Leben wieder aufnehmen, sind sie bereits in einer ungünstigen Lage fixiert, und ihre Bewegungen werden unnatürlich. Dann liegen sie mit gestreckten Hinterbeinen auf den Ellbogen gestemmt und suchen sich zu heben. Oder sie sitzen auf der Erde, aufgebäumt, mit ausgestreckten Armen, wie Frauen, die vergeblich ihre Hände aus den Fäusten eines Mannes winden wollen. Oder sie liegen auf dem Bauch, mit Kopf und Armen voraus, wie im Lauf gefallen, und halten nur noch das Gesicht hoch. Immer aber ist der Feind bloß passiv und gewinnt bloß von ihren verzweifelten, verwirrten Augenblicken. Ein Nichts, ein Es zieht sie hinein. So langsam, daß man dem kaum zu folgen vermag, und meist mit einer jähen Beschleunigung am Ende, wenn der letzte innere Zusammenbruch über sie kommt. Sie lassen sich dann plötzlich fallen, nach vorne aufs Gesicht, über die Beine weg; oder seitlich, alle Beine von sich gestreckt; oft auch auf die Seite, mit den Beinen rückwärts rudernd. So liegen sie da. Wie gestürzte Aeroplane, die mit einem Flügel in die Luft ragen. Oder wie krepierte Pferde. Oder mit unendlichen Gebärden der Verzweiflung. Oder wie Schläfer. Noch am nächsten Tag wacht manchmal eine auf, tastet eine Weile mit einem Bein oder schwirrt mit dem Flügel. Manchmal geht solch eine Bewegung über das ganze Feld, dann sinken sie alle noch ein wenig tiefer in ihren Tod. Und nur an der Seite des Leibs, in der Gegend des Beinansatzes, haben sie irgend ein ganz kleines, flimmerndes Organ, das lebt noch lange. Es geht auf und zu, man kann es ohne Vergrößerungsglas nicht bezeichnen, es sieht wie ein winziges Menschenauge aus, das sich unaufhörlich öffnet und schließt.

Die Affeninsel

In der Villa Borghese in Rom steht ein hoher Baum ohne Zweige und Rinde. Er ist so kahl wie ein Schädel, den Sonne und Wasser blank geschält haben, und gelb wie ein Skelett. Er steht ohne Wurzeln aufrecht und ist tot, und wie ein Mast in den Zement einer ovalen Insel gepflanzt, die so groß ist wie ein kleiner Flußdampfer und durch einen glatt betonierten Graben vom Königreich Italien getrennt wird. Dieser Graben ist gerade so breit und an der Außenwand so tief, daß ein Affe ihn weder durchklettern noch überspringen kann. Von außen herein ginge es wohl; aber zurück geht es nicht.

Der Stamm in der Mitte bietet sehr gute Griffe dar und läßt sich, wie Touristen so etwas ausdrücken, flott und genußfroh durchklettern. Oben aber laufen waagrechte, lange, starke Äste von ihm aus; und wenn man Schuhe und Strümpfe auszöge und mit einwärts gestellter Ferse die Sohlen fest an die Rundung des Astes schmiegte und mit den voreinander greifenden Händen auch recht fest zugriffe, müßte man gut an das Ende eines dieser von der Sonne gewärmten langen Äste gelangen können, die sich über den grünen Straußfedern der Pinienwipfel hinstrecken.

Diese wundervolle Insel wird von drei Familien von verschiedener Mitgliederzahl bewohnt. Den Baum bevölkern etwa fünfzehn sehnige, bewegliche Burschen und Mädchen, die ungefähr die Größe eines vierjährigen Kindes haben; am Fuße des Baumes aber lebt in dem einzigen Gebäude der Insel, einem Palast von Form und Größe einer Hundehütte, ein Ehepaar weit mächtigerer Affen mit einem ganz kleinen Sohne. Das ist das Königspaar der Insel und der Kronprinz. Nie kommt es vor, daß sich die Alten in der Ebene weit von ihm entfernen; wächterhaft regungslos sitzen sie rechts und links von ihm und blicken geradeaus an ihren Schnauzen vorbei ins Weite. Nur einmal in jeder Stunde erhebt sich der König und besteigt den Baum zu einem inspizierenden Rundgang. Langsam schreitet er dann die Äste entlang, und es scheint nicht, daß er bemerken will, wie ehrfürchtig und mißtrauisch alles zurückweicht und sich – um Hast und Aufsehen zu vermeiden – seitlings vor ihm herschiebt, bis das Ende des Astes kein Entweichen mehr zuläßt und nur ein lebensgefährlicher Absprung auf den harten Zement übrigbleibt. So schreitet der König, einen nach dem anderen, die Äste ab, und die gespannteste Aufmerksamkeit kann nicht unterscheiden, ob sein Gesicht dabei die Erfüllung einer Herrscherpflicht oder einer Terrainkur ausdrückt, bis alle Äste entleert sind und er wieder zurückkehrt. Auf dem Dache des Hauses sitzt inzwischen der Kronprinz allein, denn auch die Mutter entfernt sich merkwürdigerweise jedesmal zur gleichen Zeit, und durch seine dünnen, weit abstehenden Ohren scheint korallenrot die Sonne. Selten kann man etwas so Dummes und Klägliches dennoch von einer unsichtbaren Würde umwallt sehen wie diesen jungen Affen. Einer nach dem anderen kommen die zur Erde gejagten Baumaffen vorbei und könnten ihm den dünnen Hals mit einem Griff abdrehen, denn sie sind sehr mißmutig, aber sie machen einen Bogen um ihn und erweisen ihm alle Ehrerbietung und Scheu, die seiner Familie zukommt.

Es braucht längere Zeit, ehe man bemerkt, daß außer diesen ein geordnetes Leben führenden Wesen noch andere von der Insel beherbergt werden. Verdrängt von der Oberfläche und der Luft, lebt in dem Graben ein zahlreiches Volk kleiner Affen. Wenn sich einer von ihnen oben auf der Insel nur zeigt, wird er schon von den Baumaffen unter schmerzlichen Züchtigungen wieder in den Graben gescheucht. Wenn das Mahl angerichtet wird, müssen sie scheu beiseite sitzen, und erst wenn alle satt sind und die meisten schon auf den Ästen ruhen, ist es ihnen erlaubt, sich zu den Küchenabfällen zu stehlen. Selbst das, was ihnen zugeworfen wird, dürfen sie nicht berühren. Denn es kommt oft vor, daß ein böser Bursche oder ein scherzhaftes Mädchen, obgleich sie blinzelnd Verdauungsbeschwernis heucheln, nur darauf warten, und vorsichtig von ihrem Ast heruntergleiten, sobald sie merken, daß die Kleinen es sich ungebührlich wohlergehen lassen. Schon huschen da die wenigen, die sich auf die Insel gewagt haben, schreiend in den Graben zurück; und mengen sich zwischen die anderen; und das Klagen hebt an: und jetzt drängt sich alles zusammen, so daß eine Fläche von Haar und Fleisch und irren, dunklen Augen sich an der abseitigen Wand emporhebt wie Wasser in einem geneigten Bottich. Der Verfolger geht aber nur den Rand entlang und schiebt die Woge von Entsetzen vor sich her. Da erheben sich die kleinen schwarzen Gesichter und werfen die Arme in die Höhe und strecken die Handflächen abwehrend vor den bösen fremden Blick, der vom Rande herabsieht. Und allmählich heftet dieser Blick sich an einem fest; der rückt vor und zurück, und fünf andere mit ihm, die noch nicht unterscheiden können, welcher das Ziel dieses langen Blickes ist; aber die weiche, vom Schreck gelähmte Menge läßt sie nicht vom Platze. Dann nagelt der lange gleichgültige Blick den zufälligen einen an; und nun wird es ganz unmöglich, sich so zu beherrschen, daß man weder zuviel noch zuwenig Angst zeigt: und von Augenblick zu Augenblick wächst die Verfehlung an, während sich ruhig eine Seele in eine andere bohrt, bis der Haß da ist, und der Sprung losschnellen kann, und ein Geschöpf ohne Halt und Scham unter Peinigungen wimmert. Mit befreitem Geschrei rasen da die anderen auseinander, den Graben entlang; sie flackern lichtlos durcheinander wie die besessenen Seelen im Fegefeuer, und sammeln sich freudig schnatternd an der entferntesten Stelle.

Wenn alles vorbei ist, steigt der Verfolger mit federnden Griffen den großen Baum hinan bis zum höchsten Ast, schreitet bis an dessen äußerstes Ende hinaus, setzt sich ruhig zurecht, und verharrt ernst, aufrecht und ewig lange, ohne sich zu regen. Der Strahl seines Blickes ruht auf den Wipfeln des Pincio und der Villa Borghese, quer darüber hin; und wo er die Gärten verläßt, liegt unter ihm die große gelbe Stadt, über der er, noch in die grüne, schimmernde Wolke der Baumwipfel gehüllt, achtlos in der Luft schwebt.

Fischer an der Ostsee

Am Strand haben sie mit den Händen eine kleine Kute ausgehoben, und dahinein werden aus einem Sack mit schwarzer Erde die dicken Regenwürmer geschüttet; die lockere schwarze Erde und das Gewürm ergeben eine mulmige, ungewisse, anziehende Häßlichkeit im blanken Sande. Neben diese wird eine sehr ordentliche Holzlade gelegt. Sie sieht aus wie eine lange, nicht sehr breite Tischlade oder ein Zahlbrett und ist voll von sauberem Garn; und auf die andere Seite der Kute wird noch eine solche, aber leere Lade gelegt.

Die hundert Haken, die am Garn der einen Lade sitzen, sind manierlich auf eine kleine eiserne Stange an deren Ende gereiht und werden nun einer nach dem anderen heruntergenommen und in die leere Lade gebettet, deren Ende bloß mit reinem, nassem Sand gefüllt ist. Eine sehr ordentliche Beschäftigung. Zwischendurch sorgen aber vier lange, mager-kräftige Hände so sorgfältig wie Pflegerinnen dafür, daß auf jede Angel ein Wurm kommt.

Die Männer, die das tun, hocken auf Knien und Fersen zu zweien im Sande, mit mächtigen, knochigen Rücken, langen, gütigen Gesichtern, und einer Pfeife im Mund, und sie wechseln unverständliche Worte, die ebenso sacht aus ihnen hervorkommen wie die Bewegungen ihrer Hände. Der eine nimmt einen fetten Regenwurm mit zwei Fingern, holt die gleichen zwei Finger der anderen Hand hinzu und reißt ihn in drei Stücke, so gemächlich und genau, wie ein Schuster das Papierband abknipst, nachdem er Maß genommen; der andere stülpt dann diese sich bäumenden Stücke sanft und achtsam über die Angel. Ist das den Würmern widerfahren, so werden sie mit Wasser gelabt und in der Lade mit dem weichen Sand in kleine, zierliche, nebeneinander liegende Betten gebracht, wo sie sterben können, ohne gleich ihre Frische zu verlieren.

Es ist ein stilles, feines Tun, wobei die groben Fischerfinger leise wie auf Fußspitzen gehn. Man muß sehr auf die Sache achten. Bei schönem Wetter wölbt sich der dunkelblaue Himmel darüber, und die Möwen kreisen hoch über Land wie weiße Schwalben.

Inflation

Es gab einstmals eine bessere Zeit, wo man auf einem holzsteifen Pferdchen pedantisch wiederkehrend im Kreise ritt und mit einem kurzen Stöckchen nach kupfernen Ringen stieß, die ein Holzarm ruhig hinhielt. Diese Zeit ist vorbei. Heute trinken die Fischerjungen Sekt mit Kognak. Und es hängen an dreißigmal-vier eisernen Kettchen kleine Schaukelbrettchen im Kreis, ein Kreis innen und einer außen, so daß man sich, wenn man nebeneinander fliegt, an Hand oder Bein oder an den Schürzen fassen kann und dazu fürchterlich schreit. Dieses Ringelspiel steht auf dem kleinen Platz mit dem Ehrenstein für die gefallenen Krieger; neben der alten Linde, wo sonst die Gänse sind. Es hat einen Motor, der es zeitgemäß antreibt, und kalkweiße Scheinwerfer über vielen kleinen warmen Lichtern. Der Wind wirft einem, wenn man in der Dunkelheit nähertappt, Fetzen von Musik, Leuchten, Mädchenstimmen und Lachen entgegen. Das Orchestrion brüllt schluchzend. Die Eisenketten kreischen. Man fliegt im Kreis, aber außerdem, wenn man will, aufwärts oder hinab, auswärts und einwärts, einander in den Rücken oder zwischen die Beine. Die Burschen peitschen ihre Schaukeln an und kneifen die Mädel, an denen sie vorbeifliegen, ins Fleisch oder reißen die Aufschreienden mit sich; auch die Mädel haschen einander im Flug, und dann schreien sie zu zweit erst recht so, als ob eine von ihnen ein Mann wäre. So schwingen sie alle durch die Kegel der Helle ins Dunkle und werden plötzlich wieder in die Helligkeit gestürzt; anders gepaart, mit verkürzten Leibern und schwarzen Mündern, rasend bestrahlte Kleiderbündel, fliegen sie auf dem Rücken oder auf dem Bauch oder schräg gegen Himmel und Hölle. Nach einer ganz kleinen Weile dieses wildesten Galopps fällt aber das Orchestrion rasch wieder in Trab, dann in Schritt zurück, wie ein altes Manegepferd, und steht bald still. Der Mann mit dem Zinnteller geht im Kreis, aber man bleibt sitzen oder wechselt höchstens die Mädchen. Und es kommen nicht wie in der Stadt ein paar Tage lang zu dem Ringelspiel wechselnde Menschen; denn es fliegen hier immer die gleichen, vom Einbruch der Dunkelheit an, zwei bis drei Stunden, durch alle acht oder vierzehn Tage hindurch, so lange bis der Mann mit dem Zinnteller ein Nachlassen der Lust spürt und eines Morgens weitergezogen ist.

Ein angesehener Psychologe hat den Satz niedergeschrieben: «. . . denn das Tier kennt kein Lachen und Lächeln.»

Das ermutigt mich zu erzählen, daß ich einmal ein Pferd lachen gesehn habe. Ich dachte bisher, das könne man alle Tage behaupten, und getraute mich nicht, Aufhebens davon zu machen; aber wenn es etwas so Kostbares ist, will ich gern ausführlich sein.

Also es war vor dem Krieg; es könnte ja sein, daß seither die Pferde nicht mehr lachen. Das Pferd war an einen Schilfzaun angebunden, der einen kleinen Hof umgrenzte. Die Sonne schien. Der Himmel war dunkelblau. Die Luft äußerst milde, obwohl man Februar schrieb. Und im Gegensatz zu diesem göttlichen Komfort fehlte aller menschliche: Mit einem Wort, ich befand mich bei Rom, auf einem Landweg vor den Toren, an der Grenze zwischen den bescheidenen Ausläufern der Stadt und der beginnenden bäuerlichen Campagna.

Auch das Pferd war ein Campagnapferd: jung und zierlich, von dem wohlgeformten kleinen Schlag, der nichts Ponyartiges hat, auf dem ein großer Reiter aber aussieht, wie ein Erwachsener auf einem Puppenstühlchen. Es wurde von einem lustigen Burschen gestriegelt, die Sonne schien ihm aufs Fell, und in den Achseln war es kitzlig. Nun hat ein Pferd sozusagen vier Achseln und ist darum vielleicht doppelt so kitzlig wie der Mensch. Außerdem schien aber dieses Pferd auch noch je eine besonders empfindliche Stelle an der Innenseite der Schenkel zu haben, und jedesmal wenn es dort berührt wurde, konnte es sich vor Lachen nicht halten.

Schon wenn sich der Striegel von weitem näherte, legte es die Ohren zurück, wurde unruhig, wollte mit dem Maul hinfahren und entblößte, wenn es das nicht konnte, die Zähne. Der Striegel aber marschierte lustig weiter, Strich vor Strich, und die Lippen gaben nun immer mehr das Gebiß frei, indes sich die Ohren immer weiter zurücklegten und das Pferdchen von einem Bein auf das andere trat.

Und plötzlich begann es zu lachen. Es fletschte die Zähne. Es suchte mit der Schnauze den Burschen, der es kitzelte, so heftig es konnte, wegzustoßen; in der gleichen Weise, wie das eine Bauernmagd mit der Hand tut, und ohne daß es nach ihm gebissen hätte. Es trachtete auch, sich zu drehen und ihn mit dem ganzen Körper fortzudrängen. Aber der Knecht blieb im Vorteil. Und wenn er mit dem Striegel in der Nähe der Achsel anlangte, hielt es das Pferd in keiner Weise mehr aus; es wand sich auf den Beinen, schauderte am ganzen Leib und zog das Fleisch von den Zähnen zurück, so weit es nur konnte. Es benahm sich dann sekundenlang genau so wie ein

Mensch, den man dermaßen kitzelt, daß er nicht mehr lachen kann.

Der gelehrte Zweifler wird einwenden, daß es dann eben doch nicht hat lachen können. Darauf ist ihm zu antworten, daß dies insofern richtig sei, als der von beiden, der jedesmal vor Lachen wieherte, der Stallbursche war. Das scheint in der Tat nur ein menschliches Vermögen zu sein, vor Lachen wiehern zu können. Aber trotzdem spielten die beiden sichtlich in Übereinstimmung, und sobald sie wieder von vorn begannen, konnte gar kein Zweifel daran bestehen, daß auch das Pferd lachen wollte und schon auf das wartete, was kommen werde.

So schränkt sich der gelehrte Zweifel an der Fähigkeit des Tieres darauf ein, daß es nicht über Witze zu lachen vermag.

Das aber ist dem Pferd nicht immer zu verübeln.

Der Erweckte

Schob rasch den Vorhang zur Seite: – die sanfte Nacht! Ein mildes Dunkel liegt im Fensterausschnitt des harten Zimmerdunkels wie ein Wasserspiegel im viereckigen Bassin. Ich sehe es wohl gar nicht; aber es ist wie im Sommer, wenn das Wasser so warm ist wie die Luft und die Hand aus dem Boot hängt. Es wird sechs Uhr morgens am ersten November.

Gott hat mich geweckt. Ich bin aus dem Schlaf geschossen. Ich hatte gar keinen anderen Grund aufzuwachen. Ich bin losgerissen worden wie ein Blatt aus einem Buch. Die Mondsichel liegt zart wie eine goldene Augenbraue auf dem blauen Blatt der Nacht.

Aber auf der Morgenseite am anderen Fenster wird es grünlich. Papageienfedrig. Schon laufen auch die faden rötlichen Streifen des Sonnenaufgangs herauf, aber noch ist alles grün, blau und ruhig. Ich springe zum ersten Fenster zurück: Liegt die Mondsichel noch da? Sie liegt da, als ob es die tiefste Stunde des nächtlichen Geheimnisses wäre. So überzeugt ist sie von der Wirklichkeit ihrer Magie, als ob sie Theater spielte. (Nichts Komischeres gibt es, als wenn man aus vormittägigen Straßen in den Abersinn einer Theaterprobe tritt.) Links pulst schon die Straße, rechts probt die Mondsichel.

Ich entdecke seltsame Brüder, die Schornsteine. In Gruppen zu dritt, zu fünf, zu sieben, oder auch allein, stehen sie auf den Dächern; wie Bäume in der Ebene. Der Raum windet sich gleich einem Fluß zwischen ihnen in die Tiefe. Ein Uhu schleift zwischen ihnen nach Hause; wahrscheinlich war's eine Krähe oder Taube. Die Häuser stehn kreuz und quer; seltsame Umrisse, abstürzende Wände; gar nicht nach Straßen geordnet. Die Stange am Dach mit den sechsunddreißig Porzellanköpfen und den zwölf Verspannungsdrähten, die ich verständnislos zähle, steht vor dem Morgenhimmel als ein völlig unerklärliches, geheimnisvolles oberstes Gebilde. Ich bin jetzt ganz wach, aber wohin ich mich auch wende, gleitet der Blick um Fünfecke, Siebenecke und steile Prismen: Wer bin dann ich? Die Amphore am Dach mit eisengegossener Flamme, tagsüber eine lächerliche Ananas, verächtliches Geschöpf schlechten Geschmacks, stärkt in dieser Einsamkeit mein Herz wie eine frische Menschenspur.

Endlich kommen zwei Beine durch die Nacht. Der Schritt zweier Frauenbeine und das Ohr: Nicht schauen will ich. Mein Ohr steht auf der Straße wie ein Eingang. Niemals werde ich mit einer Frau so vereint sein wie mit dieser unbekannten, deren Schritte jetzt immer tiefer in meinem Ohr verschwinden.

Dann zwei Frauen. Die eine filzig schleichend, die andere stapfend mit der Rücksichtslosigkeit des Alters. Ich sehe hinab. Schwarz. Seltsame Formen haben die Kleider alter Frauen. Die da streben zur Kirche. Längst ist ja die Seele um diese Stunde schon in Zucht genommen, und ich will nun nichts mehr mit ihr zu tun haben.

Schafe, anders gesehen

Zur Geschichte des Schafes: der Mensch findet heute das Schaf dumm. Aber Gott hat es geliebt. Er hat die Menschen wiederholt mit Schafen verglichen. Sollte Gott ganz Unrecht haben?

Zur Psychologie des Schafes: der sichtbar gestaltete Ausdruck hoher Zustände ist dem der Blödheit nicht unähnlich.

In der Heide bei Rom: Sie hatten die langen Gesichter und die zierlichen Schädel von Märtyrern. Ihre schwarzen Socken und Kapuzen an dem weißen Fell gemahnten an Todesbrüder und Fanatiker.

Ihre Lippen, wenn sie über dem kurzen, spärlichen Gras suchten, zitterten nervös und stäubten den Ton einer erregten Metallsaite in die Erde. Schlossen sich ihre Stimmen zum Chor, so klang es wie das klagende Gebet der Prälaten im Dom. Sangen aber ihrer viele, so bildeten sie einen Männer-, Frauen- und Kinderchor. In sanften

Rundungen hoben und senkten sie die Stimmen; wie ein Wanderzug im Dunkel war es, den in jeder zweiten Sekunde das Licht traf, und es standen dann die Stimmen der Kinder auf einem immer wiederkehrenden Hügel, während die Männer das Tal durchschritten. Tausendmal schneller rollten Tag und Nacht durch ihren Gesang und trieben die Erde dem Ende entgegen. Manchmal warf sich eine einzelne Stimme empor oder stürzte hinab in die Angst der Verdammnis. In den weißen Ringeln ihrer Haare wiederholten sich die Wolken des Himmels. Es sind uralte katholische Tiere, religiöse Begleiter des Menschen.

Noch einmal im Süden: Der Mensch ist zwischen ihnen doppelt so groß als sonst und ragt wie der spitze Turm einer Kirche gegen Himmel. Unter unseren Füßen war die Erde braun, und das Gras wie eingekratzte graugrüne Striche. Die Sonne glänzte schwer am Meer wie in einem Spiegel von Blei. Boote waren beim Fischfang wie zu Sankt Petri Zeiten. Das Kap schwang den Blick wie ein Laufbrett zum Himmel und brach lohgelb und weiß, wie zur Zeit des verirrten Odysseus, ins Meer.

Überall: Schafe sind ängstlich und blöd, wenn der Mensch naht; sie haben Schläge und Steinwürfe des Übermuts kennengelernt. Aber wenn er ruhig stehen bleibt und in die Weite starrt, vergessen sie ihn. Sie stecken dann die Köpfe zusammen und bilden, zehn oder fünfzehn, einen Strahlenkreis, mit dem großen, lastenden Mittelpunkt der Köpfe und den andersfarbigen Strahlen der Rücken. Die Schädeldecken pressen sie fest gegeneinander. So stehen sie, und das Rad, das sie bilden, regt sich stundenlang nicht. Sie scheinen nichts fühlen zu wollen als den Wind und die Sonne, und zwischen ihren Stirnen den Sekundenschlag der Unendlichkeit, der im Blut pocht und sich von einem Kopf zum andern mitteilt wie das Klopfen von Gefangenen an Gefängnismauern.

Sarkophagdeckel

Irgendwo hinten am Pincio, oder schon in Villa Borghese, ruhen zwei Sarkophagdeckel aus unedlem Stein zwischen den Büschen im Freien. Sie stellen keine Kostbarkeit dar, sie liegen umher. Lang hingestreckt lagert auf ihnen das Ehepaar, das sich einst zum letzten Andenken hat abbilden lassen. Man sieht viele solcher Sarkophagdeckel in Rom; aber in keinem Museum und in keiner Kirche machen sie solchen Eindruck wie hier unter den Bäumen, wo sich die Figuren wie auf einer Landpartie ausgestreckt haben und eben aus einem kleinen Schlaf erwacht zu sein scheinen, der zweitausend Jahre gewährt hat.

Sie haben sich auf den Ellbogen gestützt und sehen einander an. Es fehlt nur der Korb mit Käse, Früchten und Wein zwischen ihnen.

Die Frau trägt eine Frisur mit kleinen Locken, – gleich wird sie sie ordnen, nach der letzten Mode vor dem Einschlafen. Und sie lächeln einander an; lang, sehr lang. Du siehst weg: und noch immer tun sie es ohne Ende.

Dieser treue, brave, bürgerliche, verliebte Blick hat die Jahrhunderte überstanden; er ist im alten Rom ausgesandt worden und kreuzt heute dein Auge.

Wundere dich nicht darüber, daß er vor dir andauert; daß sie nicht wegsehen oder die Augen senken: sie werden nicht steinern dadurch, sondern menschlich.

Hasenkatastrophe

Die Dame war gewiß erst am gestrigen Tag aus der Glasscheibe eines großen Geschäfts herausgetreten; niedlich war ihr Puppengesichtchen; man hätte mit einem Löffelchen darin umrühren mögen, um es in Bewegung zu sehn. Aber man trug selbst Schuhe mit honigglatten, wachswabendicken Sohlen zur Schau, und Beinkleider, wie mit Lineal und weißer Kreide entworfen. Man entzückte sich höchstens am Wind. Er preßte das Kleid an die Dame und machte ein jämmerliches kleines Gerippe aus ihr, ein dummes Gesichtchen mit einem ganz kleinen Mund. Dem Zuschauer machte er natürlich ein kühnes Gesicht.

Kleine Hasen leben ahnungslos neben den weißen Bügelfalten und den teetassendünnen Röcken. Schwarzgrün wie Lorbeer dehnt sich der Heroismus der Insel um sie. Möwenscharen nisten in den Mulden der Heide wie Beete voll weißer Schneeblüten, die der Wind bewegt. Der kleine, weiße, langhaarige Terrier der kleinen, mit einem Pelzkragen geschmückten weißen Dame stöbert durch das Kraut, die Nase fingerbreit über der Erde; weit und breit ist auf dieser Insel kein anderer Hund zu wittern, nichts ist da als die ungeheure Romantik vieler kleiner, unbekannter, die Insel durchkreuzender Fährten. Riesengroß wird der Hund in dieser Einsamkeit, ein Held. Aufgeregt, messerscharf gibt er Laut, die Zähne blecken wie die eines Seeungeheuers. Vergebens spitzt die Dame das Mündchen, um zu pfeifen; der Wind reißt ihr das kleine Schällchen, das sie hervorbringen möchte, von den Lippen.

Mit solch einem stichligen Fox habe ich schon Gletscherwege gemacht; wir Menschen glatt auf den Skiern, er blutend, bis zum Bauch einbrechend, vom Eis zerschnitten, und dennoch voll wilder, nie ermattender Seligkeit. Jetzt hat dieser hier etwas aufgespürt; die Beine galoppieren wie Hölzchen, der Laut wird ein Schluchzen. Merkwürdig ist an diesem Augenblick, wie sehr solche flach auf dem Meer schwebende Insel an die großen Kare und Tafeln im Hochgebirge erinnert. Die schädelgelben, vom Wind geglätteten Dünen sind wie Felsenkränze aufgesetzt. Zwischen ihnen und dem Himmel ist die Leere der unvollendeten Schöpfung. Licht leuchtet nicht über dies und das, sondern schwemmt wie aus einem versehentlich umgestoßenen Eimer über alles. Man ist jedesmal erstaunt, daß Tiere diese Einsamkeit bewohnen. Sie gewinnen etwas Geheimnisvolles; ihre kleinen weichwolligen und -fedrigen Brüste bergen den Funken des Lebens. Es ist ein kleiner Hase, den der Fox vor sich hertreibt. Ich denke: eine kleine, wetterharte Bergart, nie wird er ihn erreichen. Eine Erinnerung aus der Geographiestunde wird lebendig: Insel – eigentlich stehen wir da auf der Kuppe eines hohen Meerbergs? Wir, zehn bis fünfzehn lungernd zusehende Badegäste in farbigen Tollhausjacken, wie sie die Mode vorschreibt. Ich ändere meinen Gedanken noch einmal ab und sage mir, das Gemeinsame wäre nur die unmenschliche Verlassenheit: Verstört wie ein Pferd, das den Reiter abgeworfen hat, ist die Erde überall dort, wo der Mensch in der Minderheit bleibt; ja, gar nicht gesund, sondern wahrhaft geisteskrank erweist sich die Natur im Hochgebirge und auf kleinen Inseln. Aber zu unserem Erstaunen hat sich die Entfernung zwischen dem Hund und dem Hasen verringert; der Fox holt auf, man hat so etwas noch nie gesehen, ein Hund, der den Hasen einholt! Das wird der erste große Triumph der Hundewelt! Begeisterung beflügelt den Verfolger, sein Atem jauchzt in Stößen, es ist keine Frage mehr, daß er binnen wenigen Sekunden seine Beute eingeholt haben wird. Da schlägt der Hase den Haken. Und da erkenne ich an etwas Weichem, weil der harte Riß diesem Haken fehlt, es ist kein Hase, es ist nur ein Häschen, ein Hasenkind.

Ich fühle mein Herz; der Hund hat beigedreht; er hat nicht mehr als fünfzehn Schritte verloren; in wenigen Augenblicken ist die Hasenkatastrophe da. Das Kind hört den Verfolger hinter dem Schweifchen, es ist müde. Ich will dazwischenspringen, aber es dauert so lange, bis der Wille hinter den Bügelfalten in die glatten Sohlen fährt; oder vielleicht war der Widerstand schon im Kopf.

Zwanzig Schritte vor mir – ich müßte phantasiert haben, wenn das Häschen nicht verzagt stehen blieb und seinen Nacken dem Verfolger hinhielt. Der schlug seine Zähne hinein, schleuderte es ein paarmal hin und her, dann warf er es auf die Seite und grub sein Maul zwei-, dreimal in Brust und Bauch.

Ich sah auf. Lachende, erhitzte Gesichter standen umher. Es war plötzlich wie vier Uhr morgens geworden nach durchtanzter Nacht. Der erste von uns, der aus dem Blutrausch erwachte, war der kleine Fox. Er ließ ab, schielte mißtrauisch zur Seite, zog sich zurück; nach wenigen Schritten fiel er in kurzen, eingezogenen Galopp, als erwarte er, daß ihm ein Stein nachfliegen werde. Wir andern aber waren bewegungslos und verlegen. Eine schale Atmosphäre menschenfresserischer Worte umgab uns, wie «Kampf ums Dasein» oder «Grausamkeit der Natur». Solche Gedanken sind wie die Untiefen eines Meeresbodens, aus ungeheuerer Tiefe emporgestiegen und seicht. Am liebsten wäre ich zurückgegangen und hätte die sinnlose kleine Dame geschlagen. Das war eine aufrichtige Empfindung, aber keine gute, und so schwieg ich und fiel damit in das allgemeine, unsichere, sich nun bildende Schweigen ein. Endlich nahm ein hochgewachsener, behaglicher Herr aber den Hasen in beide Hände, zeigte seine Wunden den Hinzugetretenen und trug die dem Hund abgejagte Leiche wie einen kleinen Sarg in die Küche des nahen Hotels. Dieser Mann stieg als erster aus dem Unergründlichen und hatte den festen Boden Europas unter den Füßen.

Die Maus

Diese winzige Geschichte, die eigentlich nur eine Pointe, eine einzige kleine Spitze ist, und gar keine Geschichte, ereignete sich im Weltkrieg. Auf der ladinischen Alpe Fodara Vedla, tausend und mehr Meter über bewohnter Gegend und noch viel weiter abseits von ihr: Dort hatte jemand im Frieden eine Bank hingestellt.

Diese Bank stand auch im Krieg unversehrt. In einer weiten, hellen Mulde. Die Schüsse zogen über sie hin. Ruhig wie Schiffe, wie Scharen von Fischen. Sie schlugen weit hinten ein, wo nichts und niemand war, und verwüsteten dort mit eiserner Beharrlichkeit seit Monaten einen unschuldigen Abhang. Niemand wußte mehr warum. Ein Irrtum der Kriegskunst? Eine Laune der Kriegsgötter? Diese Bank war dem Krieg in Verlust geraten. Und die Sonne schickte den ganzen Tag Licht aus unendlichen Höhen ihr zur Gesellschaft.

Wer auf dieser Bank saß, saß fest. Der Mund ging nicht mehr auf. Die Glieder schliefen einen getrennten Schlaf wie Männer, die sich eng beisammen niedergeworfen und einander im gleichen Augenblick todmüd vergessen haben. Selbst das Atmen ward fremd; wurde ein Vorgang der Natur; nein, wurde nicht «Atem der Natur», sondern: wenn man bemerkte, daß man atme, – diese gleichmäßige, willenlose Bewegung der Brust! – etwas der Ohnmacht des Menschen vom blauen Ungeheuer Luft Angetanes wie eine Schwangerschaft.

Das Gras ringsum war noch vom Jahr vorher; schneebleich und häßlich; so blutleer, als ob man einen großen Stein davon weggewälzt hätte. In Nähe und Ferne gab es Buckel und Mulden ohne Sinn und Zahl, Knieholz und Alpe. Aus dieser bewegungslosen Unruhe, von dieser zu gelbgrünem Schaum zerfallenen Brandung des Bodens wurde der Blick immer wieder an dem hohen, roten Felsenriff emporgeworfen, das die Landschaft vorne abschloß, und rann, in hundert Blicke zersplittert, davon wieder ab. Es war nicht übermäßig hoch, dieses Felsstück, aber darüber war nur noch das leere Licht. So wüst war das und so unmenschlich herrlich wie in den Schöpfungszeitaltern.

Eine kleine Maus hatte sich nahe der Bank, die selten besucht wurde, ein System von Laufgräben angelegt. Maustief, mit Löchern zum Verschwinden und anderswo wieder aufzutauchen. Sie huschte darin im Kreise, stand, huschte im Kreis weiter. Aus dem Grollen der Luft tauchte eine ungeheure Stille auf. Die Menschenhand sank von der Lehne der Bank. Ein Auge, so klein und schwarz wie ein Spennadelknopf richtete sich dahin. Und man hatte einen Augenblick lang ein so sonderbar verkehrtes Gefühl, daß man wirklich nicht mehr recht wußte, ob sich dieses kleine, lebendige, schwarze Auge drehe oder ob sich die ungeheure Unbeweglichkeit der Berge rühre. Man wußte nicht mehr: vollzog sich an einem der Wille der Welt oder der dieser Maus, der aus einem winzigen, einsamen Auge leuchtete. Man wußte nicht mehr: war Kampf oder herrschte schon Ewigkeit.

So hätte sich mit dem, was man nicht zu kennen fühlte, lange und nach Belieben fortfahren lassen; aber das ist schon die ganze kleine Geschichte, denn sie war inzwischen jedesmal schon zu Ende gegangen, ehe man noch genau sagen konnte, wo sie aufhörte.

Ich habe mich vorzeitig zu Bett gelegt, ich fühle mich ein wenig erkältet, ja vielleicht habe ich Fieber. Ich sehe die Zimmerdecke an, oder vielleicht ist es der rötliche Vorhang über der Balkontür des Hotelzimmers, was ich sehe; es ist schwer zu unterscheiden.

Als ich gerade damit fertig war, hast auch du angefangen, dich auszukleiden. Ich warte. Ich höre dich nur.

Unverständliches Auf- und Abgehn; in diesem Teil des Zimmers, in jenem. Du kommst, um etwas auf dein Bett zu legen; ich sehe nicht hin, aber was könnte es sein? Du öffnest inzwischen den Schrank, tust etwas hinein oder nimmst etwas heraus; ich höre ihn wieder schließen. Du legst harte, schwere Gegenstände auf den Tisch, andre auf die Marmorplatte der Kommode. Du bist unablässig in Bewegung. Dann erkenne ich die bekannten Geräusche des Öffnens der Haare und des Bürstens. Dann Wasserschwälle in das Waschbecken. Vorher schon das Abstreifen von Kleidern; jetzt wieder; es ist mir unverständlich, wieviel Kleider du ausziehst. Nun bist du aus den Schuhen geschlüpft. Danach aber gehn deine Strümpfe auf dem weichen Teppich ebenso unablässig hin und her wie vordem die Schuhe. Du schenkst Wasser in Gläser; drei-, viermal hintereinander, ich kann mir gar nicht zurechtlegen, wofür. Ich bin in meiner Vorstellung längst mit allem Vorstellbaren zu Ende, während du offenbar in der Wirklichkeit immer noch etwas Neues zu tun findest. Ich höre dich das Nachthemd anziehn. Aber damit ist noch lange nicht alles vorbei. Wieder gibt es hundert kleine Handlungen. Ich weiß, daß du dich meinethalben beeilst; offenbar ist das alles also notwendig, gehört zu deinem engsten Ich, und wie das stumme Gebaren der Tiere vom Morgen bis zum Abend ragst du breit, mit unzähligen Griffen, von denen du nichts weißt, in etwas hinein, wo du nie einen Hauch von mir gehört hast!

Zufällig fühle ich es, weil ich Fieber habe und auf dich warte.

Slowenisches Dorfbegräbnis

Mein Zimmer war sonderbar. Pompejanisch rot mit türkischen Vorhängen; die Möbel hatten Risse und Fugen, in denen sich der Staub wie kleine Geröllrinnen und -bänder hinzog. Es war feiner Staub, unwirkliche Verkleinerung von Geröll; aber er war so ungeheuer einfach da, und in kein Geschehen mehr verflochten, daß er an die große Einsamkeit des Hochgebirges erinnerte, die nur vom

Steigen und Sinken der Flut des Lichts und der Dunkelheit bespült wird. Von solchen Erlebnissen hatte ich damals viele.

Als ich das Haus zum erstenmal betrat, war es ganz vom Gestank toter Mäuse erfüllt. In das gemeinsame Vorzimmer, das mein Zimmer von dem der Lehrerinnen trennte, warfen diese alles, was sie nicht mehr liebten oder des Aufhebens nicht mehr für wert hielten: künstliche Blumen, Speisereste, Fruchtschalen und zerrissene schmutzige Wäsche, die das Reinigen nicht mehr lohnte. Sogar mein Diener beklagte sich, als ich ihn Ordnung schaffen hieß; und doch war die eine von ihnen schöner als ein Engel, und ihre ältere Schwester war zärtlicher als eine Mutter und malte ihr die Wangen täglich mit naiven Rosenfarben, damit ihr Antlitz auch noch so schön sei wie das der Bauernmuttergottes in der kleinen Kirche. Von den kleinen Schulmädchen, die oft zu uns kamen, wurden beide geliebt; und ich lernte das verstehen, als ich einmal erkrankt war und selbst ihrer beider Güte wie warme Kräuterkissen zu fühlen bekam. Als ich aber einmal ihr Zimmer untertags betrat, um etwas zu verlangen, denn sie waren die Vermieter, lagen sie beide im Bett, und als ich mich zurückziehen wollte, sprangen sie hilfsbereit aus den Decken hervor und waren völlig bekleidet; sogar die schmutzigen Straßenschuhe hatten sie im Bett an den Füßen behalten.

Das also war die Wohnung, worin ich stand, als ich dem Begräbnis zusah; eine dicke Frau war gestorben, die schräg meinen Fenstern gegenüber auf der anderen Seite der breiten, hier etwas ausgebuchteten Reichsstraße gelebt hatte. Am Vormittag brachten die Schreinerjungen den Sarg; es war Winter, und sie brachten ihn auf einem kleinen Handschlitten, und weil es ein schöner Vormittag war, schlitterten sie mit ihren Nagelschuhen auf der Straße daher, und die große schwarze Schachtel hinter ihnen sprang von einer Seite zur anderen. Jeder, der es sah, hatte das Gefühl, was für hübsche Jungen das wären, und wartete neugierig ab, ob der Schlitten umwerfen werde oder nicht.

Nachmittags aber stand schon das letzte Geleite vor dem Haus: Zylinder und Pelzmützen, modische Hüte und winterliche Kopftücher dunkel gegen das lichte Schneegrau des Himmels. Und die Geistlichkeit kam, schwarz und rot, und gezackte weiße Hemdchen darüber, quer über den Schnee. Und ein junger, großer, zottiger, brauner Hund sprang ihr entgegen und bellte sie an wie einen Wagen. Und wenn man so sagen darf, hatte er damit keine ganz falsche Beobachtung ausgedrückt; denn wirklich war in diesem Augenblick nicht sowohl Heiliges, noch selbst Menschliches, in den

Nahenden, als vielmehr nur die schwierige Bewegung der mechanischen Seite ihrer Existenz auf dem glatten Straßenbelag.

Dann aber wurde es überirdisch. Ein ruhiger Baß stimmte ein wunderholdes, trauriges Lied an, in dem ich nur die fremden Worte für Süße Maria verstand, ein hellbraun wie Kastanien schimmernder Bariton fiel ein, und noch eine Stimme, und ein Tenor schwang sich über alle hinweg, während zu gleicher Zeit aus dem Haus ohne Ende Frauen mit schwarzen Tüchern quollen, die Kerzen vor dem Winterhimmel blaßgolden brannten und die Geräte blitzten. Da hätte man weinen mögen, aus keinem anderen Grund, als weil man bereits ein Mensch über Dreißig war.

Vielleicht auch ein wenig deshalb, weil sich hinter der Trauergesellschaft die Buben pufften. Oder weil der aufrechte junge Herr, dem der Hund gehörte, über aller Köpfe hinweg so regungslos nach den heiligen Handreichungen sah, daß man nicht wußte, warum. Einfach so ängstlich voll von Tatsachen, die nicht recht feststanden, war alles wie ein Porzellanschrank. Und wirklich konnte ich kaum noch an mich halten, wußte aber auch nicht, wohin ich mich wenden sollte, als ich, wohl durch Zufall, inmitten der Menge wieder gewahr wurde, daß der hochergriffene junge Mann eine Hand am Rücken hielt und sein großer brauner Hund mit ihr zu spielen begann. Scherzend biß er an ihr herum und suchte sie mit seiner warmen Zunge aufzuwecken. Mit Spannung wartete ich nun ab, was sich daraus entwickeln werde. Und endlich nach geraumer Zeit, während die ganze Gestalt des jungen Mannes in unbestimmter Erhebung erstarrt blieb, machte sich die Hand hinter dem Rücken los und selbständig und begann mit dem Maul des Hundes zu spielen, ohne daß es ihr Herr wußte.

Das rückte mir die Seele wieder ins Lot, ohne daß es ein ausreichender Grund war. Sie geriet damals, in jener Umgebung, worin ich mich auszuharren zwang, leicht auch dann in Unordnung oder Ordnung, wenn kaum eine Ursache dazu vorhanden war. Angenehm-unangenehm durchströmte mich die Erwartung des Händedrucks, den mir nach dem Begräbnis meine Hausgenossinnen anbieten werden, zusammen mit einem Gläschen von ihrem verdächtigen Hausschnaps und einigen ordentlichen Worten, denen nicht zu widersprechen ist: – vielleicht, daß das Unglück die Menschen einander näherbringe, oder so ähnlich.

Wie schön seid ihr, Dienstmädchen mit den Bauernbeinen und den ruhigen Augen, von denen man nicht weiß, wundern sie sich über alles oder über nichts?! Ihr führt den Hund der Herrschaft an der Leine wie die Kuh am Strick. Denkt ihr daran, daß jetzt im Dorf die Glocken läuten, oder denkt ihr daran, daß jetzt das Kino beginnt? Sicher ist es nur, ihr fühlt auf eine geheimnisvolle Weise, daß mehr Männer zwischen zwei Ecken der Stadt leben als auf dem ganzen Land, und ihr geht in jedem Augenblick durch diese Männlichkeit, wenn sie euch auch nicht gehört, wie durch ein Kornfeld, das an die Röcke streift.

Aber denkt ihr daran, während eure Augen tun, als wüßten sie nichts, daß es ein Mann ist, den ihr an der Leine führt? Oder bemerkt ihr in keiner Weise, daß Lux ein Mann ist, daß Wolf und Amri Männer sind? Tausend Pfeile durchbohren ihr Herz bei jedem Baum oder Lichtmast. Männer ihres Geschlechts haben als ihr Zeichen den messerscharfen Geruch des Ammoniaks hinterlassen, als hätte man Schwerter in einen Baum gestoßen; Kämpfe und Brüderschaften, Heldentum und Neigung, die ganze heroische Welt des Mannes entfaltet sich vor ihrer schnuppernden Vorstellungskraft! Wie heben sie das Bein mit der freien Gebärde eines kriegerischen Grußes oder dem heldischen Schwung eines mit dem Bierglas grüßenden Arms beim Kommers! Mit welchem Ernst verrichten sie ihren Dienst, der ein Trank- und Weiheopfer ist wie nur irgend eines! Und ihr, Mädchen? Verständnislos zieht ihr sie hinter euch drein. Zerrt an der Leine; gönnt ihnen nicht Zeit, ohne euch auch nur umzusehen nach ihnen; achtet ihrer nicht. Es ist ein Anblick, um Steine gegen euch zu erheben.

Brüder! Auf drei Beinen hüpft hinter diesen Mädchen Lux oder Wolf; zu stolz, zu sehr im Stolzesten verletzt, um nach Hilfe zu heulen; keines anderen Protestes fähig, als das vierte Bein eigensinnig, hartnäckig, in verzweifeltem Abschied nicht sinken zu lassen, während ihn die Leine immer weiter reißt. Welche inneren Hundeerkrankungen mögen aus solchen Augenblicken entstehen, welche verzweifelten neurasthenischen Komplexe liegen in ihnen beschlossen! Und die Hauptsache: fühlt ihr seinen traurig kollegialen Blick, den er euch zusendet, wenn ihr an solcher Szene vorbeikommt? er liebt ja auch in seiner Weise die Seele dieser verständnislosen Mädchen. Sie sind nicht herzlos; ihr Herz möchte sich erbarmen, wenn sie wüßten, was vor sich geht. Aber sie wissen es eben nicht. Und sind sie nicht gerade darum so bezaubernd, diese Trägherzigen, weil sie gar nichts von uns wissen? So spricht der Hund. Sie werden niemals unsere Welt verstehn!

Es gab einmal eine deutsche Pension in Rom. (Obwohl es außer ihr noch viele andere gegeben hat.) Deutsche Pension, das war damals ein bestimmter Begriff in Italien, der sehr verschiedene Sonderwesen umschloß. Mit Entsetzen denke ich noch heute an eine andere zurück, wo ich einmal gewohnt habe; alles war dort zum Weinen einwandfrei. Aber in der Pension, von der ich hier spreche, war es nicht so. Als ich ins Büro eintrat und zum erstenmal nach dem Herrn des Hauses fragte, antwortete mir seine Mutter: «Oh, der kann jetzt nit komme; der ischt grad über seine Hühnerauge!» Ich will ihn Herr Nimmermehr nennen. Seine Mutter, Frau Nimmermehr also, war eine von einem gewaltigen Mieder umspannte Matrone, deren Fleisch mit den Jahren ein wenig zurückgegangen war, so daß ihr Korsett rings um sie einen unregelmäßigen Rand in die Luft zeichnete, der von einer Bluse überspannt wurde; irgendwie erinnerte das an einen umgekippten, verloren gegebenen Regenschirm, wie man solche zuweilen an verlassenen Orten findet. Ihr Haar wurde zwischen Ostern und Oktober, das heißt außerhalb der Reisezeit, soweit ich das beobachten konnte, nicht frisiert; während der Saison schien es weiß zu sein. Eine andere ihrer Eigentümlichkeiten bildete es, daß ihr Rock einen ungewöhnlich langen Schlitz besaß, der in der heißen Zeit immer von oben bis unten offen stand. Vielleicht war das kühler; vielleicht war es aber eine Besonderheit des Hauses. Denn auch Laura, das Stubenmädchen, das bei Tisch bediente, legte zu diesem Zweck zwar eine saubere Bluse an, die hinten zu schließen war, aber während der Zeit, die ich in Rom verbrachte, wurden von allen Haken immer nur die zwei untersten benützt, so daß darüber das Hemd und weiterhin Lauras schöner Rücken zu sehen war wie in einem Kelch. Trotzdem waren es vorzügliche Wirte, die Nimmermehr's; ihre altmodisch luxuriösen Zimmer wurden gut gehalten, und was sie kochten, hatte Grazie. Während des Speisens stand Herr Nimmermehr persönlich als Maître d'hôtel neben der Anrichte und leitete die Bedienung, obgleich diese nur aus Laura bestand. Vorwurfsvoll hörte ich ihn einmal zu ihr sagen: «Herr Meier hat sich selbst einen Löffel und das Salz geholt!» – Laura tuschelte erschrocken: «Hat er etwas gesagt?» – Und Herr Nimmermehr legte die Würde eines königlichen Speisenchefs in die leise Zurückweisung: «Herr Meier sagt nie etwas!» – Zu solcher Höhe des Berufs konnte er sich erheben. Er war, soweit ich mich an ihn erinnere, groß, mager und kahl, hatte einen wässerigen Blick und stachlige Bartfäden, die sich langsam auf und nieder bewegten, wenn er sich mit der Schüssel zu einem Gast neigte, um diesen mit besonnenen Worten auf etwas besonders Schmackhaftes aufmerksam zu machen. Sie hatten einfach ihre Eigenheiten, die Nimmermehr's.

Und ich habe mir alle diese Kleinigkeiten aufgeschrieben, weil ich schon damals das Gefühl hatte: es kehrt nicht wieder. Ich will damit beileibe nicht behaupten, daß es besonders selten und kostbar gewesen sei; es hatte nur etwas Besonderes mit Gleichzeitigkeit zu tun, das sich schwer beschreiben läßt. Wenn zwanzig Uhren an einer Wand hängen, und man blickt sie plötzlich an, so hat jedes Pendel eine andere Lage; sie alle sind gleichzeitig und nicht, und die wirkliche Zeit rinnt irgendwo zwischen ihnen durch. Das kann unheimlich wirken. Alle, die wir damals in der Pension Nimmermehr wohnten, hatten dazu unsere besonderen Gründe; wir hatten alle irgendetwas außer der Zeit in Rom zu tun, und da man in der Sommerhitze täglich nur ein kleines Maß davon ausführen konnte, so kamen wir immer wieder in unserem Heim zusammen. Da war zum Beispiel der kleine alte Schweizer Herr, er war da, um die Angelegenheit einer nicht viel größeren protestantischen Sekte zu betreiben, die durchaus gerade im papistischen Rom ein evangelisches Gotteshaus erbauen wollte. Er trug trotz der brennenden Sonne immer einen schwarzen Anzug, und am zweiten Westenknopf von oben war die Uhrkette befestigt, an der, nur wenig tiefer, ein schwarzes Medaillon hing, in das ein goldenes Kreuz eingelassen war. Sein Bart saß richtig links und rechts von ihm; so dünn sproß er aus dem Kinn, daß man seiner erst in einiger Entfernung davon gewahr wurde. Und gegen die Backen zu verlor sich dieser Bart ganz, wie auch die Oberlippe von Natur bartlos war. Die Kopfhaare dieses alten Herrn waren blondgrau und unheimlich weich; und seine Gesichtsfarbe hätte wohl rosig sein können, aber da sie weiß war, war sie gleich so weiß wie frisch gefallener Schnee, in dem eine goldene Brille liegt. Dieser alte Herr sagte einmal, als wir uns alle im Salon unterhielten, zu Mme. Gervais: «Wissen Sie, was Ihnen fehlt? Es fehlt Ihnen ein König in Frankreich!»

– Ich wunderte mich und wollte Mme. Gervais zu Hilfe kommen: «Aber Sie sind doch Schweizer und selbst Republikaner!?» – warf ich ein. Doch da wuchs der kleine Mann über seine goldenen Brillenränder hinaus und erwiderte uns: «Oh, das ist eine andere Sache! Wir sind es seit sechshundert Jahren, und nicht seit fünfundvierzig!» So der Schweizer, der in Rom eine protestantische Kirche baute.

Madame Gervais, mit ihrem lieblichen Lächeln, erwiderte ihm: «Wenn die Diplomaten und die Zeitungen nicht wären, hätten wir den ewigen Frieden.» – «Excellent, vraiment excellent!» – stimmte ihr der alte Herr, wieder besänftigt, zu und nickte mit einem Kichern, das so fein und unnatürlich klang, als hätte er eine junge Ziege im Hals; er mußte ein Bein vom Boden heben, um sich in seinem Fauteuil zu Mme. Gervais zurückwenden zu können.

So kluge Antworten gab aber auch nur Frau Gervais. Das Profil ihres zarten Tituskopfes, auf dem schlanken Hals, mit einem köstlichen Ohr geschmückt, hob sich im Speisesaal von dem Fenster ab, vor dem sie saß, als ich sie zum erstenmal sah, wie ein geschnittener rosa Stein von himmelblauem Samt. Mit vollkommenen Händen, die Arme mit Messer und Gabel sorgsam an sich gezogen, rasierte sie einem Pfirsich, den sie aufgespießt hatte, die Haut vom Leibe. Ihre Lieblingsworte waren: Ignoble, mal élevé, grand luxe und très maniaque. Auch digestion und digestif sagte sie oft. Mme. Gervais konnte erzählen, wie sie, die Katholikin, einmal in Paris in einer protestantischen Kirche war. Am Geburtstag des Empereur. «Und ich versichere Sie,» – fügte sie hinzu – «es war viel würdiger als bei uns. Viel einfacher. Keine so unvornehme Komödie!» – So war Mme. Gervais.

Sie schwärmte für eine deutsch-französische Verständigung, weil ihr Gatte Hotelier war. Umfassender gesagt, er stand in der Hotelkarriere: man muß alles durchmachen, Speisesaal, Bar, Zimmerdienst, Büro. «Wie ein Ingenieur am Schraubstock arbeiten muß! –» erläuterte sie es. Sie war aufgeklärt. Sie empörte sich bei der Erinnerung daran, wie ein Negerprinz, ein vollendeter Gentleman, in einem Pariser Hotel von Amerikanern boykottiert worden sei. – «So machte er bloß, so!» – zeigte sie und brachte ein entzückend verächtliches Rümpfen der Lippe hervor. Die klassischen, vornehmen Ideale der Humanität, Internationalität und Menschenwürde bildeten in ihr mit der Hotellaufbahn eine vollendete Einheit. Allerdings flocht sie auch gerne ein, daß sie als Mädchen mit ihren Eltern Automobilreisen gemacht habe, daß sie mit dem oder jenem Attaché oder Legationssekretär da und dort gewesen seien, oder daß schon ihre Bekannte die Marquise Soundso das und jenes gesagt habe. Aber sie führte es nicht weniger vornehm aus, wenn sie aus der Hotellaufbahn erzählte, daß ein Freund ihres Mannes in einem Haus mit Trinkgeldverbot achthundert Mark im Monat an Trinkgeldern eingenommen habe, während ihr Mann in einem Haus ohne Verbot nur sechshundert Mark verdiente. Sie hatte immer frische Blumen an sich und reiste mit einem Dutzend kleiner Deckchen, mit deren Hilfe sie aus jedem Pensionszimmer eine kleine Heimat machte. Dort empfing sie ihren Gatten, wenn er dienstfrei war, und mit Laura hatte sie ein Abkommen getroffen, daß ihr diese gleich die Strümpfe wasche, wenn sie sie auszog. Sie war eigentlich eine tapfere Frau. Ich bemerkte einmal, daß ihr kleiner Mund auch fleischig wirken könne, obgleich die ganze Gestalt wie ein etwas überlanger, äußerst zarter Engel war; auch die Backen hoben sich, wenn man genau zusah, beim Lachen viel zu hoch über die Nase; aber merkwürdigerweise, obgleich ich sie nun weniger schön fand, sprachen wir seither ernster miteinander. Sie erzählte mir von der Trauer ihrer Kindheit, von früheren, langen Krankheiten und von den Qualen, die ihr die Launen eines an Paralyse erkrankten Stiefvaters bereitet hätten. Einmal vertraute sie mir sogar an, daß sie deshalb ihren Mann geheiratet habe, ohne ihn zu lieben. Bloß weil es Zeit war, sich zu versorgen, sagte sie. «Sans enthousiasme; vraiment sans enthousiasme!» – Aber das vertraute sie mir erst einen Tag vor meiner Abreise an: Sie wußte eben immer das Passende zu sagen und sprach den Zuhörern aus der Seele.

Gerne möchte ich etwas Ähnliches auch von der Dame aus Wiesbaden berichten, die gleichfalls zu unserem Haus gehörte; aber ich habe leider viel von ihr vergessen, und das wenige, was mir geblieben ist, läßt schließen, daß sich das übrige nicht recht dieser Absicht fügen dürfte. Ich weiß nur noch, daß sie immer einen der Länge nach gestreiften Rock trug, so daß sie aussah wie ein großes Holzgatter, auf dem oben eine ungeplättete weiße Bluse hing. Wenn sie sprach, widersprach sie, und ungefähr geschah das meistens in der folgenden Weise: Jemand sagte zum Beispiel, daß Ottavina schön sei. «Ja», – ergänzte sie sogleich – «ein edler römischer Typus.» Dabei blickte sie einen so besiegelnd an, daß man sie um der Sicherheit des Weltlaufs willen berichtigen mußte, ob man wollte oder nicht; denn Ottavina, das Stubenmädchen, war aus Toskana. «Ja» – erwiderte sie – «aus Toskana. Aber ein römischer Typus! Alle Römerinnen haben Nasen, die an der Stirn gerade ansetzen!» Nun war Ottavina aber nicht nur aus Toskana, sondern sie hatte auch keine Nase, die an der Stirne gerade ansetzte; doch die Dame aus Wiesbaden besaß einen so lebhaften Geist, daß ihr immer ein fertiges Urteil aus dem Kopf sprang, bloß weil ihre anderen fertigen Urteile es daraus verdrängten. Ich fürchte, sie war eine unglückliche Frau. Und vielleicht war sie nicht einmal Frau, sondern Mädchen. Sie war im Schiff um Afrika gefahren und wollte nach Japan. Sie erzählte in diesem Zusammenhang von einer Freundin, die sieben Glas Bier tränke und vierzig Zigaretten rauchte, und nannte sie einen ganz famosen Kameraden. Ihr Gesicht sah, wenn sie so sprach, wie ein furchtbar lasterhaftes Gesicht aus, mit zuviel Haut und schiefen Schlitzen für Mund, Nase und Augen; man dachte zumindest, daß sie Opium rauchen werde: aber sobald sie sich nicht beobachtet fühlte, hatte sie ein ganz braves Gesicht, das in dem anderen darin stak wie der kleine Däumling in den Siebenmeilenstiefeln. Ihr höchstes Ideal war die

Löwenjagd, und sie fragte uns alle, ob wir glaubten, daß sehr viel Kraft dazugehöre? Mut – meinte sie – Mut besäße sie genügend, aber ob sie wohl auch den Strapazen gewachsen wäre? Ihr Neffe rede ihr zu, weil er gerne mitgenommen werden möchte; aber für solch einen zweiundzwanzigjährigen Lausbuben sei das doch noch etwas anderes, nicht? Die gute weltumsegelnde Tante! Ich bin überzeugt, daß sie ihrem Neffen unter der Sonne Afrikas einen kleinen forschen Klaps auf die Schulter geben wird und daß sich die Löwen davonschleichen werden, so wie Mme. Gervais und ich es taten, wenn wir konnten.

Ich flüchtete mich dann zuweilen sogar zu Frau Nimmermehr ins Büro oder schlich auf den Gang und spähte, ob ich Ottavina sähe. Ich hätte auch einen Blick auf Gottes Sterne werfen können, aber Ottavina war schöner. Sie war das zweite Stubenmädchen, eine neunzehnjährige Bäuerin, die daheim einen Mann und einen kleinen Knaben besaß; sie war die schönste Frau, die ich je gesehen habe. Sage niemand, es gebe viel verschiedene Schönheit, Schönheit in vielerlei Art und Grad: das weiß man. Aber die Art von Ottavinas Schönheit hätte mir gestohlen werden können; es war Raffaels Art, gegen die ich sogar eine Abneigung habe: Was trotz dieser Schönheit das Auge bezwang, war Ottavinas Schönheit! Zum Glück darf man sagen, daß sich so etwas dem, der es nicht gesehen hat, nicht beschreiben läßt. Wie abstoßend wirken die Worte Harmonie, Gleichmaß, Vollkommenheit, Edel! Wir haben sie gemästet, sie stehen wie dicke Frauen auf winzigen Füßen da und können sich nicht rühren. Wenn man aber einmal wirkliche Harmonie und Vollkommenheit sieht, so ist man erstaunt darüber, wie natürlich sie ist. Sie kommt zu ebener Erde herbei. Sie fließt wie ein Bach, gar nicht regelmäßig, mit der unbekümmerten Selbstherrlichkeit der Natur, ohne Anstrengungen zur Großartigkeit oder Vollendung. Wenn ich von Ottavina sage, sie war groß, kräftig, adelig, vornehm, so habe ich das Gefühl, diese Worte seien von anderen Menschen genommen. Ich empfinde sogleich das Bedürfnis, etwas hinzu zu fügen. Sie war groß, aber ohne Verlust an Lieblichkeit. Kräftig, aber nirgends gesetzt. Adelig ohne Verlust an Ursprünglichkeit. Eine Göttin und das zweite Stubenmädchen. Ich vermochte mit der neunzehnjährigen Ottavina nicht zu sprechen, weil sie mein gebrochenes Italienisch für unpassend fand und auf alles, was ich sagte, nur mit einem sehr höflichen Ja oder Nein erwiderte; aber ich glaube, ich betete sie an. Ich weiß natürlich auch das nicht sicher, weil alles bei Ottavina etwas anderes bedeutete. Ich begehrte sie nicht, ich litt keinen Mangel, ich schwärmte nicht; im Gegenteil; sooft ich sie sah, suchte ich mich so unauffällig zu benehmen wie ein Sterblicher, der in die Gesellschaft von Göttern geraten ist. Sie konnte lächeln, ohne daß eine Falte in ihrem Gesicht entstand. Ich vermochte sie mir in den Armen eines Mannes nicht anders zu denken als mit diesem Lächeln und einem sanften Erröten, das sich wie eine Wolke über sie ausbreitete, hinter der sie dem Zugriff der Begierden entschwand.

Immerhin hatte Ottavina einen ehelichen Knaben, und ich verzog mich oft, ohne auf sie zu warten, zur alten Frau Nimmermehr ins Büro, um im Gespräch mit dieser das Auskommen mit der Wirklichkeit wiederzufinden. Sie ließ, wenn sie durchs Zimmer ging, die Arme mit den Handrücken nach vorn hängen, hatte den breiten Buckel und Bauch einer Matrone und beschönigte das Leben nicht mehr. Wenn man sie, vom Forschungstrieb geplagt, fragte, ob ihre große schwarze Katze Michette denn eigentlich ein Kater oder ein Weib sei, sah sie einen nachdenklich an und meinte philosophisch: «Oh je, das kanma gar nicht sage; die is ein Kaschtrath!» – In jüngeren Jahren hatte Frau Nimmermehr's Herz einen einheimischen Freund besessen, Sor Carlo, und wo immer man sich in Frau Nimmermehr's Bereich bewegte, konnte man am Ende einer Perspektive von Türrahmen Sor Carlo sitzen sehen. Zwischen Ostern und Oktober, versteht es sich; denn er war ein Wrack, und selbst jetzt, außer der Saison, war sein Dasein das eines allen Mitbewohnern zwar bekannten, aber öffentlich nicht zugegebenen Gespenstes. Er saß immer an irgendeiner Wand, reglos, in einem schmutzigen hellen Anzug, die Beine wie Säulen gleich dick von oben bis unten, das edle Gesicht mit dem schwarz gefärbten Cavour-Bart von Fett und Leiden entstellt. Nur wenn ich nachts nach Haus kam, sah ich ihn in Bewegung. Wenn alle Augen, die ihn beaufsichtigten, schliefen, schleppte er sich stöhnend durch die Gänge, von Bank zu Bank, und kämpfte mit Atemkrämpfen. Da lebte er sich aus. Ich versäumte nie, ihn zu grüßen, und er dankte mir mit Würde. Ich weiß nicht, ob er für das Gnadenbrot dankbar war, das ihm Frau Nimmermehr gab, oder ob er gegen ihren Undank protestierte und aus gekränkter Würde tagsüber mit offenen Augen zu schlafen schien. Es verriet auch nichts, wie Frau Nimmermehr für ihren alten Sor Carlo empfand. Man darf wahrscheinlich annehmen, daß sie die schöne Ausgeglichenheit des Alters schon längst der Wichtigkeit überhoben hatte, die ein jüngerer Mensch solchen Dingen beimißt. Wenigstens traf ich sie einmal in ihrem Büro so mit Sor Carlo an: Sor Carlo saß an der Wand und hatte seinen schlafenden Blick durch die gegenüber befindliche Wand ins Unendliche gerichtet, und Frau Nimmermehr saß am Tisch und hatte ihren Blick durch die offene Tür ins Dunkle gerichtet. Diese beiden Blicke gingen, von ungefähr einem Meter Raum getrennt, parallel aneinander vorbei, und unter diesem Blickstreifen saß neben dem Tischbein Michette, die Katze, mit den beiden Hunden des Hauses. Der blonde Spitz Maik, mit dem zarten, ausfallenden Haar, und der beginnenden Altersdarre im Rücken, versuchte an Michette etwas, das Hunde sonst nur an Hunden tun, und der dicke rotblonde Spitz Ali kaute indessen gutmütig an ihrem Ohr; niemand verwehrte es, Michette nicht, und die beiden alten Menschen nicht.

Wer dem bestimmt gewehrt hätte, wäre Miß Frazer gewesen; aber es ist anzunehmen, daß sich Maik in ihrer Gegenwart so etwas gar nicht erlaubt hätte. Miß Frazer saß jeden Abend in unserem Salon auf der Kante eines Fauteuils; den Oberkörper hatte sie brettgerade zurückgelehnt, so daß er die Stuhllehne nur am obersten Rand berührte, und die Beine ungebogen so von sich gestreckt, daß sie die Erde nur mit den Hacken berührten; in dieser Stellung häkelte sie. Wenn sie damit fertig war, setzte sie sich an den ovalen Tisch, mitten in unsere Gespräche hinein, und schrieb ihre tägliche Lektion. Wenn diese beendet war, legte Miß Frazer mit schnellen Fingern zwei Patiencen. Und wenn die Patiencen aufgegangen waren, sagte sie Good Night und verschwand. Dann war es zehn Uhr. Eine Abweichung davon gab es nur, wenn einer von uns in dem tropisch glühenden Salon ein Fenster öffnete; dann stand Miß Frazer auf und schloß es wieder. Wahrscheinlich vertrug sie den Luftzug nicht. Wir erfuhren ebenso wenig den Grund, wie wir den Inhalt ihrer täglichen Lektion kannten oder den Gegenstand ihrer Handarbeit. Miß Frazer war ein altes englisches Fräulein; ihr Profil war ritterlich und scharf wie das eines Edelmannes, ihr Anblick von vorn dagegen rund und rot wie der eines Apfels, mit einer liebenswürdigen Beimischung von Mädchenhaftigkeit unter ihren weißen Haaren. Ob sie auch liebenswürdig gesinnt war, wußte niemand. Außer den unvermeidlichen Höflichkeiten wechselte sie mit uns kein Wort. Vielleicht verachtete sie unser Nichtstun, unsere Geschwätzigkeit und unsere Unmoral. Nicht einmal den Schweizer, der schon seit sechshundert Jahren Republikaner war, würdigte sie einer Vertraulichkeit. Sie wußte alles von uns, weil sie immer in der Mitte saß, und war der einzige Mensch, von dem wir nicht wußten, warum er da war. Alles in allem, mit ihrer Häkelarbeit, ihrer Lektion und dem Lächeln eines roten Apfels, wäre sie sogar imstande gewesen, nur zum Vergnügen da zu sein und unsere Gesellschaft zu teilen.

II

UNFREUNDLICHE BETRACHTUNGEN

Schwarze Magie

I

Da die russischen Kleinkunsttheaterchen sie uns vorgeführt haben, scheint es diese schwarzen Husaren, diese Totenkopfhusaren, diese Arditi und Kopaljäger in allen Armeen der Erde zu geben. Sie haben einen Schwur getan, zu siegen oder zu sterben, und lassen sich eine schwarze Uniform machen, mit weißen Verschnürungen darauf, die wie die Rippen des Todes aussehen; in welcher Verkleidung sie zur Freude aller Frauen bis an ihr friedliches Ende spazieren gehen, falls kein Krieg kommt. Sie leben von gewissen Liedern mit düsterer Begleitung, die ihnen einen dunklen Glanz leihen, der sich vorzüglich zur Schlafzimmerbeleuchtung eignet.

Als der Vorhang aufging, saßen sieben solcher Husaren auf der kleinen Bühne; es war ziemlich dunkel, und bei den Fenstern schien der helle Schnee herein. Sie waren mit ihren schwärzlichen Uniformen und ihren schmerzlich aufgestützten Köpfen hypnotisch in dem ungewissen Licht verteilt und begleiteten in einem kohlschwarzen, leuchtenden Pianissimo einen laut singenden Kameraden. «Hört die Pferde, unsre Erde, stampfen mit den Hufen», sangen sie bis zum unvermeidlichen «kehrt dein Glück, nicht zurück, wenn die Schwalben wandern –»

II

Eine rätselvolle Seele fragte sich: Wenn das ein gemaltes Bild wäre, so hätte man ein Schulbeispiel von Kitsch vor sich. Wenn das ein «lebendes Bild» wäre, so würde man die versunkene Sentimentalität eines einst beliebt gewesenen Gesellschaftsspiels vor sich haben, also etwas, das zur Hälfte Kitsch, zur andern Hälfte aber traurig wie ein eben verklungenes Glockenspiel ist. Doch da es nun ein singendes lebendes Bild ist, was ist es da? Es liegt wohl über diesen Spielereien der trefflichen russischen Emigranten ein Glanz wie von Zuckerfluß, aber man lächelt bloß nachsichtig, während man gewiß vor einem Ölbild gleicher Art raste: Sollte es möglich sein, daß der Kitsch, wenn ihm eine und dann zwei Dimensionen des Kitsches zuwachsen, erträglicher und immer weniger kitschig wird?

Es ist nicht anzunehmen und nicht zu leugnen.

Wie aber ist es dann, wenn dem Kitschigen noch eine Dimension mehr zuwächst und es volle Wirklichkeit wird? Sind wir nicht in Unterständen gesessen, für morgen lag etwas in der Luft, und ein Kamerad begann zu singen? Ach, es war schwermütig. Und es war Kitsch. Aber es war ein Kitsch, der nur noch als eine Traurigkeit mehr mit in der Traurigkeit lag, als eine uneingestandene Unlust an dieser aufgezwungenen Kameraderie. Im Grunde hätte man manches fühlen können in dieser jahrelangen letzten Stunde, und der Druck der Todesvorstellung mußte nicht gerade ein Öldruck sein.

Ist also die Kunst nicht ein Mittel, um den Kitsch vom Leben abzublättern? Schichtenweise legt sie ihn bloß. Je abstrakter sie wird, desto durchsichtiger wird die Luft. Je weiter sie sich vom Leben entfernt, desto klarer wird sie? Welche Verkehrtheit ist es zu behaupten, das Leben sei wichtiger als die Kunst! Das Leben ist gut, soweit es der Kunst standhält: was nicht kunstfähig am Leben ist, ist Kitsch!

Aber was ist Kitsch?

III

Der Dichter X. wäre in einer noch etwas schlechteren Zeit ein beliebter Familienblatterzähler geworden. Er hätte dann vorausgesetzt, daß das Herz auf bestimmte Situationen immer mit den gleichen bestimmten Gefühlen antwortet. Der Edelmut wäre in der bekannten Weise edel, das verlassene Kind beweinenswert und die Sommerlandschaft herzstärkend gewesen. Es ist zu bemerken, daß sich damit zwischen den Gefühlen und den Worten eine feste, eindeutige, gleichbleibende Beziehung eingestellt hätte, wie sie das Wesen des Begriffs ausmacht. Der Kitsch, der sich so viel auf das Gefühl zugute tut, macht also aus Gefühlen Begriffe.

Nun ist aber X. infolge der Zeitumstände statt guter Familienblatterzähler schlechter Expressionist geworden. Als solcher stellt er geistige Kurzschlüsse her. Er ruft Mensch, Gott, Geist, Güte, Chaos und spritzt aus solchen Vokabeln gebildete Sätze aus. Wenn er die volle Vorstellung oder wenigstens die volle Unvorstellbarkeit mit ihnen verbände, so könnte er das gar nicht tun. Aber die Worte sind lang vor ihm in Büchern und Zeitungen schon sinnvolle und sinnlose Verbindungen eingegangen, er hat sie oft beisammen gesehen, und schon bei kleinster Ladung mit Bedeutung zuckt zwischen ihnen der Funke. Das ist aber nur die Folge davon, daß er nicht an erlebten Vorstellungen denken gelernt hat, sondern schon an den von ihnen abgezogenen Begriffen.

Der Kitsch erweist sich in diesen beiden Fällen als etwas, was das Leben von den Begriffen abblättert. Schichtenweise legt er sie bloß. Je abstrakter er wird, desto kitschiger wird er. Der Geist ist gut, soweit er noch dem Leben standhält.

Aber was ist Leben?

IV

Leben ist leben: wer es nicht kennt, dem ist es nicht zu beschreiben. Es ist Freundschaft und Feindschaft, Begeisterung und Ernüchterung, Peristaltik und Ideologie. Das Denken hat neben anderen Zwecken den, geistige Ordnungen darin zu schaffen. Auch zu zerstören. Aus vielen Erscheinungen des Lebens macht der Begriff eine, und ebenso oft macht eine Erscheinung des Lebens aus einem Begriff viele neue. Bekanntlich wollen unsere Dichter nicht mehr denken, seit sie von der Philosophie gehört zu haben glauben, daß man Gedanken nicht denken darf, sondern sie leben muß.

Das Leben ist an allem schuld.

Aber um Gottes willen: was ist leben?

V

Es ergeben sich zwei Syllogismen:

Die Kunst blättert den Kitsch vom Leben.

Der Kitsch blättert das Leben von den Begriffen.

Und: Je abstrakter die Kunst wird, desto mehr wird sie Kunst.

Je abstrakter der Kitsch wird, desto mehr wird er Kitsch.

Das sind zwei herrliche Syllogismen. Wer sie auflösen könnte!

Nach dem zweiten scheint es, daß Kitsch = Kunst ist. Nach dem ersten aber ist Kitsch = Begriff − Leben. Kunst = Leben − Kitsch = Leben − Begriff + Leben = zwei Leben − Begriff. Nun ist aber, nach II, Leben = 3 × Kitsch und daher Kunst = 6 × Kitsch − Begriff.

Also was ist Kunst?

VI

Wie gut hat es ein schwarzer Husar. Die schwarzen Husaren haben geschworen, zu siegen oder zu sterben, und gehen in dieser Uniform einstweilen zur Freude aller Frauen spazieren. Das ist keine Kunst. Das ist das Leben!

Warum behauptet man aber dann, es sei nur ein lebendes Bild?

Türen gehören der Vergangenheit an, wenngleich bei Bauwettbewerben Hintertüren noch vorkommen sollen.

Eine Türe besteht aus einem rechteckigen, in die Mauer eingelassenen Holzrahmen, an dem ein drehbares Brett befestigt ist. Dieses Brett läßt sich gerade noch zur Not verstehen. Denn es soll leicht sein, damit man es gut bewegen kann, und es paßt zu dem Eichen- oder Nußgehölz, das bis vor kurzem in jedem ordentlichen Familienzimmer angepflanzt worden ist. Dennoch hat auch dieses Brett schon das meiste von seiner Bedeutung eingebüßt. Noch bis zur Mitte des vorigen Jahrhunderts konnte man an ihm horchen, und welche Geheimnisse erfuhr man bisweilen! Der Graf hatte seine Stieftochter enterbt, und der Held, der sie heiraten sollte, hörte gerade noch rechtzeitig, daß man ihn vergiften wolle. Das sollte einer in einem zeitgenössischen Haus versuchen! Ehe er dazu käme, an der Tür zu horchen, hätte er alles schon längst durch die Wände erfahren. Ja, nicht nur das: schon der leiseste Gedanke wäre ihm nicht entgangen. Warum hat sich noch kein Rundfunkdichter des modernen Betonbaus bemächtigt?! Er ist die Schicksalsbühne für das Hörspiel!

Noch viel unzeitgemäßer als die Tür selbst ist ihr Rahmen. Blickt man bei geöffneten Türen durch eine Zimmerflucht, so glaubt man den Angsttraum eines Fußballstürmers zu erleben, dem ein Tor hinter dem andern entgegentritt. Es gibt auch eine Sorte von Galgen, an die es erinnert. Warum macht man so etwas? Technisch ließe sich ein gutes Schließen auch ohne diese Pfähle erreichen; sie sind wahrhaftig nur da, um das Auge zu erfreuen. Dem Auge erschiene es, wie man annimmt, kahl, wenn die Tür an die Mauer oder an ein unsichtbares Metallband schlösse. Das wäre für das gebildete Auge nicht anders, als wenn zwischen Hand und Ärmel keine Stulpe hervorguckte. Und wirklich haben diese Türrahmen auch eine ähnliche Geschichte wie die Röllchen. Als die Zimmer noch gewölbt wurden, kannte man sie nicht; die Türe drehte sich um zwei schöne, schmiedeeiserne Mauerhaken. Später lernte man flache Decken bauen, und sie wurden von schweren Holzbalken getragen; mit Stolz auf das Neue zeigte man diese Balken, verkleidete die Felder zwischen ihnen auch noch mit Holz, und es entstanden die schönen getäfelten Decken. Noch später versteckte man die Balken unter einer Stuckdecke, aber an den Türen ließ man ein Rändchen von Holz hervorschauen. Schließlich baut man heute Eisenbeton- statt Ziegelwände, aber das hölzerne Rändchen, von nirgendwo kommend, angeklebt, einsam, sinnlos, nur mit dem Fensterrahmen verschwistert, muß die

Sitte wahren. Ist das nicht aufs Haar genau die Geschichte des Hemdes, das zuerst in einem breit dem Auge geöffneten Ausschnitt der Kleidung und mit Hals- und Handkrause begann? Dann verschwand es unter dem Rock, aber Kragen und Stulpe ragten noch aus dem Anzug. Dann trennten sich Kragen und Stulpe vom Hemde ab, und zum Schluß, ehe wieder ein Wandel zum Besseren eintrat, wurden Kragen und Röllchen einsame Symbole der Kultur, die man, um zu zeigen, was sich gehöre, an irgendeine geheime Unterlage knöpfte.

Es sei diese Entdeckung, daß Holztüren Röllchen sind, dem berühmten Architekten gewidmet, der herausgefunden hat, daß der Mensch, da er auf der Klinik geboren wird und im Spitale stirbt, auch seine Lebensräume mit aseptischer Nüchternheit ausfüllen müsse. Man nennt so etwas ungezwungene Entwicklung des Bauens aus dem Geist der Zeit; aber offenbar ist es in der Gegenwart etwas schwierig. Der Mensch früherer Zeiten, Schloßherr wie Städter, lebte in seinem Haus; seine Stellung im Leben zeigte sich darin an, speicherte sich dort auf. Man empfing noch in der Biedermeierzeit bei sich; heute macht man das bloß nach. Das Haus hat dem gedient, was man scheinen wollte, und dafür ist immer Geld übrig; heute sind aber andere Dinge da, die diesen Zweck erfüllen: Reisen, Automobile, Sport, Winteraufenthalte, Appartements in Luxushotels. Die Phantasie des Zeigens, was man ist, geht in dieser Richtung, und wenn ein reicher Mann sich nun trotzdem ein Haus baut, so bleibt etwas Künstliches daran, etwas Privates, das keine Erfüllung einer allgemeinen Sehnsucht mehr ist. Und wie soll es erst Türen geben, wenn es kein «Haus» gibt?! Die einzige originelle Tür, die unsere Zeit hervorgebracht hat, ist die gläserne Drehtür des Hotels und des Warenhauses.

Die Tür hat früher als Teil für das Ganze das Haus vertreten, so wie das Haus, das man besaß, und das Haus, das man machte, die Stellung des Besitzers zeigen sollten. Die Tür war ein Eingang zu einer Gesellschaft von Bevorzugten, die sich dem Ankömmling, je nachdem, wer er war, öffnete oder verschloß, was gewöhnlich schon sein Schicksal entschied. Ebenso gut eignete sie sich aber auch für den kleinen Mann, der außen nicht viel zu bestellen hatte, jedoch hinter seiner Tür sofort den Gottvaterbart umhängte. Sie war darum allgemein beliebt und erfüllte eine lebendige Aufgabe im allgemeinen Denken. Die vornehmen Leute öffneten oder verschlossen ihre Türen, und der Bürger konnte mit ihnen außerdem ins Haus fallen. Er konnte sie auch offen einrennen. Er konnte zwischen Tür und Angel seine Geschäfte erledigen. Konnte vor seiner oder einer fremden Tür kehren. Er konnte jemand die Tür vor der Nase zuschlagen, konnte ihm die Tür weisen, ja, er konnte ihn sogar bei der Tür hinauswerfen: das war eine Fülle von Beziehungen zum Leben, und sie zeigen jene treffliche Mischung von Realistik und Symbolik, welche die Sprache nur aufbringt, wenn uns etwas sehr wichtig ist.

Diese großen Zeiten der Türen sind vorbei! Es ist sehr empfindungsvoll, jemand zuzurufen, daß man ihn zur Türe hinauswerfen werde, aber wer hat je wirklich einen hinaus«fliegen» gesehen? Wenn es selbst manchmal versucht wird, so hat der Vorgang doch selten mehr die großartige Einseitigkeit, die seinen Reiz ausmacht, denn die Kompetenzen und Kräfte sind heute verworren. Man schlägt auch niemand mehr die Tür vor der Nase zu, sondern nimmt schon die telephonische Anmeldung seines Besuches nicht entgegen; und vor seiner eigenen Tür zu kehren, ist eine unverständliche Zumutung geworden. Das sind längst undurchführbare Redensarten, sind nur noch freundliche Einbildungen, die uns mit Wehmut beschleichen, wenn wir alte Tore betrachten. Dunkelnde Geschichte um ein Loch, das die Gegenwart vorläufig noch für den Zimmermann offen gelassen hat.

Denkmale

Denkmale haben außer der Eigenschaft, daß man nicht weiß, ob man Denkmale oder Denkmäler sagen soll, noch allerhand Eigenheiten. Die wichtigste davon ist ein wenig widerspruchsvoll; das Auffallendste an Denkmälern ist nämlich, daß man sie nicht bemerkt. Es gibt nichts auf der Welt, was so unsichtbar wäre wie Denkmäler. Sie werden doch zweifellos aufgestellt, um gesehen zu werden, ja geradezu, um die Aufmerksamkeit zu erregen; aber gleichzeitig sind sie durch irgend etwas gegen Aufmerksamkeit imprägniert, und diese rinnt Wassertropfen-auf-Ölbezug-artig an ihnen ab, ohne auch nur einen Augenblick stehenzubleiben. Man kann monatelang eine Straße gehen, man wird jede Hausnummer, jede Auslagenscheibe, jeden Schutzmann am Weg kennen, und es wird einem nicht entgehen, wenn ein Zehnpfennigstück auf dem Gehsteig liegt; aber man ist bestimmt jedesmal sehr überrascht, wenn man eines Tages nach einem hübschen Stubenmädchen ins erste Stockwerk schielt und dabei eine metallene, gar nicht kleine, Tafel entdeckt, auf der in unauslöschlichen Lettern eingegraben steht, daß an dieser Stelle von achtzehnhundertsoundsoviel bis achtzehnhundertundeinigemehr der unvergeßliche Soodernichtso gelebt und geschaffen habe.

Es geht vielen Menschen selbst mit überlebensgroßen Standbildern so. Man muß ihnen täglich ausweichen oder kann ihren Sockel als Schutzinsel benutzen, man bedient sich ihrer als Kompaß oder Distanzmesser, wenn man ihrem wohlbekannten Platz zustrebt, man empfindet sie gleich einem Baum als Teil der Straßenkulisse und würde augenblicklich verwirrt stehen bleiben, wenn sie eines Morgens fehlen sollten: aber man sieht sie nie an und besitzt gewöhnlich nicht die leiseste Ahnung davon, wen sie darstellen, außer daß man vielleicht weiß, ob es ein Mann oder eine Frau ist.

Es wäre falsch, sich durch einige Ausnahmen täuschen zu lassen. Etwa durch jene paar Standbilder, die der Mensch mit dem Baedeker in der Hand suchen geht, wie den Gattamelata oder den Colleone, was eben ein ganz besonderes Verhalten ist; oder durch Gedenktürme, die eine ganze Landschaft versperren; oder durch Denkmäler, die einen Verein bilden, wie die über ganz Deutschland verbreiteten Bismarckdenkmäler.

Solche energischen Denkmäler gibt es; und dann gibt es auch noch solche, die der Ausdruck eines lebendigen Gedankens und Gefühls sind: aber der Beruf der meisten gewöhnlichen Denkmale ist es wohl, ein Gedenken erst zu erzeugen, oder die Aufmerksamkeit zu fesseln und den Gefühlen eine fromme Richtung zu geben, weil man annimmt, daß es dessen einigermaßen bedarf; und diesen ihren Hauptberuf verfehlen Denkmäler immer. Sie verscheuchen geradezu das, was sie anziehen sollten. Man kann nicht sagen, wir bemerkten sie nicht; man müßte sagen, sie entmerken uns, sie entziehen sich unseren Sinnen: es ist eine durchaus positive, zur Tätlichkeit neigende Eigenschaft von ihnen!

Nun, man kann das ohne Zweifel erklären. Alles Beständige büßt seine Eindruckskraft ein. Alles, was die Wände unseres Lebens bildet, sozusagen die Kulisse unseres Bewußtseins, verliert die Fähigkeit, in diesem Bewußtsein eine Rolle zu spielen. Ein lästiges dauerndes Geräusch hören wir nach einigen Stunden nicht mehr. Bilder, die wir an die Wand hängen, werden binnen wenigen Tagen von der Wand aufgesogen; es kommt äußerst selten vor, daß man sich vor sie hinstellt und sie betrachtet. Bücher, die man, halb gelesen, in die prächtigen Bändereihen der Bibliothek einstellt, liest man nie mehr zu Ende. Ja, es genügt bei empfindlichen Personen, daß sie ein Buch, dessen Anfang ihnen gefallen hat, kaufen, und sie werden es nie wieder in die Hand nehmen. In diesem Fall wird der Vorgang schon aggressiv; man kann seinen unerbittlichen Ablauf aber auch an höheren Gefühlen verfolgen, und dann ist er es immer, zum Beispiel im Familienleben. Dort scheidet sich mit dem Satze: Muß ich dir denn in jeder Viertelstunde erneut sagen, daß ich dich liebe?! – unzähligemal der feste eheliche Besitz von der flatterhaften

Lust. Und in welch erhöhtem Maße müssen sich diese psychologischen Nachteile, denen das Beständige ausgesetzt ist, bei Erscheinungen aus Erz und Marmor geltend machen!

Wenn man es gut mit Monumenten meint, muß man daraus unerbittlich den Schluß ziehen, daß sie einen wider unsere Natur gerichteten Anspruch an uns stellen und zu seiner Erfüllung ganz besonderer Anstalten bedürfen. Wollte man die Warnungstafel für Kraftwagen so unauffällig einfarbig ausgestalten wie Denkmale, so wäre das ein Verbrechen. Auch die Lokomotiven pfeifen doch schrille und keine versonnenen Klänge, und selbst den Briefkasten gibt man eine anlockende Farbe. Mit einem Wort, auch Denkmäler sollten sich heute, wie wir es alle tun müssen, etwas mehr anstrengen! Ruhig am Wege stehn und sich Blicke schenken lassen, könnte jeder; wir dürfen heute von einem Monument mehr verlangen. Wenn man erst diesen Gedanken erfaßt hat – der sich dank gewisser Strömungen des Geistes langsam durchzusetzen beginnt – erkennt man, wie rückständig unsere Denkmalskunst ist, verglichen mit der zeitgenössischen Entwicklung des Anzeigenwesens. Warum greift der in Erz gegossene Held nicht wenigstens zu dem anderwärts längst überholten Mittel, mit dem Finger an eine Glasscheibe zu klopfen? Weshalb drehen sich die Figuren einer Marmorgruppe nicht umeinander, wie es bessere Figuren in den Geschäftsauslagen tun, oder klappen wenigstens die Augen auf und zu? Das mindeste, was man verlangen müßte, um die Aufmerksamkeit zu erregen, wären bewährte Aufschriften wie «Goethes Faust ist der beste!» oder «Die dramatischen Ideen des bekannten Dichters X. sind die billigsten!»

Leider wollen das die Bildhauer nicht. Sie verstehen, wie es scheint, nicht unser Zeitalter des Lärms und der Bewegung. Wenn sie einen Herrn in Zivil darstellen, so sitzt er reglos auf einem Stuhl oder steht da, die Hand zwischen dem zweiten und dritten Knopf seines Rockes, auch hält er zuweilen eine Rolle in der Hand, und es zuckt keine Miene in seinem Gesicht. Er sieht gewöhnlich aus wie die schweren Melancholiker in den Nervenheilanstalten. Wenn die Menschen nicht für Denkmale seelenblind wären und bemerken könnten, was oben vorgeht, so müßten sie, wenn sie vorbeikommen, das Gruseln haben wie an den Mauern eines Irrenhauses. Noch gruseliger ist es, wenn die Bildhauer einen General oder einen Prinzen darstellen. Die Fahne flattert in der Hand, und es geht kein Wind. Das Schwert ist gezückt, und niemand fürchtet sich davor. Der Arm weist gebieterisch vorwärts, aber kein Mensch denkt daran, ihm zu folgen. Selbst das Pferd, das sich mit sprühenden Nüstern zum Sprung erhoben hat, bleibt auf den Hinterhufen stehen, starr vor Staunen darüber, daß die Menschen unten, statt zur

Seite zu treten, ruhig ein Wurstbrot in den Mund stecken oder eine Zeitung kaufen. Bei Gott, Denkmalsfiguren machen keinen Schritt und machen doch immerwährend einen Faux pas. Es ist eine verzweifelte Lage.

Ich glaube, daß ich mit diesen Ausführungen einiges zum Verständnis von Denkmalsfiguren, Gedenktafeln und dergleichen habe beitragen können. Vielleicht sieht einer oder der andere von nun an jene an, die an seinem Weg stehen. Was aber trotzdem immer unverständlicher wird, je länger man nachdenkt, ist die Frage, weshalb dann, wenn die Dinge so liegen, gerade großen Männern Denkmale gesetzt werden? Es scheint eine ganz ausgesuchte Bosheit zu sein. Da man ihnen im Leben nicht mehr schaden kann, stürzt man sie gleichsam mit einem Gedenkstein um den Hals, ins Meer des Vergessens.

Der Malsteller

Wenn man durch mehrere Jahre gezwungen ist, Gemäldeausstellungen zu durchwandern, so muß man eines Tages den Begriff Malsteller erfinden. Er verhält sich zum Maler wie der Schriftsteller zum Dichter. Das Wort bringt Ordnung in verwirrte Erscheinungen. Es leben die Schriftsteller seit Beginn unserer Zeitrechnung von der Umstellung der zehn Gebote Gottes und einigen Fabeln, die ihnen die Antike überliefert hat; die Annahme, daß auch die Malstellerei nur von einigen malerischen Grundeinfällen lebt, ist darum schon im voraus nicht unwahrscheinlich.

Zehn wären nicht wenig. Denn wenn man zehn Einfälle richtig anwendet, das heißt in wechselnder Anordnung verbindet, so ergibt das, Rechenfehler vorbehalten, Dreimillionensechshundertachtundzwanzigtausendachthundert verschiedene Kombinationen. Jede dieser Kombinationen wäre anders und alles doch immer das gleiche. Der Kenner könnte ein Leben zurücklegen und zählen: Eins-zwei-drei-vier-fünf . ., Zwei-eins-drei-vier-fünf . ., Drei-zwei-eins-vier-fünf . . . und so weiter. Freilich wäre der Kenner empört und sähe sich in seinen bedeutenden Fähigkeiten geschädigt.

Es scheint auch, daß es nach etlichen Hunderttausend den Malstellern selbst zu dumm wird, und sie wechseln dann die «Richtung». Was eine Richtung ist, sieht man auf den ersten Blick, wenn man einen Ausstellungssaal betritt. Man möchte es viel schwerer erkennen, wenn man vor ein einzelnes Bild träte; aber über mehrere Wände ausgespannt, lassen sich Kunstschulen, -richtungen und -zeiten so deutlich wie Tapetenmuster unterscheiden. Hingegen wirkt es meistens undeutlich, wie sie theoretisch begründet werden. Ich will damit den Malstellern nicht nahetreten; sie geben rechtschaffene Arbeit, können viel, und persönlich sind sie meistens Individualitäten. Aber die Produktionsstatistik ebnet das ein.

Eine Benachteiligung, die ihnen widerfährt, muß man übrigens dabei anführen: daß ihre Werke offen an der Wand hängen. Bücher haben den Vorteil, daß sie eingebunden sind, und oft unaufgeschnitten. Dadurch bleiben sie länger berühmt; sie halten sich frisch, und der Ruhm beginnt doch erst dort, wo man von einer Sache weiß, sie aber nicht kennt. Dafür haben die Malsteller freilich wieder den Vorteil, daß sie weit regelmäßiger «gefragt werden» und «notieren» als die Schriftsteller. Wenn es den Kunsthandel nicht gäbe, wie schwer wäre es zu unterscheiden, was einem besser gefällt! Christus hat seinerzeit die Händler aus dem Tempel vertrieben: ich bin aber überzeugt, wenn man den rechten Glauben besitzen könnte, dann könnte man ihn auch verkaufen, dann könnte man sich auch mit ihm schmücken, und dann gäbe es sehr viel mehr Glauben in der Welt als jetzt!

Ein anderer Vorzug der Malerei ist es, daß sie eine Technik hat. Schreiben kann jedermann. Malen kann vielleicht auch jedermann, aber es ist nicht so bekannt. Man hat Techniken und Stile erfunden, um es zu verheimlichen. Denn so zu malen wie ein anderer: das kann nicht jedermann; das muß man studiert haben. Die mit Recht jetzt so bewunderten malenden Volksschulkinder fielen in der Kunstakademie durch; aber auch der umlernende Akademiker muß viel Mühe darauf verwenden, um sich an Stelle seiner Konvention das kindliche Zeichnen anzueignen. Alles in allem ist es ein historischer Irrtum zu glauben, daß die Meister Schule machen, die Schüler machen sie!

Genau betrachtet, ist aber auch nicht wahr, daß jeder schreiben kann; im Gegenteil, niemand kann es, jeder schreibt bloß mit und ab. Es ist unmöglich, daß ein Gedicht von Goethe heute auf die Welt käme; und schriebe es durch ein Wunder Goethe selbst, so wäre es ein anachronistisches und vielfach zweifelhaftes neues Gedicht, obgleich es doch auch das herrliche alte wäre! Gibt es eine andere Erklärung für dieses Mysterium, als daß dieses Gedicht von keinem zeitgenössischen Gedicht abgeschrieben erschiene, es sei denn von solchen, die von ihm selbst abgeschrieben sind? Gleichzeitigkeit bedeutet immer Abschreiben. Unsere Ahnen schrieben Prosa in langen, schönen wie Locken gedrehten Sätzen; wir – obgleich auch wir es noch in der Schule so gelernt haben – tun es in kürzeren, die Sache rascher zu Boden setzenden; und niemand in aller Welt kann seine Gedanken von der Art befrein, in der seine Zeit das Sprachkleid trägt. Kein Mensch weiß darum, wieviel er von dem, was er schreibt, auch genau so meint, und beim Schreiben verdrehn die Menschen beiweitem nicht so die Worte wie die Worte den Menschen.

Vielleicht kann also doch auch nicht jedermann malen? Offenbar, der Maler kann es nicht, nicht in dem Sinn, den der Malsteller damit verbindet. Der Maler und der Dichter sind nach Ansicht ihrer Zeitgenossen zunächst immer bloß die, die das nicht können, was die Mal- und Schriftsteller können. Darum halten sich doch sogar viele Schriftsteller für Dichter und Malsteller für Maler. Der Unterschied stellt sich gewöhnlich erst heraus, wenn es zu spät ist. Denn dann ist bereits eine neue Generation von Stellern da, die das schon kann, was der Maler und der Dichter eben erst gelernt haben.

Damit hängt es wohl auch zusammen, daß der Maler und der Dichter immer der Vergangenheit oder der Zukunft anzugehören scheinen; sie werden immer erwartet oder als ausgestorben beklagt. Wenn aber einmal einer leibhaftig dafür gilt, muß es durchaus nicht immer der Richtige sein.

Eine Kulturfrage

Können Sie angeben, was ein Dichter ist?

Man sollte einmal diese Frage ausschreiben wie eins der geistigen Turniere, wo um die Frage gekämpft wird: «Wer hat Herrn Stein ermordet? (In dem Roman, dessen Veröffentlichung morgen in unserer Unterhaltungsbeilage beginnt)» oder: «Was hat Römisch-drei zu tun, wenn Römisch-eins anders ausspielt, als es auf dem letzten Bridgekongreß empfohlen worden ist?»

Es ist aber nicht zu erwarten, daß eine Zeitung ohneweiters auf diesen Vorschlag einginge, und wenn sie es täte, so würde sie ihm eine ansprechendere Form geben. Zumindest die: «Wer ist Ihr Lieblingsdichter?» Aber auch die Fragen: «Wen halten Sie gegenwärtig für den größten Dichter?» und «Welches ist das beste Buch dieses Jahres (auch: «Monats») gewesen?» scheinen sich durch ihre anregende Wirkung zu empfehlen.

Daraus erfährt der Mensch von Zeit zu Zeit, welche Arten von Dichtern es gibt, und es sind immer größte, bedeutendste, echteste, anerkannteste und gelesenste. Aber was der Dichter ohne Beiwaage sei, wann ein schlicht schreibendes Geschöpf Dichter sei, und nicht «der bekannte Autor von . .», diese Frage ist seit Menschengedenken überhaupt nicht gestellt worden. Unverkennbar, die Welt schämt sich ihrer, als hätte sie einen Beiklang von Biedermeiers Posthorn! Und doch, so wird es kommen, daß der Mensch mit

Bestimmtheit zu sagen vermag, was Kaffee Hag, was ein Rolls Royce, was ein Segelflugzeug ist, aber in Verlegenheit geraten wird, wenn seine Kindeskinder voll Spannung ihn fragen: «Urgroßvater, zu deiner Zeit soll es ja noch Dichter gegeben haben. Was ist das?»

Er wird ihnen vielleicht zu erzählen versuchen, daß es Dichter so wenig gegeben zu haben brauche wie den Teufel. Denn man sage doch auch mit größter Bestimmtheit: «Pfui Teufel!» «Zum Teufel!» «Zankteufel!» «Armer Teufel!» und dergleichen mehr, ohne daß man darum schon an den Teufel glaubte. So etwas gehört zum Leben der Sprache, und auf das Leben der deutschen Sprache gäbe keine Unfallversicherungsgesellschaft auch nur das geringste. Aber diese Ausrede wird leicht zu widerlegen sein. Denn mag das Wort «Dichter» in der Geschichte des Geistes unserer Zeit auch noch so wenig bedeuten, unauslöschlich werden kommende Geschlechter seine unerwartete Spur in der Wirtschaftsgeschichte vorfinden! Eine Überlegung, wie viele Menschen heute von dem Wort Dichter leben, findet kaum ein Ende, auch wenn man ganz an der wunderlichen Lüge vorbeisieht, daß selbst der Staat behauptet, für nichts da zu sein, als die Künste und Wissenschaften zu göttlicher Blüte zu bringen. Da läßt sich etwa mit den literarischen Professuren und Seminaren beginnen, und man käme von ihnen auf den gesamten Universitätsbetrieb mit Quästoren, Pedellen, Sekretären und anderen, an deren Unterhalt sie teilhaben. Oder man beginnt mit den Verlegern, käme auf die Verlage mit ihren Angestellten, auf die Kommissionäre, die Sortimenter, die Druckereien, die Papier- und Maschinenfabriken, die Eisenbahn, Post, Steuerbehörde, die Zeitungen, die Ministerialdezernenten, die Intendanten: Kurz, je nach Geduld könnte sich jedermann einen Tag lang diese Zusammenhänge kreuz und quer ausmalen, und was sich immer gleich bliebe, wäre, daß alle diese tausende Menschen bald gut, bald schlecht, bald ganz, bald teilweise davon leben, daß es Dichter gibt: obwohl niemand weiß, was ein Dichter ist, niemand mit Bestimmtheit sagen kann, daß er einen Dichter gesehen habe, und alle Preisausschreibungen, Akademien, Honorar- und Honoratiorenempfänge nicht die Sicherheit geben, daß man einen lebend einfängt.

Ich schätze, daß heute in der ganzen Welt wirklich einige Dutzend von ihnen noch vorhanden sind. Ob sie davon leben können, daß man von ihnen lebt, ist ungewiß: einige werden wohl dazu imstande sein, andere nicht: das ist alles im Dunkel. Wollte man ähnliche Verhältnisse zum Vergleich heranziehen, so ließe sich vielleicht sagen, daß unzählige Menschen davon leben, daß es Hühner oder davon, daß es Fische gibt; aber die Fische und Hühner leben nicht davon, sondern sterben daran. Auch wäre sogar zu bemerken, daß unsere Hühner und Fische selbst eine Weile davon leben, daß sie sterben müssen: Aber dieser ganze Vergleich scheitert daran, daß man von diesen Geschöpfen weiß, was sie sind, daß es sie wirklich gibt und daß sie keine Störung der Fisch- oder Hühnerzucht mitsichbringen, wogegen der Dichter ganz entschieden eine Störung der Geschäfte bedeutet, die sich auf der Dichtung aufbauen. Hat er Geld oder Glück, so wird man es mit ihm nicht so genau nehmen; sobald er sich aber vermäße, ohne diese beiden sein Erstgeburtsrecht zu beanspruchen, so müßte er, wohin er auch käme, nicht anders wirken als ein Gespenst, das den Einfall hat, uns an ein Darlehen zu erinnern, das unseren Urahnen zur Zeit der Griechen gewährt worden ist. Nach einigen belanglosen idealistischen Beteuerungen würde er in den Verlagen gefragt werden, ob er glaube, eine Dichtung verfertigen zu können, der ein Mindestabsatz von dreißigtausend Exemplaren gewiß sei; und in den Redaktionen würde ihm angeboten werden, kleine Geschichten zu schreiben, die sich aber, was gewiß nur natürlich sei, in die Bedürfnisse einer Zeitung zu schicken hätten. Er aber müßte erwidern, daß er sich darauf nicht verstehe; und ebenso könnte er in Bühnenvertrieben, Buchgemeinderäten und anderen Kulturgenossenschaften nur eine berechtigte Mißstimmung erregen. Denn man will ihm überall wohl und hat, da er sich weder für Kassenstücke, noch Unterhaltungsromane, noch Tonfilme eignet, das dunkle Gefühl, wenn man all das zusammentue, was dieser Mann nicht könne, so bleibe vielleicht wirklich nur übrig, daß er eine ungewöhnliche Begabung sei. Aber dann kann man ihm eben auch nicht helfen, und man müßte kein Mensch sein, wenn man ihm das schließlich nicht übelnähme, um Ruhe vor ihm zu haben.

Als einmal ein solches Gespenst verdurstet um die Einnahmequellen Berlins strich, gab dem ein junger, behender, prangender Schriftsteller, der die entlegensten Verdienstmöglichkeiten bemeisterte und darum das Gefühl hatte, daß er es auch nicht leicht habe, erschüttert mit den Worten Ausdruck: Herrgott, wenn ich so viel Talent hätte wie dieser Esel, was würde ich damit anfangen! Er irrte sich.

Unter lauter Dichtern und Denkern

Es heißt, die Bücher hätten heute keine Größe und die Schriftsteller vermöchten große nicht mehr zu schreiben. Das mag unbestritten bleiben; aber wie wäre es, den Satz einmal umzukehren und die Annahme zu erproben, die deutschen Leser vermöchten nicht mehr zu lesen? Wächst nicht mit der Länge des Gelesenen, vornehmlich wenn dieses wirklich eine Dichtung ist, in steigenden Potenzen ein bis dahin unaufgeklärter Widerstand, der nicht das gleiche wie Mißfallen ist? Es geschieht nicht anders, als ob die Pforte, durch die ein Buch eintreten soll, krankhaft gereizt wäre und sich eng verschlösse. Viele Menschen befinden sich heute, wenn sie ein Buch lesen, in keinem natürlichen Zustand, sondern fühlen sich einer Operation unterworfen, in die sie kein Vertrauen haben.

Forscht man der Quelle nach und lauscht den Gesprächen darüber, so erfährt man, daß der Leser – der gute Leser, der kein Buch von Bedeutung ausläßt und der die Genies des Tages und des Zeitalters ernennt! – man erfährt, daß selbst dieser Leser meistens treulos bereit zu dem Zugeständnis ist, sofern er nur auf starken Widerstand stößt, daß, wirklich ernst genommen, das von ihm begünstigte Genie vielleicht kein Genie sei und daß es wirkliches Genie heute wohl überhaupt nicht gebe. Diese Erfahrung ist aber keineswegs nur auf die Schöne Literatur beschränkt. Auch daß die Medizin sich verfahren, die Mathematik sich verstiegen habe, der Philosophie der Begriff ihres Tuns verloren gegangen sei: an allen Ecken und Enden läßt sich der Laie heute so über den Fachmann vernehmen. Und da auch jeder Fachmann in Hunderten anderer Fächer Laie ist, ergibt das eine sehr große Summe übler Meinung.

Nun ist es natürlich schwer, auf den Zentimeter genau zu sagen, wie groß die vorhandenen Dichter, Denker und Forscher sind; aber darum handelt es sich auch gar nicht bei dieser Erscheinung, denn es stellt sich alsbald heraus, daß sie in ihrem Aufbau dem des bekannten alten Kinderspiels «Schwarzer Peter» gleicht. Die Dichter finden nicht etwa sich selbst, sondern die Forscher, Denker, Techniker und anderen Lichtspender ungenügend, und ebenso verhält es sich mit diesen. Mit einem Wort, dieser Kulturpessimismus, der jeden zu bedrücken scheint, geht grundsätzlich immer «auf Rechnung der andern»; und, trocken zusammengefaßt: der Mensch als Kulturkonsument ist mit dem Menschen als Kulturproduzenten auf eine heimtückische Weise unzufrieden.

Das verträgt sich aber auf wundersame Art mit seinem Gegenteil; denn nicht seltener, als sich die Klage vernehmen läßt, daß es wahres Genie nicht mehr gebe, läßt sich unter uns die Beobachtung anstellen, daß es nur noch Genie gibt. Man darf, wenn man die Nachrichten und Kritiken unserer Zeitschriften und Zeitungen eine Weile durchblättert, wahrhaft staunen, wieviel erschütternde Seelenverkünder, größte, tiefste und ganz große Meister binnen wenigen Monaten erscheinen; und wie oft im Lauf solcher kurzen Zeit «endlich einmal wieder ein wahrer Dichter» der Nation geschenkt wird; und wie oft die schönste Tiergeschichte und der beste Roman der letzten zehn Jahre geschrieben werden. Einige Wochen später kann sich kaum noch jemand an diesen unvergeßlichen Eindruck erinnern.

Es läßt sich damit die zweite Beobachtung verbinden, daß die Ursprünge fast aller solchen Urteile in Kreisen liegen, die hermetisch gegeneinander abgedichtet sind. Sie werden gebildet von zusammengehörenden Verlagen, Autoren, Kritikern, Blättern, Lesern und Erfolgen, die darüber nicht hinausreichen; und alle diese Kreislein und Kreise, deren Größe einer Liebhaberei oder einer politischen Partei entsprechen kann, haben ihre Genies oder zumindest ihren Niemand mit dem Prädikat Ist-sonst-da. Um die erfolgreichsten Personen bildet sich allerdings ein Kreis aus allen Kreisen, aber das darf eigentlich nicht täuschen; es sieht wohl aus, als ob das wahrhaft Bedeutende doch nicht verkannt werden könnte und eine Nation vorfände, es aufzunehmen, aber in Wahrheit hat der viele versammelnde Erfolg ein sehr zwieträchtiges Elternpaar: denn nicht sowohl, was allen etwas mitteilt, wird bewundert, als vielmehr was jedem das Seine läßt. Und wie der Ruhm eine Mischung ist, sind denn auch die Berühmten eine gemischte Gesellschaft.

Beschränkt man sie nicht nur auf die Schöne Literatur, so wird ihr als Gruppe aufgenommenes Bild überwältigend. Denn nichts bedeutet der Kreis, der Ring, die Schule oder der ausgebreitete Erfolg um den und jenen, der eine anerkannte geistige Beschäftigung ausübt, vergleicht man es mit der Unzahl von Sekten, welche die Läuterung des Geistes vom Einfluß des Kirschenessens, vom Theater der Freilandsiedlung, von der musikalischen Gymnastik, von der Eubiotik oder einer von tausend anderen Sonderlichkeiten erwarten. Es ist gar nicht zu sagen, wie viele solche Rom es gibt, von denen jedes einen Papst hat, dessen Namen Uneingeweihte nie gehört haben, von dem sich aber Eingeweihte die Erlösung der Welt versprechen. Ganz Deutschland ist voll von solchen geistigen Landsmannschaften: und aus dem großen Deutschland, wo berühmte Forscher nur von einer Lehrtätigkeit leben können und auserlesene Dichter gar nur vom Hausierhandel mit Feuilletons, aus diesem Deutschland strömen ungezählten Halbnarren Mittel und Teilnahme zur Entfaltung ihrer Schrullen, zum Druck von Büchern und zur Gründung von Zeitschriften zu. Darum sind zuletzt in Deutschland, vor seiner Verarmung, jährlich mehr als tausend neue Zeitschriften entstanden und über dreißigtausend Bücher erschienen, und es ist für ein weithin ragendes Zeichen geistiger Bedeutung gehalten worden.

Es ist leider mit weitaus größerer Sicherheit anzunehmen, daß es ein nicht rechtzeitig beachtetes Zeichen eines sich ausbreitenden Beziehungswahns gewesen ist; von dem betroffen, tausende Grüppchen jedes für sich das Leben an einer fixen Idee befestigten, so daß es bald nicht mehr wundernehmen kann, wenn sich ein echter Paranoiker kaum noch des Wettbewerbs der Amateure wird erwehren können.

Kunstjubiläum

> «Es ist leichter vorauszusagen, was die Welt in hundert Jahren tun wird, als wie sie in hundert Jahren schreiben wird. Warum? Die ganze Antwort eignet sich nicht für eine Tischrede.» (Aus einem unfertigen Buch, das die Frage ernster beantworten wird.)

Wenn einer, wie es zuweilen vorkommt, ein Theaterstück oder einen Roman wiedersieht, die vor zwanzig Jahren seine Seele im Verein mit anderen Seelen hingerissen haben, so erlebt er etwas, das eigentlich noch nie erklärt worden ist, weil es scheinbar jeder für natürlich hält: der Glanz ist weg, die Wichtigkeit ist weg, Staub und Motten fliegen bei der Berührung auf. Aber warum dieses Altern sein muß und was sich dabei eigentlich verändert, weiß man nicht. Die Komik aller Kunstjubiläen besteht darin, daß die alten Bewunderer so feierlich beunruhigte Gesichter machen, als ob ihnen der Kragenknopf hinter die Hemdbrust gerutscht wäre.

Es ist nicht das gleiche, wie einer alten Jugendgeliebten wieder zu begegnen, die mit den Jahren nicht schöner geworden ist. Denn dann begreift man zwar auch nicht mehr, was man einstens gestammelt hat, aber das hängt doch wenigstens mit der rührenden Vergänglichkeit alles Irdischen und dem bekannt unbeständigen Charakter der Liebe zusammen. Aber eine Dichtung, die man wiedersieht, ist wie eine Jugendgeliebte, die zwanzig Jahre in Spiritus gelegen hat: Nicht ein Härchen ist anders, und nicht ein Schüppchen der rosigen Epidermis hat sich verändert. Ein Schauer faßt dich an! Nun sollst du wieder sein, der du warst, der Schein besteht auf seinem Schein: das ist eine Streckfolter, bei der die Sohlen an ihrem Platz geblieben sind, aber der übrige Körper tausendmal um die sich drehende Erde gewickelt worden ist!

Gewesenes Kunsterlebnis wieder zu erleben ist auch anders, als anderen Gespenstern alter Erregungen und Begeisterungen zu begegnen: Feinden, Freunden, durchlärmten Nächten, überstandenen Leidenschaften. Alles dies ist samt seinen Bedingungen versunken, wenn es vorbei ist; es hat irgend einen Zweck erfüllt und ist von der

Erfüllung aufgesogen worden; es war eine Strecke des Lebens oder eine Stufe der Person. Aber die gewesene Kunst diente zu nichts, ihr Einst hat sich unmerklich verloren und verlaufen, sie ist niemandes Stufe. Denn fühlt man sich wirklich höher stehen, wenn man auf das einst Bewunderte herabsieht? Man steht nicht höher, sondern bloß anderswo! Ja, ehrlich gesagt, wenn man auch vor einem älteren Bild mit wohligem, kaum unterdrückten Gähnen zur Kenntnis nimmt, daß man nicht mehr begeistert zu sein braucht, so ist man doch noch lange nicht begeistert davon, daß man nun die neuen bewundern soll. Man fühlt sich bloß von einem zeitlichen Zwang in den nächsten geraten, was keineswegs ausschließt, daß man sich höchst freiwillig und aktiv gebart; Freiwilligkeit und Unfreiwilligkeit sind ja nicht durchaus Gegensätze, sie mischen sich auch halb und halb, so daß man schließlich das Freiwillige unfreiwillig übertreibt oder das Unfreiwillige freiwillig, wie es im Leben oft vorkommt.

Dennoch steckt ein merkwürdiges Darüberhinaussein in diesem Anderswo. Es ist, wenn nicht alles trügt, als verwandt mit der Mode zu erkennen. Diese hat ja nicht nur die Eigenschaft, daß man sie nachträglich lächerlich findet, sondern auch die andere, daß man sich während ihrer Dauer schwer vorstellen kann, ein Mann, der nicht Zug um Zug ebenso lächerlich gekleidet sei wie man selbst, sei in seinen Ansichten ohne Vorbehalt ernst zu nehmen. Ich wüßte nicht, was bei unserer Bewunderung für die Antike einen angehenden Philosophen vor dem Selbstmord schützen könnte, wenn nicht der Umstand, daß Platon und Aristoteles keine Hosen trugen; die Hosen haben mehr, als man denkt, zum geistigen Aufbau Europas beigetragen, das ohne sie seinen klassisch-humanistischen Minderwertigkeitskomplex in Ansehen der Antike wahrscheinlich niemals losgeworden wäre. So ist es unser tiefstes Zeitgefühl, daß wir mit niemand tauschen möchten, der nicht in zeitgenössischen Kleidern lebt. Und auch in der Kunst haben wir wohl nur deshalb mit jedem neuen Jahr das Gefühl des Fortschritts; obgleich es vielleicht bloß Zufall ist, daß die Bilderausstellungen gemeinsam mit den neuen Moden auf das Frühjahr und den Herbst entfallen. Dieses Fortschrittsgefühl ist nicht angenehm. Es erinnert aufs äußerste an einen Traum, wo man auf einem Pferd sitzt und nicht herunter kann, weil es keinen Augenblick stillsteht. Man möchte sich gern über den Fortschritt freuen, wenn er bloß ein Ende hätte. Man möchte gern einen Augenblick anhalten und vom hohen Roß zur Vergangenheit sprechen: Sieh, wo ich bin! Aber schon geht die unheimliche Entwicklung weiter, und wenn man das einigemal mitgemacht hat, so beginnt man sich jämmerlich zu fühlen, mit vier fremden Beinen unter dem Bauch, die unentwegt fortschreiten.

Welche Schlüsse wären nun aber daraus zu ziehen, daß es ebenso lächerlich-unangenehm ist, ältere Moden anzusehn, solange sie noch nicht Kostüm geworden sind, wie es lächerlich-unangenehm ist, ältere Bilder anzusehn, oder Hausfassaden, und Bücher von gestern zu lesen? Offenbar kein anderer als der, daß wir uns selbst unangenehm werden, sobald wir einen gewissen Abstand von uns haben. Diese Strecke des Schreckens vor uns selbst beginnt einige Jahre vor Jetzt und endet ungefähr bei den Großeltern, also dort, wo wir anfangen, ganz unbeteiligt zu sein. Erst was dort beginnt, ist nicht mehr veraltet, sondern alt, es ist unsere Vergangenheit, und nicht mehr das, was von uns vergangen ist. Was wir aber selbst getan haben und gewesen sind, liegt fast zur Gänze in der Strecke des Schreckens. Es wäre wahrhaft unerträglich, an alles erinnert zu werden, was man einmal für das Wichtigste gehalten hat, und die meisten Menschen, wenn man ihnen in vorgerückterem Alter tonfilmisch noch einmal ihre größten Gebärden und Auftritte vorführte, fänden sich erstaunlich wenig ansprechend. Wie ist das zu erklären? Offenbar liegt im Wesen des Irdischen eine Übertreibung, ein Superplus und Überschwang. Selbst zu einer Ohrfeige braucht man ja mehr, als man verantworten kann. Dieser Enthusiasmus des Jetzt verbrennt, und sobald er unnötig geworden ist, löscht ihn das Vergessen aus, das eine sehr schöpferische und inhaltsreiche Tätigkeit ist, durch die wir recht eigentlich erst, und fortlaufend immer von neuem, als jene unbefangene, angenehme und folgerichtige Person erstehen, um deretwillen wir alles in der Welt gerechtfertigt finden.

Darin stört uns die Kunst. Von ihr geht nichts aus, was ohne Enthusiasmus bestehen bleiben könnte. Sie ist sozusagen nur Enthusiasmus ohne Knochen und Asche, reiner Enthusiasmus, der zu nichts verbrennt, und doch im Rahmen oder zwischen Buchdeckeln hängen bleibt, als wäre nichts geschehen. Sie wird niemals unsere Vergangenheit, sondern bleibt immer unser Vergangenes. Begreiflicherweise blicken wir sie alle zehn oder fünfundzwanzig Jahre beklommen an!

Eine Ausnahme davon macht die große Kunst, freilich das, was streng genommen, allein Kunst heißen sollte. Aber das hat überhaupt nie so recht in die Gesellschaft der Lebenden gehört.

Triëdere

Zeitlupenaufnahmen tauchen unter die bewegte Oberfläche, und es ist ihr Zauber, daß sich der Zuschauer zwischen den Dingen des Lebens gleichsam mit offenen Augen unter Wasser umherschwimmen sieht. Das hat der Film volkstümlich gemacht; aber es ist schon lange vor ihm auf eine Weise zu erleben gewesen, die sich noch heutigentags durch ihre Bequemlichkeit empfiehlt: indem man nämlich durch ein Fernrohr etwas betrachtet, das man sonst nicht durch ein Fernrohr ansieht. In der Folge ist ein solcher Versuch beschrieben.

Als Gegenstand diente zu Beginn ein Anschlag am Tor eines schönen alten Hauses, das dem Beobachtungsort gegenüber lag und ein bekanntes staatliches Institut beherbergte; dieser Anschlag verkündete, bei Gebrauch des Triëders, daß das staatliche Institut von neun bis sechzehn Uhr Amtsstunden habe. Schon da erstaunte der Beobachter; denn es war fünfzehn Uhr, und nicht nur war weit und breit kein Beamter mehr zu erblicken, sondern er entsann sich auch nicht, jemals um diese Stunde mit unbewaffnetem Auge einen gesehen zu haben. Endlich entdeckte er hinter einem entlegenen Fenster zwei winzige, dicht nebeneinander stehende Herren, die mit den Fingern an die Scheiben trommelten und auf die Straße hinabsahen. Aber er entdeckte sie nicht nur, sondern wie sie nun, in dem kleinen Kreis seines Instruments gefangen, dastanden, verstand er sie auch herzlich und bemerkte mit Stolz, wie wichtig das Triëdern für Beamte noch werden könne, und überhaupt für Männer, die eine geheiligte Zahl von Bürostunden abzusitzen haben.

Als zweites kam dann das Haus daran, worin sich das beobachtete Amt befand. Es war ein altes Palais, mit Fruchtgewinden am Kapitäl der Steinpfeiler und schöner Gliederung nach der Höhe und Breite, und während der Späher noch die Beamten gesucht hatte, war ihm schon aufgefallen, wie deutlich sich dieses Pfeilerwerk, diese Fenster und Gesimse ins Fernglas hineinstellten; nun, da er sie mit einem gesammelten Blick erfaßte, erschrak er beinahe vor der steinernen perspektivischen Korrektheit, mit der sie zu ihm herüberblickten. Er wurde plötzlich inne, daß er bisher diese zu einem Punkt im Hintergrund zusammenlaufenden Waagrechten, diese, je weiter seitlich, umso trapezförmiger, zusammengezogenen Fenster, ja diesen ganzen Absturz vernünftiger, gewohnter Begrenzungen in einen irgendwo seitlich und hinten gelegenen Trichter der Verkürzung nur für einen Alp der Renaissance gehalten hatte: eigentlich für eine grauenvolle Malersage vom Verschwinden der Linien, die gerüchtweise übertrieben werde, wenn auch etwas Richtiges an ihr sein möge. Nun sah er sie aber überlebensgroß, und weit schlimmer als das unwahrscheinlichste Gerücht, vor seinen eigenen Augen.

Wer es nicht glaubt, daß die Welt so ist, der triëdere die Straßenbahn. Vor dem Palais machte sie einen S-förmigen Doppelbogen. Ungezähltemal hatte sie unser Beobachter von seinem zweiten

Stockwerk aus daherkommen, eben diesen S-förmigen Doppelbogen machen und wieder davonfahren gesehen; sie, die Straßenbahn: in jedem Augenblick dieser Entwicklung der gleiche längliche rote Wagen. Als er sie nun durch das Triëder betrachtete, bemerkte er aber etwas völlig Anderes: Eine unerklärliche Gewalt drückte plötzlich diesen Kasten zusammen wie eine Pappschachtel, seine Wände stießen immer schräger aneinander, gleich sollte er platt sein; da ließ die Kraft nach, er fing hinten an breit zu werden, durch alle seine Flächen lief wieder eine Bewegung, und während der verdutzte Augenzeuge noch den angehaltenen Atem aus der Brust läßt, ist die alte, vertraute rote Schachtel wieder in Ordnung. Das geschah nun, als er mit dem Glas zusah, alles so deutlich an dem öffentlichen Ding, und nicht etwa persönlich bloß in seinem Auge, daß er darauf hätte schwören mögen, es sei nicht minder wirklich, als wenn ein Fächer geöffnet und geschlossen wird. Und wer es nicht glauben will, der kann es nachprüfen. Er bedarf nur einer Wohnung dazu, auf die eine Straßenbahn in S-förmiger Schleife zukommt.

Sobald diese Entdeckung gemacht war, sah sich der Entdecker natürlich die Frauen an; und da enthüllte sich ihm die ganze unverwüstliche Bedeutung menschlichen Kuppelbaus. Was rund ist an der Frau, und damals nach dem Willen der Mode noch sorgfältiger verheimlicht wurde als heute, so daß es bloß als kleine rhythmische Unebenheit im knabenhaften Fluß der Bewegung erschien, wölbte sich unter dem unbestechlichen Blick des Triëders wieder zu den ureinfachen Hügeln, aus denen die ewige Landschaft der Liebe besteht. Rings darum öffneten und schlossen sich, aufgeregt von jedem Schritt, unerwartet viel wispernde Falten im Kleid. Sie verkündeten dem gewöhnlichen Auge das unantastbare Ansehen der Trägerin oder das Lob des Schneiders und verrieten heimlich, was nicht gezeigt wird; denn in Vergrößerung gesehn, werden Impulse zur Ausführung, und durch ein Glas beobachtet, wird jede Frau eine psychologisch belauschte Susanna im Bade des Kleides. Es war aber überraschend, wie bald sich solche kennerhafte Neugierde unter der unverrückbaren und offenbar etwas boshaften Ruhe des Triëderblicks verflüchtigte und bloß noch als ein Gefackel und Geflacker zwischen den ewigen, sich gleichbleibenden Werten ausnahm, die keine Psychologie brauchen.

Genug davon! Das beste Mittel gegen einen anzüglichen Mißbrauch dieses weltanschaulichen Werkzeugs ist es, an seine Theorie zu denken. Sie heißt Isolierung. Man sieht Dinge immer mitsamt ihrer Umgebung an und hält sie gewohnheitsmäßig für das, was sie darin bedeuten. Treten sie aber einmal heraus, so sind sie unverständlich und schrecklich, wie es der erste Tag nach der Weltschöpfung gewesen sein mag, ehe sich die Erscheinungen aneinander und an uns gewöhnt hatten. So wird auch in der glashellen Einsamkeit alles deutlicher und größer, aber vor allem wird es ursprünglicher und dämonischer. Ein Hut, der eine männliche Gestalt nach schöner Sitte krönt, eins mit dem Ganzen des Mannes von Welt und Macht, durchaus ein nervöses Gebilde, ein Körper-, ja sogar ein Seelenteil, entartet augenblicklich zu etwas Wahnsinnähnlichem, wenn das Triëder seine romantischen Beziehungen zur Umwelt unterbindet und die richtigen optischen herstellt. Die Anmut einer Frau ist tödlich durchschnitten, sobald sie das Glas vom Rocksaum aufwärts als einen sackartigen Raum erfaßt, aus dem zwei geknickte kurze Stelzchen hervorkommen. Und wie beängstigend wird das Zähnefletschen der Liebenswürdigkeit und wie säuglingshaft komisch der Zorn, wenn sie sich, von ihrer Wirkung getrennt, hinter der Sperre des Glases befinden! Zwischen unseren Kleidern und uns und auch zwischen unseren Bräuchen und uns besteht ein verwickeltes moralisches Kreditverhältnis, worin wir ihnen erst alles leihen, was sie bedeuten, und es uns dann mit Zinseszins wieder von ihnen ausborgen; darum nähern wir uns auch augenblicklich dem Bankerott, wenn wir ihnen den Kredit kündigen.

Natürlich hängen damit die vielbelächelten Torheiten der Mode zusammen, die den Menschen ein Jahr lang verlängern und in einem andern Jahr verkürzen, die ihn dick machen und dünn, die ihn bald oben breit und unten schmal, bald oben schmal und unten breit machen, die in einem Jahr alles an ihm empor und im nächsten alles wieder bergab kämmen, die seine Haare nach vorn und hinten, rechts und links streichen. Sie stellen, wenn man sie ohne alles Mitfühlen betrachtet, eine überraschend geringe Anzahl von geometrischen Möglichkeiten dar, zwischen denen auf das leidenschaftlichste abgewechselt wird, ohne die Überlieferung jemals ganz zu durchbrechen. Werden auch noch die Moden des Denkens, Fühlens und Handelns einbezogen, von denen ähnliches gilt, so erscheint unsere Geschichte dem empfindlich gewordenen Auge kaum anders als ein Pferch, zwischen dessen wenigen Wänden die Menschenherde besinnungslos hin und her stürzt. Und doch, wie willig folgen wir dabei den Führern, die eigentlich selbst nur entsetzt voranfliehen, und welches Glück grinst uns aus dem Spiegel entgegen, wenn wir Anschluß haben, aussehen wie alle, und alle anders aussehen als gestern! Warum das alles?! Vielleicht befürchten wir mit Recht, daß unser Charakter wie ein Pulver auseinanderfallen könnte, wenn wir ihn nicht in eine öffentlich zugelassene Tüte stecken.

Der Beobachter endete schließlich bei den Füßen, das heißt an der Stelle, wo sich der Mensch aus dem Tierreich erhebt. Und wie unheimlich ist sie bei Mann und Frau! Man weiß ja auch davon einiges schon aus dem Kino, wo berühmte Helden und Heldinnen eilig aus dem Hintergrund hervorwatscheln wie Enten. Aber das Kino dient der Liebe zum Dasein und bemüht sich, dessen Schwächen zu beschönigen, was ihm denn auch mit fortschreitender Technik gelingt. Ganz anders das Triëder! Unerbittlich hält es darauf zu zeigen, wie lächerlich sich die Beine oben von den Hüften abstoßen und wie täppisch sie unten auf Absatz und Sohle landen; das schwankt nicht nur unmenschlich und kommt mit dem dicken Ende zuerst an, sondern vollführt auch dazwischen meistens noch die aufschlußreichsten persönlichen Grimassen. Der Mann hinter dem Instrument hatte binnen fünf Minuten zwei solche Fälle beobachten können. Kaum hatte er einen jungen Kavalier mit Sportkappe aufs Korn genommen, dessen Socken wie der Hals einer Ringeltaube gestreift waren, als er auch schon gewahrte, wie dieser gelassen neben seinem Mädchen als Gebieter Schlendernde bei jedem seiner langsamen Schritte das Bein mit einem angestrengten winzigen Ruck aus dem Stand schleudern mußte. Kein Arzt, kein Mädchen, auch nicht er ahnte noch das Grauen, das ihm bevorstand; bloß das Triëder löste die kleine Gebärde der Hilflosigkeit aus der allseitigen Harmonie der Brutalität und ließ die heranwachsende Zukunft im Bild erscheinen! Etwas Harmloseres geschah an dem freundlichen, rundlichen Mann in den besten Jahren, der rasch daherkam und der Welt eine wohlwollende, zutuliche Art des Gehens darbot: Nach einem Schnitt durch die Mitte, der die Beine auspräparierte, kam augenblicklich hervor, daß der Fuß ganz scheußlich einwärts aufgekantet wurde; und nun, da an dieser Stelle der Schein durchbrochen war, pendelten auch die Arme eigensinnig in den Schulterpfannen, die Schultern zogen am Genick, und statt eines Ganzen des Wohlwollens war mit einem Male ein menschliches System zu sehen, das nur darauf bedacht war, sich selbst zu behaupten, und gar nichts für andere übrighatte!

Auf solche Weise trägt also das Fernglas sowohl zum Verständnis des einzelnen Menschen bei als auch zu einer sich vertiefenden Verständnislosigkeit für das Menschsein. Indem es die gewohnten Zusammenhänge auflöst und die wirklichen entdeckt, ersetzt es eigentlich das Genie oder ist wenigstens eine Vorübung dazu. Vielleicht empfiehlt man es aber gerade darum vergeblich. Benutzen doch die Menschen das Glas sogar im Theater dazu, die Illusion zu erhöhen, oder im Zwischenakt um nachzusehen, wer da ist, wobei sie nicht das Unbekannte suchen, sondern die Bekannten.

Hier ist es schön

Es gibt viele Menschen, die sich von ihren Vergnügungsreisen an berühmte Orte führen lassen. Sie trinken in ihrem Hotelgarten Bier, und wenn sie dazu angenehme Bekanntschaften machen, freuen sie sich schon auf die Erinnerung. Am letzten Tag gehen sie bis zum nächsten Papierladen; dort kaufen sie Ansichtskarten, und dann kaufen sie noch beim Kellner Ansichtskarten. Die Ansichtspostkarten, welche diese Menschen kaufen, sehen in der ganzen Welt einander ähnlich. Sie sind koloriert; die Bäume und Wiesen giftgrün, der Himmel pfaublau, die Felsen sind grau und rot, die Häuser haben ein geradezu schmerzendes Relief, als könnten sie jeden Augenblick aus der Fassade fahren; und so eifrig ist die Farbe, daß sie gewöhnlich auch noch auf der anderen Seite ihrer Kontur als schmaler Streif mitläuft. Wenn die Welt so aussähe, könnte man wirklich nichts Besseres tun, als ihr eine Marke aufzukleben und sie in den nächsten Kasten zu werfen. Auf diese Ansichtskarten schreiben diese Menschen: «Hier ist es unbeschreiblich schön» oder: «Hier ist es herrlich» oder: «Schade, daß Du diese Pracht nicht mit mir sehen kannst». Manchmal schreiben sie auch: «Du kannst Dir keine Vorstellung machen, wie schön es hier ist» oder: «wie wir hier schwelgen!»

Man muß diese Leute aber nur richtig verstehen! Sie freuen sich sehr, daß sie auf der Reise sind und so viele schöne Dinge sehn, die andre nicht sehen können; aber es bereitet ihnen Pein und Verlegenheit, diese Dinge anzuschaun. Wenn ein Turm höher ist als andere Türme, ein Abgrund tiefer als die gewöhnlichen Abgründe oder ein berühmtes Bild besonders groß oder klein ist, so geht es ja an, denn dieser Unterschied läßt sich festhalten und erzählen; sie versuchen darum auch, einen berühmten Palast immer besonders weitläufig zu finden oder besonders alt, und unter den Landschaften bevorzugen sie die wilden. Könnte man sie bloß über Fahrpläne, Hotelpreise und Uniformen täuschen (aber gerade das kann man nie!) und sie unversehens auf einen Felsen in der Sächsischen Schweiz setzen, so vermöchte man ihnen einen echten Matterhornschauer einzureden, denn schwindlig genug ist es auch in Sachsen. Wenn aber etwas nicht hoch, tief, groß, klein oder auffallend angestrichen, kurzum wenn etwas nicht etwas ist, sondern bloß schön, dann würgen sie wie an einem großen, glatten Bissen, der nicht hinauf- und nicht hinabgeht, der zu nachgiebig ist, an ihm zu ersticken, und zu unnachgiebig, als daß man ein Wort hervorbringen könnte. So entstehen eben jene Och! und Ach!, die peinliche Erstickungslaute sind. Man kann sich nicht gut mit den Fingern in den Hals greifen; und eine bessere Art, die nötigen Worte aus dem Mund zu bringen, hat man nicht gelernt. Es ist unrecht, sich darüber lustig zu machen. Diese Ausrufe drükken eine sehr schmerzliche Beklemmung aus.

Geschulte Kunstbetrachter haben natürlich ganz besondere Handgriffe dafür, und über diese wäre nun freilich auch mancherlei zu sagen; aber das könnte wohl zu weit führen. Trotz aller Beklemmung fühlen übrigens auch die unverdorbenen Menschen eine ehrliche Freude, wenn sie etwas anerkannt Schönes betrachten dürfen. Diese Freude hat merkwürdige Abstufungen. Sie enthält zum Beispiel den gleichen Stolz, wie wenn man erzählen kann, man sei an einem Bankgebäude gerade zu der Stunde vorbeigekommen, wo der berühmte Defraudant X. daraus entflohen sein müsse; andere Leute beseligt es schon, die Stadt zu betreten, wo Goethe acht Tage geweilt hat, oder den angeheirateten Vetter der Dame zu kennen, die als erste den Ärmelkanal durchschwommen hat; ja, es gibt Menschen, die es bereits als etwas Besonderes empfinden, überhaupt in einer so großen Zeit zu leben. Es scheint sich immer um irgendein Dabeigewesensein zu handeln; aber zu leicht darf es im allgemeinen nicht sein, es muß einen Hauch von persönlicher Erlesenheit besitzen. Denn so sehr die Menschen es leugnen, indem sie behaupten, ganz von ihren Tätigkeiten ausgefüllt zu sein, haben sie eine kindische Freude an persönlichen Erlebnissen und jener nicht zu beschreibenden Bedeutung, die man durch sie erhält. Ihr «persönliches Schicksal» berührt sie dann, was eine ganz sonderbare Sache ist. «Eben hatte er noch mit mir gesprochen, und dann glitt er aus und brach sich das Bein . .!»: wenn sie so etwas sagen können, fühlen sie, daß hinter dem großen blauen Fenster mit den Wolkengardinen jemand lange gestanden ist und sie angeschaut hat.

Und man wird es vielleicht nicht glauben, aber wirklich meistens nur aus diesem Grund geschieht es, daß man selbst in die Orte reist, von denen man Ansichtskarten kauft, was ja an und für sich ganz unverständig wäre, da es doch viel einfacher ist, sich die Karten kommen zu lassen. Und darum müssen diese Karten auch unabweislich- und überlebensschön sein; wenn sie einmal natürlich werden sollten, wird die Menschheit etwas verloren haben. «So sieht es offenbar hier aus» – sagt man und betrachtet sie mißtrauisch; dann schreibt man darunter: Du machst dir keine Vorstellung, wie schön das ist . . ! Es ist die gleiche Wendung, mit der ein Mann einem anderen anvertraut: Du kannst dir keine Vorstellung machen, wie sehr sie mich liebt . . .

Wer hat dich, du schöner Wald . .?

Wenn es sehr heiß ist und man einen Wald sieht, so singt man: «Wer hat dich, du schöner Wald, aufgebaut so hoch da droben?» Das geschieht mit automatischer Sicherheit und gehört zu den Reflexbewegungen des deutschen Volkskörpers. Je ohnmächtiger die von Hitze aufgequollene Zunge schon überall im Munde anstößt und je ähnlicher einer Haifischhaut die Kehle bereits geworden ist, desto empfindungsvoller reißen sie die letzte Kraft zu einem musikalischen Finish zusammen und beteuern, daß sie den Meister loben wollen, solang' noch die Stimm' erschallt. – Dieses Lied wird mit der ganzen Unbeugsamkeit jenes Idealismus gesungen, den am Ende aller Leiden ein Getränk erwartet.

Man braucht sich aber nur, wer immer es sei, einmal durch längere Zeit in der Gegend jenes hitzeschwangeren vierzigsten Fiebergrads befunden zu haben, wo der Grenzverkehr zwischen Tod und Leben beginnt, um allen Spott über dieses Lied fahren zu lassen. Man liegt dann – angenommen: nach einem schweren Unglücksfall, operiert und doch wieder ganz geworden – als Genesender in dem schönen Sanatorium eines Kurorts, in weiße Tücher und Decken gehüllt, auf einem luftüberströmten Balkon, und die Welt ist ein nur fernes Summen; jede Wette, wenn das Sanatorium diese Möglichkeit hat, wird man auch so gebettet, daß man wochenlang nichts vor Augen sieht als das steile, grüne Waldzelt eines Berges. Man wird so geduldig wie ein Kiesel in einem Bach, um den das Wasser spült. Das Gedächtnis ist noch voll Fieber und der überstandenen süßen Trokkenheit nach der Narkose. Und man erinnert sich bescheiden, daß man in den Tagen und Nächten, wo Tod und Leben miteinander stritten und die tiefsten oder doch letzten Gedanken am Platz gewesen wären, rein nichts gedacht hat, als immer das gleiche: wie man auf einer Hochsommerwanderung sich dem kühlen Saum eines Waldes nähert. Immer von neuem taucht die Einbildung aus der galligen Glut der Sonne in das feuchte Dunkel, um sogleich wieder zwischen prallen Feldern von neuem heranwandern zu müssen. Wie wenig bedeuten Gemälde, Romane, Philosophien in solchen Augenblicken! In diesem Zustand der Schwäche schließt sich das, was einem an Körper geblieben ist, wie eine fiebernde Hand, und die geistigen Wünsche schmelzen darin weg, wie Körnchen Eis, die nicht zu kühlen vermögen. Man nimmt sich vor, fortab ein Leben zu führen, das so alltäglich wie nur möglich sein werde, von ernsten Bemühungen um Wohlhabenheit und ihre Genüsse erfüllt, die so einfach und unveränderlich sind wie der Geschmack der Kühle, des Behagens und der friedlichen Tätigkeit. Oh, man verabscheut alles

Ungewöhnliche, Anstrengende und Geniale, solange man krank ist, und sehnt sich nach den ewigen, von Mensch zu Mensch gleichen, gesunden Mittelwerten. Steckt darin ein Problem? Mag es warten! Einstweilen ist es die wichtigere Frage, ob in einer Stunde Hühnerbouillon oder schon etwas Erquicklicheres auf den Tisch kommt, und man summt vor sich hin: «Wer hat dich, du schöner Wald, aufgebaut so hoch da droben . . .» Das Leben erscheint so sonderbar gerade gebogen; denn, nebenbei bemerkt, auch musikalisch ist man vordem nie gewesen.

Aber allmählich schritt die Genesung fort, und mit ihr kehrte der böse Geist wieder. Man stellt Beobachtungen an. Gegenüber dem Balkon steht noch immer das grüne Waldzelt eines Berges, man brummt ihm noch immer das dankbare Lied zu, das nun einmal nicht abzuschütteln ist; aber eines Tages nimmt man Kenntnis davon, daß der Wald nicht bloß aus einer Notenfolge, sondern aus Bäumen besteht, die man vor Wald nicht bemerkt hat. Wenn man scharf hinsieht, kann man sogar erkennen, daß diese freundlichen Riesen sich Licht und Boden mit dem Futterneid von Pferden streitig machen. Still stehen sie beisammen, hier vielleicht eine Gruppe Fichten, dort eine Gruppe Buchen; es sieht so natürlich dunkel und hell aus wie gemalt und so moralisch erbaulich wie der schöne Zusammenhalt von Familien, aber in Wahrheit ist es der Abend einer tausendjährigen Schlacht. Gibt es denn nicht gelehrte Kenner der Natur, von denen wir erfahren können, daß die reckenhafte Eiche, heute fast schon ein Sinnbild der Einsamkeit, einst in unabsehbaren Heeren ganz Deutschland überzogen hat? Daß die Fichte, die jetzt alles andere verdrängt, ein später Eindringling ist? Daß irgendwann eine Zeit des Buchenreiches aufgerichtet worden ist, und ein anderes Mal ein Imperialismus der Erlen? Es gibt eine Baumwanderung, wie es eine Völkerwanderung gibt, und wo du einen einheitlichen urwüchsigen Wald siehst, ist es ein Heerhaufen, der sich auf dem erkämpften Schlachthügel befestigt hat; und wo dir gemischter Baumschlag das Bild friedlichen Beisammenseins vorzaubert, sind es versprengte Streiter, zusammengedrängte Reste feindlicher Scharen, die einander vor Erschöpfung nicht mehr vernichten können!

Immerhin ist das noch Poesie, wenn es auch gerade nicht die des Friedens ist, den wir im Walde suchen; die wahre Natur ist auch darüber schon hinaus. Genese an ihrem Herzen, und du wirst – sofern man dir alle Vorzüge moderner Natur bietet – mit zunehmender Kräftigung eines Tages auch noch die zweite Beobachtung machen, daß ein Wald meistens aus Bretterreihen besteht, die oben mit Grün verputzt sind. Das ist keine Entdeckung, sondern nur ein Eingeständnis; ich vermute, man könnte den Blick gar nicht ins

Grün tauchen, wenn es nicht schon mit schnurgeraden Spalten dafür angelegt wäre. Die schlauen Förster sorgen bloß für ein wenig Unregelmäßigkeit, für irgendeinen Baum, der hinten etwas aus der Reihe tritt, um den Blick abzufangen, einen querlaufenden Schlag oder einen gestürzten Stamm, den man sommersüber liegen läßt. Denn sie haben ein feines Gefühl für die Natur und wissen, daß man ihnen mehr nicht glauben möchte. Urwälder haben etwas höchst Unnatürliches und Entartetes. Die Unnatur, die der Natur zur zweiten Natur geworden ist, fällt in ihnen in Natur zurück. Ein deutscher Wald macht so etwas nicht.

Ein deutscher Wald ist seiner Pflicht bewußt, daß man von ihm singen könne: Wer hat dich, du schöner Wald, aufgebaut so hoch da droben? Wohl den Meister will ich loben, solang' noch meine Stimm' erschallt! Der Meister ist ein Forstmeister, Oberforstmeister oder Forstrat, und hat den Wald so aufgebaut, daß er mit Recht sehr böse wäre, wenn man darin seine sachkundige Hand nicht sofort bemerken wollte. Er hat für Licht, Luft, Auswahl der Bäume, für Zufahrtswege, Lage der Schlagplätze und Entfernung des Unterholzes gesorgt und hat den Bäumen jene schöne, reihenförmige, gekämmte Anordnung gegeben, die uns so entzückt, wenn wir aus der wilden Unregelmäßigkeit der Großstädte kommen. Hinter diesem Forstmissionar, der einfältigen Herzens den Bäumen das Evangelium des Holzhandels predigt, steht eine Güterdirektion, Domänenverwaltung oder fürstliche Kammer und schreibt es vor. Nach ihren Anordnungen entstehen soundso viel tausend Holzmeter freier Aussicht oder jungen Grüns alljährlich, sie verteilt die herrlichen Blicke und den kühlen Schatten. Aber nicht in ihrer Hand ruht das letzte Geschick. Noch höher als sie thronen in der Reihe der Waldgötter der Holzhändler und seine Abnehmer, die Sägewerke, Holzstoffabriken, Bauunternehmer, Schiffswerften, Pappwaren- und Papiererzeuger . . . Hier verliert sich der Zusammenhang in jenes namenlose Geschling, jenen gespenstischen Güter- und Geldkreislauf, welcher selbst einem Menschen, der vor Armut aus dem Fenster springt, die Gewißheit gibt, daß er durch die Folgen einen wirtschaftlichen Einfluß ausübt, und der auch dich, wenn du im verzweifelten Sommer der Großstadt deine Hose auf einer Holzbank und eine Holzbank an deiner Hose abwetzt, zum Geburtenregler von Wollschafen und Wäldern macht, die alle der Teufel holen möge.

Soll man nun singen: Wer hat dich, du schönes Magazin der Technik und des Handels, aufgebaut so hoch da droben? Wohl die Ameisensäuregewinnung (aus der Holzfaser; aber je nach den Umständen auch andre Verwertungsarten) will ich loben, solang' noch meine Stimm' erschallt! –? Die Frage wird allgemein verneint werden. Noch ist der Ozon des Waldes da, noch seine sanfte grüne Masse, seine Kühle, seine Stille, seine Tiefe und Einsamkeit. Es sind unausgenutzte Nebenprodukte der Forsttechnik und so herrlich überflüssig, wie es der Mensch auf Urlaub ist, wenn er nichts ist als er selbst. Darin besteht noch immer eine tiefe Verwandtschaft. Der Busen der Natur ist zwar künstlich, aber auch der Mensch auf Urlaub ist ein künstlicher Mensch. Er hat sich vorgenommen, nicht an Geschäfte zu denken; das bedeutet nahezu ein inneres Schweigegebot, nach kurzer Zeit wird alles unsäglich still und öd vor Glück in ihm. Wie dankbar ist er dann für die kleinen Zeichen, leisen Worte, welche die Natur für ihn bereit hat! Wie schön sind Wegmarkierungen, Inschriften, die verraten, daß es noch eine Viertelstunde bis zum Wirtshaus Waldruhe dauert, Bänke und verwitterte Tafeln, welche die zehn Verbote der Forstverwaltung verkünden; die Natur wird beredt! Wie glücklich ist er, wenn er Teilnehmer findet, um auf einer Landpartie gemeinsam der Natur entgegenzutreten; Genossen für ein Kartenspiel im Grünen oder eine Bowle bei Sonnenuntergang! Durch solche kleinen Hilfen gewinnt die Natur die Vorzüge eines Öldrucks, und es gibt dann gleich nicht mehr so viel des Verwirrenden. Ein Berg ist dann ein Berg, ein Bach ein Bach, Grün und Blau stehen mit großer Deutlichkeit nebeneinander, und keinerlei Schwierigkeiten des Verstehens hindern den Betrachter, auf dem kürzesten Weg zu der Überzeugung zu gelangen, daß es etwas Schönes ist, was er besitzt. Sobald man aber so weit gelangt ist, stellen sich auch die sogenannten ewigen Empfindungen mit Leichtigkeit ein. Frage einen Menschen von heute, der noch durch keinerlei Gerede verwirrt ist, was ihm besser gefalle, eine Landschaftsmalerei oder ein Öldruck, so wird er ohne Zögern antworten müssen, daß er einen guten Öldruck vorziehe. Denn der unverdorbene Mensch liebt die Deutlichkeit und den Idealismus, und zu beiden ist die Industrie weitaus geschickter als die Kunst.

In solchen Fragen deutete sich die fortschreitende Besserung unseres Kranken an. Der Arzt sagte zu ihm: «Kritisieren Sie so viel Sie wollen; üble Laune ist ein Zeichen der Genesung.» – «Das kann man wohl verstehen!» erwiderte der ins Leben Zurückkehrende bekümmert.

Der bedrohte Ödipus

> Obwohl boshaft und einseitig, erhebt diese Kritik keinen Anspruch auf wissenschaftliche Objektivität.

Hatte der antike Mensch seine Szylla und seine Charybdis, so hat der moderne Mensch den Wassermann und den Ödipus; denn wenn es ihm gelungen ist, ersteren zu vermeiden und mit Erfolg einen Nachkommen auf die Beine zu stellen, kann er desto sicherer damit rechnen, daß diesen der zweite holt. Man darf wohl sagen, daß ohne Ödipus heute so gut wie nichts möglich ist, nicht das Familienleben und nicht die Baukunst.

Da ich selbst noch ohne Ödipus aufgewachsen bin, kann ich mich natürlich nur mit großer Vorsicht über diese Fragen äußern, aber ich bewundere die Methoden der Psychoanalyse. Ich erinnere mich aus meiner Jugendzeit an das Folgende: Wenn einer von uns Knaben von einem anderen mit Beschimpfungen so überhäuft wurde, daß ihm beim besten Willen nichts einfiel, den Angriff mit gleicher Kraft zu erwidern, so gebrauchte er einfach das Wörtchen «selbst», das, in die Atempausen des anderen eingeschaltet, auf kurzem Wege alle Beleidigungen umkehrte und zurückschickte. Und ich habe mich sehr gefreut, als ich beim Studium der psychoanalytischen Literatur wahrnehmen konnte, daß man allen Personen, die vorgeben, daß sie nicht an die Unfehlbarkeit der Psychoanalyse glauben, sofort nachweist, daß sie ihre Ursachen dazu hätten, die natürlich wieder nur psychoanalytischer Natur seien. Es ist das ein schöner Beweis dafür, daß auch die wissenschaftlichen Methoden schon vor der Pubertät erworben werden.

Erinnert die Heilkunde aber durch diesen Gebrauch der «Retourkutsche» an die herrliche alte Zeit der Postreisen, so tut sie das zwar unbewußt, doch beileibe nicht ohne tiefenpsychologischen Zusammenhang. Denn es ist eine ihrer größten Leistungen, daß sie inmitten des Zeitmangels der Gegenwart zu einer gemächlichen Verwendung der Zeit erzieht, geradezu einer sanften Verschwendung dieses flüchtigen Naturprodukts. Man weiß, sobald man sich in die Hände des Seelenverbesserers begeben hat, bloß, daß die Behandlung sicher einmal ein Ende haben wird, begnügt sich aber ganz und gar mit den Fortschritten. Ungeduldige Patienten lassen sich zwar schnell von ihrer Neurose befreien und beginnen dann sofort mit einer neuen, doch wer auf den rechten Genuß der Psychoanalyse gekommen ist, der hat es nicht so eilig. Aus der Hast des Tages tritt er in das Zimmer seines Freundes, und möge außen die Welt an ihren mechanischen Energien zerplatzen, hier gibt es noch gute alte Zeit. Teilnahmsvoll wird man gefragt, wie man geschlafen und was man geträumt habe. Dem Familiensinn, den das heutige Leben sonst schon arg vernachlässigt, wird seine natürliche Bedeutung wieder zurückgegeben, und man erfährt, daß es gar nicht lächerlich erscheint, was Tante Guste gesagt hat, als das Dienstmädchen den Teller zerbrach, sondern, richtig betrachtet, aufschlußreicher ist als ein Ausspruch von Goethe. Und wir können ganz davon absehn, daß es auch nicht unangenehm sein soll, von dem Vogel, den man im Kopf hat, zu sprechen, namentlich wenn dieser ein Vogel Storch ist. Denn wichtiger als alles einzelne und schlechthin das Wichtigste ist es, daß sich der Mensch, sanft magnetisch gestreichelt, bei solcher Behandlung wieder als das Maß aller Dinge fühlen lernt. Man hat ihm durch Jahrhunderte erzählt, daß er sein Verhalten einer Kultur schuldig sei, die viel mehr bedeute als er selbst; und als wir die Kultur im letzten Menschenalter zum größten Teil doch endlich losgeworden sind, war es wieder das Überhandnehmen der Neuerungen und Erfindungen, neben dem sich der Einzelne als ein Nichts vorkam: Nun aber faßt die Psychoanalyse diesen verkümmerten Einzelnen bei der Hand und beweist ihm, daß er nur Mut haben müsse und Keimdrüsen. Möge sie nie ein Ende finden! Das ist mein Wunsch als Laie; aber ich glaube, er deckt sich mit dem der Sachverständigen.

Ich werde darum von einer Vermutung beunruhigt, die ja möglicherweise nur meiner Laienhaftigkeit entspringt, vielleicht aber doch richtig ist. Denn soviel ich weiß, steht heute der vorhin erwähnte Ödipuskomplex mehr denn je im Mittelpunkt der Theorie; fast alle Erscheinungen werden auf ihn zurückgeführt, und ich befürchte, daß es nach ein bis zwei Menschenfolgen keinen Ödipus mehr geben wird! Man mache sich klar, daß er der Natur des kleinen Menschen entspringt, der im Schoß der Mutter sein Vergnügen finden und auf den Vater, der ihn von dort verdrängt, eifersüchtig sein soll. Was nun, wenn die Mutter keinen Schoß mehr hat?! Schon versteht man, wohin das zielt: Schoß ist ja nicht nur jene Körpergegend, für die das Wort im engsten Sinne geschaffen ist; sondern dieses bedeutet psychologisch das ganze brütend Mütterliche der Frau, den Busen, das wärmende Fett, die beruhigende und hegende Weichheit, ja es bedeutet nicht mit Unrecht sogar auch den Rock, dessen breite Falten ein geheimnisvolles Nest bilden. In diesem Sinn stammen die grundlegenden Erlebnisse der Psychoanalyse bestimmt von der Kleidung der siebziger und achtziger Jahre ab, und nicht vom Skikostüm. Und nun gar bei Betrachtung im Badetrikot: wo ist heute der Schoß? Wenn ich mir die psychoanalytische Sehnsucht, embryonal zu ihm zurückzufinden, an den laufenden und crawlenden Mädchen- und Frauenkörpern vorzustellen versuche, die heute an der Reihe sind, so sehe ich, bei aller Anerkennung ihrer eigenartigen Schönheit, nicht ein, warum die nächste Generation nicht ebensogern in den Schoß des Vaters wird zurückwollen.

Was aber dann?

Werden wir statt des Ödipus einen Orestes bekommen? Oder wird die Psychoanalyse ihre segensreiche Wirkung aufgeben müssen?

III

GESCHICHTEN, DIE KEINE SIND

Der Riese Agoag

Wenn der Held dieser kleinen Erzählung – und wahrhaftig, er war einer! – die Ärmel aufstreifte, kamen zwei Arme zum Vorschein, die so dünn waren wie der Ton einer Spieluhr. Und die Frauen lobten freundlich seine Intelligenz, aber sie «gingen» mit anderen, von denen sie nicht so gleichmäßig freundlich sprachen. Nur eine einzige ansehnliche Schöne hatte ihn einmal, und zu aller Überraschung, tieferer Teilnahme gewürdigt; aber sie liebte es, ihn mit zärtlichen Augen anzuschaun und dabei die Achseln zu zucken. Und nachdem sich das kurze Schwanken in der Wahl von Koseworten gelegt hatte, das gewöhnlich zu Beginn einer Liebe statt hat, nannte sie ihn: «Mein Eichhörnchen!»

Darum las er in den Zeitungen nur den Sportteil, im Sportteil am eifrigsten die Boxnachrichten und von den Boxnachrichten am liebsten die über Schwergewichte.

Sein Leben war nicht glücklich; aber er ließ nicht ab, den Aufstieg zur Kraft zu suchen. Und weil er nicht genug Geld hatte, in einen Kraftverein einzutreten, und weil Sport ohnedies nach neuer Auffassung nicht mehr das verächtliche Talent eines Leibes, sondern ein Triumph der Moral und des Geistes ist, suchte er diesen Aufstieg allein. Es gab keinen freien Nachmittag, den er nicht dazu benutzte, auf den Zehenspitzen spazieren zu gehen. Wenn er sich in einem Zimmer unbeobachtet wußte, griff er mit der rechten Hand hinter den Schultern vorbei nach den Dingen, die links von ihm lagen, oder umgekehrt. Das An- und Auskleiden beschäftigte seinen Geist als die Aufgabe, es auf die weitaus anstrengendste Weise zu tun. Und weil der menschliche Körper zu jedem Muskel einen Gegenmuskel hat, so daß der eine streckt, wenn der andere beugt, oder beugt, wenn jener streckt, gelang es ihm, sich bei jeder Bewegung die unsagbarsten Schwierigkeiten zu schaffen. Man kann wohl behaupten, daß er an guten Tagen aus zwei völlig fremden Menschen bestand, die einander unaufhörlich bekämpften. Wenn er aber nach solchem aufs beste ausgenutzten Tag ans Einschlafen ging, so spreizte er alle Muskeln, deren er überhaupt habhaft werden konnte, noch einmal gleichzeitig auseinander; und dann lag er in seinen eigenen Muskeln wie ein Stückchen fremdes Fleisch in den Fängen eines Raubvogels, bis ihn Müdigkeit überkam, der Griff sich löste und ihn senkrecht in den Schlaf fallen ließ. Es durfte nicht ausbleiben, daß er bei dieser Lebensweise unüberwindlich stark werde. Aber ehe das geschah, bekam er Streit auf der Straße und wurde von einem dicken Schwamm von Menschen verprügelt.

Bei diesem schimpflichen Kampf nahm seine Seele Schaden, er wurde niemals ganz so wie früher, und es war lange fraglich, ob er ein Leben ohne alle Hoffnung werde ertragen können. Da rettete ihn ein großer Omnibus. Er wurde zufällig Zeuge, wie ein riesenhafter Omnibus einen athletisch gebauten jungen Mann überfuhr, und dieser Unfall, so tragisch für das Opfer, gestaltete sich für ihn zum Ausgangspunkt eines neuen Lebens. Der Athlet wurde sozusagen vom Dasein abgeschält wie ein Span oder eine Apfelschale, wogegen der Omnibus bloß peinlich berührt zur Seite wich, stehen blieb und aus vielen Augen zurückglotzte. Es war ein trauriger Anblick, aber unser Mann nahm rasch seine Chance wahr und kletterte in den Sieger hinein.

Das war nun so, und von Stund an blieb es auch so: Für fünfzehn Pfennige durfte er, wann immer er wollte, in den Leib eines Riesen kriechen, vor dem alle Sportsleute zur Seite springen mußten. Der Riese hieß Agoag. Das bedeutete vielleicht Allgemein-geschätzte-Omnibus-Athleten-Gesellschaft; denn wer heute noch Märchen erleben will, darf mit der Klugheit nicht ängstlich umgehn. Unser Held saß also auf dem Verdeck und war so groß, daß er alles Gefühl für die Zwerge verlor, die auf der Straße wimmelten. Unvorstellbar wurde, was sie miteinander zu besprechen hatten. Er freute sich, wenn sie aufgeschreckt hopsten. Er schoß, wenn sie die Fahrbahn überquerten, auf sie los wie ein großer Köter auf Spatzen. Er sah auf die Dächer der schmucken Privatwagen, die ihn früher immer durch ihre Vornehmheit eingeschüchtert hatten, jetzt, im Bewußtsein der eigenen Zerstörungskraft, ungefähr so herab, wie ein Mensch, mit einem Messer in der Hand, auf die lieben Hühner in einem Geflügelhof blickt. Es brauchte aber durchaus nicht viel Einbildung dazu, sondern bloß logisches Denken. Denn wenn es richtig ist, was man sagt, daß Kleider Leute machen, weshalb sollte das nicht auch ein Omnibus können? Man hat seine ungeheuerliche Kraft an oder um, wie ein anderer einen Panzer anlegt oder ein Gewehr umhängt; und wenn sich die ritterliche Heldenschaft mit einem schützenden Panzer vereinen läßt, weshalb dann nicht auch mit einem Omnibus? Und gar die großen Kraftnaturen der Weltgeschichte: war denn ihr schwacher, von den Bequemlichkeiten der Macht verwöhnter Leib das Furchtbare an ihnen, oder waren sie unüberwindlich durch den Apparat der Macht, mit dem sie ihn zu umgeben wußten? Und was ist es, dachte unser Mann, in seinem neuen Gedankenkreis thronend, mit allen den Edelleuten des Sports, welche die Könige des Boxens, Laufens und Schwimmens als Höflinge umgeben, vom Manager und Trainer bis zum Mann, der die blutigen Eimer wegträgt oder den Bademantel um die Schultern legt; verdanken diese zeitgenössischen Nachfolger der alten Truchsessen und Mundschenken ihre persönliche Würde ihrer eigenen oder den Strahlen einer fremden Kraft? Man sieht, er hatte sich durch einen Unfall vergeistigt.

Er benutzte nun jede freie Stunde nicht mehr zum Sport, sondern zum Omnibusfahren. Sein Traum war ein umfassendes Streckenabonnement. Und wenn er es erreicht hat, und nicht gestorben, erdrückt, überfahren worden, abgestürzt oder in einem Irrenhaus ist, so fährt er damit noch heute. Allerdings, einmal ging er zu weit und nahm auf seine Fahrten eine Freundin mit, in der Erwartung, daß sie geistige Männerschönheit zu würdigen wisse. Und da war in dem Riesenleib ein winziger Parasit mit dicken Schnurrbartspitzen, der lächelte die Freundin einigemal frech an, und sie lächelte kaum merklich zurück; ja, als er ausstieg, streifte er sogar versehentlich an sie und schien ihr dabei etwas zuzuflüstern, während er sich vor allen ritterlich entschuldigte. Unser Held kochte vor Wut; er hätte sich gerne auf den Nebenbuhler gestürzt, aber so klein dieser neben dem Riesen Agoag ausgesehen hätte, so groß und breit erschien er darin. Da blieb unser Held sitzen und überhäufte nur später seine Freundin mit Vorwürfen. Aber, siehe, obgleich er sie in seine Anschauungen eingeweiht hatte, erwiderte sie nicht: Ich mache mir nichts aus starken Männern, ich bewundere Kraftomnibusse! sondern sie leugnete einfach.

Seit diesem geistigen Verrat, der auf die geringere Verstandeskühnheit der Frau zurückzuführen ist, schränkte unser Held seine Fahrten etwas ein, und wenn er sie antrat, so geschah es ohne weibliche Begleitung. Ihm ahnte ein wenig von der männlichen Schicksalswahrheit, die in dem Ausspruch liegt: Der Starke ist am mächtigsten allein!

Ein Mensch ohne Charakter

Man muß heute Charaktere wohl mit der Laterne suchen gehn; und wahrscheinlich macht man sich noch dazu lächerlich, wenn man bei Tag mit einem brennenden Licht umhergeht. Ich will also die Geschichte eines Mannes erzählen, der immer Schwierigkeiten mit seinem Charakter gehabt hat, ja, einfach gesagt, der überhaupt nie einen Charakter hatte; doch bin ich in Sorge, daß ich vielleicht bloß seine Bedeutung nicht rechtzeitig erfaßt habe und ob er nicht am Ende so etwas wie ein Pionier oder Vorläufer ist.

Wir waren Nachbarskinder. Wenn er irgendeine der Kleinigkeiten angestellt hatte, die so schön sind, daß man sie nicht gern erzählt, pflegte seine Mutter zu seufzen, denn die Prügel, die sie ihm gab, strengten sie an. «Junge», jammerte sie «du hast nicht die Spur von Charakter; was mag aus dir noch werden!?» In schwereren Fällen wurde aber der Herr Vater zu Rate gezogen, und dann hatten die Prügel eine gewisse Feierlichkeit und eine ernste Würde, ungefähr wie ein Schulfest. Vor Beginn mußte mein Freund dem Herrn Oberrechnungsrat eigenhändig einen Rohrstab holen, der im Hauptberuf dem Ausklopfen der Kleider diente und von der Köchin verwahrt wurde; während nach Schluß der Sohn die Vaterhand zu küssen und, mit Dank für die Zurechtweisung, um Verzeihung für die Sorgen zu bitten hatte, die er seinen lieben Eltern verursachte. Mein Freund machte es umgekehrt. Er bettelte und heulte vor Beginn um Verzeihung, und setzte das von einem Schlag zum andern fort; wenn alles aber einmal vorbei war, brachte er kein Wort mehr hervor, war blaurot im Gesicht, schluckte Tränen und Speichel und suchte durch emsiges Reiben die Spuren seiner Empfindungen zu beseitigen. «Ich weiß nicht», – pflegte dann sein Vater zu sagen – «was aus dem Jungen noch werden soll; der Bengel hat absolut keinen Charakter!»

So war in unserer Jugend Charakter das, wofür man Prügel bekommt, obgleich man es nicht hat. Es schien eine gewisse Ungerechtigkeit darin zu stecken. Die Eltern meines Freundes behaupteten, wenn sie von ihm Charakter verlangten und ausnahmsweise einmal zu Erklärungen griffen, Charakter sei das begriffliche Gegenteil von schlechten Zeugnissen, geschwänzten Schulstunden, an Hundeschwänze gebundenen Blechtöpfen, Geschwätz und heimlichen Spielen während des Unterrichts, verstockten Ausreden, zerstreutem Gedächtnis und unschuldigen Vögeln, die ein gemeiner Schütze mit der Schleuder geschossen hat. Aber das natürliche Gegenteil von alledem waren doch schon die Schrecknisse der Strafe, die Angst vor Entdeckung und die Qualen des Gewissens, welche die Seele mit jener Reue peinigen, die man empfinden könnte, wenn die Sache schief ginge. Das war komplett; für einen Charakter ließ es keinen Platz und keine Tätigkeit übrig, er war vollkommen überflüssig. Dennoch verlangte man ihn von uns.

Vielleicht hätte es uns einen Anhaltspunkt bieten sollen, was zuweilen während der Strafen erläuternd zu meinem Freunde gesprochen wurde, wie: «Hast du denn gar keinen Stolz, Bube?!» –

oder: «Wie kann man bloß so niederträchtig lügen?!» – Aber ich muß sagen, daß es mir auch heute noch schwer fällt, mir vorzustellen, daß einer stolz sein soll, wenn er eine Ohrfeige bekommt, oder wie er seinen Stolz zeigen soll, während er übers Knie gelegt wird. Wut könnte ich mir vorstellen; aber die sollten wir ja gerade nicht haben! Und ebenso verhält es sich mit dem Lügen; wie soll man denn lügen, wenn nicht niederträchtig? Etwa ungeschickt? Wenn ich darüber nachdenke, kommt es mir selbst heute noch so vor, als ob man damals am liebsten von uns Buben gefordert hätte, wir sollten aufrichtig lügen. Das war aber eine Art doppelter Anrechnung: erstens, du sollst nicht lügen; zweitens, wenn du jedoch schon lügst, dann lüge wenigstens nicht verlogen. Vielleicht müssen erwachsene Verbrecher so unterscheiden können, da man es ihnen in den Gerichtssälen immer als besondere Bosheit ankreidet, wenn sie ihre Verbrechen kaltblütig, vorsichtig und mit Überlegung begehen; aber von Buben war das entschieden zu viel verlangt. Ich fürchte, ich habe bloß deshalb keine so auffallenden Charaktermängel gezeigt wie mein Freund, weil ich nicht so sorgfältig erzogen wurde.

Am einleuchtendsten von allen elterlichen Aussprüchen, die sich mit unserem Charakter befaßten, waren noch die, welche sein bedauerliches Fehlen mit der Warnung in Zusammenhang brachten, daß wir ihn einst als Männer vonnöten haben werden. «Und ein solcher Junge will ein Mann werden!?» hieß es ungefähr. Sah man davon ab, daß die Sache mit dem Wollen nicht ganz klar war, so bewies das übrige wenigstens, daß Charakter etwas sei, das wir erst später brauchen sollten; wozu also dann jetzt schon die überhasteten Vorbereitungen? Dies wäre ganz das gewesen, was auch wir meinten.

Obzwar mein Freund also damals keinen Charakter besaß, so vermißte er ihn doch nicht. Das kam erst später und begann zwischen unserem sechzehnten und siebzehnten Jahr. Da fingen wir an, ins Theater zu gehen und Romane zu lesen. Von dem Gehirn meines Freundes, das die irreführenden Verlockungen der Kunst lebhafter als das meine aufnahm, ergriffen der Intrigant der städtischen Theater, der zärtliche Vater, der heldische Liebhaber, die komische Person, ja sogar die teuflische Salonschlange und die bezaubernde Naive Besitz. Er redete nur noch in falschen Tönen, hatte aber plötzlich alles an Charakter in sich, was es auf der deutschen Bühne gibt. Wenn er etwas versprach, konnte man nie wissen, ob man sein Ehrenwort als Held oder als Intrigant besaß; es geschah, daß er heimtückisch begann und aufrichtig endete, wie auch umgekehrt; er empfing uns Freunde polternd, um uns plötzlich mit dem eleganten

Lächeln des Bonvivants Platz und Schokoladebonbons anzubieten, oder umarmte uns väterlich und stahl dabei die Zigaretten aus unserer Tasche.

Doch war das harmlos und offen im Vergleich mit den Wirkungen des Romanelesens. In den Romanen finden sich die wundervollsten Verhaltungsweisen für unzählige Lebenslagen beschrieben. Der große Nachteil ist aber der, daß sich die Lebenslagen, in die man gerät, niemals ganz mit denen decken, für die in den Romanen vorgesehen ist, was man zu tun und zu sagen hat. Die Weltliteratur ist ein ungeheures Magazin, wo Millionen Seelen mit Edelmut, Zorn, Stolz, Liebe, Hohn, Eifersucht, Adel und Gemeinheit bekleidet werden. Wenn eine angebetete Frau unsere Gefühle mit Füßen tritt, so wissen wir, daß wir ihr einen strafend seelenvollen Blick zuzuwerfen haben; wenn ein Schurke eine Waise mißhandelt, so wissen wir, daß wir ihn mit einem Schlag zu Boden schmettern müssen. Aber was sollen wir tun, wenn die angebetete Frau unmittelbar, nachdem sie unsere Gefühle mit Füßen getreten hat, die Tür ihres Zimmers zuschlägt, so daß sie unser seelenvoller Blick nicht erreicht? Oder wenn zwischen dem Schurken, der die Waisen mißhandelt, und uns ein Tisch mit kostbaren Gläsern steht? Sollen wir die Tür einschlagen, um dann durch das Loch einen sanften Blick zu werfen; und sollen wir sorgfältig die teuren Gläser abräumen, ehe wir zum empörten Schlag ausholen? In solchen wirklich wichtigen Fällen läßt einen die Literatur immer im Stich; vielleicht wird es erst in einigen hundert Jahren, wenn noch mehr beschrieben ist, besser sein.

Einstweilen entsteht daraus aber jedesmal eine geradezu besonders unangenehme Lage für einen belesenen Charakter, wenn er sich in einer sogenannten Lebenslage befindet. Ein gutes Dutzend angefangener Sätze, halb erhobener Augenbrauen oder geballter Fäuste, zugekehrter Rücken und pochender Brüste, die alle nicht ganz zu dem Anlaß passen, und doch auch nicht unpassend wären, kochen in ihm; die Mundwinkel werden gleichzeitig hinauf- und hinabgezerrt, die Stirn finster gerunzelt und hell beglänzt, der Blick will sich zur gleichen Zeit strafend hervorstürzen und beschämt zurückziehen: und das ist sehr unangenehm, denn man tut sich sozusagen selbst gegenseitig weh. Als Ergebnis entsteht dann oft jenes bekannte Zucken und Schlucken, das sich über Lippen, Augen, Hände und Kehle ausdehnt, ja mitunter den ganzen Körper so heftig erfaßt, daß er sich wie eine Schraube windet, die ihre Mutter verloren hat.

Damals entdeckte mein Freund, wieviel bequemer es wäre, als einzigen Charakter seinen eigenen zu besitzen, und begann diesen zu suchen.

Aber er geriet in neue Abenteuer. Ich traf ihn nach Jahren wieder, als er den Beruf eines Rechtsanwalts ergriffen hatte. Er trug Brillen, rasierte sich den Bart und sprach mit leiser Stimme. – «Du siehst mich an?» – bemerkte er. Ich konnte es nicht leugnen, irgend etwas hieß mich, in seiner Erscheinung eine Antwort suchen. – «Sehe ich aus wie ein Rechtsanwalt?» fragte er. Ich wollte es nicht bestreiten. Er erklärte mir: «Rechtsanwälte haben eine ganz bestimmte Art, durch ihre Kneifergläser zu blicken, die anders ist als zum Beispiel die der Ärzte. Es läßt sich auch sagen, daß alle ihre Bewegungen und Worte spitzer oder zackiger sind als die rundlichen und knorrigen der Theologen. Sie unterscheiden sich von ihnen wie ein Feuilleton von einer Predigt, mit einem Wort, so wenig ein Fisch von Baum zu Baum fliegt, so sehr sind Rechtsanwälte in ein Medium eingetaucht, das sie niemals verlassen.»

«Berufscharakter!» sagte ich. Mein Freund war mit mir zufrieden. «Es ist nicht so einfach gewesen» bemerkte er. «Als ich anfing, habe ich einen Christusbart getragen; aber mein Chef hat es mir verboten, weil es nicht zum Charakter eines Rechtsanwaltes paßt. Darauf habe ich mich wie ein Maler getragen, und als es mir verwehrt wurde, wie ein Seefahrer auf Urlaub.» – «Um Gottes willen, warum?» fragte ich. «Weil ich mich natürlich dagegen wehren wollte, einen Berufscharakter anzunehmen» gab er zur Antwort. «Das Schlimme ist, daß man ihm nicht entgehen kann. Es gibt natürlich Rechtsanwälte, die wie Dichter aussehen, und ebenso Dichter, die wie Gemüseverkäufer aussehen, und Gemüseverkäufer, die Denkerköpfe besitzen. Sie alle haben aber etwas von einem Glasauge oder einem angeklebten Bart an sich oder von einer schlecht zugeheilten Wunde. Ich verstehe nicht warum, aber es ist doch so?» Er lächelte in seiner Art und fügte ergeben hinzu: «Wie du weißt, habe ich doch nicht einmal einen persönlichen Charakter . . .»

Ich erinnerte ihn an die vielen Schauspielercharaktere. «Das war erst die Jugend!» ergänzte er es seufzend. «Wenn man ein Mann wird, bekommt man noch einen Geschlechts-, einen National-, einen Staats-, einen Klassen-, einen geographischen Charakter dazu, man hat einen Charakter der Handschrift, der Handlinien, der Schädelform und womöglich noch einen, der aus der Konstellation der Gestirne im Augenblick der Geburt folgt. Mir ist das zu viel. Ich weiß nie, welchem meiner Charaktere ich recht geben soll.» – Wieder kam sein stilles Lächeln zum Vorschein. «Zum Glück habe ich eine Braut, die von mir behauptet, daß ich überhaupt keinen Charakter besitze, weil ich mein Versprechen, sie zu heiraten, noch nicht eingehalten habe. Ich werde sie gerade deshalb heiraten, denn ihr gesundes Urteil ist mir unentbehrlich.»

«Wer ist deine Braut?»

«Welchem Charakter nach? Aber, weißt du», unterbrach er das «sie weiß trotzdem immer, was sie will! Sie ist ursprünglich ein reizend hilfloses kleines Mädchen gewesen – ich kenne sie schon lange – aber sie hat viel von mir gelernt. Wenn ich lüge, findet sie es entsetzlich; wenn ich morgens nicht rechtzeitig ins Bureau gehe, so behauptet sie, ich werde niemals eine Familie erhalten können; wenn ich mich nicht entschließen kann, eine Zusage einzuhalten, die ich gegeben habe, so weiß sie, daß das nur ein Schuft tut.»

Mein Freund lächelte noch einmal. Er war damals ein liebenswürdiger Mensch, und jeder Mensch sah freundlich lächelnd auf ihn herab. Niemand nahm ernstlich an, daß er es zu etwas bringen werde. Schon an seiner äußeren Erscheinung fiel auf, daß, sobald er zu sprechen anfing, jedes Glied seines Körpers eine andere Lage einnahm; die Augen wichen zur Seite aus, Achsel, Arm und Hand bewegten sich nach entgegengesetzten Richtungen, und mindestens ein Bein federte im Kniewinkel wie eine Briefwaage. Wie gesagt, er war damals ein liebenswürdiger Mensch, bescheiden, schüchtern, ehrfürchtig; und manchmal war er auch das Gegenteil von all dem, aber man blieb ihm schon aus Neugierde gewogen.

Als ich ihn wiedersah, besaß er ein Auto, jene Frau, die nun sein Schatten war, und eine angesehene, einflußreiche Stellung. Wie er das angefangen hatte, weiß ich nicht; aber was ich vermute, ist, daß das ganze Geheimnis darin lag, daß er dick wurde. Sein eingeschüchtertes, bewegliches Gesicht war fort. Genauer gesehen, es war noch da, aber es lag unter einer dicken Hülle von Fleisch. Seine Augen, die einst, wenn er etwas angestellt hatte, so rührend sein konnten wie die eines traurigen Äffchens, hatten eigentlich ihren aus dem Innern kommenden Glanz nicht verloren; aber zwischen den hoch gepolsterten Wangen hatten sie jedesmal Mühe, wenn sie sich nach der Seite drehen wollten, und stierten darum mit einem hochmütig gequälten Ausdruck. Seine Bewegungen fuhren innerlich immer noch umher, aber außen, an den Beugen und Gelenken der Glieder, wurden sie von stoßdämpfenden Fettpolstern aufgefangen, und was herauskam, sah wie Kurzangebundenheit und entschlossene Sprache aus. So war nun auch der Mensch geworden. Sein irrlichternder Geist hatte feste Wände und dicke Überzeugungen bekommen. Manchmal blitzte noch etwas in ihm auf; aber es verbreitete keine Helligkeit mehr in dem Menschen, sondern war ein Schuß, den er abgab, um zu imponieren oder ein bestimmtes Ziel zu erreichen. Er hatte eigentlich viel gegen früher verloren. Von allem, was er äußerte, ging jetzt zwölf auf ein Dutzend, wenn das auch ein Dutzend guter, verläßlicher Ware war. Und seine Vergangenheit behandelte er so, wie man sich an eine Jugendtorheit erinnert.

Einmal gelang es mir, ihn auf unseren alten Gesprächsgegenstand, den Charakter, zurückzubringen. «Ich bin überzeugt, daß die Entwicklung des Charakters mit der Kriegsführung zusammenhängt», legte er mir in atemknapper Sprache dar «und daß er darum heute auf der ganzen Welt nur noch unter Halbwilden zu finden ist. Denn wer mit Messer und Speer kämpft, muß ihn haben, um nicht den kürzeren zu ziehen. Welcher noch so entschlossene Charakter hält aber gegen Panzerwagen, Flammenwerfer und Giftwolken stand!? Was wir darum heute brauchen, sind nicht Charaktere, sondern Disziplin!»

Ich hatte ihm nicht widersprochen. Aber das Sonderbare war, – und darum erlaube ich mir auch, diese Erinnerung niederzuschreiben – daß ich, während er so sprach und ich ihn ansah, immerdar das Empfinden hatte, der alte Mensch sei noch in ihm. Er stand in ihm, von der fleischigen größeren Wiederholung der ursprünglichen Gestalt eingeschlossen. Sein Blick stach im Blick des andern, sein Wort im Wort. Es war fast unheimlich. Ich habe ihn inzwischen noch einigemal wiedergesehen, und dieser Eindruck hat sich jedesmal wiederholt. Es war deutlich zu sehen, daß er, wenn ich so sagen darf, gerne einmal wieder ganz ans Fenster gekommen wäre; aber irgendetwas verhinderte ihn daran.

Eine Geschichte aus drei Jahrhunderten

1729

Als der Marquis von Epatant den Raubtieren vorgeworfen wurde – eine Geschichte, die leider in keiner einzigen Chronik des achtzehnten Jahrhunderts erwähnt wird – sah er sich plötzlich in eine so peinliche Lage versetzt, wie es ihm noch nie widerfahren war. Er hatte mit dem Leben abgeschlossen und ging lächelnd, mit einem Blick, der aus zwei matt geschliffenen Edelsteinen zu kommen schien, aber nichts mehr sah, dem Nichts entgegen. Doch es löste ihn dieses Nichts nicht ins Ewige auf, zog sich vielmehr sehr gegenwärtig zusammen; mit einem Wort, nicht das Nichts, sondern nichts ereignete sich, und als er sich seiner Augen wieder zum Sehen zu bedienen begann, gewahrte er ein großes Raubtier, das ihn unschlüssig betrachtete. Dies wäre dem Marquis, wie man annimmt, weiter nicht peinlich gewesen – er hatte Angst, wußte aber, wie man sie zu tragen habe – wenn er nicht im gleichen Augenblick inne geworden wäre, daß es ein weibliches Raubtier sei, das er vor sich habe. Strindberganschauungen gab es damals noch nicht; man lebte und starb in denen des achtzehnten Jahrhunderts, und Epatants natürlichste Regung war es, mit Anmut den Hut zu lüften und eine galante Verbeugung zu machen. Dabei sah er aber, daß die Handgelenke der ihn betrachtenden Dame beinahe so breit waren wie sein Oberschenkel, und die Zähne, die in dem lüstern und neugierig geöffneten Mund sichtbar geworden, gaben ihm ein Bild des Massakers, das ihm bevorstand. Diese Person vor ihm war furchteinflößend, schön, stark, aber in Blick und Gestalt durchaus weiblich. Er fühlte sich durch die in allen Gliedern spielende Zärtlichkeit der Raubkatze unwillkürlich an die entzückende, stumme Beredsamkeit der Liebe erinnert. Er mußte sich nicht nur fürchten, sondern hatte zugleich auch den beschämenden Kampf zu ertragen, den diese Furcht mit dem Bedürfnis des Mannes führte, einem weiblichen Wesen unter allen Umständen Eindruck zu machen, die Frau in ihm einzuschüchtern und zu besiegen. Er sah sich statt dessen von seinem Gegner verwirrt und unterliegen. Die weibliche Bestie schüchterte ihn als Bestie ein, und das vollendet Weibliche, das jede ihrer Bewegungen ausatmete, mengte in die Preisgabe jedes Widerstandes das Wunder der Ohnmacht. Er, Marquis d'Epatant, war in den Zustand und die Rolle eines Weibchens gebracht worden, und dies in der letzten Minute seines Lebens! Er sah keine Möglichkeit, diesem boshaften ihm angetanen Schimpf zu entrinnen, verlor die Herrschaft über seine Sinne und wußte zu seinem Glück länger nicht mehr, was mit ihm geschah.

2197 vor unserer Zeitrechnung

Es soll nicht behauptet werden, daß die Jahreszahl richtig ist, aber wenn es den Staat der Amazonen wirklich gegeben hat, so müssen äußerst ernst zu nehmende Damen darin gewohnt haben. Denn hätten sie etwa nur einen etwas gewalttätigen Frauenrechtsverein dargestellt, so wären sie in der Geschichte höchstens zur Reputation der Abderiten oder Sancho Pansas gekommen und bis zum heutigen Tag ein Beispiel unweiblicher Komik geblieben. Statt dessen leben sie in heldenhaftem Andenken, und man darf daraus schließen, daß sie zu ihrer Zeit in einer überaus beachtenswerten Weise gebrannt, gemordet und geraubt haben. Mehr als ein indogermanischer Mann muß vor ihnen Angst gehabt haben, ehe sie es zu ihrem Ruf brachten. Mehr als ein Held wird vor ihnen davongelaufen sein. Mit einem

Wort, sie müssen dem prähistorischen Mannesstolz nicht wenig zugesetzt haben, bis er endlich zur Entschuldigung von so viel Feigheit sagenhafte Geschöpfe aus ihnen gemacht hat: einem Gesetz folgend, wonach auch ein Sommerfrischler, der vor einer Kuh flüchtet, immer behaupten wird, daß es zumindest ein Ochse gewesen sei.

Wie aber, wenn es diesen Jungfrauenstaat niemals gegeben hat? Und das ist wohl schon darum wahrscheinlich, weil sich kaum denken läßt, daß es darin Divisions- und Regimentsstörche gab, die den männermordenden Jungfrauen die Rekruten brachten. Wovor haben sich dann die antiken Helden gefürchtet? War das Ganze nur ein wunderlich Gewalt antuender Traum? Unwillkürlich erinnert man sich daran, daß sie auch Göttinnen verehrt haben, von denen sie im Rausch der Anbetung zerrissen worden sind, und die Sphinx besuchten die kundigen Thebaner wie der Fliegerich die Spinne. Man muß sich schandenhalber wohl ein wenig darüber wundern, was für Spinnen- und Insektenträume diese Urväter unserer Gymnasialbildung kannten! Vorbildliche Sportsleute, die sich nicht viel aus Frauen machten, träumten sie von Frauen, vor denen sie sich fürchten konnten. Sollte am Ende Herr von Sacher-Masoch eine so lange Vorfahrenreihe gehabt haben? Es ist keineswegs anzunehmen. Denn wir mögen uns wohl gerne vorstellen, daß es früher dunkel gewesen ist, weil es dadurch jetzt umso heller ausschaut; aber daß an den Grundlagen des humanistischen Unterrichts etwas dermaßen in Unordnung sein sollte, vermögen wir nicht zu glauben. Sind sie scherzhaft gewesen, die alten Griechen? Oder haben sie in der Art aller Levantiner ungeheuerlich übertrieben? Oder liegt ihrer Ur-Perversität eine Ur-Harmlosigkeit zugrunde, die erst viel später die kranken Reiser getrieben hat?

Dunkel sind die Anfänge der Zivilisation.

1927

Was haben zwei Jahrhunderte «moderner Zeit» aus dieser Geschichte gemacht?

Ein Mann besiegt in offener Feldschlacht das Amazonenheer, und die Amazone verliebt sich in ihren Bezwinger. So ist es nun in Ordnung! Die Widerspenstigkeit wird gezähmt, sie läßt Schild und Speer fallen, und die Männer kichern geschmeichelt in der Runde. Das ist von der alten Sage übrig geblieben. Das Zeitalter des gebildeten Bürgers bewahrte von der wilden jungen Raubfrau, die darauf brennt, ihre Pfeilspitze hinter Mannesrippen zu landen, bloß das moralische Beispiel, wie sich unnatürliche Triebe wieder in natürliche verkehren; und außerdem höchstens noch kümmerliche Reste in den Theatern, Kinos und den Köpfen sechzehnjähriger Lebemänner, wo das dämonische Weib, die Salonschlange und der Vamp von fern an ihre männermordenden Vorgängerinnen erinnern.

Aber die Zeiten bleiben in Fluß. Es soll nicht von weiblichen Bureauvorstehern gesprochen werden, um die sich der männliche Untergebene rankt wie der bescheidene Efeu um die starke Eiche; es gibt Geschichten, die dem Mittelpunkt der männlichen Eitelkeit näher liegen, und eine solche ereignete sich, als vor einiger Zeit der berühmte Forscher Quantus Negatus einer Versammlung beiwohnte, wo die Opposition unter weiblicher Führung stand. Es war nicht gerade eine politische Versammlung, aber immerhin eine von jenen, wo der neue geistige Weltzug seinen Zusammenstoß mit dem alten hat. Quantus, als verdienstreicher Mann, saß bequem in den Polstern des alten. Er war nicht im geringsten gesonnen, sich um Weltanschauungen zu streiten, und begrüßte das Auftreten der Damen zunächst nur als eine Abwechslung. Während sie oben redeten, sah er unten ihre Füße in den Halbschuhen an. Aber plötzlich fesselte ihn eine Einzelheit: er hörte sie sagen, die Herren von der Mehrheit seien Esel. Sie sagten es in einer reizenderen Weise, und nicht gerade mit diesem Wort, immerhin aber ungefähr mit diesem Grad von Achtung. Und wenn die eine sich niedersetzte, stand ausgeruht die andere auf und wiederholte die Anklage in einer nur wenig anderen Weise. Auf ihren Stirnen bildeten sich vor Ärger und Anstrengung kleine lotrechte Falten; ihre Handbewegungen waren pädagogisch, wie wenn man Kindern auseinandersetzen muß, wie denkfaul sie seien; und die Sätze wurden sorgfältig vom Mund gegliedert, wie von einem geschulten Koch, der Fasanen zerlegt.

Der berühmte Forscher Negatus lächelte; er war kein Esel, er stand über der Situation, er durfte sich ihrem Reiz vorurteilslos hingeben; bei der Abstimmung würde sich schon zeigen, was er für richtig halte. Zufällig warf er aber einen Blick zur Unzeit auf die anderen Herren der Mehrheit. Und es kam ihm mit einemmal vor, sie säßen alle bocksteif da wie die Weibchen, denen ein Mann den überwältigenden Zauber der Logik beibringen will, wogegen sie keine andere Waffe haben, als nach jedem neuen Schluß zu erwidern: ich will aber nicht! Da bemerkte er erst, daß es ihm auch nicht anders ergehe. Tändelnden Sinnes betrachtete er Beine und Fingerspitzen, Mundfalten und Körperwendungen, obzwar er währenddessen anhören mußte, daß sein Wille eingeschlafen und seine Intelligenz die eines dicken Bürgers sei, der sie nicht gern bewege. Und nun geschah das, was allerdings nicht immer geschieht, Quantus fühlte sich halb überzeugt. Wenn er an seinen Forscherruhm dachte, so kam er sich wie eine brave Hausfrau vor, die daheim mit Fläschchen und Töpfchen am Herd hantiert, während diese Damen auf schäumendem Roß durch die offene Welt sprengten. Gewiß, es gab eine Menge besonderer Dinge, über die wenig Menschen so gut Bescheid wußten wie er; aber was nützte ihm das in solchen allgemeinen Fragen, deren Unsicherheit einen – beinahe hätte er gesagt, einen ganzen Mann brauchte?! Schon fand er, daß die Einwände, die sein Verstand gegen den Unfug dieser jungen Frauen erhob, eigentlich ängstlich wären, und seine Gedanken folgten mit einer fast käthchenhaften Begeisterung den wilden Taten ihres Geistes.

Was ihn noch im Gleichgewicht hielt, war der Umstand, daß auf der Gegenseite auch Männer aufstanden, die zusammenhangloses Zeug redeten. Die Versammlung wurde dadurch manchmal recht bewegt, und keiner ließ den anderen ausreden. Quantus Negatus beobachtete, was seine Rednerinnen täten. In diesem wirren Männergeschrei schwiegen sie lächelnd, und es schien ihm, daß sie ein bittendes Zeichen gäben. Dann erhob sich jedesmal ein fett-kräftiger junger Mann mit großem Gesicht und dichtem Haarwuchs und entfaltete ein wahres Phänomen von Stimme, deren Zwischenrufe wenig Vernunft hatten, aber mit einem Satz zwanzig feindliche Stimmen über den Haufen fegten, so daß man in der zurückbleibenden Stille die unterbrochenen Rednerinnen auf einmal wieder hörte. – «Ah, ein Mann!» dachte Negatus zuerst geschmeichelt. Aber wie er sich das, in der Stimmung, worin er sich nun einmal befand, genauer überlegte, fand er, daß eine starke Stimme doch auch nur etwas Sinnliches sei, wie in seiner Jugendzeit ein langer Zopf oder eine üppige Brust. Er fühlte sich von diesen Gedanken, die auf einem ihm recht fremden Gebiet lagen, ermüdet. Er hatte nicht übel Lust, seine Partei im Stich zu lassen und sich aus der Versammlung zu schleichen. Dunkle Gymnasialerinnerungen bewegten ihn: die Amazonen? – «Verkehrte Welt!» dachte er. Aber dann dachte er auch: «Ganz eigentümlich ist es, sich einmal eine verkehrte Welt vorzustellen. Es bereitet eine gewisse Abwechslung.» Er richtete an diesen Gedanken gleichsam seine Stacheln wieder auf; eine gewisse Kühnheit lag in ihnen, eine freimütige, männliche Neugierde. «Wie dunkel ist die Zukunft der Zivilisation!» dachte er. «Ich bin ein Mann, aber am Ende wird das nur noch etwas sehr Weibliches bedeuten, wenn nicht bald eine Zeit echter Männer wiederkommt!» Aber als die Abstimmung kam, stimmte er trotzdem für die Reaktion.

Die Opposition unterlag; die Versammlung war zu Ende. Quantus erwachte, und mit ritterlich beschwertem, schlechtem Gewissen suchte sein Blick den seiner ausdauernden Gegnerinnen. Aber diese legten soeben frischen Puder auf und hatten ihre kleinen silbernen Spiegel hervorgezogen. Mit der gleichen unbeirrbaren Sachlichkeit, wie sie vorhin mörderische Worte gesprochen hatten, taten sie nun das. Quantus staunte. Und seine letzte, doch noch recht befangene Überlegung im Hinausgehen war diese: «Warum machen sich bloß niedliche Männerköpfe ganz unnütze Gedanken?!»

Kindergeschichte

Herr Piff, Herr Paff und Herr Puff sind miteinander auf die Jagd gegangen. Und weil es Herbst war, wuchs nichts auf den Äckern; außer Erde, die der Pflug so aufgelockert hatte, daß die Stiefel hoch über die Schäfte davon braun wurden. Es war sehr viel Erde da, und so weit das Auge reichte, sah man stille braune Wellen; manchmal trug eine davon ein Steinkreuz auf ihrem Rücken oder einen Heiligen oder einen leeren Weg; es war sehr einsam.

Da gewahrten die Herren, als sie wieder in eine Mulde hinabstiegen, vor sich einen Hasen, und weil es das erste Tier war, das sie an diesem Tag antrafen, rissen alle drei ihre Schießrohre rasch an die Backe und drückten ab. Herr Piff zielte über seine rechte Stiefelspitze, Herr Puff über seine linke, und Herr Paff zwischen beiden Stiefeln geradeaus, denn der Hase saß ungefähr gleichweit von jedem und sah ihnen entgegen. Nun erhob sich ein fürchterlicher Donner von den drei Schüssen, die Schrotkörner prasselten in der Luft wie drei Hagelwolken gegeneinander, und der Boden staubte wild getroffen auf; aber als sich die Natur von diesem Schrecken erholt hatte, lag auch der Hase im Pfeffer und rührte sich nicht mehr. Bloß wußte jetzt keiner, wem er gehöre, weil alle drei geschossen hatten. Herr Piff hatte schon von weitem ausgerufen, wenn der Hase rechts getroffen sei, so gehöre er ihm, denn er habe von links geschossen; das Gleiche behauptete Herr Puff über die andere Hand; aber Herr Paff meinte, daß der Hase sich doch auch im letzten Augenblick umgedreht haben könne, was nur zu entscheiden wäre, wenn er den Schuß in der Brust oder im Rücken habe: dann aber, und somit unter allen Umständen, gehöre er ihm! Als sie nun hinkamen, zeigte sich jedoch, daß sie durchaus nicht herausfinden konnten, wo der Hase getroffen sei, und natürlich stritten sie jetzt erst recht um die Frage, wem er zukomme.

Da erhob sich der Hase höflich und sagte: «Meine Herren, wenn Sie sich nicht einigen können, will ich so frei sein und noch leben! Ich bin, wie ich sehe, bloß vor Schreck umgefallen.»

Da waren Herr Piff und Herr Puff, wie man zu sagen pflegt, einen Augenblick ganz paff, und bei Herrn Paff versteht sich das eigentlich immer von selbst. Aber der Hase fuhr unbeirrt fort. Er machte große, hysterische Augen – wahrscheinlich doch, weil ihn der Tod gestreift hatte – und begann, den Jägern ihre Zukunft vorauszusagen. «Ich kann Ihnen Ihr Ende prophezeien, meine Herren», sagte er «wenn Sie mich am Leben lassen! Sie, Herr Piff, werden schon in sieben Jahren und drei Monaten von der Sense des Todes in Gestalt der Hörner eines Stiers hingemäht werden; und der Herr Paff werden zwar sehr alt werden, aber ich sehe etwas äußerst Unangenehmes am Ende – etwas – ja, das läßt sich nicht so leicht sagen –»; er stockte und blickte Paff teilnahmsvoll an, dann brach er ab und sagte rasch: «Aber der Herr Puff wird an einem Pfirsichkern ersticken, das ist einfach.»

Da wurden die Jäger bleich, und der Wind pfiff durch die Einöde.

Aber indes die Röhrenstiefel an ihren Beinen noch im Winde klapperten, luden ihre Finger schon von neuem das Gewehr, und sie sprachen: «Wie kannst Du wissen, was noch nicht geschehen ist, Du Lügner!»

«Der Stier, der mich in sieben Jahren aufspießen soll», sagte Herr Piff «ist heute doch noch gar nicht geboren; wie kann er spießen, wenn er vielleicht überhaupt nicht geboren wird!?»

Und Herr Puff tröstete sich damit, daß er sagte: «Ich brauche bloß keine Pfirsiche mehr zu essen, so bist Du schon ein Betrüger!»

Herr Paff aber sagte nur: «Na, na!»

Der Hase erwiderte: «Das können die Herren halten, wie sie wollen; es wird Ihnen nichts nützen.»

Da machten die Jäger Miene, den Hasen mit ihren Stiefelabsätzen tot zu treten, und schrien: «Du wirst uns nicht abergläubisch machen!!» – Aber in diesem Augenblick kam ein häßliches altes Weib vorbei, das einen Haufen Reisig am Rücken schleppte, und die Jäger mußten rasch dreimal ausspucken, damit ihnen der Anblick nicht schade.

Da wurde das Weib, das es bemerkt hatte, böse und schrie zurück: «Bin a amol schön gwen!» Niemand hätte zu sagen vermocht, welche Mundart das sei; es klang aber geradezu wie der Dialekt der Hölle.

Diesen Augenblick benutzte der Hase, um zu entwischen.

Die Jäger donnerten aus ihren Büchsen hinter ihm drein, aber der Hase war nicht mehr zu sehen, und auch das alte Weib war verschwunden; man glaubte nur während der drei Schüsse ein unbändiges Hohngelächter gehört zu haben.

Da wischte sich Herr Paff den Schweiß von der Stirn und ihn fror.

Herr Piff sagte: «Gehen wir nach Hause.»

Und Herr Puff kletterte schon den Abhang empor.

Als sie oben bei dem steinernen Kreuz angelangt waren, fühlten sie sich aber in seinem Schutze sicher und blieben wieder stehen.

«Wir haben uns selbst zum besten gehalten», sagte Herr Puff «– es war ein ganz gewöhnlicher Hase.»

«Aber er hat gesprochen –» sagte Herr Paff.

«Das kann nur der Wind gewesen sein, oder das Blut war uns in der Kälte zu Ohren gestiegen» – belehrten ihn Herr Piff und Herr Puff.

Da flüsterte der liebe Gott am Steinkreuz: «Du sollst nicht töten . .!»

Die drei schraken von neuem ordentlich zusammen und gingen mindestens zwanzig Schritte dem steinernen Kreuz aus der Nähe; es ist aber auch zu arg, wenn man sich nicht einmal dort sicher fühlen kann! Und ehe sie noch etwas erwidern konnten, sahen sie sich mit großen Schritten nach Hause eilen. Erst als der Rauch ihrer Dächer sich über den Büschen kräuselte, die Dorfhunde bellten und Kinderstimmen durch die Luft zu schießen begannen wie die Schwalben, hatten sie ihre Beine wieder eingeholt, blieben auf ihnen stehn, und es wurde ihnen wohl und warm. «An irgendetwas muß schließlich jeder sterben» – meinte Herr Paff gelassen, der es bis dahin nach der Prophezeiung des Hasen am weitesten hatte; er wußte noch verdammt gut, weshalb er das sagte, doch plagte ihn jetzt mit einemmal ein Zweifel, ob wohl auch seine Gefährten davon wüßten, und er schämte sich, sie zu fragen.

Aber Herr Piff antwortete genau so: «Wenn ich nicht töten dürfte, dann dürfte ich doch auch nicht getötet werden? Ergo sage ich, da hat es einen grundsätzlichen Widerspruch!» Das mochte nun jeder beziehen, worauf er wollte; eine vernünftige Antwort war es nicht, und Herr Piff schmunzelte philosophisch, um zu verbergen, daß er brennend gern erfahren wollte, ob ihn die anderen trotzdem verstünden oder ob in seinem Kopf etwas nicht in Ordnung gewesen sei.

Herr Puff, der dritte, zertrat nachdenklich einen Wurm unter der Stiefelsohle und erwiderte: «Wir töten ja nicht nur die Tiere, sondern wir hegen sie auch und halten auf Ordnung im Feld.»

Da wußte jeder, daß auch die andern wußten; und indes sich jeder heimlich noch daran erinnerte, begann das Erlebte schon zu zerrinnen wie ein Traum nach dem Erwachen, denn was drei gehört und gesehen haben, kann kein Geheimnis sein und also auch kein Wunder, sondern höchstens eine Täuschung. Und alle drei seufzten plötzlich: Gott sei Dank! Herr Piff seufzte es über seiner linken Stiefelspitze, Herr Puff über seiner rechten, denn beide schielten nach dem Gott im Feld zurück, dem sie heimlich dafür dankten, daß er ihnen nicht wirklich erschienen sei; Herr Paff aber, weil die beiden anderen wegsahen, konnte sich ganz zum Kreuz umdrehen, kniff sich in die Ohren und sagte: «Wir haben heute auf nüchternen Magen Branntwein getrunken; das sollte ein Jäger nie tun.»

«So ist es!» sagten alle drei, sangen ein fröhliches Jägerlied, worinnen viel von Grün die Rede war, und warfen mit Steinen nach einer Katze, die verbotenerweise auf die Felder schlich, um Haseneier zu fangen; denn nun fürchteten sich die Jäger ja auch nicht mehr vor dem Hasen. Aber dieser letzte Teil der Geschichte ist nicht ganz so verbürgt wie das übrige, denn es gibt Leute, welche behaupten, daß die Hasen nur zu Ostern Eier legen.

IV

DIE AMSEL

Die beiden Männer, deren ich erwähnen muß – um drei kleine Geschichten zu erzählen, bei denen es darauf ankommt, wer sie berichtet – waren Jugendfreunde; nennen wir sie Aeins und Azwei. Denn im Grunde ist Jugendfreundschaft um so sonderbarer, je älter man wird. Man ändert sich im Laufe solcher Jahre vom Scheitel bis zur Sohle und von den Härchen der Haut bis ins Herz, aber das Verhältnis zu einander bleibt merkwürdigerweise das gleiche und ändert sich sowenig wie die Beziehungen, die jeder einzelne Mensch zu den verschiedenen Herren pflegt, die er der Reihe nach mit Ich anspricht. Es kommt ja nicht darauf an, ob man so empfindet wie der kleine Knabe mit dickem Kopf und blondem Haar, der einst photographiert worden ist; nein, man kann im Grunde nicht einmal sagen, daß man dieses kleine, alberne, ichige Scheusal gern hat. Und so ist man auch mit seinen besten Freunden weder einverstanden noch zufrieden; ja, viele Freunde mögen sich nicht einmal leiden. In gewissem Sinn sind das sogar die tiefsten und besten Freundschaften und enthalten das unbegreifliche Element ohne alle Beimengungen.

Die Jugend, welche die beiden Freunde Aeins und Azwei verband, war nichts weniger als eine religiöse gewesen. Sie waren zwar beide in einem Institut erzogen worden, wo man sich schmeichelte, den religiösen Grundsätzen gebührenden Nachdruck zu geben; aber seine Zöglinge setzten ihren ganzen Ehrgeiz darein, nichts davon zu halten. Die Kirche dieses Instituts zum Beispiel war eine schöne, richtige, große Kirche, mit einem steinernen Turm, und nur für den Gebrauch der Schule bestimmt. So konnten, da niemals ein Fremder eintrat, immer einzelne Gruppen der Schüler, indes der Rest, je nachdem es die heilige Sitte forderte, vorn in den Bänken bald kniete, bald aufstand, hinten bei den Beichtstühlen Karten spielen, auf der Orgeltreppe Zigaretten rauchen oder sich auf den Turm verziehen, der unter dem spitzen Dach wie einen Kerzenteller einen steinernen Balkon trug, auf dessen Geländer in schwindelnder Höhe Kunststücke ausgeführt wurden, die selbst weniger sündenbeladene Knaben den Hals kosten konnten.

Eine dieser Herausforderungen Gottes bestand darin, sich auf dem Turmgeländer, mit dem Blick nach unten, durch langsamen Druck der Muskeln in die Höhe zu heben und schwankend auf den Händen stehenzubleiben; jeder, der dieses Akrobatenkunststück zu ebener Erde ausgeführt hat, wird wissen, wieviel Selbstvertrauen,

Kühnheit und Glück dazu gehören, es auf einem fußbreiten Steinstreifen in Turmhöhe zu wiederholen. Es muß auch gesagt werden, daß viele wilde und geschickte Burschen sich dessen nicht unterfingen, obgleich sie zu ebener Erde auf ihren Händen geradezu lustwandeln konnten. Zum Beispiel Aeins tat es nicht. Dagegen war Azwei, und das mag gut zu seiner Einführung als Erzähler dienen, in seiner Knabenzeit der Erfinder dieser Gesinnungsprobe gewesen. Es war schwer, einen Körper zu finden wie den seinen. Er trug nicht die Muskeln des Sports wie die Körper vieler, sondern schien einfach und mühelos von Natur aus Muskeln geflochten zu sein. Ein schmaler, ziemlich kleiner Kopf saß darauf, mit Augen, die in Samt gewickelte Blitze waren, und mit Zähnen, die es eher zuließen, an die Blankheit eines jagenden Tiers zu denken, als die Sanftmut der Mystik zu erwarten.

Später, in ihrer Studentenzeit, schwärmten die beiden Freunde für eine materialistische Lebenserklärung, die ohne Seele und Gott den Menschen als physiologische oder wirtschaftliche Maschine ansieht, was er ja vielleicht auch wirklich ist, worauf es ihnen aber gar nicht ankam, weil der Reiz solcher Philosophie nicht in ihrer Wahrheit liegt, sondern in ihrem dämonischen, pessimistischen, schaurig-intellektuellen Charakter. Damals war ihr Verhältnis zueinander bereits eine Jugendfreundschaft. Denn Azwei studierte Waldwirtschaft und sprach davon, als Forstingenieur weit fortzugehen, nach Rußland oder Asien, sobald seine Studien vollendet wären; während sein Freund, statt solcher jungenhaften, schon eine solidere Schwärmerei gewählt hatte und sich zu dieser Zeit eifrig in der aufstrebenden Arbeiterbewegung umtat. Als sie dann kurz vor dem großen Krieg wieder zusammentrafen, hatte Azwei seine russischen Unternehmungen bereits hinter sich; er erzählte wenig von ihnen, war in den Bureaus irgendeiner großen Gesellschaft angestellt und schien beträchtliche Fehlschläge erlitten zu haben, wenn es ihm auch bürgerlich auskömmlich ging. Sein Jugendfreund aber war inzwischen aus einem Klassenkämpfer der Herausgeber einer Zeitung geworden, die viel vom sozialen Frieden schrieb und einem Börsenmann gehörte. Sie verachteten sich seither gegenseitig und untrennbar, verloren einander aber wieder aus den Augen; und als sie endlich für kurze Zeit abermals zusammengeführt wurden, erzählte Azwei das nun Folgende in der Art, wie man vor einem Freund einen Sack mit Erinnerungen ausschüttet, um mit der leeren Leinwand weiterzugehen. Es kam unter diesen Umständen wenig darauf an, was dieser erwiderte, und es kann ihre Unterredung fast wie ein Selbstgespräch erzählt werden. Wichtiger wäre es, wenn man genau zu beschreiben vermöchte, wie Azwei damals aussah, weil dieser unmittelbare Eindruck für die Bedeutung seiner Worte nicht ganz zu entbehren ist. Aber das ist schwer. Am ehesten könnte man sagen, er erinnerte an eine scharfe, nervige, schlanke Reitgerte, die, auf ihre weiche Spitze gestellt, an einer Wand lehnt; in so einer halb aufgerichteten und halb zusammengesunkenen Lage schien er sich wohl zu fühlen.

Zu den sonderbarsten Orten der Welt – sagte Azwei – gehören jene Berliner Höfe, wo zwei, drei, oder vier Häuser einander den Hintern zeigen, Köchinnen sitzen mitten in den Wänden, in viereckigen Löchern, und singen. Man sieht es dem roten Kupfergeschirr auf den Borden an, wie laut es klappert. Tief unten grölt eine Männerstimme Scheltworte zu einem der Mädchen empor, oder es gehen schwere Holzschuhe auf dem klinkernden Pflaster hin und her. Langsam. Hart. Ruhelos. Sinnlos. Immer. Ist es so oder nicht?

Da hinaus und hinab sehen nun die Küchen und die Schlafzimmer; nahe beieinander liegen sie, wie Liebe und Verdauung am menschlichen Körper. Etagenweise sind die Ehebetten übereinander geschichtet; denn alle Schlafzimmer haben im Haus die gleiche Lage, und Fensterwand, Badezimmerwand, Schrankwand bestimmen den Platz des Bettes fast auf den halben Meter genau. Ebenso etagenweise türmen sich die Speisezimmer übereinander, das Bad mit den weißen Kacheln und der Balkon mit dem roten Lampenschirm. Liebe, Schlaf, Geburt, Verdauung, unerwartete Wiedersehen, sorgenvolle und gesellige Nächte liegen in diesen Häusern übereinander wie die Säulen der Brötchen in einem Automatenbüfett. Das persönliche Schicksal ist in solchen Mittelstandswohnungen schon vorgerichtet, wenn man einzieht. Du wirst zugeben, daß die menschliche Freiheit hauptsächlich darin liegt, wo und wann man etwas tut, denn was die Menschen tun, ist fast immer das gleiche: da hat es eine verdammte Bedeutung, wenn man auch noch den Grundriß von allem gleich macht. Ich bin einmal auf einen Schrank geklettert, nur um die Vertikale auszunutzen, und kann sagen, daß das unangenehme Gespräch, das ich zu führen hatte, von da ganz anders aussah.

Azwei lachte über seine Erinnerung und schenkte sich ein; Aeins dachte daran, daß sie auf einem Balkon mit einem roten Lampenschirm säßen, der zu seiner Wohnung gehörte, aber er schwieg, denn er wußte zu genau, was er hätte einwenden können.

Ich gebe übrigens noch heute zu, daß etwas Gewaltiges in dieser Regelmäßigkeit liegt – räumte Azwei von selbst ein –, und damals glaubte ich, in diesem Geist der Massenhaftigkeit und Öde etwas wie eine Wüste oder ein Meer zu sehen; ein Schlachthaus in Chikago, obgleich mir die Vorstellung den Magen umdreht, ist doch eine ganz andere Sache als ein Blumentöpfchen! Das Merkwürdige war aber, daß ich gerade in der Zeit, wo ich diese Wohnung besaß, ungewöhnlich oft an meine Eltern dachte. Du erinnerst dich, daß ich so gut wie jede Beziehung zu ihnen verloren hatte; aber da gab es nun mit einem Male in meinem Kopf den Satz: Sie haben dir das Leben geschenkt; und dieser komische Satz kehrte von Zeit zu Zeit wieder wie eine Fliege, die sich nicht verscheuchen läßt. Es ist über diese scheinheilige Redensart, die man uns in der Kindheit einprägt, weiter nichts zu bemerken. Aber wenn ich meine Wohnung betrachtete, sagte ich nun ebenso: Siehst du, jetzt hast du dein Leben gekauft; für soundsoviel Mark jährlicher Miete. Vielleicht sagte ich auch manchmal: Nun hast du ein Leben aus eigener Kraft geschaffen. Es lag so in der Mitte zwischen Warenhaus, Versicherung auf Ableben und Stolz. Und da erschien es mir doch überaus merkwürdig, ja geradezu als ein Geheimnis, daß es etwas gab, das mir geschenkt worden war, ob ich wollte oder nicht, und noch dazu das Grundlegende von allem übrigen. Ich glaube, dieser Satz barg einen Schatz von Unregelmäßigkeit und Unberechenbarkeit, den ich vergraben hatte. Und dann kam eben die Geschichte mit der Nachtigall.

Sie begann mit einem Abend wie viele andere. Ich war zu Hause geblieben und hatte mich, nachdem meine Frau zu Bett gegangen war, ins Herrenzimmer gesetzt; der einzige Unterschied von ähnlichen Abenden bestand vielleicht darin, daß ich kein Buch und nichts anrührte; aber auch das war schon vorgekommen. Nach ein Uhr fängt die Straße an ruhiger zu werden; Gespräche beginnen als Seltenheit zu wirken; es ist hübsch, mit dem Ohr dem Vorschreiten der Nacht zu folgen. Um zwei Uhr ist Lärmen und Lachen unten schon deutlich Trunkenheit und Späte. Mir wurde bewußt, daß ich auf etwas wartete, aber ich ahnte nicht, worauf. Gegen drei Uhr, es war im Mai, fing der Himmel an, lichter zu werden; ich tastete mich durch die dunkle Wohnung bis ans Schlafzimmer und legte mich geräuschlos nieder. Ich erwartete nun nichts mehr als den Schlaf und am nächsten Morgen einen Tag wie den abgelaufenen. Ich wußte bald nicht mehr, ob ich wachte oder schlief. Zwischen den Vorhängen und den Spalten der Rolläden quoll dunkles Grün auf, dünne Bänder weißen Morgenschaums schlangen sich hindurch. Es kann mein letzter wacher Eindruck gewesen sein oder ein ruhendes Traumgesicht. Da wurde ich durch etwas Näherkommendes erweckt; Töne kamen näher. Ein-, zweimal stellte ich das schlaftrunken fest. Dann saßen sie auf dem First des Nachbarhauses und sprangen dort in die Luft wie Delphine. Ich hätte auch sagen können, wie Leuchtkugeln beim Feuerwerk; denn der Eindruck von

Leuchtkugeln blieb; im Herabfallen zerplatzten sie sanft an den Fensterscheiben und sanken wie große Silbersterne in die Tiefe. Ich empfand jetzt einen zauberhaften Zustand; ich lag in meinem Bett wie eine Figur auf ihrer Grabplatte und wachte, aber ich wachte anders als bei Tage. Es ist sehr schwer zu beschreiben, aber wenn ich daran denke, ist mir, als ob mich etwas umgestülpt hätte; ich war keine Plastik mehr, sondern etwas Eingesenktes. Und das Zimmer war nicht hohl, sondern bestand aus einem Stoff, den es unter den Stoffen des Tages nicht gibt, einem schwarz durchsichtigen und schwarz zu durchfühlenden Stoff, aus dem auch ich bestand. Die Zeit rann in fieberkleinen schnellen Pulsschlägen. Weshalb sollte nicht jetzt geschehen, was sonst nie geschieht? – Es ist eine Nachtigall, was da singt! – sagte ich mir halblaut vor.

Nun gibt es ja in Berlin vielleicht mehr Nachtigallen, – fuhr Azwei fort – als ich dachte. Ich glaubte damals, es gäbe in diesem steinernen Gebirge keine, und diese sei weither zu mir geflogen. Zu mir!! – fühlte ich und richtete mich lächelnd auf. – Ein Himmelsvogel! Das gibt es also wirklich! – In einem solchen Augenblick, siehst du, ist man auf die natürlichste Weise bereit, an das Übernatürliche zu glauben; es ist, als ob man seine Kindheit in einer Zauberwelt verbracht hätte. Ich dachte unverzüglich: Ich werde der Nachtigall folgen. Leb wohl, Geliebte! – dachte ich – Lebt wohl, Geliebte, Haus, Stadt . .! Aber ehe ich noch von meinem Lager gestiegen war, und ehe ich mir klar gemacht hatte, ob ich denn zu der Nachtigall auf die Dächer steigen oder ob ich ihr unten in den Straßen folgen wolle, war der Vogel verstummt und offenbar weitergeflogen.

Nun sang er auf einem andern Dach für einen andern Schlafenden. – Azwei dachte nach. – Du wirst annehmen, daß die Geschichte damit zu Ende ist? – Erst jetzt fing sie an, und ich weiß nicht, welches Ende sie finden soll!

Ich war verwaist und von schwerem Mißmut bedrückt zurückgeblieben. Es war gar keine Nachtigall, es war eine Amsel, sagte ich mir, genau so, wie du es sagen möchtest. Solche Amseln machen, das weiß man, andere Vögel nach. Ich war nun völlig wach, und die Stille langweilte mich. Ich zündete eine Kerze an und betrachtete die Frau, die neben mir lag. Ihr Körper sah blaß ziegelfarben aus. Über der Haut lag der weiße Rand der Bettdecke wie ein Schneestreifen. Breite Schattenlinien krümmten sich um den Körper, deren Herkunft nicht recht zu begreifen war, obgleich sie natürlich mit der Kerze und der Haltung meines Arms zusammenhängen mußten. – Was tut es, – dachte ich dabei – wenn es wirklich nur eine Amsel war! Oh, im Gegenteil; gerade daß es bloß eine ganz gewöhnliche Amsel gewesen ist, was mich so verrückt machen konnte: das bedeutet noch viel mehr! Du weißt doch, man weint nur bei einer einfachen Enttäuschung, bei einer doppelten bringt man schon wieder ein Lächeln zuwege. Und ich sah dazwischen immer wieder meine Frau an. Das alles hing ganz von selbst zusammen, aber ich weiß nicht wie. Seit Jahren habe ich dich geliebt – dachte ich – wie nichts auf dieser Welt, und nun liegst du da wie eine ausgebrannte Hülse der Liebe. Nun bist du mir ganz fremd geworden, nun bin ich herausgekommen am anderen Ende der Liebe. War das Überdruß? Ich erinnere mich nicht, je Überdruß empfunden zu haben. Und ich schildere es dir so, als ob ein Gefühl ein Herz durchbohren könnte wie einen Berg, auf dessen anderer Seite eine andere Welt mit dem gleichen Tal, den gleichen Häusern und kleinen Brücken liegt. Aber ich wußte ganz einfach nicht, was es war. Ich weiß das auch heute nicht. Vielleicht habe ich unrecht, dir diese Geschichte im Zusammenhang mit zwei anderen zu erzählen, die darauf gefolgt sind. Ich kann dir nur sagen, wofür ich es hielt, als ich es erlebte: Es hatte mich von irgendwo ein Signal getroffen – das war mein Eindruck davon.

Ich legte meinen Kopf neben ihren Körper, die ahnungslos und ohne Teilnahme schlief. Da schien sich ihre Brust in Übermaßen zu heben und zu senken, und die Wände des Zimmers tauchten an diesem schlafenden Leib auf und ab wie hohe See um ein Schiff, das schon weit im Fahren ist. Ich hätte es wahrscheinlich nie über mich gebracht, Abschied zu nehmen; aber wenn ich mich jetzt fortstehle, kam mir vor, bleibe ich das kleine verlassene Boot in der Einsamkeit, und ein großes, sicheres Schiff ist achtlos über mich hinausgefahren. Ich küßte die Schlafende, sie fühlte es nicht. Ich flüsterte ihr etwas ins Ohr, und vielleicht tat ich es so vorsichtig, daß sie es nicht hörte. Da machte ich mich über mich lustig und spottete über die Nachtigall; aber ich zog mich heimlich an. Ich glaube, daß ich geschluchzt habe, aber ich ging wirklich fort. Mir war taumelnd leicht, obgleich ich mir zu sagen versuchte, daß kein anständiger Mensch so handeln dürfe; ich erinnere mich, ich war wie ein Betrunkener, der mit der Straße schilt, auf der er geht, um sich seiner Nüchternheit zu versichern.

Ich habe natürlich oft daran gedacht zurückzukehren; manchmal hätte ich durch die halbe Welt zurückkehren mögen; aber ich habe es nicht getan. Sie war unberührbar für mich geworden; kurz gesagt; ich weiß nicht, ob du mich verstehst: Wer ein Unrecht sehr tief empfindet, der ändert es nicht mehr. Ich will übrigens nicht deine Lossprechung. Ich will dir meine Geschichten erzählen, um zu erfahren, ob sie wahr sind; ich habe mich jahrelang mit keinem Menschen aussprechen können, und wenn ich mich darüber laut mit mir selbst sprechen hörte, wäre ich mir, offen gestanden, unheimlich.

Halte also daran fest, daß meine Vernunft deiner Aufgeklärtheit nichts nachgeben will.

Aber zwei Jahre später befand ich mich in einem Sack, dem toten Winkel einer Kampflinie in Südtirol, die sich von den blutigen Gräben der Cima di Vezzena an den Caldonazzo-See zurückbog. Dort lief sie tief im Tal wie eine sonnige Welle über zwei Hügel mit schönen Namen und stieg auf der andern Seite des Tals wieder empor, um sich in einem stillen Gebirge zu verlieren. Es war im Oktober; die schwach besetzten Kampfgräben versanken in Laub, der See brannte lautlos in Blau, die Hügel lagen wie große welke Kränze da; wie Grabkränze, dachte ich oft, ohne mich vor ihnen zu fürchten. Zögernd und verteilt floß das Tal um sie; aber jenseits des Striches, den wir besetzt hielten, entfloh es solcher süßen Zerstreutheit und fuhr wie ein Posaunenstoß, braun, breit und heroisch, in die feindliche Weite.

In der Nacht bezogen wir mitten darin eine vorgeschobene Stellung. Sie lag so offen im Tal, daß man uns von oben mit Steinwürfen erschlagen konnte; aber man röstete uns bloß an langsamem Artilleriefeuer. Immerhin, am Morgen nach so einer Nacht hatten alle einen sonderbaren Ausdruck, der sich erst nach einigen Stunden verlor: die Augen waren vergrößert, und die Köpfe auf den vielen Schultern richteten sich unregelmäßig auf wie ein niedergetretener Rasen. Trotzdem habe ich in jeder solchen Nacht oftmals den Kopf über den Grabenrand gehoben und ihn vorsichtig über die Schulter zurückgedreht wie ein Verliebter: da sah ich dann die Brentagruppe hell himmelblau, wie aus Glas steif gefältelt, in der Nacht stehen. Und gerade in diesen Nächten waren die Sterne groß und wie aus Goldpapier gestanzt und flimmerten fett wie aus Teig gebacken, und der Himmel war noch in der Nacht blau, und die dünne, mädchenhafte Mondsichel, ganz silbern oder ganz golden, lag auf dem Rükken mitten darin und schwamm in Entzücken. Du mußt trachten, dir vorzustellen, wie schön das war; so schön ist nichts im gesicherten Leben. Dann hielt ich es manchmal nicht aus und kroch vor Glück und Sehnsucht in der Nacht spazieren; bis zu den goldgrünen schwarzen Bäumen, zwischen denen ich mich aufrichtete wie eine kleine braungrüne Feder im Gefieder des ruhig sitzenden, scharfschnäbeligen Vogels Tod, der so zauberisch bunt und schwarz ist, wie du es nicht gesehen hast.

Tagsüber, in der Hauptstellung, konnte man dagegen geradezu spazierenreiten. Auf solchen Plätzen, so man Zeit zum Nachdenken wie zum Erschrecken hat, lernt man die Gefahr erst kennen. Jeden Tag holt sie sich ihre Opfer, einen festen Wochendurchschnitt, soundsoviel vom Hundert, und schon die Generalstabsoffiziere der Division rechnen so unpersönlich damit wie eine Versicherungsgesellschaft. Übrigens man selbst auch. Man kennt instinktiv seine Chance und fühlt sich versichert, wenn auch nicht gerade unter günstigen Bedingungen. Das ist jene merkwürdige Ruhe, die man empfindet, wenn man dauernd im Feuerbereich lebt. Das muß ich vorausschicken, damit du dir nicht falsche Vorstellungen von meinem Zustand machst. Freilich kommt es vor, daß man sich plötzlich getrieben fühlt, nach einem bestimmten bekannten Gesicht zu suchen, das man noch vor einigen Tagen gesehen hat; aber es ist nicht mehr da. So ein Gesicht kann dann mehr erschüttern, als vernünftig ist, und lang in der Luft hängen wie ein Kerzenschimmer. Man hat also weniger Todesfurcht als sonst, aber ist allerhand Erregungen zugänglicher. Es ist so, als ob die Angst vor dem Ende, die offenbar immer wie ein Stein auf dem Menschen liegt, weggewälzt worden wäre, und nun blüht in der unbestimmten Nähe des Todes eine sonderbare innere Freiheit.

Über unsere ruhige Stellung kam einmal mitten in der Zeit ein feindlicher Flieger. Das geschah nicht oft, weil das Gebirge mit seinen schmalen Luftrinnen zwischen befestigten Kuppen hoch überflogen werden mußte. Wir standen gerade auf einem der Grabkränze, und im Nu war der Himmel mit den weißen Schrapnellwölkchen der Batterien betupft wie von einer behenden Puderquaste. Das sah lustig aus und fast lieblich. Dazu schien die Sonne durch die dreifarbigen Tragflächen des Flugzeugs, gerade als es hoch über unseren Köpfen fuhr, wie durch ein Kirchenfenster oder buntes Seidenpapier, und es hätte zu diesem Augenblick nur noch einer Musik von Mozart bedurft. Mir ging zwar der Gedanke durch den Kopf, daß wir wie eine Gruppe von Rennbesuchern beisammenstanden und ein gutes Ziel abgaben. Auch sagte einer von uns: Ihr solltet euch lieber decken! Aber es hatte offenbar keiner Lust, wie eine Feldmaus in ein Erdloch zu fahren. In diesem Augenblick hörte ich ein leises Klingen, das sich meinem hingerissen emporstarrenden Gesicht näherte. Natürlich kann es auch umgekehrt zugegangen sein, so daß ich zuerst das Klingen hörte und dann erst das Nahen einer Gefahr begriff; aber im gleichen Augenblick wußte ich auch schon: es ist ein Fliegerpfeil! Das waren spitze Eisenstäbe, nicht dicker als ein Zimmermannsblei, welche damals die Flugzeuge aus der Höhe abwarfen; und trafen sie den Schädel, so kamen sie wohl erst bei den Fußsohlen wieder heraus, aber sie trafen eben nicht oft, und man hat sie bald wieder aufgegeben. Darum war das mein erster

Fliegerpfeil; aber Bomben und Maschinengewehrschüsse hört man ganz anders, und ich wußte sofort, womit ich es zu tun hätte. Ich war gespannt, und im nächsten Augenblick hatte ich auch schon das sonderbare, nicht im Wahrscheinlichen begründete Empfinden: er trifft!

Und weißt du, wie das war? Nicht wie eine schreckende Ahnung, sondern wie ein noch nie erwartetes Glück! Ich wunderte mich zuerst darüber, daß bloß ich das Klingen hören sollte. Dann dachte ich, daß der Laut wieder verschwinden werde. Aber er verschwand nicht. Er näherte sich mir, wenn auch sehr fern, und wurde perspektivisch größer. Ich sah vorsichtig die Gesichter an, aber niemand nahm ihn wahr. Und in diesem Augenblick, wo ich inne wurde, daß ich allein diesen feinen Gesang hörte, stieg ihm etwas aus mir entgegen: ein Lebensstrahl; ebenso unendlich wie der von oben kommende des Todes. Ich erfinde das nicht, ich suche es so einfach wie möglich zu beschreiben; ich habe die Überzeugung, daß ich mich physikalisch nüchtern ausgedrückt habe; freilich weiß ich, daß das bis zu einem Grad wie im Traum ist, wo man ganz klar zu sprechen wähnt, während die Worte außen wirr sind.

Das dauerte eine lange Zeit, während derer nur ich das Geschehen näher kommen hörte. Es war ein dünner, singender, einfacher hoher Laut, wie wenn der Rand eines Glases zum Tönen gebracht wird; aber es war etwas Unwirkliches daran; das hast du noch nie gehört, sagte ich mir. Und dieser Laut war auf mich gerichtet; ich war in Verbindung mit diesem Laut und zweifelte nicht im geringsten daran, daß etwas Entscheidendes mit mir vor sich gehen wolle. Kein einziger Gedanke in mir war von der Art, die sich in den Augenblikken des Lebensabschiedes einstellen soll, sondern alles, was ich empfand, war in die Zukunft gerichtet; und ich muß einfach sagen, ich war sicher, in der nächsten Minute Gottes Nähe in der Nähe meines Körpers zu fühlen. Das ist immerhin nicht wenig bei einem Menschen, der seit seinem achten Jahr nicht an Gott geglaubt hat.

Inzwischen war der Laut von oben körperlicher geworden, er schwoll an und drohte. Ich hatte mich einigemal gefragt, ob ich warnen solle; aber mochte ich oder ein anderer getroffen werden, ich wollte es nicht tun! Vielleicht steckte eine verdammte Eitelkeit in dieser Einbildung, daß da, hoch oben über einem Kampffeld, eine Stimme für mich singe. Vielleicht ist Gott überhaupt nichts, als daß wir armen Schnorrer in der Enge unseres Daseins uns eitel brüsten, einen reichen Verwandten im Himmel zu haben. Ich weiß es nicht. Aber ohne Zweifel hatte nun die Luft auch für die anderen zu klingen begonnen; ich bemerkte, daß Flecken von Unruhe über ihre Gesichter huschten, und siehst du – auch keiner von ihnen ließ sich ein Wort entschlüpfen! Ich sah noch einmal diese Gesichter an: Burschen, denen nichts ferner lag als solche Gedanken, standen, ohne es zu wissen, wie eine Gruppe von Jüngern da, die eine Botschaft erwarten. Und plötzlich war das Singen zu einem irdischen Ton geworden, zehn Fuß, hundert Fuß über uns, und erstarb. Er, es war da. Mitten zwischen uns, aber mir zunächst, war etwas verstummt und von der Erde verschluckt worden, war zu einer unwirklichen Lautlosigkeit zerplatzt. Mein Herz schlug breit und ruhig; ich kann auch nicht den Bruchteil einer Sekunde erschrocken gewesen sein; es fehlte nicht das kleinste Zeitteilchen in meinem Leben. Aber das erste, was ich wieder wahrnahm, war, daß mich alle ansahen. Ich stand am gleichen Fleck, mein Leib aber war wild zur Seite gerissen worden und hatte eine tiefe, halbkreisförmige Verbeugung ausgeführt. Ich fühlte, daß ich aus einem Rausch erwache, und wußte nicht, wie lange ich fort gewesen war. Niemand sprach mich an; endlich sagte einer: ein Fliegerpfeil! und alle wollten ihn suchen, aber er stak metertief in der Erde. In diesem Augenblick überströmte mich ein heißes Dankgefühl, und ich glaube, daß ich am ganzen Körper errötete. Wenn einer da gesagt hätte, Gott sei in meinen Leib gefahren, ich hätte nicht gelacht. Ich hätte es aber auch nicht geglaubt. Nicht einmal, daß ich einen Splitter von ihm davontrug, hätte ich geglaubt. Und trotzdem, jedesmal, wenn ich mich daran erinnere, möchte ich etwas von dieser Art noch einmal deutlicher erleben!

Ich habe es übrigens noch einmal erlebt, aber nicht deutlicher – begann Azwei seine letzte Geschichte. Er schien unsicherer geworden zu sein, aber man konnte ihm anmerken, daß er gerade deshalb darauf brannte, sich diese Geschichte erzählen zu hören.

Sie handelte von seiner Mutter, die nicht viel von Azweis Liebe besessen hatte; aber er behauptete, das sei nicht so gewesen. – Wir haben oberflächlich schlecht zu einander gepaßt, – sagte er – und das ist schließlich nur natürlich, wenn eine alte Frau seit Jahrzehnten in der gleichen Kleinstadt lebt, und ein Sohn es nach ihren Begriffen in der weiten Welt zu nichts gebracht hat. Sie machte mich so unruhig wie das Beisammensein mit einem Spiegel, der das Bild unmerklich in die Breite zieht; und ich kränkte sie, indem ich jahrelang nicht nach Hause kam. Aber sie schrieb mir alle Monate einen besorgten Brief mit vielen Fragen, und wenn ich den auch gewöhnlich nicht beantwortete, so war doch etwas sehr Sonderbares dabei, und ich hing trotz allem tief mit ihr zusammen, wie sich schließlich gezeigt hat.

Vielleicht hatte sich ihr vor Jahrzehnten das Bild eines kleinen

Knaben leidenschaftlich eingeprägt, in den sie weiß Gott welche Hoffnungen gesetzt haben mochte, die durch nichts ausgelöscht werden konnten; und da ich dieser längst verschwundene Knabe war, hing ihre Liebe an mir, wie wenn alle seither untergegangenen Sonnen noch irgendwo zwischen Licht und Finsternis schwebten. Da hättest du wieder diese geheimnisvolle Eitelkeit, die keine ist. Denn ich kann wohl sagen, ich verweile nicht gern bei mir, und was so viele Menschen tun, daß sie sich behaglich Photographien ansehen, die sie in früheren Zeiten darstellen, oder sich gern erinnern, was sie da und dann getan haben, dieses Ich-Sparkassen-System ist mir völlig unbegreiflich. Ich bin weder besonders launenhaft, noch lebe ich nur für den Augenblick; aber wenn etwas vorbei ist, dann bin ich auch an mir vorbei, und wenn ich mich in einer Straße erinnere, ehemals oft diesen Weg gegangen zu sein, oder wenn ich mein früheres Haus sehe, so empfinde ich ohne alle Gedanken einfach wie einen Schmerz eine heftige Abneigung gegen mich, als ob ich an eine Schändlichkeit erinnert würde. Das Gewesene entfließt, wenn man sich ändert; und mir scheint, wie immer man sich ändere, man täte es ja nicht, wenn der, den man verläßt, gar so einwandfrei wäre. Aber gerade weil ich gewöhnlich so fühle, war es wunderbar, als ich bemerkte, daß da ein Mensch, solang ich lebe, ein Bild von mir festgehalten hat; wahrscheinlich ein Bild, dem ich nie entsprach, das jedoch in gewissem Sinn mein Schöpfungsbefehl und meine Urkunde war. Verstehst du mich, wenn ich sage, daß meine Mutter in diesem bildlichen Sinn eine Löwennatur war, in das wirkliche Dasein einer mannigfach beschränkten Frau gebannt? Sie war nicht klug nach unseren Begriffen, sie konnte von nichts absehen und nichts weit herholen; sie war, wenn ich mich an meine Kindheit erinnere, auch nicht gut zu nennen, denn sie war heftig und von ihren Nerven abhängig; und du magst dir vorstellen, was aus der Verbindung von Leidenschaft mit engen Gesichtsgrenzen manchmal hervorgeht: Aber ich möchte behaupten, daß es eine Größe, einen Charakter gibt, die sich mit der Verkörperung, in der sich ein Mensch für unsere gewöhnliche Erfahrung darstellt, heute noch so unbegreiflich vereinen, wie in den Märchenzeiten Götter die Gestalt von Schlangen und Fischen angenommen haben.

Ich bin sehr bald nach der Geschichte mit dem Fliegerpfeil bei einem Gefecht in Rußland in Gefangenschaft geraten, machte später dort die große Umwandlung mit und kehrte nicht so rasch zurück, denn das neue Leben hat mir lange Zeit gefallen. Ich bewundere es heute noch; aber eines Tags entdeckte ich, daß ich einige für unentbehrlich geltende Glaubenssätze nicht mehr aussprechen konnte, ohne zu gähnen, und entzog mich der damit verbundenen

Lebensgefahr, indem ich mich nach Deutschland rettete, wo der Individualismus gerade in der Inflationsblüte stand. Ich machte allerhand zweifelhafte Geschäfte, teils aus Not, teils nur aus Freude darüber, wieder in einem alten Land zu sein, wo man Unrecht tun kann, ohne sich schämen zu müssen. Es ist mir dabei nicht sehr gut gegangen, und manchmal war ich sogar ungemein übel daran. Auch meinen Eltern ging es nicht gerade gut. Da schrieb mir meine Mutter einigemal: Wir können dir nicht helfen; aber wenn ich dir mit dem wenigen helfen könnte, was du einst erben wirst, möchte ich mir zu sterben wünschen. Das schrieb sie, obgleich ich sie seit Jahren nicht besucht, noch ihr irgendein Zeichen der Neigung gegeben hatte. Ich muß gestehen, daß ich es nur für eine etwas übertriebene Redensart gehalten habe, der ich keine Bedeutung beimaß, wenn ich auch an der Echtheit des Gefühls, das sich sentimental ausdrückte, nicht zweifelte. Aber nun geschah eben das durchaus Sonderbare: meine Mutter erkrankte wirklich, und man könnte glauben, daß sie dann auch meinen Vater, der ihr sehr ergeben war, mitgenommen hat.

Azwei überlegte. – Sie starb an einer Krankheit, die sie in sich getragen haben mußte, ohne daß ein Mensch es ahnte. Man könnte dem Zusammentreffen vielerlei natürliche Erklärungen geben, und ich fürchte, du wirst es mir verübeln, wenn ich es nicht tue. Aber das Merkwürdige waren wieder die Nebenumstände. Sie wollte keineswegs sterben; ich weiß, daß sie sich gegen den frühen Tod gewehrt und heftig geklagt hat. Ihr Lebenswille, ihre Entschlüsse und Wünsche waren gegen das Ereignis gerichtet. Man kann auch nicht sagen, daß sich gegen ihren Augenblickswillen eine Charakterentscheidung vollzog; denn sonst hätte sie ja schon früher an Selbstmord oder freiwillige Armut denken können, was sie nicht im geringsten getan hat. Sie war selbst ganz und gar ein Opfer. Aber hast du nie bemerkt, daß dein Körper auch noch einen anderen Willen hat als den deinen? Ich glaube, daß alles, was uns als Wille oder als unsere Gefühle, Empfindungen und Gedanken vorkommt und scheinbar die Herrschaft über uns hat, das nur im Namen einer begrenzten Vollmacht darf, und daß es in schweren Krankheiten und Genesungen, in unsicheren Kämpfen und an allen Wendepunkten des Schicksals eine Art Urentscheidung des ganzen Körpers gibt, bei der die letzte Macht und Wahrheit ist. Aber möge dem sein wie immer; sicher war es, daß ich von der Erkrankung meiner Mutter sofort den Eindruck von etwas ganz und gar Freiwilligem hatte; und wenn du alles für Einbildung hieltest, so bliebe es bestehen, daß ich in dem Augenblick, wo ich die Nachricht von der Erkrankung meiner Mutter erhielt, obgleich gar kein Grund zur Besorgnis darin lag, in einer auffallenden Weise und völlig verändert worden bin: eine

Härte, die mich umgeben hatte, schmolz augenblicklich weg, und ich kann nicht mehr sagen, als daß der Zustand, in dem ich mich von da an befand, viel Ähnlichkeit mit dem Erwachen in jener Nacht hatte, wo ich mein Haus verließ, und mit der Erwartung des singenden Pfeils aus der Höhe. Ich wollte gleich zu meiner Mutter reisen, aber sie hielt mich mit allerhand Vorwänden fern. Zuerst hieß es, sie freue sich, mich zu sehen, aber ich möge die bedeutungslose Erkrankung abwarten, damit sie mich gesund empfange; später ließ sie mir mitteilen, mein Besuch könnte sie im Augenblick zu sehr aufregen; zuletzt, als ich drängte: die entscheidende Wendung zum Guten stünde bevor, und ich möge mich nur noch etwas gedulden. Es sieht so aus, als ob sie gefürchtet hätte, durch ein Wiedersehen unsicher gemacht zu werden; und dann entschied sich alles so rasch, daß ich gerade noch zum Begräbnis zurecht kam.

Ich fand auch meinen Vater krank vor, und wie ich dir sagte, ich konnte ihm bald nur noch sterben helfen. Er war früher ein guter Mann gewesen, aber in diesen Wochen war er wunderlich eigensinnig und voll Launen, als ob er mir vieles nachtrüge und sich durch meine Anwesenheit geärgert fühlte. Nach seinem Begräbnis mußte ich den Haushalt auflösen, und das dauerte auch einige Wochen; ich hatte keine Eile. Die Leute aus der kleinen Stadt kamen hie und da zu mir aus alter Gewohnheit und erzählten mir, auf welchem Platz im Wohnzimmer mein Vater gesessen habe und wo meine Mutter und wo sie. Sie sahen sich alles genau an und erboten sich, mir dieses oder jenes Stück abzukaufen. Sie sind so gründlich, diese Menschen in der Provinz, und einmal sagte einer zu mir, nachdem er alles eingehend untersucht hatte: Es ist doch schrecklich, wenn binnen wenigen Wochen eine ganze Familie ausgerottet wird! – mich selbst rechnete keiner hinzu. Wenn ich allein war, saß ich still und las Kinderbücher; ich hatte auf dem Dachboden eine große Kiste voll von ihnen gefunden. Sie waren verstaubt, verrußt, teils vertrocknet, teils von Feuchtigkeit beschlagen, und wenn man sie klopfte, schieden sie immerzu Wolken von sanfter Schwärze aus; von den Pappbänden war das gemaserte Papier geschwunden und hatte nur Gruppen von zackigen Inseln zurückgelassen. Aber wenn ich in die Seiten eindrang, eroberte ich den Inhalt wie ein Seefahrer zwischen diesen Fährnissen, und einmal machte ich eine seltsame Entdeckung. Ich bemerkte, daß die Schwärze oben, wo man die Blätter wendet, und unten am Rand in einer leise deutlichen Weise doch anders war, als der Moder sie verleiht, und dann fand ich allerhand unbezeichenbare Flecken und schließlich wilde, verblaßte Bleistiftspuren auf den Titelblättern; und mit einemmal überwältigte es mich, daß ich erkannte, diese leidenschaftliche Abgegriffenheit, diese Bleistiftritzer und eilig hinterlassenen Flecken seien die Spuren von Kinderfingern, meiner Kinderfinger, dreißig und mehr Jahre in einer Kiste unter dem Dach aufgehoben und wohl von aller Welt vergessen! – Nun, ich sagte dir, für andere Menschen mag es nichts Besonderes sein, wenn sie sich an sich selbst erinnern, aber für mich war es, als ob das Unterste zu oberst gekehrt würde. Ich hatte auch ein Zimmer wiedergefunden, das vor dreißig und mehr Jahren mein Kinderzimmer war; es diente später für Wäscheschränke und dergleichen, aber im Grunde hatte man es gelassen, wie es gewesen war, als ich dort am Fichtentisch unter der Petroleumlampe saß, deren Ketten drei Delphine im Maul trugen. Dort saß ich nun wieder viele Stunden des Tags und las wie ein Kind, das mit den Beinen nicht bis zur Erde reicht. Denn siehst du, daß unser Kopf haltlos ist oder in nichts ragt, daran sind wir gewöhnt, denn wir haben unter den Füßen etwas Festes; aber Kindheit, das heißt, an beiden Enden nicht ganz gesichert sein und statt der Greifzangen von später noch die weichen Flanellhände haben und vor einem Buch sitzen, als ob man auf einem kleinen Blatt über Abstürzen durch den Raum segelte. Ich sage dir, ich reichte wirklich nicht mehr unter dem Tisch zur Erde.

Ich hatte mir auch ein Bett in dieses Zimmer gestellt und schlief dort. Und da kam dann die Amsel wieder. Einmal nach Mitternacht weckte mich ein wunderbarer, herrlicher Gesang. Ich wachte nicht gleich auf, sondern hörte erst lange im Schlaf zu. Es war der Gesang einer Nachtigall; aber sie saß nicht in den Büschen des Gartens, sondern auf dem Dach eines Nebenhauses. Ich begann mit offenen Augen zu schlafen. Hier gibt es keine Nachtigallen – dachte ich dabei – es ist eine Amsel.

Du brauchst aber nicht zu glauben, daß ich das heute schon einmal erzählt habe! Sondern wie ich dachte: Hier gibt es keine Nachtigallen, es ist eine Amsel, erwachte ich; es war vier Uhr morgens, der Tag kehrte in meine Augen ein, der Schlaf versank so rasch, wie die Spur einer Welle in trockenem Ufersand aufgesaugt wird, und da saß vor dem Licht, das wie ein zartes weißes Wolltuch war, ein schwarzer Vogel im offenen Fenster! Er saß dort, so wahr ich hier sitze.

Ich bin deine Amsel, – sagte er – kennst du mich nicht?

Ich habe mich wirklich nicht gleich erinnert, aber ich fühlte mich überaus glücklich, wenn der Vogel zu mir sprach.

Auf diesem Fensterbrett bin ich schon einmal gesessen, erinnerst du dich nicht? – fuhr er fort, und nun erwiderte ich: Ja, eines Tags bist du dort gesessen, wo du jetzt sitzt, und ich habe rasch das Fenster geschlossen.

Ich bin deine Mutter – sagte sie.

Siehst du, das mag ich ja geträumt haben. Aber den Vogel habe ich nicht geträumt; er saß da, flog ins Zimmer herein, und ich schloß rasch das Fenster. Ich ging auf den Dachboden und suchte einen großen Holzkäfig, an den ich mich erinnerte, weil die Amsel schon einmal bei mir gewesen war; in meiner Kindheit, genau so, wie ich es eben sagte. Sie war im Fenster gesessen und dann ins Zimmer geflogen, und ich hatte einen Käfig gebraucht, aber sie wurde bald zahm, und ich habe sie nicht gefangengehalten, sie lebte frei in meinem Zimmer und flog aus und ein. Und eines Tags war sie nicht mehr wiedergekommen, und jetzt war sie also wieder da. Ich hatte keine Lust, mir Schwierigkeiten zu machen und nachzudenken, ob es die gleiche Amsel sei; ich fand den Käfig und eine neue Kiste Bücher dazu, und ich kann dir nur sagen: ich bin nie im Leben ein so guter Mensch gewesen wie von dem Tag an, wo ich die Amsel besaß; aber ich kann dir wahrscheinlich nicht beschreiben, was ein guter Mensch ist.

Hat sie noch oft gesprochen? – fragte Aeins listig.

Nein, – erwiderte Azwei – gesprochen hat sie nicht. Aber ich habe ihr Amselfutter beschaffen müssen und Würmer. Sieh wohl, das ist schon eine kleine Schwierigkeit, daß sie Würmer fraß, und ich sollte sie wie meine Mutter halten –; aber es geht, sage ich dir, das ist nur Gewohnheit, und woran muß man sich nicht auch bei alltäglicheren Dingen gewöhnen! Ich habe sie seither nicht mehr von mir gelassen, und mehr kann ich dir nicht sagen; das ist die dritte Geschichte, wie sie enden wird, weiß ich nicht.

Aber du deutest doch an, – suchte sich Aeins vorsichtig zu vergewissern – daß dies alles einen Sinn gemeinsam hat?

Du lieber Himmel, – widersprach Azwei – es hat sich eben alles so ereignet; und wenn ich den Sinn wüßte, so brauchte ich dir wohl nicht erst zu erzählen. Aber es ist, wie wenn du flüstern hörst oder bloß rauschen, ohne das unterscheiden zu können!

ROBERT MUSIL

Gesammelte Werke
Herausgegeben von Adolf Frisé

Der Mann ohne Eigenschaften
Roman. 2180 Seiten in zwei Bänden. Gebunden.

Prosa und Stücke, Kleine Prosa, Aphorismen, Autobiographisches – Essays und Reden, Kritik
1968 Seiten. Gebunden im Schuber.

Taschenbuchausgabe in 9 Bänden:

Bände 1–5
Der Mann ohne Eigenschaften
(Anhang: Anmerkungen / Abkürzungen / Register)
2160 Seiten

Band 6:
Prosa und Stücke

Band 7:
Kleine Prosa – Aphorismen
Autobiographisches

Band 8:
Essays und Reden

Band 9:
Kritik
(Anmerkungen / Abkürzungen / Register zu den Bänden 6–9 / Nachwort des Herausgebers)
Bde. 6–9 zus. 1694 Seiten. In Kassette.

ROBERT MUSIL

Tagebücher

Herausgegeben von Adolf Frisé
In Band 2: Anmerkungen / Anhang / Register
Mit 21 Zeichnungen und Skizzen Musils,
24 Handschrift-Faksimiles
sowie Lageskizzen und Dokumenten
Band 1:
1056 Seiten.
Band 2:
1456 Seiten.
Band 1 und 2 zusammen 2504 Seiten.
Beide Bände gebunden im Schuber.

Briefe 1901–1942

Herausgegeben von Adolf Frisé
Mit Briefen von Martha Musil, Alfred Döblin,
Efraim Frisch, Hugo von Hofmannsthal,
Robert Lejeune, Thomas Mann, Dorothy Norman,
Viktor Zuckerkandl und anderen
Band 1: 1487 Seiten. Gebunden.
Band 2: Kommentar, Register. 848 Seiten. Gebunden.

«Wer mit Musils Werk nicht vertraut ist, wird in seinen Briefen zweifellos die intensive Erlebnisfähigkeit und Schaffenskraft des Verfassers empfinden; ihr Hauptwert aber liegt in ihrem Verhältnis zu anderen Schriften Musils. Die ‹Briefe› sind ein wesentlicher Beitrag zum Verständnis von Musils Zielen und Leistungen als Denker und als Dichter.»
Neue Zürcher Zeitung

ROWOHLT

ROBERT MUSIL

Beitrag zur Beurteilung der Lehren Machs
und Studien zur Technik und Psychotechnik
Mit einer Vorbemerkung von Adolf Frisé
200 Seiten. Kartoniert.

Die Verwirrungen des Zöglings Törleß
144 Seiten. Gebunden und als rororo Band 300.

Drei Frauen
Novellen
128 Seiten. Gebunden, als rororo Band 64 und als Hörcassette.
Otto Sander liest Grigia, Tonka.

Frühe Prosa und aus dem Nachlaß zu Lebzeiten
Sämtliche Erzählungen
380 Seiten. Sonderausgabe. Gebunden.

Nachlaß zu Lebzeiten
rororo Band 500.

Die Schwärmer
Schauspiel
rororo Band 5028.

Adolf Frisé
Plädoyer für Robert Musil
Hinweise und Essays 1931 bis 1980
272 Seiten. Kartoniert.

Robert Musil
mit Selbstzeugnissen und Bilddokumenten
dargestellt von Wilfried Berghahn.
rowohlts monographien Band 81.